ame poétique des lettres d...
ampleur du ciel, l'architecture
nuages les co... ha...
la mer, le Sai...
... ce prisme merveilleusement
amuser les yeux sans les las...
mes élancées des navires au gr...
...plique auxquels la houle im...
oscillations harmonieuses, ser...
entretenir dans l'âme le goût d...
...thme et de la beauté. Et pe...
... a ~~[rayé]~~ une sorte de p...
...thésique et aristocratique pour
~~[rayé]~~ n'a plus ni curi...
ambition à contempler, com...
belvédère ou accoudé sur le
... Ces monuments de l'art q...
...tout et de ceux qui reviennent...
ceux qui ont encore la forc...
...loin le désir de voyager o...
... s'enrichir

# 보들레에르

## 評傳・美學과 詩世界

### 金 鵬 九

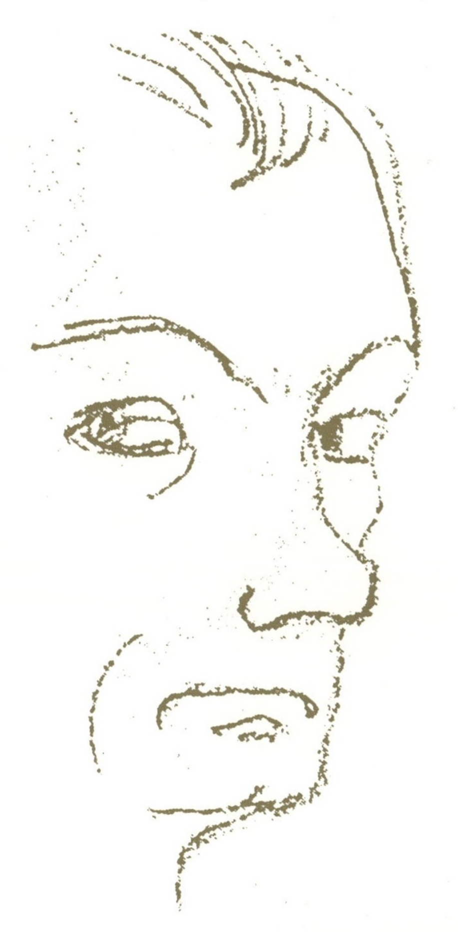

文學과知性社

카르자가 찍은 보들레에르(1861—1862)

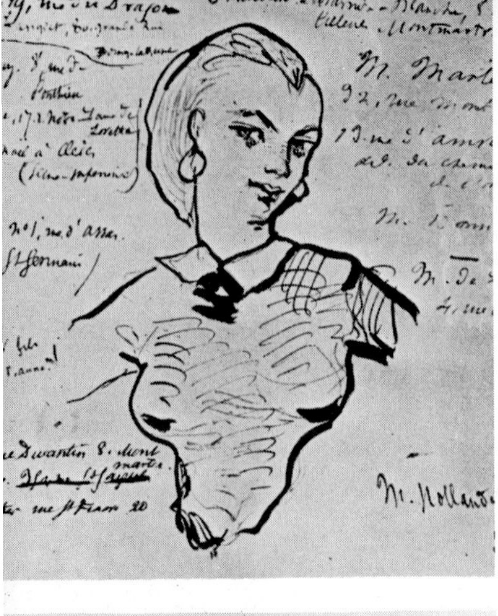

① 보들레에르가 그린 〈검은 비너스〉 잔느뒤발
② 메소니에가 그린 〈흰 비너스〉 사비티에 부인
③ 디올로가 그린 〈가을의 애인〉 마리 도브렁
④ 노엘이 그린 義父 오픽 장군
⑤ 法定後見人 앙셀

보들레에르가 그린 자화상(1857년경)

마네가 그린 보들레에르(1865)

루오가 그린 보들레에르(1926)

몽파르나스 묘지의 보들레에르 기념비
「悪의 꽃」 초판본

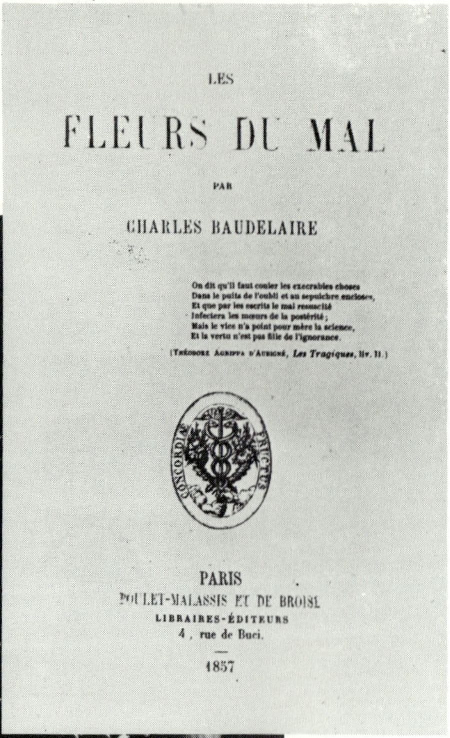

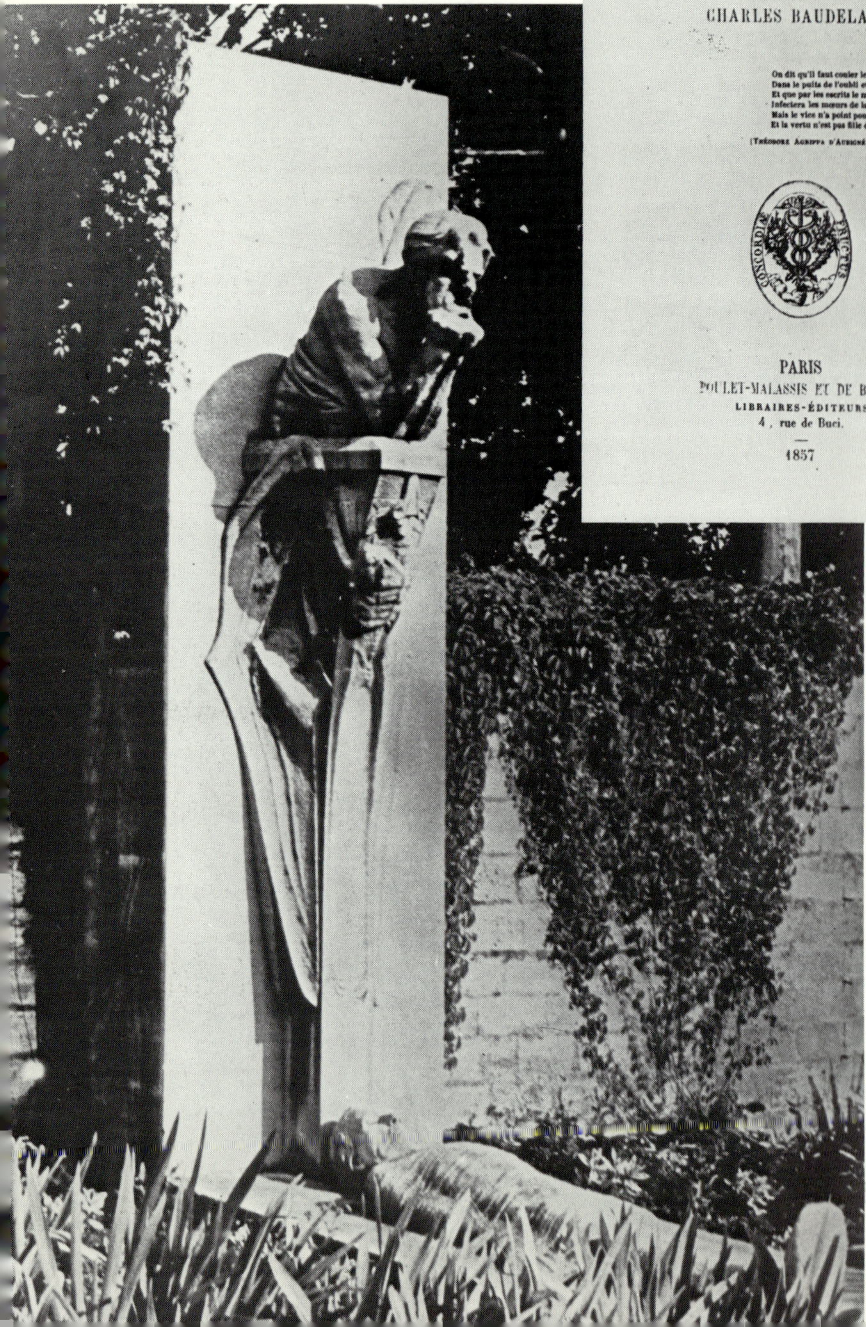

# 머 리 말


　이러한 책을 펴들 만큼 우리 詩人에게 관심을 기울이는 분에게라면, 그야말로 〈흉금을 헤치고 *mon coeur mis à nu*〉 털어놓아 좋을 성싶고, 또 그런 충동조차 느낀다——그가 「惡의 꽃」의 序詩 「독자에게」서 한 것처럼.

　이 책을 순전한 학문적 동기와 의욕의 所産이라고는 할 수 없겠다. 아니, 오랜 宿願을 끝맺은 후의 感傷이 아직 가시지 않은 저자의 흉중을 스치는 것은 차라리 사랑의 書, 執念의 塔, 報恩의 碑 따위 稚純한 어휘들이다. 그만큼 적잖은 奇緣이 얽혀 햇빛을 보게 된 것이다.

　우선 거금 120년 전 (1857), 근 12년간이나 끌어 온 難産으로 겨우 6월 25일에 첫 선을 보이기가 무섭게 지독한 봉변을 당한 「惡의 꽃」, 그 중 몇 편을 통하여 저자가 詩人을 만나게 된 것이 바로 6·25의 소용돌이 속에서다(여기서 시인과 〈만난다〉는 말 자체가 대부분의 독자에겐 어색하게 들리겠기에, 그러면서도 문학의 가장 높은 경지의 秘義가 곧 작품을 매개로, 서로의 현실을 떠나고 아득한 時·空을 넘어, 전혀 다른 세계에서 맺어지는 心魂과 심혼의 〈만남〉이라고 믿기에, 일부러 이런 책에는 어울리지 않는 긴 사연을 첫머리에, 그리고 卷末에는 「보들레에르를 찾아서」를 덧붙이기로 한 것이다). 이 세상에서 生地獄이라는 말이 그 이상으로 적절할 수 없는 그런 상황 속에서였다. 생지옥에 빠지면 인간들도 거의 예외 없이 餓鬼가 되게 마련. 適者生存이니까. 저자는 심한 고질병까지 겹쳐 皮骨이 상접하여 유령 같은 거지 몰골로 그 틈에 끼여 있었다. 그 속에까지 끼고 온 보물이 곧 「프랑스 現代詩選 Bouquet de roses」이었다.

　그런데 그 많은 詩人들 중에 유독 보들레에르만이 그 쓰레기통 같은 속으로 거침없이 뚫고 들어와, 대뜸 누더기를 걸친 내 가슴을 두들겨 주는 것이었다. 同族들 사이에도 情은 고사하고 말조차 통하지 않는 그 생지옥 속에서, 같은 처지의 아귀들조차 外面을 하던 이 쇠진한 거지의 볼에 화끈한 입김이 닿을 듯이, 저 자신의 고뇌와 가슴이 찢어지는 呻吟으로 나의 그것을 中和시키고 달래주던 먼 나라의 옛 詩人…… 그 모든 쟁쟁한 詩人들이 여전히 먼 나라 화사하고 안온한 서재 안에서 안락의자에 깊이 몸을 도사린 채, 내 귀에는 들리지도 않는 헛소리만을 늘어놓거늘, 어찌하여 유독 그만이 여기까지 내려와서, 어떤 言靈 *Verbe*의 힘으로 하여, 걸레조각처럼 피가 통하지 않는 현실의 장막을

i

뚫고 이렇듯 쏜살같이 내 폐부를 찌르는 것인가?……〈오냐 만약, 내가 만약에 목숨이 붙어 인간세계로 돌아가게 된다면, 기어이 이 희한한 異邦의 訪問者를 다시 찾아보리라. 그 비상한 心魂의 세계를 마음껏 톺아보리라……〉

그 후 세월이 흐를수록, 다른 경험과는 달리, 이 처참한 〈人間失格〉의 受侮와 汚辱의 한 계절은 골수에 사무쳐 化石처럼 굳게 응결되어 가고, 그럴수록 그 아귀들 틈에서 내게 人間의 품위를 되살려 주고 交感의 秘義까지 나누어 준 그 救援에 대한 報恩의 정은 집념으로 굳어져 갔다.

26년 전의 發願이 지금에야 이루어지는 셈이다.


3년 후(1953), 처음으로 大學에서 강좌를 맡았을 때, 外書, 그 중에도 佛文硏究文獻이 황금보다 더 귀하던 당시에, 미국의 名門女大에 유학 중이던 Y孃에게서 선사받은 것이 바로(지금도 내 机上 座右에 놓여 있는) J. 크레페·G. 블랭 共著「惡의 꽃」註釋版이다. 워낙 〈보들레에르 王朝〉(유달리 俊才들이 雲集된 〈보들레에르學〉의 一大山脈을 지칭)의 중추를 이루는 大家들이긴 하지만, 나는 이 책으로 프랑스 考證學風——아니 학문 자체——에 비로소 눈이 떴다. 그리고 이에 용기를 얻어 보들레에르 강의를 시작하여, 20년간 해마다 거르지 않고 어느 大學에선가 그 강의를 계속해 왔다.

세째 奇緣. 어쩌다 대망의 프랑스 유학이 허용된 해가 공교롭게도 그의 死亡 100주년 기념행사가 한창이던 1967년이다. 그해는 또한 斯學界에서 〈기적〉이라고 일컫는 사건, 시인이 靑少年期에 가족들에게 보낸 편지 뭉치(근 100통)가 1세기 동안 묻혀 있다가 우연히 人夫 손으로 발견되어 刊行된 직후였다. 그것이 우리 評傳의 가장 중요한 자료가 되었으니 기연이랄 밖에.


그리하여 74년 봄, 東崇洞 캠퍼스 으슥한 東部硏究室 北端의 내 방안에서, 시인은 다시 한번 呱呱聲을 올리게 되었다. 그런데 斯學界에서도 가장 큰 空白期로 되어 있는 가장 중요한 부분(少年期)에 매달린 채 지지부진이었다. 이때에 學位를 얻고 막 귀국 채비에 분주하던 현 高大 金華榮교수가 이 소식을 알고, 객지에선 막대한 금액이라 할 만한 비용을 던져, 바로 몇 달 전에 간행된 「書簡集」 주석본(Pléiade版 2권)을 急送해 주었다. 이것이 시종 결정적인 길잡이가 되어, 여름과 겨울 방학을 지나는 동안에 가장 중요한 고비(Valéry가 이른바 24세까지)를 넘기고, 30代에 접어들 무렵에 大學은 冠岳 기슭으로 옮아갔다.

새 환경에 이럭저럭 적응이 되어 여름방학을 맞았다. 여기까지는 좀 고된 일이지만, 사랑과 집념으로 부축되어 成長하는 시인의 모습과 함께 더없이 즐거운 나날이 이어갔다. 그러나 시인은 지리멸렬한 私生活의 온갖 시련과 心身의 갖가지 병증에 시달린 끝에, 40 고비를 넘기기도 전에 기진맥진하여 쓰러질

듯 비틀거리는 절망기로 접어든다──〈죽음이야말로 절대적 해방〉이라는 확신
과 〈自殺의 固着觀念〉에 사로잡히기 시작한다.

> 침울한 精神이여, 전엔 그리도 투쟁을 좋아하더니,
> 네 熱情에 拍車질을 하던 〈希望〉도 이젠
> 네 등에 올라타려지도 않는구나! 염치 불고 뻗으렴,
> 발길마다 부딪고 비틀거리는 늙어빠진 鈍馬여.
>
> 諦念하라, 내 마음이여, 짐승 자듯 잠들려무나.

이 무렵부터 저자도 그에 보조를 맞추기라도 하듯이, 보이지 않는 風浪의 소
용돌이에 휘말려 가누기 힘든 나날이 시작된다. 지푸라기에라도 매달리고 싶
은 다급하고 걷잡을 수 없는 심정으로, 이때껏 뒤밟으며 동시에 키워 오던 그
〈발길마다 부딪고 비틀거리는 늙어빠진 鈍馬〉에 매달리지 않고는 단 하루도 지
탱할 수 없을 듯했다.

그리하여 炎天 밑에 짓눌려 막막하게 텅 빈 여름방학의 冠岳 캠퍼스로 날마
다 한 시간 이상 시내버스를 타고 달려갔고, 너무나 적막한 토요일 오후와 일
요일들, 늦가을 휘휘한 2棟 연구실에서 혼자 지새우던 며칠 밤, 유달리 朔風
이 거세고 때로 눈발이 휘몰아치는 겨울방학…… 그의 두번째 救援이다.

이렇게 해를 넘길 때 그는 異邦의 〈지옥〉에서 졸도 失語症에 걸렸고, 1년
반 동안 산송장처럼 餘命을 끌다가 숨진 것이, 冠岳에서 두번째 새 학기를 맞
을 무렵이다. 그가 모친 품에 안긴 채 미소 어린 낯으로 빤히 쳐다보면서 마지
막 숨을 거두는 장면(모친이 「惡의 꽃」의 出版主에게 보낸 편지)을 옮겨 쓴 후, 한
달 동안 아무 일도 손에 잡히질 않았다.

다시 冠岳의 계곡에, 진달래·철쭉이 피고, 이어 도라지꽃이 피며 다시 여
름방학, 그리고 단풍이 들고 落葉이 질 무렵 마지막 원고지에 〈끝〉 자를 그리
듯이 새겨넣었다.

전에는 그저 과장 또는 詩的 修辭, 혹은 장세니스트的 發想法쯤으로 보아
넘기던 귀절,

> 苦惱를 不純에 대한 至上의 靈藥으로 주신
> 나의 神이여(……)

요즈음 새삼 문득 떠오르곤 하는 이 귀절의 깊은 뜻을 이제 알 수 있을 듯
하다.

얼마 전에 세상을 떠난 巨人 作家의 글에서, 〈우리가 남을 이해하는 깊이는
우리가 그를 사랑하는 정도만큼〉이란 뜻의 잠언을 읽은 기억이 난다. 그를
〈사랑하는 정도〉는 보들레에르 王朝의 어느 누구에게도 뒤지지 않을 것으로 자

부한다. 하나 과연 그를 〈그만큼 깊이〉 이해할 수 있었을까? 이제는 독자의 심판에 맡길 밖에 없다.

한 가지 自慰——그에 관한 연구서는 세계 각처에서 이루 헤아릴 수 없이 많이 나왔고(67~8년간 사망 100주년을 전후한 2년간에 歐美에서 발표된 文獻만도 約 300편), 또 앞으로도 끊임없으리라. 그러나 이것은 東洋, 그 중에도 韓國이 시도한 본격적인 모노그래피이며, 우리가 본 詩人의 모습은 의당 다른 어느 나라의 그것과도 다른 점이 있을 것이며, 또 분명히 있으리라 믿는다(사실 그 〈王朝〉의 大家들의 꽤 많은 說 또는 그들간의 異說에 대하여 감히 우리나름의 비판과 修正을 시도한 바 있다). 설사 그렇지 않더라도, 〈어찌하여 유독 그만이…… 어떠한 言靈의 힘이……?〉 생지옥에서 품었던 26년 전의 의문이 깨끗이 풀리고, 그 때의 發願이 이렇게 이루어졌으니, 그 이상 무엇을 더 바라겠는가.

우리 詩人과 얽힌 마지막이자 더없이 행복스런 인연을 피력하지 않을 수 없다. 위에서 金華榮敎授가 보내준 방대한 「書簡集」을 말했다. 그 후 이 집필을 곁에서 시종 깊은 관심과 배려로 지켜보던 金光南敎授(김 현)가 이 책의 刊行을 도맡아 주선하여 그 절차 일체를 처리해 주었다. 그에게 원고를 넘기자, 이번에는 프랑스 유학 중 우리 詩人을 연구하여 學位를 취득코 귀국한 兪平根敎授가 그 裝幀을 맡겠노라고 나섰다. 모두 옛 東崇洞 캠퍼스에서 저자의 연구실과 각별히 깊은 인연으로 맺어진 세 同學 少壯敎授가 혼쾌히 모여들어 이 책에 참여해 주었으니 더없이 반갑고 고마우며, 근 25년에 걸친 연구실 생활의 한 고비를 획하는 뜻말 같은 느낌이 든다.

끝으로 이 책이 文學에 대한 높은 식견과 열성을 아울러 가진 出版界의 신진기예 文學과知性社에서 간행됨을 기쁘게 생각하며, 힘든 일을 쾌히 맡은 데 대하여 크게 敬意를 표한다.

1976년 12월 30일

冠岳 기슭에서

著　者

# 차    례

<h1 style="text-align:center">일 러 두 기</h1>

＊ 일반 教養人의 부담을 덜기 위하여 專門的인 事項은 최대한 脚註로 돌림.

＊ 利用者(專攻者)의 편의를 위하여 固有名詞(人名·地名·書題) 등과 특수용어 중 필요
한 것은 原語(前者 명조體로, 後者 이텔릭體로)를 우리말과 並記함. 따라서 일반인은
처음부터 介意치 않아도 무방함.

＊ 本文 중 〈　〉표로 묶은 것은 특히 강조하려는 引用句 또는 특수 강조어.

＊ 引用詩 중 〈　〉표로 묶은 것은 原詩 중 大文字로 된 부분.

＊ 보들레에르의 作品 引用은 포우 Poe 에 관한 글을 除外하고는 모두 Gallimard 社刊
Oeuvres Complètes(Pléiade, 1961)에 의거함.

<h2 style="text-align:center">略 字 表</h2>

**C.I, C.Ⅱ**　Baudelaire: Correspondance(Pléiade), Ⅰ, Ⅱ.

**CG**　Baudelaire: Correspondance générale(Conard).

**FM**　Les Fleurs du Mal.

　**FM-A**　FM annotées par Antoine Adam(Garnier).

　**FM-Bl. Pch**　FM éd. crit. par J. Crépet, G. Blin, Cl. Pichois(José Corti).

　**FM-Crp.Bl**　FM éd. crit. par J. Crépet, G. Blin(José Corti).

**JI. f**　Journaux intime: Fusées.

**JI. h**　Journaux intime: Hygiène.

**JI. mc**　Journaux intime: Mon coeur mis à nu.

**JI-Crp. Bl**　Journaux intime éd. crit. par J. Crépet, G. Blin(José Corti).

**LM**　Lettre à sa mère in C.I, C.Ⅱ.

**LS**　Lettres inédites aux siens présentées par Ph. Auserve(Grasset).

**OC-Pld.**　Baudelaire: Oeuvres Complètes(Pléiade, 1961).

**PA**　Paradis artificiels.

**RQC**　Réflexions sur quelques-uns de mes contemporains.

**Spl**　Spleen de Paris.

**BdC**　W. Bandy, Cl. Pichois: Baudelaire devant ses contemporains(Rocher).

**LB**　Lettres à Baudelaire, par Cl. Pichois

　　　—Etudes baudelairiennes Ⅳ-Ⅴ(Baconnière).

**Crp-B**　Eugène et Jacques Crépet: Baudelaire(Messein).

**Pch-B**　Fr. Porché: Baudelaire(Flammarion).

**Rf-B**　M.A. Ruff: Baudelaire(Hatier).

# 序　論

우리는 보들레에르 探究를 크게 2가지 면으로 나누어 진행하기로 한다.

첫째는 그의 生涯를 되도록 면밀히 〈뒤밟으면서〉 동시에 그의 一生을 되도록 충실하고 정확하게 〈再現하는〉 일(第 I 篇 評傳)이다. 거기서 우리는 비범한 한 人格의 형성·성장 과정과 여러 각도에서 본 그의 특징적인 면모, 作品 제작·발표의 상황, 특히 「惡의 꽃」의 詩人으로서의 특질 내지 비밀의 응결 과정의 추구와 그 浮彫에 主力을 기울일 것이다.

다음은 詩와 評論, 그 밖의 글(주로 書簡集)을 통틀어, 거기서 抽出 파악되는 시인으로서의 근본 자세와 詩世界를 일관하는 몇 가지 특질을 밝혀내고, 그가 다소간에 槪念化 내지 理論化를 시도한 美學 내지 美觀과 藝術論, 「惡의 꽃」의 몇 가지 문제에 관한 고증적 고찰(第 II 篇 美學과 詩世界)이다.

紙面上으로 第 I 篇에 월등히 큰 比重이 주어졌다. 우선 第 II 篇 분야에서는, 〈보들레에르 王朝〉의 탐욕·인색한 오랜 탐색이 外國學徒에게는 그 이상의 천착의 여지를 남겨 주지 않는다는 소극적인 이유도 있다. 반면에 적극적인 이유를 들겠다.

1).

　〈당신에게 말할 필요가 있을까요? 나는 이 혹독한(原文 이탤릭, 이하 같음—역주) 책 속에 나의 온 心魂을, 나의 온 애정을, 나의 온 宗敎(變造된)를 송두리째 집어넣었다는 것을, 다른 사람들과 마찬가지로 알아차리지 못한 당신에게?〉 (1866년 2월 브뤼셀에서 앙셀 Ancelle 에게 보낸 편지)

아직도 世評에 신경을 쓰고 「惡의 꽃」의 명성에 미련을 가질 시기라면 또 모르되, 때는 그가 卒倒하기 한 달 전, 저 자신도 종말을 뚜렷이 예감하던 때에, 자기를 추종하며 스승으로 떠받드는 젊은 世代의 출현조차 귀찮고 못마땅하게 여길 만큼 이미 자기 예술에 관하여는 達觀의 경지에 이른 때다. 그리고 상대는 文人도 아니며 문학에 큰 관심도 없는 그의 法定後見人이다. 전에는(특히 訴訟 사건 전후에) 많은 변명도(문제된 詩篇들의 詩集 전체 속에서의 의미, 〈不治의 가톨릭〉的 성격, 심지어 詩의 非個人性 *impersonnalité* 까지 강조) 한 일이 있다. 그 편지에서 계속하여 그가 시인하는 그대로다 : 〈그 反對로 쓸 수 있다는 것도 사실이오——이 책은 순수 예술, 원숭이 흉내, 광대놀이에 속한다고 나의 위대한 〈神〉들에게 맹세할 수도 있지요. 그리고는 이빨뽑이처럼 거짓말을 하는 일 말입니다〉.

이미 뽑을 이빨도 없는 처지에, 그리고 상대가 〈위대한 神들〉도 아닌 자개 身邊에 가장 가까운 일개 公證人에게, 온 세계에 대한 분노 속에 내뱉은 「惡의 꽃」에 대한 최후의 自評이자 告白이다. 그의 全存在를 〈송두리째 집어넣은〉 그 〈혹독한〉 책의 세계를 그의 生涯와 따로 떼어 생각할 수 있으며, 도시 그 생애와 따로이 그것이 存在할 수 있으며, 하물며 올바르게 이해될 수 있을까?

2). 1)과 직결되지만 관점을 바꾸어, 「惡의 꽃」에 치밀히 계산된 하나의 〈구조〉가 있음은 이미 定說로 공인된 바다. 그 구조로 하여 한 篇 한 篇 독립된 서정시들이 전체로서 하나로 통일되어 하나의 叙事詩를 이룬다는 점이 이 詩集의 유례 없는 특질이며, 그 불멸의 生命과 힘의 원천이다. 「고양이 Les Chats」 한 篇을 언어학적으로 풀이하고, 혹은 구조주의 방법으로, 사회학적인 관점으로 또는 그 밖의 어떤 특수한 방법이나 관점으로 분석하고 파헤칠 수도 있으며, 그것 나름의 知的 妙味와 아울러 작품 연구에 一駒를 보탤 수도 있으리라. 더구나 正攻法으로는 새로운 鑛脈을 발견할 여지가 거의 남아 있지 않을 듯이 보이는 〈보들레에르學〉에서는 어떠한 방법의 〈보조〉 穿孔이나 迂廻試錐도 크게 환영받을 만하다.

그러나 코끼리의 表皮의 어느 한 부분만을 더듬는 식으로 아무리 세밀 정치하게 관찰 분석해 보았자, 그 內面世界를 〈송두리째 집어넣은〉 叙事詩의 단 한 페이지도 제대로 파악되지는 않으리라는 것이 우리의 확신이다.

3). 다음 이유는 우리의 文學觀에 연유한다. 성실하게 呻吟하며 一生을 살아온 사람이라면(그렇지 않고도 명성을 떨친 文人이 얼마나 많은가!), 그의 生涯 자체, 후세에 남아 독자에게 감동을 줄 만한 作品을 빚어낼 만큼 비범한 心魂의 편력 자체가 그의 생전에는 어느 한 作品으로도 이루 정리하여 담을 수 없었던 최고 최대의 작품이라는 점이다. 詩人의 첫 傳記를 쓴 막역하고 충실한 친구 아슬리노 Asselineau가 바로 그 전기에서, 〈그의 작품은 (……) 그 자신〉이며, 그의 生涯는 〈글로 씌어지고 出版된 작품 배후에서 이야기하고 행위하며 살아온 작품〉이어서, 다른(씌어진) 作品을 〈그 속에 포함하고 설명해 주는〉 作品이라고 했다. 그리고 우리에게는 유달리 詩人의 이 〈生涯—作品〉에 傾倒하지 않을 수 없는 깊은 이유가 있다.

4). 끝으로 최대의 이유가 남는다. 문학의 가장 높은 秘義는 時·空을 초월한 心魂과 심혼의 만남이라는 우리의 신념이다. 그 첫 만남은 作品을 통하여 이루어진다. 그 만남의 共鳴이 크면 클수록, 우리는 그 최고 최대의 〈生涯—作品〉으로까지 파헤쳐 들어가지 않고는 배길 수 없게 마련이다.


먼저 그의 生涯를 〈뒤밟으며 동시에 再現한다〉고 했다. 어떤 方法으로, 무엇을 길잡이로? 〈보들레에르王朝〉의 정평 있는 그 방면의 古典들을 보면, 대체로 詩人의 이력상의 사실들과 객관적 증빙자료 이외에 가족·친구, 그 밖에 생전에 접촉이 있었던 人士들의 증언과 回顧記에 크게 의존하고 있다.

그런데 그 王朝에서도 現存의 가장 큰 功臣 중의 하나인 클로드 피쇼아 Cl. Pichois가 지적한 바로는, 詩人의 눈에 관해서조차 친구들 사이에 形과 色이 서로 다름을 알려준다. 우선 크기——혹자에겐 〈작은 눈〉인가 하면 다른 친구에겐 〈크게 부릅뜬 눈〉, 심지어 〈거대한 vaste〉 눈이기도 하다. 눈동자 色——어떤 이에겐 〈갈색 brun 이라느니보다는 赤褐色 roux〉이고, 다른 사람에겐 〈검은 눈〉이다. 눈매——〈생기 있는 눈〉에는 일치하지만, 어떤 이에겐 〈날카롭고 속을 뚫어보는〉 눈매인가 하면, 다른 이에겐 〈부드러움이 넘치는〉 눈이거나 〈不安스러운〉 기색을 띤다(cf. Bandy et Cl. Pichois: Baudelaire devant ses contemporains, 卷頭의 Pichois 序文).

이렇듯 눈 하나만도 때에 따라 거울(보는 이의 意識)에 따라 갖가지로 변한다. 대체 진짜 보들레에르의 모습은 어디에 있는가?

남들의 의식에 비친 모습이 그럴진댄, 아무리 많은 의식을 동원하여 交叉시킨댔자, 거기 詩人의 참모습이 포착되어 떠오르리라고 기대하는 것은 헛수고일 뿐이다. 그럴 바에는 차라리 그의 이력의 객관적 증빙자료를 토대로 삼고, 그 위에 처음부터 詩人 자신의 意識을 中心의 자리에 앉히고, 그 의식에 비친 저 자신과 자기 世界를 받아옮기면서, 考證이 가능한 한 修正을 가하여 再現함이 옳지 않겠는가. 이것이 결국 우리가 택한 方法이다. 이 方法을 옹호할 만한 근거는 이렇다.

詩人 자신의 말이라도 긴 세월이 지난 후의 회고에는 기억 착오뿐만 아니고, 회고 당시의 감정으로 과거까지 물들여지거나 屈折(歪曲)되는 현상이 일어나므로(少年期에 대한 소위 〈원한의 회고적 逆流〉 현상에서 그 두드러진 例를 볼 수 있다), 바로 그때 그때 〈通時的 現在〉의 연속 속에 놓인 그의 意識을 길잡이로 삼을 수 있다는 점이다. 다행히도 詩人에게는 그것이 가능할 만큼 어느 시인·작가보다도 월등히 풍부한 〈거의 완벽한〉 자료(書簡集과 晩年의 「內密日記」와 이에 대한 세밀·주도한 고증·주석)가 있다. 특히 새로 발견된 靑少年期의 서간집에 의하여 이 때까지의 空白은 거의 메워질 수 있으니 더욱 완벽에 가까운 자료다.

둘째로, 흔히 시인의 유명한 mystification(골려주기, 장난기의 속임수나 거짓말)의 언동에도 불구하고, 그가 사랑하는 사람이나, 존경하는 사람과 친구들에 대한 편지는 놀라울 만큼 솔직하며(20代初의 첫 性病을 형에게, 40代의 재발을 모친에게 고백할 정도로) 거짓이 없다는 것을 우리는 확인하고 있다.

세째, 우리 방법은 우리가 再現한 少年 시절의 모습과, 종래의 갖가지 증언과 회고로 빚어진 터무니없는 俗說과의 대비에서 첫 凱歌를 올려 마땅한 결과를 보이며, 독자도 대체로 이에 동의할 것으로 기대된다.


第Ⅱ篇에서는 위에서 미리 말한 대로, 우리의 천착의 여지가 거의 없는 듯이

보였다. 여기서도 우리는 그 〈通時的 現在〉의 지속인 詩人의 意識(書簡集)에서 실마리가 풀려, 시인의 일관된 근본 자세의 특질과 全作品(詩)에 극적인 갈등과 生氣를 불어넣는 새 관점과 照明을 던져 보려고 시도했다(〈原初的 自我와 騎士精神〉).

〈二元性의 美學〉에서는 詩人의 二元性 자체는 이미 斯界의 통념이 된 것이지만, 작품에 나타난 美學上의 二元性(또는 對立), 그 〈모순의 統一〉(한 詩篇 안의)과, 詩集 속에 여러 詩篇을 통해 분열된 채 닫힐 수 없는 〈모순의 분열〉(밤과 時間의 二元性, 孤獨의 二元性 등)은 주목되어 마땅한 지적으로 안다.

〈藝術論의 辨證法〉은 기위 많이 해설된 「內密日記」를 중심으로 하되, 그 斷片들이 변증법적인 文脈으로 전개되어 超自然主義 *surnaturalisme* 의 절대경에서 一切의 二元性과 모순・대립의 해소를 보게끔 序整하여 풀이한 우리의 〈독단〉的 해석이다. 그것이 詩人의 예술론을 총괄적으로 이해하는 해석 원리를 제공해 줄 수 있다면, 그 〈독단〉도 새로운 의미와 가치를 지닐 수 있으리라 기대한다.

〈「惡의 꽃」의 구조와 「파리 風景」〉 중 前半은 종래의 說에 批判的인 修正을 가한 정도이고, 後半 「파리 風景」의 문제는 우리가 아는 한은 여기서 처음으로 시도한 고증적 究明으로 생각된다.

통틀어 굳이 우리의 方法을 특징짓는다면, 고증적 탐색에 (몇 가지 核槪念을 중심으로 한) 테마批評의 방법을 적용한 것으로 볼 수 있겠다. 아울러 評傳에서, 되도록 많은 詩들을 傳記上의 구체적 상황과 그 心情의 現場 속에 자리잡아 줌으로써, 삶과 작품과를 相互 照明케 하며, 第Ⅱ篇과의 긴밀한 연계성을 가지도록 힘써 보았다.


끝으로 우리의 기본 태도로서, 항상 詩人의 原典을 中心에 놓고 이를 길잡이로 삼으며, 이에 여러 考證硏究의 비판적인 取捨로 크게 도움을 받았으며, 그밖의 허다한 에쎄類의 연구문헌들은 일부러 이를 경원했음을 밝혀 둔다. 첫째, 우리 자신의 신선한 눈이 그들에게서 받은 先入見에 물들어 흐려질까 저어함이요, 둘째로 너무나 허술한 그들의 獨斷에 환멸을 느꼈기 때문이다. 그 반면 혹시 우리가 여기서 새로운 광맥으로 여긴 것들이 뜻밖에 이미 그들의 천착에 부딪친 점도 있을지 모를 일이다. 하나 그토록 많은 쟁쟁한 보들레리앙(근래에는 〈보들레리스트〉라는 용어가 쓰일 정도)이 모인 斯學界이니, 탐색의 交叉는 으레 각오해야 할 일이다.

# 第Ⅰ篇 評　傳

—알바트로스의 汚辱과 榮光

# 序　言

때로 지난날 되새기는 낡은 香水瓶 발견하나니,
거기서 약동하는 한 영혼이 솟구쳐 되살아나도다.

——「惡의 꽃」 중 香水瓶[1]

　보들레에르의 생애에 관하여는, 그의 생전과 死後를 일관하여 가장 막역하고 충실한 친구 아슬리노 Ch. Asselineau 가 詩人이 사망한 지 2년 후에 발표한 傳記 및 作品研究[2]를 비롯하여, 父子 兩代에 걸친 충실하고도 치밀한 보들레에르 考證研究의 大宗 으젠느, 자크 크레페 Eugène et Jacques Crépet 의 傳記研究[3]가 있어, 전기뿐만 아니라 〈보들레에르學〉의 주춧돌이 되고 있다.　그밖에도 수많은 회고록과 전기 자료가 있고, 크레페父子의 제자들의 연구가 잇달아 一大山脈을 이루고 있으며, 특히 자크 크레페 主導下에 이루어진 巨帙의 書簡集 6卷[4]은 치밀 방대한 고증 주석으로 그 방면의 결정적이며 완벽한 자료인 듯이 보였다.　그간 크레페父子의 연구를 토대로 종합 정리하여 고증의 틀을 넘어 일종의 「보들레에르傳」을 엮어낸 포르셰의 널리 읽혀진 저작[5]이 보태져 거의 결정적으로 완성된 듯했다.

　그러던 것이 마르셀 뤼프의 끈질긴 탐색[6]으로 새로운 사실들(詩人의 父親과 가족에 관하여)을 발견해 냈고, 少年期의 가족관계에 관하여 근거 없는 종래의 지나친 추측과 과장과 圖式化가 통설로 되어 오던 것을 상당히 완화했으나, 결정적인 修正을 가하기에는 뚜렷한 고증 자료가(특히 21 세까지의 청소년 시기) 없었던 것이다. 그러기에 그는 10 년 후에 다시 보들레에르入門書[7]를 쓸 때, 그 첫머리에서, 〈보들레에르의 領地에는 아직 광대한 그늘(未知의 부분—역주)의 지대들이 남아 있으며, 어떤 탐구도 결코 그 지대들을 완전히 밝혀내지는 못할지도 모를 일이다〉라고 한탄하고 있다. 그가 이렇게 한탄할 무렵에 정말 기적

---



1) FM, Le Flacon.

2) Ch. Asselineau : Ch. Baudelaire, Sa vie et son oeuvre (1869).

3) Eugène Crépet: Ch. Baudelaire, Oeuvres posthumes et Correspondances inédites (1887).
　　Eugène et Jacques Crépet : Baudelaire (1906). (以下 Crp-B 로 略記)

4) Ch. Baudelaire : Correspondance générale (1947〜1953).

5) Fr. Porché : Baudelaire, Histoire d'une âme (1944). (以下 Pch-B 로 略記)

6) Marcel A. Ruff : L'Esprit du Mal et l'esthétique baudelairienne (1955).

7) M. Ruff: Baudelaire (1966). (以下 Rf-B 로 略記)

이 일어났다. 우리 詩人이 죽은 후 100년간이나 가리어져 있던 지대들 중에
도 가장 넓은 지대에 별안간 새로운 照明이 던져진 것이다. 천만 뜻밖에도 그
방대한 분량의 書簡集(1092통)에도 들어있지 않은, 대부분 10세에서 21세까
지 청소년기에 자기 가족에게 보낸 편지 90여통이 새로 발견된 것이다. 그리
고 그 편지 내용이 위에서 말한 통설을 대폭 수정하지 않을 수 없는 명백한
자료를 처음으로 제공해 주는 것이다, 게다가 100여년을 고스란히 보존되어
오다가 2차대전 때 폭격된 집(시인의 異腹兄 妻家)의 폐허 밑에 깔려 20여년간
묻혀 있던 끝에, 그의 逝去 100周年紀念을 앞두고 발견되었으니 가히 〈기적〉
이라 할 만하다.

  따라서 우리는 前記 크레페父子의 기초연구와 포르셰의 전기를 그 방면의 共
有財로 삼고, 이에 뤼프가 가한 수정을 받아들이는 동시에, 그 가려져 있던 청
소년기——따라서 많은 추측과 과장되고 왜곡된 通說(또는 俗說)이 끼어든 시
기——에 관하여는 새로 발견된 편지들[8]을 가장 신빙할 만한 자료로 삼을 것
이며, 硏究書 간에 異說이 있을 경우에는 새로운 발견과 고증이 많이 추가되
어 있는 최신간 Pléiade 版의 書簡集[9]의 고증을 좇을 것이다. 그리고 전생애를
통하여 어느 고증연구서보다 항상 이 書簡集을 길잡이로 뒤밟아 갈 것이다. 그
중에도 특히 그가 문단에 데뷔하기 직전(1846년, 25세), 즉 詩人 자신이 강조
한 예술가의 어린 시절과, 발레리가 말한 知的 변모의 上限界 24세까지를,
되도록 세심하게, 모든 요인과 조짐에 주의를 기울이며 자세히 뒤밟아 보기로
한다.

  한편 프랑스 硏究界에서도 가장 많은 공백을 남기고 있는 이 시기에 대하여
는, 새로 발견된 자료에 의하여 고쳐 씌어진 傳記가 프랑스에서도 아직 발표
되지 않은 만큼, 우리의 기도는 퍽 野心的이며 그만큼 冒險에 대한 위구심도
크다. 앞으로 斯界의 本山에서의 修正·補完된 연구의 출현을 기대하며, 우선
用語 본래의 뜻대로의 評傳을 시도하여 우리 나름의 모험을 감행키로 한다.

---

8) Ch. Baudelaire: Lettres inédites aux siens, présentés par Ph. Auserve (1966, Grasset).
   (以下 LS 로 略記)
9) Baudelaire: Correspondance, Ⅰ,Ⅱ (Pléiade, 1973). (이하 C.Ⅰ, C.Ⅱ.로 略記)

# 第1章  어린 時節——失樂園 (1821~1828)

은밀한 기쁨으로 가득찬 천진스런 樂園,
그것은 이미 印度보다, 中國보다도 더 먼가?

———「惡의 꽃」중 **슬프고 定處없이**[1]


## 1. 詩人이 태어날 때

　1821년 4월 9일 파리[2]에서 출생. 이 해는 王政復舊 시대의 루이 18세 치하이며, 나폴레옹이 세인트 헬렌느섬에서 사망한 해다. 詩人 키이츠 Keats 가 가고, 우리 시인에게 환상과 초자연과 感覺交流의 美學으로 영향을 준 호프만 Hoffmann 이 죽은 반면, 플로베에르 Flaubert·도스토예프스키·아미엘이 출생한 해다. 詩人이 후에 「人工樂園」중 「아편 服用者」의 典據로 삼은 바, 영국의 評論·隨筆家 토마스 드 퀸시 Th. de Quincey 가 「아편 복용자의 告白」을 발표한 해이며, 더구나 詩人이 바로 「人工樂園」을 집필시에 그의 死亡이 전해진 것이다(보들레에르는 그 「아편 복용자」에서 1822년 발표로 誤認). 奇緣은 그것으로 그치지 않고, 그의 愛讀書의 하나며 포우와 더불어 사상적인 스승으로 自認한 메스트르 J. de Maistre 의 「聖 페테르부르그의 夜話」가 발표된 것도 그해 일이다.

　이 때 父親 프랑소아 보들레에르는 62세였고, 母親 카롤린느 Caroline Archambaut-Dufays 는 28세였다. 詩人이 태어난 가정은 교양 있고 기품 있는 노신사인 家長과 신앙 깊고 정숙하며 아름다운 젊은 부인의 슬하에 玉童子를 가진 조용하고 행복한 집안이며, 부유하지는 못하지만, 죽은 前妻의 지참금 재산과 종신년금으로, 여유 있고 평화롭고 아늑한 분위기에 감싸여 있었다. 그럼에도 불구하고,

　　至上 권세의 命으로 詩人이
　　이 지겨운 세상에 나타날 때,
　　질겁을 한 그의 어머니는……

———「惡의 꽃」중 **祝頌**[3]

---


1) FM, Moesta et errabunda.
2) 13, rue Hautefeuille, Paris.
3) FM, Bénédiction.

하고, 이 세상에 태어나면서부터의 〈詛呪받은 詩人 *poète maudit*〉이 가정에서 또는 주위 사람들에게서 받는 온갖 저주와 모욕·박해를 노래하고 있다. 이러한 〈저주받은 詩人〉에의 과장된 公式化는, 그가 후에 사회적인 失格者(禁治産者)로서 겪은 형용할 수 없는 갖가지 受侮와 물질적 궁핍·病苦 등으로 인하여 모든 면을 암담하게 보는 히스테리칼한 정신상태(후에 다시 언급)로 말미암은 것으로 볼 수 있다. 다른 일면, 자기가 〈저주받은 詩人〉이라는 고정관념은 잠재의식 속에 이미 그러한 自畫像을 숙명적인 것으로 설정해 놓고, 不知不識間에 이와 동화되려 하고, 또 그런 言動을 하게 된 것으로 추측할 수도 있으리라. 앙드레 말로가 프랑스人의 일반적인 기질로 지적한 〈한사코 自己傳記를 演技하려는 *avide de jouer sa biographie*〉[4] 偏執이 작용한 것일지도 모른다. 보들레에르 자신의 그러한 언동이 그의 傳記家들에게 지나친 추측과 과장된 公式化의 통설을 조장하고, 거꾸로 그들이 그의 언동을 그런 통설 내지 神話의 확증적인 자료인 양 인용하여 뒷받침으로 삼음으로써 아주 굳어져 전해 오고 있다. 우리는 어린 시절에서 청년기에 걸친 이러한 통설을 시정해 나가면서, 이미 알려진 사실과 먼저 말한 새 자료로 되도록 충실히 그의 자취를 뒤밟아 보기로 한다.

## 2. 血 統

**父親** 프랑소아 보들레에르 Joseph-François Baudelaire 는 샹파뉴 Champagne 지방의 포도 재배를 하는 농부의 아들로 1759년에 태어났다. 그 역시 48세의 아버지의 晚得임이 주목을 끈다. 결국 詩人은 110세의 年代를 隔한 祖父를 가진 셈이다. 詩人의 부친의 경력에 관하여는 시인 자신이 〈내 아버지는 붉은 본네[5]를 쓰기 전에 司祭服을 입고 있었다〉는 등, 또는 〈司祭의 아들인 나는〉 따위 말을 했다는 친구들의 증언을 전하면서도,[6] 그가 革命思想家들과 친교를 맺고 있었다는 사실 때문인지, 그대로 믿어지지 않고 근자에까지 이르렀다. 그러나 M. 뤼프가 고증한 바에 의하면,[7] 神學校를 졸업하고, 필경은 사제로 敍任되었다가, 1780년, 즉 31세에 생트 바르브學校 Collège de Sainte-Barbe 의 修辭學 교사로 있었으며, 당시 그 학교에서는 聖職者만이 교사로 채용되고 있었음이 밝혀졌다. 그뿐 아니라 그가 소속되었던 샬롱 Châlons 教區 및 생트 바르브學校는 당대 가톨릭의 과격파인 장세니스트派 *Jansénistes*의 끈질긴 堡壘였다. 2년 후 교장의 추천으로 쇠죌르 프라슬렝 Choiseul-Praslin 公爵邸의 子女師傅로 들어가서 프랑스革命을 맞을 때까지 매우 쾌적한 시기를 보낸다.

그는 神父였음에도 불구하고 프라슬렝邸에서의 생활 덕분으로 上流社會의

---

4) A. Malraux: La Voie royale.
5) 1791 녀경 急進革命家들이 쓰던 모자.
6) Crp-B, p. 3.
7) M. Ruff: L'Esprit du Mal et l'esthétique baudelairienne (1955).

세련된 범절과 사교 분위기를 몸에 익혔고, 세속적인 處世를 체득했던 것이다. 그러나 〈매우 활달하고 열렬한 精神으로, 정치와 철학에 있어 새로운 이론들을 표명했고〉,[8] 당대 진보적 思想家들이 출입하던 엘베시우스 Helvétius 夫人의 살롱 모임에 참가하며, 당대의 철학사상가 콩도르세 Condorcet·카바니스 Cabanis 등과 친교를 맺는다. 필경은 장세니스트로서의 종교적인 과격성이 당대의 세속적 혁신사상과 일맥상통한 경우라 하겠다. 한편 교양인으로서도 풍부한 자질을 가졌던 모양으로, 革命 중에는 인근의 자녀를 모아 그림 공부를 가르쳐 생계를 이었고, 특히 恐怖政治下에는 친분 있는 革命思想家들을 통하여 프라슬랭家의 재산몰수를 완화하도록 매우 용감하게 진력하여 報恩에 힘썼다. 大革命 중에 敎育改革의 立案者로 활약하던 콩도르세가 혁명 집권자들과의 異見 때문에 투옥되어 死刑言渡를 받자, 그에게 自殺用의 독약을 비밀리에 제공한 것으로 전한다.

과격파가 몰락하고 1799년 나폴레옹이 집권하자, 프라슬랭공작은 다시 황제의 宮臣이 되고, 프랑소아 보들레에르의 혁명 중의 진력에 보답하는 뜻으로 그를 元老院 사무국에 천거하여, 상당한 지위와 생활 수준을 보장해 주었다(事務局長, 1801~1814, 年俸 10,000프랑, 약 800~1,000만원 상당). 그는 그 공직에 있어서도 유능한 실무자임을 입증했으나, 차라리 그 〈직업〉은 생활수단일 뿐, 그로서는 부업 정도로 여겼던 모양이다. 이 점에서도 우리 詩人의 당디슴 dandysme의 原型 같은 것을 그 부친에게서 찾아볼 수 있다(생계를 위한 직업에 대한 멸시). 그러기에 그는 첫 결혼 때의 結婚證書에 자기 신분을 畵家라고 기입했고, 詩人의 出生·領洗書에도 역시 畵家로 기입하고 있다. 사실 그는 미술의 열렬한 애호가이며, 당대의 畵家(Naigeon, Prudhon)와 彫刻家(Ramey)들과 친교를 맺고, 그 자신도 화필을 들었으며, 그가 결혼한 첫 夫人 로잘리 자냉 Rosalie Janin 역시 〈그림에 열중하던 허약한 女人〉[9]으로 전해진다. 부친의 미술에 대한 애착 또한 詩人에게 매우 큰 영향을 주었음을 곧 알 수 있게 되리라.

神父인 그가 환속하여 결국 詩人의 아버지가 되기까지의 경로는 프랑스革命이라는 大變動의 혼란과 격동기에 진행된 만큼 매우 복잡한 과정을 밟고 있다. 그의 性向과 사상은 이미 말한 바이지만, 대혁명기에 교회는 탄압을 받고 많은 성직자들이 박해를 면하기 위하여 교회를 떠났으며, 그도 역시 그 중의 한 사람이었다.[10] 그리하여 1797년(38세) 로잘리 자냉孃(32세)과 결혼(Ruff가 1955년에 밝혀내기까지는 1803년으로 전해지고 있었으며, 1967년에 인쇄된 Porché의 增補版에도 그대로 되어 있다. 이 年代는 중요한 뜻을 가진다). 나폴레옹은 집권한 후 교회와 화해를 하여 1801년에 〈政敎和親協約 Concordat〉을 맺는다. 그런데 교회

---

8) Crp-B, p. 3.
9) Pch-B, p. 37.
10) 1793년 11월 19일 환속. Chronologie in C.I.

는 이 協約 이전의 환속은 탄압에 의한 것이므로 사면하여 다시 聖職으로 돌아
가는 길을 열었다(만약 종래의 說대로라면 그는 〈協約〉 이후에 자진하여 敎會를 버린
것이 된다). 그러나 이미 결혼까지 한 그는 다시 성직으로 돌아갈 수 없었으며,
1801 년에는 이미 元老院 사무국에 자리를 차지하고 있었다.   1805 년 46 세에
詩人의 異腹兄이 될 그의 첫아들 클로드 알퐁스 Claude-Alphonse 가 태어난다.
1804 년 나폴레옹 皇帝 卽位, 1806 년 이탈리아 倂合, 1810 년 홀란드 倂合……
등, 유럽의 파란 격동 중에도 그는 公職과 美術愛好의 평화로운 세월을 보낸
다.   1814 년 드디어 나폴레옹이 물러가고 王政이 복구되어 루이 18 世가 王位
에 오르자, 그도 공직에서 물러나 年金으로 한가로운 美術愛好家의 생활로 돌
아간다. 이해(55 세)에 夫人이 죽어 詩人의 어머니를 맞을 때까지 독신생활을
계속한다.

　**母親** 카롤린느 아르샹보 뒤파이 Caroline Archambaut-Dufays (또는 Dufaÿs)
는 혁명기에 런던에 망명 중이던 프랑스軍人의 딸로 1793년에 태어나서 7 세
때 孤兒가 된다.  (역시 Ruff 가 새로 밝혀낸 바에 의하면) 그녀의 養父 페리뇽
Pérignon 은 詩人의 부친과 같은 고향의 막역한 친구로 같은 神父, 같은 생트
바르브학교의 동료, 같은 장세니스트, 같은 경력의 還俗結婚者이며, 皇帝治下
에 정치계에 투신하여 男爵이 된다. 따라서 카롤린느는 詩人의 부친과 똑같은
사고방식과 가정교육의 영향을 받았고, 신앙심 깊고, 윤리의식이 강한 미모의
여성이었다(그 신앙심과 윤리의식이 후에 아들의 才能을 이해하는 데 큰 방해가 된다).
그리고 파리의 서로 가까운 곳에서 가정생활을 했고, 자주 찾아왔으며, 따라
서 養父와 함께 카롤린느孃도 가끔 보들레에르宅으로 놀러오던 처지다.  그러
기에 養父는 60 세의 외롭고 늙은 홀아비 친구에게 34 세나 아래이긴 하지만
養女인 老處女를 선뜻 伴侶者로 보냈을(1819 년) 것이다.

　**父母의 영향**　흔히 보들레에르硏究家들은 62 세의 父와 28 세의 母라는 점을
지적하여, 그 不均衡에서 생리 및 심리적 영향을 말하며,[11] 〈그의 神經質的인
기질이며 (……) 유약하고 격렬한 성격, 끊임없는 동요〉[12] 등의 근본 원인으로
설명하는 것이 통설로 되어 있었다.   이 점은 근거 없는 추측이며, 예전이나
지금이나 그런 연령차로 결혼하는 예는 얼마든지 있으며, 그 결과가 의학적인
어떤 불리한 영향을 자손에게 끼친다고 할 만한 근거는 없다.  少年期의 그의
모습에는 별다른 어두운 면의 기질이나 성격을 엿볼 수 없다.  다만 보들레에
르가 晩年에 卒倒, 中風 失語症을 겪다가 사망한 것처럼, 母親 역시 失語症으
로 생애를 끝냈으며, 그의 異腹兄 알퐁스는 詩人과는 정반대로, 단정하고 규칙
적인 생활을 한 法官이었음에도 불구하고, 半身不隨에 腦出血로 사망했다는 점
에서 父母 양쪽 血統上의 유전적 요소를 주목할 만하다.  이 점에 관하여 크레

---

　11) Pch-B, "la première fatalité physiologique", p. 38.
　12) ibid.

페는 詩人이 〈내 先祖들, 미치광이 혹은 偏執狂들, 장엄한 居室에서 모두 그
들의 지랄스런 정열의 피해자로 죽다〉[13]라고 「內密日記」에 삽입한 斷章에 주
목하고, 父系는 대대로 시골 농부였으니 해당될 수 없으므로 母系일 것으로 판
단하고 조사한 결과, 뒤파이 Dufays 家와 동일하거나 유사한 姓의 貴族(英國과
노르망디 地方의)들 중에 狂氣로 몰락한 가문이 있었을 것으로 추측하고 있다.

　둘째로 父·母가 똑같이 장세니스트系의 신앙이 몸에 배어 있었다는 점은 詩
人의 기질과 사고방식 및 경향에서도 그 영향을 엿볼 수 있다. 끝으로 부친의
美術愛好의 취미는 詩人에게 직접적인 영향을 주었음을 우리는 곧 확인하게 될
것이다. 그리고 그의 18세기적인 정신자세며 취미, 그리고 貴族社會에서 체득
한 세련된 범절과 去就[14] 등이 그대로 詩人에게 물려져서, 후에 詩人과 사귄
사람 모두가 주목한 점이며, 때로는 그 세련 고상한 취미와 몸가짐(그의 dan-
dysme의 一面), 그리고 단정한 예절 등이 일부러 꾸민 作態로 오해되기까지 한
점을 들 수 있다.

## 3. 향기로운 樂園

　　그대 얼마나 먼가, 향기로운 樂園이여,
　　맑은 창공 아래 一切가 사랑과 기쁨뿐인 곳,
　　사랑하는 一切가 사랑받을 만한 곳,
　　순수한 관능 속에 가슴이 폭 잠기는 곳!
　　그대 얼마나 먼가, 향기로운 樂園이여!

——「惡의 꽃」 중 슬프고 定處없이[15]

　**詩人의 生家와 父親**　파리의 오트푀이으街 rue Hautefeuille 13番地는 그 후
새로이 생제르맹街 Boulevard Saint-Germain 관통으로 헐렸고, 현재 地下鐵
오데옹 Odéon 驛 남쪽에 위치하며, 現 아셰트 Hachette 出版社의 위치에 해당된
다. 詩人은 여기서 6세에 부친이 사망할 때까지 어린 시절을 보낸다. 그는 후
에 자주 친구들에게 행복한 어린 시절과 아버지에 관한 이야기를 들려 주었다
고 전한다. 그의 집에서 뤽상부르公園까지는 걸어서 불과 5,6분 걸릴 거리
다. 다섯살 때, 그러니까 父親이 67세 때 같이 공원으로 산책하던 일, 곱슬
머리의 긴 白髮에 유난히 검은 눈썹의 온화한 노인과 어린 샤를르, 흡사 할아
버지와 손자의 산책같이 보였으리라. 겁에 질린 어린이에게 마구 다가오는 개

---

13) JI, f, p. 1259.
　　Crp-B, pp. 5~6 note(2). Pléiade 版에는 미치광이 *fous*는 痴人 *idiots*으로, 죽다 *morts*는
　　削除되어 있고, 그들의 〈지랄스런 정열 *de leurs furieuses passions*〉은 〈무시무시한 정열 *de*
　　*terribles passions*〉로 校訂되어 있음.
14) 〈보들레에르(父—역주)氏는 모든 점에서 매우 뛰어난 분이어서, 전적으로 貴族的인 고상한 범
　　절을 지녔었지요. (……) 그는 이 모든 엘리트들과 프라슬랭公爵宅에서 사귀었어요.〉——母親이
　　Ch. Asselineau 에게 보낸 書信, Crp-B, p. 260.
15) FM, Moesta et errabunda.

들을 단장으로 쫓아주곤 하며, 전에 자기가 근무하던 元老院(지금의 上院) 앞을
지나 공원에 이르면, 그에게 숲 속에 세워진 彫像들을 일일이 설명해 주던 일
……그리고 부친에게서 이어받은 미술에 대한 첫 정열, 후에 詩人은 이렇게
증언한다. 가정 분위기에 관하여——

　　幼年期 : 루이 16세 시대의 낡은 家具, 古美術品들, 執政政治時代, 파스텔畫들, 18
世紀의 社會[16]

　그리고 거기서 몸에 밴 미술 취미——

　　모든 造形畫에 대한 어린 시절부터의 항구적인 趣味[17]

　취미 정도로 끝나지 않는다——

　　그림 崇尙을 찬양할 것(나의 위대한, 유일한, 나의 原初的인 情熱)[18]

이라고 단언한다. 이〈정열〉이 그로 하여금 최초의 저서인 美術評論集「1845年
의 美展評」을 발표하게 하였으며, 19世紀 최고의 미술평론가로 만든 것이다.
　詩人의 기억에 남을 만한 나이의 부친과의 접촉은 불과 2, 3년간으로 끝나지
만, 그에게서 받은 영향과 회고적인 흠모는 거의 詩人의 深層意識 속에〈個人
的 神話〉로 응결되었음을 여러 가지로 엿보게 한다. 그것은 모친의 재혼으로
더욱 깊숙이 가라앉고, 더욱 굳게 응결되었으리라는 것을 짐작할 수 있다. 첫
째, 그는 靑年期 이후 한 곳에 오래 머무를 수 없어 자주 거처를 옮기지만, 끝
내 부친의 肖像畫는 잊지 않고 간직했다고 전한다.「內密日記」에 보이는 司祭
(神父)에 대한 누차의 찬양도 그 한 표현이다.

　　司祭는 굉장하다. 그는 숱한 놀라운 일들을 믿게 하니까.
　　司祭들은 想像力의 從僕이며 信奉者들이다.[19]

　그 밖에도 세 번이나 언급하고 있지만, 흥미 있는 점은 司祭를 항상 詩人과 극
히 가까운 성격과 기능을 가지는 것으로 인연을 지어 주고 있다는 사실이다(위
에서는 大衆에 대한 司祭의 그 창조적인 호소·설득력과 想像力).「內密日記」중에도
유명한 아포리슴에서, 인간 중에 존경받을 만한 (또는 위대한) 것은 오직〈司祭,
戰士, 詩人뿐〉(다시 言及)이라고 하여〈詩人—나〉와 함께〈司祭—父親〉을 항상
人間上位의 同列에 나란히 세운다. 40세 때 곤궁과 갖가지 疾病과 빚으로 시
달리며 自殺이 고정관념처럼 쫓아다님을 호소하는 긴 편지에서, 그는 자기 고
독을 한탄하며,〈저는 외톨이입니다. 상대하여 신세를 푸념할 친구도 애인도
없고, 개도 고양이도 없어요. 오로지 영구히 말없는 아버지 초상화뿐이에요.〉

<hr>

16) JI, Notes Bio-Bibliographiques, p. 1312.
17) ibid. p. 1313.
18) JI, mc, p. 1295. Crp-B 에서는 Fusées 에 있는 것으로 誤認.
19) JI, f, p. 1248.

(1861년 5월 6일부 모친에의 편지)라고 고백한다. 외톨이로 괴로와하는 그의 방안에 자리잡은 유일한 존재가 父親의 모습이었던 것이다. 곤궁과 失意에 빠진 晩年에 쓴 「內密日記」 중의 다음과 같은 뜻밖의 고백에서, 그가 가슴 속 깊이 얼마나 높은 자리에 父親을 모시고 있었던가가 노출된다.

　　매일 아침, 모든 힘과 正義의 根源인 神에게, 또 仲介者로서 나의 아버지와 마리애트와 포우에게 기도를 드릴 것.[20]

　즉 神에의 仲介者로서 死後 적어도 37, 8년이 되는 父親과, 어린 시절부터, 특히 뇌이이 Neuilly에서 같이 지냈으며 母親 再嫁時에 그가 情을 쏟을 수 있던 가정부 마리에트(「惡의 꽃」 중 「마음씨 고상한 가정부」의 主人公)와 그가 존경하는 詩人을 든 것이다. 그는 자기의 祈禱文을 초하여 天主에게 〈저의 아버지와 마리에트의 영혼을 당신에게 부탁하나이다〉[21]고 적고 있다.

　**엄마와 단둘이**　남편이 사망하자[22] 3일 후에 첫 家族會議[23]가 열려, 모친이 自然的 및 法的 後見人으로 지명되고 父親의 유산을 未成年 아들 대신에 관리하도록 결정한다. 그 후 詩人의 어머니는 필경 살림을 줄이고 절약하기 위하여 가까운 거리에 있는 생탕드레 데 자아르 廣場 Place Saint-André-des-Arts[24]으로 옮아갔고, 거기서 異腹兄 알퐁스와 셋이 살다가, 兄이 결혼하여 별거하게 된다. 여름철에는 불로뉴숲 근처에 있는 뇌이이 別莊에서 몇 달을 보냈다. 특히 뇌이이 別莊은 詩人의 아버지가 무척 애착을 느낀 나머지, 자기 死後에도 아들이 영구히 소유하기를 바랐다고 전한다. 충실한 가정부 마리에트의 시중을 받으며 어머니와 단둘이, 그리고 젊은 과부가 어린 외아들에 아낌 없이 쏟는 사랑에 푹 안겨, 그의 생애에서 가장 평화롭고 티없이 행복하며, 갖가지 快樂에 싸인 짧은 한때를 보낸다. 詩人 자신의 회고적인 표현대로 〈푸른 樂園〉〈천진스런 낙원〉〈향기로운 낙원〉이다. 특히 뇌이이의 별장[25]에서의 행복스런 분위기에 관하여는, 「惡의 꽃」 중에도, 전혀 苦惱의 그림자가 비치지 않고 티없이 맑고 평화로우며 순수무구한 행복감에 감싸인 유일한 서정시(「無題」)로 노래하고 있다――

　　거리에 이웃한 우리들의 하얀 집,

---

20) JI, h, p. 1269~70.

21) JI, mc, p. 1287.

22) Momparnasse 墓地에 埋葬, 단 現 Baudelaire 墓와는 다름.

23) 家族會議構成員은 父系로 異腹兄 Alphonse를 필두로 母親의 養父의 아들 Paul Pérignon 등 6명과 母系로 부친의 제자였던 Praslin 公爵 등 9명 계 15명, 그 중 J. B. Julliot 씨가 後見人 代理로 지명됨. cf. C.I, p. LXXXI.

24) Guide littéraire de la France, 1964 (Hachette)에 의하면 30番地에 살았고 1827년부터 1831년, 즉 Lyon으로 떠날 때까지 4년간으로 되어 있다. ――p. 121. C.I.에 의하면 곧 Rue du Bac로 轉居, p. XXVIII.

25) 이 집은 3, Rue de Seine에 위치. 父親의 의사에 반하여 1843년 6월에 이 집을 팔게 된 직후에 이 詩를 쓴 것으로 추측되고 있다. FM-Cr. Bl, p. 474.

작지만 조용한 그 집을 나는 잊지 않았네.
빈약한 숲 속에 발가벗은 四肢를 숨긴
그 포모나 石膏像과 낡은 비너스像을,
그리고 저녁이면 번지르르 화사한 太陽을,
빛살이 부숴지는 유리창 뒤에서,
검소한 식탁보와 사아지 커어튼 위에
그 聖燭 같은 反射光을 활짝 펴고,
신기스런 하늘에 부릅뜬 눈처럼 우리들의
잠잠하고 오랜 식사를 바라보는 듯하던 그 太陽을.

──「惡의 꽃」 중 나는 잊지 않았네[26]

이 詩 바로 다음에 제작 年代는 훨씬 동떨어져 있음에도 불구하고, 〈고상한 마음씨의 家政婦〉 마리에트를 추모하는 詩를 잇대어 놓은 것도, 그 집에서 같이 살던 추억을 기리기 위함임을 알 수 있다. 그리고 「슬프고 定處없이」의 다음의 失樂園에 대한 斷腸의 哀訴의 중심이 바로 이 우리들의 〈하얀 집〉이라는 것도 쉽게 이해할 수 있다.

허나, 그 앳된 사랑의 푸른 樂園은,
달리기며, 노래며, 뽀뽀, 꽃다발들,
언덕 뒤에서 멀려 울리는 비올롱 소리,
저녁이면 숲 속에서 포도주병들 가지고,
──허나 그 앳된 사랑의 푸른 樂園은,

은밀한 기쁨으로 가득찬 그 천진스런 樂園은,
이미 印度보다, 中國보다도 더 멀단 말인가?
울부짖음으로 되불러낼 수 있을까,
쟁쟁한 목소리로 되살릴 수 있을까,
은밀한 기쁨으로 가득찬 그 천진스런 樂園을?[27]

**女性世界에의 조숙한 趣味**　이 시기의 사랑과 기쁨은 물론 자기 어머니를 중심으로 집중된 그것임은 위에서도 이미 언급한 바이다. 다음 晚年(40세)의 회고 편지는 이를 웅변으로 말해 준다.

"馬車를 타고 한 散策이 생각납니다. 어머니가 한때 流配되어 있던 病院에서 퇴원하던 길이었지요. 그때 어머니는 그 동안 당신의 아들을 생각했다는 것을 내게 증명하려고, 저를 위하여 손수 그리신 펜畵들을 보여주었지요. 내 기억력이 굉장하다고 생각되죠? 후에 생탕드레 데 자아르 廣場과 뇌이이, 오랜 散策들과 끊임없는 愛情!……아! 그때가 내게는 어머니의 애정이 넘친 속에서 보낸 참 좋은 시절이었죠. 필경 어머님에게는 모진 시절이었을 때(未亡人이 된 시기─역주)를 〈좋은 시절〉이라고 부르

<hr>

26) FM, *Je n'ai pas oublié……*
27) FM, Moesta et errabunda.

는 걸 용서하세요.  하지만 나는 항상 어머니 속에 살아 있었고, 어머니는 오로지 나 혼자만의 것이었지요……"[28]

그런데 흔히 어머니에의 사랑을 어린이의 모친에 대한 예사로운 애정과는 달리 분명히 精神分析의 대상이 될 만한 정열적인 사랑 *amour-passion* 이며, 異性에 대한 사랑인 양 천착하는 이들도 있다.[29] 그리고 그 방증으로 흔히 다음과 같은 고백을 인용한다.

　女性들에 대한 早熟한 취미. 나는 毛皮의 냄새를 女人의 냄새와 혼동하고 있었다. 지금 생각하거니와…… 결국 나는 그녀의 우아스러움 때문에 어머니를 사랑하고 있었다. (「內密日記」)[30]

게다가 前揭한 母親에의 편지에는 그 앞에 이렇게 적혀 있다.

　"내 어린 시절에는 어머니에 대한 정열적인 사랑의 한 시기가 있었어요——들어봐요, 그리고 두려워하지 말고 읽으세요. 이때껏 어머니한테 그 일을 그토록 말한 적이 없지요."

따라서 마음 속 깊이 간직해온 응고된 비밀이라 할 만하다. 허나 유달리 민감한 어린이가 소년기에 어른이 보면 우스울 정도로 어머니에게 집착하는 非正常的인 애정을 품는 경우는 그리 신기한 일도 아니다.  우리는 잠들기 전에 모친의 뽀뽀를 밤중까지 안타까이 기다리는 프루스트의 경우에서도 그런 예를 볼 수 있다.

그보다도 女性들만의 世界(母親과 가정부)에서 그녀들에 에워싸여 자란 사람이 어떤 영향을 받는가는 생각해 볼 문제다. 그는 散文詩에서도 한 아이가 下女와 같은 침대에서 잘 때, 그녀가 잠든 사이에 슬며시 어루만져 보고는, 그 풍만한 육체와 비단 같은 살결과, 머리타래에 얼굴을 묻었을 때의 관능적 쾌감을 말하고 있다[31](父親 死亡의 혼잡한 때에 필경 마리에트와의 경험이 아닌가 추측할 수도 있다).  그 밖에도 女性에 대한 조숙한 취미를 말하거나 또는 女性의 관능적인 美를 찬미한 글이 여러 군데 있다.[32]  그런데 보들레에르는 한 걸음 더 나가서, 어린 시절에 女性들의 분위기에 잠겨 자란 남자만이 예술적인 완성에 이를 수 있으며, 〈女性世界의 早熟한 취미〉가 〈우월한 天才〉를 만든다는 독트린을 세우기까지 한다. 그 자신 되풀이하여 유년기의 여성적 분위기에 대한 〈조숙한 취미〉를 말한 것으로 미루어 분명히 자신의 경우를 생각하면서 쓴 것

---

28) Lettre à sa mère (以下 LM로 略記) (6 mais 1861) C. Ⅱ, p. 153.

29) F. Porché는 이 점을 단정적으로 말하며, 1926년에 이미 그 점을 지적했으며, 자기가 최초로 그 점에 주목했다고 밝히고 있다. Pch-B, p. 45.

30) JI, f, p. 1259.

31) Spl, Les Vocations.

32) PA, pp. 444~5 ; Lettre à Poulet Malassis, 23 avril 1860 ; Plans et Projets, p. 519 ; Le Peintre de la vie moderne 중 La Femme, p. 1182.

으로, 「阿片服用者」에서 드 퀸시의 어린 시절에 관하여 이렇게 말하고 있다.

> 시초부터 女人의 유연한 분위기 속에, 그녀의 손, 乳房, 무릎, 머리털, 그 부드럽
> 고 浮動하는 衣裳의 냄새 속에 오래 잠겨 있던 사내는
> 　그윽한 香料의
> 　따스하고 향기로운 목욕,
> 거기서 피부의 섬세함과 기품있는 語調, 일종의 男女兩性共有性 *androgynéité* 이 몸
> 에 배었으며, 그것 없이는 가장 악착스럽고 가장 성숙한 天才도, 藝術의 完成에 있어
> 서 不充分한 者로 머무르게 마련이다. 요컨대, 나는 女性界 *mundi muliebris*, 그 一切
> 의 굽이치며 반짝이고 향기로운 장치에 대한 조숙한 취미가 우월한 天才들을 만든다
> 고 말하려는 것이다. [33]

**天才와 어린 시절**　위에서 본 바와 같이 저 자신의 어린 시절의 유다른 경
험을 누차 강조하고 있지만, 사실 우리는 어린 시절의 환경과 경험이 藝術家
의 발전과 성격에 크게 영향을 준다는 것을 알기 위해 이때껏 자세히 캐본 것
이다. 이 점에 관하여는 詩人 자신이 1852년 雜誌(Revue de Paris)에 발표한
포우 Poe 에 관한 論文[34]에서,

> 한 사람의 性格, 天分, 文體는 그의 어린 시절의 일견 비근한 상황들에 의하여 형
> 성된다. 만약 이 세상의 舞臺를 차지했던 모든 사람들이 어린 시절의 그들의 印象들
> 을 기술했더라면 우리는 얼마나 훌륭한 心理學事典을 가지게 될 것인가!

그리고 두번째 草한 포우研究에서는,

> 위대한 詩人들을 특정지어 주는 早熟한 경험——〈內在的 경험〉이라고 해도 좋다. [35]

라고 요약해서 말하고 있다. 1860년에 쓴 「阿片服用者」에서는 더욱 명확하게
理論化하고 있다.

> 우리는 바로 어린 시절에 관한 메모에서 成年 男子의 야릇한 夢想들의——더 적절히
> 말하여 그의 天才의——싹을 발견할 것이다. 모든 傳記作家들은 다소간에 完全度의 차
> 이는 있을망정, 한 작가나 한 예술가의 어린 시절에 얽힌 逸話들의 중요성을 깨달았었
> 다. (……) 어린이의 어떤 사소한 슬픔, 어떤 사소한 즐거움 따위가 精妙한 감수성으
> 로 터무니없이 확대되어, 후에 어른 속에서 저도 모르게 예술작품의 原理가 된다. 요
> 컨대, 더욱 간명하게 말하자면, 성숙한 예술가의 작품과 그가 어린이였을 때의 마음
> 의 상태와의 철학적 比較로써 다음 사실을 증명하기란 쉬운 일이 아닐까——즉 天才
> 란 이제 자기를 표현할 만큼 성숙하고 강력한 器官들이 갖추어져, 명확하게 표현된 어
> 린 시절에 불과하다는 것을? [36]

---


33) PA, p. 445.
34) Edgar Allan Poe, sa vie et ses ouvrages, cité in Pch-B, p. 51.
35) Edgar Poe, sa vie et ses oeuvres in Oeuvres Complètes de Ch. Baudelaire, 1917
　(Conard) T. 6; p. XIV.
36) PA, p. 443.

이렇게 되풀이 강조한 점은 확실히 일반적으로 타당한 진실이기도 하다. 그러나 그 반면 다음과 같은 의구심을 일게 하며, 우리는 또한 이에 경계를 할 필요가 있다. 즉 圓熟期의 보들레에르의 그런 확신과 이미 〈저주받은 詩人〉으로 정착된 자기 모습에서, 거꾸로 자기 어린 시절을 윤색하거나 재구성 또는 과장된 圖式化로 기울어질 위험이 그것이다. 즉 자기 傳記를 소급하여 윤색·再構成하는 점과 現時的으로 〈自己 傳記를 演技〉하는 두 가지 虛構性을 경계하여야 한다.

## 4. 어린 시절부터의 詩人의 性向

**二元性** 詩人 자신이 「內密日記」에서, 또는 그 밖의 詩와 글에서, 누차 회고적인 고백을 했고, 또 그것을 근거로 강조 공식화하여, 으례 보들레리앙들은 그의 內面에 共存하는 二元性 *dualité* 또는 兩極性 *polarité* 을 운운하게 마련이다. 그런데 그의 幼年期와 〈푸른 樂園〉의 기쁨과 사랑과 행복은 이미 본 바와 같지만, 그 반면에 뜻밖에 어린 시절부터 고독감과 神秘에의 경도가 뿌리 깊이 박혀 있음을 고백한다. 자주 인용되는 것으로,

> 내 어린 시절부터의 孤獨感. 가족이 있음에도 불구하고——그리고 특히 동무들 속에 끼어서——영원히 고독한 宿命의 느낌.
> 그렇지만 생명과 쾌락에의 매우 강렬한 취미. [37]

이 고독감은 內省的인 쪽으로 파고들어 공상과 神秘로 기울어진다. 램프燈 밑에서의 어린이의 空想,

> 地圖와 版畵를 사랑하는 아이에게는,
> 宇宙의 넓이는 그의 광대한 食慾과 같으니,
> 아! 램프 빛 밑에서 世界는 얼마나 큰가!

——「惡의 꽃」 중 航海[38]

擴散的인 공상에서 神秘로의 內向,

> 내 어린 시절부터 神秘에의 경향. 神과의 나의 대화. [39]

그런데 이 孤獨의 엄습을 크레페와 블랭은[40] 몇해 후 그가 리용의 기숙사 생활을 할 때와 연결시키고, 사르트르는 母親의 再婚 때로 못박는다.[41] 그렇다면 그의 첫 二元性의 갈등을 노래한 詩 「목소리」는 어떻게 되는가?

---

37) JI, mc, p. 1275.
38) FM, Le Voyage.
39) JI, mc, p. 1299.
40) JI, Crp-B, p. 338.
41) Sartre: Baudelaire, 1947 (Gallimard), p. 20.

(……) 내 키는 二折版만했다. / 두 목소리가 내게 말했다. 하나는 앙큼하고 / 단호히 말했다.——"大地는 달콤한 과자란다. / 나는 네게(그렇게 되면 네 쾌락은 限이 없을 게다) / 그만큼 큰 食慾을 만들어 줄 수 있지." / 그리고 또 다른 목소리는 "오너라, 오! 꿈 속으로 / 여행하러 오너라, 可能한 것을 넘어, 알려진 것을 넘어!"

(……)

나는 그대에게 대답했다. "네! 감미로운 목소리여!" / 그 때부터다, 嗚呼라! 내 상처와 / 내 宿命이라고 부를 만한 것이 시작된 것은.

——「惡의 꽃」補遺編 목소리[42]

詩人의 〈상처〉와 〈宿命〉이 시작된 〈그 때〉는 키가 〈二折版만〉한 정도의 어린 시절로 되어 있다. 먼저 〈내 家族이 있음에도 불구하고〉라고 했거니와, 이 신비로운 두 가지 유혹의 목소리를 듣던 것은 아버지의 書齋, 〈바벨塔〉같은 책시렁 밑에서다. 그러니 모친 再婚과는 관계 없는 〈숙명〉의 부름이랄 밖에 없다. 앞의 項에서 지적한 바, 傳記의 소급 再構成 내지 과장일지도 모른다. 우리로서는 고증할 길이 없다. 허나 아주 어린 시기에 어쩌다 혼자 공상에 잠기고, 무슨 人生의 豫感 같은 막연한 孤絕感과 두려움을 느끼는 일은 凡夫의 경우도 있을 수 있다. 설사 詩人의 과장이란대도 이 〈목소리〉가 있는 한, 〈내 어린 시절부터의 孤獨感. 가족이 있음에도 불구하고〉 역시, 적어도 보들레에르 자신의 생각으로는, 모친 재혼은커녕 아버지도 살아 있던 시절부터라는 뜻이 분명하다. 이 〈상처〉와 〈숙명〉이 유명한 그의 〈二元性〉 또는 〈兩極性〉의 시작을 말한다. 未知・꿈의 世界에로의 몰입과 現實世界의 쾌락, 온갖 苦難・受侮, 〈삶의 혐오〉와 〈삶의 환희〉.

아주 어렸을 때, 내 가슴 속에 상반되는 두 感情을 느꼈으니, 즉 삶의 혐오와 삶의 歡喜. (「內密日記」)[43]

**四分身** 이 共存하는 갈등과 상극적인 경향은 후에 成年 詩人이 되어 정신성・理想・天上界를 향하는 上昇의 所望과, 물질성・현실의 쾌락・地獄을 향하는 轉落의 유혹으로 격화되고 동시에 매우 圖式化되는 출발점이다. 이 自我分裂은 散文詩 「天分」[44]에서 무척 흥미 있는 分身들로 표상된다. 4명의 사내아이들이 장난에도 싫증이 났는지, 서로 자기 경험담을 이야기한다. 편의상 네 아이를 A, B, C, D로 나눈다. A는 극장에 가 본 경험이다. 그 갖가지 장면의 기이하고도 재미있는 변화, 그 화려함, 아름다움, 자기도 거기에 섞이고 싶은 욕망…… 즉 現世的 갖가지 허영과 쾌락에의 유혹이다. B는 A의 이야기에도 귀를 기울이지 않고 멍하니 하늘의 한 점을 응시하고 있다가, 별안간 흘러가는 한 조각 붉은 구름을 가리키며, 〈그가〉 저 구름 위에 앉아 있다고 외

---

42) FM, poèmes ajoutés: La Voix.
43) JI, mc, p. 1296.
44) Spl, Les Vocations.

친다. 〈神〉이 그 구름을 타고 지평선 쪽으로 흘러간다는 것이다.  어리둥절한
다른 아이들 곁에서, 그는 구름이 사라진 지평선을 〈환희와 아쉬움의 형용할 수
없는 표정으로〉 우두커니 계속 바라본다. 즉 그가 말한 〈내 어린 시절부터 神
秘에의 경향. 神과의 나의 대화〉의 일면이다. C 는 자기가 부모들과 여행 중
주막에 투숙했는데, 침대가 모자라서 가정부와 한 침대에서 잔 경험이다. 가
정부가 잠든 사이에 슬그머니 그녀의 팔, 목, 어깨를 만져보고, 그 풍만한 육
체와 비단 같은 살결의 쾌감, 등에 드리운 그 〈사자 갈기처럼 숱 많은〉 머리칼
속에 자기 머리를 묻었을 때의 그 향기의 도취감을 이야기한다. 그의 〈女性에
대한 早熟한 취미〉의 일면이다.  D, 그는 보통 아이들과는 달리, 가정에서는
아무런 기쁨이나 흥미거리도 없다. 항상 어딘가 정처없이 가 보았으면 좋겠다
는 것이다. 〈내가 있는 곳보다 다른 곳에 가면 좋을 것으로 항상 생각한다〉.
그런데 어느날 장터에서 돌팔이 樂士 세 명의 街頭演奏 광경을 목도한다. 필
경 집시일 그들의 야성적이며 정열적인 생김새, 태도, 음악에 매혹되고, 그들
이 정처 없이 떠돌아다니며, 닥치는 대로 숲기슭에서 野宿을 하는 광경을 뒤
밟아 엿본다. 그리고는 그들의 생활이 자기가 늘 꿈꾸던 생활과 꼭 같아서, 영
구히 그들을 따라가고 싶더란다.  未知의 세계와 꿈을 좇는 自由와 放浪의 유
혹이다.

    이런 고백을 엿듣던 詩人은 D 의 열띤 이야기에도 다른 아이들이 별로 흥
미를 보이지 않는 냉담한 반응을 보고, 〈벌써 남에게 이해받지 못하는 사람
*déjà un incompris*〉인 그 아이를 〈나 자신의 未知의 동생〉인 양 느꼈노라고, 가
장 큰 共感과 친근감을 토로한다. 그러나 그 밖의 A, B, C 도 모두 보들레에르
의 分身이며, 어린 시절의 그의 여러 面을 각각 대표함은 물론이다.

# 第2章  靑少年期(1828~1839)

만 7세에 모친이 재가하고 그가 18세에 학업을 끝낼 때까지, 그리고 그 후 계속 보들레에르는 대부분의 경우 가정을 떠나 살았다. 그러니까 늘 곁에서 그를 살펴보고 후에 증언할 사람이 매우 적다. 그리고 밖으로 나타난 많은 사건으로 점철된 것도 아니고, 대개의 遍歷이 내면적인 것이다. 그러기에 傳記上의 억측과 과장과 숱한 傳說 내지 俗說이 끼어들기 쉽다. 그 자신도 테오필 고티에 Théophile Gautier 論에서 적절히 지적하고 있다.

쓰기가 쉬운 傳記들이 있다. 예컨대 그 생애가 事件들과 모험으로 들끓는 사람들의 傳記다. 거기서는 사실들을 그 年代와 함께 기록하고 정리하면 그만일 것이다. 그런데 여기서는 作家의 과업을 편집자의 과업으로 축소시켜 주는 그러한 자료의 多樣性이 전혀 없다. 오직 精神的인 거대함이 있을 뿐! 더없이 극적인 모험들이 그의 두뇌의 둥근 천정 밑에서만 묵묵히 연출되는 한 사람의 傳記는 전혀 다른 계열의 文學的인 작업이다.[1]

여기서도 바로 그런 경우에 우리는 부딪치고 있다.

## 1. 〈내 넋은 금이 갔네〉

**母親再婚**   1828년 11월 8일, 35세의 모친은 39세의 군인(少領)과 재혼한다. 義父 자크 오픽 Jacques Aupick 씨는 어린 시절에 고아가 된 無産者로 자수성가한 意志의 남아이며, 그 당시 이미 나폴레옹皇帝의 軍門에서 혁혁한 공을 세운 역전의 용사였다. 그는 결코 실수를 저지르는 일이 없는 명석한 판단력을 가진 사람으로, 군인으로서도 눈부신 승진을 거듭하고, 퇴역 후에는 全權公使(콘스탄티노플駐在), 大使(마드리드駐在)를 역임하고, 마침내 元老院의 의석을 차지한 사람이다.

**마음의 상처**   여기서부터 숱한 보들레리앙들(그중 대표적인 예가 Porché)의 지나친 추측과 과장이 끼어들고, 수많은 俗說이 최근까지 굳어져 왔다. 우선 모친 재혼에서 받은 어린 詩人의 충격에 관하여, 어린 마음에 영구히 아물 수 없는 〈금 fêlure〉이 갔다는 것이다. 〈보들레에르는 무척 섬세 예리하며, 독특하고

---

1) Théophile Gautier, pp. 675~6.
2) LS, p. 21.

있으며, 특히 〈신경질적인 男子〉에게 일어나는 증세를 자신에게 밝히고 있음은 주목할 만하다.

히스테리! 어째서 이 生理的 수수께끼가 文學作品의 핵심이 되지 않을 것인가? 의학 아카데미가 아직도 해결을 못 했으며, 여자들에 있어서는 발끈 치밀고 숨막히게 하는 감정으로 표현되며(그 主要 징후만을 말하겠다), 신경질적인 남자들에 있어서는 온갖 無力과 또한 온갖 과격으로 나타나는 그 수수께끼가 말이다. [63]

발끈하여 과격으로 달리게 하는 것이 히스테리의 陽性的인 면이라면, 그 〈온갖 無力 toutes les impuissances〉 상태는 그 裏面이며 陰性的인 면이라 하겠다. 위에서 본 〈내가, 배은망덕이라고!〉를 되풀이 부르짖던 그 상태가 前者라면, 형에게 고백한 〈意氣 소침〉과 〈마비 상태〉는 후자의 경우라 하겠다. 더구나 만년에 이르면 차츰 발끈하는 기력이 약화되는 반면, 그 無力과 마비 상태의 증세는 몹시 악화되어, 모친에의 편지마다 그 고통을 호소하고 있다. 졸도와 失語症·반신불수로 끝나는 신경병의 한 과정을 엿볼 수 있다.

이상으로 우리는 少年期의 모습을 종합적으로 살펴보았다. 전반적으로 밝고 행복하며, 건전하고 명랑하며 순진스런 므습의 그늘에, 뜻밖에 몇 가지 어둡고 꺼림칙한 증세에 주목했으며, 그 어두운 요소가 그저 꺼림칙한 기우로 그치지 않음을 보게 될 것이다. 앞으로 그것이 밝은 면을 몰아내고 表面化·악화되는 分岐點을 볼 수 있을 것이다. 우리는 일단은 과장·억측과 圖式化의 俗說을 신중히 몰아내는 데 성공하였음에도 불구하고, 불행히도 보들레에르 자신이(위에서 인용한 바) 포우 Poe 에 관하여, 또는 畵家 콘스탄틴 가이스 Constantin Guys 에 관하여 말한 〈예술가와 어린 시절〉의 관계가 후일 그의 어둡고 불행한 면에서 的中됨을 시인하지 않을 수 없다.

## 4. 파리 學窓時代

**思春期** 義父 오픽씨는 험악한 사회 분위기 속에서 격무를 치르기는 하였으나, 아주 순조로운 승진으로, 1834년에 大領으로 승진, [64] 다음해에는 레지옹도뇌르勳章을 받고, 1836년 1월 9일 파리駐屯 제1사단의 參謀長으로 임명되어 상경한다.

샤를르는 파리의 名門 리쎄 루이 르 그랑 第3學級에 입학한다(리용에서는 제2學級이었는데, 파리에서는 數學을 1년 앞당겨 제3학급부터 시작하기 때문에, 수학에 뒤떨어질까봐 3학급에 入學). 역시 기숙생으로 들어간다. 파리 上京 후 형에게 보내는 첫 편지(1836년 2월 25일)에서 이 소식을 알리고 있다. 그리고 리용에서는 2위였는데, 〈學級에서 꼴찌가 될까봐 두려움〉을 느끼며, 파리에서는 수학

---

63) Madame Bovary(書評), p. 654.
64) Crp-B와 Pléiade 版에는 밝혀져 있지 않고, Pch-B에는 1838년 昇進으로 되어 있음.

을 리용에서보다 한 해 먼저 시작하므로 수학 때문에 〈뒤질까봐 두려움〉을 표명한다. 그리고 1년이 지나, 모친에게 보내는 편지(1837년 3월 22일)에서 英語 5위, 그리이스語 作文 17위를 알리고, 義父가 20년 전(1815)에 입은 무릎의 戰傷 후유증에 관하여 무척 걱정을 하며 섬세하게 신경을 쓰고 있음이 주목된다. 아빠가 부활절 방학에 베르사이으宮 여행을 약속해 주었던 모양이다.

"날씨와 이번 눈 때문에 아빠가 또다시 앓지 않을까 걱정입니다. 이런 날씨가 계속된다면 베르사이으旅行은 그만두지요. (……)
설사 날씨가 좋더라도, 그 旅行으로 건강이 그리 좋지 않으실 아빠는 무척 피로하실 거예요. 만약 어쩌다 돌아오셔서 다시 병드신다면? 만약 우리가 그 여행을 하고 싶더라도 아빠가 충분한 체력이 있음을 확인하기 위하여 휴가의 끝 무렵으로 연기해야 할 거예요."65)

이 세심한 애정과 배려를, 그 〈아빠〉가 그를 전해 봄에 리세 루이 르 그랑에 입학시키며 교장에게 했다고 전하는 말과 아울러 생각해 보면, 이 父子 간의 사이를(적어도 學業을 끝낼 때까지는) 그 이상 의심할 아무런 근거도 없다.

"校長님, 자 이 애가 제가 교장님에게 드리러 온 선물입니다. 자, 貴校의 명예가 될 학생입니다."66)

강직하기만 하던 군인이 이 정도로 아들을 자랑으로 삼고, 그의 장래에 전폭적으로 신뢰하고 있는 것이다. 다음달의 편지에도 역시 아빠 건강에 대한 걱정과 궁금증이 계속된다.

"아빠 소식을 알고 싶어요. 몹시 괴로와다시는지, 상처가 곧 아물 것으로 생각되는지, 몹시 倦怠로와하시는지, 아빠가 저에 관한 말씀을 하시는지, 엄마가 제게 알릴 수 있는 모든 것을 알고 싶어요. 제가 일요일 저녁에 집을 떠나올 때 아빠의 통증이 시작되고 있었는데, 뒤탈은 없었는지요? 지금은 쇼케氏가 간호를 하는지요? 아빠가 특히 그의 간호를 받고 싶어하셨으니까 말입니다."

그리고 齒痛을 앓던 모친에 대한 문안도 극진하다.

"그리고 이젠 엄마 소식도 물어야겠어요. 齒痛을 앓는 것을 보고 떠났는데 괴로운 하룻밤을 보냈을까 걱정이 되는군요. 계속 齒科醫한테 다니셨다면, 필경 완전히 나았겠죠?"67)

그런데 전에도 부모에게 그런 안부를 염려하는 글이 있었지만, 유달리 짙고 자상한 애정의 流露가 눈에 띈다. 4월에 접어들어 만 16세다. 이미 靑年期에 들어선 것이다. 파리에서 봄과 思春期를 맞는 샤를르. 寄宿生의 학창 시절의 계속이라, 아직 대상이 異性에게로 쏠릴 기회도 겨를도 없다. 허나 같은 편지

---

65) LS, pp. 111~2.
66) Crp-B, p. 13, Pch-B, p. 67.
67) LS, pp. 112~3.

에 유달리 校長·敎師·復習監督先生이 자기에게 관심을 기울인 일에 무척 민감하게 느끼고, 對話 내용까지 일일이 모친에게 보고한다. 전에 없던 다감한 심리의 움직임이 여실히 나타난다. 이 편지에서 노엘의 「文學講義」라는 책을 보내 달라고 부탁하고, 그 책이 필요한 이유로 全校 콩쿠르에 대비하여 詩作 공부에 전렴하겠노라고 다짐한다. 그리고 復習敎師가 詩作을 위하여 특별히 교습을 자청한 일을 자세히 보고하고, 그가 자기에게 개인적인 호의를 보여준 일에 아주 민감하여, 깊은 감명을 받은 마음의 동요가 역력히 나타난다.

　"오늘 아침에 그 젊은 분이 자기 復習講義가 재미있었는가고 제게 묻더군요. 저는 무척 놀랐어요. 물론 그렇다고 말했죠. 그리고 그는 잠시 저하고 한담을 나누려 했어요. 콩쿠르 이야기를 들려주고, 또 자기 장서 중에서 제가 원하고 제 공부에 어떤 연관이 있는 책들을 빌려 주겠노라고 제안했어요. 단지 소설이나 그런 종류의 책은 빌려주지 않겠다고, 만약 그랬다간 그 자신이 나를 위험에 빠뜨리는 일이 되니까, 라고 하더군요."

　이렇게 자세히 설명하고 나서, 그러나 자기는 그런 제안을 利用하지 않겠노라고, 그의 友情表示에 무척 신경을 쓰면서도 신중한 태도를 표명하고 나서, 〈以上이에요. 그게 무엇을 뜻하는지를 저는 모르겠군요〉[68]라고 덧붙인다. 어리둥절한 內心의 동요를 엿볼 수 있다. 분명히 리용 시절과는 다른 새로운 징조, 역시 사춘기의 심리적 움직임으로 주목된다.

　공부에 관계되는 책 이외에는 안 빌려 준다는 말을 일부러 삽입했지만, 과연 소설이나 시집 따위는 빌지 않았을지? 리용 시절에 이미 휴게 시간이면 빅토르 위고, 라마르틴느의 詩篇을 낭송하던 것으로 전한다.[69] 역시 파리 기숙사 시절에 샤토브리앙의 「아탈라」·「르네」, 그리고 생트 뵈브의 청년기의 詩集 「조제프 들로름의 生涯와 詩와 思索 Vie, Poésies et Pensées de Joseph Delorme」(1820)과 半自傳的 小說 「官能 Volupté」 등을 탐독하였고, 생트 뵈브는 후일 그와 가장 친밀한 대선배 文人으로 친교를 맺게 된다.[70] 이미 어린 시절에 눈뜬 조숙한 관능이 이 사춘기의 靈肉의 갈등과 혼란을 그런 유의 로맨틱하고 관능적인 詩와 소설로써 더욱 助長되었을 것으로 추측된다. 특히 그가 생트 뵈브에 대하여 변함 없이 경애하는 충실성을 보인 것도 이 사춘기에 받은 깊은 감명 때문으로 풀이된다(우리는 第Ⅱ篇에서 그의 결정적 영향을 밝힐 것이다).

　日附가 없는 같은 해의 편지에 성적 7位를 보고하고, 外出禁止(繪畵 시간에 펜畵를 그렸다는 죄로!)를 알린다. 역시 日附 없는 편지에서, 콩쿠르에 대비하는 夜間學習을 급우 전원이 거부하여 전원 외출 금지당한 전말을 보고하며, 〈내게는 공부를 할 또 하나의 이유〉가 되었으며, 교장선생과 무슨 일이건 마찰을

---

68) ibid. pp. 114~5.
69) Pch-B, p. 14.
70) Rf-B, p. 9.

피하겠음을 피력한다. 자기 先生(담임?)은 자기에게 만족하고 있으며, 성적은 역사 7위, 영어 2위. 英文으로 된 「Simple Story」를 휴게 시간에 읽는다고 보고하며, 또다시 〈아빠〉의 병에 대한 간절한 심려를 토로한다.

"마소니씨가 제게 말하기를 최근에 아빠를 보았는데, 밤에 잠을 잘 주무서지 못하더라고요. 제발 편지로 아빠 소식을 알려주셔요. 좀 덜 괴로와하시는지, 상처가 아물 것으로 생각되는지 말해 주셔요. 저 대신 아빠를 포옹해 주세요."[71]

7월에 역시 모친에게, 외출 금지의 벌을(화학 숙제에 게을러서) 받고, 〈엄마를 못 만나니, 우울하고 따분하다〉고 호소한다. 그리고 〈아빠는 파티를 마련하셨는데, 내일 제가 外出을 못하니 몹시 불만이실 테죠〉하고, 아빠에게 무척 면목이 없는 심정을 토로한다. 그리고 리용 시절에 없던 〈공포〉症이 새로이 고개를 든다.

"來年度에는(7월에 學年末, 10월에 新學年—역주) 무얼 하죠? 그 修辭學班이 두려워요. 저는 결코 제대로 해내지 못할 것만 같아요."[72]

그리고는 콩쿠르에 대비하여 최후의 분발을 다짐한다. 이 콩쿠르란 年 1회전 파리의 리쎄 상급반의 우수한 학생들의 作文(作詩)의 競試다. 그러니 교장 이하 열을 올리고, 흥분하는 것도 당연한 일이다. 이 편지에서 처음으로 용돈을 달라는 청이 나온다.

다음 편지(역시 日附 없음)에서 용돈으로 책 두 권을 샀다고 알린다——「感傷的 旅行記」와 「페루女人의 편지」다. 우리 「書簡集」에서 학교 공부에 관계 없는 문학작품으로 처음 등장하는 것이며, 한창 감수성이 풍부하고 성장할 시기의 것이니 우리도 이에 주목하고 호기심을 가질 만하다.

「感傷的 旅行記」[73]는 프랑스와 이탈리아(주로 프랑스)의 아무 구속 없고 한가로운 여행자의 견문담, 경험담으로, 18세기 프랑스 사회와 풍속, 인물들의 묘사, 성격, 인심, 삽화들로 되어 있고, 그 중에는 사랑으로 정신이 돈 少女의 이야기며, 자기가 이탈리아에서 경험한 유명한 音樂家 F 의 夫人과 사랑의 모험 등도 들어 있다. 〈가벼운 애수에 덮인 유우머의 佳作〉으로 평가되고 있다. 「페루女人의 편지」[74]는 페루 태생의 한 젊은 女人이 파리에서 멀리 고국에 있는 약혼자에게 보내는 서간집 형식으로, 異國人의 눈을 빌어 파리 사회, 사교계, 풍습, 세태 인심에 대한 비판과 풍자, 美女를 둘러싼 은근한 속삭임 등이

---

71) LS, p. 117.

72) ibid. pp. 118~9.

73) Laurence Sterne : Voyage Sentimental en France et en Italie. 저자(1713~1768) 死後에 곧 刊行. 原文(英語) 佛譯版 어느 것으로 읽었는지 不明.

74) Mme Graffigny : Lettres péruviennes (1747)는 첫 제목은 Lettres d'une Péruvienne 로 Montesquieu 의 「Letters persanes」 (1821)의 성공에 자극되어, 이를 본뜬 것으로, 더욱 날카로운 풍자와 섬세한 감각으로 出版 당시 크게 성공을 거두었다. 작자는 한때 Cirey 의 Voltaire 곁에 피신한 적도 있으며, 그 밖에 戱曲도 발표.

날카롭고 섬세한 감각으로 표현되어 대성공을 거둔 작품이다.

이 두 작품의 공통점은 사랑, 여행, 프랑스 사회 비판 내지 관찰 등으로, 그의 글에서 가끔 프랑스인에 대한 신랄한 비판이 나오고, 후에 그 자신이 벨기에에 머무르며 날카롭고도 신랄한 풍자의 紀行 觀察記를 쓴 소지가 여기서 마련되었을까? 또는 이 18세기의 프랑스 사회와 生活相의 묘사를 통해 그가 유년기에 亡父의 체취에서 느꼈던 〈18世紀 사회〉의 희미한 인상을 선명하게 재확인한 것일까? 후일 그가 강조한 〈現代的인 삶 La vie moderne〉 또는 자신이 〈美學에 있어서 現代的 moderne en esthétique〉[75] 임을 자신있게 자부하게 된 것도 그가 일찍부터 익힌 이 18세기의 사회 생활과의 대조로써 확인된 것이 아닐까?

8월 드디어 快報——〈엄마, 책들을 가지러 오는 걸 잊지 말아요. 빨리 오세요. 엄마 기쁘실 거예요. 콩쿠르에서 2位를 차지했어요. 따라서 교장 교감과도 화해가 되었죠. 아빠에게 알려줘요. 그리고 아빠에게 포옹을.〉[76]

라틴語 詩作으로 수상한 것이다. 무척 기쁘고 흥분하고 자랑스러운 듯. 그럴 것이 파리 學區 競試에서 2位라면 프랑스 전국 리쎄 학생 중에서 2位나 다름없으니 말이다. 그의 학창시대를 통한 頂上期였으리라.

다음 11월 형에게 보낸 편지는, 너무 오래 편지를 드리지 못하여, 형이 노한 모양으로, 편지도 주지 않고 면회도 오지 않는다는 점을 들어, 무척 익살과 어리광 섞인 사과를 하면서 또 한번 자기 〈게으름〉을 자탄한다.

"제가 저지르는 유일한 과오, 라느니보다는 차라리 온갖 과오들은, 모든 것을, 내가 몹시 사랑하는 사람들에게 편지 쓰는 것조차도 줄곧 다음날로 미루는 영원한 게으름으로 빚어진 것이에요."

30년 후에도 똑같은 자책을 되풀이하는 이 〈게으름〉, 무엇이건 〈즉각 일을〉 시작 못 하는 그 버릇이 단순한 나태 탓만이 아님을 우리는 이미 보았다. 또 한 번 주목할 만한 고백이 계속된다.

"제 생각을 종이에 옮기는 일에 대하여 느끼는 이 고통은 거의 이겨낼 수 없는 것이에요."[77]

말라르메의 유명한 〈純白의 憂慮 souci blanc〉와 〈無力狀態 impuissance〉를 상기하면, 상징파 詩人들의 묘한 혈통인 듯하여 흥미롭다.

성적 1位, 드디어 頂上이다. 그러니 아빠의 귀염을 받을밖에. 그는 지금 침대에 누운 채 형에게 편지를 쓰고 있다. 이유는,

"아빠와 함께 鐵道邊을 산책하다가 말에서 떨어졌어요. 그래 무릎에 심한 타박상을 입

---

75) JI, f, p. 1255.
76) LS, p. 121.
77) ibid. pp. 121~2.

었죠. 落馬한 지 몇 분 후에 다시 말에 올라타고 우리는 계속 세 시간 동안을 산책했
는데, 저는 아무 고통도 느끼지 않았어요. 그런데 집에 돌아와 말에서 내리자……"[78]

그래도 승마에 대한 열은 대단하다. 더구나 씩씩한 군인 아빠와 나란히 승마
산책을 하는 자랑스러운 기분을 짐작할 만하다.  兄의 승진(王命의 퐁탱블로 駐
在 檢事代理)을 축하하고, 편지마다 하듯이 누나(그는 兄嫂를 줄곧, ⟨ma soeur⟩라
고 부른다) 그리고 형수의 동생 테오도르의 안부를 묻는다.

며칠 후 학교로 돌아가서 교장의 재가로 기숙사에서 의무실로 옮기기까지 자
질구레한 전말을 모친에게 자상히 적어 보낸다. 庶務 직원의 객설, 교감선생
의 태도, 교장의 친절, 30여권의 책과 일용품을 가지고 다리를 절뚝거리며 의
무실까지 옮겨가는 광경, 그리고 의무실서의 일과 등. 다음날 急報. 外科醫의
水腫이라는 진단으로 하루 두 번의 受講은 물론 일체의 기동을 금지당했단다.
여기서 두번째 히스테리症을 드러낸다.

    "그 두 바보녀석들(看護醫師와 外科醫)이 (……) 내가 알 게 뭐야! 또 침대에 누워
    감금된 채, 목을 조르고 싶은 두 백정놈들 bourreaux 손아귀에 좌우되게 된 내 꼴."[79]

불과 10일간의 의무실 생활이었건만, 첫 히스테리칼한 격노와 좋은 대조로,
거기서 풀려나오는 기쁨의 반응도 좀 지나친 흥분으로 나타난다. 역시 신경질
적 nerveux 기질을 엿보게 한다.

    "굉장한 기쁨! 저에게 또 엄마에게. 월요일 아침에 학교로 돌아가요. 드디어, 참
    기뻐요, 이 감옥을 떠나게 됐으니! (……) 제발 될 수 있거든 내일 7시 반에 오세
    요. (……) 아! 정말이지 전 엄마를, 아빠를 하루 종일 만나야만 해요. 삶으로 돌아
    갈 필요가 있어요. 기쁘고 흐뭇하고 미칠 지경이에요."[80]

같은 11월에 4번째 쓰는 모친에의 편지에서 作詩 3위의 성적을 알린다. 그
리고 「프랑스史」[81]를 사고 싶은데, 그 古本 代價 7프랑을 엄마에게서 얻어내기
위하여 참으로 간곡한 긴 애원의 편지를 쓰고 있다. 전에 자기가 청하여 사 준
노엘著 「라틴文學講義」(위에서 그저 「文學講義」로 되어 있었음) 덕분으로 콩쿠르에
서 受賞한 점을 상기시키고, 週給으로 주는 용돈도 필요 없으니, 거기서 책값
을 빼도 좋다, 古本은 이미 修女가 구해 주었는데 代金을 못 주시면 되돌려보
내겠다…… 등, 참으로 간곡하다. 그리고 ⟨희한한 것은 못 되지만 아빠에게 제
성적 순위를 말씀드려요⟩로 끝맺는다. 12월에 들어서 다시 라틴語 2위. 빅토
르 위고의 中篇 「死刑囚 最後의 날」을 보내 달라고 부탁하며, ⟨만일 여러 권
있거든 한꺼번에 보내줘요⟩ 하고 왕성한 독서욕을 보여준다. 그리고 끝으로,

---

78) ibid. pp. 122~3.
79) ibid. p. 128.
80) ibid. p. 129.
81) Hénault : Histoire de France, 5 vol.

"아빠에게 저를 방문해 주신 것에 감사를 드려줘요. 아빠 방문이 한없이 기뻤어요. 자주 있는 일은 아니지만, 드문 일일수록 귀중하거든요. 저는 무척 아버지가 좋아요. 아빠에게 제 성적 順位 말씀드리는 걸 잊어선 안 돼요."[82]

이 무렵에 모친을 자주 〈내 사랑 mon amour〉이라고 부르는 것이 눈을 끈다. 역시 思春期 탓일까?

1838년 정월이다. 역시 혈통적으로 신경통의 체질인 모양으로, 두 달 전의 落馬 타박상이 天氣에 따라 후유증을 보인다. 안개 낀 날에는 다리에 힘이 빠진다고. 〈오늘은 다리에 이상한 마비증을 느껴요.〉 다음 편지에는 繪畵에 1位. 역시 父親에게서 이어받은 소질이다. 이로써 〈모형으로 裸體를 그리는 第1班으로 옮기게 되었다〉고 알리며, 〈엄마를, 그림에 흥미를 가지신 엄마를 기쁘게 할 일아죠〉 한다. 역시 무릎의 통증을 호소. 3월에 너무 오래 편지를 안 주는 형에게 안부를 걱정하며 佛語論文에 1位를 차지했음을 알린다. 그런데 여기서 다시 〈공포〉가 고개를 든다. 이번에는 학창에서 사회에 나갈 것에 대한 불길한 예감 같은 것이다. 좀 유다르게 강하다.

"학교를 졸업하고 人生으로 들어갈 때가 다가오면 올수록 저는 더욱 무서워요. 그렇게 되면 일을 해야 하며 그것도 진지하게 해야 할 터이니까요. 그건 생각만 해도 무서운 일이애요."

그리고 같은 血統 간의 亡父에 관한 內密한 이야기가 끼어든다.

"엄마 말씀으로는 우리 아버님이 지으신 詩篇을 兄님이 꽤 많이 가지고 계시다더군요. 그 중 몇 편을, 될 수 있으면 전부 제게 보내 주시겠어요? 몹시 보고 싶은 호기심이 저를 사로잡았어요. 그것을 읽으면 커다란 기쁨이 되겠어요."[83]

이 점도 여기서 처음 알려진 사실이다. 詩人이 죽은 아버지의 詩에 대하여 품은 호기심과 간절한 심정도 짐작할 수 있다. 만 17세. 5월. 또 근신 處分. 모친이 곧 남편과 함께 피레네山脈 高地에 있는 溫泉場 바레쥬 Barèges로 요양을 간다는 점에 언급.

**詩人 形成**　6월에는 멀리 山中에 가 있는 모친에게 긴 편지. 〈처음으로 만난 내가 좋아하는 선생〉 랭氏와의 대화 내용, 그것도 그 친절한 선생에게 근신처분을 받을 때의 응수. 주목을 끄는 고백으로, 〈詩作을 하지만 이젠 그 詩들이 넌덜머리가 난다〉고 詩作의 괴로움을 호소한다. 그리고 학교에서 級友들과의 잡담도 따분해지고 서로 어울리기도 싫어지는 심정——역시 사춘기의 한 현상이라 하겠다.

"우리들이 학교에서 하는 대화는 번번이 무익하고 몹시 따분해요. 그래서 제가 사귀

---

82) ibid. p. 133.
83) ibid. pp. 136~7.

는 급우들의 모임을 자주 떠나서, 때로는 홀로 산책을 하고, 때로는 다른 모임, 다른
對話를 시도하기도 했죠. 이렇게 자주 제가 빠지니까 친구들의 기분이 상한 모양이어
서, 그 이상 비위를 상하게 하지 않으려고 그들에게로 돌아갔죠. 그러나 거거서의 對
話는 한갓 잡담일 뿐이에요. 저는 저녁 6시에서 9시까지 엄마는 일을 하시고 아빠는
책을 읽는 우리들의 그 긴 침묵의 시간이 더 좋아요."[84]

그리고 또 한번 콩쿠르에 대한 공포를 호소한다. 차츰 詩人이 형성되어 감을
엿볼 수 있다. 이런 면이 후에 당시의 級友들에 의해 좀 과장되어 전해진 것
이리라.

"때로는 神秘主義 때로는 悖倫과 터무니없는 시니시슴(하기는 단지 말뿐으로 그랬지
만)으로 가득찬 격앙된 정신이었죠. 요컨대 그는 詩에 아주 열을 올리며, 툭하면 위
고며 고티에…… 등등의 詩를 낭송하는 괴짜였어요. 그래서 나와 그 밖의 많은 級友들
에게 그는 머리가 거꾸로 돈 자였죠."[85]

匿名의 옛 기숙사 친구의 회고담을 전하고 있다. 이에 좀더 신빙성이 있는
리용시절의 級友이며 후에 파리에서 다시 만난 친구 이냐아르 Hignard 의 증언
——리용에서는 〈어느 동기보다도 아주 예리하고 뛰어났었는데〉 파리에서 만나
보니 〈일변하여 쓸쓸해졌고, 신랄해졌더라〉[86]고. 반면 모친에 대한 애정은 더
욱 간절해진다. 온천장의 모친에게 보낸 第2信에서,

"엄마가 제게 〈공부 잘해, 품행에 주의하라, 훌륭한 사람이 되라〉고 할 때마다, 설
사 엄마가 백 번을 되풀이 말한대도, 그것은 마치 〈난 널 사랑한다〉고 백 번 말하는
것과 같을 것이에요."[87]

양친이 파리를 멀리 떠난 이 시기에 오픽씨의 가장 충실한 친구인 軍人 에
몽 Emon 씨(후에 詩人과 무척 사이가 나빠짐)가 매주 2번씩 면회를 온다고 밝힌
다. 第3信에서 다시 〈공포〉증, 이번엔 좀더 심각하다.

"저로서는 아무 것도 기대할 수 없을 것으로 생각되는 콩쿠르 때문에 두려워요. 그보
다 더욱 큰 공포로 人生이 다가오는 것을 느낍니다. 획득해야만 할 온갖 지식, 세상 한
복판에 빈 자리를 찾아내기 위하여 해야 할 모든 움직임, 그 모든 것이 겁이 납니다."

그리고는 방학 동안에도 공부로 충실한 나날을 보낼 계획을 말하고, 다시 공
포를 씻어 버리려는 기대를 스스로 타일러 본다. 이때껏 공부에도 〈필요〉가 닥
쳐오면 용기를 내고 재빨리 했듯이,

"자! 人生의 필요가 곧 닥쳐옵니다. 그렇게 되면, 마치 학교의 숙제에 대해서 가끔
내가 별안간 변하듯이, 제가 별안간 영구히 변하지 않을지 누가 아나요? 그때는 펼

---


84) ibid, p. 141.
85) Crp-B, p. 14.
86) ibid.
87) LS, p. 143.

요가 제게 기억력과 활동력을 줄지 누가 아나요?"[88]

그리고는 또다시 어머니의 그 거대한 恩功과 기대에 보답 못 할까 하는 〈두려움〉이 고개를 든다. 그리고 처음으로 밝히는 충정이 있다——학교의 우수한 성적 같은 것은 〈아주 헛된 일, 아주 무의미한 일로 여기고 있지만〉, 그것은 어머니의 수고에 보답하려는 진심에서였다고. 6월 한 달에 쓴 第4信에서 또 한 번 콩쿠르에 대한 공포. 7월 들어 義父에게 편지를 보낸다. 성적 보고——프랑스語 논문 6위, 라틴語 논문 4位, 라틴語 詩作 1위. 역시 콩쿠르에 대한 공포.
王의 초대로 각 國立學校의 베르사이으宮 방문의 전말, 王이 친히 학생들을 면접하고 인사말을 들은 이야기 끝에 궁전에 걸린 그림들의 短評이 곁들여진다. 조심스럽기는 하지만 역시 장래의 美術評論家답게 기호가 뚜렷하다.

"아마도 제가 어리석은 말씀을 하는지 모르겠읍니다만, 오라스 베르네 Horace Vernet 의 몇몇 화폭과 세페 Scheffer 의 2, 3幅, 그리고 들라크로아 Delacroix 의 「타이유부르 戰鬪」[89] 이외에는 제게 아무런 기억도 남기지 못했읍니다. 그리고 또 조제프皇帝의 무슨 결혼에 관한 르뇨 Regnault[90]의 그림을 제외하고 말입니다. 허지만 이 그림은 전혀 다른 모양으로 뛰어났읍니다. 皇帝時代의 모든 그림은 무척 아름답다고들 합니다만, 번번이 몹시 규격적이며 무척 싸늘하더군요! 그 인물들이 번번이 나무들이나 오페라의 단역들처럼 병렬되어 있어요."[91]

그 밖의 학교 생활을 義父에게 자상하게 보고한 끝에, 그가 좋아하고 그를 사랑하는 랭선생과 私的으로 문학 이야기를 자주 주고받는다는 점, 자기가 현대작가들을 무척 좋아하므로, 선생이 자기 집에 놀러 와서 같이 자세히 현대 문학을 토론해 보자고 제의했다는 점을 보고하며, 〈제게는 랭선생님이 神託이에요〉 하고 흥분을 감추지 못한다. 8월, 여름 방학에 기숙사에 남아있는 심정, 그가 아니라도 우울할 것은 당연한 일이다.

"하도 울적해서 이유도 모르는 채 눈물이 나는군요. (……) 그러니 무척 쓸쓸합니다."

그러면서도 빨리 돌아오려는 모친에게, 〈溫泉이 계속 효험이 있는 한은, 아빠를 붙늘어 두기 위하여 가능한 온갖 수단을 다 쓰라〉고 당부하는 효심을 보인다. 그리고 방학 동안에 늘 독서로 소일하며, 돈을 몽땅 책 사는데 써버렸다고 고백하고, 처음으로 현대문학의 비평을 들려준다. 후일의 탁월한 문학비평가의 편린을 엿볼 수 있다.

"저는 오직 現代作品만을 읽었읍니다. 허지만, 어디를 가나 화제가 되며, 명성을 누

---


88) ibid. pp. 147~8.
89) 그 중 끝내 숭배한 것은 Delacroix 뿐이고 나머지 두 명에 대하여 그는 Salons 에서 무척 신랄하게 비단.
90) Regnault 는 詩人의 亡父 肖像畵를 그린 분으로, 그가 한평생 그 肖像畵를 소중히 간직한 점으로 미루어, 각별한 관심을 이낼할 수 있다.
91) LS, p. 153.

리더, 누구나 다 읽는 作品들, 요컨대 가장 우수한 것들입니다. 그런데 말입니다, 그
모든 것이 거짓이며, 과장되고 터무니없으며 침소봉대격이에요! 제가 싫어하는 건
특히 으젠느 쉬 Eugène Sue 입니다. 그 모든 것이 역겨워졌어요. 제가 즐겁게 읽은
것은 오직 빅토르 위고의 戱曲과 詩들과 생트 뵈브의 작품 하나(「官能 Volupté」)뿐
입니다. 문학이 완전히 지겨워졌어요. 사실인즉 제가 읽을 줄 알기 시작한 이래로 아
직 전적으로 내 맘에 맞고 처음서 끝까지 사랑할 수 있는 작품을 하나도 발견 못 했기
때문이에요. 그래서 이젠 읽지 않아요."[92)]

역시 주견이 뚜렷하고, 남들의 평판에 끌리지 않는 억센 개성이 드러나며,
義父에게 보낸 미술평과 함께 후일의 그의 면모를 豫見케 하는 雙璧이라 할
만하다. 그리고는 어머니에 대한 비상한 애정을 표명한다.

　"그리고 엄마를 생각해요. 적어도 엄마는 영구한 책이에요.　엄마와 이야기하고 엄
마를 사랑하는 데 골몰해도 다른 쾌락에 물리듯이 결코 물리지를 않거든요. 참, 우리
가 지금 헤어져 있는 것이 행복일 거예요. 저는 現代文學이 지겨워지는 것을 배웠고,
엄마가 없음을 느끼기에 엄마를 사랑하기를 그 어느 때보다도 더 배웠으니까요."

그가 現代文學에 대하여 혐오를 품었다는 점도 여기서 처음으로 밝혀진 사
실이다.

　피레네 旅行　아마도 학창시절(아니 한 평생을 통해서)의 가장 인상깊고 가장
행복한 시기가 이 피레네 여행일 것이다. 그리고 후세에 전하는 최초의 완성된
詩를 쓴 기회이기도 하다. 쓸쓸하고 무료한 기숙사에서의 방학이 한 달이나 지
난 8월 23일, 兄에게 양친이 가 있는 온천장 바레쥬로 떠난다는 소식을 전한다.

　"형, 황급히 씁니다. 곧 바레쥬로 떠나게 되었으니까요. 혼자서 마차로, 몇 백里가
되는지 모를 먼 길을 말입니다. 얼마나 큰 행복!"[93)]

같은 날 모친에게 상봉하기 전의 마지막 편지에서 성적 브고──라틴語 詩 제
1위 受賞, 프랑스語 논문 제1위 受賞, 라틴語 번역 제1 장려상, 라틴語 논문
제1 장려상. 賞으로 文學史家 빌르맹著의 「雜考 Villemain: Mélanges」와 「13 世
紀 文學講論」을 받는다. 그리고 혼자 긴 여행을 하는 것이 어쩌나 기쁜지, 여
러 가지로 道程을 공상하고는〈아무데서나 '나는 기쁘다!' 하고 외치지 않기
에 무진 애를 쓸〉지경이라고 고백한다. 그리고 도중에 툴루즈市에서도 義父가
주선한 將軍宅에 묵지 않고 주막에서 자는 편이 좋겠다고 로맨틱한 旅心을 미
리 만끽한다.

　"전 참 행복해요.　방학 동안에 여행을 하는 것. 그게 오래 전부터 제가 갈망하던
바예요. 그게 지금 실현됐어요."[94)]

---

92) ibid. pp. 158~9.
93) ibid. p. 160.
94) ibid. p. 162. 피레네 여행의 시기와 전말이 확실히 밝혀진 것도 여기서 처음이다.

52

학교로 돌아와서 한 주일 후에 형에게 보낸 편지로 우리는 처음으로 그 여행의 전말을 확인할 수 있게 된다. 피레네山脈 속에 있는 바레쥬까지 가서 15일을 묵으면서 〈도보로 달리고, 말 타고 달리며 하는 중에 하루가 달음질로 지나가는〉 나날을 보낸다. 특히 名勝地 바네에르 Bagnères의 절경에 매혹되었던지 〈프랑스에서 가장 아름다운 곳〉이라고 단언한다.[95] 필경 그가 피레네의 絕景을 노래한 詩「天下無雙 Incompatibilité」을 쓴 것도 이곳을 노래한 것으로 여겨진다. 순전히 자연만을 노래한 것은 「惡의 꽃」의 詩人으로서는 이것이 유일한 詩이며, 「現代 파르나스詩選」(1866)이 나오기 근 30년 전에 쓰인 파르나스風의 詩로도 주목할 만하다. (심지어 〈兩立不可能性〉의 뜻을 가진 이 詩題를 義父와 자기와의 그것을 암시한 것으로 풀이한 사람조차 있으니, 그 俗說의 황당무계함에 苦笑할 밖에 없다.)

### 天下無雙

저 꼭대기 저 꼭대기, 안전한 道路에서 멀리,
농장이며 溪谷에서 멀리, 언덕들을 넘어,
숲이며 푸른 초원을 넘고 넘어
家畜들이 짓밟은 마지막 잔디밭에서 멀리,

황량하고 白雪 덮인 絕壁들의 深淵
그 틀 속에 갇힌 어둑한 湖水에 부딪는다.
물은 밤낮 없이 정묘한 休息 속에 잠들어,
그 어마어마한 沈默을 결코 깨지 않도다.

        (……………)

이 孤寂 속에서 하늘은 물결 속에
스스로를 관조하며, 저기 저 山들도
그 장엄한 몸가짐으로 명상 속에 귀기울여,
인간이 듣지 못하는 聖스런 神秘를 듣는 듯.

어쩌다 떠도는 구름 한 점 날아와서
그 고요한 湖水를 침침하게 그늘지우면
하늘을 여행하며 지나가는 精靈의 옷인 양
혹은 그 투명한 그림자인가 하노라.[96]

그가 후에 俗世에서 시달리는 〈저주받은 詩人〉(Albatros로 상징된)이 속세를 떠나 詩의 世界에 마음껏 날개를 펴고 飛翔하는 장쾌함을 노래할 때, 필경 그 俗塵을 멀리 떠난 장엄한 山上의 광경이 머리에 떠올랐으리라.

---

95) 旅程: Paris→Toulouse→Barèges→Bagnères→Tarbes→Auch→Agen→Bordeaux→(船便) Royan→Rochefort→La Rochelle→Nantes→(로아르江邊)Blois→Orléans→Paris.
96) Incompatibilité, pp. 193~4.

> 연못 위로, 溪谷 위로
> 山, 숲, 구름, 바다 위로,
> 太陽을 넘고, 氣層을 넘어,
> 星圈들의 境界를 넘고 넘어.
>
> ——「惡의 꽃」 중 上昇[97]

하여간 벼르고 벼르던 끝에 義父가 자기 병 치료의 여가를 이용하여 단행한 이 大旅行은 무엇보다도 샤를르에게 베풀어 준 가장 큰 향연이었음이 확실하다. 그는 많은 見聞을 얻은 듯, 형에게 〈저는 이루 끝낼 수 없는 이야기들을 간직하고 있어〉 편지로는 도저히 쓸 수 없다고 말한다.

10월 개학과 더불어 최종학년 哲學級으로 올라간다. 하마터면 留級을 당할 뻔했다고 형에게 고백. 12월 초, 繪畵 시간에 떠들다가 외출 금지 처분을 당했으며, 지난 해에 조롱을 해 준 교감의 앙심 때문이라고 모친에게 보고. 섣달 그믐날 형에게 보낸 新年 인사 편지에서는, 哲學級 학생인데도 영 그렇게 보이지 않는 듯하다면서, 〈점잖은 태도를 취해 보아도 소용 없어요. 아버지나 어머님은 나를 끝내 어린이로 보려고 고집하시거든요〉 하며, 〈점잖음의 修習을 시작하기 위하여, 처음으로 元老院엘 가 볼 작정〉이라고 익살을 부린다.

1839년 2월, 義父에게 제법 어른다운 내용의 편지를 보낸다. 부친은 무술과 馬術 교육을 약속했던 모양이다. 역시 사내다운 사람으로 단련시키려는 第2의 矯正策의 의도가 역연하다. 오픽씨가 아니라도 의지박약한 아들의 性向을 꿰뚫어본 아버지라면(더구나 19세기 전반의) 의당 그럼직한 일이다. 이에 대한 반응이 역시 문학을 지향하는 청년다운 것이어서, 후일의 父子間의 장래 진로에 대한 의견 충돌은 이미 여기서 그 조짐을 드러낸다. 그는 무술과 마술을 배우는 비용으로 개인교사를 한 명 붙여 주면, 그에게서 학교에서 배우지 못하거나 부실한 분야——宗敎, 美學 또는 藝術哲學, 그리이스語의 특별 지도를 받고 싶다는 뜻이다. 이에 人文系 수재의 전당인 에콜 노르말 출신 라제그 Lasègue 氏[98]를 內定(월 30프랑의 보수로)하고 있다. 특히 그리이스語의 중요성과 이에 대한 자기의 건전한 學習熱을 강조하고 있다.

첫 波瀾 만 18세에 접어든 지 한 주일 후에 청천벽력 같은 사건이 일어난다. 루이 르 그랑의 교장이 오픽씨에게 샤를르의 退學處分의 통고를 보낸 것이다(1837년 4월 18일부).

"오늘 아침에 令息이 級友가 그에게 密送한 쪽지를 가져오라는 교감의 독촉을 받고 이를 거부하고, 쪽지를 조각내어 삼켜버렸읍니다. 그는 본인 앞에 호출되어, 자기 급우의 비밀을 내주느니보다는 차라리 어떤 처벌이건 달게 받겠노라고 言明하였으며, 그

---

97) FM, Elévation.
98) Lasègue 氏는 Baudelaire 의 Baccalauréat 준비를 맡아 성공시켰으며, 후에 人文系를 떠나 醫學으로 전환, 상당히 저명한 精神科 醫師가 되었고, 詩人이 브뤼셀에서 병증이 악화되어 그의 진단을 받으려 했으며 失語症에 걸렸을 때, 그에게 치료를 의논함.

가 더없이 유감스런 의혹을 받게 만든 그 친구를 위할 생각으로 변명에 급급하여, 본인에게 냉소조로 대답하니, 본인은 도저히 그 불손함을 묵인할 수 없는 바입니다. 이 젊은이는 꽤 뛰어난 자질을 타고났으나, 무척 나쁜 정신으로 말미암아 파탄되어, 본교의 훌륭한 질서에 해를 끼침이 非一非再였으니, 그를 貴下에게 돌려보내는 바입니다. 本人의 유감의 뜻과 貴下에 대한 지극한 敬意를 드리나이다.

校長 피에로

별안간 일어난 일이지만 벌써부터 反抗的인 소행이 있었던 모양이다. 이해 3월에 이미 담임선생의 평가는, 전해는 좋게 기입된 그였건만, 〈며칠 전부터 그가 아주 이상한 거취를 다시 취했다. 불가불 여러 번 엄격한 벌을 줄 밖에 없었다. 學年初부터 좋은 길로 접어들었던 이 生徒가 즐겨 못된 본을 보여주기 시작하는 것은 유감천만이다〉라고 기입한 바[99] 있다.

그러면 대체 그 쪽지 內容은? 샤를르의 그런 행위의 동기는? 구구한 억측을 남길 뿐 수수께끼로 남아 있다. 교장이 말한 〈더없이 유감스런 의혹〉 운운으로, 그 친구의 쪽지 내용이 수상쩍다(同性愛?)는 추측, 단순한 의협심의 발로일 거라는 선의의 해석. 하여간 군인 義父도 이 선의의 해석에 따라 자기 희생으로 받아들였던지, 그다지 꾸중하지 않고, 후에 보듯이 선처하여, 계속 그를 격려해 주고 있다. 여기서 한 가지 덧붙이자면, 이때껏 자주 수업시간 중에 장난질이나 잡담으로 처벌을 받아 왔지만, 교장에게 냉소조로 응답하면서까지 친구를 옹호한 점은 역시 사춘기를 벗어나지 못한 정서적 불안정 상태임을 엿보게 한다. 그리고 특히 쪽지 돌리기 놀이는 후일 그의 급우[100]가 밝혔듯이, 수학시간에 자주 있었으며, 서로 〈題韻詩 bout-rimé〉를 競作하여 쪽지로 회람하던 일을 회고하고 있다. 그가 기억으로 재현한 샤를르의 詩 두 편[101]이 있다. 필경 1839년경으로 추정된다.

I

우리 이미 남들처럼 지치고 시든
이제사 때로 먼 東方에서 아직도,
아침의 붉은 노을을 볼 수 있는지
찾아봄이 감미롭지 않은가.
그리고 우리 고된 道程을 나아갈 때,
우리 뒤에서 노래하는 메아리며,
天主께서 우리 人生의 시초에 마련하신
그 젊은 사랑의 속삭임을 듣는 것은……?[102]

---

99) 새로운 考證. Chronologie de C.I, p. XXIX.
100) Emile Deschanel, Crp-B, pp. 14~5.
101) Emile Deschanel: les Villonistes, in Journal des Débats, 15. Oct. 1864.
102) 無題. Poésies diverses, p. 193.

Ⅱ

그는 그녀가 흰 스커트를 입고
잎과 가지들 속을 뚫고 달리는 모습을 좋아했지,
옷이 덤불에 걸리면 다리를 감추던
그 어색하고도 무척 귀여운 그녀를……[103]

혹자는 Ⅰ에서 이미 〈남들처럼 지치고 시든〉 것으로 자처하고, 지난날의 〈젊은 사랑〉을 회고하는 점과, Ⅱ의 관능적인 女態의 회고, 그리고 그의 短篇 「팡파를로 La Fanfarlo」에서 찾아볼 수 있는 Ⅱ와 유사한 귀절을 지적하여, 그가 이미 리용 시절의 牧歌的 사랑에서 순결을 잃은 것을 후회하는 것이 아닌가 하고 추측하지만,[104] 우리가 이때껏 보아온 바로는 근거 없는 억측이다. 일치되는 評대로 생트 뵈브의 詩集 「조제프 들로름」의 模作에 불과하다.

다시 退學 후의 처리로 돌아간다. 샤를르는 집에 돌아와 특히 모친의 비탄을 보고 깊이 후회한 듯, 그날 즉시 先生에게 용서를 비는 편지를 쓴다. 내용으로 보아 교장에게 보낸 것이 확실하다. 급우를 처벌케 하기 싫어서 쪽지를 내주지 않았으며, 쪽지 내용은 〈거의 無意味한 것〉인데, 선생님께서 내 친구를 〈추악한 의혹을 받게 만들었다〉 하신 말씀이 하도 어이가 없이 느껴져서 웃었으며, 禮를 잃었음을 인정하고, 만약 자기가 선생님을 모욕하는 기색을 보였다면, 전혀 그런 의사가 없었음을 강력히 호소하며, 진심으로 사과를 드린다고 맺고 있다. 하나 復校는 이루어지지 않았고, 義父는 자기 영향력을 이용하여 리쎄 생 루이 Lycée Saint-Louis 에 등록케 하는 동시에, 샤를르가 소원이던 개인교사 라제그씨 댁에서 대학 입학 자격 시험 준비를 계속하게 한다.

**掉尾의 成功과 慶事** 라제그씨 댁으로 가서 한 주일쯤 지난 5월 초에, 또다시 義父 다리 치료로 온천장에 가서 묵고 있는 모친에게 새 生活의 소식을 전한다. 大入資格考試 준비에 착수한다는 점, 선생이 무척 好人이고 집안 분위기도 다 좋지만, 때때로 〈침울함〉을 느끼며, 무엇보다도 양친이 그립다는 점, 식사를 하러 가는 집의 아주머니의 이상한 言動과 그 집 분위기 등을 자세히 적어 보낸다. 역시 5월에 필경 형이 그가 콩쿠르에 응시할 수 있는 手續을 밟아준 모양으로, 이에 대한 깊은 감사를 兄에게 적어 보내고 분발과 성공의 결의를 다짐한다.

여기서 1839년 5월 폭동의 분위기를 전한다. 共和派 바르베 Barbès, 블랑키 Blanqui 가 지휘하는 이른바 〈季節會 Saisons〉의 蜂起다(후에 둘이 다 체포됨). 政界가 소연한 때라, 오픽씨는 치료 휴가를 취소하고 돌아온 모양이어서 (4개월 休暇로 모친은 2개월 요양 예정임을 샤를르에게 밝힘), 〈아빠는 말을 타고 참모진과

---

103) ibid
104) Pch-B, p. 69.

강군과 함께 나간 채 어떤 소란이 있는 한 돌아오지 않는다〉고 밝힌다. 이해
에 政界의 불안과 경제공황이 겹쳤다. 오픽씨는 그 소란 중에도 샤를르에게 편
지를 써 충고하고 격려한 모양으로 6월 말에 답장을 쓴다.

"아빠가 제게 쓴 편지 매우 고맙습니다. 하도 착하시고 애정 깊은 편지여서 (……)
하지만 아빠는 그 글월에서 그토록 친절하고 너그럽게 저를 꾸중하시기에 (……)"105)

새 생활의 소식을 묻는 부친에게 先生 라제그씨를 비롯하여, 그의 부친과 모
친의 성격과 언동을 아주 간결하고도 약동하게 묘사하고 나서, 근자에 무슨 계
획을 하고 있느냐는 물음에 대한 대답으로, 〈계획을 하죠, 아빠도 아시다시피
저는 항상 계획을 해요, 저는 계획 잘하는 정신이에요〉라고 한다. 후일의 그
숱한 작품 계획과 그만큼 항상 〈뒤로 미루는〉 버릇을 상기시킨다. 학창 시절의
마지막 콩쿠르에 참가할 뜻도 밝힌다──〈그게 엄마를 기쁘게 하니까.〉 역시
성적에 대한 집념의 원인의 절반은 어머니의 극성을 만족시켜드리려는 애정과
절반은 義父에 대한 劣等콤플렉스로 맺어진 듯하다. 곧이어서 또다시 부친에
게 급히 出生證明書를 보내 달라고 편지를 쓴다(콩쿠르에 참가하는 학생들에게
요구하는 것이 예사).

8월 오픽씨 准將 승진. 곧이어 同 12일에 샤를르는 대학 入學資格證을 획
득, 경사가 겹친다. 부친은 모친과 함께 다시 온천 요양. 昇進이 발표된 다음
날 그는 義父에게 극진한 축하의 편지를 보낸다.

"아버지 昇進에 저는 무척 행복해요. 아들이 아버지에게 하는 축하이니, 아버지가
받을 모든 축하들처럼 평범한 것은 아니지요. 저는 행복해요. 이때껏 아버지가 얼마나
마땅히 그래야 할 (將軍이 되어야 할─역주) 것임을 자주 보아 알 만했으니까요."

이렇게 기쁨과 축하와, 평소 그가 義父에 대하여 품고 있던 존경을 토로하
고 나서, 다시 그들 간의 애정도를 충분히 엿볼 만한 귀절이 이어진다.

"제발 答信을 주세요. 제 편지에 1對1로 답장을 주시겠다고 약속하셨죠. 그러니
아버지는 저의 채무자예요."106)

追信에서 파리 自宅으로 아버지에게 온 편지 중 라마르틴느의 편지를 특히
알려준다. 그가 리용 시대부터 愛誦하던 大詩人이 부친 將軍에게 파리를 떠나
는 告別人事 편지를 보낸 것이다. 여기서 다시 한 번 샤를르가 義父에게 품고
있던 존경을 넘은 劣等콤플렉스를 지적해 둘 필요가 있다. 이해 2월에 義父에
게 보낸 편지에 이런 告白이 있다.

"뿐만 아니라 아버지는 제가 어느 면으로 罪를 짓고, 또 제 不足한 점들이 어떤 것
인가를 하도 잘 아시고, 또 敎育에 관해서 하도 제게 眞實들을 말씀해 주셨으니, 저는

---

105) LS, p. 183.
106) C.I, p. 77.

그 점에 관하여 아버님의 의견을 크게 존경하여 받아들이겠나이다."

이렇게 자기의 약점을 꿰뚫고 있는 義父에게 畏敬과 그 矯正策에 대한 신뢰를 드러내는 주목할 만한 고백과 함께, 다음과 같이 자기 열등을 자인하고 부끄러워하는 것이다. (이것으로 이때껏 우리가 〈추측〉했던 義父의 교정책 운운은 확실한 것으로 단정하여 무방하리라.)

"마송씨는 그의 습관대로, 한심스런 칭찬을 제게 퍼붓더군요. 한심스럽다는 것은, 아버지와 저 둘 사이이니 말씀입니다만, 우리는 저의 사람됨을 알고 있으니까 말이죠."[107]

10일 후에 그들의 慶事를 형에게 알리는 편지에서 또 한 번 장래에 대한 불안을 고백한다.

"자, 이제 마지막 학년이 끝났고, 저는 다른 종류의 생활을 시작하게 됩니다. 이상한 느낌이 드는군요. 저를 사로잡는 不安 중에서도 가장 큰 것은 장래 직무의 선택이에요. 그것이 벌써 내 머리를 차지하고, 저 자신이 아무것에도 資質을 느끼지 못하는만큼, 그리고 갖가지 취미가 교대로 優位를 차지하곤 하는 것을 느끼는 만큼 더욱 저를 괴롭힙니다."[108]

이것으로 실질적인 그의 학창시절과 학업은 끝난다. 여기까지는 性向上으로 리용의 少年과 크게 다른 모습을 보여주지 않는다. 단지 대인관계에서 사춘기다운 민감한 自我意識의 반응을 보여주고, 반면 미술평, 현대문학평, 作詩 등으로 그간의 知的 성장을 엿볼 수 있으며, 후일의 詩人의 모습을 예시해 줌을 보았다. 〈게으름〉과 意志薄弱도 여전하고, 한 번 드러낸 히스테리症도 리용 시절의 그것과 비슷하다. 한 가지 지나친 〈공포〉症이 새로 첨가되었다. 하도 자주 고백되는 갖가지 〈두려움〉과 〈겁〉과 〈不安〉은 역시 晩年이 될수록 심해진 증세와 연결됨을 우리는 보게 될 것이다. 그런데 硏究家의 조사에 의하면 「惡의 꽃」 중에 〈深淵 Gouffre〉이라는 낱말이 13回,[109] 〈深淵〉의 이마쥬가 18회[110] 나타난다고 보고한다. 우리는 무엇보다도 그것이 이 〈공포〉症과 연결되는 〈深淵〉임을 알 수 있다.

학창 시절과 함께 그의 心身의 平和와 安定은 완전히 깨지고 만다. 우선 브레이크가 고장난 기관차처럼 걷잡을 수 없는 放蕩이 시작된다. 意志薄弱者의 陽性的이고 적극적인 일면, 자제력 잃은 傾倒 증세라 하겠다.

---

107) LS, pp. 172~3.
108) ibid. p. 188.
109) Maurice Chapelain: Baudelaire et Pascal in 〈Revue de France〉, 1ᵉʳ nov. 1933. cité JI, éd. crit. par J. Crépet et G. Blin, p. 310.
110) G. Michaud: Message poétique du symbolisme, 1. p. 53 cité., ibid.

# 第3章　地上에 流配되어 (1839~1845)

挪揄의 소용돌이 속에 地上에 流配되니
그 巨人의 날개가 걷기조차 방해하네.
　　　　　　　　——「惡의 꽃」중 알바트로스[1]

## 1. 激浪에 휘말려

**放蕩과 浪費**　그 거듭 自責·분발·맹세를 되풀이하던 〈게으름〉에서 우리는 이미 〈意志薄弱〉이라는 진단을 내렸고, 만년에는 그 자신이 그 점을 자인하기에 이른다. 의지박약증의 陰性的 소극적인 면으로 게으름과 타성·우유부단 등 무기력으로 나타난다면, 陽性的 적극적인 면으로는 自己制動力을 잃은 탐닉·傾倒의 無節制로 나타날 수 있다. 우리는 위의 마지막 서신에서 3개월이 지난 11월附의 형에게 보낸 편지에서 일변해버린 그의 모습에 접하게 된다.

전의 온순하고 순진하며 싹싹하던 그와는 달리 뻔뻔스럽기조차 하다. 兄에게 돈을 〈꿔달라〉고 청한 모양이다(앞으로도 항상 〈꿔달라〉고 호소하니까). 형의 충고와 보내준 50프랑을 받았다고 사의를 표하고 나서, 〈또 다른 50프랑을 받을 수도 있으리라는 것을 형에게 고백하는 바입니다. 그리고는 그것으로 그칠 겁니다〉라고 덧붙인다. 누구에게서 더 받는다는 건지 모를 일이지만, 하여간 좀 뻔뻔스런 어조다. 이 후부터 줄곧 돈 타령이 계속되지만, 그때마다 다급해서 아주 체면불고의 태도로 돼버린다. 또 이런 따위 고백——

> "일을 시작해야 된다는 것이 무척 지겨워요. 저는 어떤 기쁨을 원하는데 거기서 그것을 찾아내기를 기대합니다. 되도록 빨리 독립하고 싶어요. 즉 〈나의〉 돈을 쓰고 싶다는 겁니다."

兄에게 모든 것을 고백하는 그 친밀도는 종래의 俗說을 아주 이론의 여지 없이 완전히 뒤집을 정도로 깊었음을 확증하는 자료이긴 하지만, 벌써 性病 증세조차 고백한다.

> 제 약값을 치렀읍니다. 이젠 피로증은 없으며, 頭痛도 이젠 거의 없어요. 잠은 훨씬 잘 잡니다만, 消化가 아주 엉망입니다. 그리고 전혀 炎症이 없이 조금씩 分泌物이

---

1) FM, L'Albatros, p. 10.

계속됩니다. 그러고도 안색이 회한하니, 아무도 그것을 알아채지 못하게 되죠."[2]

이 일변한 모습에 그저 어리둥절해질 뿐이다. 얼마나 방탕이 심했기에(문면으로 보아 이때껏) 피로증·두통·不眠症을 앓았으며, 계속 〈消化가 아주 엉망〉이고 分泌物이 끊임없는 것일까. 그 3개월간에 이른바 그의 장래 진로에 관한 父子間의 대충돌 사건이 벌어졌던 것인가? 그래서 자포자기에 빠진 것인가? 사실 전례 없이 자기 모친을 〈madame〉이라고 부른다. 농담인가? 혹은 異腹兄이 부르는 호칭을 흉내낸 것인가? 모친의 病에 대한 종래의 자상하고 다정스런 걱정도 찾아볼 수 없다. 형에게 보낸 편지에서,

  "夫人(原文 이텔릭—역주)께서도 병환입니다. 오늘 이 소식을 알았어요. 胃炎을 앓는데 죽을 지경이라고 하더군요. 그러나 하도 자주 그런 말을 하시는 걸 들어서, 결코 돌아가시지 않으리라고 저는 생각합니다."

확실히 무엇인가 있었던 것 같다. 아니 단지 보들레에르가 그간의 방탕으로 심성이 거칠어졌는지도 모른다. 또 단순히 어른 티(대학생이니까)를 냈는지도 모른다. 게다가 그 자신은 아직 진로를 결정 못 하고 있음을 드러내고 있다.

  "저는 이제 學問에 푹 잠길 작정입니다. 모든 것을 다시 시작하렵니다——法學·歷史·數學·文學. 비르질(의 詩)에서 이 세상의 온갖 시시함과 치사스러움을 잊으렵니다. 적어도 그것은 돈이 안 들고 피로도 주지 않으니까요."

그러니 아직은 詩人이 되겠다는 확고한(양친과 싸울 정도로) 결심도 서 있지 않음을 알 수 있다. 사실 그는 1839~1840년 사이 정기적으로 파리大學校 法大에 등록을 했으니, 일단 義父의 뜻을 따른 셈이다. 그러나 법학 강의를 충실히 청강하지 않았으리라는 것은 위의 文面으로도 짐작할 수 있다. 또 이 시기에 前 철학교수이자 독실한 가톨릭 社會 및 敎育事業家이던 바이이 Bailly de Surcy 기숙사에 묵고(또는 자주 출입하고) 있었음이 밝혀진다. 그 기숙사에서는 〈가장 좋은 가정의 젊은이들이 슬기로운 自由를 누리면서도 宿食과 함께 精選된 敎化的 모임에 헤아릴 수 없는 덕을 보던〉 곳으로 전해진다.[3] 거기서 그의 리쎄 級友(Louis de la Gennevraye)가 「世界 L'Univers」誌 편집 일을 맡고 있었으며, 그 급우 방에서 그의 첫 詩友들 프라롱 Prarond, 도종 Dozon, 필립 드 센느비에르 Ph. de Chennevières, 그리고 그가 무척 경애하는 문인이 된 르 바바쇠르 Le Vavasseur 를 사귀게 된다.

한 달 후에 또 형에게 돈을 달란다. 이번에도 〈이것이 마지막입니다. 이것으로 그치겠어요〉라고 다짐하고 50프랑이 더 필요한 이유는 양복점에 빚이 있는데, 부친의 단골 양복점이어서, 탄로날까봐 빨리 갚아야겠다고. 학교를 졸업할 때 부친이 〈무엇인가를 살 때마다 항상 現金으로 지불해야 한다〉고 분명

----

2) LS, p. 190. 사실 梅毒이 그의 지병이었으며 그가 쓰러진 遠因도 그 병 때문이라는 說도 있다.
3) Rf-B, pp. 11~2. 그가 入宿했던 확증을 아직 얻지 못했다고.

히 타일렀으니까〉라고 변명하고 나서, 또 한 번 〈이번이 마지막〉이라고 다짐을 준다. 물론 마지막이 될 수는 없는 일이다.

그렇게 돈이 들 만도 한 것이, 이 때 이미 그는 당디 취미를 발휘하고 있었던 것이다. 당시 그가 가까이 사귀던 프라롱의 회고담이다. 바로 그가 묵고 있던(또는 출입하던) 바이이숍에서 나오는 모습이다.

지금도 그가 바이이숍의 충계를 내려오는 모습이 눈에 보이는 듯하다. 호리호리한 몸집에, 긴 목, 무척 긴 조끼에, 티 없는 소매, 金球 달린 가벼운 단장을 손에 들고 유연하고 거의 율동적인 느린 걸음으로 내려오는 모습을.[4]

그러나 아직은 良家의 젊은이들만이 출입하는 바이이숍의 분위기를 깨뜨릴 만한 亂行은 없지만, 그렇다고 뤼프처럼 〈매우 敎化的이며 완전히 正統主義的인 젊은 보들레에르의 이마쥬〉[5]를 그릴 수만도 없는 것은 우리가 위에서 본 그의 편지가 너무 뚜렷이 그 반대의 면을 드러내 보이기 때문이다.

1840년 2월에 빅토르 위고에게 문학청년답게 수치심과 존경에 넘친 찬양의 편지를 보낸다. 문면으로 보아 직접 방문했던 일이 있는 듯하다. 한편 르 바바쇠르와 함께 사귄 文人들은 네르발 Gérard de Nerval, 발자크 Balzac, 드 라 투슈 de Latouche 등으로 되어 있다.[6] 대개 잠깐의 상면인 듯하나, 발자크와의 첫 만남은 무척 유쾌하다. 그 자신이 친구 프라롱에게 만난 다음날 전한 이야기다.

左岸의 江邊路를 발자크와 보들레에르는 서로 반대방향으로 걷고 있었다. 보들레에르는 발자크 앞에서 걸음을 멈추고 10년 이래의 구면인 양 웃기 시작했다. 발자크 쪽에서도 걸음을 멈추더니, 다시 만난 친구 앞에서처럼 활짝 웃었다. 이렇게 첫눈에 서로 알아보고 인사를 한 연후에, 둘은 같이 걸으며 討論을 하고 같이 좋아 어쩔 줄 몰라하며, 끝내 (그 사실에—역주) 둘이 다 놀라지 않았다.[7]

보들레에르가 초면에 웃기 시작부터 한 것이 무척 흥미롭다. 역시 밤낮 없이 돈! 돈!으로 빚에 쫓기며, 돈에 몰려 작품을 쓴 발자크! 그는 이미 걸작들——「상어가죽」·「絕對의 探究」·「으제니 그랑데」·「고리오 영감」·「溪谷의 百合」 등을 발표한 40대의 大家다. 白面의 문학청년을 알 리 없지만 역시 발자크답게 호탕한 응대다.

이 시기의 詩로 전하는 詩들[8]은 아직 순진한 시절에 대한 회고와, 또는 現世에 실망하고 지쳤을 때에 하늘을 우러러보며 天主의 위로를 구하는 경건함을 잃지 않고 있다. 그러나 수염을 기르던 이 짧은 시기의 것으로 추측되는 다

---

4) Notes de M. Prarond in Crp-B, p. 23.
5) Rf-B, p. 13.
6) Notes Bio-bibliographiques, p. 1312. Levavasseur, Delatouche로 誤記됨.
7) ibid. p. 22.
8) 리용과 파리에서의 급우였던 Henri Hignard에게 보낸 2篇.

음 詩에는 女體의 유혹, 지옥에의 誘引의 惡夢을 노래하여 청년기의 고뇌가
드러난다.

> 그대 氣勝한 얼굴에 그대가 올라탄
> 地獄의 음흉함을 띤 거대한 天使여,
> 나를 울 속에 넣고 그대 殘忍풀이로
> 삼으려드는 사납고도 부드러운 調練師여,
>
> 밤마다의 惡夢, 항상 내 곁에 우뚝 서서,
> 몰염치한 사랑의 毒藥을 주려고
> 내 聖者의 옷과 賢者의 수염을 끌어당기는
> 가슴옷 벗은 人魚여.[9]

이미 「惡의 꽃」의 내면적 갈등, 靈肉의 갈등・오뇌가 들어 있다. 그러나 아
직은 〈몰염치한 사랑〉을 거부하는, 〈人魚〉의 유혹을 〈악몽〉으로 여기고, 그
〈독약〉을 물리치려는 良家의 젊은이다운 수치심과 저항이 있다.

후에(1843~1844) 생트 뵈브에게 보낸 詩에서, 그의 작품을 탐독하던 학창
시절에 이미 그런 유혹을 받고 있었음을 알리고 있다.

> 그리고 不健全한 저녁, 熱病의 밤들이 오던 것이다.
> 그들의 몸에서 사랑하는 계집들을 토해내고
> 그녀들로 하여금 거울에 ——不毛의 官能——
> 자기네 묘령의 익은 과일을 관망하게 하는 밤들이
> (………)
> ——컴컴한 비너스가 어두운 발코니 위에서
> 싱싱한 자기 香爐로부터 뭉클뭉클 사향을 부어내릴 때——[10]

여하간 바이이숨의 분위기와 기숙생들의 지배적인 性向이 아무리 단정하다
하더라도, 앞에서 본 방탕의 흔적은 속일 수 없다. 필경 서투른 무경험자의 객
기로 옮은 病인지도 모른다.

1840년 만 19세 때에는 兄에게 두 통의 편지를 썼지만, 이렇다 할 私生活의
비밀을 이야기하지 않는다. 그러나 이 시기에(즉 그가 다음해 6월 항해를 떠나기
전에) 그가 〈사팔뜨기 Louchette〉라고 부르던 유태 여인 사라 Sarah 孃(娼女)과
사귀었고, 그녀를 주인공으로 한 詩를 남기고 있다. 이에 위에서 본 내면의 갈
등이나 유혹에 대한 오뇌는 사라지고, 現世의 쾌락과 轉落의 세계를 뚜렷이 의
식하고, 오연하게 뛰어드는 객기가 있고, 汚辱의 세계의 人間味와 함께, 자기
전락을 과시하는 익살이 있다. 이미 원숙한 技法이나 대담한 詩想이 「惡의 꽃」
의 詩人으로 성장했음을 보여 준다.

---

9) 無題. Reliquat et Dossier, p. 178.
10) 無題. 〔A Sainte-Beuve〕 Poésies diverses, p. 199.

내 情婦로 顯貴한 암사자를 가지고 있지 않으니,
이 女子거지는 내 心魂에서 그녀의 온 光澤을 빌리지.
조롱하는 세상의 눈들에 보이지 않고
그녀의 美는 오직 쓸쓸한 내 가슴 속에서만 피네.

그녀는 구두를 사려고 자기 넋을 팔았어,
허지만 만약 내가 그 더러운 女子 곁에서
僞善을 떨고 고상한 척할라치면
하나님이 웃을 테지,
내 思想을 팔며 作家가 되려는 내가 말일세.

(………)
그녀는 겨우 나이 20 에 젖가슴은 벌써 절벽으로
양쪽에 호리병박처럼 축 늘어졌어,
허지만 나는 밤마다 그녀 몸뚱이 위를 이리저리 기며
갓난애처럼 그 젖을 빨고 먹네그려.

(………)
그 가없은 것이, 쾌락에 숨이 가빠
부풀은 가슴으로 거슬린 깔딱질 하지,
그러면 그 거칠은 숨결 소리로 나는 아네,
그녀가 자주 慈善病院의 빵을 씹었음을.

그녀의 불안스런 큰 눈은 고된 밤 동안,
침실 안쪽 구석에 다른 두 눈을 본다나,
오는 사람마다에게 너무 제 가슴을 열었기에
불빛 없인 무섭고 유령을 믿는 탓이지.

(………)
만약 그녀가 괴이하게 치장하고 구석진 거리
모퉁이에서 살짝 빠져나가며, 상처 입은 비둘기마냥
머리와 눈을 푹 숙이고 신 벗겨진 발뒤꿈치를
개천에 질질 끄는 그 꼴에 부딪치거든,

여러분님네, 그 불결한 가없은 것의
분칠한 얼굴에 욕설도 패설도 퍼붓지 마오.
〈주림〉의 女神이 어느 겨울밤에 한데서
어쩔 수 없이 스커트를 들어올리게 한 것이니. [11]

그가 후일 아직 마음을 사로잡지 못한 새 愛人 잔느 뒤발 Jeanne Duval 을 생각하고 그리며 그 냉담함을 원망한 것도 이 〈사팔뜨기〉의 시든 육체 곁에서다.

---

11) 無題. Poésies diverses, pp. 196~7.

끔찍스런 유태 계집 곁에, 마치 屍體 곁에
가지런히 눕힌 시체마냥 누워 있던 어느 밤에
나는 그 팔린 몸뚱이 곁에서 내 욕망이 얻지 못하는
그 서글픈 美女를 생각하기 시작했네.

——「惡의 꽃」 중 無題[12]

이렇게 社會惡의 진구렁에 서슴지 않고 뛰어든 이 때에 벌써, 장세니스트血統을 이은 그가, 만년에 「惡의 꽃」을 自評하여 〈내 온 宗敎(變造된 *travestie*)〉 운운한 바, 그 〈變造된〉 장세니슴, 즉 苦行·禁慾의 自己聖化가 있듯이, 惡의 세계에서 天才를 빚어낸다는 그런 철학[13]이 굳혀졌는지는 의문이다. 차라리 이 시기의 태도에는 시니컬한 자기 폭로 誇示가 더욱 짙다. 墓碑銘 형식의 2行詩 落首가 그 본보기다.

갈보들을 너무 사랑했기에 아직 젊은 나이로
땅두더지 王國으로 내려간 者 여기 잠들도다. [14]

**브레이크 잃은 轉落**　어느덧 19세의 年末이 되어, 그는 형이 오래 전부터 놀러오지 않는다고 〈원망하는〉 데 마지못해 형을 방문한다. 환대를 받고 돌아와서 형에게 쓴 送年의 인사 편지에서 〈제 품행의 전면적 변혁을 1841년으로 미루었읍니다〉고 말한다. 역시 흐트러진 태만한 생활에 낭비와 남몰래의 방탕이 계속되었고, 또 한번 결심을 다음으로 미룬다. 이 편지에서 그가 이른바 〈詩의 新年膳物〉이라고 한 〈兄을 웃길 만한〉 소네트를 보낸다. 이 書簡集에서 비로소 발견된 희귀한 未刊詩이기에 소개한다.

우리 모두가 더럽히는 순결한 말들이 있으니,
칭찬을 좋아하는 자들 이상한 남용을 하지,
天堂의 天使들도 별로 시기하지도 않을
어떤 〈天使〉를 〈찬양〉치 않는 자 하나도 없네.

그 숭고하고 달콤한 이름은 오직 아주 순수하며
순결하고 잡것 없는 아름다운 마음에만 주어야 하지.
보라! 그대의 〈天使〉 웃으며 무릎 위에 앉을 제,
그 날개 위에 진흙이 걸려 있네.

내 어린 시절, 순질한 狂氣였지,
예쁜 만큼 못된 어느 계집애가 있었네,
〈내 天使〉라 불렀지, 그녀 애인이 무려 다섯.

---

12) FM, *Une nuit que j'étais*……
13) FM.의 *"Tu mettras l'univers entier dans ta ruelle"*로 시작되는 詩에 나타난 철학. 일종의 장세니스트의 美學.
14) Poésies Diverses, p. 198.

가련한 얼빠진 자들! 우린 그토록 애정에 목마르네.
그래 나는 아직도 어떤 말괄량이를 가지고 싶어,
새하얀 두 시이츠 사이에서 〈내 天使〉라 부를. [15]

이렇게 兄에게 허물 없이 능청을 부리고 있지만, 해를 넘기고 정월 중순이 되자 우리도 어안이 벙벙해지는 편지를 형에게 보낸다. 이 후에 일어난 모든 事件(양친과의 충돌·항해·禁治産宣告 등)의 원인에 대한 종래의 통설을 일소하고, 그 진짜 원인은 제시해 주는 희귀한 자료다. 뒤따른 형의 답장에 의하면, 형은 이미 그가 年末에 놀러왔을 때 빚에 몰린 사정의 고백을 듣고, 〈모든 빚의 總決算書를 형에게 내놓고, 債權者들의 이름과 주소, 그 빚의 원인 등을 명시〉하라고 충고했음을 알 수 있다. 이에 대한 명세서로 보낸 편지다. 〈제가 생각한 것보다는 훨씬 많은 금액으로 올랐다〉고——빚의 계산도 않고 무턱대고 자꾸 얻어쓰기만 한 셈이다.

200 프랑——洋服店의 옛 計算書의 殘額. 매우 急함

(……)

100——구두店에.

 60——다른 구두店에.

215——뒤세소아氏(형의 장인에게!—역주). 이 빚은 저 자신이 갚고 싶습니다. ——후일—— 그분도 제가 그 빚을 갚을 것으로 생각해 주시기를 바랍니다. 저도 이 점을 그분에게 약속했으니, 食言을 하는 수모는 바라지 않습니다.

200——들라젠느브래에게 (오래 된 빚), 어느 집(娼家)에서 데려온 계집의 옷을 사 입히는 데 썼음.

180——아마도 같은 사람한테서, 다른 急한 빚을 갚기 위하여.

 50——같은 이유로 친구에게——急함.

300——洋品店, 샤쓰商, 장갑商에게

　　다음은 洋服店 計算입니다.

| 2벌 | 네글리제 | 125 |
|---|---|---|
|  | 外出衣 | 110 |
|  | 솜든 덧거리 | 170 |
|  | 솜든 室內衣 | 110 |
|  | 下衣 4 | 200 |
|  | 조끼 3 | 120 |
|  | 작은 망토 1 | …… |

이렇게 〈대충〉 적고 나서,

---

15) LS, pp. 197~8. 이 詩에 의하면 Porché가 지적한 바, 리용 時代에 순진한 사랑을 경험했다는 추측을 全的으로 否認할 수 없다. 단 〈잃은 純潔性〉운운은 지나친 억측 같다.

"兄이 저를 도와줄 수 있다면, 저의 利害 때문에도 그렇고, 엄마를 괴롭히지 않기 위해서도 제발 양친이 알아차리지 못하도록 해 주세요.

이 곤경에서 빠져나오면, 저는 그 말의 전폭적인 넓은 뜻으로, 〈分別 있게〉 되리라 는 것을 兄에게 맹세합니다. 만약 兄이 저를 약간 의심하신다면, 兄이 돈을 주시는 대로 빚의 償還 영수중들을 兄에게 보내겠읍니다."16)


또 한 번 〈맹세〉다. 〈집(娼家)에서 데려온 계집애 옷〉 운운과 그가 사들인 옷 들, 이건 아주 내리막길에서 브레이크가 고장난 자동차 꼴이다. 아연실색한 형 은 담장에서 그 빚을 일일이 다그쳐 따지고, 총계 〈대충〉이 2,140 프랑, 게다 가 형이 아는 빚, 下人에게(《이건 치사하다》는 형의 註) 30 프랑, 형 자신에게 꾼 200 까지 해서 2,370 프랑, 양친에게 타 쓴 900 프랑까지 합치면, 그 동안 그가 쓴 돈이 3,270 프랑에 달한다. 1년 4개월간의 비용이다. 형도 〈이 금액은 거 대하다〉고 개탄했지만, 우리는 먼저 그가 개인교사에게 배우기를 원했을 때 보 수가 월 30 프랑이라고 한 점을 기억한다. 秀才의 殿堂 에콜 노르말 졸업생에 게 격일 한 시간씩 지도를 받고 30 프랑이란다면, 필경 지금 우리 나라의 화 폐가치로 따져 최소 3萬원 정도일 것이다. 그리고 형 자신이 봉급 1,500 프랑 이라 했고, 그가 지방의 檢事代理이니 年俸 150만원 가량으로 보아 타당하다. 그렇게 따져 보면 19세 청년이 혼자 1년 4개월에 327 만원(따로 宿食費는 부모 가 주고)을 쓴 셈이다. 좀 길지만, 형의 간곡한 다음 충고는 옮겨 볼 만하다. 이것은 여러 가지 사실을 알려주며, 어째서 항해까지 떠나 보내게 되었는가 하는 사연을 짐작할 수 있다.


"……나는 내 동생에게 狂氣와 情婦들, 요컨대 어리석은 짓들의 대가를 지불하라고 2,870 프랑을 줄 수는 없다. 네게 말한 바와 같이, 나는 오픽將軍에게 가장 깊은 존 경을 품고 있으며, 그분은 너를 자기 아들로 키웠는데, 너는 그분에게 背恩忘德을 저 지르고 있다. 너는 돈을 얻기 위해서 많은 집의 문을 두드렸고, 모두가 네게 거절했 다. 理性 있는 사람치고 네게 돈을 빌려 주고 오픽씨처럼 전면적으로 尊敬을 받는 분 과 사이가 벌어지기를 원하는 사람을 너는 발견할 수 없을 것이기 때문이다. 나로서 는 이런 의견이다——만약 네가 品行을 단정히 하기로 決心했다면, 네 잘못을 고스란 히 그분에게 고백하라는 것이다. 만약 그럴 때에 네가 느낄 부끄러움과 굴욕감을 피해 주기 위해서, 내가 모든 것을 그분에게 이야기하는 일을 맡아 주마. 이에 덧붙여 그분 이 너 대신에 빚을 갚아야 함을 불만스럽게 여기실지도 모를 일인즉, 그 경우에만은 내가 네 債權者들을 集合시키는 의무를 약속하겠다. 네게 귀속될 재산(亡父의 유산— 역주)을 담보로 빚을 내어 그들에게 갚아줄 것이다. 그러나 그렇게 하지 않는다면 나 는 무슨 喜劇에 나오는 兄도 아니며, 또 남이 속여먹으면서 비웃을 그런 사람도 아 니니까, 나는 그 빚들의 들볶임과 그것으로 해서 일어날 결과들에 너를 내맡겨 둘 수

---

16) ibid. pp. 199~200.

밖에 없다."[17]

　이렇게 간곡히 타이르고 위협을 해도, 세상물정 모르는 애송이 당다로, 완전히 自制力을 잃고 빚이 얼마나 무서운 것인지를 모르는 意志薄弱兒는 좀처럼 알아듣지 못한다. 그는 끝에 가서 다시 한번 간절하게 타이른다.

　"네가 해야 할 일에 관하여 곰곰이 생각해 보아라. 너는 이미 네게 대한 將軍의 애정을 감소시켰다. 이 점이 내가 보기에는 무척 언짢은 일이다. 너는 네 어머님에게 심한 傷心을 일으키고 어머니의 장래를 아주 불행하게 만들 것이다. 나로서는 너를 깊이 사랑하기에 반성하기를 권하며, 일체를 고백하도록, 너의 교제관계를 끊도록, 보다 나은 미래로써 과거의 네 품행을 갚도록 권유하는 것이다. 네가 결정한 바를 대답해 다오."

　이에 대하여 샤를르는 또 한 번 발끈한다(우리가 본 세번째 히스테리다)―〈兄은 제게 가혹하고 모욕적인 편지를 썼어요. 내가 아는 사람들에게 빚진 것은 나 자신이 갚으려 해요(原文 이텔릭)〉라고. 허나 다급하니 끝내 히스테리를 부릴 수만도 없다. 우선 몹시 다급한 것 2件만 兄이 지불할 것을 〈애원합니다〉라고. 당장 400프랑을 갚아주어야지, 그렇지 않으면 내일 〈지독한 곤욕을 치를 것〉이라고(아마 제 정신을 잃은 모양이다――퐁탱블로에 있는 형에게 내일 도착하지도 못할 편지를 쓰면서, 〈내일까지〉 지불해 달라고, 그것도 月給장이에게 400프랑을――40萬원 꼴이다). 그리고 여섯 번 편지를 쓰다 찢곤 하고 일곱 번째로 쓰는 편지라고 밝힌다. 兄은 이 점을 꼬집어 〈mystification〉(남을 어리둥절케 만드는 이상한 言動 또는 속임수)이라고 지적한다. 허나 몇 번 찢었다면, 분명히 처음 두 줄로 줄여진 그 히스테리증의 발악이 자꾸 터져나와 〈哀願〉과 兩立되지 않는 문면 때문임이 확실하다. 편지를 6통이나 연거푸 찢어버린다는 것 자체가 벌써 히스테리증이 아닌가! 과연 형은 그 다급한 호소의 편지가 〈내일〉은커녕 그 다음날에야 도착했고, 또 설사 때가 이미 늦지 않다치더라도, 〈魔術師 막대기로 하듯이〉 400프랑이 당장 생길 수는 없다고 타이르고, 이 철없는 동생에게 또 한번 간곡히 충고한다.

　"네 어리석은 짓을 將軍께 고백하는 것은 내가 맡아서 그분의 정당한 노여움의 避雷針 구실을 해 주마. 그리고 네 愚行이 일단 고백되면, 네 채권자들을 집합시키고, 그들과 어떤 타협에 이르도록 하여, 期間을 잡아 지불하도록 하는 일을 내가 맡아 할 것이다.
　네 돈을 미친 듯이 낭비한 것을 참회하는 편이 네 재산을 계속하여 미리 먹어치우는 것보다 나은지 어떤지, 사태를 잘 보고 결정지어라. 이유는, 언제든지 빚이란 갚

---

17) ibid. p. 203.

아야 하는 법이며, 너는 남달리 公法의 예외가 되지는 않을 것이니까 말이다."[18]

이 전말을 보면, 이때껏 단지 그의 性格上의 兩極性의 고백으로만 풀이되어 온 그의 아포리슴이 실로 그의 브레이크 고장난 자동차 같은 轉落의 性向과 특히 이 시기의 경험을 여실히 담은 것으로 새로이 해석되어 마땅하다.

쾌락 즉, 현재에 집착하는 者는 傾斜地를 굴러내리며 灌木에 매달리려다가 관목들을 뽑아 쥐고 같이 전락하는 사람과 같은 인상을 준다. [19]

〈사람과 같은 인상〉——남의 이야기가 아니고 이 젊은 狂氣의 시절의 그가 바로 그런 사람이었던 것이다. 그는 또 完全無氣力에 빠진 者의 이런 轉落에의 유혹조차 노래하고 있다.

　　　그리고 광막한 雪原처럼 뻣뻣이 언 내 시체를
　　　〈時間〉은 시시각각 집어삼킨다.
　　　위에서 둥그런 地球를 관망하나니
　　　이미 오막살이 피신처도 찾지 않도다.

　　　눈사태여, 네 轉落 속에 나를 휘몰아가지 않겠는가?
　　　　　　　　　　　　　　　　　——「惡의 꽃」중 虛無의 맛[20]

**綜合診斷과 최후 矯正策**　우리는 그의 학창 시절에서 이미 많은 通說을 수정했고, 또 처음으로 밝혀진 많은 사실들을 보았다. 그뿐더러 뚜렷한 근거 위에 그의 性向과 기질상의 결함도 역시 처음으로 분명히 지적할 수 있었다. 즉 의지박약증의 양면——소극적(음성적)인 면으로 〈게으름〉과 優柔不斷·타성, 적극적(양성적)인 면으로 자제력 잃은 방탕과 전락. 神經性의 증세——소극적(음성적)인 면으로 〈마비 상태〉·〈無力 impuissance〉과 자주 엄습하는 〈공포〉, 적극적(양성적)인 面으로 히스테리症.

그런데 後者 神經性의 症勢만은 끝내 양친에게도 숨기고 兄에게만 그 소극적인 面을 고백했고, 의지박약도 단순히 소극적인 面의 〈게으름〉만이 누차 自責의 대상으로 고백되던 것이, 晩年에 이르러 결국 〈상실된 意志〉라 자인하고 있다. 그러나 오픽씨는 분명히 다른 결함과 함께 그 점을 간파한 것으로 믿을 만하다. 일부러 기숙사 생활을 시킨 점이 그의 첫 矯正策(당시 리쩨 기숙사 생활은 準兵舍生活로 규율이 엄했음)이었고, 파리에서 샤를르에게 무술과 마술 습득을 권고한 점에 또한, 그 의도를 충분히 엿볼 수 있다. 허나 이 第2의 矯正策은 다른 공부를 이유로 가볍게 사절됨을 보았다.

---

18) ibid. p. 207.
19) II, mc, p 1286.
20) FM, Le Goût du Néant

드디어 최악의 상태, 라기보다는 우리가 진단한 바, 의지박약증의 양성적인 면의 가장 심한 증세로 굴러떨어지자 최후의 교정책이 시도된다. 더 이상 전락을 방치하고 보고만 있을 수 없어 家族會議를 열고(우리가 이때껏 살펴본 未刊 書簡集도 異腹兄이 이 家族會議를 위한 참고자료로 따로 정리한 것임), 방탕의 소지가 된 교제 관계를 끊고 유혹의 거리에서 멀리 떠나보내는 방법을 결정한다. 그가 만 20세가 된 1841년 4월 30일부 異腹兄이 그에게 보낸 최후의 간곡한 편지의 첫머리에 이미 출발에 관한 언급이 있다. 다음은 좀 長文의 편지지만, 이때껏 서로 가장 비밀 없이 흉금을 터놓고 지냈고, 가장 가까이서 그를 지켜본 兄의 총괄적이며 결론적인 비판과 충고로, 우리도 주목할 만한 文獻이기에 거의 전문을 옮겨, 出發前까지의 총정리로 삼으련다.

"(……) 너는 學校를 졸업할 때 完成된 젊은이의 모습을 보여주고 있었다. 우리들의 가장 소중한 희망, 네가 유능한 사람이 되고 훌륭히 前進하는 것을 볼 희망이 성취되기 시작했던 것이다. 너로서는 행복으로 이르는 장미로 장식된 門들 중의 하나를 통하여 人生의 오솔길을 접어들고 있었다. 그런데 너는 못된 친구 관계 때문에 도중에 停止되어야만 했다. 젊은이가 된 뒤, 너는 네게 대한 장군의 애정이 진실하다는 것을 믿지 않았다. 너는 자주 찾아가던 친구들을 그들의 행실과 취미에 따라 판단할 엄두를 내지 않고, 그들에게 끌려들어갔다. 어린 시절 너의 교제 관계는 참으로 좋았는데, 젊은이가 되더니, 너는 까다롭고 의심이 많으며, 남이 오로지 네게 구제가 될 만한 制動을 걸려는데도 너는 줄곧 반항할 자세였다. 네 친구들이 널 女子들 집으로 데려갔고, 너는 그녀들이 빈곤과 방종욕에 굴복하는 결함이 있으니까, 그녀들을 自由로운 신세로 사는 삶의 표본이 되어야 할 것으로 생각했다. 네가 사용했고 나도 매우 정확하다고 느껴지는 표현이지만, 너는 어떤 〈화냥년〉을 부양하여 먹이고 입히기 위해서 빚을 졌다. 너는 전날에 매우 촉망되던 그 아동을 격앙되고 오직 하루를 위하여 살며, 내일은 생각지 않으며, 社會의 모든 연줄을 끊어 버리는 젊은이로 변모시켰다. 세상 풍기 및 관례와 인연을 끊고, 네게는 더욱 나이 먹어 보이며 너와 똑같은 관점으로 너의 생활 방식을 인정할 수 없는 사람들과는 적대 상태에 있는 너 자신을 만들었다."

이렇게 낱낱이 준열하게 비판하고 나서, 참으로 뼈에 사무칠 듯 간절한 충고를 되풀이한다.

"오늘날 너는 네 과오를 인정하고 있다. 네 모친과 將軍과 네 형이 너를 사랑하고 있다는 것도 깨닫고 있다. 그들에게 필시 너의 소행이 傷心의 원인이었으리라는 점도 알고 있다. 너는 네 품행을 바꾸려 하고 있다. 너를 파탄으로 이끌어가던 사람들과 절연함으로써, 너는 우리들의 情誼에 대해 새 자격을 획득하게 되는 것이 아니고——그것은 네가 빗나가고 있는 동안에도 항상 너를 따르고 있었으니까——여러 사람들의 존경에 값할 만한 새 자격을 획득하게 될 것이다. 너는 널 에워싸고 있던 흙탕을 헤치고 나날의 執念에서 해방되어, 우리들의 선량한 情誼를 신뢰하고, 너는 그 傷心의 원인을 기쁨의 원인으로 바꾸어 줄 것이다.

생각해 보렴, 네 모친이 얼마나 너의 우수한 학교 성적을 자랑스러워했으며, 서재 안의 네 受賞書籍들이 얼마나 네 유능함을 증명해 주고 있었던가를. 학교에서의 너의 成果, 너는 그것을 멸시했고, 네 수상 서적들, 너는 그것을 팔아버렸지. 내가 너라면, 그 과거의 所行을 멀리 던져 버릴 게다. 그리고 나 자신에 관하여, 나 자신과 더불어, 내 良心의 內面에서 강력한 決斷을 내리고, 너를 유능한 인간의 品位에서 타락시킨 그 과거를 멀리 던져 버릴 게다. 그리하여, 한동안 못된 사람들에게, 뇌수 없는 머리통 들에게, 친구라는 美名을 시들게 하는 인정 없는 사람들에게 끌려들어간 적이 있기는 하지만, 아직도 정력적인 노력과 훌륭한 행실과 유능한 인간이 되려는 진지한 욕망으로, 그토록 괴로와한 어머님과, 너를 자기 아들과 같이 사랑하는 將軍과 이 兄을 흡족하게 해 줄 수 있다는 것을 보여줄 게다. 이 兄은 네 첫 걸음마를 이끌어 주었고, 네 취학 때문에 오랫동안 너와 떨어져 있으면서 네가 성장하는 모습을 자랑스럽게 보고 있었다. 네 兄을 알고 존중하며 우정으로 감싸주는 사람들에게, 훌륭한 교육으로 우월하고 훌륭한 범절로 뛰어나며 유능함으로 빼어난 사람처럼, 날마다 그 友情의 표시를 받은 그 사람들에게 너를 소개할 수 있었더라면 얼마나 행복했을 것인가.

생각하라, 친구여, 네가 어떤 길을 접어들건, 내 축원은 어디를 가나 네 뒤를 따를 것이며, 모든 사람이 너를 일으키려 손을 내밀 것이지만, 아무도 너를 끌어내기 위하여 자기 손을 흙탕 속에 잠그지는 않으리라는 것을. 그러니 네가 취한 단호한 決心을 보람있게 하여, 진실한 사람이 되어다오. 네 兄에게 자주 편지를 써라. 속이 달아서 쓴 서너 줄의 편지가 아니라, 네 마음 속에서 우러나온 것임을 증명하는 길고 깊이 생각한 편지 말이다. 특히 결코 잊지 마라──너의 모친이나, 將軍이나 네 형이나, 하나의 똑같은 생각, 하나의 똑같은 소망밖에 가지지 않는다는 점을. 즉 너를 한 人間으로 만들려는 소망, 너를 끌어들인 사람들의 主張의 허망함을 네가 깊이 반성한 만큼, 네 과거의 실수는 더욱 빨리 잊혀지리라는 소망 말이다. 잘 있거라, 동생아. 자주 편지를 다오. 형이란 확실한 친구여서, 언제든지 그의 忠告를 기대해야 하며, 그의 애착은 의심할 여지가 없는 법이란다."[21]

참으로 형제간의 友愛와 빗나간 동생의 장래를 근심하고, 회개를 애원하는 충정이 言言句句 절절하게 흐르는 글이다. 또한 그 방면의 大文章이라 할 만하다. 그러나 그는 다시는 보들레에르의 편지를 받지 못하고 만다(14년 후 1854년 말에 한번 외아들을 잃은 兄을 위로하는 편지가 있을 뿐). 여기서 우리가 세 차례에 걸쳐 본 바, 한 순간 고개를 들었던 그 히스테리칼한 양심이 영 〈회고적 逆流〉로 기울고 만다. 비밀을 지키고 당장 400프랑을 보내주지 않고, 양친에게 사태를 낱낱이 보고하고, 비상조처를 취하게 한 데 대한 양심이다. 하여간 그의 충고대로 일단은 채권자들과 타협이 이루어졌으리라. 그리고 惡友와 歡樂의 거리의 유혹에서 〈絕緣〉시키는 최후의 구제책이 결정된 셈이다.

필경 이 편지를 쓰고 나서, 異腹兄은 오픽씨에게 샤를르의 궁지에 몰린 사태

---

21) LS, pp. 207~10.

를 알리고 수습책을 의논한 것이리라. 5월 말에 家族會議를 열어 항해에 떠나 보낼 것과 그 費用 문제를 결정짓는다. 그러나 5월 초에 그가 집을 나와 시골 (Creil)에 묵고 있을 때 모친에게 보낸 편지에서, 그가 義父와 충돌한 일이 암시되어 있다.[22] 필경 첫 충돌일 것이다.

허나 그는 역시 「惡의 꽃」의 大詩人이다. 후에 그는 이 시기를 정확히 진단 했을 뿐만 아니라, 대담하고도 약동하는 이마쥬로 表現해 보인다. 그것도 全 卷이 자기 영혼의 世界의 叙事詩인 「惡의 꽃」의 첫 獻詩, 즉 〈案內의 辯〉에서 그려진 自畵像이다.

어리석음, 과오, 죄악, 탐욕이
우리 정신을 차지하고 肉身을 괴롭히며,
우리 또한 거지들이 몸에 이·벼룩 먹여 기르듯이
우리의 알뜰한 悔恨을 키우도다.

우리 죄악들 끈질기고, 참회는 무르도다.
告解의 값을 듬뿍 치루어 받고는
치사스런 눈물로 모든 汚點 씻어내린 줄 알고
흙탕길로 좋아라고 되돌아오는구나.

홀린 우리 精神을 惡의 베갯머리에서
오래오래 흔들어 재우는 건 거대한 〈惡魔〉
그러면 우리 意志의 으리으리한 金屬도
그 해박한 鍊金師에 걸려 몽땅 증발되는고야.

우릴 조종하는 끄나불을 쥔 것은 〈惡魔〉인지고!
지겨운 물건에서도 우리는 食慾을 느끼고,
날마다 한 걸음씩 악취 풍기는 어둠을 가로질러
혐오감도 없이 〈地獄〉으로 내려가는구나.

구년묵이 똥갈보의 들볶인 젖을
입맞추고 빨아먹는 가련한 蕩兒처럼
우리는 지나는 길에 禁制의 快樂을 훔쳐
묵은 오렌지마냥 한사코 쥐어짜는구나.

우리 뇌수 속에는 한 무리의 魔鬼떼가
百萬의 蛔蟲인 양 와글와글 엉겨 탕진하니,
숨 들이켜면 〈죽음〉이 肺 속으로
보이지 않는 江물처럼 콸콸 흘러내린다.
(⋯⋯⋯)

──「惡의 꽃」 중 讀者에게[23]

---

22) C.I, p. 88, p. 737 (notes 2)
23) FM, Au Lecteur.

위에서 兄이 누차 지적했듯이 〈못된 사람들〉, 나쁜 친구들에 〈끌려든〉 것이
아니고, 그도 어쩔 수 없는 〈거대한 惡魔〉의 〈조종하는 끄나불〉에 끌린 것이
며, 자기 〈녀수 속에〉 들어 있는 악마의 分身들인 〈마귀떼〉의 소치다. 그 마
귀들은 위에서 摘記한 바, 그 자신 속에 잠재하는 惡德 Vice과 病的 요인들이
다. 〈意志〉가 〈몽땅 증발〉되어 버린 의지박약자의 브레이크 잃은 傾倒・전락이
다. 明晳한 〈惡 속의 意識 La conscience dans le mal〉을 엿볼 수 있다. 그의 생
활 태도뿐만 아니라, 兄의 말대로 학창 시절에 그토록 〈촉망받던 아동〉이 〈오직
하루를 위하여 살며〉, 〈사회의 모든 연줄을 끊어버린 젊은이〉로 돌변한 원인
이 의지박약의 自制力 상실뿐일까? 快樂에의 耽溺이 어째서 娼女 쪽으로 기울
었을까? 그것도 보기 흉한 〈무시무시한 유태 계집〉 곁으로? 먼저 우리는 人
生 출발을 앞둔 갖가지 〈공포〉에 주목했다. 〈일을 해야하는 공포〉〈빈 자리를
찾아내고〉 뚫고 들어가야 하는 공포 등. 이 공포심이 두 가지 방향을 취한 것
이 아닐까. 적극적인 방향이 소위 당디슴의 고고하고 오연한 武裝과 俗物 멸
시의 심리적 보상으로, 소극적인 방향은 社會落伍者(娼女)에 대한 共感과 보호
의식의 보상작용. 후에 지레 페인이 된 잔느 뒤발에 대한 태도에서도 그 경우
를 발견할 수 있으리라. 여하간 양쪽 方向이 모두 분에 넘는 낭비와 빚을 안
겨 줄 뿐이다.

## 2. 航　海

폴 발레리 Paul Valéry는 자기 直系 스승 말라르메 Stéphane Mallarmé의 또
스승뻘인 보들레에르가 강조한 바 〈天才와 어린 시절〉論과 그의 경우까지도
의식하고, 이를 보충이라도 하려는 듯이 이렇게 말한다.

神秘로운 면에서는 變轉이란 어떤 年齡에도 일어날 수 있지만, 知的인 면에서는 대
체로 19세에서 24세 사이에 일어나는 것 같다——적어도 알려진 自我들의 몇몇 〈種
類〉에서는 그러했다. [24]

그 〈알려진 自我들〉 중 보들레에르가 포함됨은 물론이다. 보들레에르가 강
조한 것은 幼・少年期의 경험이 심층에 잠재된 氣質上・性格上의 전개를 염두
에 두고 말한 데 비하여, 발레리는 〈知的 面〉의 變轉을 말한 것이다. 과연 보들
레에르도 19세(정확히는 18세 後半期부터)에 一大전환을 획하고 앞으로 24세에
이르기까지 몇 가지 사건을 거쳐, 완전히 〈저주받은 詩人〉의 면모를 갖추게 될
것이다. 그러나 深層意識面에서는 詩人 자신이 강조하고 또 우리가 이미 보아
왔듯이, 幼・少年期에 이미 몇 가지 선천적 요인과 사건이 있고, 기질・성격
상의 잠재요인들이 있음은 위에서 지적한 바와 같다.

---

24) P. Valéry: Une Vue de Descartes, in Variété V, p. 213.

**出帆** 出帆 전에 부자 간의 충돌이 있었고, 그 후 잠시 시골에 가서 머문
후에 냉정을 회복한 그는 전에도 항상 그러했듯이, 자기 행실의 잘못을 깨달
았던 것이다. 모친의 요청으로 열린 家族會議에서 여행 비용으로 5,000 프랑의
借用을 결정하고, 캘커타로 향해 떠나는 〈南海號 Paquebot des mers du Sud〉의
살리즈 Saliz 船長에게 그를 부탁한다.

그는 1841년 6월 9일 가론느江 연안 內港인 보르도에서 배를 타고 河口에
있는 港都 롸양 Royan (그가 義父와 함께 피레네 旅行 後 돌아오는 길에 들렀던 곳)
으로 향하는 船上에서 모친에게 쓴 편지가 있다. 조금도 불만의 기색이 없고,
리용으로 첫 여행을 할 때의 들뜬 氣分마저 연상될 정도다 (항상 旅心에 사로잡
히던 후일의 모습도). 롸양에 기착했을 때 거기서 부친 편지다. 글씨가 지리멸
렬한 것을 사과하고, 바람이 하도 심해서 〈별안간 당했다〉고. 〈船長은 훌륭하
여〉, 친절·독특한 개성과 교양을 겸비하고 있다고 칭찬한다. 형수의 작은 동
생 (그가 좋아하던 Théodore 의 동생)에게 자기 책 「로빈슨 크루소우」를 선물로 주
라고 부탁하고. 어머니가 마지막으로 보낸 편지가 너무 傷心에 젖어 있었던 모
양으로, 〈편지는 명랑해야 해요〉 하고 모친의 슬픔을 위로해 줄 정도이다.

　　"어머님이 식사를 잘하고, 제가 만족하고 있음을 생각하시고 어머님도 만족하시기
　를 바랍니다. 정말 만족하니까요. 아니면 거의 만족한 편이죠. 다음 기회에 將軍께
　편지를 쓰지요."[25]

〈아빠〉가 아니고 〈將軍〉이다. 역시 서먹서먹한 사이로 변한 탓일까? 아니,
그의 나이 이미 만 20세이고, 그동안 천진스럽던 童心과는 너무 거리가 먼 세
계를 헤맨 그다. 혹은 兄이 말끝마다 〈將軍께서〉라던 칭호에 어느덧 감염된지
도 모른다. 하여간 동기는 어쨌든, 이때껏 아빠 papa, 아버지 mon père 라고만
불러 오던 그가 처음으로 〈제네랄〉이란 칭호로 부른 편지이며, 전후 상황으로
보아, 그만큼 義父와의 거리가 멀어졌음은 확실하다. 매사에 실수가 없는 그
將軍이 위에서 본 바와 같은 터무니없는 방탕을 가만히 묵인하고 있었으리라
고는 생각할 수 없다. 여기서 〈별안간 당했다〉는 표현이 두 번 되풀이되거니
와, 일차적 뜻으로는 風浪에 당황했다는 것으로 해석되지만, 상당히 표현법이
능란해지고 감정이 예리해진 그의 필치로 보아, 역시 이 大航海에 임하게 된
충격이 거기 곁들여진 것으로 해석된다.

**알바트로스——저주받은 詩人의 운명 自覺** 항해 전말은 선장의 희귀한 증
언으로 엿볼 수 있다. 아프리카 南端 喜望峰을 돌아 東南方 印度洋에 있는 佛
領 부르봉섬 île Bourbon 의 首都 생 드니 Saint-Denis 에서 오픽將軍에게 보낸
선장의 편지다. 출발한 지 2개월이 지난 10월 14일부다. 보들레에르가 말한

---

25) LS, p. 211.

대로 훌륭하며 상당한 교양을 지녔고, 무엇보다도 사람을 보는 눈이 예리하여, 오히려 양친의 주관적인 기대에 흐린 판단보다 더욱 냉철하고 正鵠을 찌른 점을 발견할 수 있다. 어느 친구의 회고담보다도 당시의 詩人의 풍모를 정확히 전해 준다.

　"프랑스를 出帆한 때부터 벌써, 船上의 우리 모두는 보들레에르씨를 오늘날 사람들이 뜻하는 바와 같은 문학에 대한 그의 집중적인 趣味 *goût exclusif*에서, 또는 어떠한 다른 일에도 종사하지 않으려는 그의 決心에서, 그의 마음을 되돌리게 하려고 기대하기에는 너무도 때가 늦었음을 알 수 있었읍니다."

　중대한 판단이다. 이미 돌이킬 수 없이 그는 文學 속에 沒入했다는 것이다. 그뿐더러 철저하게 反社會的인 사상이 그 집중적인 문학 취미와 결합되어 그를 완전히 고립시키고 있음을 전한다.

　"그 집중적인 취미가 그를 문학에 관계 없는 일체의 대화와는 인연이 없게 만들고, 우리들 선원과 그 밖의 군인·상인 승객들 사이에 가장 자주 화제가 되는 대화에서 멀리 떼어놓고 있읍니다. 장군께 괴로움을 끼칠까 두렵기는 합니다만, 또한 이 점을 말씀드려야 하겠읍니다. 즉 일체의 社會的 관계에 대한 그의 격렬한 생각과 표현은 우리가 어린 시절부터 존중하게끔 습관지어진 관념들과는 相反되는 것으로, 20세의 젊은이의 입을 통하여 듣기에는 고통스러우며, 우리 船內의 다른 젊은이들에게 위험스런 것이어서, 그 때문에 또한 그의 교제 관계에 境界線을 긋게 되었읍니다.'

　그리고 將軍의 부탁대로 되도록 그에 접근하여 특수한 관계를 맺었고, 〈정신의 그릇된 方向〉과는 달리, 자기가 관찰한 〈그의 교양, 능력〉과 자기를 대하는 〈온화하고 友誼的인 태도〉에 주목하고, 〈그가 천생 타고난 자질을 명예롭게 활용할 수도 있을 길〉, 즉 문학의 길에서 벗어나게 하는 데 기여하려던 헛된 기대를 포기할 수밖에 없다고 고백한다. 즉 양친과는 달리 文學에서 훌륭하게 天分을 발휘할 수도 있지 않겠느냐는 견해다. 그리고 이때껏 해 온 생활과는 전혀 다른 船上의 생활이 더욱 그를 〈孤立 상태〉에 빠뜨리고, 〈그의 취미와 文學追究〉를 더욱 크게 할 뿐이라는 날카로운 관찰을 곁들인다. 그리고 海上에서 당한 暴風難破 사건에 언급한다.

　"小生의 오랜 海上生活 중에도 일찌기 겪어 보지 못한 海上事件에서 우리는 거의 죽음이 손가락 끝에 닿을 지경이었읍니다만, 그는 우리들 이상으로 士氣가 꺾이지는 않았읍니다만, 그로 인해 그의 생각으로는 자기에게 목표도 없는 항해에 대한 역겨움이 더욱 커졌읍니다."[26]

　그래서 간신히 돛대가 꺾인 배를 이 섬으로 끌고 와서 修理 중이다. 그의 우

<hr>

26) Lettre du Capitaine Saliz au Général Aupick, in Crp-B, pp. 221~3.

울증은 섬에 도착한 후에도 더욱 심해지고, 아무·와도 교제를 하지 않으며, 〈그에게는 전혀 새로운 고장과 사회에서, 아무것도 그의 주의를 끌지 않았고, 그가 지닌 容易한 觀察力도 일깨우지 못했음〉을 의아스럽게 여기고 있다. 단지 그 섬의 신통치 않은 지위에 있는 몇몇 無名의 文人들과만 관계를 가졌으며, 〈그의 생각은 되도록 빨리 파리로 돌아갈 갈망에 固着되어 있음〉을 보고한다. 그래서 將軍이 맡긴 돈은 내줄 수 없다니까 그는 선선히, 그럼 모리스섬 île Maurice (18 세기 초 프랑스領이었고, 부르봉섬의 프랑스 사람들이 移住·開發, 따라서 île de France 로 불리기도 하며, 19 세기 초 英領으로 됨)으로 가서, 돌아갈 노자를 마련하겠노라고 대답했으며, 심한 鄕愁病에 걸릴 우려가 있으며, 海上의 이 증세는 가공할 결과를 가져온다고 경고한다.

실은 이 배가 표류 끝에 먼저 모리스섬에 도착했을 때, 선장에게 부르봉섬에서 수리를 하고 거기서 프랑스船便으로 돌려보내겠다는 약속을 받고야 다시 타고 따라왔던 것이다. 후에 볼 수 있듯이 항상 친구와 이야기가 통하는 말상대가 없이는 잠시도 배기지 못하는 그런 성격의 그가 그토록 이질적인 사람들 속에 孤絕無緣의 외로움을 自取하였으니, 그는 이때 이미 俗世에서는 〈처형된 condamné〉, 〈流配된 exilé〉 저주받은 詩人의 운명임을 뼈저리게 예감했으리라. 이 시기에 쓴 것이 아니면,[27] 적어도 이때의 경험을 되새기며 썼을 저주받은 詩人의 상징이 된 〈알바트로스〉의 실감을 이때 뼈저리게 체험했으리라.

> 자주 뱃사람들은 장난삼아
> 거대한 바닷새 알바트로스를 붙잡는다.
> 航海의 시름없는 同伴者인 양
> 海上을 지치는 배를 따르는 그를.
>
> 그 새들을 겨우 바닥 위에 놓자,
> 그 蒼穹의 王者들은 서투르고 열없이
> 커다란 흰 날개를 놋대인 양 양쪽으로
> 가긍스레 질질 끄는구나.
>
> 이 날개 달린 航海者, 이제 얼마나 어색하고 나약한가!
> 전에 그토록 멋지던 그가, 이 무슨 가소롭고 추한 꼴!
> 어떤 이는 담배통으로 부리를 들볶고 어떤 자는
> 절뚝절뚝 전에 날던 不具者 흉내로구나!
>
> 〈詩人〉은 暴風 속을 드나들며 射手를 비웃는
> 저 구름의 貴公子와도 같아라.
> 야유의 소용돌이 속에 地上에 流配되어

---

27) 이 航海中에 썼다는 유력한 증언이 있음에도 불구하고 첫 발표는 1859 년 2 월 Homfleur 에서 인쇄되었고, 「惡의 꽃」初版에는 없었음. cf. FM-Crp. Bl, pp. 289~291.

그 巨人의 날개가 걷기조차 방해하는구나.

──「惡의 꽃」중 알바트로스[28]

다시 〈蒼穹〉 속에 거대한 날개를 펴고 날고 싶은 鄕愁를 짐작할 수 있다(실은 그것이 바로 그 뒤를 잇는 「上昇」이라는 詩篇의 참뜻이다).

분명하게 이 때에 쓴 詩 1편이 「惡의 꽃」속에 들어 있다. 9월 1일 모리스 섬에 기착하여 18일간 체류 중, 그 섬에서 가장 저명한 人士 중의 한 분[29] 집에서 환대를 받은 일이 있었는데, 부르봉섬에서 귀국이 결정된 후에(10월 20일) 편지와 함께 夫人에의 獻詩 「植民地의 한 貴夫人에게」를 보낸다. 中世 騎士의 귀부인에 대한 은근하고 고결한 사랑처럼, 남편을 통하여 찬미의 詩를 바친 것이다. 그의 여러 시편에 나오는 南國 열대 풍물과 그 인상, 짙은 향기, 게으름, 더운 햇볕, 종려나무 등의 原型이라 하겠다.

> 太陽이 愛撫하는 향기로운 나라에서
> 온통 眞紅으로 물든 나무와 눈에 게으름의 비내리는
> 棕櫚나무 天蓋 그늘 밑에서 알려지지 않은 매력의
> 植民地 白人夫人을 사귀었네.
>
> 그녀 안색 해쓱하고 뜨거워라, 호리는 褐色 머리
> 머리 모양 고상하게 꾸민 태를 보이고,
> 사냥하는 女人인 양 늘씬한 몸매로 걸으며
> 조용히 미소지어 자신 있는 눈초릴세.
>
> 만약 그대, 夫人이여, 센느江 혹은 초록의 로아르江가
> 진정한 榮光의 나라로 가신다면은,
> 古風 邸宅을 빛나게 할 아름다운 夫人이여,
>
> 녹음 덮인 은신처에 들어앉아서,
> 그대 서글한 눈매에 그대의 黑人 종들보다 더 순종할
> 뭇 詩人들의 가슴 속에 골백의 소네트 싹트게 하리.[30]

이 詩는 제작 시기가 가장 분명하게 밝혀지고, 「惡의 꽃」에 수록된 詩들 중에 年代順으로 최초의 시며, 또 그가 발표한 최초(1845년 5월 25일, Artiste誌)의 詩다. 그러나 이미 놀라운 技法(특히 音樂性)을 구사하고 있다.[31]

---

28) FM, L'Albatros.
29) Autard de Bragard.
30) FM, A une Dame Créole.
31) 그 밖의 熱帶南國詩篇은 A une Malabaraise; Bien loin d'ici; 散文詩 La Belle Dorothée. 그 밖에도 그 추억이 담긴 詩로는 La Vie antérieure: l'Homme et la mer; Parfum exotique; La Chevelure; Moesta et errabunda; Voyage; 散文詩 Un Hémisphère dans une chevelure 등.

그는 부르봉섬에서 詩의 세계를 찾느니보다 타디에의 줄달음치는 鄕愁를 억누르고 45일간을 참는다.

11월 4인에야 살리즈船長이 주선해 준 배(Alcide 號)에 승선, 104일간의 항해를 끝마치고 2월 15일 보르도에 도착한다. 그런데 이상하고 진귀한 편지가 나타난다. 또 한 번 俗說을 뒤엎는 확증이다. 상륙 다음날 실로 의부에게 安着의 보고 편지를 쓴 것이다. 속설에 의하면 이미 불구대천의 원망과 증오의 대상으로 되어 있어야만 한다. 그런데 상대를 부르는 2人稱 呼稱代名詞도 여전히 아주 친밀한 사이에만 쓰는 〈tu〉다(후에 볼 터이지만, 보들레에르의 상대방에 대한 감정은 즉각 이 呼稱代名詞의 변화로 표시된다).

"오랜 散策에서 이제 돌아왔읍니다. 11월 4일 부르봉을 出發, 어제 저녁에 도착했어요. 한 푼도 가지고 오지 못했으며, 그리고 번번이 필요한 물건들이 不足했어요.

우리가 갈 때에 일어난 일(폭풍 난파—역주)은 아시죠. 돌아올 때는 비상한 일은 덜 했지만, 훨씬 더 피곤했어요. 항상 거친 날씨와 잔잔한 날씨의 교체였죠. 아버님 어머님 곁에서 멀리 떨어져 제가 생각하고 想像한 것을 모두 쓰자면 노우트 한 권으로도 부족할 거예요. 그러니 직접 이야기해드리죠.

저도 이제 호주머니에 슬기로움을 지니고 돌아오는 것으로 생각됩니다. 내일 여길 떠날 것으로 보입니다. 그러니 2, 3일 후에는 아버님을 抱擁하게 되겠지요."

제법 어떤 경지에 이른 듯한 담담한 필치여서, 어른이 된 그의 배짱까지 엿볼 수 있다. 하기는 그 선장도 〈오랜 海上生活에서 일찌기 겪어 보지 못한〉 폭풍의 사고를 만나 돛대가 부러지고, 5일간을 激浪에 시달리면서도 船員들과 다름없이 끄떡 안 한 그다. 필경 〈알바트로스〉 신세인 白面의 文學靑年의 다른 속물들(乘客)에 대한 멸시가 섞인 당디의 의연한 심경과 태도였으리라.

이것이 義父에 보낸 마지막 편지가 되고 만다.

## 3. 獨立·文學生活

**成年** 航海를 떠나기 전까지도 그는 장차 무엇을 하겠다는 확고한 결심은 서지 않은 채, 일면 그저 自制力을 잃은 낭비와 방종, 反正統·反社會的인 언사로 치닫고, 반면 문학에 대한 집중적인 취미 *goût exclusif* 로 치달았을 뿐이다. 그런데 다시 파리로 돌아온 그는 아주 文學生活로 접어들어, 여러 문인들과 사귀며 바이이숨의 옛 친구들과 자칭 〈노르망디派 Ecole Normande〉의 한 文學同人을 자처할 뿐 아니라, 네르발 Gérard de Nerval·빅토르 위고·페트뤼 보렐 Pétrus Borel[32]·생트 뵈브 등 大家들과 사귄다.

---

32) 건축가·화가를 거쳐 詩를 쓰며 맹렬한 浪漫主義派가 되어 대담한 悖倫의 小說 등을 발표(1809~1896).

결국 義父의 교정책의 의도와는 반대로(船長이 간파한 대로), 완전히 문학 쪽으로, 그것도 「惡의 꽃」의 詩人으로 굳어진 것은 그 지루하고 외롭던 긴 항해 생활 중이라고 결론지을 수밖에 없다.  우락부락한 선원들, 거친 식민지 軍人들과 교활한 상인들 틈에 끼여 百여일씩을 배 안에 갇혀 있으면서도, 일체 그들과 섞이지 않고, 고독을 지키고(世俗에 대한 〈공포〉의 자기방어·무장) 이겨낸 白面의 靑年. 그가 사회에서 그들과 生存競爭을 할 것을 생각하면 필경 몸서리가 났을 것이다. 뱃사람들의 놀림과 들볶임을 받던 〈알바트로스〉는 고국에 상륙하자 파리 文學界에 投身, 마음껏 자기 世界에서 날개를 펴고 〈上昇〉하여 다시 〈구름의 王者〉가 될 결심을 한 것이다. 게다가 고독과 反正統·反社會·反大衆의 시니슴을 9개월에 걸쳐 武器로 삼아, 드디어 아주 그의 속성처럼 몸에 배어 가지고 돌아온 것이다.  또 한 가지 〈검은 비너스〉에 대한 새로운 嗜好를 익혀 가지고, 결국 〈저주받은 詩人〉의 거의 모든 要件을 갖추고 돌아온 셈이 된다. 건전한 오픽씨의 의도와 계산과는 正反對의 결과로 나타났고, 詩人의 운명이라 어쩔 수 없음을 느끼게 한다.

이 결과에 오픽씨는 당황했을 것이며, 아직도 충고·훈계·질책으로 어엿한 길로 끌어들이려 시도했을 터이며, 그 반면 이미 확고부동한 文學靑年으로 굳어버린 샤를르의 태도도 단호하여, 자주 의견 충돌이 생겼을 것이다. 자주 인용되는(航海 전의 일로 잘못 인용되는) 어머니의 회고담도 이 시기에 해당되리라. [33]

"그분(오픽씨—역주)은 그애가 사회적으로 높은 자리에 이르게 되기를 원했고, 그것은 그분이 오를레앙公爵의 친구였으니, 實現不可能한 것도 아니었으니까요.  그런데 샤를르가 자기를 위하여 하려고 하는 일체를 거부하고, 저 자신의 날개로 날려고, 作家가 되려고 했을 때 우리로서는 얼마나 아연실색할 일인지! 그때까지 그토록 행복하던 우리 內面의 生活 안에 얼마나 큰 幻滅! 그 무슨 傷心!" [34]

이미 自由不羈의 기질이 굳혀진 詩人으로서는 그런 분위기 속에 한 집안에 살기 거북하던 판에, 4월 9일에 成年이 되어 父親 유산을(14일에 벌써 그는 조급히 유산의 所有者가 되기를 요청한다) 상속받게 된다. 그가 모친과 행복하게 지낸 뇌이이 별장의 토지를 형과 분배한 것이다. 형은 그대로 간직했다가 후에 (1852) 꽤 많은 이득을 보았지만, 우선 돈이 급한 샤를르는 다음해에 팔아 75,000 프랑의 재산이 생긴다. 기타 위탁된 재산과 합쳐 총 100,000 프랑에 달한다.* 우리가 앞서 추산한 바로는 지금 우리 돈으로 1億원(최소 7,000萬원) 정도의 재산이다. 이젠 오픽씨의 法的 後見을 벗어나 명실공히 自由獨立人이

---

33) 분명히 航海前의 일로 이야기하고 있지만 75세의 노인의 회고담이니 연대 착오는 얼마든지 있을 수 있다. 왜냐하면 우리는 그의 態度未定과 주저를 형에게 자인하는 편지를 보았으니까.
34) Lettre de M^me Aupick à Ch. Asselineau. Crp-B, pp. 254~5.
* 종래에는 75,000 Fr.으로만 전해 오던 것이 C.에 협력한 Jiegler의 고증 La Fortune de Baudelaire에 의하여 100,000 Fr.으로 밝혀짐.

되었고, 게다가 막대한 유산을 상속받은 것이다. 6월부터 아주 한적한 거리에 방을 얻고 혼자 친구들에게서 멀리 떨어져 정착한다. 처음에는 創作에 몰두할 결심을 굳힌 듯, 친구가 혼자 멀리 떨어져 사는 것이 권태롭겠다고 걱정하자, 〈아냐, 여우는 자기 땅굴을 좋아하거든〉[35] 하고 대답하더니, 과연 얼마 안 가서 생 제르맹 Saint-Germain의 바낭 Vanan 街로 이사, 다시 江邊街 앙쥬 Anjou의 피모당館(Hôtel Pimodan, 現 Hôtel Lauzun)에 정착, 2년간을 보낸다. 거기서 당디 생활이 절정에 이르고, 필경 마약 흡연 클럽에도 참가했을 것이다.

〈검은 비너스〉와의 만남  분명히 항해 중 모리스섬과 부르봉섬에서 이미 〈검은 비너스〉에 대한 새로운 嗜好의 눈을 떴다는 점은 그가 친구 방빌 Banville 에게 들려준 예의 煙幕客談 *mystification*——아프리카 山中에서 혼자 黑人少女와 동거했다는 이야기[36]——으로도 증명이 된다. 그러나 정작 잔느 뒤발 Jeanne Duval (또는 르메르 Lemer)이라는 검은 비너스와의 운명적인 만남은 언제였을까? 항해에서 돌아온 직후로 추정하는 설,[37] 그해 연말이라는 설[38] 심지어 귀항 중 희망봉에 기착했을 때, 거기서 만나 같이 귀국했다는 설[39]도 있다.

어떤 여자였던가? 우선 외모에 관해서도 평가가 서로 다르다. 詩人은 여러 시에서 그 美를 찬송했고, 그가 그린 데쌍도 아주 귀엽게 그렸다. 마네 Manet 가 그린 잔느의 초상화는 1862년경, 즉 지레 老衰한 시기의 그녀여서 한창때의 모습을 엿볼 수 없다. 그밖에 그녀를 미녀로 평가한 것은 방빌뿐이다. 죽은 친구에 대한 우정 때문일까?

매우 키가 큰 有色의 아가씨로, 천진스럽고 희한한 갈색의 얼굴이 몸집에 잘 어울렸으며, 그 위에 얹힌 머리는 맹렬하게 곱슬머리였고, 야성의 美로 가득 찬 그녀의 女王 같은 거동, 어쩐지 고상하고도 동시에 동물적인 데가 있었다.[40]

그런데 프라롱 Prarond은 전혀 다르게 회고한다.

그다지 검지 않고 그리 아름답지도 않은 黑白混血女, 그다지 곱슬거리지 않은 검은 머리, 가슴은 꽤 평평하고, 꽤 큰 키에 걸음을 잘 걷지 못했다.[41]

광대뼈가 두드러지고, 누렇고 윤 없는 안색에 입술은 붉고, 곱슬머리의 끝까지 물결치는 풍성한 머리.[42]

이렇게 서로 다르다. 단 방빌과 뷔송 Buisson의 증언에서 머리칼만은 일치

---


35) Note de M. Praront. Crp-B, p. 35.
36) Crp-B, p. 53.
37) Crp-B; FM-Crp.Bl. Oeuvres Complètes (Pléiade).
38) Rf-B. Pch-B. 는 막연히 그해 後半期라고.
39) Maxime du Camp: Souvenirs littéraires, cités in Crp-B, p. 30.
40) Crp-B, p. 55.
41) Notes de Prarond, ibid.
42) Notes de Buisson, ibid.

하며, 특히 後者의 표현은 詩人이 자주 그녀의 〈갈기 같은 머리〉, 〈무거운 머리〉를 노래한 것과 일치한다. 방빌이 친구들과 친구의 여인들에게 항상 좋게 평한다는 점을 고려하면, 결국 美女는 아니었다는 쪽으로 기울어진다. 그런데 詩人은 정말로 美女로 보고 있는 것이다. 가령, 「內密日記」에서 〈민중들의 美에 대한 증오. 實例들. 잔느와 밀러夫人〉이라고 말할 정도로 그녀의 美에 자신만만하다. 첫째 不可思議다. 사람마다 다르게 느끼는 〈選別的 引力〉의 作用인가? 그녀의 성격과 행실은 어떠한가? 뤼프는 나다아르 Nadar의 회고를 인용하여, 그녀는 〈어떤 형식으로든지간에 아무 것도〉[43] 받지 않았으며, 심지어 음식점에서 자기 식사 대금조차 남이 치르기를 거부할 정도로 이해타산에 초연하고 긍지 높았고, 또 詩人 자신이, 그녀가 〈내 유일한 심심풀이, 유일한 기쁨, 유일한 동무〉[44]였다고 고백한 점을 들어, 그녀의 명예 회복에 힘쓰고 있다.

그러나 한 人間으로서나, 정상적인 愛人 同居者로서나, 그녀의 명예를 회복시켜 주기에는 너무나 많은 증언과 증거가 그녀의 성격과 행실의 결함·문란·타락을 드러내 보여준다. 당시 가장 친근하던 친구 르 바바쇠르 Le Vavasseur는 물론, 그 밖의 몇 사람이 보들레에르가 몹시 잔느의 품행을 의심하며 괴로와했고, 심지어 그 현장을 목도했다는 실토까지 들었다고 증언한다[45]. 情婦로서 동거와 별거를 되풀이하면서, 詩人이 쓰러질 때까지 생활비를 대주건만, 그 후도 몇 차례 그녀의 不貞이 드러나고, 심지어는 그가 브뤼셀에서 졸도하여 死境에 이르렀을 때도 돈을 요구하는 편지를 잇달아 보낸다. 더구나 초기부터 그녀의 무궤도한 생활과 무질서는 다음 보들레에르의 글에서 엿볼 수 있다. 1845년 6월 30일부, 친밀한 친구에게 자기 자살의 결심을 밝히고 유언한 편지 중에, (흔히 이 유언을 그녀에게 有利한 자료로 삼지만)

"그녀에게 나의 이 가공한 본보기를 보여 주고, 정신과 생활의 무질서가 어떻게 어두운 절망과 완전한 破滅로 이끌어 가는가를 보여 주시오. "[46]

라고 말하여, 자기의 파멸을 그녀에게 방종한 생활의 末路가 이렇다는 한 본보기로 경고해 달라고 한 것이다.

자크 크레페와 조르즈 블랭 G. Blin이 추적한 바, 詩人과 잔느와의 離合 갈등의 약력[47]을 뒤밟아 보더라도, 그녀의 행실과 詩人의 그녀에 대한 예사롭지 않은 집착을 엿볼 수 있다.

---

43) Nadar: Ch. Baudelaire intime, 1911, cité in Rf-B. p. 37.
44) C.G., I. 398, cité ibid.
45) Crp-B, pp. 56~7.
46) Crp-B, p. 60~1.
47) FM-Crp. Bl, pp. 250~52.

◦ 1845년 遺言(自殺企圖)에서 그녀를 자기 상속자로 지명.

◦ 1848년 그녀를 단지 〈義務로서〉 사랑한다고 언명.

◦ 1852년 폭력 사태에 이른 싸움 끝에 그녀와 헤어진다.

◦ 1853년 1년 전부터 헤어져 살다가, 몹시 悔恨을 느끼며, 자기가 한 짓에 자책을 느끼고, 그녀의 고생을 덜어 주기를 갈망(LM du 26 mars).

◦ 1854년 다시 자책감을 표명, 그녀가 자기 집에 찾아오지 못하게 금지한 것은, 전에 예쁘고 건강하며 품위 있는 여인으로 알려진 그녀의 너절하게 입고 가난하며 병든 모습을 남에게 보이고 싶지 않은 자존심 때문이라고 고백. 벌써 이 때 그녀가 형편없이 전락해 있었음을 알 수 있다. 그러면서도 이해 연말에 同居生活로 되돌아갈 결심을 한다.

◦ 1856년 9월 그녀와의 〈14년간의 관계〉가 끊긴다. 그의 〈다룰 수 없는 성격〉 때문에 그녀가 헤어지기를 결심한 것. 그는 激怒와 절망에 사로잡힌다(LM du 11 Sept).

◦ 1858년 이젠 〈가엾은 不具者〉가 된 그녀와 다시 동거.

◦ 1859년 中風에 걸린 잔느, 병원에 입원, 詩人이 준 치료비를 받지 못했다고 하며 돈을 우려내려고 企圖. 이미 그는 단지 〈父親이자 後見人〉으로서 그녀를 돌본다고 告白(LM Oct.). 과연 옹플뢰르 Honfleur에서 그녀에게 보낸 편지[48]는 〈사랑하는 딸아 *ma chère fille*〉로 시작되며, 시종 그녀의 돈 이야기로 채워지고, 건강에도 세심한 주의를 기울인다.

◦ 1860년 그녀를 위하여 만찬을 베풀어 주고 따뜻한 애정과 회한에 잠긴다. 전에 모친과 단 둘이 행복한 나날을 보낸 뇌이이에 작은 아파트를 얻어 주고 그녀를 돌봐준다. 자기가 죽으면 〈不具者로 변한 늙은 美女〉를 상속자로 삼으려는 의사를 다시 한번 표명. 그런데 바로 이 때 1년간을 그녀 곁에서 놀고 먹는 남동생(?)의 뻔뻔스런 꼴에 분격, 그 집에서 빠져나온다. 허나 〈보름 동안을 고스란히 분노를〉 억누르고 참았다면서도 그 늙은 不具의 女人의 눈물과 哀訴에 그만 노여움을 풀고 다시 돌본다. 병을 치료해 주고 위로해 주며 동분서주한다.

◦ 1864년 그녀는 잔느 프로스페르 Prosper라는 이름으로 바꿔 불리고, 失明 직전에 이른다. 이해 그가 브뤼셀로 떠난 후부터 그의 편지에 그녀 이름이 다시 떠오르지 않는다. 그러나 그가 졸도 후에 달려온 모친의 증언에 의하면, 여전히 돈을 요구하는 편지가 잇달아 오고 있었다.

이 略譜에서도 드러나는 바와 같은 그녀의 행실과 老衰·不具에도 불구하고, 끝내 정열적으로 사랑하고 그에게 질투까지 느끼게 한 유일한 情婦이며, 그가 죽는 날까지 돌보고 근심한 가족이다. 詩人의 그녀에 대한 이 충실한 애정 또한 수수께끼에 속한다. 다시 잔느와 同居할 것을 母親에게 알리며, 〈어떤 代

---

48) 보존된 것으로 그녀에게 보낸 유일한 편지. 17, Dec. C.I, p. 639.

價를 치르더라도 제게는 한 家族이 필요해요〉[49]라고 한 말로 미루어, 맘놓고 허물없이 상대할 수 있는 상대를 요구하는 孤獨感 때문이었을지도 모른다. 혹은 心理的으로 천착하여, 사회적인 落伍者(禁治産被宣告者)로 항상 모친과 후견인(Ancelle)에게 매달려 사는 자로서, 그 심리적 補償反應으로 또 하나의 낙오자에 대한 동정과 보호자가 되고 싶은 욕구 때문인지도 모를 일이다.

또 한 가지 프로이트 心理學的인 설명도 가능하다. 사바티에 Sabatier·마리 도브렁 Marie Daubrun에 대한 사랑이 섹스가 排除된 사랑이었다는 점에서 더욱 근거를 가진다. 만약 그의 母親에 대한 사랑이 深層意識 속에 近親姦 콤플렉스를 응결시킬 정도였다면, 이 黑白混血女에서만은 그 잠재적인 監視에서 벗어나서 맘놓고 애무하고 性行爲를 할 수 있다는 점에서 말이다(Sed Non Satiata, Duellum 등의 詩가 그 유력한 증언이 될 수 있다).

보들레리앙들은 알코올中毒을 비롯하여 그녀에게서 온갖 악덕을 발견한다. 허나 한 인간으로서는 그렇거니와, 詩人 보들레에르에 있어서 그녀는 누구보다도 큰 자리를 차지하는 여인이다——이국 정서의 중개자로서, 愛憎·詛呪의 대상으로, 사디슴과 매저키즘 또는 사도·매저키즘의 대상으로, 詩人을 심연으로 끌어내리는 妖婦로, 혹은 非情의 美女로, 그런가 하면 행복과 기쁨을 안겨 주는 情婦로. 여하간 역사상 시인에 의해 그 이름을 후세에 전한 연인치고는 東西古今에 유례 없는 여인이며, 또 戀人을 여주인공으로 읊은 시치고도 역시 유례없는 시들을 쓰게 만든 여인이다. 이것 역시 神의 섭리인지 숙명인지는 몰라도, 「惡의 꽃」의 詩人으로 만드는 데 가장 큰 기여를 하고, 또 가장 큰 역할을 한 여인임에는 틀림없다.

아직 그녀의 마음을 사로잡지 못한 시절, 〈사팔뜨기〉 사라 Sarah 곁에 눕고 그녀를 그리는 짝사랑의 詩가 있다.

> 송장과 가지런히 뉘어진 송장처럼,
> 징글맞은 유태 계집 곁에 있던 어느날 밤,
> 그 팔린 육체 곁에서, 내 욕정을 채울 수 없는
> 서글픈 美女를 생각하기 시작했지.
>
> 그 추억만으로도 나를 되살려 사랑케 하는
> 그 타고난 위풍, 힘과 우아스런 美로
> 무장된 그녀 視線, 향기롭게 감싼
> 그 머리칼을 뇌리에 그려 보았네.
>
> 만약, 그대 어느날 저녁, 오 더없이 잔인한 女人이여!
> 힘 안 들이고 얻은 눈물로 네 싸늘한 눈동자의
> 찬연한 빛을 흐리게만 할 수 있더라도,

---

49) LM (1854. 12. 4). C.I, 302.

나는 열에 달아 네 고귀한 육체에 입맞추고
성성한 발에서 검은 머리타래에 이르기까지
깊은 애무의 **寶物**을 펼쳐나갔은 것을.

——「惡의 꽃」 중 어느 날 밤……[50]

그녀에 대한 그의 생각과 기분을 가장 솔직히 표현한 詩가 있다.

네가 天國에서 오건 地獄에서 오건 어떻단 말인가,
오 美女여! 거대하고, 무섭고, 순진스런 怪物아!
네 눈, 미소, 발이 내가 좋아하고 일찌기 알지 못한
無限의 門을 열어 준다면야, 어떻단 말인가?

惡魔에게서건 神에서건, 어떻단 말이냐?
天使건 人魚건——부드러운 눈의 妖精아,
리듬, 향기, 빛, 오 내 유일한 女王이여!
네가 世界를 덜 징글맞게, 時間을 덜 무겁게 해준다면?

——「惡의 꽃」 중 美女에의 讚歌[51]

그리하여 잔느 뒤발은 「惡의 꽃」의 사랑篇의 첫 자리를 차지하고, 그 중 가장 많은 詩篇(그 밖의 愛人 사바티에夫人, 마리 도브렁篇의 약 倍數)에서, 世界文學史上 가장 특이하고 기발하기까지 한 사랑의 노래의 女主人公으로 군림한다. 이 〈검은 비너스〉 없는 「惡의 꽃」과 그 詩人을 생각할 수 없을 정도로 커다란 자리를 차지한다.

**당디 · 보엠生活**  이해(1842)에 畫家 에밀 드로아 Emile Deroy[52]와 그의 畢生의 詩友 테오도르 방빌 등과 친교를 맺지만, 그러나 그가 가장 가까이 어울려 文學靑年들의 기분을 만끽하고 발산한 것은, 航海 전부터 사귄 프라롱 르 바바쇠르, 뷔송 등 자칭 〈노르망디派 Ecole Normande〉들이다. 이들은 또 각기 이 젊고 즐거웠던 시기의 회고를 남기고 있거니와, 파리의 文學靑年들의 보엠 *bohème*(自由奔放한 〔사람, 생활〕, 보헤미앙과 다름) 氣質이란 새삼스러운 것이 아니다. 프랑소아 비용 François Villon 에서 시라노 드 베르쥬락 Cyrano de Bergerac 에 이르기까지, 폴 스카롱 Paul Scarron 과 18세기의 건달들인 自由思想家들 *libertins* 에 이르기까지, 모두들 그들 나름으로 그 시대의 보엠들이었다. 〈그러나 정작 자유 분방한 생활이 말하자면 신분상으로 확립된 것은 19세기 때였다.〉[53]

1830년대부터 이른바 〈보엠 로망틱 *bohèmes romantiques*〉이 파리 한복판에 자

---

50) FM, *Une Nuit que j'etais*……
51) FM, Hymne à la Beauté.
52) 靑年期의 보들레에르의 모습을 가장 훌륭히 나타낸 肖像畵를 그린(1843~4) 畫家.
53) René Dumesnil: L'Epoque réaliste et naturaliste (1945, Tallandier), p. 31.

地上에 流配되어  *83*

리잡기 시작한다. 現 튈르리公園과 팔래 롸얄에서 아주 가까운 돠예네골목 rue du Doyenné의 現 카루젤 廣場의 위치에 처음으로 나타난 것은 카미으 로지에 Camille Rogier 였고, 그는 널찍한 아파트를 독차지하고 있다가, 이어 無宿者 네르발에게 방을 제공한다. 뒤이어 아르센느 우세이 Arsène Houssaye,[54] 우를리악 Ourliac(1813~1848, 환상·해학적인 作品을 남긴 당대 奇人), 고티에 Gautier, 畫家 코로 Corot 등이 모여든다. 조용하기만 하던 이 한적한 거리가 별안간 떠들썩해지고, 번번이 부르조아들이 어리둥절하고 아연실색할 짓을 저지른다. 우선 이상한 옷차림·장난질·해학·狂氣…… 〈자유 방종 생활의 환희, 20代의 젊음에 넘치는 활기와 狂氣로 가득찬 한 무리와 함께 자유분방하게 온 파리를 누비는 至高의 쾌락〉[55]을 만끽하던 것이다. 이것이 프랑스文學史上 처음으로 떼를 지어(이를테면 신분화되어) 출현한 〈보엠〉들의 모습이었고, 그 행동강령이었다. 당대의 젊은 奇人들, 즉 첫 로망틱한 〈靑年 프랑스〉들의 〈보엠〉 제1세대를 보고 자란 노르망디派는 그 뒤를 이어 〈보엠〉 제2세대를 형성한다. 이 시대적 분위기를 놓고 볼 때 비로소 우리 詩人이 학창을 나서자, 걷잡을 수 없이 빠져들어간 방종 생활과 그 철저한 反社會·反正統의 언사와 美學을 이해할 수 있다.

첫 世代 보엠 로망틱의 行動綱領——〈獨立不羈·부르조아에 내한 혐오 멸시·自由에 대한 사랑〉은 다음 世代의 보엠들에 인계되며, 부르조아에 대한 혐오·멸시의 필연적인 귀결로 〈그들을 골려 주고 mystifier 놀라게 하며, 후에 유행어가 되듯이 그들을 아연실색케 하고 épater 싶은 욕구〉[56]와 그 괴벽·기행은 더욱 강화된다. 그리고 문학 청년들과 수련기의 無名畫家 rapin 들과가 한 떼의 〈보엠〉을 이루어 交歡하는 것도 상례로 계승된다. 보엠들의 신문 〈코르세르 Corsaire〉가 발행되고, 후에 이 신문에 뮈르제 Murger 는 「보엠生活 點景」[57]을 연재하여 文名을 떨치기까지 한다. 그러나 이 제2세대에서 일종의 〈당디 보엠〉이라는 새로운 類型이 뚜렷한 그룹으로 형성된다.

보엠과 당디슴은 일견 많은 점에세 상반되는 듯하지만, 아주 가까운 위치에 있다. 위에서 든 보엠의 행동강령은 그대로 당디의 그것이다. 특히 부르조아 혐오에서 오는 골려 주기 mystification 와 갖가지 奇行이 그렇다. 이 진영의 대표자가 바르베이 도르빌리 Barbey d'Aurevilly[58]와 그 후배인 보들레에르다. 외

---

54) Houssaye(1815~1896), 美術評論으로 데뷔. 詩·小說·戲曲·歷史 등 다방면에 재능을 발휘. 1845년 Artiste誌 主幹이던 그는 후에 Confessions 속에 無名詩人 Baudelaire 와의 만남을 회고. 詩人이 존경하고 자주 인용하였으며, 散文詩 Spleen de Paris 를 그에게 바치고 있다.
55) Jules Bertant: L'Epoque romantique (1947, Tallandier), p. 137.
56) R. Dumesnil: L'Epoque réaliste et naturaliste (op. cit.), p. 36.
57) Murger: Scènes de la vie de Bohème (1847~9). 1849년에 單行本으로 刊行. Murger(1822~1861)는 그 밖의 世態觀察과 기발한 글로 명성을 얻었고, 小說과 詩集들을 남김.
58) B. d'Aurevilly (1808~1889), Du dandysme et de G. Brummel(1845)의 著者. 그 밖에 小說과 文學硏究書 다수. 가톨릭精神·dandysme·惡魔主義·정교한 知性이 혼합된 작품으로 Baudelaire 에 영향을 주었고, FM 을 맨 먼저 찬양한 作家 중의 한 사람.

양으로는 아주 다르지만, 다 같이 자기를 특수화하려는 욕구를 발현했고, 다 같이 호화로운 곳에 대한 기호, 멋을 부리는 세심한 주의, 그러면서도 단정하고 세련된 맵시와 동시에 언뜻 보아 그런 성격과는 대조를 이루는 일종의 자유분방한 허술함 같은 것(부르조아 취미에 대한 멸시와 반발에 의한)을 지니고 있었다. 보들레에르는 〈브루멜 Brummel 의 의상을 걸친 바이런 Byron〉이기를 바랐으며, 그것은 또한 바르베이 도르빌리의 이상이었다. 둘이 모두 자만을 美德으로 삼은 당디였다.

남을 놀라게 하고 골려 주는 言動에 이르러는 보들레에르가 한술 더 뜬다. 그는 사람 고기를 먹었노라고 자랑하는가 하면, 시침 뚝 떼고 〈내가 내 아버지를 죽인 해에……〉라고 이야기를 꺼낸다. [59]

〈보엠 로망틱〉과 대차 없는 취미이지만, 그들보다 훨씬 더 시니컬하고 의도적이며, 기교와 연구를 거쳐 美學과 철학을 갖추고 이론화된 점이 前者의 즉흥적인 언동과는 다르다. 그러나 이 새 보엠의 시니슴 밑에는 깊은 페시미슴이 깔려 있다. 現世의 〈알바트로스〉, 저주받은 詩人의 豫感인지도 모른다. 이러한 당디·보엠의 태도를 사르트르처럼 단순히 남의 視線에 대한 자기 존재의 확인을 위한 例外者化로 설명하는 存在論的 公式化는, 당시의 文學靑年들의 보엠 분위기에 비추어 보나, 보들레에르의 美學과 그 밑에 깔린 페시미슴(性惡說, 反進步 사상)에 비추어 보나, 正鵠과는 매우 거리가 멀다.

〈노르망디派〉와 준엄한 詩精神　이해(1842)에 오픽씨는 센느州 및 파리市 衞成司令官(少將?)으로 임명된다. 그리고 보들레에르와 親交를 맺고 그보다 2세 밑의 방빌은 첫 詩集「女人像柱들 Cariatides」로 문단에 화려하게 데뷔한다. 베르트랑 Bertrand 의 遺作散文詩集「밤의 가스파아르」[60]가 간행되었고, 발자크의 作品集「人間劇 Comédie humaine」의 간행이 시작되었으며, 스탕달은 死亡, 詩人의 후계자 말라르메와 그 반대 진영의 대표 헤레디아 Hérédia 가 출생한다.

우리는 위에서 보엠으로서의 명랑한 면과 동시에 〈당디·보엠〉의 反社會·反正統의 奇行과 비정상적인 면을 살펴보았다. 그 對錘가 될 만한 이 시기의 밝은 면을 우리는 드로아 Deroy 가 그린 詩人의 肖像畵(현재 베르사이으博物館 소장)와 방빌의 회고담으로 엿볼 수 있다.

만일 일찌기 誘引 *séduction* 이라는 말이 어느 인간에 적용될 수 있었다면, 그것은 바로 그에게 적용할 말이었다. 왜냐하면 그는 高尙함·긍지·우아함을 지니고 있었고, 어린 티가 풍기면서도 동시에 원숙한 아름다움과, 아주 잘 어울리는 율동적인 목

---

59) R. Dumesnil: op. cit. p. 38.

60) Bertrand(Aloysius): Gaspard de la Nuit, prépface de Sainte-Beuve. Baudelaire는 Spleen de Paris 의 獻詞에서 이 詩集을 약 20 차례 읽으면서 散文詩를 쓸 생각을 했다고 한다.

소리의 魔力과 그의 生命의 集中에서 오는 說得力 있는 웅변을 갖추고 있었기 때문이다. 생명과 사상이 넘쳐 흐르는 그의 두 눈이 그의 두껍고도 섬세한 진홍빛 입술과 함께 동시에 말을 하던 것이다. 그럴 때면 뭔지 모를 知的戰慄이 그의 짙고 보드랍고 긴 검은 머리 속을 흐르고 있었다. 그를 볼 때면, 내가 일찌기 본 적이 없는 것, 사람이란 청춘의 영웅적 영광 속에서 마땅히 그렇게 되어야 할 것으로 내가 그리고 있던 그런 사람으로 보였고, 그가 그 다정스런 友誼로 내게 이야기하는 말을 들을 때면, 나는 天才의 접근과 현존이 우리에게 전달하는 그런 충격을 느꼈다.[61]

방빌의 過讚 경향을 감안하여 반쯤 에누리를 하더라도 대단한 매력이라 하겠고, 그뿐더러 이 점에 관하여는 모든 친구들의 증언이 거의 일치되고 있다.[62] 결국 그의 골려 주기나 奇行도 악취미로까지 발휘되는 것은 그가 멸시하는 俗物들에 한정되고, 친구와 사랑하는 사람, 존경하는 사람에게는 더할 나위 없이 다정하고 솔직하며, 충실한 우정을 아낌 없이 쏟는 것이 그의 천성임을 알 수 있다.

이 때 한패로 몰려다니던 노르망디派 Ecole Normande 도 위에서 말한 〈보엠〉 풍조를 만끽했을 터이지만, 당디슴에 있어서는 단연 보들레에르의 獨走를 따를 수 없었던 모양으로, 한결같이 당시의 그의 옷차림을 자세히 묘사하고 있다. 당디는 文學에 있어서도 유별나게 까다롭고 결벽하며 완벽을 스스로 강요한다. 첫 世代 젊은 보엠 사이에 이미 〈藝術을 위한 藝術 l'art pour l'art〉이란 美學이 널리 퍼져 있던 터이다. 근원을 따지자면 루소思想이 독일로 흘러들어가, 거기서 문학과 철학 사조로 발효되었고, 그것이 스탈夫人 M<sup>me</sup> Staël 의 「獨逸論 De l'Allemagne」(1810)으로 역수입된 것이다. 무엇보다도 1831년 특파원으로 파리에 정착한 독일 詩人 하이네의 영향이 컸으리라. 보엠 로망틱 진영에서 재빨리 이 미학을 받아들인 詩人이 고티에[63]이다. 1834년쯤부터 〈예술을 위한 예술〉의 유파 Ecole 가 화제에 오르고, 후에 보들레에르 자신이 열거한 유파만도 造形派 l'Ecole plastique (Gautier 가 代表)・異端派 l'Ecole païenne (Banville 에서 비롯) 등이 있고, 고티에는 곧 파르나스 Parnasse 파를 형성한다. 그러나 노르망디派란 무슨 특별한 미학이나 주장이 있는 것도 아니고, 그저 르 바바쇠르의 主導와 착상으로 (과연 그들 중에 그만이 노르망디 출신이었다), 자기네 그룹에 그런 명칭을 붙임으로써 문학청년다운 기분을 만족시키고 同人意識을 고취한 데 그친 것이다. 보들레에르는 이 시기에 쓴 詩들로 보아, 그 어느 유파에도 초연한 文學觀을 이미 확립했음을 알 수 있다. 당디 보엠의 결벽・고고한 기질과 태도의 확립이다. 그것은 노르망디派의 同人詩集 發刊 (Vers, 1843. 5) 전말을 보아 충분히 엿볼 수 있다.

---

61) cité in Rf-B, p. 23.
62) Buisson, Hignard, Le Vavasseur 등 cf. Crp-B, pp. 44~6.
63) 詩集 Albertus(1832)의 序文과 小說 Mille de Maupin(1835) 序文에서 밝힘.

노르망디派 중에서도 프라롱과 르 바바쇠르는 특히 친밀한 사이였고, 매사에 後者가 주동이었던 모양인데, 둘이 모두 손쉽게 詩作을 하는 편이어서, 이미 한 권의 시집 원고를 마련하여 가지고, 친구에 대한 우정으로 보들레에르에게 三人詩集을 내기를 제안했다. 보들레에르는 이를 수락하고, 이에 다시 그들의 친구이며 재능 있는 젊은 詩人 오귀스트 도종 Auguste Dozon[64]을 끌어들일 것을 제안했다. 그런데 마지막 단계에 이르러 보들레에르는 자기 詩를 빼버리고 만다. 그 경위를 르 바바쇠르는 이렇게 증언한다.

　　그는 내게 자기 원고를 전했다. 그것은 그 후 「惡의 꽃」(그 중 〈陰鬱과 理想〉篇)에 삽입된 몇 편의 草稿였다. 나는 그저 무심코 내 의견을 말했다. 경망하게도 나는 詩人의 원고를 고치려고까지 했다. 보들레에르는 아무 말 않고, 화도 내지 않았다. 그리고 同人으로서의 자기 몫을 되돌려 갔다. 그가 잘한 일이었다. 그의 바탕은 광목 같은 우리들의 것과는 천이 달랐던 것이다. 그리하여 우리들만의 詩가 간행되었다.[65]

　단순히 자기 詩에 손질을 하려는 친구에 대한 불쾌감이나 고고한 자존심의 소치만도 아니다. 안일하게 시를 다루는 태도에 대한 반발, 후에 우리가 살펴볼 그의 〈詩의 宗敎〉의 경건한 신앙과 騎士的인 결벽한 명예심 (시인으로서의)이 그런 경망을 거부하였으리라. 이 점은 다음 아르센느 우세이 Arsène Houssaye 의 증언이 더욱 웅변으로 증명해 준다.

　그가 아르티스트 Artiste誌의 주간이 된 1844년 연말부터 1846년 1월까지 보들레에르는 5편의 詩를 그 잡지에 싣는다. 그런데 4편은 프리바 Privat라는 이름으로, 1편은 匿名으로 발표한 것이다. 그런데 우세이에 의하면, 보들레에르는 자기 친구 프리바에게 자기 시를 口述하여 받아쓰게 하고 거기 서명케 하여, 그와 함께 아르티스트誌의 주간 앞에 나타난다. 프리바가 그 詩를 낭독한다. 그러고 나면 보들레에르는 시침을 떼고, 그의 詩(실은 자기 詩)를 잡지에 실어 달라고 청한다. 그 비밀을 꿰뚫어 알고 있던 우세이도 모르는 척하고 받아서 실어 주곤 했다는 것이다. 그런데 그때 프리바의 낭독을 옆에서 듣고 보들레에르가 한 말을 전하고 있다.

　　"나도, 나 역시 소네트를 쓰지만, 그것을 남에게 보일 만큼 어리석진 않아요. 詩란 긍지 높은 孤獨의 宗敎 속에 저 자신이 香을 마시며 꺾고 잎을 따야 하는 지극히 진귀한 꽃이죠."[66]

　이 일화를 전하는 우세이도 〈보들레에르는 이런 숨바꼭질 놀이를 무척 좋아했다〉고 덧붙였고, 다른 보들레리앙들도 이 일화를 그의 골려주기 *mystification*

---

64) d'Argonne 라는 筆名으로 Vers 에 參加.
65) cité in Crp-B, p. 39.
66) cité in Crp-B, pp. 40~1.

취미, 또는 그의 여러 면모로 위장하기를 좋아하는 마스크 중의 하나로만 풀이
한다. 물론 그런 면도 있다. 또 모든 문학청년이 남 앞에서 자기 作品에 대하
여 느끼는 일종의 수치심과 불안도 작용했으리라. 그러나 그보다도 이때의 보
들레에르의 말 〈긍지 높은 孤獨의 宗敎 속에서〉 운운에 주목하자. 詩에 대한
결벽과 고고한 긍지는 그 완벽을 추구할수록 자기 작품에 대한 수치심과 不安
은 커지며, 〈긍지 높은 孤獨의 宗敎 속에서〉一刀再拜하는 推敲・琢磨를 스스
로 요구하게 된다. 차라리 그러한 〈詩의 宗敎〉가 이미 이때부터 확립되어 가고
있었던 증좌로 봄이 옳다. 〈美〉의 女神을 〈영원하고 말 없는(표현할 수 없으니까)
사랑〉으로 흠모하며 〈준엄한 연구로 그들의 세월을 소비〉하는 詩의 宗敎는 그
의 초기의 詩로 알려진 다음 詩에서도 엿볼 수 있다.

> 나는 돌의 꿈처럼 아름다와, 오 덧없는 人間들아!
> 거기서 저마다 차례로 상처를 입는 내 젖가슴은
> 詩人에게 質料처럼 永遠하고 말 없는
> 사랑을 불어넣게끔 되어 있네.
> (………)
>
> 우뚝 솟은 紀念 建物에서 빌린 듯한
> 내 당당한 몸가짐 앞에서 詩人들은
> 峻嚴한 硏究로 그들의 세월을 소비하리.
>
> 나는 이 고분고분한 愛人들을 호리기 위하여
> 萬物을 더욱 아름답게 만드는 맑은 거울,
> 내 눈, 영원한 광채 지닌 커다란 눈을 가졌으니까!

——「惡의 꽃」 중 美[67]

## 4. 致命의 一擊

**禁治産宣告**　成年時(1842년 4월)에 이미 兩親 집에서 나와 셋방에서 혼자 기
거하던 그는 1년 만에 4차례 이사를 하여,[68] 이해 8월에 피모당館 Hôtel
Pimodan에 정착(4층 방 셋 점거)한다. 이때부터 이미 방랑벽은 시작되고 있었
다. 그 후 파리에서 25년간에 무려 30회 이상이나 거처를 옮기고 있다──물
론 잠시 피신한 친구들의 집・카페・도서관・술집 등은 불문에 붙이고. 이 피
모당館에 살던 畵家 봐사아르 Boissard의 응접실에서 〈마약(幻覺劑) 복용자 클
럽〉의 모임이 있었고, 고티에가 후에 그 광경을 회고하고 있다. 필경 보들레
에르도 여기에 참석하였을 것이며, 후에 「人工樂園」을 쓰게 된 계기가 되었을

---

67) FM, La Beauté.
68) 10, Quai de Béhune→Rue Vancau→15, quai d'Anjou→17, quai d'Anjou(Hôtel Pimodan)
　　이 중에 15, quai d'Anjou는 Chronologie de C.I의 새 考證임.

터이다. 여기서 고티에와 사바티에 Sabatier 夫人을 사귄다.

거기서 그의 당디 생활은 고조되어 벌써부터 골동품 상인 아롱델 Arondel 에게 빚을 지기 시작한다. 이해 두 차례 잡지사에서 그의 원고가 거절당한다——하나는 풍자적 논설이며, 하나는 〈不道德性 때문에〉라는 이유로. 그의 보엠 생활과 당디의 낭비와 反社會·反正統性이 여전함을 알 수 있다. 1844년 7월 15일(만 23세)에 兵役忌避罪로 72시간의 구류를 치른다. 그런데 이 受難의 7월에 모친은 詩人의 터무니없는 낭비에 겁이 나서 남편의 助言으로, 그의 남은 재산을 보존하기 위한 법적 조처(後見人 설정)를 취한다. 재판소의 명에 따라 8월 24일 가족회의가 소집되고, 거기서 만장일치로 결의된다. 어째서 이런 극단적인 수단을 취하게끔 되었을까? 지글레 Ziegler의 치밀한 최근의 고증[69]으로, 그의 구체적인 浪費 정도를 일목요연하게 파악할 수 있다.

- 1842년 4월, 10만 프랑 상속 재산 중에 그의 수중에 든 금액 1만 8천 프랑과 年利 1천 8백 프랑, 계 1만 9천 프랑(지금의 한국 화폐로 약 1,900만원 상당).
- 같은 해 7월에 벌써 유산 중의 〈프랑스銀行〉 증권 6,500 프랑을 팔고,
- 같은 해 11월에 상속 토지를 저당으로 2,500 프랑 借入.
- 1843년 3월 같은 방법으로 7,000 프랑 借入.
- 같은 해 6월 5,500 프랑 借入(1년 기한).

같은 해 10월에 토지 매도로 빚을 갚고, 그의 수중에 다시 25,287 프랑이 들어온다. 그리하여 상속한 지 2년 만에 전재산의 약 절반에 해당되는 44,500 프랑을 쓴 것이다. 현재 우리 화폐로 추산하여 실로 약 4,000만원 안팎의 금액이다. 이대로 가면 2년 후에는 아주 빈털털이가 되며, 그렇다고 다른 收入源이 있는 것도 아니다. 실로 터무니없는 낭비며, 그토록 자제력이 전혀 결여된 무게도한 財政이다. 모친이 대경실색한 것도 당연한 일이며, 그 가혹한 법적 조처 이외에 다른 방도가 있을 성싶지 않다.

家族會議 決議文에는 다음과 같은 의견이 들어 있다.

샤를르 보들레에르씨는 미성년의 마지막 몇 해에 가장 큰 낭비 성향을 나타냈음을 감안하고, 그 미성년기에 가족회의는 그런 유감된 傾倒에 대하여 그를 방어하고 支出에 있어 질서와 정규의 정신으로 이끌어가기 위하여 적절한 듯한 조처를 취하여야 할 것으로 사료하였으나, 그 조처는 한결같이 효험이 없었음을 감안하고,

보들레에르씨는 일단 成年에 이르고 자기 재산의 주인공이 되자, 더없이 狂的인 낭비성에 끌려들어, 약 18개월 동안에 약 10萬 프랑에 달하던 그의 상속 재산의 근 절반을 날렸으며, 최근의 사실들로 미루어, 만약 浪費者로서의 그에게 法的 後見을 부과하기를 寸時라도 늦춘다면, 나머지 상속 재산마저 완전히 탕진되지 않을까 두려워할 만함을 감안하여, 이런 동기로 家族會議는 滿場一致로……[70]

---

69) Ziegler: La Fortune de Baudelaire in C.I, pp. LXVIII~LXX.
70) ibid. p. LXX.

하기는 이미 前年 6월 27일부로 샤를르는 모친과 앙셀 Ancelle(오픽一家의 公證人, 보들레에르의 法定後見人으로 지명됨)에게 자기 재산 관리를 위임하는 覺書[71]를 썼으며, 8월 말 모친에게의 편지에서 〈法定後見〉에 언급한 것으로 미루어, 이미 1년 전부터 모친이 그에게 자주 근심·애원·경고를 되풀이한 것으로 짐작된다.

과연 이해 여름(月日附 없음)에 모친에게 보낸 설득·애걸·위협으로 가득찬 긴 편지로, 보들레에르는 이 조처가 진행됨을 알고 최후의 필사적인 沮止를 시도한다. 그 소식을 듣고 그는 〈내가 며칠 전부터 분노와 경악으로 일어난 병에 빠진 상태를 생각할 때, 일이 이루어지면 어떻게, 어떤 방법으로 이를 감당할지를〉 자문할 정도라는 것이다. 그 절망감을 말하고, 어째서 그런 조처가 어머니 편의 중대한 과오가 될 것인가를 역설한다.[72]

"나는 다른 사람들과는 사람됨이 달라요. (……) 나는 못해요, 나는 그것을 참을 수 없어요. (……) 어머니는 우리끼리만일 때 나를 맘대로 취급해도 좋아요——허나 내 自由를 침해하는 一切를 나는 필사적으로 물리쳐요. (……) 우리 사이이니 말이지만, 대체 누가 감히 나를 안다고, 내가 어디를 가고 싶어하고, 내가 무엇을 하고 싶어하는지를, 또 내가 어떤 것을 참을 수 있는지를 안다고 할 수 있겠어요."

어머니가 생각하듯이, 다른 사람들처럼 한때의 고통으로 끝나고, 곧 그 필요한 조처에 익숙해지리라는 생각은 자기에겐 통하지 않으리라는 점을 경고한다. 즉 자기의 유다른 성격과 제3자가 자기의 自由를 침해할 때는 절대로 참을 수 없다는 점을 강조한다. 〈내 성격이 가장 지겹게 반발하는 것——獨斷者들, 判官들, 제3자들〉의 지배를 받는 것은 참을 수 없다는 것이다. 무엇보다도 〈내게 대한 지독한 모욕〉에 그의 자존심은 더없이 큰 상처를 입었으리라. 마지막 代案과 애걸이다.

"어느 누구의 판결을 받기보다는 나는 차라리 財産을 가지지 않고, 저를 전적으로 어머니에게 내맡기는 편이 낫겠어요——이것은 그래도 自由行爲인데, 다른 것(法定後見)은 제 자유의 침해예요. (……) 제가 어머니와 앙셀씨와 함께 긴 의논을 가질 때까지 일체가 중단되기를 바랍니다."

어머니에게 전재산을 맡기고 처분대로 한다——우리를 미소짓게 하는 이 代案이 어떤 효력을 가질 것인가는 어린 시절부터 이때까지의 그 自責과 애원과 맹세의 되풀이로 미루어 뻔한 일이다. 그러기에 가족회의는 그 점을 특히 고려하고 法定後見人에서 모친을 배제한 것이다.

---

71) C.I, pp. 99~100.
72) C.I, pp. 108~11.

　　"가족회의는 이 必須의 조처의 완전한 實效性을 위하여, 모친의 건강상태와 자기
자식에 대한 자연스런 약점을 고려하여, 法廷의 (後見人) 선택이 모친 이외의 다른
사람에게로 돌려져야 한다는 소망을 표시하는 것이 동시에 그 의무라고 사료하는 바
임."[73]

　　이렇게 못박기를 잊지 않는다. 그리하여 法定後見人 앙셀은 마치 한쪽으로
詩人의 女性·愛情關係에 있어서의 〈검은 비너스〉 잔느 뒤발이 있듯이 이와 對
錘를 이루는 男性·社會關係에 있어서의 견제자로서 보들레에르를 중심으로 한
평생 쇠사슬에 묶이듯이 연결되었고, 똑같이 저주스런 관계이면서도 어쩔 수
없고 뗄 수 없이 매여 다녀야만 한다. 그는 과연 오픽夫婦가 선정한 인물답게
엄격한 〈적임자〉였으나, 때로는 詩人의 哀訴에 月給定額을 선불해 주기도 하며,
때로는 詩人의 고통스런 고백을 들어주는 상대가 되기도 하여, 어떤 의미로는
詩人의 가장 가까운 집안사람이며, 누구보다도 자기 被後見人의 哀歡과 약점
과 才能을 꿰뚫어 알고, 그 낭비에 制動을 걸면서도 동정을 잃지 않고 父性愛
까지 지니고 있었다. 그는 〈검은 비너스〉와 마찬가지로 愛憎이 얽혀, 미운 정.
고운 정으로 詩人의 생애와 깊이 매여진다(모친의 회고에 의하면 앙셀은 「惡의
꽃」의 간행 遲延에 속이 달아 날마다 출판사 陳列窓門 밖을 기웃거리며, 그 출간을 고대
할 정도였다고).[74] 法廷의 정식 선고(9월 21일)보다 약 한 달 전에, 이 피할 수
없는 결말을 안 詩人은 절망과 비분·원한의 나락에 떨어진 상태였던 모양이
다. 생전 처음으로 편지에서 모친을 〈vous〉라는 2인칭 代名詞로 부른다.

　　"앙셀씨는 어제 내게 臨終미사를 주었지요. (……) 나는 너무나 기가 죽어 무척 조
용할 수밖에 없었어요."[75]

　　다음달에 모친에 대한 代名詞는 다시 〈tu〉로 복귀되더니, 다음달 편지에는
다시 〈vous〉로 바뀌며, 제대로 억누르지 못한 원망이 문면에 배어나는 편지가
이어진다.

　　"아주 〈당신 vous〉다운 서투른 짓을 저지르지 못하게 하기 위해서 미리 알려드려야
만 하겠읍니다."[76]

로 시작하여, 제발 자기가 〈거래하는 商人들에게 일일이 자기에게 法定後見人
이 붙었다는 것을 알리고 다니지 말라〉는 역정 섞인 내용이다. 우리가 이때껏
뒤밟아온 바, 후일의 〈저주받은 詩人〉이 되게 만든 모든 요인과 사건 중에도,
이 사건이야말로 최후·최대의 충격으로 그에게 致命打를 가한 것으로 볼 수

---


73) Ziegler : op. cit. p. LXX.
74) Crp-B, p. 69.
75) C.I, p. 113.
76) C.I, p. 114.

있다. 흔히 보들레리앙들이 모친 재혼 때의 심정으로 인용하는 다음 시귀들은,
마땅히 이 시기에 삽입되어야 한다. 〈臨終 미사(死亡宣告)〉를 받은 듯, 절망의
마비 상태에 빠진다. 하나 번번이 그 반면의 히스테리症으로 나타남을 우리는
보았거니와, 詩에서 그 원한이 逆流하여, 그의 특유한 히스테리칼한 표독스럽
고 앙칼진 독기가 詩를 통하여 복수를 한다. 그리하여 詩人의 가장 친근한 사
람들(어머니와 아내)과 뭇 사람들의 詩人에 대한 沒理解・저주・학대・모욕을
고발한다.

최고의 權勢의 命에 따라 詩人이
이 지겨운 세상에 나타날 때,
질겁을 하여 모독에 가득찬 그의 母親
가엾이 여기는 神에게 두 주먹 불끈 쥐고——

——"아！ 이 嘲笑거리를 키우느니보다는 차라리
어째 독사뭉치라도 내깔기지 않았던고！
내 배에 이 속죄거리를 잉태한
순간의 快樂의 밤에 咀呪 있어라！

당신이 모든 女子들 중 저를 택하시어
내 처량한 男便의 싫증을 사게 했고,
또 나는 이 배틀어진 괴물을 사랑의 편지처럼
불길 속에 던져 버릴 수도 없으니,

절 짓누르는 당신의 증오를 당신의 심술궂은
장난의 詛呪스런 연장 위에 다시 솟게 하리다.
그리고 다시는 그 毒氣 있는 싹이 못 트도록
이 비참한 나무를 밸밸 비틀어 버리리다！"

그녀는 이렇게 증오의 거품을 삼키며,
永遠한 意圖를 깨닫지 못하고는
地獄 바닥에 저 스스로
어머니의 罪를 다스리는 火刑臺 마련하도다.

(…………)

그가 사랑하려는 이들 모두 두려움으로 지켜보고,
혹은 그의 조용함에 담대해져서 저마다
다투어 그에게 비명을 지르게 하며,
그에게 자기네 殘忍性을 시험하도다.

그의 입에 들어갈 빵과 포도주 속에
그들은 더러운 가래침과 재를 섞는다.
僞善으로 그가 손댄 것을 내던지고

그의 뒤를 따른 것을 自責하는구나.

그의 아내는 광장으로 고함치며 다닌다——
"그가 날 熱愛할 만큼 예쁘게 보니까,
나는 古代의 偶像 구실을 하리라,
그리고 그들처럼 날 단장케 하련다.

그리하여 나아드, 燻香, 미르라香
아첨, 盛饌美酒로 나는 만취하리,
나를 찬양하는 가슴에서 至上의 예찬을
내 웃으며 가로챌 수 있는지 알기 위해서!

그러다 그 不敬스런 笑劇에 싫증나면,
그에게 내 여리고도 억센 손을 대리라.
그러면 내 손톱 아르피*의 발톱 같아서
그의 심장까지 헤치고 들어갈 수 있으리라.

그의 가슴에서 그 새빨간 심장을
떨며 파닥이는 어린 새처럼 뜯어내어,
내 귀여운 짐승을 배불리기 위하여
멸시와 더불어 그걸 땅바닥에 던져주리!"

——「惡의 꽃」중 祝頌[77]

* 아르피 : 새 몸에 여자 얼굴의 괴물

이 모친과 애인의 입을 빈 毒氣를 뿜는 저주야말로 詩人 자신의 그만큼 히스테리칼한 〈원한의 회고적 逆流〉의 强度를 표현한다.

이 사건이 얼마나 큰 충격을 주었고, 두고두고 돌이킬 수 없는 致命傷이 되었으며, 얼마나 그가 이를 원망했는가는 다음 15여년 후에 잇따른 모친에의 원망과 화풀이를 보아 십분 이해할 수 있다.

"法定後見! (原文 이탤릭) 내 生涯를 파멸에 빠뜨리고, 내 一生 하루하루를 시들게 했으며, 내 모든 思考를 증오와 절망의 빛으로 물들인 그 무서운 過誤. 그러나 어머니는 날 이해 못 해요."[78]

"제발 〈法定後見〉을 생각해 보세요. 지난 17년 동안 그것이 내 속을 갉아먹고 있어요. 그것이 온갖 관점에서 내게 준 苦厄을 어머니는 믿을 수도 없고 이해할 수도 없어요. (……) 그건 지금으로선 돌이킬 수 없는 일이에요."[79]

"그 저주스런 發明! 어머니의 너무 돈에만 사로잡힌 정신의 發明, 내 명예를 더럽혔고, 다시 늘어나는 빚 속으로 날 몰아넣었으며, 내 속의 상냥스러움을 송두리째 죽

---

77) FM, Bénédiction.
78) 11 Oct. 1860, C.II, 96.
79) 1ᵉʳ jenv. 1861, ibid. p. 113.

地上에 流配되어 93

였고, 아직 미완성이었던 나의 예술가 文學者로서의 교육을 묶어 버리기까지 한 그 모성의 發明. 盲目은 惡보다도 더 큰 災殃을 만들죠."[80]

원망하는 나머지, 그것으로 재산은 보존된다치고, 그것이 다른 일면에 끼칠 영향, 한 평생을 두고 명예 손상과 한심한 자국을 남길 것이라는 것을 왜 깊이 생각하지 못했느냐고 한탄한다. 그 반대의 경우를 생각해 보라는 것이다.

"만약 〈法定後見〉이 없었다면 모든 것은 탕진되었을 테죠. 그렇게 되면 일에 대한 취미를 획득했을 겁니다. 法定後見이 행해진 지금, 모든 것은 탕진되고, 나는 늙고 불행합니다."[81]

〈당디 보엠〉으로서 일체의 사회적·正統的인 구속과 규범을 배격·조소하며, 그는 고의적으로 凡俗의 사회와의 연줄을 끊었었다. 헌데 그 凡俗의 사회가 이번에는 억센 힘으로 〈알바트로스〉를 地上으로 끌어내리고, 그 〈巨人의 날개〉를 묶어 질질 끌고 다니게 만든 것이다. 이에 대한 원한과 동시에 그는 젊은 시절 〈당디 보엠〉의 객기를 후회·자책하기를 잊지 않는다.

"제가 옛날의 첫 어리석은 짓들을 지금 비싸게 대가를 지불하고 있음을 아시겠죠?"[82]

1842년에 집을 뛰쳐나온 후의 일을 회상하며 그는 말한다.

"마침내 저는 빠져나왔죠. 그리고 그때부터 저는 완전히 버림받았구요. 저는 오로지 쾌락과 항구적인 자극에만 열중했죠. 여행이며 아름다운 가구들, 그림과 계집들 따위. 저는 오늘날 그 형벌을 혹독하게 걸머지고 있어요."[83]

이 원망과 후회(차라리 悔恨)는 브뤼셀의 〈지옥〉에서도 끊임없이 속을 갉는 (昆蟲처럼) 것이다.

**自殺未遂** 이후부터 그의 생활비는 後見人 앙셀이 관리하는 그의 재산의 이자 월 200프랑, 상속 토지를 산 사람(Labie)의 일부 미불액(31,000프랑)의 年利 5分 1,550프랑(매년 1월 1일 일시불)에 부정기의 원고료다. 결국 정기적인 고정 수입은 월 329프랑(우리나라 현 화폐로 추산하여 약 30萬원)이니, 보통 사람 같으면 충분하고도 남는 財源이다. 그런데 우리는 이미 그의 낭비 솜씨를 알고 게다가 호텔 셋방에 外食 생활이니 그럴 밖에. 그는 곧 앙셀에게 선불을 요구하게 되고, 앙셀이 어느 한도 이상은 잡아떼고 응하지 않을 때, 다급한 돈은 모친에게 조른다. 그때마다 〈마지막〉 부탁이다(물론 꾸어 쓰는 것으로 되어 있다). 그 일례를 보자. 모친이 무일푼의 그를 보고 간 이틀 후에 쓴 편지다.

---

80) 1ᵉʳ avr. 1861, ibid, p. 142.
81) 6 mai. 1861, ibid, p. 154.
82) 1ᵉʳ avr. 1861, ibid, p. 143.
83) 6 mai. 1861, ibid, p. 153.

　　"무엇인가(「1845 年의　美展評」을　가리킴—역주)를　끝내고　그것을　팔려면　12일간으로 족합니다. 60프랑의 희생은 15일간의 평온에 해당하는 것인데, 만약 그것으로 어머님이 제게서 이달 末에 세 작품이 팔린 증거——1,500프랑에 해당——를 얻으시고, 게다가 어머님에 대한 저의 깊은 감사를 받으신다면, 어머니는 그것을 후회하겠어요? 만약 上記 作品들이 벌써 종이가 노랗게 변했을 정도로 굉장히 오래 전에 시작된 것이 아니란다면, 저도 그런 무리한 작업을 자랑하지는 않을 것이에요. (……) 그 60프랑은 항상 제게는 같은 量의 日數, 즉 일할 수 있는 時間數에 해당되는 거예요."[84]

　　게다가 잡지사와 출판사는 이미 內定되었고, 탈고와 동시에 돈을 지불한다는 것이다. 허나 年初에 이렇듯 자신만만하게(60프랑만 있으면) 된다던 일이, 작품은 셋이 아니고 하나뿐(「1845 年의　美展評」), 그것도 5 월 초순에 겨우 출간된다. 자기 계획이 이미 실현된 양 낙관하고 미리 앞당겨 지나친 기대를 거는 버릇은 이때부터 나타나며 쓰러질 때까지 버리지 못한다. 4 월 초의 편지에도 〈약간의 돈〉을 보내라고 하며, 책이 〈결정적으로 이달 9일에 나온다〉고 단언한다. 그리고 〈債權者들 관계로 집에 또다시 스캔들이라도 있었나요?〉 한 것을 보면, 이미 그런 일이 있었던 것을 알 수 있다. 4 월 말에 또 다시 〈가능하면, 약간의 돈, 30프랑, 그 이하라도 좋으니〉하고 호소한다. 대개 이런 식이다. 그러면서도 같은 피모당館에 사는 골동화상과의 외상 거래는 여전하다. 맘에 드는 미술품·장식품·가구 등을 보면 자제력을 잃는 것이다. 法定後見이 설정된 지 1년이 못 가서 다시 한 번 파탄에 빠진다. 1845년 6 월 30일 드디어 自殺 소동이 벌어진다. 대개 연극이 아닌가고 의심을 품지만, 뤼프만은 역시 거짓이 아니라고 판단한다.[85] 後見人 앙셀에게 보낸 편지[86]는 진귀한 자료인 만큼 그 要點만이라도 옮길 필요가 있겠다.

　　그는 우선 이 遺書에 표시된 잔느 뒤발에의 상속권을 모친과 異腹兄이 거부할 경우를 고려하여, 이 유서를 지참한 그녀에게 즉각 이 내용을 읽어 주어 거부에 대비케 하라고 세심한 배려를 적고 나서 자살 이유를 밝힌다.

　　"나는 자살한다——傷心 chagrin 없이. —— 나는 사람들이 상심이라고 부르는 그런 혼란을 전혀 느끼지 않는다. ——나의 빚은 결코 상심거리가 된 적이 없었다. 그런 일들은 무엇보다도 制御하기 쉬운 것이다. 나는 이 이상 살 수 없으니까, 잠자는 피로, 잠을 깨는 피로를 감당할 수 없으니까 자살한다. 나는 남들에게 무익하니까—— 그리고 나 자신에게 위험하니까 자살한다. —— 나는 나 자신이 不滅하다고 믿으며, 또 그러기를 바라니까 자살한다."

　　다음은 르메르 Lemer 양(잔느 뒤발)에의 유산 贈與 의사와 그녀에 대한 애정

---


84) début de 1945, ibid. p. 120.
85) Rf-B, p. 40.
86) C.I, pp. 124~6.

을 밝힌다.

"나는 내가 소유하는 일체를 내 사소한 가구와 내 초상화까지도 르메르孃에게 주며 遺贈한다. —— 그녀는 내가 그 속에서 어떤 휴식을 발견한 유일한 존재이니까. —— 어떤 사람이 내가 이 지긋지긋한 地上에서 발견한 稀貴한 향락의 代價를 지불하려는 것을 내게 비난할 수 있을 것인가?"

여기서 형과 모친에 대하여 원한이 逆流하며, 이에 비례하여 情婦에 대한 애착은 커진다.

"나는 내 兄을 별로 알지 못한다. 그는 내 속에도 나와 함께도 살지 않았다. ——그는 내가 필요치 않다. 내 어머니는, 그토록 자주 그리고 줄곧 故意的이 아니면서도 내 삶을 害毒하였거니와, 모친 또한 이 돈(그의 유산—역주)이 필요치 않다. ——그녀에게는 자기 男便이 있으며 한 인간적인 존재, 애정, 한 友情을 소유하고 있다.

그런데 나는, 내게는 오직 잔느 르메르(뒤발—역주)가 있을 뿐이다. ——나는 오직 그녀에게서만 휴식을 찾았으며, 내 理性이 건전치 못하다는 핑계로 내가 그녀에게 주는 것을 누가 박탈하려다는 생각을 참으려 하지도 않으며 참을 수도 없다. (……)

잔느 르메르는 내가 사랑한 유일한 女子다. ——그녀는 아무 것도 가지고 있지 않다. ——그래서 앙셀씨, 나는 내가 발견한 사람들 중에도 온화하고 높은 정신을 타고난 보기드문 사람들 중의 한 분인 당신에게, 그녀에 대한 나의 마지막 지시를 위탁하는 바입니다."

그리고 자기의 파멸을 본보기로 삼아 그녀의 改過遷善을 지도해 달라고 간곡히 부탁한다.

"신중한 분인 당신이 그녀로 하여금 얼마만큼의 金額의 가치와 중요성을 깨닫게 하여 주시오. 그녀가 이득을 얻을 수 있으며 나의 최후의 의도를 유익하게 만들 만한 어떤 분별없는 생각을 찾도록 시도해 주시오. 그녀를 인도하고 충고하며, 감히 말씀드립니다만, 그녀를 사랑해 주시오—— 적어도 저를 위해서 말입니다. 그녀에게 나의 무서운 본보기를—— 그리고 어떻게 정신과 생활의 무질서가 암담한 절망, 혹은 완전한 파멸로 이끌어가는가를 그녀에게 보여주시오. ——理性과 有益性을! 당신에게 이 점을 애원합니다."

그리고 자기 유언의 진실성을 강조한다.

"이제 이 유언이 허풍이 아니며, 사회와 가족의 생각들에 대한 挑戰도 아니고, 단순히 제게 남아 있는 인간적인 것——때로 저의 기쁨과 휴식이었던 여인의 도움이 되고자 하는 욕망과 사랑——의 표현일 뿐임을 당신은 아실 것입니다."

그런데 칼로 가슴을 찔렀다느니보다는 북 그은 모양인데, 그 상처가 대단치 않았을 뿐더러, 그 자신이 친구(Louis Ménard)에게 사건 전말을 보고한 바에

의하면, 잔느 뒤발을 동반한 카바레에서 그런 장면이 벌어졌고, 그 이야기하는
투가 농담調여서, 대개는 〈自殺劇〉의 연출로 여기는 듯하다. 뤼프가 지적한 대
로 과연 〈유언〉의 진박·성실성에는 조금도 의심할 여지가 없다. 허나 바로 그
것이 演技者의 특징이 아닌가? —— 우는 연기를 하는 동안에 정말 눈물을 홀
릴 수 있게 된다는 것이. 더구나 그 자신이 자랑하는 바 뛰어난 共感(交感)의
소질이 있어. 힘 안 들이고 남이 될 수 있는 그다.

　　詩人은 마음대로 저 자신이며 他人이 될 수 있는 그런 비길 데 없는 특권을 누린다.
　한 肉身을 찾는 방황하는 靈魂들처럼, 그는 그가 원할 때 각자의 인물 속으로 들어가
　는 것이다.

——「파리의 陰鬱」중 群衆들[87]

　　하여간 24세에 이미 삶에 지치고 이 세상에 쓸모 없는 인간이라는 깊은 좌
절감에는 禁治産宣告의 충격이 가장 크게 작용하고 있음을 부인할 수 없다. 오
직 잔느에게서만 휴식을 얻을 수 있었다는 고백도 주목할 만하며, 자기 임의
로 쓸 수도 없는 재산일 바에는, 태어날 때부터 사회의 弱者로 운명지어진 混
血女에게 몽땅 증여하겠다는 심정도 이해할 만하다. 당디의 철학과는 반대로
사회적으로 짓밟힌 자, 약한 자, 고통받는 자, 가난한 자에 대한 깊은 동정과
共感의 〈작품〉을 남긴 그의 일면이 이미 여기서 싹트고 있다.[89] 뤼프의 말대
로,[88] 가슴팍의 상처는 쉬이 아물었지만, 그의 영혼의 상처는 다시는 아물 수
없이 깊이 파헤쳐진 것이다. 공교롭게도 발레리가 말한 〈24세까지〉로 「惡의
꽃」의 詩人으로서의 모든 결정적 요인들과 조건은 갖춰졌으며, 여기서 실질적
인 그의 靑春時節은 막을 내린다.

　　　　내 靑春 한갓 캄캄한 雷雨였을 뿐,
　　　　여기저기 찬연한 햇살 뚫고 비쳤네.
　　　　천둥 비 그토록 휘몰아쳤으니
　　　　내 정원에 붉은 열매 몇 안 남았네.

——「惡의 꽃」중 怨讐[90]

---

87) Spl, Les Foules.
88) FM에 Le Masque, A une mandiante rousse, Les Petites Vieilles, Les Avengles, Le
　　Crépuscule du soir, Le Vin des chiffonniers 등이 있고, 이 경향은 Spleen de Paris에서
　　현저하게 강화된다.
89) Rf-B, p. 41.
90) FM, L'Ennemi.

地上에 流配되어　97

# 第4章　雷雨 속에 익은 열매들 (1845~1854)

그렇지만 〈天使〉의 보이지 않는 後見 밑에
〈失格된 아이〉는 태양에 취하여,
그가 마시고 먹는 일체에서
진수성찬과 붉은 감로주를 되찾도다.

그는 바람과 놀며, 구름과 이야기하고,
노래하며 十字架의 길에 취하니,
그의 순례를 뒤쫓는 聖靈은 숲의 새처럼
명랑한 그를 보고 눈물짓도다.

——「惡의 꽃」 중 祝頌 Ⅵ, Ⅶ 聯[1]


## 1. 文壇 데뷔

**生活과 文學**　自殺劇 직후 시인은 잔느 뒤발 집에서 간호를 받다가 곧 양친 집으로 돌아간다. 그러나 얼마 안 가서 다시 뛰쳐나온다. 필경 오픽씨는 그 자신이 유서에서 자인한 문란한 생활을 바로잡도록 規律을 과했고, 학업을 계속하라는 권고를 한 모양으로, 이미 그러한 구속에 순종하기에는 너무나 자유 분방한 생활이 몸에 밴 그로서는 견딜 수 없었던 것이다. 자기 친구(Louis Ménard)에게 그 자신이 이야기한 것으로 전하는 말을 옮기면,

"난 우리 가족에게로 데려갔지. 엄마가 내 詩를 옮겨쓰곤 했지만, 오래 계속될 수 없는 노릇이었어. 집에서는 보르도만 마시는데 내가 좋아하는 건 부르고뉴뿐이거든. 그래 집을 나왔지 뭐야. 지금 당장은 宿所도 없어. 밤이 오면 걸상 위에 벌떡 눕는 거지."[2]

노친에게 보낸 편지에서는 집을 나온 이유로, 첫째는 〈沈滯狀態와 무시무시한 마비상태에 빠졌기에, 좀 기운을 내고 다시 힘을 내기 위하여 孤獨이 무척 필요하기〉 때문이고, 둘째 이유는 〈엄마의 男便이 바라는 대로 되기가 나로선 불가능하며, 따라서 그 이상 오래 그의 집에서 산다는 것은 그의 재산을 훔차

---

1) FM, Bénédiction.
2) cité in Crp-B, pp. 61~2.

는 일이 될 것〉이기 때문이라고 밝힌다. [3]

이렇게 집을 나온 그는 다시 물심양면으로 불안정한 생활과 돈에 몰리는 不安 속에 빠지지만, 꽤 꾸준히 작품을 쓰고 발표한다. 자살 소동 전에(5월 중순) 이미 美術評 「1845 年의 美展評 Salon de 1845」과, 그의 署名(Baudelaire Dufays— Dufays 는 모친의 姓)으로 발표(5월 25일 L'Artiste 誌)된 첫 詩 「植民地의 白人夫人에게 A une Dame creole」가 있다. 그 밖에 이미 제작된 많은 詩篇이 쌓여 있었음은 그해 10월에 그의 친구 작품[4] 표지에 〈Baudelaire-Dufays 著 「레스보스의 女人들」 곧 刊行〉이라는 예고를 낸 것으로 짐작할 수 있다. 이것이 「惡의 꽃」의 첫 제목이다. 그 밖에 11월에는 발자크를 모델로 한 듯한 빚장이에 몰린 文人의 기발한 窮餘之策을 그린 산문 「才能을 가졌을 때 어떻게 빚을 갚는가 Comment on paie ses dettes quand on a du génie」를 日刊紙 코르세르 사탕 Cor-saire-Satan(L'Artiste 誌와 함께 당시 그의 주요 발표 기관)에 발표한다. 과연 骨董畵商 아롱델을 상대로 자주 약속어음을 떼던 그는 기한이 닥쳐오는 빚의 절박감을 실감나게 묘사한다. 大家의 네임 밸류를 이용하여 논설 2편을 1,500 프랑에 先賣하고, 논설은 각각 新進作家(Ourliac · Gautier 로 암시된)들에게 한 편씩 150 프랑에 청부를 맡겨 期限滿了가 된 약속어음을 해결한다는 이야기다.

다음해(1846) 1월에는 「본느 누벨 特賣場 古典美術館 Le Musée Classique du bazar Bonne-Nouvelle」이라는 미술평을, 2월에는 친구(Louis Ménard)의 작품평을, 3월에는 「사랑에 관한 自慰的 箴言選 Choix de maximes consolantes sur l'amour」이라는 에쎄이를 발표(Corsaire-Satan 紙)한다. 방빌의 作品集(Les Stal-actites) 표지에 다시 詩集 「레스보스의 女人들」 近刊 예고, 4월에 「젊은 文學人들에게 주는 忠告」, 5월에 美術評論 「1846 年의 美展評」을 발표하여 들라크로와를 격찬했고, 미술평론가로서의 지위를 굳힌다(여기서 다시 「레스보스의 女人들」의 近刊을 예고). 특히 「1846 年의 美展評」에는 그의 주요한 美學들이 이미 갖추어졌음을 보여 주어 주목할 만한 作品이다. 6월에 文學者協會 Société des gens de lettres 에 가입 등록된다. 9월 詩 「地獄에서의 동 쥬앙」, 12월에 詩 「어느 마라바르 女人에게」를 발표한다.

이로써 그가 1845년에 문단에 데뷔하여 다음해에는 美術評論家 · 에쎄이스트 · 詩人으로 新人의 지위를 굳히고 있음을 알 수 있다. 그러나 그의 私生活은 여전히 안정되지 못했으며, 여전히 빚에 몰리고 다음해까지도 보에미아니슴을 버리지 못하고 있었음을 그의 친구[5]는 회고하고 있다.

그는 당시 거처를 두 군데 가지고 있었다. 하나는 센느街에, 또 하나는 바빌론街에. 그러나 지불 滿期 때면 나한테 와서 재워 달라고 청하곤 했다. (……) 보들레에르

---

3) C.I, pp. 129~30. 여기서 처음으로 義父를 〈엄마의 男便 *ton mari*〉이라고 부르기 시작.

4) L'Agiotage par Pierre Dupond.

5) Ch. Toubin, cité in Crp-B, p. 48.

는 카페에서 그리고 街頭에서 글을 썼다.

다른 친구의 증언,

　살기 전에 일을 하고, 行爲는 일 뒤에 얻는 기분전환으로 여기는 대부분의 사람들과는 반대로, 보들레에르는 우선 살던 것이었다. 그는 호기심 많고, 觀照家이며 分析家여서, 이 광경에서 저 광경으로, 閒談에서 한담으로, 자기 상념을 이끌어가던 것이다. 그는 상념을 외부 대상들로 키워 가고, 矛盾으로 試驗해 보았으며, 그리하여 작품은 삶의 요약, 혹은 차라리 삶의 꽃이었다. [6]

과연 그는 「젊은 文學人들에게 주는 忠告」에서 작품 제작의 방법을 밝히고 있다.

　빨리 쓰기 위하여는 많이 생각해야만 한다. 한 主題를 자기와 함께 끌고 다녀야 한다——散策에도, 목욕에도, 식당에도, 그리고 거의 情婦 집에까지도 말이다. (……) 作家가 제목을 쓰려고 펜을 들 때 이미——마음 속으로——畵布는 벌써 素描로 덮여 있어야 한다. [7]

　아슬리노가 그의 〈作品은 삶의 요약, 혹은 차라리 삶의 꽃〉이라고 하며, 〈그는 우선 살던 것〉이라고 했고, 다른 친구는 그가 〈카페에서, 가두에서 글을 썼다〉고 회고했지만, 그 자신의 말대로 항상 삶 속에 〈한 主題를 끌고 다니〉며 構想을 키우고 가다듬고 뜸들인 결과로, 잠시 아무데서나 작품을 〈빨리〉 쓸 수 있었다는 결론이 나온다. 〈파리의 風景〉 속을 산책하며 詩想을 가다듬고 익히는 자신의 모습을 노래한 詩가 있다.

　　　오막살이 집들에 덧차양문 드리워
　　　은밀한 음란의 쾌락을 숨긴 구석진 낡은 거리를 따라,
　　　혹독한 太陽이 거리와 들에, 지붕과 밀밭에
　　　연방 내리쏘는 화살로 후려칠 때면,
　　　나는 홀로 奇拔한 擊劍을 수련하러 가네.
　　　거리 구석구석에서 韻과의 만남을 찾아 헤매며,
　　　포장 돌에 걸리듯이 낱말들에 걸려 비틀거리며,
　　　때로는 오랫동안 꿈꾸던 詩句들에 부딪치기도 하지.

　　　이 養父*는 萎黃病의 敵이어서,
　　　벌판에 詩句들을 장미꽃처럼 눈뜨게 하지.

　　　　　　　　　　　　——「惡의 꽃」 중 太陽 [8]

　　　* 養父＝太陽

<hr>


6) Asselineau: Vie de Baudelaire, citée in Crp-B, p. 47.
7) Conseils aux jeunes littérateurs, p. 481.
8) FM, Le Soleil.

天使의 보이지 않는 後見 밑에 본격적인 문학 생활로 매진하기 시작한 그는 노르망디派의 보엠의 틀을 벗어나 문인들과의 교제를 넓힌다. 아르티스트誌를 중심으로 먼저 사귄 고티에·제라르 드 네르발·방빌 등과 다시 맺어지고, 코르세르 사탕 Corsair-Satan 紙를 중심으로 샹플뢰리 Champfleury[9]를 새로 사귀고, 그의 소개로 뮈르제 Murger,[10] 샹송作家 피에르 뒤퐁 Pierre Dupond, 畵家 봉뱅 Bonvin, 쿠르베 Courbet 등과 친교를 맺는다. 그는 특히 뮈르제 같은 진짜 가난뱅이 〈보엠〉과 사귐으로써 이때껏 모르던 빈곤의 밑바닥을 가까이서 관찰하고, 경향과 美學을 달리하는 여러 친구들과 사귐으로써 자신의 미학과 文學觀을 확립한다. 그리하여 노르망디派 시대에 이미 詩에 대한 결벽과 준엄한 琢磨精神을 보여준 것처럼, 고티에와 사귀고 그를 존경하되 〈예술을 위한 예술〉에 만족할 수 없었고, 더군다나 後期 고티에의 파르나스 美學과는 확연히 갈린 자기 미학을 추구한다. 가장 절친하던 샹플뢰리의 사실주의에 대하여는, 그의 神秘 경향과 精神主義가 同化를 거부한다. 그가 가장 공감을 느끼고 영향을 받은 것은 환상적인 호프만 Hoffmann 의 작품 세계와 1845년부터 프랑스 문단에 번역 소개된 포우 작품에서다.

이 時期에 쓴 에쎄이에 그의 정신 상태가 유감 없이 드러난다. 「재능이 있을 때 빚을……」에서 그는 잇단 파란과 충격을 이겨내고, 뛰어난 諧謔精神을 풍부히 간직한 일면을 유감 없이 보여주고, 「사랑에 관한 自慰的 箴言選」과 「젊은 文學人들에게 주는 忠告」에서는 뜻밖에 건전하고 엄격한 모랄을 피력하며 樂天的인 면까지 보여준다. 전에 발휘하던 객기어린 反社會·反正統的인 과장된 반항과 시니즘을 거의 완전히 탈피한 새 모습을 보여준다. 익살과 풍자 속에 날카로운 모랄리스트의 箴言이 번득인다. 사랑에 관하여,[11]

神學者들에게 있어서 自由란 유혹에 抵抗하는 것보다는 차라리 유혹의 기회를 피하는 데 있는 것과 마찬가지로, 사랑에 있어서 自由란, 위험스런, 즉 당신에게 위험스런 女人들의 범주를 피하는 데 있다.

당시는 프랑스에서도 풍만한 肉體의 女性들에게 매력을 느끼던 모양으로, 그 방면에서도 그는 단연 선구적인 美感覺과 性官能의 체험적 진실을 갈파한다.

처음 피우는 담배에 취한 學生들로 하여금 기름진 女人의 찬양을 목청껏 노래부르도록 내버려두라. 그런 거짓은 亞流浪漫派의 풋나기들에게 내주라. 기름진 여인이 때로 매력의 변덕이라면, 여윈 女人은 컴컴한 官能의 우물이다.

못생긴 여인, 병든 여인, 곰보 얼굴의 여인에게도 얼마든지 반할 수 있고,

---

9) 본명은 Jules Husson(1821~89). 당시 寫實主義의 영도자. 代表作 Confession de Sylvius.

10) Murger(1822~61). 〈보엠〉의 한 패에 끼어 후에 Scènes de la vie de bohème(1847~9)을 Corsaire-Satan 에 연재하여 名聲을 얻은 小說家, 劇作家.

11) Choix de Maximes consolantes sur l'amour, pp. 470~6.

거기서 독특한 관능과 행복을 얻을 수도 있다.

　오랜 고뇌와 病의 交替에 감동되어 당신이 사랑하는 回復期의 女人의 육체 위에 지울 수 없는 곰보 자국을 슬프게 바라보면, 별안간 당신 귀에는 파가니니의 狂亂의 활이 켜는 頻死의 樂曲이 들려오고 (……) 그렇게 되자 그 작은 곰보 자국들이 당신의 행복의 일부가 되며, 당신의 측은해하는 시선에 대하여 항상 파가니니의 신비로운 악곡을 노래하리라. 그 곰보 자국들은 그때부터 감미로운 共感의 대상이 될 뿐만 아니라, 또한 肉體的 관능의 대상이 되기도 하리라—— 만약 어쨌든 당신이 美를 무엇보다도 행복의 〈約束〉으로 여기는 민감한 정신의 소유자라면 말이다.

여기서 비상하게 심오한 진실을 찌르는 警句가 튀어나온다.

　못생긴 것들을 좋아하게 만드는 것은 무엇보다도 觀念들의 結合들이다. 왜냐하면, 만약 당신이 곰보 얼굴의 情婦에게 배반을 당한다면, 그 다음엔 오직 곰보 얼굴의 女人으로만 위안을 받을 수 있을 위험이 다분히 있기 때문이다.

여기서 이미 보들레에르 특유한 일종의 〈醜惡美〉라 할 만한 새로운 美學이 싹트고 있으며(第Ⅱ篇 〈美學〉 참조), 심지어 〈白痴美〉까지 예찬하고 있다. 그가 가장 싫어하며, 作家에게 〈위험스런 여인들〉 중의 으뜸가는 것이 有識한 新女性 bas-bleu 이다. 잔느 뒤발을 끝내 버리지 않고, 〈오직 그녀에게서만 휴식을 얻었다〉고 고백한 연유를 짐작케 한다. 그리하여 소박하고 건전한 모랄리스트의 忠告로 끝난다.

　이 점을 잊지 마시오——경계해야 할 것은 특히 사랑에 있어서의 逆說입니다. 설사 당신의 애인이 세상에 더없이 무시무시한 女人, 죽음의 使者처럼 못생겼을지라도 당신을 救援해 주는 것은 바로 純眞性 naiveté 이며 행복하게 해 주는 것도 바로 순진성입니다. 대체로 사교계 人士들에게는 (어느 능란한 모랄리스트가 말했듯이) 사랑이란 놀이의 사랑이요, 투쟁의 사랑입니다. 그것은 큰 잘못입니다. 사랑은 사랑이어야 합니다. 투쟁과 놀이는 사랑의 경우에 단지 정책으로만 허용될 뿐입니다.

그리고 사랑에 대한 로맨틱한 꿈과 行動을 배제하며, 억세고 건강한 사랑을 설교한다.

　개괄적이고 일반적인 規律——사랑에 있어서는 달(변덕)과 별(人氣女)들을 경계하시라. 미로의 비너스를, 湖水가의 기타를, 밧줄 사다리(女人의 침실 侵入—역주)며 온갖 小說을——세상에서 가장 아름다운 小說, 설사 아폴로 자신이 쓴 小說일지라도 ——경계하시라!

　당신이 사랑하는 女人을 억세게, 용감하게, 東洋的으로, 지독하게 사랑하시라. 당신의 사랑이——물론 調和를 포함하여——남의 사랑을 괴롭히지 말지어다. 당신의 선택이 身分을 혼란케 하지 않도록. 13)

---

13) 이 글이 실린 新聞 Corsaire Satan 을 1040 년 3 월 3 일附 형수에게 보내며, 은근히 그녀에 대한 騎士的인 사랑을 암시한 것도 흥미롭다. 형과는 이미 文通이 끊긴 지 오래다. cf. C. I, pp. 134~5.

「젊은 文學人들에게 주는 忠告」[14]는 더욱 건강하고 진지하다. 文壇에 화려하게 데뷔하는 것도 실은 〈남들이 모르는 수많은 데뷔(의 試圖)의 결과〉라고 전제하고,

名聲에 관해서는, 일찌기 벼락같이 떨쳐진 명성이 있는지를 나는 알지 못한다. 나는 차라리 성공이란, 算術的 幾何學的 비율로서, 작가의 힘에 따라, 번번이 肉眼으론 보이지 않는 그 이전의 여러 성공의 결과라고 생각한다. 分子的 성공들의 느릿한 集成은 있어도, 기적적이며 자연발생적인 성공이란 결코 없다.

첫머리에서, 여기 적은 戒律들이 자기 경험에서 얻은 열매들이라고 전제하고 있지만, 무엇보다도 저 자신의 결함과 약점 및 실수에 대한 진지한 반성과 自責의 글임을 충분히 엿볼 수 있다. 우리를 방해하는 숱한 사정 *circonstances* 과 의지 *volonté* 와 자유 *liberté* 의 相關 관계에 대한 철학적 고찰로서, 〈사정〉을 핑계삼고 싶어하는 게으르고 박약한 의지를 채찍질한다.

사정들이란 그 속에 의지가 갇혀 있는 하나의 圓周이다. 그러나 그 圓周는 움직이며, 살아 있고, 빙글빙글 돌며, 나날이, 분마다, 초마다, 그 원형과 中心點을 변경한다. 이처럼 이 원주에 이끌려 그 속에 갇힌 온갖 인간적 의지는 순간마다 그들 相互間의 작용에 변화를 일으키며, 그것이 자유를 形成하는 것이다.

그러기에 자유와 필연성(運命)도 긴 안목으로 보면 〈의지〉여하에 귀착된다는 것이다. 바로 저 자신에게 타이르는 말이다.

흔히 부르조아 俗物들에 인기를 끄는 통속적인 작가의 명성에 화를 내지만, 그런 작가도 그 방면의 비상한 재능과 노력이 있기에 명성을 얻는 것이다. 따라서 그를 멸시하고 時俗을 개탄하기보다는 자기의 方向으로, 노력과 정진으로 그 부르조아를 자기 편으로 끌어들여야 한다고 타이르는 것이다.

새로운 方法으로 그만큼 많은 관심에 點火하고, 동등하거나 또는 우월한 힘을 반대 방향으로 기울여라. 동등한 集中力에 이르기까지, 아니 2배, 3배, 4배에 이르기까지 藥味를 가미하라. 그러면 그대는 이미 〈부르조아〉를 욕할 권리가 없어질 것이다. 왜냐하면 그 부르조아가 당신 편에 설 것이니까.

이것이 바로 詩人이 죽은 후에 그에게 일어난 현상이 아닌가! 공연히 남을 증오하지 말라.

사실 증오란 고귀한 술이며 보르지아家의 독약보다도 더 값진 독약이다——왜냐하면 그것은 우리의 피와 건강과 睡眠과 우리 사랑의 3분의 2로 만들어진 것이니까! 증오에 인색해야만 한다.

최고의 格言은,

---

14) Conseils aux jeunes littérateurs, pp. 477~484.

오직 아름다운 감정에 의해서만 幸運에 이를 수 있다.

그리고 위에 소개한 그의 執筆方法・창작 태도(주제를 가는 곳마다 끌고 다니며 오래 뜯들이라는)를 피력하고 그 자신의 결점인 〈게으름〉을 경계하여,

靈感은 확실히 나날의 작업의 姉妹다.

흔히 문란한 생활이 天才의 속성인 양 객적은 생각을 하지만,

문란이 때로 天才를 동반한 것은 단지 그 天才가 무시무시 하게 강했음을 증명할 뿐이다. 불행히도 그 작품 題目(「紊亂과 天才」[15])이 많은 젊은이들에게 있어서 한 우연한 사건이 아니고 필연적인 것으로 해석되고 있었다.

그리고 쓰라린 자기 경험으로 〈결코 債權者를 만들지 말라〉는 충고를 잊지 않는다. 그리고 詩에 대한 매우 흥미 있는 신념이 피력된다.

詩에 몰두하거나 성공적으로 몰두한 사람들에 관해서는, 나는 그들에게 절대로 詩를 포기하지 말라고 충고한다. 詩는 가장 수지가 맞는 예술 중의 하나다. 허나 그것은 늦게야——그 대신 막대한——利子를 받게 되는 일종의 투자다.

그 자신은 너무 늦게 死後에야 받은 셈이다.

이토록 너무나 건전한 작가의 모랄을 제시하는 반면, 詩人이 상대할 여인에 관하여는 여전히 매우 反正統的이며 시니칼하다. 위의 모든 견해와는 참으로 묘한 대조를 이루는 그의 신조라 하겠다. 文人에게 위험한 여자를 3 가지로 나누어 〈정숙한 女子〉, 유식한 女子, 女俳優라 하고, 적합한 상대는 〈아가씨 (娼女)들 아니면 어리석은 여자〉뿐이라고 한다.

모든 진정한 文學者들은 어떤 때는 문학에 넌덜머리를 내기도 하면서 자유롭고 궁지 높은 心魂을 간직한다. 항상 제 7 일에는 休息이 필요한 피곤한 精神의 文學人들에 대하여는, 나는 오직 있을 수 있는 2 가지 계층의 女人들만을 인정한다——즉 아가씨들과 어리석은 女子들——사랑 아니면 살림꾼. 兄弟들이여, 그 이유를 설명할 필요가 있을까?

즉 자기 문학 활동에 간섭도 않고 방해도 될 수 없으며, 단지 창작에 지쳤을 때 휴식 아니면 사랑의 쾌락을 제공해 주는 것으로 끝나는 女子만이 적합하다는 의견이다. 여기서 그 두 가지를 겸한 情婦 잔느 뒤발과의 결합이 정당화되는 셈이다.

여하간 모랄과 문학정신 면에서는 청년기 〈보엠〉 시절의 〈캄캄한 雷雨〉를 벗어나, 건전하고도 금욕적이기까지 한 陽地에 도달했음을 보여준다. 뒤에 인용한 詩句가 절로 떠올라 측은하기까지 하다. 自殺 소동까지 일으킨 그 치명적

---

15) Alexandre Dumas: Kean, ou Désordre et Génie, 1836년 上演.

타격을 받은 직후였기에 모친의 저주를 노래한 뒤에,

> 하지만 天使의 보이지 않는 後見 밑에,
> 失格된 아이는 태양에 취하고,
> (…………)
> 그의 巡禮를 뒤쫓는 聖靈은 숲의 새처럼
> 명랑한 그를 보고 눈물 흘린다.

——前揭 祝頌

이렇게 조용히 自己淨化의 엘레지를 노래한다.

**시지프의 試鍊**  그러나 私生活에 있어서는 여전히 자주 〈캄캄한 雷雨〉가 엄습해 온다. 〈원수〉에 바로 이어 이렇게 자기의 〈厄運〉[16]을 노래하고 있다.

> 그토록 무거운 짐을 떠올리기 위하여는
> 시지프여, 그대의 勇氣가 필요하리라!
> 작품을 쓸 생각은 있어도,
> 藝術은 길고 時間은 짧아라.

〈時間은 짧다〉는 것은 그가 작품을 쓸 수 있는 시간이 극히 드물다는 뜻이 된다.

1847년 1월에 단편소설 「라 팡파를로 La Famfarlo」를 발표하고, 이때 번역된 포우의 「검은 고양이」로 그에게 심취하기 시작한다. 年末에는 쿠르베가 그의 초상화를 그리고, 이해 8월에 그의 세 愛人 중의 하나인 마리 도브렁(1827년생)을 알게 된다. 한편 義父는 4월에 少將으로 승진, 11월에는 명문 理工科大學 l'Ecole plytechnique 軍人部 學長에 임명되어 영전을 거듭한다. 허나 보들레에르의 私生活은 여전히 침체와 궁핍을 벗어나지 못한다. 이 시기의 그의 정신 상태와 생활상을 우리는 「라 팡파를로」의 主人公 사뮈엘 그라메르 Samuel Gramer 에게서 엿볼 수 있다. 우리가 소년 시절에 이미 보아온 〈게으름〉(실은 意志薄弱)과 無力狀態(神經性의 증세)가 더욱 뚜렷이 드러나며 이를 自認한다.

그의 內部에서 끊임없이 찬연히 비추는 게으름의 태양은 하늘이 그에게 준 그 天才의 절반을 증발시키고 먹어치운다. 이 무시무시한 파리 생활에서 내가 사귄 그 모든 半偉人들 중에서도 사뮈엘은 누구보다도 더 훌륭한 失敗作의 사람이다. 病弱하고 환상적인 사람으로 태어나서, 그의 詩는 작품에서보다 그 人物 속에서 훨씬 더 빛나며, 낮 한시쯤, 大地의 숯불의 눈부심과 壁時計의 째깍째깍 소리 사이에, 내게는 그가 항상 無力 impuissance의 神처럼 보였다.——그 현대적이며 雌雄同體의 神 말이다. 하도 거창하고 웅장한 無力이어서 자못 叙事詩的이다![17]

---

16) FM, Le Guignon.
17) La Fanfarlo, pp. 485~512.

게다가 끊임없이 〈계획〉을 세우기를 잘한다——〈게으르고도 동시에 의욕저
인 計劃家여서——어려운 구상들과 가소로운 流產으로 풍요한 性格〉이기도 하
다. 앞으로 우리는 얼마나 많은 작품들(특히 소설과 희곡)이 계획과 구상만으로
잠들어 버리는가를 두고두고 보게 되리라.

그는 文學靑年들의 不健全한 풍조에 대한 반성과 자연스러움을 상실한 작가
로서의 페시미즘을 토로한다.

　"우리를 그런 거짓 쪽으로 이끌어간 것은 모든 사람과 우리들 자신에 대한 증오입
니다. 자연스런 방법으로는 고상하고 아름다울 수 없으니까, 우리는 그토록 이상하게
얼굴에 분칠을 한 거죠."(「라 팡파를로」의 男主人公이 사귄 夫人에게 하는 告白)

이어 自虐的일 만큼 자기 내면을 파헤치고 분석하는 작가의 운명에 대한 개
탄은 다음 世代 랭보 Rimbaud의 〈見者 Voyant〉說을 연상케 한다.

　"우리는 우리의 心臟(마음)을 지나치게 분석하기에 하도 열중하고, 심장을 뒤덮고
있는 징글맞은 혹들과 창피스런 무사마귀 따위를 연구하려고 하도 顯微鏡을 남용한 나
머지, 우리는 다른 사람들의 言語로 말할 수가 없어요. 남들은 살기 위하여 사는데,
우리는 嗚呼라! 알기 위하여 사는 겁니다. (……) 우리는 자연의 抑揚을 변질시켰으
며, 정직한 사람의 內面에 까칠하게 덮여 있던 순결한 수치심을 하나하나 뿌리 뽑아
버렸죠. 우리는 미친 사람들처럼 心理分析을 했어요.——狂氣를 깨닫기 위하여 자기
네 광증을 조장시킨 미친 사람들처럼 말입니다."

그러나 이 작품에서도 위의 에쎄이들처럼 익살이 무척 짙게 풍긴다. 허나 「書
簡集」에 담긴 그의 實生活은 무척 암담하다. 우선 그 이루어지지 못한 많은 作
品計劃들과, 빚과 무일푼의 궁색과 병증들의 交替. 1846년 8월에는 모친에게
喉頭의 궤양이 다시 나타났음을 호소하며 〈급히 60~70 프랑을……〉이라는 사
연이 있다. 다음해 日附 없는 쪽지(양친 집 앞까지 와서 들여보낸)에서는, 모친
에게 〈Vous〉라는 代名詞로 부르며(이 시기에 자주 tu와 교체되어 나타난다),

　"내가 어머님에게로 가는 것은 오직 마지막 궁지에 몰렸을 때, 즉 몹시 배가 고플
때뿐이에요. (……) 설상가상으로 앙셀氏(後見人)는 어머님의 허가를 원하고 있어요.
이 궂은 날씨와 피로에도 불구하고 제가 온 것은(……)"

이해 12월에는 참으로 비통한 사연을 모친에게 호소한다. 한평생 모친에게
쓴 301 통의 편지 중에도 몇 안 되는 長文의 편지 중의 하나다.[18] 역시 꽤 疎
遠感을 느끼던 때였음인지, 바로 직전과 마찬가지로 〈Vous〉라는 代名詞로 부
르고 있으며, 다음에 계속된 편지도 그러하다.

　"상상해 보십시오——항구적인 不安感에 지배된 항구적인 無爲를, 이 無爲에 대한
깊은 증오와, 항구적인 돈의 결핍 때문에 거기서 빠져나오기가 절대로 불가능하다는

---

18) C.I, pp. 142~7.

점과 함께 상상해 보세요."

지금 이 편지를 쓰는 것도 돈 없고 잘 곳 없어 무작정 아무 여관에나 기어들어 묵으면서 쓰고 있다.

"돈 없이 2, 3일 전부터 거처와 가구를 구하러 다니던 중에, 지난 월요일 저녁때 피로와 지겨움과 주림에 녹초가 되어, 닥치는 대로 첫 여관에 들어왔어요. 그 후 계속 여기 남아 있어요. 그것도 당연한 일이지요."

숙박비가 없으니까. 이때껏 겪은 추위와 주림.

"내의와 장작(壁爐에 때는)이 없으니까 3일간을 그대로 침대에 누워 있은 적이 있어요. (……) 지난번 어머님이 제게 15프랑을 주시는 친절을 베풀었을 때, 실은 2일간 48시간 굶었었지요. (……) 毒한 술을 혐오하는 나지만, 누가 준 火酒 덕분에 제정신으로 지탱하고 있어요. 그 火酒가 제 위장을 뒤틀어 놓고요."

그래서 이런 상태를 끝장 내려고 〈마지막으로〉 모친에게 호소하는 것이다.

"(……) 마지막으로—— 이 말은 (이 편지에서—역주) 벌써 여러 번 제가 되풀이한 것으로 압니다만."

이 편지에서 여러 번 되풀이했을 뿐만이 아니다. 그가 소년 시절부터 줄곧 되풀이했고, 그것이 우리가 그의 의지박약症을 진단내린 가장 큰 근거였던 것이다. 그래도 이번이 〈마지막〉 부탁이니 〈두 손 모아 빈다〉는 것이다.

"그만큼 저는 마지막 限界에 이르렀다고 느낍니다——남들(빚장이들)의 忍耐뿐만 아니라, 저의 인내의 한계점 말입니다."

그래서 다급한 빚을 모친이 꺼 주고, 한 20일만 시달리지 않는 〈규칙적인 생활〉을 할 수 있는 돈을 보내 달라고 애원하는 것이다.

"만약 제가 15일 내지 20일간만 계속 규칙적인 생활을 할 수 있게 된다면 저의 知能은 구제될 것입니다."

이 정상적이고 조용한 생활에 대한 갈망은 해를 거듭할수록 점점 더 간절한 悲願으로 쌓이고 쌓이게 될 것이다. 그럴 수만 있다면, 벌써 〈약 8개월 전에 집필 청탁을 받고서 여전히 질질 끌고 있는 「諷刺畵史」와 「彫刻史」[19]〉도 쓸 수 있고, 〈금년 설날부터 새 작업(……) 즉 소설을 시작〉[20]하고 있으니, 그 일에

---

19) 이와 비슷한 題目은 이미 여러 번 예고되었음——Salon de 1845의 表紙에 〈De la Caricature〉가 그 일례. 그러나 1855년에 겨우 그 일부 또는 그 계획에서 파생된 것으로 보이는 〈De l'essence du rire〉의 發表時에도 그것이 近刊될 〈Peintres, Statuaires, Caricaturistes〉란 著書에서 抽出된 것으로 摘記되어 있다. 결국 발표된 것은 10년 후의 Quelques Caricaturistes français(1857), Quelques caricaturistes étrangers(1857) 두 편뿐.
20) 정월에 발표할 La Fanfarlo가 그 첫 試圖.

기대를 걸고 있다. 전에 모친에게 알린 〈계획〉만도 〈청탁받은〉 新聞小說(단편) 5편에, 그 밖의 5편의 논설을 쓸 예정이라고 하고 있었다.

사실 지금 전하는 그의 作品(小說·戲曲) 構想 메모는 무척 풍성하지만 하나도 실현되지 않았다. 우리가 소년기에 본 豫徵이 그대로 구체적인 사실로 노출됨을 볼 수 있다.

그런데 만약 모친이 도와주지 않는다면 모리스섬(航海時 난파 표류 끝에 기착한 섬)에 가서 아는 사람[21] 집에서 〈거의 下人 신세〉(家庭敎師)로 안이한 세월을 보낼 수밖에 없다고 한다(이 이야기는 확실히 공갈일 것이다. 후에 더욱 다급해졌을 때도 거기까지는 가지 않았으니까). 그러나 작가로서의 긍지와 자신은 벌써부터 대단하다. 위에서 말한 모든 부끄러운 고백은 끝까지 비밀이 지켜져야 하며, 〈산 사람들에게나 後世에도 결코 알려져서는 안 될 일〉이라고 모친에게 엄중히 비밀을 지켜 줄 것을 당부하며, 〈왜냐하면 저는 後世도 또한 제가 관계 있는 것으로 믿으니까요〉 하고 後世에 남을 自信을 표명한다. 후에도 그런 자신 표명을 볼 수 있을 터이지만, 이것은 그 자신이 풍자한 바, 〈우리가 판단력이 그토록 짧고 머리는 그토록 길던 시절(보엠 시절—역주)〉[22]의 문학청년다운 오기에서 한 말이 아니고, 그간의 모든 풍랑을 겪고, 그리고 노르망디派의 詩에 대한 안일한 태도와 截然히 袂別한 준엄한 문학정신의 검증을 거친 뒤의 자신인 것이다.

또 한 가지 주목할 만한 것은, 이미 몇 차례 詩集 近刊 예고를 낼 정도로 상당한 분량의 「惡의 꽃」의 詩篇을 간직하고 있으면서도, 그 중 가장 참신하고 중요한 作品들은 단 한 편도 발표하지 않고, 대단치 않은 것만 몇 편 발표하고 있다는 점이다. [23]

이는 〈良賈深藏而若虛〉(老子)라는 말을 상기케 하거니와, 또한 그의 준엄한 창작 태도(두고두고 뜯들이고 琢磨하는)와 머지 않아 간행될 것으로 기대하는 시집에 대한 지대한 긍지와 희망을 엿볼 수 있게 한다. 그리고 그의 美學의 몇몇 핵심적인 원리와 특질도 이미 「1846年의 美展評」에서 확립되어 있으며, 미술 분야뿐만 아니라, 그것을 계기로 그것을 넘은 일반 評論家로서의 성숙한 사색과 날카로운 안식이 십분 발휘되어 있음도 특기할 만한 사실이다. 거기서 美術論뿐 아니라 이미 〈相應〉(交感 *correspondances*)의 시학과 超自然主義 *surnaturalisme*와 당디슴 *dandysme* 미학의 일단이 제시되었고, 빅토르 위고에 대한 날카로운 비판(1846년의 글로서는 놀라울 정도로 대담하고, 거의 후세의 결정적 위고評의 嚆矢라 할 만한)이 던져지고 있다.

---

21) 그가 A une Dame créole를 바친 Artaud de Bragard 一家?

22) La Fanfarlo, p. 490.

23) 1847년 말까지 A une Dame créole, Don Juan aux enfers, A une Malabaraise 3편뿐.

## 2. 理念과 行動 : 〈모순 덩어리〉

地上, 이 廣大한 矛盾덩어리
　　　　　——사랑에 관한 自慰的 箴言選[24]

그는 전에 열광적인 信仰家였었듯이 정열적인 無神論者였다.
　　　　　——라 팡파를로[25]

**1848 年 革命과 叛亂의 渦中에서**　1830 년 7 月革命에 이어 프랑스의 세번째 革命이 2 월 24 일에 폭발한다. 루이 필립 Louis-Philippe 王이 물러나고, 임시 정부가 조직되어 〈유일하고도 不可分의 共和國〉을 宣言. 그러나 3 월에 直接 普通選擧制를 결정했음에도 불구하고, 혁명의 여세는 차츰 社會主義로 기울어 민중 시위는 여전히 계속된다. 5 월에 개최된 立憲議會에까지 민중이 침입할 정도로 격화되었고, 6 월에 國立作業場이 폐쇄되자 노동자들의 반란이 일어난다. 이 반란이 진압되고, 11 월에 新憲法이 선포되어 루이 나폴래옹 Louis Napoléon 이 대통령에 선출됨으로써 名實共히 제 2 공화국이 성립된다.　1830 년 7 月革命이 단순히 反動政治를 무찌르고 國王을 교체한 데 비하여, 2 月革命은 王政을 쓰러뜨리고 공화국을 세웠으며, 前者가 파리市에 국한된 봉기임에 반하여 이번에는 전국적인 규모였으며, 그 후의 추세로 짐작할 수 있듯이 부르조아 혁명으로 만족하지 않고 노동자들의 6 月叛亂을 유발할 정도로 社會主義 세력이 크게 일어나고 있다.

그런데 이 프랑스 近世 이래의 최대 격동과 變革(1789 년의 大革命의 민중 봉기도 전국적 규모가 아니었다) 중에 우리 詩人은 어떤 태도를 취하였을까.　이해의 문학 활동은 우선 1 월에 書評[26] 하나와, 7 월에 그의 첫 포우 번역인 「磁力的 啓示 Révélation magnétique」를, 11 월에 詩 「殺人者의 술 Le Vin de l'assassin」 한 편이 있을 뿐(그것도 詩는 훨씬 전에 쓴 것으로 추측된다), 모처럼 붙인 꾸준한 執筆 습관이 2 月革命의 소용돌이로 중단된 느낌이 든다.　그 반면 2 월 24 일 市街戰에서는 총을 들고 흥분한 모습을 그의 친구(Buisson)가 전하고 있다.

그는 아직 써보지 않은 *vierge* 번쩍거리는 雙發의 멋진 銃과 역시 아주 순결한 *tout aussi immaculée* 彈藥帶를 가지고 있었다. 그에게 소리를 쳤더니, 굉장히 활기 띤 척하면서 내게로 와서 〈방금 총을 쐈지〉하고 말했다. 내가 그 아주 新品 銃器를 바라보며 미소를 짓고 〈설마 공화국을 위해서는 아닐 테지?〉했더니, 그는 내 말에 대답은 안 하고, 줄곧 고함을 치며, 후렴처럼 〈오픽將軍을 총살하러 가야지!〉하고 뇌까

---


24) Choix de Maximes consolantes sur l'amour, p. 470.
25) La Fanfarlo, p. 487.
26) Champfleury : Contes 에 관한 書評(Le Corsaire-Satan 紙).

렸다.[27]

그러나 오픽將軍은 共和國下에서도 여전히 직위가 보장되었을 뿐 아니라, 후에 보듯이 더욱 영달의 길로 접어든다. 혁명 직후 그는 中央共和協會 Société Républicaine Centrale에 가입하여 여러 클럽에 출입한다. 며칠 후 그와 함께 신문(Corsaire-Satan)에 寄稿하던 친구 샹플뢰리와 투뱅 Toubin[28]과 함께 「社會福祉 Salut public」라는 신문을 냈으나 자금난으로 2호로 끝난다(제2호 表紙 그림은 Courbet). 그러나 그간 그의 정열은 대단했던 모양으로, 흰 가운을 걸치고 신문을 가두 판매하는 열성을 보이기까지 한다. 그리고 그 신문을 그는 특히 파리 大主教와 동시에 사회주의 政客 라스파이으 Raspail에게 보내는 열의를 보인다.

4월에 오픽씨는 콘스탄티노플駐在 共和國 特命全權大使에 임명되어 外交官의 첫발을 내디뎠고, 보들레에르는 共和派이긴 하지만 이번에는 거꾸로 保守的인 경향의 신문 「國民論壇 La Tribune Nationale」의 편집 總務에 취임한다. 그러나 6월 勞動者叛亂이 일어나자 그는 친구 피에르 뒤퐁 Pierre Dupont[29]과 함께 폭도들 틈에 끼어 市街戰에 참가할 정도로 열광적인 혁명가로 변모한다. 그의 친구 르 바바쇠르의 목격담에서 그의 흥분을 여실히 알 수 있다.

나는 일찌기 그런 상태의 보들레에르를 본 적이 없다. 그는 長廣舌을 늘어놓고, 朗誦하고 자랑을 하며 기어코 순교자가 되려고 날뛰는 것이었다. 그는 이렇게 말했다——
"플로트 Flotte[30]가 방금 체포되었지. 그의 손에서 火藥 냄새가 났기 때문인가? 내 손 좀 맡아 봐!" 그리고는 연방 내뱉는 社會主義 言說과 사회 붕괴의 예찬 등.
보들레에르의 용기를 어떻게 생각하건 간에, 그날 그는 용감했으며, 죽기라도 했을지 모를 일이다.[31]

행동면에서 이 정도로 열광적이었을 뿐 아니라 정치 사상면으로도, 적어도 이 시기만은, 당대의 急進派들과 보조를 맞추고 있었던 새로 밝혀진 증거가 있다. 이해 8월 21일과 22일(21일?) 2차례에 걸쳐 당대의 사회주의 革命思想家 프루동 P. J. Proudhon에게 편지를 보내어 그의 신변의 위험을 알리며 면회를 청한다.[32]

프루동은 6월에 國民議會에 선출되었고, 「人民의 대표」라는 신문을 발행하여 대담한 改革案을 제창하고, 反政府的 투쟁을 계속하여 3일간에 3번 신문

---

27) Notes de Buisson, citées in Crp-B, pp. 78~9.
28) Toubin, 후에 Dictionnaire étymologique를 著作.
29) 歌謠作家로 詩人과 同年輩이며 1840년경부터 親交를 맺고, 이 시기에 가장 가까운 친구 중의 하나였음. 그의 歌謠集 「Chants et chansons」(1851)에 序文 비슷한 글을 詩人이 쓰고 있음. op. cit. p. 605.
30) 1848년 革命時 海軍大尉로 참가한 진보적 共和主義者. 그 후 政界에서 활약. 詩人은 그를 Panthéon에 들어갈 만한 사람으로 여겼다고 함. (Notes de Champfleury, citées in Crp-B, p. 82)
31) Crp-B, p. 82.
32) C.I, pp. 150~2. notes, pp. 782~3.

이 압수당하는 소동까지 있었다. 그는 마르크스보다 앞질러 〈私有財產은 곧 도적질〉이며 〈勞動者 착취〉라고 규탄하는 저서를 쓴 사람이다. 그런데 우리 詩人은 市民 *Citoyen* 이라는 혁명동지 상호간의 칭호로 頭書를 단 진기한 편지에서, 그의 신변에 음모가 진행되고 있으니, 꼭 情報提供을 위한 면회의 기회를 달라고 잇달아 초조하게 그에 대한 충성심을 표시한다.

> "이 글을 드리는 사람은, 그 많은 친구들이 貴下가 그들에게 준 지식의 보장을 위하여 두 눈 딱 감고 귀하의 뒤를 따를 것이거니와, 그들과 마찬가지로 귀하에게 절대적인 신뢰를 품고 있읍니다."

이렇듯 프루동思想에의 동조를 확언하고 있다. 실지로 프루동의 기관지 사무실에서 면담의 기회를 가지기까지 했다.

그런데 그가 10월에는 파리에서 250여 킬로나 떨어신 중부지방 도시 샤토루 Chateauroux 로 내려가서, 새로 창간될 地方新聞 편집장에 취임한다. 그의 친구가 자기 부친이 창간하는 신문[33]에 협력해 달라는 권유와 천거로 이루어진 일이기는 하지만, 이 신문이 保守派의 권익을 옹호하는 당시의 반동 신문이다. 며칠간에 끝나 버린 이 自家撞着은 그 전말이 알려져서,[34] 처음부터 대담한 장난기를 발휘하여 시골 인사들을 골려 주려는 소위 보들레에르의 미스티피카숑 *mystifications* 의 하나로밖에는 볼 수 없으므로 큰 문제로 삼을 수는 없을 것 같다.

**自家撞着** 문제는 그가 이 시기를 제외하고는 항상 反民主(反共和)·反社會主義·反革命思想, 심지어는 反進步·反民衆의 言說(때로는 毒舌)을 공공연히 피력했다는 점에 있다. 우리는 이미 소년기에 리용의 反抗者들을 야유하는 것을 보았다. 이 시기의 열광적인 행동을 보고 친구들도 역시 놀라고 있다. 그토록 평소에 그는 정치에 무관심했다.

> 보들레에르는 단지 政治를 무시할 뿐 아니라 멸시하고 있었다. (……) 그러므로 내 친구의 그 흥분을 보고 우리는 무척 놀랐다.[35]

위에 인용한 뷔송의 증언에서도 〈설마 共和國을 위해서는 아닐 테지?〉하고 물었다는 점도 평소에 그러한 보들레에르의 경향과 정치관을 잘 알고 있었기 때문일 것이다. 무엇보다도 바로 2년 전에 쓴 「1846年의 美展評」에서는 노골적으로 反共和의 毒舌을 퍼붓고 있다.

> 徘徊者의 호기심으로 해서 자주 暴動 속에 끌려들었던 여러분, 公安의 把守兵이—— 巡警이나 진짜 군대가——한 共和主義者를 두들겨패는 것을 보고, 여러분 모두가 나와 같은 기쁨을 느낀 적이 있읍니까? 그리고 나처럼 마음 속으로 부르짖었나요?——

---

33) Représentant de l'Indre.
34) Crp-B, pp. 85~6. 거기에 동반한 *actrice* 라는 것이 필경 Jeanne Duval일 것이다.
35) Notes de M. Prarond, citées in Crp-B, p. 76.

〈패라, 좀더 세게 패라, 또 패라(……).  그대가 두들겨패는 사내는 장미와 香水의 敵이며, 쟁기들의 狂信者다.  그 작자는 와토 Watteau(18세기 畵家)의 적, 라파엘의적, 호사와 미술과 純文學의 적이며, 不俱戴天의 聖像破壞者, 비너스와 아폴론의 살육자다!  그는 이미 겸손한 無名의 노동자로서 公衆의 장미와 향수를 위해 일하려 하지 않고, 그 무식한 것이 자유롭기를 바라고 있다. (……) 그 무정부주의자의 어깨뼈를 경건하게 두들겨패라!〉[36]

그는 美術에 있어서도 제멋대로 자기 명성을 위하여 〈無政府主義的 自由〉를 행사하는 群小畵家를 가리켜 〈원숭이들은 예술의 共和主義者들이다〉라고 무엇이건 혼란만 일으키는 自由派를 〈공화주의자〉라는 칭호로 규탄하고 멸시한다. 그의 당디슴은 말할 것 없고 晚年에 이르러 더욱 強化되는 一貫한 反現代思想의 입장이다.  더구나 직접 1848년의 자기를 회고하여 뚜렷이 스스로 단죄하는 것이다.

1848년의 나의 陶醉. 그 도취는 어떤 성질의 것이었던가?  복수 취미. 파괴에 대한 자연스런 쾌감.
문학적 도취 : 읽은 책에서 떠오른 기억.[37]

매우 솔직한 고백이다.  여기서 〈복수〉란 무엇에 대한 복수인가에 논란이 있음직하다.  후에 다시 언급하기로 하고, 〈파괴〉의 쾌감을 인간에게 특히 〈자연스런〉(이탤릭體로 강조) 것으로 보는 데는 그에 있어 뿌리깊은 페시미즘으로 기운 장세니스트的 사고의 편향이며, 일종의 性惡說과 모든 쾌락은 惡에 근원을 두고 있다는 그의 금욕적인 原罪의식을 바탕으로 하는 발상법이다.  여기서 그의 反自然思想이 유래된다(第Ⅱ篇 再論).  〈문학적 도취〉란 현대식 표현으로 소위 革命的 로망티슴을 뜻하리라.  책에서 읽은 신나는 革命談의 기억이 또한 자극제였다는 것도 솔직한 고백이며 진실을 꿰뚫은 분석이다.  다음은 필경 민중의 議會侵入 사건의 회고일 것이다.  역시 철저한 性惡說로 기울고 있다.

5월 15일——여전히 파괴 취미. 만일 自然的인 것 일체가 정당한 것이라면 그것도 정당한 취미다.[38]

그리고 저 자신이 社會主義 혁명 진영에 끼어 市街戰에 참가하고 흥분했던 6月叛亂에 관하여,

6월의 끔찍스러운 일들. 민중의 狂氣와 부르조아지의 狂氣. 자연적인 犯罪愛.[39]

역시 회고적인 否定이며, 兩陣營을 통틀어 〈광기〉로 단죄한다.  그리고 역시 性惡說 〈자연적인 犯罪愛〉로 귀착한다.  여기까지는 자기를 포함하여 모든 사

---

36) Salon de 1846, pp. 946~7.
37) JI, mc, p. 1274.
38) ibid.
39) ibid.

람의 革命行動에 대한 省察과 否定的 비판이다. 다음은 통틀어 혁명이라는 것 자체에 대한 회의, 아니 회의를 넘은 부정적 체념이다.

1848년이 재미있었던 것은 오직 저마다가 거기서 砂上樓閣 같은 유토피아를 그리고 있었기 때문이다. 1848년이 멋진 것은 오직 가소로운 것의 過剩 차체에 의할 뿐. [40]

이론과 현실이 얼마나 동떨어진 것인가를 경험한 사람의 씁쓸한 분석이다.

로베스피에르는 오직 그가 몇 마디 아름다운 말들을 했기 때문에 알아줄 만하다. [40]

결국 革命이란 일종의 迷信이라는 단정을 내린다. 〈革命은 희생에 의하여 미신을 굳힌다.〉人間의 天性的인 惡(잔인성·利己心·야망 등)을 否定하지 못하는 그로서는 어쩔 수 없는 결론이다. 그렇다고 그 당시 이미 王政이나 帝政을 옹호할 정도의 반동사상을 품은 것은 아니다. 나폴레옹 3世의 쿠데타(1851년 2월)의 회고다.

쿠데타 때의 나의 激憤. 얼마나 충격을 받았던가. 또 하나의 보나파르트! 이 무슨 수치냐! [41]

이 분노와 개탄의 진실성에는 조금도 의심할 여지가 없다. 그러나 그는 곧 체념하여 否定을 넘은 大肯定 같은 심정으로 관망한다. 〈그렇지만 모든 것이 平和를 회복했다.〉[41]

이때껏 뒤밟아 보았듯이, 한편으로는 1848년의 革命的인 열광과 투쟁적 행동이 있고, 다른 한편으로는 前後一貫된 反共和(民主)·反社會主義·反革命思想이 있다. 그런가 하면 反動的 쿠데타에 맞서 〈銃擊을 받을〉정도로 격분했고 보나파르트에 대한 혐오와 수치감을 숨길 수 없다. 그뿐이 아니다. 다음해 1849년 12월 3일부터 약 1개월 반 가량 잔느 뒤발과 함께 디종에 체류하고 있는데, 이때껏 수수께끼였던 그의 디종行이, 당시 거기서 투쟁적인 신문 「勞動」紙의 편집을 맡고 있던 쥘 비아르 Jules Viard 와 동행했거나 혹은 그와 합세한 것이 가장 유력한 이유였으리라는 점이 새로이 고증되고 있다. [42] 비아르는 프루동의 社會主義 기관지였던 「人民의 대표」紙의 창립자였고, 보들레에르가 프루동을 면회한 것도 그의 사무실에서 있었던 일이다.

그런데 또 한번 社會主義 동반자 격인 현재의 저 자신의 입장·行動과는 아주 상충되는 反社會主義의 독설을 토로하고 있다. 그는 디종에서 後見人 앙셀에게 보낸 편지에서, 어느 젊은 社會主義 政客을 가리켜 말하며,

"그자는 民主主義 독수리죠. 불쌍한 생각이 들더군요! 熱狂者·혁명가로 행세했

---

40) JI. mc, p. 1274.
41) ibid.
42) C.I, notes, pp. 788~9.

죠. 그래서 나는 그에게 농부들의 社會主義를 이야기해 주었죠——피할 수 없는 잔인하고 어리석은, 횃불 또는 낫(鎌)의 社會主義처럼 짐승 같은 社會主義 말입니다."[43]

〈이 명백한 自家撞着〉[44]에 이르러, 보들레에르硏究家들은 난처함을 숨길 수 없다. 크레페父子는 이렇게 설명한다. 첫째, 〈그의 정신은 같은 문제에 있어서 상반되는 관점들을 포용할 만큼 넓다〉하여, 이른바 보들레에르의 二元性 dualité, 兩極性 polarité 또는 二重性 duplicité 을 상기시킨다. 그는 만년에 이르러도 여전히 反共和·反革命의 信念을 토로하는 글에서, 革命은 그에게 있어 결국 〈파괴〉·〈刑罰〉·〈죽음〉의 同義語임을 암시하고 나서, 〈나는 희생자가 되어 행복할 뿐만 아니라(거꾸로) 殺戮者(혁명가—역주)가 되는 것도 싫어하지 않을 것이다——革命을 두 가지 양태로 느끼기 위하여〉[45]라고 상반되는 호기심을 고백하고 있다. 둘째로, 그의 共感이 이데올로기나 黨에 끌려서가 아니고 순수한 감정의 발동이라는 점으로 설명한다. 그리고 그 감정 중에는 오픽將軍에 대한 〈증오심〉도 想定할 수 있음을 시인한다. 이에 대하여 포르세는 2月革命에 있어서의 우리 詩人의 흥분과 동기에 대하여 사상면으로나 감정면으로나, 전혀 진실성을 인정치 않는다.[46] 〈필경 그는 白葡萄酒를 흠뻑 마셨을 것〉이며, 共和派도 부르조아도 그에게는 문제될 것 없으며, 센세이션을 찾고 쫓는 作家 기질과 그의 유달리 흥분하기 쉬운 神經性의 경향, 그리고 가슴 깊이 잠재하던 복수심——첫째 오픽씨에 대한, 다음은 전반적이며 대상 없는 복수심——즉 〈악마적 쾌감〉이 눈떴으리라고 한다. 그리고 자기가 빚더미에 짓눌린 現社會의 붕괴를 바라는 利己的 복수심과 그 이전의 권태와 절망 상태. 그러니 평소의 정치적 입장이나 신조 따위는 문제될 것 없다. 그는 변절도 해볼 만한 보람이 있다고 고백하지 않았던가?

다른 大義에 종사하는 데서 느낄 수 있을 것을 알아내기 위하여, (자기가 지키던—역주) 한 大義를 저버리는 것을 나는 이해한다.[47]

포르세는 또한 5월 15일의 議會侵入事件 때에 조직된 社會共和黨에 그가 동조하기 시작한 것과 6월 노동자 반란에 가담한 것도, 그 이전에(3월) 오픽將軍이 共和國 정권에 의하여 오히려 외교관으로서의 영달을 얻은 데 대한 분격이 밑에 깔린 듯이 시사한다. 하여간 2月革命과는 달리 6月反亂의 市街戰에 참가한 詩人은 정말 격분에 사로잡혀 있음을 인정한다. 그러나 그의 自家撞着에 납득할 만한 설명은 주지 못하고 있다.

이 문제에 관하여도 뤼프는 우리 詩人에게 유리한(지나치게) 해석을 내리고

---

43) C.I, pp. 157~8.
44) Crp-B, p. 77.
45) Sur la Belgique, p. 1456.
46) Pch-B, pp. 163~174.
47) JI, mc, p. 1271.

있다. [48) 전설이 돼버린 저 〈오픠將軍을 총살하러 가야 한다〉고 되풀이 고함을 지르더라는 뷔송의 회고담 자체가 믿을 만한 것이 못 된다고 否認한다. 그런 증언을 한 것은 오직 뷔송뿐인데, 첫째로 뷔송은 자주 우리 詩人에 관하여는 불리한 시사를 해 왔으며, 둘째로 그가 詩人을 만난 것은 〈2월 24일 저녁〉이라고 했는데, 그 때는 이미 市街戰이 끝난 이후이며, 시인이 그에게 진지하게 대하지 않았음을 그가 증언하는 相逢의 상황으로 미루어 충분히 엿볼 수 있다 하며, 그 증언 자체가 二重으로 의심스럽다고 가볍게 물리치고 만다. 둘째로, 뤼프는 아직 詩人의 소년 시절의 書簡들을 수록한 「家族에의 편지」가 발표되기 전(1966년)에 집필한 탓으로, 1834년 리용의 반란 때부터 이미 그가 反共和·反革命의 性向(소년기이니 사상이랄 수는 없다)을 모르고, 따라서 「1846年의 美展評」에 언급된 反共和·反革命의 사상을 단순히 〈警句 boutades〉로 가볍게 돌리고, 그것을 그의 〈정치적 입장으로 본다면 매우 큰 잘못〉일 것이라고 전제하고, 그의 革命家 마라 Marat·로베스피에르에 대한 共感(이 점도 먼저 인용한 바로 미루어 의심스럽다)과 아슬리노의 회고담 〈보들레에르는 革命을 좋아했다〉를 인용하여, 그의 혁명적 반항은 〈사회적이며 동시에 形而上學的〉이어서 진지한 것이라고 강조한다. 그뿐더러 한층 더 밀고 나가 그의 전반적인 노선이 〈혁명적 共感의 堅持〉라고 결론짓는다.

뤼프는 그런 견해에 상충되는 두 차례에 걸친 保守系 신문에의 협력도 첫번은 革命指導者들에 대한 환멸(그는 經濟·사회 문제도 잘 알고 있어 革命派의 클럽에 자주 드나들며, 번번이 정확하고 적절한 질문을 演士들에게 제기하여 그들을 곤경에 몰아넣었다고), 그리고 社會混亂에 대한 혐오 때문이고 〈조금도 自家撞着은 없다〉고 하며, 둘쨋번은 필경 문인 친구의 제안이어서 그 신문의 성격을 몰랐거나, 혹은 조제프 드 메스트르 Joseph de Maistre[49)의 애독자였던 그에겐 〈保守〉라는 개념이 남들과는 달랐을지도 모른다고 변호한다. 그리고 위에 인용한 회고적인 否定도 그의 〈장세니스트的 着色이었음을 의심할 수 없다〉고 하며, 자기의 너그럽고 착한 행위에서조차 수상쩍은 동기를 찾는 詩人의 〈항구적인 罪意識〉으로 돌린다. 그러나 뤼프의 어색하고 힘든 변호와 두둔이 우리를 납득시킬 수는 없다. 프랑스革命의 신랄한 批判書 메스트르의 愛讀者가 〈메스트르와 포우에 의하여 이론을 배웠다〉고 할 정도로 그토록 일관하여 反共和·反革命을 공언했다면, 그것은 너무나 당연하고, 그야말로 그의 진심이며, 그가 堅持해 온 일관된 사상이라고 인정할 수밖에 없다. 소년기의 性向은 불문에 붙이더라도, 그의 다음 단상을 보라.

당신은 民衆을 우롱하기 위한 경우를 제외하고 당디가 民衆에게 말을 거는 것을 상

---

48) Rf-B, pp. 65~71.
49) Maistre(1753~1821), 政治家, 哲學者, 文人. 主著 Considérations sur la France(1796), Soirées de St-Petersbourg(1821), Etude sur la Souveraineté(1870).

상할 수 있는가?"

──內密日記[50]

사람들 중에 위대한 것은 오직 詩人·司祭·軍人뿐이다. (……)
나머지는 채찍질이나 받아 마땅하다.

──同書[51]

이 反民衆思想은 그의 당디슴美學의 한 측면이기도 하지만, 곧장 그의 反民主主義 政治觀과 연결된다. 그 자신도 당디슴을 설명할 때(「現代生活의 畵家」중 IX Le Dandy) 밝혔듯이, 도시 당디슴 자체의 발생이 斜陽길의 귀족의 反부르조아 저항운동으로 일어났으니, 反民主일 밖에 없으며, 당디인 詩人이 또한 그럴 밖에 없다(第Ⅱ篇 〈原初的 自我와 騎士精神〉에서 재론).

現代에 있어 반동적인 思想이라 하여, 애써 이를 默殺하고, 그를 革命支持者로 만들기까지 하여 변호하고 두둔할 필요가 있을까? 그것이 과연 그를 두둔하는 것이 될까? 오히려 그를 배반하는 것일 게다. 美學에서 볼 수 있듯이, 論理的 思考에 의한 것은 아닐지라도, 적어도 뛰어난 感性으로 하여 아득히 時代를 앞지르는 直觀力을 가진 그다. 歷史에 결론은 없고, 그의 말대로 이 세상에는 〈어떤 절대적인 것도 어떤 완전한 것도〉 있을 수 없다.[52] 현대의 英國이나 北歐의 여러 王國과 蘇聯·中共 등을 비교하면, 우리 詩人의 〈叛逆思想〉에 새로운 의미를 줄 수도 있으리라──그 〈짐승 같은 社會主義〉의 잔인성은 현재 바로 東南亞에서 진행되고 있다. 이 自家撞着에 관하여는 멀찍이 떨어진 우리가 오히려 더욱 타당한 판단을 내릴 수 있을 것 같다.

우선 우리는 그의 생각과 감정의 토로 중에서 어느 글이나 言行보다도, 그의 詩와 斷想(「內密日記」와 「벨기에에 관하여」)에서 가장 솔직하고 진실한 고백을 찾아야 한다는 관점에서 보아야 한다. 더구나 그가 그중에도 〈胸襟을 헤치고 Mon coeur mis à nu〉 털어놓고 이야기하는 것을 믿지않는다면, 그의 어떠한 글도 믿을 수 없다는 결론이 나올 밖에 없다. 특히 後者에 관하여는. 모친에게 보내는 적나라한 고백에서,

"내가 2년 전부터 꿈꾸고 있는 위대한 책 「胸襟을 헤치고」(……) 아! 만약 그것이 햇빛을 보게 된다면 J.J.(장 자크 루소──역주)의 「告白」도 무색해질 것입니다."

──1861년 4월 1일부 모친에의 편지.[53]

그가 이토록 「胸襟을 헤치고」에 큰 기대를 걸고, 루소의 「告白」도 〈무색〉하게 만들 것이라고 자신한 것은, 그 파란만장의 경험과 內面의 숨김 없는 기록으로 루소를 능가하리라는 것이 아니고, 바로 그가 자랑하며, 〈그 점을 알고

---

50) JI, mc, p. 1278
51) ibid. p. 1287.
52) Salon de 1846, p. 91
53) C.Ⅱ, p. 141.

惡을 하는〉, 〈나는 속지 않는다, 결코 속은 적이 없다〉고 자신하는, 그 〈明晳한 눈 mes yeux clairvoyants〉[54]에 의한 여지 없는 자기폭로와 그 날카롭고 가혹한 자기분석에 대한 자신이다. 俗人들처럼 〈어리석음·과오·죄악·탐욕〉을 범하되, 〈치사스런 눈물로 온갖 汚點을 씻은 것으로 믿〉[55]지 않는 그 명석한 〈惡 속의 意識 conscience dans le mal〉에 대한 자부심이다.

그러한 「胸襟을 헤치고」에서, 그는 2月革命의 소용돌이에서 〈나의 도취〉를 첫째로 〈복수〉 취미라고 분석한다. 우선 그의 〈도취〉 상태. 위에서 본 뷔송이나 르 바바쇠르의 회고담이 모두 당시의 詩人의 흥분 상태에 놀라고, 또 약간 비꼬거나 못마땅히 여기며 이를 강조하고 있다. 결코 자기기만에 빠지지 않는 그는 저 스스로도 당시의 흥분을 자각하고 있다.

군중 속에 낀 쾌감은 數의 倍增이 주는 향락의 신비로운 표현이다.

——內密日記[56]

大都市의 종교적 도취. ——汎神論. 나, 그것은 곧 萬人이고, 萬人이 곧 나다. 소용돌이. [57]

이 〈군중 속에 낀 쾌감〉과 〈소용돌이〉 속에서, 〈내가 곧 萬人이고, 萬人이 곧 나〉라는 〈종교적 도취〉란 무엇보다도 그가 혁명과 반란의 바리케이드 뒤에서 경험할 수 있었던 것이다. 특히 그와 가장 친한 친구의 한 사람인 르 바바쇠르는 6月叛亂 때의 그의 유다른 흥분 상태를 특히 침착하고 조용한 詩人의 친구(당시의 同志) 피에르 뒤퐁과 대조하여 자세히 묘사하고 있다. 여기서 우리는 그의 소년기에 이미 추적해 본 〈神經性 症勢〉의 〈양성적〉 面인 히스테리症의 가장 큰 폭발을 본다. 더구나 지난해 年末의 모친에의 편지에 나타난 그 비참한 생활 속에 빠져 있던 그 〈음성적〉면인 침체와 마비 상태에서 벗어날 절호의 기회와 강렬한 외적 자극이 그의 히스테리칼한 흥분에 불을 지른 것이다. 친구의 눈에조차, 〈나는 일찌기 그런 상태의 보들레에르를 본 적이 없다. 그는 長廣舌을 늘어놓고, 朗誦하고, 자랑하며, 기어코 순교자가 되려고 날뛰는〉 모습으로 보일 정도다(上揭 르 바바쇠르의 회고). 그리고 〈보들레에르의 용기를 사람들이 어떻게 생각하건 간에〉 하고, 평소의 그답지 않은 〈용기〉임을 암시하고 있다. 명석을 자랑하는 詩人의 自意識이 그 점을 묵과할 리 없다. 그가 다음 散文詩를 쓸 때 필경 1848년의 자기를 회고하며 쓴 것이리라.

순전히 觀照的이며 전혀 행동에 적합치 못한 성격인데, 그러면서도 어떤 신비로운 未知의 충격 밑에 때로는 저 자신도 不可能하다고 생각했을 만큼 날쌔게 행동하는 그런 성격도 있다. (……) (아주 우유부단하고 小心한 者의——역주) 그 게으르고 관능

---

54) FM, Les Bijoux, pp. 141~2.
55) FM, Au Lecteur, p. 5.
56) JI, f, p. 1247.
57) ibid. p. 1248.

적인 넋에 대체 그토록 狂的인 정력이 어디서 오며, 더없이 간단하고 가장 필요한 일들조차 완수할 수 없는 넋들이 어떤 순간에는 어쩌하여 그토록 가장 맹랑하고, 번번이 가장 위험스럽기조차 한 행위를 감행할 만한 풍성한 용기를 발견하는 것인지 (……) 그것은 倦怠와 몽상에서 솟구쳐오르는 일종의 정력이다. 그것이 그토록 뜻밖에 나타나는 사람들은 내가 말했듯이 대체로 가장 무료하고 가장 몽상적인 사람들이다. (……) 나는 그런 發作과 躍動力의 피해자였던 일(나 자신이 그런 발작에 사로잡힌 일—역주)이 한두 번이 아니다. (……) (우리로 하여금 위험스럽고도 어울리지 않는 수많은 행동 쪽으로 저항 없이 밀쳐 버리는, 醫師들의 말에 의하면 그 히스테리 기질, 의사들보다 좀 낮게 생각하는 사람들에 의하면 惡魔的인 기질……).

——「파리의 陰鬱」중 못된 유리장수[58]

더 설명을 덧붙일 필요 없을 만큼 명쾌하고도 예리하며 솔직한 자기분석이다. 그리고 같은 글에서 이 〈히스테리 기질〉에는 〈우발적인 착상의 결과〉인 골려 주기 정신 *l'esprit de mystification* 이 개입되어 있다는 점까지 놓치지 않고 꼬집어내고 있다. 다음의 〈복수 취미〉의 참뜻을 밝혀 주는 열쇠이기도 하다. 하여간 回顧的으로 革命 중의 자기 행동을 〈가소로운 짓의 過剩 자체 *l'excès même du ridicule*〉로 볼 만큼 히스테리와 狂氣의 발작으로 분석하고 있다. 둘째, 무엇에 대한 〈복수〉냐? 뷔송의 회고담으로 포르세는 강력히 오픽씨에 대한 원한으로 단정하여 通說로 만들었고, 크레페父子는 신중히 그럴 가능성을 인정했으며, 뤼프는 그 증언 자체의 진실성을 부인한다(그의 일관된 논조로 보아 〈오픽 將軍을 총살하러 가야 한다!〉고 전한 데 대한 不快感과 반발적인 否定이 크게 작용하여, 그 증언 자체를 거짓말로 돌린 듯하다). 오픽씨에 대한 복수심이 아니고 〈旣成秩序에 대한〉 그것으로 풀이한다. 우리도 역시 오픽씨에 대하여 복수심까지 품었다는 데는 동의할 수 없다. 그는 義父와 멀어지기는 했지만 미워하지도 않았고, 미워할 이유도 없기 때문이다. 40세 때에 그는 모친에게 고백했듯이, 그의 가혹한 敎育方針이 원망스럽고, 썩썩하고 엄격한 軍人에 대한 劣等콤플렉스로 〈두려움〉을 느꼈을망정 미워할 근거는 없었던 것이다.

"후에 어머니는 어머니 남편이 내게 얼마나 가혹한 교육을 하려 했는가를 아시고 있죠. 제 나이 40이에요. 저는 괴로움 없이 학창 시절을 생각할 수 없으며, 제 義父한테서 느끼던 두려움을 괴로움 없이 생각할 수도 없어요. 그래도 저는 그분을 사랑했어요. 뿐만 아니라 오늘날 저도 그분이 옳았다고 인정할 만큼은 총명해요."[59]

그리고 뷔송의 증언을 유심히 읽으면, 그야말로 보들레에르의 미스티피카숑의 一駒임을 곧 알 수 있다(이때——2월 혁명——는 6월 반란 때와 달리 그는 흥분 상태에 빠져 있지 않다는 점을 유의). 그는 〈굉장히 활기 띤 척하면서〉 다가왔고, 뷔송은 심술궂게 되풀이 〈新品 銃器〉의 〈아직 써 보지 않은〉 〈아주 순결한〉

---

58) Spl, Le Mauvais Vitrier.
59) LM du 6 mai 1861, C. I, p. 153.

점을 강조하고 있는데, 이 강조는 곧 당시 뷔송의 짓궂은 조롱기 띤 집요한 視線을 뜻한다. 게다가 그 〈新品 銃器를 바라보며 미소를 짓고〉(어떤 미소? 물론 조롱이다), 〈설마 共和國을 위해서는 아닐 테지?〉 하고 그의 虛를 찌른다. 그만큼 우리 詩人은 철두철미 反共和・反革命을 公言했었기에 〈설마〉라고 한 것이다. 詩人의 당황하고 곤혹한 한 순간이다. 여기서 〈그 말에 대답은 않고〉그는 딴전을 부린 것이다. 〈오픽將軍을……〉 하고. 그러니까 당시의 자기 꼴이 후에 회고해도 〈가소로운 짓〉이었다는 것이다.

　다시 한 번, 그럼 무엇에 대한 〈복수〉며 무엇을 〈파괴〉하는 쾌감인가? 3개월 전에 모친에게 자기의 참상을 고백하고 애소한 편지로 그 해답은 충분하다. 자기가 빠져 있는 그 비참한 현실과 자기가 거기서 落伍하고 전락한 그 현실사회, 무엇보다도 法定後見의 굴레를 뒤집어씌워 꼼짝달싹 못하게 죄고 있는 現制度——그의 심정으로는 〈어떤 社會, 어떤 制度가 오건 한번 온 세상을 뒤집어 엎어라！〉할 만하지 않은가. 설사 그 후에 어떤 〈속죄〉와 〈刑罰〉을 받는 한이 있더라도 말이다. 세째로, 그럼 그의 열광적 행동은 사상적으로 自家撞着일 뿐만 아니라, 조금도 진실하고 순수한 감정이 뒷받침되어 있지 않았던가? 그렇지도 않다. 우선 역시 그 자신이 솔직히 고백했듯이 〈문학적 도취〉(현대적 표현으로 이른바 革命的 로망티슴)에 취한 것도 사실이다. 〈내가 곧 萬人이고, 萬人이 곧 나〉인 군중 속의 集團的 交感(그가 이른바 prostitution)의 흥분이다. 그리고 〈저마다(따라서 그도 역시) 砂上樓閣 같은 유토피아를 그리고〉 있었다고 회고하고 있지 않은가? 또 한 가지, 그의 政治思想은 論外에 붙이고, 적어도 그 渦中에 휩쓸려 있는 동안은 당시의 靑年文人들 중 가장 그와 가까운 친구며 〈노동자의 노래〉를 쓴 피에르 뒤퐁이나 政治詩를 쓰던 오귀스트 바르비에 Auguste Barbier 쪽으로 共感이 쏠려 있었던 것도 사실이다. 게다가 社會主義 진영의 영수 격인 프루동을 직접 만날 기회가 있었고, 어린 시절부터 적수공권으로 노동과 독학으로 心身을 단련하고 일으킨 그 건강하고 정력적이며 소박하고도 고매한 인품에 탄복한 것이다. 그리하여 自傳的인 「라 팡파를로」의 主人公이 〈전에는 열광적인 信仰家였었듯이 정열적인 無神論者로 된〉것과 마찬가지로, 反共和主義者——보들레에르도 잠시 정열적인 革命鬪士로 변모했던 것이다. 그리고 民衆 멸시의 당디슴의 美學에도 불구하고 가난한 서민과 불행한 弱者에 대한 共感의 많은 詩를 남긴 것과 마찬가지로, 그의 政治觀과는 반대로 현실의 貧民과 勞動者에 대한 순수한 共感도 느끼는 그의 二元性도 인정할 수 있다.

　그러면 어째서 다시 전보다 더 철저한 反民主・反革命(貴族政治가 가장 합당하고 안전하다고 단언할 만큼)으로 역전했을까? 정치의 虛妄을 경험으로 알게 되고, 인간의 잔인성과 복수심이 어떤 名分을 갖추게 될 때는 야수보다도 더 악독해질 수 있는 人間性의 온갖 잔인・추악하고 利己的인 면을 그 社會顚覆의 격동 속에서 몸소 체험하고 환멸을 느꼈기 때문이다. 그가 친구들과 창설한

「社會福祉」紙는 2월 혁명이 있은 지 4일 후에 발행한 제 2 호이자 終刊號에서 벌써 〈長官의 층계를 그토록 기민하게 기어오르는 者, 그자는 의심할 여지 없이 바리케이드에 있지 않던 자다〉[60]라는 분격을 터뜨리고 있다. 民主主義・革命 그리고 정치 자체에 대한 환멸은 2, 3년 후 나폴레옹 3세의 쿠데타와 帝政 宣布 후의 일이지만, 이미 이 때부터 싹트기 시작함을 엿볼 수 있다.

아니 좀더 가까운 詩人의 義父를 보라. 이미 3번이나 바뀌는 정치 체제를 일관하여 끄떡없이 一路昇進해 왔고, 4번째로 王政에서 공화국으로 일변한 2월 혁명 후, 그는 또 다시 外交官으로 영전하는(3년 후 다시 루이 나폴레옹이 쿠데타로 공화국을 전복하고 帝政을 펴자, 5번째 바뀐 政體下의 元老院議員으로 영달) 것을 눈 앞에서 본 그다. 그것도 그가 少年期에 애송하던 詩界의 元老 라마르틴느 Lamartine 外務長官에 의해 임명된 것이다. 그런데 그는 여전히 궁지에 몰린 채 허덕이고 있다. 2月革命을 일으킨 부르조아가 이번에는 같은 바리케이드의 同志였던 社會主義者 및 노동자를 무자비하게 탄압(6월 반란 때)하는 것을 보았고, 맞붙은 兩陣營의 다 같이 끔찍스런 잔인성을 보았다——〈6월의 끔찍스러운 일들. 민중의 狂氣와 부르조아의 광기〉(上記「胸襟을 헤치고」). 그리고 그 민중을 무자비하게 탄압한 司令官 카바냐크 Cavagnac 將軍 바로 그 사람이 行政長官에 취임하는 것도 보았다. 이 세상이 〈광대한 모순덩어리〉라는 것을 다시 한번 결정적으로 확인한 셈이다.

무엇보다도 人間의 本性(自然)이 惡인 이상, 18세기 말의 大革命이 그렇게 끝났듯이, 革命家들 역시 권력을 쥐자, 그 권력 유지 욕망이 무엇보다도 先行함으로써, 자기 야망의 노예가 될 수밖에 없다는 것이 그의 깨달음인 듯하다. 그러기에 그는 같은 회고의 단상에서 革命의 도취를 파괴의 〈自然的 快樂〉이라 했고, 〈민중의 狂氣와 부르조아의 광기〉를 〈범죄의 自然的 사랑(天性的인 犯罪愛)〉이라 단정한 것이리라. 아니, 1847년까지의 그의 글에서 性惡說(또는 自然＝惡)의 發想法을 거의 찾아볼 수 없다는 점으로 미루어, 그 혁명의 체험에서 그런 확신이 싹튼 것으로 볼 수도 있다. 그러기에 그 엄청난 희생을 바치고 革命에 의해 理想社會를 만들겠다는 것이 일종의 〈迷信〉(현대 용어로는 〈神話〉)으로까지 여겨지는 것이다.

끝으로, 바로 몇 해 전 1968년 5월 革命(?)을 목도한 우리로서는, 이 시기의 우리 詩人의 自家撞着을 또 다른 관점에서 훨씬 너그럽게(아니 당연한 것으로) 보아 줄 수도 있다. 우리는 5월의 叛亂 때 그 전국적인 규모와 그 치열함에 있어 1848년 이후 최대의 혁명 운동이라고 자주 지적됨을 보았다. 그리고 그런 와중에서는 모든 인텔리들이 〈左도 左에 있지 않고 右도 右에 있지 않는〉 묘한 異常氣流에 휩싸임을 보았다(저자는 당시 파리에서 그 시종을 관찰). 그 作品

---

60) cité in Pch-B, p. 169.

世界로 보나 미학으로 보나 도저히 극렬한 좌익 혁명에 가담할 것 같지도 않고, 내내 정치에는 전혀 관심을 표명하지 않던 작가가 재빨리 혁명에 동조하고 作家聯盟을 조직하여 委員長 자리에 앉는가 하면(Michel Butor), 학생들이 주동이라 재빨리 〈革命學生・作家行動委員會〉를 조직하는가 하면, 새 革命團體가 조직될 때마다 재빨리 加入하는 작가(M. Duras)가 있고, 심지어는 敎會 성직자들까지 무슨 革命同調委員會를 만드는 그런 정신 풍토다. 그러니 그토록 사회적으로 절망적인 궁지에 몰렸던 27세의 보들레에르가 바리케이드에 뛰어든 경우는 自家撞着이라기보다는 차라리 당연한 반응이라 할 만하다. 후에 발표한 「聖베드로의 否認」[61]에서 당시의 反抗의 이유와 心情이 잘 드러난다.

> 대체 神은 날마다 귀여운 세라핀에게로 떠오르는
> 이 저주의 파도를 어쩌하는 것일까?
> 酒池肉林으로 飽食한 暴君처럼 그는
> 우리의 끔찍스런 모독의 아늑한 소음에 잠드는 것이다.
>
> 殉敎者들과 死刑받은 者들의 흐느낌도
> 필경 얼큰히 취하게 하는 交響樂인가보다.
> 神들의 쾌락을 위하여 희생자들 피 흘렸건만
> 그들(神)은 아직 결코 飽滿되지 않았으니 말이다.
>
> ——아! 예수여, 〈올리브의 동산〉을 想起하시라!
> 더러운 白丁들이 당신 생살 속에 못박는 소리에
> 하늘에서 웃던 그분(神)에게 당신은
> 순박하게 무릎 꿇고 기도드렸읍니다.
>
> (………)
>
> 希望과 勇氣로 가슴 부풀어, 당신이
> 그 치사스런 商人들을 힘껏 채쩍질하시던 날,
> 결국 당신이 主人이시던 그 나날을? 회한이
> 창보다 더 깊숙이 당신 옆구리를 뚫지 않았던가요?
>
> ——확실히 나는, 行動이 꿈과 맞지 않는
> 이 세상에서, 내사 기꺼이 나가리라.
> 劍을 쥐고 싸우다가 劍으로 죽을진저!
> 聖베드로는 예수를 否認했것다…… 암, 잘 했지.


「社會福祉」紙에 실린 다음 司祭들에게 호소한 귀절과 아울러 생각하면 당시의 심경과 사상이 더욱 분명해진다.

---

61) FM, Le Reniement de Saint-Pierre.

"당신들의 스승인 예수 그리스도는 또한 우리들의 스승입니다. 그분은 우리와 함께
바리케이드에 계셨으며, 우리가 승리한 것은 그분, 오직 그분에 의해서입니다."[62]

인간들을 구제하기 위하여 〈행동〉을 일으킨 예수를 俗人들이 十字架에 못박
는 세상, 〈행동(의 결과—현실)이 꿈(이상)과 맞지 않는 이 세상에서〉는, 〈劍을
쥐고 싸우다가 검으로 죽을〉 작정이라는 것이다. 바로 「마태복음」의 예수의
가르침 〈너의 검을 다시 거두라. 무릇 검을 쥐는 자는 검으로 죽느니라〉를 거
꾸로 인용하여 대드는 反抗心의 폭발이다. 〈聖베드로는 예수를 否認했것다……
암, 잘 했지〉——꿈이 허무하게 무너지는 현실에 대한 원한·반항·냉소·自嘲
의 폭발이다.

처음이자 마지막인 이 정치적 행동을 고비로 그는 정치에 관하여 차츰 체념
으로 기울어진다.

　내게는 우리 世紀 사람들이 뜻하는 바와 같은 確信이 없다. 내게는 야망이 없기 때
문이다.

——內密日記[63]

野望→앙가쥬망→이미 뛰어든 자기 입장과 노선에 대한 確信→투쟁→成功.
이러한 政治心理를 꿰뚫고 정치에 適任이 아닌 자기를 확인한 것이다.

**암담한 孤獨에 갇혀** 뤼프가 말한 바, 詩人의 생애 중에 잘 알려지지 않은
시기 중의 하나인 1849년과 1850년으로 접어든다. 이 2년 동안에, 작품으로
는 1850년 6월에 詩 「傲慢의 刑罰」과 「正直한 사람들의 술」[64]을, 7월에 「레
스보스」[65]를 발표했을 뿐이다. 이때껏 밝혀진 사실은 1849년에 다시, 고티에
와 친교를 맺고, 이해 5월에 〈大福券 Grande Lotrie〉을 위한 미술작품 選定委
員會 회장에게 친구 畵家 쿠르베를 위하여 청원의 편지를 代筆한 일이 있다.[66]
7월에 그가 관심을 기울이기 시작한 포우 사망.

年末로 접어들어 12월 3일부터 다음해 1월 중순까지 디종에 머무르며, 전
에 사건 렬 비아르 J. Viard가 편집하는 투쟁적 신문 「노동 Le Travail」에 관계
하고 있음이 고증되고 있다(「書簡集」). 잔느 뒤발도 뒤따라 합류했다가 같이 상
경한다. 파리에 돌아오자 후에 그의 「惡의 꽃」의 出版主가 될 인쇄업자 풀레
말라시스 Poulet-Malassis와 사귀게 된다.

그러나 이 시기의 극히 드문 자료 중에도 그의 내면의 드라마는 여기저기서
노출된다. 무릇 정열의 발산 뒤에는, 마치 불탄 뒤에 재가 남듯이, 허탈과 공

---

62) cité in Rf-B, p. 67.
63) Jl. mc, p. 1275.
64) Châtiment de l'orgueil, Le Vin des honnêtes gens (FM. L'Ame du Vin 으로 改題).
65) Lesbos (in L'Anthologie de Julien Lemer: Les Poètes de l'amour), FM. 중 削除당한
　詩.
66) C.I, notes, pp. 787~8.

허감이 뒤따르게 마련이지만, 더우기 우리 詩人의 경우에는 48년의 열광 뒤에
무척 암담한 침체기를 맞았음이 분명하다. 먼저도 언급한 바 그의 神經性 증세
중 陽性的인 면(흥분과 히스테리)과 음성적인 면(침체·마비 상태)의 交替(成人 이후
는 後者가 점점 더 압도적으로 우세)가 그의 生涯의 리듬처럼 되어 있다. 48년 12
월 8일附로 콘스탄티노플에 남편을 따라가 있는 모친에게 보낸 편지[67]를 보
면 당시의 그의 생활상과 심정을 엿볼 수 있다. 우선 이 편지에서 다시 모친
에 대한 2人稱代名詞가 〈vous〉로 변하여, 51년 6월 오픽씨 귀국으로 모친과
다시 만날 때까지 줄곧 〈vous〉로 부르고 있다. 확실히 義父와 모친이 파리를 떠
나기 전에 詩人과의 어떤 충돌이나 갈등이 있었음을 알 수 있다. 再會 때까지
2년간이 모자간의 애정 관계가 가장 악화된 시기였음을 증명하는 편지 내용을
여러 번 散見할 수 있다.

우선 12월 8일부 편지에서, 모친이 멀리서 후견인 앙셀을 통하여 자기에
게 송금해 준 일에 관하여, 〈어머님 출발 며칠 전에 그토록 가혹하게 저를 맞
은〉 일이 있은 후에, 그런 배려에 접하고, 무척 놀랐다고 한다. 그는 그 때의
모친의 푸대접을 잔느 뒤발 때문인 것으로 말하고 있지만, 그들 사이가 벌어
진 것은 필경 革命期의 詩人의 열광적인 언동에 대하여 義父와 모친이 합세한
질책과 정치 이념의 상극이 원인일 것으로 추측된다(우리는 그런 정치적 激動期에
얼마나 많은 가족 안에서 理念上의 분열이 날카롭게 노출되는가를 잘 알고 있는 터이다).
여기서 그는 잔느 뒤발과의 관계를 이렇게 설명한다 ——〈저는 오래 전부터 오
로지 의무로서만 그녀를 사랑할 뿐입니다. (……) 한 女人의 不貞한 행실이 아
무리 많고, 그녀의 성격이 아무리 가혹하더라도, 그녀가 어떤 善意와 헌신의
불꽃들을 보여주었을 때는, 그것만으로도 이해를 초월한 남자, 특히 詩人으로
서는 그녀에게 보답해야만 한다고 생각하기에 충분합니다.〉 역시 對人관계에
있어 섬세하고 충실하며 깍듯한 그의 면모를 엿볼 수 있다. 또 한 가지 묘한
고백——〈곧 설날이 다가옵니다. 제가 주소를 옮겨야만 할 시기입니다.〉 여전
히 빚에 쫓기는 생활이다. 심지어 작품 원고까지 저당잡혔다는 고백이다——
〈그 중에도 줄곧 저당잡혀 있는 내 가엾은 원고들. 그것들이 아직 그대로 있
기라고 해 준다면!〉

허나 자기 文學에 대한 自信은 확고하다——〈문학은 그 어느 때보다도 혜택
을 받지 못함에도 불구하고 (……) 제 운명은 영광스럽게 성취될 것입니다.〉
49년 12월 3일경에 그는 디종으로 내려간다.

모친이 먼 곳에 떨어져 있다는 것이 심리적으로 퍽 孤絕感을 준 모양으로,
디종에서 연거푸 후견인에게 편지를 쓴다. 첫번째는 6월 노동자 반란에 가담
한 지 겨우 1년이 지나고, 계속 그 진영의 신문과 관계를 맺고 있는 그로서는
뜻밖의 反社會主義的 견해, 〈잔인하고 어리석으며 피할 수 없는 짐승 같은 社會

<hr>

67) 종래에는 오픽씨에게 보낸 편지로 誤認되었음. C. I, pp. 153~5.

主義〉운운이 들어 있는 문제의 편지, 두번째는 잔느 뒤발이 디종에 도착한 다음날 1850년 1월 10일부의 무척 긴 편지다.[68] 그에게 다달이 대주는 돈 문제로, 앙셀의 부당한 처사를 자세히 지적하고 공격하는 편지 첫머리에서, 〈당신도 아다시피 나는 무척 중태에 빠져 있었소. 로다눔(阿片劑) 때문에 내 胃는 상당히 망가졌소〉라고 고백한다. 전에 피모당館 시절에 마약(환각제) 경험 정도는 있을 것으로 추측되지만 아편제 복용을 고백한 것은 여기서 처음이다. 어째서 아편을 복용했을까? 이미 단순한 호기심으로 그럴 시절은(〈보엠〉 시절 같으면 또 몰라도) 아니다. 어떤 심신의 고통을 진정시키려는 것이었을까? 참으로 그 자신의 말대로 忖度하기 힘든 心魂의 세계다. 내면의 갈등은 표면상 아무 事件도 없이 진행되기 때문일까?

전투가 중대하기 위해서는 地平線이 廣大할 필요도 없다. 더없이 진기한 혁명과 사건들은 두개골의 하늘 및 뇌수의 좁다랗고 신비로운 작업장에서 일어난다.

——1846 年의 美展評[69]

그런데 10년 후에 모친에게 대담하고 솔직한 고백을 하는 매우 긴 문제의 편지[70]에서, 〈1848년 후에 디종에서 그것(梅毒)이 또다시 터져 나왔었읍니다〉라는 귀절이 나온다. 즉 근 10년이나 잠복하고 있던 성병이 건강의 악화를 틈타 재발했고, 게다가 아편으로 위를 망친 것이다. 빚이 총계 21,236 프랑 50 수라고 밝힌 것도 그 앙셀에게 보낸 편지 속에서다. 그리고 편지 용건을 다 적고 나서 심각한 心情을 토로한다.

"내가 내 주위에 빚어 놓은 암담한 孤獨, 그것이 나를 더욱 밀접하게 잔느(뒤발)와 맺어놓을 뿐이었지만, 그 고독 때문에 내 정신은 당신을 내 生涯에서 어떤 중대한 존재처럼 여기는 습관이 붙여졌소이다."

그리고 여기서도 오랫동안 交信이 끊긴(실로 48년 12월 3일부를 끝으로 51년 1월 9일까지) 모자간의 갈등을 입증하는 수수께끼 같은 귀절이 나타난다.

"당신도 罪人으로 알고 있는 내 모친에게 유리하게 하는 (당신의) 그 편파성은 무엇을 뜻합니까?"

이렇게 매섭게 묻고 全文에 밑줄을 쳐 강조하고 있다. 무엇 때문에 〈죄인 coupable〉이라는지 그의 意中을 알 도리는 없다.

파리로 돌아온 이후로는 주로 제라르 드 네르발·풀레 말라시스·장 발롱 J. Wallon,[71] 샹플뢰리 등과 가까이 지낸 듯, 주로 그들에게 편지를 쓰고 있다.

---

68) C.I, pp. 158~163.
69) Salon de 1846, p. 887.
70) C. II, pp. 150~7.
71) Wallon(1821~82) : 당대의 戲畫家. 또 神學者로 여겨지고 있었으나, Hegel: Logique subjective의 佛譯者이며 〈哲學을 비웃을 줄 아는〉 진정한 철학자라는 詩人의 평. C. II, p. 1038.

그처럼 한평생을 모친에 매달리던 그가 모친과 멀리 떨어졌을 뿐 아니라 交信마저 끊긴 반목으로 하여, 참을 수 없는 고독에 갇혀버린 시기에, 그가 괴로움과 외로움을 달래기 위하여 주로 술을 벗삼은 듯, 몇 편 안 되는 詩作 중에 잇달아 〈술〉을 주제로 한 詩를 발표한 점도 주목할 만하다.

### 포도주의 魂[72)]

어느 날 밤, 포도주의 魂이 병 속에서 노래했것다,
"인간이여, 오 失格된 子息이여, 내 유리 감옥과
주홍빛 封蠟 밑에서 너를 향하여,
광명과 友愛 넘친 노래를 불러 주마.

나는 아노라, 내 생명을 낳고 내게 魂을 주려면,
활활 타는 언덕 위서, 얼마나 수고와 땀이 필요하며,
얼마나 햇볕에 타야만 하는가를.
허나 난 忘恩者도 악당도 되지 않으리.

내가 일에 기진맥진한 인간의 목으로 흘러내릴 땐
굉장한 기쁨을 느끼며, 게다가 또
그의 더운 가슴 속은 내 서늘한 地下酒庫보다
더 기분 좋은 따스한 墓穴이니까.

일요일의 들뜬 노래 후렴들, 그리고 팔딱팔딱
뛰는 내 가슴에서 우짖는 希望의 울림을 너는 듣는가?
식탁 위에 두 팔굽 괴고 소매를 걷어올리며
너는 날 찬양하며 만족하리라.

나는 황홀해진 네 아내의 눈에 불을 지르고,
네 아들에겐 힘과 좋은 血色을 돌려주고
그 유약한 人生의 競技者를 위해서
투사의 근육을 굳혀 주는 기름이 되리.

植物性의 神酒이며, 영원한 〈씨 뿌리는 者〉가 던진
귀중한 씨알인 나는 네 속으로 흘러들리라,
우리 둘의 사랑에서, 진귀한 한 송이 꽃처럼,
〈神〉에게로 솟구치는 〈詩〉가 태어나도록."

---

72) FM, L'Ame du vin.

### 3. 만남——포우・마리 도브렁・사바티에夫人

**文學에의 復歸와 精進**　1848년의 정열과 행동 그리고 고조된 정치에의 관심, 그 뒤를 이은 환멸(1848년의 정신이 그 후 얼마 동안 文學論에 그 여운을 남기고 있기는 하지만), 그 뒤를 이은 〈암담한 고독〉과 병고・빈곤의 침체기. 이 정열과 마비 상태, 격동과 침체, 흥분과 우수 등의 交替는 이미 소년 시절부터 본 바이지만, 우리 詩人의 생애의 유다른 리듬인 양 되풀이되고 있다.

과연 만 30세로 成熟期를 맞는 1851년부터, 정치에의 관심의 쇠퇴와 반비례하여 활발한 문학 활동이 시작된다. 3월에「술과 痲藥에 관하여」,[73] 만 31세에 이른 52년 4월 9일에는 〈地獄의 邊境〉이라는 總題 밑에 11편[74]의 詩를 한꺼번에 발표하여 詩人으로서의 지위를 굳힌다. 9월, 혁명 시기의 동지인 친구「피에르 뒤퐁論」[75]을 발표한다. 9월 중순에는 이미「惡의 꽃」의 原稿本에 해당되는 淨書製本된 시집 원고를 가지고 있다. 11월 평론「점잖은 劇과 小說」로 문학의 효용성(有益性)의 문제에 관한 논쟁에 참여하여 자기 견해를 밝히고 있다. 10월에 포우作品集을 런던으로 주문케 함으로써 그가 본격적으로 포우에 열중하기 시작했음을 나타낸다.

51년, 가정적으로는 오픽씨가 2월에 駐英大使 임명을 사절하고 6월에 駐스페인 大使로 임명되어 부인과 함께 부임한다. 12월 2일의 쿠데타. 위에 인용한 대로 무척 격분했으나, 이로써 정치에 관한 관심은 냉각되고, 후에는 帝政과의 타협적인 심정으로 가라앉는다. 역시 12월에 후에 그가 깊은 관심을 기울이고 해설 논문까지 草하게 될 英國의 퀸시 Th. De Quincey의「阿片服用者의 고백」이 간행된다.

다음 52년 2월에는 평론「異端派 Ecole païenne」로 詩友 방빌의 文學觀을 비판하여, 친소 관계를 초월하여 자기 文學觀과 理想을 분명히 밝히고, 타협 없는 결벽성을 고수하는 입장에서 비판의 날카로운 필봉을 늦추지 않는 태도로 일관한다. 이 점은 고티에에 대하여도 마찬가지다(「피에르 뒤퐁論」에서). 그리하여 이때 이미 그의 美學과 文學觀・詩學이 확립되었음을 알 수 있다. 2월에 詩「두 어스름」,[76] 10월에「聖베드로의 否認」과「사람과 바다」[77]를 발표하고,

---

73) Du vin et du Hachish, Messager de l'Assemblée 紙에 4回 連載. 후에 Paradis Artificiels의 첫머리에 收錄.

74) 역시 Messager de l'Assemblée 에 발표. Le Spleen (Pluviôse irrité……), Le manvais moine, L'Idéal, Le Mort joyeux(原題 Le Spleen), Les Chats, La Mort des artistes, La Mort des amants, Le Tonneau de la háine, De profundis clamavi(原題 La Beatrix), La Cloche fêlée(原題 Spleen), Les Hiboux.

75) Pierre Dupond: Chants et chansons의 第21 別册의 序文, 民主精神과 작가의 참여를 강조한 매우 건전한 文學論을 피력.

76) Les Deux Crépuscules(Le Crépuscule du Matin, Le Crépuscule du Soir), in La Semaine Théatrale.

77) Reniement de Saint Pierre, L'Homme et la mer, in Revue de Paris.

발표하지는 않았지만 名詩 「녕 마주이의 술」을 이해에 演劇運動家에게 보내고 있다. [78] 3, 4월에 「에드거 앨런 포우, 그 生涯와 作品」을 발표하고, 작품 번역으로 「베레니스」(匿名의 해설을 붙임), 「일러스트레이션」[79], 10월에 「우물과 鐘」, 「室內裝置의 哲學」, [80] 「오귀스트 베들로의 追憶」[81]을 발표한다. 그의 성격·체질·습성을 아는 우리로서는 놀라운 분발과 풍성한 성과라 하겠다. 그 밖에도 계획만으로 좌절된 雜誌 「부엉이 哲學者 Le Hibou philosophe」 창간을 꾀하고, 「포우譯集」 간행을 시도하는 등 대단한 의욕을 보인다.

이 시기에 詩人의 생애에 중요한 몇 가지 만남이 이루어진다. 포우와 마리 도브렁 Marie Daubrun, 사바티에夫人 M^me Sabatier. 이 셋은 모두 그 이전에 만나기는 했지만 본격적으로 경도하기 시작한 것은 모두 1852년부터라는 점도 묘한 부합이라 하겠다. 이 때부터 「惡의 꽃」의 간행까지가 詩人의 생애 중에도 가장 풍요하고 꾸준한 精進期며 성숙기라 할 만하다. 그토록 한창 정진 중이기에, 일과 생활 안정에 큰 방해를 끼치는 잔느 뒤발과의 관계를 영구히 끊을 결심(3월)을 한 것이리라.

**安定 없는 私生活** 그런데 모친과의 관계(義父를 포함하여)는 최악의 긴장상태가 계속되고 있다. 1851년 초에 보낸 편지는 거의 최후통첩 같은 느낌이 들 정도로 강경한 어조다. 〈나의 끊임없는 고통과 사색의 孤獨〉 때문에 다소 마음이 굳어지고 어색한 상태라고 전제하고,

"어머니께서 *vous* 빚어 놓은 나의 어머님에 대한 이런 처지에서는, 전에는 그토록 감미롭던 이런 절차(편지 쓰기—역주)도 다시는 돌이킬 수 없는 최후의 것이 될 것입니다."[82]

먼저 앙셀에게 자기 모친을 〈죄인〉이라고 한 수수께끼 같은 귀절과 아울러 생각하면 48년의 그의 革命行動을 계기로 필시 커다란 충돌이 있었으리라는 추측을 더욱 굳혀 준다. 그리고 다음 표독스런 필치에서 발끈한 詩人의 히스테리症을 또 한 번 느낄 수 있다. 모친이 오랫동안 서신도 끊은 채 (콘스탄티노플에서) 앙셀에 돈을 보낸 점을 〈새로운 모욕〉이라고 분을 터뜨리면서,

"당신은 내게 대한 일체의 博愛心에의 권리를(왜냐하면 나는 母性感情을 운운할 수가 없으니까요) 이미 상실했다는 점을 생각하시오. 따라서 당신은 나 아닌 다른 사람(앙셀—역주)에게 당신의 人情을 보여주는데 관심을 가진 겁니다. 따라서 당신은 후회하고 있는 거죠. 나는, 당신의 참회가 더욱 명백한 用語로, 다른 형태를 취하지 않

---


78) C.I, p. 184.
79) Nouvelles histoires extraordinaires 에 수록됨.
80) Histoires grotesques et sérieuses 에 수록됨.
81) 당시의 題目 : Une Aventure dans les montagne rocheuses, Histoires extraordinairs 에 수록됨.
82) LM du 9 janv. 1851, C.I, pp. 168~9.

는 한, 당신이 즉각, 그리고 완전하게, 다시 한 어머니로 되지 않는 한은, 당신의 참
회의 표시를 받아들이지 않겠읍니다.”

위에 인용한 詩「祝頌」중 모친의 詛呪는 필경 이 시기의 감정과 가장 가까
운 것이리라.

51년 6월에 양친의 귀국 소식을 듣고(그것도 앙셀을 통하여), 역시 ⟨vous⟩로
부른 편지로 만나러 와 달라고 청한다. ⟨결국 어머니는 어째서 저의 위신이 저
로 하여금 어머님 집에 발을 들여놓기를 금하는지를 쉬이 알아차릴 수 있을 겁
니다.⟩ 그러니 자기 위신을 버리지 않고는 양친 집에 다시 발을 들여놓을 수 없
을 만한 事件이 있었음이 분명하다. 그러나 며칠 후에는 이 거리가 별안간 좁
혀져, 전처럼 ⟨tu⟩로 된 애정겨운 편지로 상봉의 약속을 되풀이한다. 파이프 선
물을 가지고 왔다는 말에 어린애처럼 기뻐서 어서 빨리 가지고 오든가, 인편으
로라도 보내라고 조른다. 母子가 상봉하자 그간 맺혔던 감정이 순식간에 풀린
듯, 다시 예전의 극진하게 사랑하는 모자 사이로 되돌아간다. 7월 양친이 마
드리드로 떠나기 직전에 마지막으로 모친에게 보낸 편지에서는, 어머님께 보
답하여 기쁨을 드릴 날까지 건강에 유의해 달라며, 자기는 그 동안 결코 과거의
어떤 무질서한 짓도 되풀이 않겠으며, 끊임없이 일을 하여 빚을 갚고, 그것으
로써 과오를 막는 일상생활의 規制者로 만들겠으며, 다시는 빚을 안 지겠다는
등의 맹세를 거듭하여 소년 시절의 모습을 방불케 한다. 그런데 한 달 반 후에
는, 전에 送金을 하지 말라고 자청한 말을 깨고, 또 다시 송금을 요청한다. 장
문의 편지로 거듭거듭 사과하며,

> “만약 200프랑이 가능하지 못하다면, 150프랑이라도, 만약 150이 힘겹다면 100프
> 랑만이라도(……) (1851. 8. 30)”[83]

이렇게 허겁지겁 애원한다. 역시 소년 시절의 그 버릇이다. 양친, 특히 오픽
將軍과 異腹兄이 法定後見人을 택한 이유를 수긍할 만하다. 그 반면 자기 과
오와 결함에 대한 명석한 성찰력도 여전하다. 같은 편지에서 발자크가 靑年期
에 자기와 비슷한 어리석은 짓과 빚을 진 일을 알았다면서,

> “일함으로써 단지 돈을 벌 뿐만 아니라 異論의 여지 없는 才能도 얻는다는 점을 생
> 각하는 것은 아마도 무척 위안이 되는 일입니다. 그러나 30세 때, 발자크는 벌써 오
> 래 전부터 지속적인 作業의 습관을 붙였었는데, 저는 이때껏 그와 공통점이라고는 빚
> 과 계획들뿐입니다.”

여전히 자기 게으름(意志薄弱)에 대한 채찍질의 계속이다. 그리고 자기가 데
뷔할 때와 문단 풍조가 아주 달라져 엔간한 재능으로는 성공할 수 없다면서,
깊은 자기회의에 빠졌음을 고백한다.

---

83) C.I, pp 175~8.

"가끔 내가 너무 理論家로 되어 버렸고, 너무 책을 읽어서, 무엇인가 솔직하고도 순진스런 것은 구상할 수 없게 되었다는 생각이 듭니다. 저는 너무 유식하고 충분하게 근면하지가 못합니다."

〈순진스런 것은 구상할 수 없게 되었다〉는 자각은 주목할 만하다. 그의 美學이 〈놀라움과 幻想的인 것〉 그리고 神秘로 기울고 있음을 엿보이게 하는 고백이다.

52년에도 궁색은 면치 못하여, 그간 두 번에 걸쳐 〈文學者協會〉에 차용을 신청하고, 5월에 다시 앙셀에게 先拂을 부탁하는 글에서, 그의 정치에 대한 관심의 상실을 토로하고 있다.

"투표 때에 저를 못 보셨죠. 내게는 하나의 기정 방침이었지요. 12월 2일(51년 루이 나폴레옹의 쿠데타—역주)이 저를 物理學的으로 非政治化의 작용을 일으켰죠. 이디 일반적인 관념들은 없어요. 온 파리가 오를레앙派라는 것, 그건 사실입니다. 허나 나와는 상관없죠. 만약 제가 투표를 했더라면, 오직 나 자신에게 표를 적을 수밖에 없었을 겁니다. 아마 未來는 社會落伍者들의 것이 될지 ?"[84]

〈사회 낙오자〉라는 自嘲의 말을 後見人에게 던진 것도 그의 풀리지 않은 원한의 발로다. 이 편지에서 잔느 뒤발과의 訣別을 말하고, 어떤 거창한 사업 경영의 제안을 받았다면서(잡지 創刊件), 약간 흥분된 기대를 토로한다. 그러나 후에 「惡의 꽃」의 出版者가 될 풀레 말라시스에의 편지에는 여전히 時事的인 정치 문제를 이것저것 이야기한 끝에 또 한번 다짐한다.

"그러나 차후 나는 일체의 인간적인 논쟁에는 관여하지 않을 결심을 했소. 그리고 形而上學을 小說에 적용하는 더 높은 꿈을 추구할 결심을 그 어느 때보다 더욱 굳혔소."[85]

그리고 말미에 다시 한 번 〈哲學이 전부〉라는 말로 끝맺어, 이 시기에 傾倒하기 시작한 포우와 메스트르에 자극되었음을 엿보게 한다. 그러나 私生活은 여전히 지리멸렬이고, 여전히 빚에 몰리며, 여전히 화급한 돈꾸기와 애걸의 연속이다. 3월 말 마드리드로 보낸 6페이지에 이르는 長文의 고백 편지가 있다.

"中央우편국 정면에 있는 카페에서, 소란과 주사위 놀이며 당구 놀이 따위의 한복판에서 편지를 씁니다. 좀더 조용히 그리고 좀더 쉽게 省察할 수 있기 위해서죠."[86]

그 소란한 분위기 속에서 더욱 조용히 생각할 수 있을 만큼 잔느와의 동거 생활이 참을 수 없는 고통과 亂脈相에 이른 것이다. 이 편지와 함께 그의 습관대로, 이 시기에 발표된 자기 글을 전부 모아 동봉한다. 처음으로 모친에게 포

---

84) Lettre à Ancelle du 5 mars 1852, C.I, p, 188.
85) Lettre à Poulet-Malassis (20 mars 1852), ibid. p. 189.
86) LM(27 mars. 1852), ibid. pp. 190~6.

우를 언급하며, 그의 생애와 작품을 다룬 글에 지나친 흥분의 흔적이 있음을
고백하며,

"그것은 내가 지금 살고 있는 고통스럽고도 지랄스런 살림살이 때문이죠. 가끔 열
시(밤)에서 열시(아침)까지 일을 해요. 조용한 시간을 갖고, 또 내가 동거하는 여자
의 참을 수 없이 귀찮은 언동을 피하기 위해서 밤에 일할 수밖에 없어요. 때로는 글
을 쓰기 위하여 내 집에서 도망쳐나와 도서관으로, 혹은 독서실로, 혹은 술집으로, 혹
은 오늘처럼 카페로 가는 겁니다."

여기서 잔느에 대한 분노가 폭발한다. 동거 9개월 끝에 더 이상 참을 수 없
게 된 것이다.

"잔느는 단지 내 행복에 방해자가 되었을 뿐 아니라(……) 내 정신의 향상에 방해
자가 되었어요. (……) 전에는 그녀도 어떤 장점들을 지녔었는데 이젠 상실했고, 나
는 좀더 분명히 보게 된 거죠. (……) 어머님을 자기 종이나 소유물처럼 여기는 여
자, 정치건 문학이건 한 마디도 더불어 이야기를 나눌 수 없는 여자, 아무 것도 배우
려 하지 않는 여자(……), 만약 발표하는 것보다 자기한테 더 많은 돈이 들어온다면,
내 원고를 불에 치넣어 버릴 여자(……)."

이렇게 늘어놓다보니 점점 독이 오른 듯, 또 한 번 표독스런 히스테리症이
터진다.

"내가 理性을 좇을 수 없게 되는 경우, 까치발 卓子로 그년의 대갈통을 빠개는 무
시무시한 밤을 생각하게 됩니다."

몇 해 전에 발표한 「殺人者의 술」과 「惡의 꽃」第1部의 첫 詩「祝頌」중의
아내의 저주를 상기할 만하다. 그리고 그의 유명한 反女性의 독설이 여기서 처
음으로 터져나온다. 전에 「젊은 文學人들에게 주는 忠告」와는 딴판이다. 역새
경험을 통하여 〈좀더 분명히 보는 눈〉을 가진 탓일까?

"결단코 생각하기를, 오직 괴로움을 겪고 어린애를 두는 女子만이 男子와 동등하다
는 것입니다. 애를 낳는 것만이 여자에게 윤리적 知性을 주는 것이죠."

그리고 몇 번 되풀이하여 그녀와 아주 인연을 끊고 딴 곳으로 이사를 갈 것을
맹세한다. 이미 방은 예약되어 있다. 그러나 문제는 〈돈〉이다. 상당한 금액의
돈을 주지 않고는 사이를 끊을 수는 없다는 것이다. 그리고 이사 비용, 근처
가게에 청산할 외상값…… 등등. 또다시 애걸. 文學者協會에서는 3번이나 원고
를 약속하고 선불한 채 약속을 이행 못 하고, 책과 원고 그 밖의 서류까지 저
당잡힌 신세다. [87] 이렇게 잔느와 멀어진 애정의 공백을 틈타서 마리 도브렁과
다음엔 사바티에夫人에 거의 같은 시기에 연정을 호소하게 된 것이리라.

---

87) cf. Lettre au Dr Véron (19 Oct. 1852), C.I, p. 204.

**포우, 不可思議한 一致** 그의 친구 아슬리노의 「보들레에르의 生涯」에서 포우의 작품에 접한 때(1847)부터의 열중과 찬탄을 회고한 이래로, 마치 포우가 그의 절대적 偶像이었고, 그의 藝術과 思想·美學에 절대적인 영향과 변화를 가져온 듯이 전해 오고 있다. 더구나 그 자신이 「內密日記」에서,

> 매일 아침 일체의 힘과 正義의 근원인 神에게, 仲介者로서 아버지와 마리에트 그리고 포우에게 기도를 할 것. [88]

> 드 메스트르와 에드가 포우가 내게 推論하기를 가르쳐 주었다. [89]

이렇게 고백함으로써 그런 단정은 확고히 굳어진 듯하다. 게다가 프랑스現代詩에 있어서의 포우 崇尙이 보들레에르 이후 말라르메로 계승되고, 다시 발레리로 이어졌기에 더욱 그렇다. 발레리 역시 그렇게 믿고 있다. 허나 뤼프가 시도했듯이[90] 이 通說도 상당히 수정되어야 할 것으로 보인다.

첫째 아슬리노는 1847년 포우의 첫 佛譯이 발표된 때부터이며, 〈처음 작품들을 읽을 때부터 숱한 점에서 그의 天才를 다듬어 주는 그 未知의 天才의 찬양으로 그는 타오르고 있었다. 나는 그토록 완전하고 그렇게 재빠른 절대적인 習得을 본 적이 없다〉고 하지만, 정작 그가 포우作品集을 구하려고 한 시도는 51년 10월에 이르러서야 나타난다. 그리고 47년부터 2, 3년간은 詩人과 아슬리노 사이에 그리 자주 만날 기회가 없었으니, 처음부터 열중했다는 증언은 믿기 힘들다(회고담에 착오가 많다는 것은 잔느 뒤발에 대한 엇갈린 評에서도 충분히 알 수 있다). 美國의 硏究家[91]의 고증에 의하면, 그가 「포우의 생애와 作品」(52년 3, 4월)을 쓸 때까지 겨우 12편 정도의 단편을 읽었을 뿐이며, 포우의 詩도 文學論도 아직 접하지 못했음을 밝히고 있다. 그리고 그가 발표한 포우 解說 자체가 대부분에 걸쳐 아메리카의 두 가지 해설을 번역하여 적당히 정리한 것에 불과하다는 것도 밝혀진 사실이다. 그러기에 결벽한 그는 후에 포우譯集이 간행될 때, 첫번 해설은 수록하지 않고, 다시 완전한 자기 해설 논문을 써서 卷頭에 실린 것이다. 그러니 그가 본격적으로 포우에 경도한 것은 52년에 그 해설을 발표하고 난 뒤부터임을 알 수 있다.

그런데 먼저도 언급했듯이 詩人의 美學과 文學觀의 주요 원리들은 이미 확립되었거나, 혹은 뚜렷한 체계적인 정리는 못 했을망정 이미 거의 전부가 언급되어 있다.[92] 따라서, 발레리가 포우의 영향에 관한 과장된 통념을 그대로 받

---

88) JI, h, p. 1269.
89) ibid. p. 1266.
90) Rf-B, pp. 80~8.
91) W.T. Bandy. Pichois 와의 共著. Baudelaire devant ses contemporains 가 있다.
92) Conseils aux jeunes littérateurs, Le Fanfarlo, Salon de 1846, Notice sur Pierre Dupont, 그 밖에 이미 발표된 相當數의 「惡의 꽃」의 詩와 준비된 原稿本에서 벌써 그의 性向과 詩學이 드러나 있음.

아들여 단정했듯이, 〈보들레에르의 思想과 예술의 변화의 주요 원인〉[93]이라는 것은 명백히 사실과 어긋난다. 그가 놀라고 心醉된 것은 첫째로 포우와 자기의 성격과 反社會的인 생활 조건·취향 그리고 미학 등의 이상한 일치를 발견한 점, 둘째로 자기 독특한 것(확실히 당대의 프랑스 文學界에서는)으로 알고 있던 것을 이미 먼 나라의 詩人이 벌써 생활하고 글로 표현한 것을 발견한 놀라움과 반가움이다. 다음에 그가 받은 영향이라면, 포우의 자기에 대한 앞지른 共鳴과 그 이론에 의하여, 자기 미학의 재확인과 자신을 얻었다는 점이다. 그리고 무엇보다도 그가 명석하게 밝혔듯이, 강력히 理論化하는 방법, 즉 〈推論하기〉를 배웠다는 점이다. 그 반면 先驅者가 나타남으로써 자기의 獨創性이 상당히 희박해진다는 점에 대한 거북스러움이 따른다. 그런 심리가 곧 그가 포우의 作詩法 Principe poétique에 대한 모호한 태도로 나타난다(Po  集에서 제외함). 우선 자기와의 類似性내지 共感의 고백을 보자.

> 내 속에 놀라운 共感을 자극한 한 아메리카의 작가를 발견했어요. (母親에의 便紙)[94]
> 기질과 風土를 除外하고, 나 자신의 詩와 그 사람(포우)의 시 사이에 뚜렷이 두드러지진 않지만 內密한 類似性, 그 점이 참 이상스럽고, 내가 주목하지 않을 수 없는 것이에요. [95]

다음은 다시 10년 후에, 포우가 자기를 닮았을 뿐만 아니라 주제와 사상까지도 자기를 앞지른 것을 발견했을 때의 놀라움과 心醉와 거북스러움을 넘은 〈질겁〉을 명백히 고백하고 있다. 더구나 자기가 포우를 모방한다는 비난을 받는 虛妄한 일이 있을 정도로. 마네가 고야를 모방했다는 비난에 대하여 그런 〈不可思議한 一致 ces mystérieuses coïncidences〉가 있다는 점을 밝히기 위하여 (Manet는 Goya의 그림을 본 적이 없으니까), 자기와 포우의 경우를 들어 격한 어조로 설명한다.

> "당신은 그런 놀라운 幾何學的인 平行線이 自然 속에 나타남을 의심하십니까? 자, 그럼! 나를, 흔히 내가 에드가 포우를 모방한다고 비난하죠! 당신은 어째서 제가 그토록 끈기 있게 포우를 번역하는지 아십니까? 그가 나를 닮았기 때문이죠. 제가 처음으로 그의 작품을 펴 보았을 때, 저는 제가 꿈꾼 主題들뿐만 아니라, 제가 생각한 「燈臺들」(「惡의 꽃」 중의 名詩)까지, 그것도 그에 의해서 20년 전에 쓰인 것을 보고 질겁을 하고 황홀했읍니다. "[96]

이 진귀한 자료에 나타난 포우를 발견했을 때의 그의 놀라움과 심취의 이유를 告白한 진실성은 의심할 여지가 없다. 누구에게도 정당하게 이해받지 못하는 외롭고 고달픈 〈저주받은 詩人〉이 먼 나라에 얼굴 모를 이미 죽은 자기 兄

---


93) Valéry: Situation de Baudelaire, in Variété II, p. 146.
94) C.I, p.161 (27 mars. 1852).
95) ibid. p. 269 (8 mars. 1854).
96) Lettre à Théophile Thoré (20 ? juin 1864), C.II, p. 386.

을 발견한 놀라움, 〈질겁 *épouvante*〉과 〈心醉 *ravissement*〉와 끈질긴 열성(흡사 그리운 故人에게 祭禮를 드리듯이)이다. 그 고달픈 생활 속에, 그 게으르고 의지 박약한 詩人이, 그 병고와 불안과 가난 속에서, 남의 전작품을 번역한 그 끈기 와 열성을 단순한 문학적인 傾倒만으로 설명할 수 있을까? 그 〈不可思議한 一致〉에서 時·空을 넘은 영혼의 交流(일종의 *Réverssibilité*)를 발견하고 戰慄한 것이 아닐까? 우리가 고증한 사실들과 그의 고백이 그처럼 뚜렷이 일치함에 는 달리 해석할 도리가 없을 듯하다(第Ⅱ篇 〈二元性의 美學〉 참조).

**마리 도브렁, 가을의 愛人**　잔느 뒤발을 저주하며 永久히 다시 만나지 않 겠노라고 맹세하고 헤어질 때, 그는 이미 마음 속으로 그녀를 죽였던 것(아니 그 전에도 여러 번 그랬으리라)이다. 훨씬 전에(1843~48) 쓴 이 詩도 그런 심정을 노래한다(1853년 만찬회 석상에서 처음으로 낭독).

### 殺人者의 술

아내가 죽었어, 난 自由야!
그러니 실컷 마실 수 있지.
전엔 한푼 없이 돌아올 때면
그년 고함에 신경이 갈기갈기 찢겼지.

이제 난 王처럼 행복하이.
공기는 맑고, 하늘도 회한한지고……
내가 년에게 반하게 된 것도
그래 이런 여름철이었지!

가슴을 찢는 이 지독한 갈증
그걸 풀려면 아마도
그년 무덤을 채울 만큼의
술이 필요할걸. ——줄잡은 말은 아니지:

실은 년을 우물 속에 던졌거든.
그리고 그 위에다 우물 변두리
돌들을 모조리 밀어넣기까지 했것다.
——잊을 수 있담 잊고 싶으이!

무엇으로도 우릴 떼어놓을 수 없는
우리 愛情의 맹세를 위해서,
우리 사랑의 도취의 멋진 시절처럼
다시 和解하기 위해서,

난 그날 밤, 년에게 컴컴한
길가에서 만나자고 애원했것다.

년이 왔어! ——미친것이!
다소간에 우리 모두가 미쳤거든!

무척 지친 꼴이었지만 년은
아직도 예쁘더군! 그리고 난 또
너무나 년을 사랑했지! 그래서
말한 거야 "이승에서 꺼져라!"고.

이 내 맘을 이해할 놈 아무도 없어.
이 머저리 주정뱅이들 중 단 한 놈이라도
病에 찌든 밤마다 술로 수의를 삼을
그런 생각을 한 적이 있었던가?

쇠로 만든 기계인 양
不死身의 이 불한당은
여름이건 겨울이건 일찌기
진짜 사랑을 안 적이 없어.

그 엉큼하게 호리는 마술이며,
아비규환의 다급한 不安의 연속,
그 毒藥의 瓶들이며, 그 눈물
그 쇠사슬과 해골 부딪는 소리나는 사랑을!

——이제 난 自由롭고 외톨이구나!
오늘 밤엔 죽도록 취하리라.
그땐 두려움도 悔恨도 없이
땅바닥 위에 벌떡 누울 테다.

그리곤 개처럼 잠들리라!
돌이며 진흙 따윌 실은
육중한 바퀴의 달구지건,
미친 듯 질주하는 貨車건,

죄 많은 내 머릴 짓이기든가
한 허리를 동강내도 무방하이,
난 神이나 惡魔나 聖卓처럼
그까짓 일 내 안중에 없다니까!


　그러나 이 詩의 노래한 바와는 달리, 그래도 여전히 살아가야 하는 그는, 愛
人 없는 공허감에 못 이겨, 마침내 새로운 求愛의 편지를 보낸다. 그 상대자
마리를 위하여 54년부터 구상하고, 5년 동안 집요하게 집착한 劇本의 내용이
또한 이 詩가 原型으로 되었으니 奇緣이라 할 만하다.

하여간 1847년부터 알게 되고, 그 때부터 관계가 시작된 것으로 전해 왔으나, 52년 초에 쓴 것으로 추측되는 긴 짝사랑의 고백 편지가 있어, 마리에 대한 감정의 변화가 최근에 일어난 일임을 알려주고 있다(受信人이 마리夫人으로 되어있음).

　"지난 목요일의 우리들의 긴 對話가 무척 기묘한 것이었던 것을 아십니까? 저를 새로운 상태 속에 몰아넣고 이 편지의 동기가 된 것도 바로 그 對話입니다."[97]

　그런 심리적 변화의 직접 계기가 그런 〈기묘한〉 對話였다면, 그 먼 원인은 우리가 위에서 본 바와 같이, 잔느 뒤발과의 관계가 최악의 상태로 변하고 거리가 멀어진 그 사이의 그 허전한 공백을 메우고 싶은 심리적 補償慾求의 작용으로 해석된다. 그리고 友情이 뜨거운 정열로 변하도록 불을 켜댄 것이 또한 묘하게도 그녀의 다른 남자에 대한 뜨거운 사랑의 고백을 듣고, 어느덧 거기에 자기가 감염되었다는 것이다――우드토夫人과 루소의 사랑의 출발점과 똑같이, 이 점도 상대가 마리 도브렁이라는 추측의 유리한 근거가 된다(마리孃이 아니고 마리夫人이라고 쓴 점과 첫머리에 詩人의 태도 변화 때문에 거북스러워 그녀가 詩人의 친구 畵家의 모델이 되는 것을 中止한다는 사연으로 하여 이 편지의 受信人에 관한 단정에 많은 異論이 있다). 왜냐하면 우리 詩人이 마리와 방빌 간의 사랑에 새치기를 하고 있었음은 이미 알려진 바이기 때문이다. 하여간 루소 이래로 기묘한 사랑의 심리학과 갈랑트리 *galanterie* 의 한 類型이 되어버린 케이스, 한 여자의 딴 男子(친구)에 대한 뜨거운 사랑의 고백을 듣는 동안에 어느덧 자기도 感染되고, 심리적으로 그 딴 男子 자리에 자기를 바꿔치기하려는 경우, 〈새치기 사랑〉이라고나 命名할 만한 패턴을 좇고 있으며, 그 라이벌이 그의 생애의 詩友 방빌인 것이다. 한 번 읽어볼 흥미는 충분하다.

　"이렇게 말하고 비는 한 사내――〈당신을 사랑합니다!〉 그리고 이렇게 대답하는 한 여인――〈당신을 사랑해요? 제가! 천만에요! 단 한 분만이 제 사랑을 가지고 계셔요. 그분 뒤에 오는 남자에겐 불행이 있으리. 그는 오직 저의 無關心과 경멸밖에 얻지 못할 거예요!〉
　그리고 같은 그 사내가 당신의 눈을 더욱 오래 들여다보는 기쁨을 가진 탓으로, 당신으로 하여금 다른 남자 이야기를 하게 만들고, 오직 그분 이야기만을 하게 하고, 오직 그분을 위하여 불타게 하며, 오직 그분만을 생각케 만듭니다. 그 모든 당신의 고백의 결과로 참으로 묘한 일이 일어났읍니다. 즉 저에게는 당신이 이미 단지 욕망의 대상인 한 女人이 아니고, 그 솔직함, 그 정열, 그 싱싱함, 그 젊음, 그 狂氣 때문에 남자가 사랑하게 되는 여인이 되었으니까요."

　이 여인의 눈의 매력에 대한 찬미의 되풀이에서 우리는 「惡의 꽃」의 〈마리

―――――――――
97) Lettre à Madame Marie 〔début 1852?〕 C.I, pp. 180~3.

도브렁篇〉의 詩들을 연상하게 되어, 受信人이 그녀라는 쪽으로 기울게 하는 결정적인 근거가 된다.

"오! 만일 그날 저녁에 당신이 얼마나 아름다웠던가를 당신이 아신다면!…… 저는 감히 당신에게 입에 발린 칭찬을 할 수는 없읍니다. 그건 하도 용렬한 짓이니까요! 허나 당신의 눈, 당신의 입, 싱싱하고 활기 띤 당신의 온 몸이 지금 눈 감은 제 앞을 지나갑니다.──그리고 저는 이것이 결정적임을 분명히 느낍니다.(……) 詩人에게 오로지 不滅의 사랑만을 불어넣을 수밖에 없는 당신의 눈 때문에(……). 제가 당신의 눈을 얼마나 사랑하는지, 당신의 아름다움을 얼마나 높이 평가하는지를 어떻게 당신에게 표현할까요?"

여기서 가끔 그의 詩에서 나타나는 여인의 독특한 美의 한 타이프의 原型을 발견할 수 있다. 즉 어린애 같은 앳된 인상(또는 部分)에 성숙한 여인의 인상(部分)의 結合에서 오는 묘한 매력의 선구적인 발굴이라 할 만하다(映畵에서 최근에야 등장된 이른바 〈애송이 女人 femme-enfant〉型). 그의 美學의 이상하게 앞지른 現代感覺(第Ⅱ篇에서 再論)의 일단이다. 이 새로운 美의 지적은 상대가 마리 도브렁이라는 또 다른 결정적 자료이기도 하다. 왜냐하면, 먼저 본 유다른 눈의 매력과 〈애송이 女人〉의 결합은 「惡의 꽃」의 여인 중 두드러진 〈마리 도브렁篇〉의 특징이니까.

"그것(당신의 아름다움)은 모순적이며 당신에 있어서는 모순되지 않는 두 가지 매력을 간직합니다. 그것은 곧 어린이의 매력과 婦人의 매력입니다."

또 한 가지 흥미 있는 일은 이 마리에 대한 찬양과 플라토닉 러브의 慣用語들──나의 守護天使, 나의 詩神, 나의 마돈나──이 바로 이해 年末에 첫사랑의 편지와 獻詩를 보내게 될 사바티에夫人에 대한 그것과 똑같다는 점이다. 한 해에 두 여인에게 똑같은 표현의 頌詞와 求愛의 편지를 쓴 셈이다. 여하간 마리에 대한 사랑의 고백은 계속된다.

"나는 죽었었고, 당신이 저를 소생시켰읍니다.(……) 당신의 눈이(……) 제게 영혼의 행복을 깨우쳐 주었읍니다.(……) 당신을 위하여, 마리, 저는 강해지고 성장할 것입니다. 페트라르크처럼, 내 로오르를 不滅의 女人으로 만들 것입니다. 제 守護天使, 저의 詩神, 저의 마돈나가 되시기를, 그리고 저를 〈美〉의 길로 引導하시기를."[98]

그러나 그가 되풀이 눈의 매력을 찬양한 것으로 보아, 詩篇마다 그 점을 노래한 女主人公 마리 도브렁으로 단정하여 무방하다.

---

98) Sabatier 夫人을 héroïne 으로 노래한 〈Que diras-tu ce soir……〉의 第4 str. 參照.

그 모든 것[99]도 네 푸른 눈에서 흘러나오는
毒藥만 못하나니, 네 푸른 눈, 거기서
내 넋이 떨며 거꾸로 보이는 湖水……

——「惡의 꽃」중 毒藥[100]

네 視線은 증기로 덮인 듯,
신비로운 네 눈——푸른가, 잿빛 혹은 초록?
정다운가 하면 꿈꾸는 듯 또는 냉혹하게 바뀌며,
하늘의 시름없음과 창백함을 비추나니.

——同書, 안개 낀 하늘[101]

詩人보다 7세 아래인 마리는 조르즈 상드도 그 미모와 연기를 칭찬한 바 있는 여배우로, 중요한 작품의 주역을 맡아 성공을 거둔 적도 있다. 매력 있고 얌전하며, 정확한 臺詞, 그리고 조화로운 음성을 갖춘 여자로, 과연 눈이 아름다왔고, 겸손하며 애수에 젖은 모습으로 전한다. 그러나 좀 비대한 몸매에 이마가 두드러진 편이라 한다. 크레페와 블랭은 우리 詩人과의 관계가 1850~60년간에 걸쳐 계속되었으며, 방빌보다 먼저 마리의 심중에 자리를 차지한 것으로 단정[102]하고 있으나, 위에서 본 편지에서 이미 딴 남자를 사랑하는 여인으로 되어 있고, 방빌 이외의 다른 愛人이 알려지지 않았으며, 게다가 1856~63년간 7년이나 동거 생활을 한 점으로 보아, 거꾸로 방빌이 앞질렀고, 그 후도 늘 그녀의 사랑은 그쪽으로 기울어 있었던 듯하다. 그러나 사바티에夫人에 대한 匿名의 사랑조차 아름다운 詩를 남겼으니, 흡족한 보답을 받지 못한 사랑이래서 名詩를 낳게 하는 데는 조금도 지장이 되지 않았다.

「惡의 꽃」의 第1部 〈陰鬱과 理想〉중 「毒藥」에서 「어느마돈나에게」까지의 9편의 詩가 마리 도브링篇이며, 「旅行에의 초대」와 더불어 가장 많이 애송되는 「가을의 노래」도 그 속에 들어 있다. 〈검은 비너스〉와의 격정적인 사랑에 비하여 훨씬 부드럽고, 前者의 변태성을 포함한 갖가지 官能에 비하여 따스하고 순결한 애정이 主調를 이루어, 가히 〈가을의 사랑〉이란 통설에 부합한다. 그리고 대체로 잔느 뒤발이 〈지옥의 愛人〉이고 사바티에夫人이 〈天上의 애인〉이라면, 마리야말로 〈地上의 애인〉의 자리를 차지하는 셈이다. 「가을의 노래」 II部에서 그 사랑의 성격을 잘 표현하고 있다. 다음 詩에서 〈검은 비너스〉에 정이 떨어지고 지긋지긋해진 空虛期에 위의 求愛의 편지를 내던 심정을 엿볼 수 있다.

---

99) 술과 阿片의 魔力.
100) FM, Le Poison.
101) MF, Ciel brouillé.
102) FM-Crp. Bl, pp. 255~6.

당신은 맑은 장미빛의 아름다운 가을 하늘!
허나 내 속에 슬픔이 바다처럼 치밀었다가는
썰물에 그 씁쓸한 진흙의 아린 추억을
내 침울한 입술 위에 남기는구나.

──네 손길 기진한 내 가슴 위를 스쳐도 헛된 일,
그 손이 찾는 것은, 애인이여, 어느 女子의 손톱과
잔인스런 이빨이 이미 할퀸 곳.
내 心臟을 찾지 마오, 짐승이 먹어치운 것을.
──「惡의 꽃」 중 閑談[103]

**사바티에夫人,** 〈흰 비너스〉 같은 해 12월에 사바티에夫人에 보낸 첫 편지와 첫 獻詩가 나타난다. [104] 匿名이며 1854년 5월까지 7篇의 詩[105]를 보낸다. 〈守護天使〉를 찾는 사람의 욕구가 한 번 마리를 향해 投射되었으나, 저쪽의 무관심에 부딪혀, 대상 없이 浮動하다가 마침내 夫人에게로 定着한 것이다. 마리의 냉담으로 苦杯를 마신 경험으로 하여, 이번에는 사랑의 格을 아주 높여 철두철미 플라토닉한 정신적인 사랑으로 승화시키고 永遠化하기 위하여, 직접적인 관계를 일체 끊어 버린다. 자기 정체까지 숨긴 이유가 여기에 있다. 〈깊은 수치심으로〉 하여 이름을 숨기니 절대로 자기 詩를 누구에게도 보여주지 말라고 간청하며, 전부터 무척 사랑했음을 고백한다. 그런데 사바티에夫人篇(「惡의 꽃」 再版에 10篇, 卷末 補遺篇에 1편)이 모두 한결같이 플라토닉 러브의 頌歌들인데, 유독 愛憎이 얽혀, 사특하고도 대담하게 선정적인 詩, 따라서 후에 삭제 처분까지 받게 된 「너무나 明朗한 女人에게」를 어째서 맨 처음에 보냈는지 의아스럽다. 강한 호기심과 정욕을 자극해 놓기 위함인가?

그대 머리, 그대 몸짓, 그대 태도는
아름다운 風景처럼 아름다와라.
웃음은 그대 얼굴에서
맑은 하늘의 서늘한 바람처럼 노니도다.

그대가 스쳐가는 서글폰 行人도
그대 팔과 어깨에서
光明처럼 솟는 건강으로
환히 밝혀지네. [106]

---

103) FM, Causeries.
104) 9 déc. 1852 C.I, pp. 205~6.
105) A celle qui est trop gaie, Réversibilité, Aube spirituelle, Confessions, Le Flambeau vivant, Que diras-tu ce soir, Hymne. 끝 詩는 1854년에 보냈음에도 불구하고, 1861년 再版에도 수록되지 않았음. 순서가 詩集의 그릇과 전혀 다름에 주목.
106) 「惡의 꽃」 決定稿에는 〈눈부서지네 *est ébloui*〉로 고침.

그대 무단장에 뿌린
요란스런 色彩들은
詩人의 마음 속에
꽃들의 발레춤 映像을 던지는고야.

그 야단스런 옷은
그대 多彩로운 정신의 표상.
내가 미쳐버린 狂氣어린 그대여,
나는 그대를 사랑하는 만큼 미워하노라.

때로 내 斷末의 고통을 끌고 다니는
아름다운 정원 안에서
太陽이 날 비꼬는 듯
가슴을 찢는 아픔이여.

봄과 新綠이 하도
내 마음을 모욕했기에
나는 꽃 한 송이에 대고
〈自然〉의 不遜함을 罰주었네.

그리하여 어느 날 밤,
官能의 시간이 울릴 때면,
나는 그대 몸뚱이의 보물들 쪽으로
겁장이처럼 소리 없이 기어가리,

그대 명랑한 육체를 벌주기 위하여,
그대 후한 乳房을 짓이기기 위하여,
그리고 놀란 深部에
넓고 깊숙한 상처를 내기 위하여,

그리고, 기막힌 감미로움이여,
더욱 찬연하고 더욱 아름다운
그 새 입술을 통하여,
오, 마 쉬외르, 내 피[107]를 注入하기 위하여
　　　　——書簡集에 收錄된 原詩 너무나 明朗한 女人에게[108]


사바티예夫人(1822~1890)[109]을 알게 된 것은 피모당館 시절로 전하고 있어, 그
동안 근 7~9년의 세월이 흐른 뒤에 별안간 짝사랑을 고백하게 된 경위는 이
미 살펴보았다. 〈Présidente〉라는 별명으로 불리던 그녀는 사교계에서 꽤 널리

---

107) 〈피〉는 決定稿에서 〈毒液 venin〉으로 고쳐짐.
108) A une femme (A celle qui est) trop gaie, C.I, pp. 205~6.
109) 本名 Aglaé-Joséphine Savatier dite Apollonie-Aglaé.

알려져 있었으며, 그녀의 모습과 풍만한 肉體美는 클레쟁제 Clésinger 의 胸像
과, 역시 같은 조각가에 의하여 그녀를 모델로 제작된 「뱀에 물린 女人 La
Femme piquée par un serpent」(루브르박물관 所藏)에 잘 표현되어 있다. 부유한
벨기에 한량이 그 풍만하고 아름다운 육체를 독점하기가 아까왔던지, 앞서 말
한 흉상을 조각케 하여 전시했으나 별로 파리쟝의 주목을 끌지 못했던 것이다.
그래서 이번에는 〈어디 두고 보자〉라는 듯이 大理石 全身裸像을 조각케 한 것
이다. 뱀에 물려 꽃밭에 모로 쓰러져 아랫배를 한껏 앞으로 내밀고 온몸을 활
등처럼 젖힌 裸體 포우즈는 매우 도발적이다. 이 조각이 전시되자 온 파리의
화제가 되어, 夫人은 일약 유명해지고 사교계의 한 女王으로 군림하게 된다(포
르셰에 의하면).

　詩人이 짝사랑을 고백하던 시기에 그녀는 벨기에 金融家(Mosselman, 駐佛벨기
에大使와 형제간)의 情婦로 생계를 이어 가고 있었으며, 現 피갈廣場 Place Pigalle
에 위치하던 그녀 집에는 고티에, 뮈세 A. Musset, 공쿠르兄弟, 뒤마 Dumas
père, 막심 뒤 캉 Maxime du Camp, 플로베에르 등, 당대의 文豪들과 클레쟁제
를 위시한 미술가들이 드나들었다. 그녀의 아름다움과 매력에 관하여는 前記
彫像 이외에 모든 文人들의 證言[110]이 일치한다. 플로베에르가 전하는 바[111]에
의하면, 그녀 성품도 〈뛰어나고 特히 건강한 女人〉이며, 착하고, 조금도 잘난
체하지 않으며, 그녀에게는 〈무엇이건 말할 수 있고 또 무엇이건 할 수 있는〉
그런 믿을 만한 女人이었다고 한다.

　그렇듯 활달하고 착하며 명랑하고 건강한 性向에, 산전수전 다 겪은 한량에게
훈련을 받은 여자답게, 異性關係에서도 당시의 풍문대로 무척 활달하여 〈그녀
살롱의 친근한 出入者는 곧 그녀 침실의 출입자〉가 될 만큼 개방적인 여성이
다. 하여간 그 풍문이 사실이라면 우리 詩人의 익명의 짝사랑과 女人의 理想化·
偶像化는 거의 戲畫的일 만큼 현실의 여자에게는 어울리지 않는 태도라 하겠
다. 그것은 차라리 詩人의 강렬한 內面的인 욕구 중의 하나가 사바티에夫人을
대상으로 투사되었을 뿐, 현실의 여인이 이에 부합하고 안 하고와는 별개의 문
제인 듯하다. 즉 〈검은 비너스〉型의 여인과 이에 대응되는 사랑의 類型의 욕
구가 있고, 그 욕구가 잔느 뒤발을 대상으로 얽어 정착했고, 그 갈등에 지쳤
을 때, 평범하고 온순한 여인과의 아늑하고 다사로운 사랑에 대한 갈망은 그
對役으로 마리 도브렁을 택했듯이, 좀더 높이 승화되고 理想化된 플라토닉 러
브에의 욕구가 자기 對役으로 〈흰 비너스〉쪽으로 기울어 이에 정착한 것이다.
그리고 이 세 가지 유형의 사랑에 어느 정도 상대방이 어울리기만 한다면, 특히

---

110) Théophile Gautier: Notice pour l'edition de 1868 de FM. Lettres à la Présidente.
　　Judith Gautier: Second rang du collier.
　　Goncourt: Journal
　　Flaubert: L'Education sentimental 중 元帥夫人의 모습의 모델로.
111) cité in FM-Crp. Bl, p. 253.

사바티에夫人의 경우는 자기와는 기질적으로 正反對로 명랑·건강·활달하기에 그만큼 이성 간의 사랑의 引力이 강하게 작용한다는 원리에 부합하므로(마치 Marcel Proust의 戀愛觀에서처럼), 각기 성격을 달리하는 〈사랑의 코메디〉의 對役에 어울리는 扮裝과 특성들 qualités은 이쪽에서 꾸며 주며 補完해 주는 것이 사랑의 원칙이다. 따라서 현실의 여인은 반드시 완전한 조건을 갖출 필요도 없고 또 現實界에는 있을 수도 없는 일이다.

그리하여 우리가 후에 다시 볼 수 있듯이 對役의 扮裝이 벗겨지고 여인의 생살과 알몸이 (사랑의 코메디의 對役이 아닌 實在 그대로의 女人의 모습이) 드러날 때까지는, 사바티에夫人은 여전히 구름 위의 〈수호천사〉, 〈흰 비너스〉의 자리에 높이 모셔질 수 있다. 그리고 이 세 類型의 사랑에 대한 욕구가 詩人 속에 공존하는 이상, 세 가지 사랑이 시간적으로 중첩되더라도 별로 기이한 일은 아니다. 중요하고 다행스런 일은, 그 세 가지 類型의 욕구가 각기 對役을 얻어, 아름다운 詩篇을 잉태케 했다는 사실이다.

오늘 저녁 무엇을 말하겠나, 가엾은 외로운 넋이여,
내 마음, 예전에 시든 내 맘이여, 무엇을 말하겠나,
그 성스런 視線이 홀연 너를 다시 꽃피게 한
지극히 아름다운, 지극히 어진, 지극히 사랑스런 그녀에게?

(…………)

어둠 속이건 또는 고독 속이건,
거리에서건 혹은 군중 속이건,
그녀 환상 횃불처럼 허공에서 춤추네.

때로 그 환상 입 열어 말하기를 : "나는 아름다와, 내 命하노니,
날 위해서 오직 〈美〉만을 사랑하라.
나는 守護天使, 뮤즈이자 마돈나이니라."
　　　　──「惡의 꽃」 중 그대 오늘 저녁 무엇을 말하리[112]

때로는 거의 신앙의 경지에서 사랑하는 이의 〈功德〉을 애원한다. 그녀의 〈명랑〉·〈善〉·〈건강〉이, 그녀의 祈求의 功德으로 내게 옮아와서, 나의 陰鬱 (spleen : 고뇌·수치·悔恨·嗚咽…… 등)과 〈증오〉·〈熱病〉·〈주름살〉 등을 지워 주고, 그녀의 〈幸福과 기쁨과 光明〉을 나누어 달라는 엄숙하고 간절한 連禱를 드리는 것이다. (「惡의 꽃」 중 「功德」)[113]

이 〈흰 비너스〉──그것은 보들레에르의 〈詩의 종교〉의 最高神이다──가 마침내 높은 臺座에서 내려와, 詩人의 발 밑에 한 여자로 전락하는 운명의 순간을

112) FM, Que diras-tu ce soir,……
113) FM, Réversibilité.

후에 보게 될 터이지만, 匿名의 짝사랑의 편지는 1852년 12월 9일에 시작되어 54년 5월 8일에 이르기까지 다섯 번 씌어지고(적어도 書簡集에 수록된 바로는), 사연 없이 詩만을 보낸듯 2번을 합쳐 7편의 詩가 바쳐진다. 그리하여 그녀는 「惡의 꽃」 중 「永遠히」에서 「香水瓶」에 이르기까지 10편의 詩想을 제공해 준 女主人公으로 자리잡는다. 위에 인용한 경건하고 종교적인 사랑의 대상과 수호천사의 役 이외에도 「저녁의 諧調」와 「香水瓶」의 신비와 상징성이 짙은 名詩를 낳게 한다.

## 4. 地獄의 변두리

풍성한 만남과 꾸준한 정진의 한 해 뒤에 다시 침체와 비참 속으로 굴러떨어진다. 1853~54년 2년간은, 이미 위에서 본 바 上昇(분발·정진)·下降(침체·마비상태)이 교체된 詩人의 생애의 리듬 중에도 가장 처참한(적어도 「惡의 꽃」 刊行까지는) 곤궁과 침체의 시기로 접어든다. 그러기에 대개의 傳記는 별로 활동이나 사건이 없는 이 시기를 극히 간단히 취급하고 넘긴다. 그러나 우리가 보기에는 이 시기에서 여러 가지(특히 그의 〈陰鬱과 理想〉의 비밀, 執念 등) 뜻깊은 사실과 시사를 얻을 수 있기에, 예외적으로(다른 傳記에 비하여) 좀 자세히 뒤밟아보기로 한다.

창작 활동으로는 53년에 에쎄이 「장난감의 모랄」[114]이 발표되었을 뿐이고, 늘 쫓기고 허덕이면서, 그래도 劇作品의 구상에 항상 집착하면서도 끝내 집필을 못하고 여러 번의 기회를 놓친다. 소년기부터 항상 계획의 실천을 뒤로 미루는 그 의지박약증의 탓도 있지만, 그토록 잠시도 安定을 얻지 못하고 줄곧 쫓기고 몰리는 생활의 연속이었던 것이다. 義父 오픽씨는 그가 섬기는 다섯 번째의 정치체제(1852년 12월 2일 第2帝政 宣布) 밑에서 거듭 영달하여, 元老院 議員으로 피임(1853년 3월)된 것과는 기막힌 대조를 드러낸다. 그의 건전한 世俗人의 정확한 처세를 따르지 않고, 그의 敎導와 人生修鍊을 거부하고 〈태양에 취하〉는 〈失格된 아이〉, [115] 즉 저주받은 詩人이 걸어야 할 〈十字架의 길〉[116]과의 대조일 밖에 없다. 그러나 이 전락의 밑바닥에서도 버리지 못하는 몇 가지 집념과 구원의 끄나불을 끝내 놓치지 않고 있음을 볼 수 있다. 그리고 그것이 詩人에게 어떤 의미를 가지며, 어떤 역할을 하는 것인가를 이 암담한 시기에 더욱 뚜렷이 파악할 수 있다.

어리석음·과오 52년 3월 27일附로 모친에게 긴 편지로 〈저에게 굉장한 共感을 자극한 한 아메리카 작가〉를 발견했다고 알리고, 그에 관한 글을 쓰려 해도 잔느 뒤발과의 동거생활이 엉망이어서 도저히 쓸 수가 없으며, 단연코

---

114) Morale du Joujou (in Monde littéraire), 17 avr. 1853.
115) *L'enfant déshérité s'enivre de soleil.* FM, Bénédiction.
116) *Chemin de la croix.* ibid.

그녀와 영구히 訣別하겠노라고 결의와 호소를 적어 보낸 지 만 1년이 지났다. 과연 그는 그 1년간 혼자 지냈다. 1년 후 53년 3월 26일에 마드리드로 보낸 더욱 긴 편지[117]에서 (어쩔 수 없는 궁지에 몰려 감당할 수 없는 외로움과 고뇌에 사로잡힐 때마다 모친에게 긴 편지를 쓴다) 특히 年末에 더욱 처참한 처지에 몰렸음을 알린다——그것도 〈나의 狂氣〉, 〈바보 짓〉 때문에. 사연인즉은, 첫째, 새로 이사간 집 女主人이 〈奸計와 고함소리와 속임수로 하도 괴롭히기에〉 예전의 습관대로 말 한 마디 않고 그 집을 나와버렸다는 것이다. 그런데 결국 그 집에 살지도 않으면서 방세만 쌓이게 내버려두는 〈어리석음〉을 저질렀고, 원고며 책들 서류 일체를 그 집에 놔두고 나왔다는 것이다(필경 그 쌓인 방세로 해서 그 〈치사스런 계집〉이 그의 所持品을 몽땅 저당물로 잡은 모양이다). [118]

둘째 〈어리석음〉은 드디어 대망의 포우譯集 「怪奇譚 Histories extraordinaires」의 출판이 실현될 단계에 저질러진다. 마침내 出版主[119]와 계약을 맺고, 지난 1월 10일까지 원고를 넘기도록 합의를 보고 先金을 받는다. 그는 譯版을 위한 판권 문제까지 프랑스주재 美國領事에게 문의하며 일을 서두른다. 그런데 원고와 일부 原書들이 모두 그 셋방에 잡혀 있는 것이다. 책을 다시 사서 번역을 해서(필경 卷頭의 포우研究論文 포함) 출판사에 넘겼지만, 첫 몇 장의 組版이 된 후에 보니, 교정이나 修正이 불가능할 만큼 엉망이어서 조판을 파기할 밖에 없게 된다. 〈내 실수〉로 그렇게 되고 보니, 그 손해를 배상하지 않고는 자기 체면이 서지 않게 되었다. 그래서 조판비의 半額을 자기가 배상하고, 일은 중단된 채 책상 위에 놓여 있다. [120] 〈이젠 안심하시오. 당신은 여러 해 전부터 出版主를 구하고 있는데, 내가 당신의 일을 맡겠소. 당신이 쓰는 것 일체를 내가 출판하지요〉, 이렇게 극진한 호의와 신뢰를 보여준 그 出版主에게 면목이 없어 3개월 전부터 편지도 못 쓰고 만나볼 용기도 나지 않는다는 것이다. 실로 少年 시절부터 나태와 사고(처벌)를 자책할 때마다 〈저의 어리석음 sottise〉을 되풀이 사과하던 일을 想起할 때 「惡의 꽃」의 序詩의 첫 귀절 〈어리석음, 過誤……〉란 말이 새로운 뜻으로 약동할 지경이 아닌가.

이 일만 제대로 진행되었던들 〈새 생활의 출발점〉이 되고, 곧이어 出版主

---

117) C.I, pp. 210~217.

118) 母親에게 마지막 호소하기 5개월 전에 이미 1852년 10월 19일 日刊紙 Constitutionnel社 Dr. Véron에게 저당잡혀 있음을 호소. C.I, p. 204.

119) Victor Lecou. cf. Lettre à Victor Lecou (13 Oct. 1852), C.I, p. 203.

120) 이 出版 전말에 관하여 모든 Chronologie(C.I.를 포함)에 언급이 없다. Porché 는 〈눈에 띄게 윤색된〉 이야기로 돌리고, 단지 그의 원고가 약속된 1월 10일까지 넘겨지지 않은 탓으로 수포로 돌아갔다고 한다(Pch-B, pp. 206~29). 그러나 出版主 V. Lecou 에게 보낸 편지(1852년 10월 13일)의 追伸으로 校訂刷 同封을 摘記하였고(C.I, p. 203), 1852년 12월 11일부 L'Illustration 紙에 Poe의 Souvenirs de Muguste Bedloe 를 게재시에도, V. Lecou社에서 Histoires extraordinaires 라는 제목으로 〈다음달에 刊行될 책에서 뽑은〉 작품이라는 註記가 붙었으며, 보들레에르가 이 편지를 쓴 후에도 Lecou社는 1853년 3월과 5월의 카탈로그에 〈印刷中〉이라는 예고를 하고 있어(cf. C.I, notes, p. 821), 이 편지의 내용을 뒷받침하고 있다.

말대로 그의 詩集 간행, 未刊의 「諷刺畵家 Caricaturistes」(〈그 망할 년의 집에〉 잡혀 있는 원고)와 함께 「美展評 Salons」의 재판 등이 속속 실현될 것이었다. 그뿐인가, 오페라 新作과 劇作品의 청탁[121]도 잇달아 들어오고 있는 터이다.

그러나 궁핍과 생활의 亂脈相 *désordres*에 하도 심한 〈無力 *atonie*〉과 〈憂愁 *mélancolie*〉에 빠져 꼼짝못하고, 모든 약속을 어기고 말았다는 것이다. 이런 상태는 이미 〈지난해 4월부터 지금까지〉 계속되고 있으며,

  "이전의 亂脈, 그리고 끊임없는 궁핍, 메워야 할 새 赤字, 자질구레한 골치거리로 인한 精力 감퇴, 결국 한 마디로, 저의 夢想傾向이 모든 것을 망쳐 버렸어요."

이처럼 잠시도 마음 편할 사이 없이 돈 때문에 몰리고 빚장이에 쫓기는 생활의 亂脈과 궁핍에 겹처, 병까지 그를 덮친다. 胃腸病 외에도, 이번에는 그 자신이 분명히 지적한 〈신경병〉까지 (우리가 少年時節에 이미 그 豫徵을 진단한 바, 여기서 명백히 *j'ai des maux de nerf insupportables* 라고 처음으로 自認) 그를 짓누른다.

  "하지만 이 지긋지긋한 생활과 火酒(곧 없애버리겠읍니다만)가 제 위를 몇 달 간에 망쳐버렸어요. 그리고 게다가 참을 수 없는 神經病에 걸렸어요——꼭 女子들처럼 말입니다. ——하기는 피할 수 없는 일이죠."

우리가 少年期에 몇 차례 포착한 그 豫徵대로 음성으로는 〈게으름〉, 실은 후에 自認하듯이 침체 *marasme*·마비 *engloutissement*, 여기서 말한 無力 *atonie* 등으로 나타나며, 양성으로는 히스테리症으로 나타나는 그것이다. 아울러 우리가 누차 지적한 意志薄弱도 명석하게 自省하고 있다.

  "意志와 能力 사이의 이 불균형이 저에겐 무엇인가 이해할 수 없는 일이에요. 義務와 유익한 것에 관하여 그토록 올바르고 뚜렷한 생각을 가지면서도, 어째서 저는 항상 그 反對의 일을 하는 것일까요?"

참으로(少年期에 인용한 대로) 누가 옆에서 정말 채찍으로 후려치며 일을 강요해 주었으면 하는 생각이 일어날 만한 일이다. 덧붙여 간과할 수 없는 일은, 이 궁지에서 드러나는 그의 뜨거운 인정과 義父에 대하여 깊이 숨겨 온 묘한 콤플렉스의 뜻밖의 노출이다. 첫째, 잔느에 대하여 別居는 할망정 그녀에게 계속 한 달에 2, 3回씩 조금씩 돈이 생기는 대로 갖다 주는데, 지금 그녀의 병이 중태라는 것이다. 바로 1년 전 모친에의 편지에서 그녀에 대해 그토록 저주하고 분노를 터뜨리기는 했건만,

  "그러나 막상 그런 파멸과 그토록 깊은 상심을 눈 앞에 보니, 눈에 눈물이 핑 돌고 ——한 마디로 가책으로 가슴이 꽉 찹니다. (……) 끝으로 나 같은 사람은 어떻게 처신할 것인가를 그녀에게 보여주지 않고, 저는 줄곧 방탕과 放浪生活의 본보기만을 보

---

121) 오페라件은 이때껏 考證되지 못하였으나, 劇은 그 후 2년간 집필 못 한 채 내내 執念이 되어, 그 構想(Ivrogne)만 가지고 열중함을 볼 수 있다.

여주었지요. (……) 다른 모든 面에서와 마찬가지로 이 방면으로도 저는 죄인이 아닌가요?"

둘째로, 포우譯書가 나오면 義父에게 特選紙에 아름다운 장정의 제본을 하여 贈呈하고 싶었다는 고백이다.

"그분과 저 사이에는 어떤 情的 交流도 불가능하다는 것을 저는 잘 알고 있어요. 허나 그 (……) 책의 贈呈이 (만약 실현되었더ᅡ면—역주) (……) 저의 敬意의 증거이며, 저도 그 분의 敬意(詩人에 대한—역주)에 집착하고 있다는 증거임을 그분도 깨달았을 것입니다." (이상 脚註 117)

그가 미리 꿈꾸고 있던 이 뜻밖의 선물로써 항상 두려움을 느끼게 하고 자기를 위압하던 義父에게, 자기도 이 방면에서 어엿한 文人으로 한 사람 구실을 하고 있다는 증거를 보여주고 싶었던 것이 아닐까? 어린 시절부터 나약한 사내 가슴 속에 꿋꿋하고 당당한 軍人義父에 대하여 응결되었던 劣等 의식의 解消 욕구의 발로로 볼 만하다.

깊은 深淵 속에서 *De Profundis Clamavi* 여기서부터 정이 통하지 않는 義父는 물론이고, 모친까지도 詩人으로서의 그와 交感이 없고, 더구나 〈저주받은 詩人〉의 고뇌를 나눌 길 없는 〈깊은 深淵 속〉으로 빠져들어간다. 편지마다 돈 구걸, 빚장이에 몰리는 안타까움, 그 受侮 *honte, avanies*, 〈어리석은 짓〉으로 俗人들에게 들볶이는 私生活과 집필할 겨를없는 지리멸렬한 생활, 〈비열한 계집〉 셋방 女主人과의 싸움…… 등등.

"참으로 지독한 사기꾼들, 그 얼마나 비열한 사람들! 이렇게 살다니, 얼마나 지쳐 빠지는 일인가!"[122]

그런데 이 심연 속에서 그와 함께 괴로와하고 함께 신음하며, 같이 느끼고, 같이 생각하는 넋이 있다. 時·空을 넘어 〈불가사의한 一致〉를 통하여 그를 부르고 끌어당기는 포우의 넋이다. 이 궁지 속에서도 끝내 그의 작품 번역에 매달린 그 집념을 이해할 만하다.

"이젠 어머님도 이해하시겠어요? 어째서 나를 에워싸는 이 지긋지긋한 孤獨 속에서 제가 그토록 에드가 포우의 天才를 잘 이해했으며, 어째서 제가 그의 끔찍스런 생애를 그토록 잘 記述했던지를 말입니다."[123]

그 밖에 끝내 그를 奈落으로 굴러떨어지지 않도록 비추어 준 두 줄기 빛이 있다. 하나는 동시에 진행된 現世的인 따스하고 인간적인 사랑(마리 도브링), 또 하나는 암흑 속에서 天上界의 빛을 잃지 않고 매달리게 한 수호천사 *ange gardien* (사바티에夫人)가 그것이다. 이 각각 성격을 달리하는 救援의 求心點이 그의 생

---

122) *Quel fatique de vivre ainsi!* LM(20 avr. 1853), C.I, pp. 218~9.
123) LM(26 mars. 1853), op. cit.

활에 어떻게 작용하고, 그 심연 속에서 어떤 기능을 하는가는 다음에 살피기로 하고, 먼저 그 심연 깊숙이 뒤밟아 보기로 한다.

벌써 1845년부터 「레스보스의 女人들」이라는 總題 밑에 詩集近刊을 예고해 오다가, 48년 革命 참가 때의 민중과의 共感을 계기로, 反社會的 패륜의 기발한 제목을 버리고 「地獄의 邊境」(Limbes, 地獄의 변두리, 또는 古聖所)로 개제하여 근간 예고를 되풀이한다. 詩集 總題의 참뜻은 어떻든 간에, 이 시기의 그의 발자취는 참으로 地獄의 변두리까지 이른 흔적을 점철해 보인다. 53년 4월 20일 모친의 응급 지원으로, 그 〈비열한 계집〉과 세 차례 싸운 끝에 옥신각신야 겨우 끝나고 책과 서류를 찾아온다(메모장 2권과 내의 등 日用品을 도둑맞은 것을 발견).

> "장소와 시간(긴 편지를 쓸 만한—역주)이 없어서 어머님이 제게 베푼 도움을 제가 얼마나 고맙게 또한 부끄럽게 생각하는지를 이루 말씀드릴 수 없읍니다."[124]

역시 4월에는 채권자들이 보낸 執行人들의 포위 감시에 꼼짝못하다가 마침내 탈출, 〈남에 눈에 띄지 않는 수상쩍은 여관〉에 투숙하고 있으며, 무일푼이니 2일간의 숙박비를 보내 달라고 모친에게 호소.[125] 4월 24일 文學者協會 長에게, 단편소설 한 편으로 갚을 테니 내일 필요한 60프랑을 선불해 달라고 (사정이 허락치 않으면 그보다 少額이라도 可) 구걸(前年에 거절당했음에도 불구하고). 5월, 필경 위에서 모친에게 호소한 빚장이 등쌀 때문인지, 베르사이으로 도피 1개월간 묶여 지낸다. 일설[126]로는 친구(6歲 연하의 放蕩兒 文學靑年 Philoxène Boyer)와 함께 외상으로 숙박시켜 주던 주막에 묵으며, 파리로 돈을 구하러 갔다가 허탕을 치곤 하여, 한 달 동안 〈묶여〉 있었으며, 이 시기에 친구 아슬리노에게 〈와서 해방해달라〉는 처량한 편지를 세 번이나 썼다고 한다. 다른 證言[127]에 의하면, 너무 고급 호텔에 들었다가 숙박비가 밀리자 짐을 押留당한 채 쫓겨나와 오랫동안 방황한 끝에 娼家로 피난처를 구하여 묵고 있으며, 詩人은 그 집에 〈묶여〉 있고, 친구가 파리에 와서 구원을 호소하더라는 것이다. 이러한 상황은 바로 이 궁지에서 〈守護天使〉에게 보낸 詩篇들의 해석과 詩人이 사바티에夫人에게 떠맡긴 配役의 깊은 뜻을 새로운 각도에서 이해하게 해 준다 (後述). 이미 3월 26일附 편지에서, 世波에 지쳐빠지고 침울증에 시달리다 못해서, 〈한없이 잠들고 싶은 욕망이 가끔 저를 사로잡는 때가 있어요. 그러니 이미 잠들 수가 없군요, 줄곧 생각을 하니까요〉[128] 하는 비통한 고백을 하고 있다. 이럴 때 그가 女人의 품에서 구하는 것은 생각을 잊기 위한 官能의 마비

---

124) C.I, pp. 218~9.
125) ibid. p. 221.
126) Asselineau : Recueil d'anecdotes in Crp-B, p. 295.
127) Emile Geidan : Vieux Souvenirs d'un étudiant de 1852 (Cités in CG. I, pp. 207~8 note 4)
128) LM, C.I, p. 213.

와 지겨운 현실의 忘却이다.

### 忘却의 江[129]

내 가슴 위로 오렴, 냉혹하고 귀먹은 넋이여,
熱愛하는 범, 시름 없는 기색의 怪物이여.
내 떨리는 손가락을 네 육중한 머리 갈기
그 깊은 속에 오래오래 잠그고 싶구나.

네 냄새로 가득 찬 치마 속에
지끈지끈 아픈 내 머리 파묻고,
꺼진 우리 사랑의 새큼 달치근한 냄새를
시든 꽃인 양 들이마시고 싶구나.

잠들고 싶어! 사느니보다 차라리 잠들고 싶구나!
죽음인 양 모호한 잠에 잠겨서,
구리처럼 닦인 네 희한한 육체 위에
내 恨없이 입맞춤을 펴나가리.

내 嗚咽을 달래 삼켜 버리는 데는
네 잠자리의 深淵만한 것 또 없어라.
네 입 위에는 강인한 忘却이 깃들여
네 입맞춤 속에 忘却의 江이 흘러드는구나.

이제부턴, 내 달콤한 사랑아, 宿命지어진 사람처럼
내 운명에 順從하리라.
자기 熱情으로 刑苦에 불을 지피는
고분고분한 受難者, 무고한 受刑者로,

일찌기 따스한 情이 깃들인 적 없는
그 오뚝한 앞가슴의 매혹적인 젖꼭지에서,
忘憂湯과 毒唐根을 빨아
내 怨恨 가라앉히리.

《地獄의 변두리》에 몰려 이렇듯 절망과 자포자기의 방탕——獻詩「讀者에게」
에서 노래한 바, 그 地獄으로 내려가며 快樂을 훔치는 蕩兒처럼——의 몸부림과
對錘를 이루는 것이, 바로 여기서 사바티에夫人에게 보낸 詩「功德」·「精神的
黎明」의 祈求와 天上의 빛에 대한 갈망이다.

이 베르사이으 도피의 소동이 어떻게 끝났는지, 6월 27일附 모친에게 〈오
늘 아침에는 하도 쓸쓸하고 기분이 편치 않으며 불만스러워〉, 義父가 신경통 치

---

129) Le Léthé(그리이스 神話) 地獄을 둘러싸고 있는 〈忘却의 江〉. 같은 잔느 뒤 발篇의 FM 의
De Profundis Clamavi 에서도 같은 테마의 詩句.

료를 위해 온천으로(예전에 그가 父母와 첫 긴 여행을 경험한 피레네山中의 바레쥬溫泉) 떠나는데 고별 방문도 못 가겠다는 편지를 쓴다.

7월 1일, 모친이 퍽 많은 돈을 보내 준 듯, 꽤 기운을 회복한 내용의 편지를 쓴다. 短篇集(포우) 4권을 간행해야겠는데, 그 중 한 권만이 계약되어 그 돈은 이미 〈먹어 버렸〉으며(전술한 조판 도중에 파기된 것), 두 편의 劇[130]을 쓸 작정임을 피력한다. 그리고 〈앞으로 한평생 되는 대로 작품을 내지 않을 것만은 확실하다〉고 거듭 作家로서의 양심과 결벽성을 다짐한다. 9월에는 난데없이 哲學・數學者 브롱스키 Wronski의 학문에 관하여 조사할 일이 있다고 앙셀에게 책을 구해 달라는 부탁을 한다. 뜻밖의 호기심이다.[131] 10월 말 다시 다급해진다. 모친에게 돈 사정(後見人 앙셀의 돈 계산의 엄격함과 그에게 通事情하는 일에 侮辱感과 넌덜머리가 나서, 이후부터 자주 모친에게 구걸하거나, 모친이 앙셀에게 먼저 先拂 허락 통고를 보낸 후에 그에게 타쓰는 방법을 취한다)—— 1) 방세 40프랑, 2) 옷代金 60프랑, 3) 11월 한 달 꼬박 두문불출하여(돈 꾸러 나다니거나 빚장이에게 성화를 받지 않고) 집필하기 위하여 100프랑이 필요하단다. 그래서 꾹 틀어박혀 있을 수만 있다면, 이 〈不幸한 책은 한 주일 후에 끝날 것〉이라고 여전히 포우譯集 간행에 집착(실현된 것은 1856년, 아직 2년 3개월이 더 지체된다!). 나머지 3주간에 「諷刺畵家」(이것도 4년 후 1857년과 다음 해 10월 말에야 겨우 발표), 그리고 劇作品 구상…….

11월, 엎친 데 덮친 격으로 잔느 뒤발의 모친 死亡. 그는 그 장례비를 자기가 부담하는 것을 당연한 일로 믿고, 140프랑 중 부족액 60프랑(아파트 월세가 40프랑이니 꽤 많은 비용이다)을 모친에게 꿔 달라고. 이것을 가장 긴급한 義務로 알고 있는 그의 심정은 母親에게 전례 없이 단호한 어조로 표현된다——〈(평소의 訓戒 편지는 그만두고, 못 주시겠으면) 딱 잘라 거절하시오, 아니면 돈을 보내시오.〉 그 금액은 〈확실히〉月末에 (18일附 편지) 갚아드리겠다고(물론 갚지 못한다). 12월에 접어들자 점점 더 다급하고 더욱 처참해진다. 모친에게 갚아드리겠다고 약속한 돈을 보내지 못한다는 변명(모친은 처음부터 믿지 않았을 터이지만)과 3, 4일 후에는 꼭 갚겠다는 약속(물론 지키지 못한다)과, 그간 2주간 重病을 치렀다는 사연을 적어 보낸다. 그리고 喜消息이라면서 첫째, 포우出版을 계약한 出版主와 和解가 성립되었고(그러나 出版社는 곧 팔리게 되고 따라서 포우出版은 포기됨), 둘째로 政府 기관지(Le Moniteur, 따라서 元老院議員인 義父 집에 配布됨)에 곧 일련의 포우短篇들이 연재되기 시작할 것이며, 그래서 〈이달에 500 내지 700프랑을 벌 것이지만, 그건 얼마나 적은 금액인가!〉하고 예의 버

---

130) 아마도 이해 초에 計劃으로 끝난 La Fin de don Juan과 앞으로 1년간 집요하게 언급될 L'Ivrogne(구상만으로 끝내 未完).

131) 그가 구하는 著書 : Réforme du Savoir humain; La Théorie mathématique de l'économie politique; Le Secret Politique de Napoléon; Le Faux Napoléonisme. C.I, p. 231(정확한 著書名은 해당 note 參照).

룻대로 김치국부터 마시고 있다(이것도 실현되지 않았음). 12월 10일. 喜消息은 간데 없고, 울며 구걸하는 편지다. 난로의 땔감도 돈도 다 떨어져 아주 궁지에 몰려 있다.

　"어쩔 수 없이 꽁꽁 언 손가락으로 침대 속에서 집필을 하지 않도록, 그리고 3일 간 먹고 살 수 있도록, 얼마라도 좋으니 곧장 보내주기를 바랍니다."[132]

그래도 여전히 이달 안으로 꾼 돈은 갚겠노라고 다짐한다.

12월 16일 이번에는 후에 그의 「惡의 꽃」의 出版主가 될 친구에게[133] 또다시 〈얼마라도 좋으니 약간의 금액〉을 우편으로 송금해 달라――며칠만이라도 편히 중요한 執筆을 끝내기 위하여――〈내달에 그 뚜렷한 결과가 나타날 것〉이란다(물론 아무 결과도 나타나지 않는다, 다음해 7월 하순까지는). 이어 〈영구히 분노·죽음·恥辱과 무엇보다도 나 자신에 대한 不滿으로〉 점철된 자기 生活을 하소연한다. 〈내 어리석음〉이 한몫 낀 일련의 〈실수〉 때문에 1년을 고스란히 허송세월을 했는데, 앞으로 4권(역시 포우 번역을 가리킴)의 출판 준비를 해야 하며, 3편의 劇을 써야 하는데, 보름은커녕 〈단 하루조차 일할 돈이 한푼도 없다〉고 털어놓는다. 歲暮와 더불어 慘狀은 가중된다. 잇달아 모친에게 4통의 호소 편지를 쓴다. 12월 26일, 생활의 亂脈相에 대한 모친의 질책이 암담하고 절망적인 정신 상태 Spleen, marasme 를 더욱 뒤헝클어 놓을까봐 두려웠음인지, 모친이 보낸 편지를 이틀 동안이나 開封 않은 채 테이블 위에 놓아 두었다면서(바로 散文詩 「못된 유리장수」에서 예로 든 평소 겁장이가 별안간 뜻밖의 당돌한 행동을 한다는 경우의 原型), 이상한 고백을 한다.

　"제가 沈滯狀態 l'état de marasme 중에 받은 편지들을 석 달 후에야 겨우 개봉한 적이 있었어요. 그런데 어머님 글씨를 보니 (……) 내 敵들(債權者―역주)의 글씨와 같은 공포감을 주기 시작하는군요."[134]

〈조금도 내게는 숨기지 말라〉――질책 중에도 이 한 마디의 母情에 감동했음인지, 다시 사정을 털어놓는다. 하도 궁핍에 몰려 몸단장이 추악한 꼴이 되었으리라는 모친의 걱정에 대하여, 〈누더기를 걸칠 지경이건, 어엿이 살건 간에, 저는 한평생 내 몸단장에 늘 두 시간을 바쳤어요〉 하고 왕년의 당디다운 단호한 자존심을 보인다. 그럼 밤낮 곧 나온다던 책은?

　"나 같은 생활을 해 본 사람이라면 누구나 나를 이해할 거예요. (……) 그럼 말하죠! 저는 한 달에 닷새도 편한 날이 없었어요."

그러니 집필을 끝낼 경황이 없다는 것이다. 실정을 털어놓으면 사실 왕년의

---

132) C.I, p. 237.
134) Poulet-Malassis. 당시 Alençon에서 印刷所와 新聞社를 경영하고 있어, 간혹 파리에 다녀가면 처지였음.
134) C.I, p. 240.

당디 끌이 말이 아니다. 하의 속엔 두 개의 내의를 맞추어 입고, 째진 상의도 제법 기워 입을 줄을 알며, 창이 구멍뚫린 구두에는 짚이나 종이를 깔고 신고 다녀도 조금도 마음 고통은 느끼지 않는다고——이미 가난에는 적응된 심정이다. 허나 옷이 더 찢어질까봐, 몸을 급격히 움직이거나, 너무 걷는 것도 삼가야 할 지경에 이르고 있다고 털어놓는다.

"凍傷에 걸리지 않고, 내 一擧一動에 신경을 쓰지 (옷이 더 찢어질까봐——역주) 않고 걸어다닐 수 있고, 적어도 16일간 중단 없고 쉴새 없이 일할 수 있을 만큼 충분한 돈을 지니는 것——이것이 저의 固着觀念이에요."

그러나 지금 당장 필요한 돈 100프랑이 생긴다면, 〈저는 구두도 내의도 사지 않을 것이며, 옷을 마추러 가거나, (잡힌 물건을 찾으러) 전당포에 가지도 않겠어요〉. 그보다 더 급한 용도는 실로 잔느 뒤발의 모친을 假葬한 무덤을 파서 새로 사들일 葬地에 改葬하는 일이다. 그리고 그 자신이 몸소 나서서 처리하는 것이다. 그는 이 일을 단호하게 〈피치 못할 의무〉로 여기노라고 강조한다. 그러니 앙셀에게 통고하는 先拂 허락을 부탁한다는 것이다. 이번에도 먼저 첫 장례 때처럼 당연한 〈의무〉를 위한 先拂이라는 생각에서인지, 평소 같은 구걸하는 어조가 아니고 당당히 요구하는 어조다. 관계는 좀 이상하지만 그러나 義理와 情誼에 대한 그의 騎士道 같은 정신을 엿볼 수 있다. 덧붙여 한 가지 주목할 점은 종래의 俗說과는 달리, 잔느 뒤발의 모녀와 詩人과의 관계가 뜻밖에 아주 가족적인 친밀한 사이였음을 이 편지에서 드러내 보이고 있다. 즉 그가 〈피치 못할 의무〉로 여기는 것은, 자기가 급할 때면 마지막 한푼까지 털어 주던 女人의 改葬이라는 것이다.

"不平도 탄식도 하지 않고, 무엇보다도 忠告도 하지 않고, 자기 마지막 生活費까지 내게 내준 女人의 改葬."

그가 일부러 밑줄까지 친 〈무엇보다도 충고도 하지 않고〉는 어머니 가슴을 겨눈 바늘끝이다. 과연 같은 날에 부랴부랴 보낸 第2信에서, 그는 너무 난폭하고 가시돋친 표현을 사과하며, 근래 〈내 성미가 깔깔해져서 *mon caractère s'est aigri*〉 때로 말투가 나빠진다고 해명한다. 少年期에서 확인한 바, 싹싹하고 온후한 성격이면서도, 때로 별안간 발끈하는 히스테리症과, 그것을 스스로 자인하는 明察 *clairvoyance*을 다시 한 번 例證해 준다. 아울러 시인이 自省 자인한 그 〈깔깔해진〉 성미로 하여, 자기 과거와 가족들에 대한 〈원한의 회고적 逆流〉 현상이 助長되었음을 확인시켜 주는 대목이기도 하다.

섣달 그믐날에는 아침과 정오 두 번 모친에게 편지를 쓴다. 이 편지에서 모친과 앙셀이 돈 문제에 관해서 그에게 취하는 방법을 알 수 있다. 改葬費는 선불해 주되, 衣服代는 현금으로 주는 것이 아니고, 앙셀이 거래하는 의복점에 저 외상거래하도록 소개장을 보내는 방법이다. 이런 속박과 모욕에 대한 그의 혐오, 특히 돈 문제에 지독히 까다로운 앙셀에 대한 혐오는 절정에 달하고 있다. 하여간 헐벗은 상태로 섣달 그믐날을 넘기는 심정은 비통하기만 하다. 〈저의 헐벗은 상태 때문에 8일 이상이나 틀어박혀 있어야만 했기에(……)〉, 그래 그럭저럭 外出할 수 있는 옷차림을 갖추기 위하여 필요한 支出內譯을 자세히 적어서 역시 선불을 주선해 달라는 사연. 그래도 그 〈망할 놈의 책(포우譯集)〉에의 執念은 여전하다.

> "이렇게 예정하면, 46프랑이 제게 남을 것인즉, 그것으로 한푼 한푼 먹어가며, 그 망할 놈의 책을 8일 내지 10일 안에 끝장내도록 힘써야죠."

여하간 이 시기의 궁핍과 厄運과 침체·무력 상태 중에도 앙셀에게 연거푸 선불할 때마다, 그 불쾌감과 귀찮은 절차(모친의 허락 통고) 때문에 잔 신경을 쓰는 그의 처지가 우리 눈에도 무척 딱하게 보인다. 정오에 다시 모친에게 第2信으로, 앙셀이 선불 금액에 오해가 없도록(너무 자주 하는 일이어서 때로 계산 착오를 하는 모양이다), 금액을 거듭거듭 강조하고 나서, 〈아 참! 옷을 해 입는 데 얼마나 外交 절차와 노력이 필요한가!〉하고 한탄한다. 그리고 해를 넘기며 새해의 決意——

> "이 어려운 고비를 넘기고 4, 5일간 일을 할 수 있도록 해 주시오. 그뿐더러 초하루부터 30일까지 외출하지 않겠어요. 오랜 상처에 대한 일종의 燒灼(인두질)療法처럼, 어떤 일이 있어도 맹렬한 작업이 필요해요."

1854년 한 달 外出을 안 하겠다고 했건만, 아직 〈燒灼法 *cautérisation*〉 치료도 할 겨를이 없이 핍박했던지, 1월 3일附 모친에게,

> "어디선가 나를 기다리고 있는 돈을 찾으러 가기 위하여 부득이 外出하지 않을 수 없었어요. 그리구 讀書室에서 일을 하기 위하여 책까지 가지고 나왔지요."

54년 1월 28일, 오데옹 Odéon館의 主役俳優(H. Tisserant)에게, 〈그런데 이제 나는 문자 그대로 무일푼이에요. 20, 25프랑이 지금처럼 갇혀 살 때는 한 週間의 내 生計가 되지요.〉이렇게 통사정을 하며 돈구걸을 한 연후에, 오래 전부터 구상해 온 희곡의 주제에 관하여 처음으로 구체적인 개요를 설명한다.[135] 主題歌까지 정하고 있지만, 구상뿐이고 아직 한 줄도 집필은 시작하지 못한 채다. 그 줄거리는 곧장 「惡의 꽃」의 먼저 인용한 「殺人者의 술」을 상기할 정도로 같은 뿌리에서 싹튼 구상임을 알 수 있다.[136]

---

135) C.I, pp. 257~61.

136) 과연 Asselineau의 증언에 의하면 1853년 Philoxène Boyer(Versailles로 같이 도피하여 묶여 있던 친구)가 초대한 만찬회 席上에서 그가 朗誦한 Le Vin de l'assassin을 듣고, 上記한 배우 Tisserant이 그에게 劇으로 각색하라는 권고를 했다고. Ch. Asselineau: Baudelaire, Recueil d'anecdotes, in Crp-B, p. 293.

1월 31일, 모친에게도 〈어떤 다행한 일이 생겨, 곧 매우 커다란 결과를 가져올 것〉이라면서, 오데옹館에서 상연될 5막짜리 大劇本 계획을 알린다. 〈궁핍과 飮酒癖과 범죄에 관한 것〉이라면서, 신이 나서 곧 착수할 것처럼 말하고 있지만, 겨우 上記 배우가 관심을 가지고 고무해 주었을 뿐, 구체적인 진행은 없다(모친도 이젠 그의 숱한 계획쯤에 기대를 걸지는 않게 되었으리라). 이 喜報(?)의 편지 末尾는 지난해 3월의 방세事件 이래 줄곧 모친이 부담하는 방세 40 프랑 청구다. 한 주 후, 2월 6일, 아주 이번엔 불이 난 듯이 급하다.

"어머니, 이러쿵저러쿵할 것 없이, 어떤 일이 있어도——어떤 일이 있더라도 말입니다——아시겠어요? 어떤 일이 있어도——바로 오늘 안에 200프랑의 금액이 필요해요."

무슨 일인지 설명 없이, 그저 앙셀에게 先佛同意를 보내 달라는 것이다. 몹시 흥분한 모양이다.

"만일 그 돈을 구하지 못하면, 제 신세가 어떻게 될지, 전혀 모르겠어요. 내 책들을 모조리 불살라버리고, 다시는 아무 일도 않고, 結果에 대해서는 두 눈 딱 감을 밖에 없어요."

앙셀을 찾아가서 호소했다가, 그가 모친의 동의가 없어 선뜻 응하지 않아, 그의 테이블에서 쓴 편지다——말미에 〈무엇보다도 우선 저를 구해 줘요〉. 다음날 또 한 번 막다른 궁지에서 자기 〈수호천사〉에게 匿名 편지와 詩 한 편씩[137]을 보낸다. 위에서 언급한 〈地獄의 변두리〉에서의 사바티에夫人의 역할과 그녀에 대한 天上的인 사랑의 깊은 뜻과 그의 深層意識 속에 응결된 욕구를 여기서 더욱 뚜렷이 엿볼 수 있다(後述).

2월 23일, 매월 8일에 내던 방세 40프랑을 앞당겨 보내 달라는 편지. 〈8일 전부터 폭풍우(빚의 독촉—역주)를 피하여〉 어느 호텔[138]에 머물러 있다고. 사연인즉 〈갑자기 일이 잘 되어갈 것으로 예측〉하고, 빈 방을 또 하나 차지하여 방을 두 개 쓰고 있기 때문에 방세가 100프랑이 되었다는 것——내용은 다를망정 역시 〈어리석은 짓〉에는 少年期와 변함 없고, 이 모자간의 드라마는 갈수록 태산이다. 그래도 아직 포우刊行의 집념은 여전하여 「世界新報 Le Moniteur」를 찾아가야겠다고. 3월 8일, 또 앙셀에게 선불 승낙 통지를 해 달라는 모친에의 호소. 그러면서도 포우의 新刊原書를 구하여 모친에게 보내며(母親이 런던에서 태어났음을 想起), 〈잃어버리지 마시오, 특히 남에게 빌려주지 말아요〉 하고 되풀이 부탁한다. 〈資料를 2部씩 가지고 있으니까 부탁하며, 지금으로서는 이 책이 필요치 않다〉면서도, 그 궁핍 중에 新版本마다 사들이는 그 열성에서 집

<hr>

137) Le Flambeau vivant; *Que diras-tu ce soir*…….
138) Hôtel d'York, 現 Etna-Hôtel, 주소는 그가 註記한 대로 61, rue Saint-Anne.

념의 깊이를 엿볼 수 있다. [139] 그리고 그 이유를 처음으로 뚜렷이 고백한다.

"무척 이상한 일, 그리고 제가 주목하지 않을 수 없는 일은, 뚜렷이 두드러지게 나타나지는 않지만, 저의 詩와 이 사람의 詩 사이의 內密한 近似性 *ressemblance intime* 입니다. 기질과 風土를 제외하고 말입니다."

다시 劇本에 언급. 3월 13일 모친에게 다시 돈 이야기(165프랑 先拂을 요구한 데 대하여, 앙셀은 〈正直한 인색〉으로 75프랑을 보냈으며, 금액이 부족하니 쓸 데다 쓰지 못하고, 절약도 아니며, 오히려 딴 데다 써버리니까 낭비가 되며, 사태는 더욱 심각해진다는 그의 묘한 財政狀況), 또 다시 모친에게 보낸 포우新刊本에 언급, 저명한 장정의 名匠에게 보내서 장정을 맡기되, 다음과 같이 주문해 달라고, 新裝幀에 관한 자세한 지시——그의 아주 치밀하고 엄격한 名匠 기질의 일면과, 당다 취미는 비단 자기 몸단장으로만 그치는 것이 아니라는 것을 알 수 있다. 4월 13일, 모친에게 4월 9일로 만 33세를 맞고 감개무량한 양,

"4월 9일에 저를 생각하셨나요?——혹독하게 (생활의) 秩序를 제게 요구하는 이 운명적인 날, 33세의 날."

그리스도가 十字架에 못박힌 33세. 새삼 자기의 無爲와 생활 亂脈相에 처연한 심정. 여기서 또 한 번(그리고 마지막으로) 〈수호천사〉에 대한 匿名의 獻詩[140]를 보낸다. 동봉한 편지에서 우리가 앞에서 몇 번 간취하고 시사한 그 깊은 심리적 계기가 더욱 뚜렷이 드러난다(後述).

5월 18일, 모친에게 또다시 셋방을 옮겼음을 알린다. [141] 내의류가 아주 떨어져서 좀 사고 싶고, 잔느에게 돈을 좀 보내야겠다고. 다달이 보내 주는 방세 40프랑을 앞당겨 보내 주면, 20프랑은 자기가 쓰고 나머지 20프랑은 잔느에게 보내겠노라고 호소. 끝으로 다시 劇作品에의 집착을 표시. 6월로 접어들며 좀 활기를 되찾아 포우 번역 발표를 위한 교섭을 활발히 벌인다. 親政府「立憲 Le Constitutionnel」紙와 역시 일간지 「르 페이 Le Pays」 兩紙의 지배인을 겸임하던 분[142]에게 신문 연재를 주선해 달라는 청탁 편지를 연속 두 차례 쓰고 있다. 처음엔(3일) 포우 번역 원고가 〈그토록 오랫동안 어디서나 퇴짜를 맞고〉있으며, 특히 「르 페이」紙 편집자에게 미움을 받고 있다고 한탄하며, 兩紙의 편집고문에게 이미 원고를 넘겼으니 좀 밀어 달라고 요청한다. 둘쨋번 편지(10일)는 이미 연재가 확정될 줄 알고 신문사와 관계가 있는 事業家에게 돈을 꾸러 갔더니, 신

---

139) 〈*Tu sais la peine que j'ai eue à colectionner ces diverses éditions*〉, C.I, p. 269.

140) Hymne. FM에 수록치 않고 Bruxelle에서 간행한 Les Epaves에 수록. FM에 수록하기에는 이미 같은 테마의 시가 들어 있고 作品이 좀 미흡하다고 판단한 듯.

141) 그의 소지품과 서류를 압류했던 〈비열한 계집〉의 집 60, rue Pigalle에서 피신하여 Hôtel d'York, 61 Rue St-Anne에 머무르다가, 다시 Pigalle街의 집으로 돌아가 있었음. 세번째의 숙소카 Hôtel du Maroc 35 rue de Seine.

142) 한때 프랑스의 新聞王 Armand Dutacq.

雷雨 속에 익은 열매들　153

문사 사환이 와서, 편집고문은 아직 신문 연재가 확정되지 않은 것으로 생각다
고 있으며, 그가 맡은 원고 내용이 〈매우 괴상하고 매우 文學的(비현실적, *bien
excentique et bien littéraire*)〉인 것으로 여기고 있다고 전하여, 그만 돈도 꾸지
못하고 무안만 당했음을 알리며, 좀 화급히 개입해 달라고 간청한다.

　첫 편지에서 詩人 자신도 〈한 天才的 作家가 모든 파리 발표 기관에서 마
치 惡童처럼 퇴짜를 맞았다는 것은 참으로 너무나 우스꽝스러운 일입니다〉라
고 개탄하고 있거니와, 문제의 편집고문이 신문 편집자에게 보낸 포우 작품의
신문 연재 적부에 관한 보고의 편지를 보면, 당시의 常識이 포우의 작품을 어
떻게 보고 있었는지, 또 역자가 이때껏 번번이 당했을 발표상의 애로를 짐작
할 수 있다.

　이 편집고문이 「立憲 Le Constitutionnel」紙에 연재될 보들레에르譯 포우의 글
들에 관하여 적어 보낸 판단과 의견을 요약하면 다음과 같으며,[154] 그것은 후에
詩人 자신의 「惡의 꽃」이 받게 될 일반 常識人의 비판과도 일맥상통하여 흥미
롭다. 첫째, 〈괴상하고 뛰어난, 이상하고 미묘한 文學에 속하여〉 그 추종자들
이 극히 제한되어 있으며, 둘째로 너무 추상적이고 너무 非正常的 *anormal* 인
성격이어서, 신문의 대중녹자에게는 맞지 않는다. 확실히 포우에는 〈幻覺的
이며 독자를 놀라게 하는 탐구력과, 어딘가 기이하고 놀라운 超自然界를 뒤헤
치는 환상적 열정〉이 있음을 인정하지만, 요는 〈그의 작품이 과연 우리 독자
에게 보낼 만한 것인가?〉라는 의문으로 끝난다.

　그러나 결국 6월 25일부 모친에게 〈그 문제는 마침내 타결이 되었어요〉하
고 宿願의 喜報를 알리게 된다. 그 반면 너무 조급히 발표하려는 조바심 때문
에 2,000 프랑 상당의 원고를 불과 700 프랑으로 양도했으니 1,300 프랑의 손해
를 보았다고 아쉬워한다. 그러나 여기서도 그의 주착없는 금전거래와 항상 김
치국부터 먼저 마시는 버릇(생활의 亂脈의 한 원인)이 노출된다.

　　"아마도 내일 〈帝政의 기관지〉인 「르 페이」紙와 계약을 맺을 것입니다. 그리고는
　그것을 저당으로 미친 놈처럼 돈을 꾸러 다닐 거예요. 한 달 후에는 전 작품이 나올 것
　입니다."[155]

　덧붙여 며칠 안에 「立憲」紙에도 3편이 실리게 될 것이라지만 실현되지 않았
다. 그뿐이랴, 마치 餘勢를 몰아 일사천리로 해치우려는 듯이, 〈곧 열심히 내
시나리오들[156]에 골몰해야겠는데〉, 그 이유인즉 1,000 내지 2,000 프랑을 차
용할 수 있기 위해서다. 그런데 여기서부터 이름은 밝히지 않지만 마리 도

<hr>

154) Cf. Lettre-rapport de Lefranc à Césena (13 juin) citée in C.I, Notes, p. 858.
155) LM.(25 juin 1854) C.I, p. 281. 과연 다음달 25일부터 다음해 4월 20일까지 Poe 의 HE(怪
　奇譚)와 NHE 가 斷續的으로 연재. 단행본 간행이 실현된 것은 1856년 3월.
156) 여러 번 언급한 그의 집념인 劇 L'Ivrogne 와 그 밖에 La Fin de Don Juan, 혹은 Le Marquis
　du I" houzard(모두 構想이나 脚色槪要로 끝남) 등을 가리킨 듯.

브렁에 대한 관심과 극진한 배려가 자주 書簡集에 나타난다. 실은 구상 중의 劇作品 「주정뱅이 L'Ivrogne」에 대한 열성도, 그 여주인공의 배역을 배우인 마리에게 맡기고 싶은 욕망으로 부채질되어 있음을 알 수 있다.

한 달 후(7월 21일) 〈내 머리 속에 팽이 돌 듯〉하는 고달픈 사연을 모친에게 호소한다——자기가 아무리 다급하게 돈에 몰려도 늘 천하태평으로 대하는 앙젤, 사슬로 옭아맨 듯 끊을 수 없는 지긋지긋한 짐이 된 처참한 몰골의 〈검은 비너스〉, 밤새도록 일하다가 아침녘에 겨우 눈을 붙이면 〈허! 아직 자는 거요?〉하고 매일 아침 찾아오는 아롱델 Arondel(1843년 피모당館의 첫 당디 시절 때부터 그의 가장 크고 끈질긴 債權者. 옛 家具・美術・骨董品商), 집필해야 할 〈내가 지금 명예를 걸머진 作品〉 극작품…… 등. 게다가 어머니의 편지는 항상 돈이야기——〈돈, 돈, 그것이 어머님 편지에서 제 생각과 부합하는 유일한 점〉이란다. 물론 아들이 하도 돈 거래에 常規를 벗어나고 줄곧 돈에 몰려 돈 타령만 하기 때문에 그렇겠지만, 모친은 「惡의 꽃」 간행 후 詩人의 재능과 독창성을 높이 인정한 후에도, 항상 〈더욱 수지맞는 형태의 작품 활동〉을 하지 않는데 대한 아쉬움을 숨기지 않았다. [157]

하여간 待望의 포우 연재가 시작됨에 따라 침체・마비 상태에서 벗어나, 〈이제 저는 강요된 나날의 작업을 하기에 이르고, 갑자기 규칙적인 일의 습관을 붙여야만 하게 되었〉으니, 포우야말로 그 〈地獄의 변두리〉에서 그를 끌어낸 실질적인 救世主라(정신적으로는 사바티에夫人을 수호천사로 삼았지만) 할 만하다.

이 편지에서도 〈돈 좀 보내 주시오〉라는 慣用文句가 있었지만, 3일 후에는 그리 절친하지도 않은 文人 친구(Arsène Houssaye, 당시 Comédie-Française 支配人)에게 무일푼을 호소하며 며칠 동안 돈을 꿔 달라는 편지를 쓰고, 다시 4일 후에는 음악평론가에게 오페라 코믹의 입장권을 부탁하며, 역시 무일푼이어서 청을 드린다고 밝힌다. 같은 날(28일) 모친에게는 역시 빚장이(Arondel)를 피하는 숨박꼭질이며, 〈한 무더기의 건달 악질들〉의 방문 공세로 정신차릴 수 없다는 사연, 포우 연재를 시작함에 있어서의 인쇄 착오며 誤植件, 밤이면 인쇄소에 가서 교정을 보며 시간에 쫓기는 近況을 알린다. 〈이 참을 수 없는 번역의 피로 중에도〉, 희곡을 쓸 겨를을 갖고 싶다는 집착을 되풀이하고, 역시 돈 이야기(月例의 방세 40프랑 송금 재촉)로 끝맺는다.

8월 1일에는 앙셀에게 50프랑 선불을 부탁(문면으로 이미 100프랑을 타서 잔느에게 주었음을 알 수 있다). 포우 연재는 자주 중단되지만, 그럭저럭 꾸준히 끌고나간다(이 무렵의 번역과 신문 연재의 實況은 친구의 회고담으로 후에 보충).

8월 5일 이후 포우 연재 중단(9월 12일까지). 7월의 연재분 고료로 200프랑을 받았건만, 아롱델은 여전히 매일 아침에 찾아와서 잠을 설치게 하며, 그간 앙셀과 그를 대면시켰으나 해결이 안 되어, 더욱 못살게 군다는 사연을 모친

---

157) cf. Lettre d'Asselineau à Poulet-Malassis (1866 ?) citée in BdC.

에게 호소(8월 14일). 20프랑만 보내 달라면서 처음으로 마리의 이름을 대며, 가엾은 그녀의 생일 선물을 위한 것임을 밝힌다(문면으로 보아 그녀에 관한 이야기는 이미 모친에게 알렸음). 전부터 미뤄 오던 에쎄이 「웃음의 本質」과 「諷刺畵家論」이 곧 발표될 것으로 여기며[158](실은 각각 다음해 55년과 57년에야 발표), 〈萬事를 사전에 준비한다는 조건 밑에, 금년 겨울에는 돈 사태가 터질 것을 확신〉한다는 부푼 꿈으로(실은 이미 번번이 보아 온 대로의 김치국부터 마시는 식의 철없는 기대일 뿐) 끝맺는다.

다음 편지(8월 22일)에도 역시 돈 20프랑을 보내 달라면서 마리에 대한 지극한 배려(某극장 出演 교섭)와 극작품(「주정뱅이」)을 9월 초순에 끝낼 작정이라는 계획을 알린다. 실은 이 두 가지가 서로 연결성을 가지며, 마리를 女主人公으로 그 극장(Porte-Saint-Martin)에서 공연하게 되기를 바라는 것이다. 그는 포우의 연재 中斷期을 통하여 매우 열정적으로 그 일을 多方面에 걸쳐 운동하지만, 극작품은 집필도 않고, 公演 교섭에만 열중하는 점도 그다운 일이다. 끝으로 생활의 不安定을 한탄하는 침통한 고백[159]——

　　"바에서 살아야 하는 필요성 때문에 시간을 낭비하고, 때때로 閱覽室이나 혹은 카페에서까지도 집필을 하게 됩니다. (……) 대체 저는 언제나 집에 사환과 식모를 두고 살림을 꾸릴 수 있게 될까요?"[160]

8월 5일 이후 중단되었던 포우 연재가 9월 13일에 다시 계속, 이달 중에 6회에 걸쳐 6편이 실린다. 꽤 꾸준한 노력을 한 셈이지만, 실은 궁핍 속에서 1회分에 20프랑씩이라는 고료의 매력도 크게 그를 채찍질한 것으로 추측된다.

포우 연재 중단 때부터 계속해 오던 극작품(未執筆) 공연건과 특히 마리를 위한 열성적인 진력이 드디어 주효하여, 11월 8일부에는 당시 마리가 출연하던 극장(La Gaîté)의 지배인(Hostein)에게 편지를 낸다. 디드로 Diderot의 희곡에 관한 이야기 끝에, 자기가 구상 중인 「주정뱅이」를 언급한다. 이 편지를 보관하던 분의 설명으로 그 전말을 보충할 수 있다.[161] 즉, 詩人이 자주 구상 중인 「주정뱅이」 이야기를 하며, 男子主人公으로는 당시 극장〈明郞 Gaîté〉에 출연 중인 名俳優(Rouvière)를 지목하고, 그 上演者는 극장 지배인(Hostein)이어야만 한다는 말을 했기에, 그를 지배인에게 소개했더니, 대뜸 둘어 意氣投合하여, 모든 점이 그의 뜻대로 합의되었는데, 〈불행히도 생활의 궁핍에 묶여서, 보들레에르는 영 희곡을 끝맺지 못하고 말았다〉는 것이다.

그 궁핍은 여전하여, 11월 14일附로 文人協會에 60프랑 先拂(후에 적당한

---

158) 전에(52년) E. A. Poe, sa vie et ses ouvrages 를 발표한 Revue de Paris 와 교섭 중. 다음 편지에서는 확정된 듯이 모친에게 알리고 있으나 실현되지 않았음.

159) Hôtel du Maroc 에서는 숙박만 하고 외식을 (자주 마리 도브렁과 함께) 하기 때문.

160) C.I, p. 290.

161) Le Maréchal의 note explicative, cité in C.I, p. 870 (notes).

신고를 보내기로 하고 신용대부)을 요청한다. 해마다 그의 陰鬱症이 유달리 심해지는 12월이다. 그럴 때마다 하는 습관대로 모친에게 긴 편지(4 p.)를 쓴다.[162] 〈저의 이상한 생활〉, 날마다 뜻밖에 일어나는 〈분노・言爭・난처한 일・뙘박질과 집필〉이 교체되는 생활을 호소하며, 당장의 참상을 털어놓는다.

"옷을 입을 수 있을까? 與否는 말 않겠어요. 남의 눈길을 끌지 않고 거리를 걸을 수 있을까? 그까짓 일은 관계 없어요. 허지만 누워 있기를 甘受하고, 옷이 없어서 하는 수 없이 자리에 누운 채로 있어야만 할까요? 끝으로 약간 평온과 자유가 꼭 필요한 이 마당에(이따금 오직 신문 일에만 몰두해야만 하는 수도 있고, 매일 아침 校正刷를 기다리는 처지니까요), 몇몇 사소한 빚에 좌우되는 그 休息을 얻기를 기대할 수 있을까요?"

이 기회에 다시 앙셀과의 돈 문제의 까다로움과, 자기 돈을 타 쓰는 것이 무슨 〈구걸 같은 고통스런 느낌〉을 주는 모욕감을 되씹으며, 또 한 번 그 法定後見宣告를 원망한다.

"아 당신네들은 제게 이 무슨 受侮를 당하게 만든 것이며, 나 같은 사람을 그런 따위 슬픔으로 들볶게 하고 무슨 기쁨을 느끼는 것인가요?"

이렇게 탄식하고 나서,

"제 머리 속은 난도질을 당했어요. (……) 결국 제 일생은 처음부터 天刑에 처해졌고 dammé, 영구히 處刑된 거예요."

만년에 이를수록 고정관념이 되고, 散文詩에서 번번이 나타나는 생각 〈내 一生은 天刑에 處해졌다(地獄에 떨어졌다 ma vie a été damné)〉의 첫 부르짖음이다. 地獄의 변두리에 선 이 신음과 함께 새삼스레 同伴者가 그리워진 듯,

"同居生活로 되돌아가겠어요. 정월 9일에 르메르 Lemer 양(잔느 뒤발) 집에 자리잡지 않는다면, 다른 女子 집으로 갈 거예요. 어떤 대가를 치르더라도 제게는 가정이 필요해요. 그것이 일을 하고 돈을 적게 쓸 수 있는 유일한 방법이죠."

여기서 다른 女子란 이 시기에 가장 가까이 지낸 마리 도브렁이다. 잔느와는 52년 3월에 袂別을 결심한 이래 실로 2년 8개월 만이지만, 여기서 그녀를 끌어댄 것은 모친에 대한 일종의 위협인 듯하다. 여하간 이 〈地獄의 변두리〉 時代에 처한 詩人과 동시에 진행된 3명의 戀人과의 관계, 그녀들에 대한 詩人의 미묘한 심리적 갈등과 움직임을 살펴볼 적절한 기회에 이르렀다.

3명의 愛人 〈끔찍스런 猶太 계집 곁에 있던 하룻밤〉에 아름다운 모습을 그리며, 그 〈싸늘한 눈동자〉의 非情을 원망할이만큼 애끊게 사모했고, 45년 自殺騷動 때는 자기 全財產의 상속자로까지 지명했던 〈검은 비너스〉에 대한

---

온갖 형태의 정열과 사랑은 48년에 벌써 〈의무〉로 돌보아주는 짐이 되었고, 외로움에 못 이겨 동거생활을 시작했다가, 52년에는 도저히 그 이상 저주스런 생활을 계속할 수 없어 〈永久히 곁을 떠나〉〈다시는 그녀를 만나지 않겠노라〉고 헤어짐을 보았다. 그러나 곧 그녀의 비참한 꼴을 보고 오히려 죄책감을 느끼고, 別居는 할망정 〈한 달에 두세 번씩 돈을 주러〉 찾아가며, 그녀 모친의 死亡時에는 자신이 궁지의 밑바닥에 몰린 처지임에도 불구하고, 그 장례와 그 후의 移葬까지를 자기가 도맡아 치르는 일을 가장 긴급한 〈의무〉로 여김을 보았다.

그런데 〈내의를 꼭 사고 싶군요, 內衣가 전혀 없어요〉라고 모친에게 호소한 편지(1854년 5월 18일)에서, 바로 이어서 잔느에게도 돈을 보내고 싶으며, 자기가 기대하던 고료 先拂 1,000프랑을 받았더라면 〈그 중 300프랑은 잔느에게 주려던〉 것임을 밝히고, 우선 아쉬운 대로 月例의 방세 40프랑을 모친이 앞당겨 주면, 그 절반은 그녀에게 보내겠노라고 한다. 그런데 이토록 지나칠 정도의 義務感과 情誼에 스스로 얽매여 있는 반면에, 그녀의 꼴은 이미 남이 볼까봐 두려울 정도로 零落의 지경에 빠져 있음을 고백한다.

　"나는 그녀가 이리로 날 만나러 오는 것을 금했어요. 내 흉칙한 교만심 때문에 그랬지요. 전에는 아름답고 건강하며 우아한 여인으로 남들이 알고 있던 바로 내 여자가 한심하고 병들어 제대로 차려입지도 못한 꼴을 남에게 보이고 싶지 않아요."

한때는,

　　이루 헤아릴 수 없이 깊은 슬픔의 地下窟,
　　〈宿命〉이 나를 몰아넣은 그 속에서,
　　장미빛 밝은 빛이라곤 한 가닥도 들지 않는 곳
　　거기서 나는 어느 희롱하는 〈神〉에게, 嗚呼라!
　　어둠의 畵布 위에 그리도록 처형된 畵家인지고.

이럴 때에 그곳을 찾는 訪問客이 있으니,

　　나는 아노라 내 아름다운 訪問客을——
　　그녀다! 검지만 허나 빛나는 그녀.

——「惡의 꽃」중 幽靈 I. 암흑[163]

이렇듯 깊은 암흑 속에 찾아드는 한 가닥 光明이었던 그녀, 허나 지금의 꼴은,

　　우릴 위하여 활활 타오른 불을
　　〈疫神〉과 〈死神〉이 말끔히 재로 만드는구나.

163) FM, Un Fantôme, I Les Ténèbres.

그토록 뜨겁고 다정턴 그 커다란 눈에서,
내 마음 푹 잠기던 그 입에서,

진통제처럼 강렬한 그 입맞춤에서,
햇살보다 더 억센 그 흥분에서,
지금 무엇이 남았는가? 끔찍하구나, 오 내 사랑!

──同 Ⅳ. 肖像畵[164]

옛 모습, 옛 쾌락과 흥분의 자취를 찾아볼 수 없이 老朽한 이 〈유령〉은, 이미 지옥의 변두리에 매달려 있는 詩人에게, 예전처럼 〈깊은 奈落 속에서〉 구원을 빌 대상의 守護天使와는 까마득히 거리가 멀다. 수호천사이기는커녕 〈끔찍스런〉 마귀할미의 모습일 게다.

그럼 그 어느 때보다도 〈깊은 奈落 속에〉 떨어진 詩人이 매달릴 빛은? 이 詩는 차라리 이 때의 사바티에夫人에 대한 심정과 더욱 빈틈없이 부합한다.

내 마음이 내리떨어진 캄캄한 奈落 밑바닥에서
그대 憐憫을 애걸하노니, 내 유일한 사랑 그대여.
이건 납빛 地平線에 싸인 음울한 世界,
그 어둠 속에 공포와 瀆神의 말이 떠도는구나.

그 위엔 熱 없는 太陽이 여섯 달을 감돌고,
나머지 여섯 달은 어둠이 大地를 덮는고야.
極地보다도 더 헐벗긴 고장,
──짐승도, 개천도, 푸름도 숲도 없구나!

헌데 그 얼음장 같은 太陽의 싸늘한 殘酷함과
太古의 〈混沌〉과도 같은 이 광막한 어둠,
이보다 더한 공포는 세상에 또 없어라.

멍청한 잠 속에 푹 잠길 수 있는
더없이 추악한 짐승 팔자에 샘날 지경이니,
그토록 時間의 실패는 느리게 풀리는구나!

──「惡의 꽃」 중 깊은 奈落 속에서[165]

이 보들레에르의 전형적 〈陰鬱 Spleen〉의 세계와 그 권태 속에서, 그가 〈憐憫을 애걸하는〉 사랑하는 〈유일한 그대〉가 누구인가에는 연구가들 사이에 異說

---

164) FM, Un Fantôme, IV Le Portrait.
165) FM, De Profundis clamavi.

이 있다. [166] 異說이 있다는 것 자체가 첫 발표의 시기 1851년경의 잔느는 이미 그러한 애걸의 대상이 되기에는 너무 비참한 꼴이 되어 있다는 현실과 詩의 애절한 호소가 걸맞지 않는 어색함이 한 가지 큰 이유로 작용했으리라. 그렇다고 첫 題目이 분명히 「베아트리체 La Béatrix」로 되어 있고, 둘쨋번의 改題가 「陰鬱 Spleen」인 이상 〈그대〉를 神이라고 할 수 없는 반면, 이 詩가 잔느 편에 끼여 있고, 그 밖의 戀人은 아직 없을 때라는 고증으로 〈그대〉가 곧 잔느라고 하기는 너무 현실이 거리가 멀고 어색하다. 考證研究의 限界의 분명한 일례라 하겠다. 고증적 사실이 작품 해석에 도움은 될지언정, 작품의 테마나 뜻을 규정짓거나 제한할 수는 없으며, 작품은 이미 獨立·開放된 한 세계를 이룬다는 두드러진 본보기라 하겠다.

차라리 그 암담한 陰鬱 속에 빠진 詩人의 신음이며, 유일한 수호천사에 대한 渴求의 표현이라 함이 옳다. 年代的으로 1851년 첫 발표라는 고증적 사실에 구애될 필요도 없다. 왜냐하면 詩人이 奈落 같은 궁지에 떨어졌을 때마다, 바로 이 詩를 울부짖듯이 읊고 싶은 심경이며, 이 詩를 발표한 후에 오히려 전보다 더욱 〈깊은 奈落 속에〉 빠질 수도 있다. 사실 이 詩에 노래한 〈더러운 짐승처럼 깊은 잠〉에 잠기고 싶은 실감을, 우리가 이미 본 바와 같이, 2년 후인 1853 월 3월 26일부(이미 잔느와 헤어진 지 만 1년 후) 장장 8면에 걸친 편지에서 처음으로 나타난다——〈한없이 자고 싶은 욕망에 사로잡히는 때가 있어요〉. 땔나무가 없어 침대 속에서 언 손가락으로 편지를 쓰며, 火酒로 胃가 상하고, 불면증과 身熱, 〈참을 수 없는 神經病〉에 시달리던 때의 고백이다. 그리고 한 달 후에는 빚에 쫓겨 베르사이으에 피신하여, 어느 娼家에 〈묶여〉 꼼짝못하고 파리의 친구에게 〈救出〉을 호소한다. 아마 이 무렵이 가장 〈깊은 奈落 속에〉 떨어진 고비일 것이다. 그런데 바로 이 때에 詩人은 〈수호천사〉에게 자기를 위한 〈功德〉을 애걸하는 더없이 경건하고 종교적인 連禱形式의 詩를 보낸다——이 詩야말로 〈깊은 奈落 속에서〉와 딱 맞는 對幅를 이루는 祈求이며, 거기서 드디어 발견한 〈유일한 그대〉의 實在者인 사바티에夫人에의 호소로 연결된다. 다시 말하면 이 詩는 사바티에夫人篇으로 옮겼더라면 더욱 실감나고 어울렸을 것이며, 詩人 자신도 이 시기에 더욱 강렬하게 그 詩의 심정을 되새겼으리라는 것이다. 다시 한 번 吟味해 볼 필요가 있다.

　　한껏 명랑한 天使여, 그대 아는가, 고뇌와

---

166) Jeanne Duval 說 : J. Crépet (Blin), A. Ferran, M-A Ruff, J. Pommier. Dieu 說 : Ern. Raynaud, Le Dantec 등. 前者는 이 詩가 J. Duval 篇에 끼여 있고, 1851년 첫 발표에서는 詩題가 La Béatrix, 1855년에는 Spleen 으로 改題되었다는 점을 근거로 삼고, 後者는 그대 *Toi* 의 大文字와 唯一者 *l'unique* 라는 표현을 근거로 삼는다(FM-Crp. Bl. pp. 350~1). A. Adam 은 前者에 가담하되 이 詩 자체가 *Spleen* 을 主題로 삼기에 *Toi* 가 누군가는 그리 중요치 않다는 쪽으로 기운다.

수치, 悔恨, 嗚咽, 지겨움, 그리고
줌 안에 구기는 종이뭉치처럼 내 가슴 죄는
그 끔쩍스런 밤의 막연한 공포를?
한껏 명랑한 天使여, 그대 고뇌를 아는가?

한껏 어진 天使여, 그대 憎惡心을 아는가?
〈복수심〉이 지옥의 集合令을 울리고
우리의 갖가지 힘을 거느리고 지휘할 때,
어둠 속에 불끈 쥔 주먹과 담즙 같은 쓴 눈물을?
한껏 어진 天使여, 그대 증오심을 아는가?

한껏 건강한 天使, 그대 〈熱病〉을 아는가?
희끄무레한 병원의 거대한 담장을 끼고
죄수마냥 다리를 끌고 입술일랑 실룩거리며
드문 陽地 찾아가는 그 꼴을?
한껏 건강한 天使여, 그대 〈열병〉을 아는가?

(…………)

幸福과 歡喜와 光明으로 가득 찬 天使여,
瀕死의 다비드라면 그대 황홀한 육체의
그 發散物에서 건강을 나누어 달랬을 것을,
허나 내가 애원함은 오직 그대의 기도뿐,
행복과 환희와 광명으로 가득찬 天使여!

――「惡의 꽃」 중 功德[167]

地獄의 변두리에서도 가장 〈깊은 奈落 속〉〈캄캄한 바닥에(*Spleen*의 극치)〉 떨어지고도, 그래도 완전한 파멸과 절망에서 빠져나올 수 있으려면, 아직 우러러 볼 한 줄기의 〈理想 *Idéal*〉의 빛이 남아 있어야만 한다. 이는 그가 現代詩史에서 開祖가 된 〈詩의 종교〉에 대응되는 〈사랑의 종교〉라 할 만하며, 그의 詩學과 詩世界의 一駒로 제 자리에 끼어든다. 마치 그의 超自然主義 미학에서 〈검은 魔法 *magie noire*(술·마약·아편 등)〉에 대하여 〈순결한 魔法 *magie blanche*(기도·명상·꿈 등)〉이 있듯이, 이미 힘을 잃은 〈검은 비너스〉에 대치될 〈흰 비너스〉에의 渴求가 사바티에夫人에게 수호천사의 히로인 役을 일방적으로 〈맡겼던〉 것이다. 實在의 女人이 끝내 詩人에게 그런 役을 감당해내려면, 詩人側에서 어느 거리 이상의 접근을 삼가야 하며, 더구나 신비의 베일과 천사의 분장을 벗겨서는 도저히 지속될 수 없다는 현세의 법칙을 너무나 잘 알기에, 되도록 높은 대좌 위에 모셔 놓고 匿名의 찬양과 흠모로 一貫하려는 것이다(우리는

---

167) FM, Réversibilité. Versailles 에서 1853년 5월 3일附. AA 略字: A Apollonie(Sabatier) 라는 頭書의 匿名獻詩 C.I, p. 223.

그 베일을 벗긴 후의 결과를 곧 보게 될 것이다). 다음 3번째 獻詩와 4번째 편지는 그와 같은 수호천사로서의 역할과 詩人의 미묘한 심리적 계기며 그 움직임을 드러내 보인다. 그는 참기 힘든 陰鬱의 캄캄한 奈落에 떨어질 때마다, 위에서 이미 보았듯이 여인의 肉體를 통하여, 그 애무를 통하여 〈忘却〉·〈진통〉 혹은 〈잠들기〉를 구한다. [168] 〈검은 魔法〉과 유사한 욕구라 하겠다.

> 잠들고 싶구나! 사느니보다는 차라리 잠들고 싶어!
> 죽음처럼 몽롱한 잠에 잠겨,
> 구리처럼 닦인 네 고운 肉體 위에
> 恨없이 내 입맞춤을 펼치리라.

——「惡의 꽃」 중 忘却의 江

그런데 이 때에도 그는 娼家에 묶여 있었으며, 이 시기에 쓴 것으로 추측되는 3번째 獻詩는 그 방탕으로 얻은 忘却의 쾌락에 지쳐빠진 다음날 새벽에 잠을 깨자 曙光과 함께 떠오르는 〈천사〉의 이마쥬, 그것은 곧 惡의 쾌락의 암흑 뒤에 〈黎明〉과 함께 찾아든 〈理想〉의 빛이며, 〈짐승〉으로(그가 부러워하던 〈명청한 잠 속에 잠길 수 있는 더없이 더러운 짐승 팔자〉——「깊은 奈落 속에서」) 전락되었던 자기 육체 속에 天使의 눈뜸과도 같다(잠이 깨자 宿醉의 몽롱한 머리 속에 홀연 떠오르는 그녀의 모습, 따라서 간밤의 〈짐승〉이 〈理想〉의 빛을 향하여 〈黎明〉을 맞는다). 〈검은 마법〉과 對幅을 이루는 〈순결의 마법〉과 유사한 上昇이다. 우선 英文으로 된 머리말이 우리의 해석을 굳혀 준다——〈*After a night of pleasure and desolation, all my soul belongs to you.*〉[169]

> 放蕩者들의 방에[170] 희고 붉은 黎明이
> 가슴을 물어뜯는[171] 〈理想〉과 함께 들어올 때,
> 報復的[172]인 秘義의 작용으로 하여
> 잠에 취한 짐승 속에 天使가 눈뜬다.
>
> 아직도 꿈꾸며 괴로와하는 녹초가 된 사내에겐
> 접근할 수 없는 靈的 天上界의 蒼空이 열리며
> 深淵의 引力과 더불어 움푹 패인다.
> ——하여, 聖스런 형태여,* 총명하고 순결한 存在여,

---

168) FM 중 그런 테마를 내포한 詩篇 : Léthé, La Fontaine de Sang, Le Poison, La Géante, Hymne à la Beauté, Chant d'automne 기타. 現實 도피 : Parfum exotique, La Chevelure, L'Invitation au voyage 등.
169) C.I, p. 224. 無題의 이 獻詩는 「惡의 꽃」에 L'Aube spitrituelle 이란 題目으로 수록.
170) 娼女가 아직 옆에 흐트러진 꼴로 잠들어 있는 너더분한 음주 방탕의 현장일지도 모른다.
171) 悔恨으로.
172) 방탕에 대한.

　어리석은 환락의 몽롱한 찌꺼기들 위에
　더욱 맑고 더욱 요염하고 한층 매혹적인
　그대 영상이 부릅뜬 내 눈에 亂舞하여 마지않네.

　이제 〈太陽〉은 촛불들을 褪色케 하였으니,
　그리하여, 常勝의 그대 〈幻像〉[173]은
　찬란한 넋이여, 不滅의 〈太陽〉 같아라.
　　　* 決定稿에서는 〈사랑하는 女神이여〉로 고침.


　한 편의 詩로서도 절묘하거니와, 이 상황 속에 놓고 볼 때, 詩人이 그녀에게
맡긴 구원의 天使로서의 역할이 더욱 뚜렷해진다. 다음 4번째 獻詩[174](5월 9일
역시 베르사이으에서)와 동봉한 편지에는, 〈저는 어린이나 患者들처럼 에고이스
트예요. 제가 괴로울 때 사랑하는 사람들을 생각하죠〉라는 고백이 있다. 그런
데 다음해 2월 초, 모친에게 〈어떤 일이 있어도——어떤 일이 있어도——알겠
어요? 어떤 일이 있어도 말예요——오늘 당장 200프랑의 돈이 필요해요〉하
고 다급한 호소를 하고, 편지 末尾에 다시 〈우선 저를 救해 줘요〉라고 쓰던 궁
지에서, 그 다음 날 또다시 守護天使 쪽을 우러러본다.

　　(그녀 눈은)[175] 온갖 함정과 온갖 大罪에서 나를 救하며,
　　〈美〉의 길에서 내 걸음을 인도하네.
　　그것은 내 侍從이며 나는 그 奴隷일세
　　내 온 存在는 그 살아 있는 횃불에 순종하노라.
　　　　　　　　——「惡의 꽃」 중 살아 있는 횃불[176]


　이 詩와 동봉된 편지에서, 〈때로 끈질긴 슬픔의 壓力에 눌려, 저는 오직 당
신을 위하여 詩를 짓는 기쁨 속에서만 위안을 발견할 수 있다〉라고 한 고백
또한 위에서 우리가 말한 바를 뒷받침해 준다. 마지막 獻詩[177](1854년 5월 8일)
와 同封된 편지에는 더욱 뚜렷이 설명되고 있다. 그는 자기의 침묵(正體를 밝히
지 않음)과 〈거의 종교적인 열정을 설명〉하여,

　　"(……) 제가 저의 天性의 모[]과 어리석음의 暗黑 속을 딩굴 때면, 당신을 깊이
깊이 夢想합니다. 이 자극적이고도 淨化的인 몽상에서 대체로 다행스런 일이 생긴답
니다. 당신은 저에게 모든 女人들 중에도 가장 맘을 끄는 女人일 뿐만 아니라, 迷信
중에도 가장 귀하고 소중한 미신이에요". [178]

---

173) Fantôme. Sabatier 夫人의 映像에 자주 적용된 詩語. 항상 詩人에게서 惡을 무찔러 주는 天
　　使이기에 〈常勝의〉 幻像으로 나타난다.
174) Confession.
175) 〈常勝의〉 그녀 幻像의 눈.
176) FM, Le Flambeau vivant.
177) Hymne, FM에 수록하지 않고 Les Epaves에 수록.
178) C.I, pp. 276~7. 이 편지에서도 詩에 대한 不滿을 표명.

이만하면 분명해진다. 詩人이 〈地獄의 변두리에서〉 아주 지옥으로 떨어지지 않도록, 그 〈캄캄한 奈落 속에서〉, 미궁 속의 테세우스가 쥐고 있던 실처럼, 그가 우러러볼 수 있는 한 줄기 빛, 그 陰鬱의 밑바닥에서 〈忘却〉을 구한 하룻밤의 방탕과 환락 끝에 쓰러져, 아직 〈잠에 취한 짐승 속에 天使가 눈뜨〉게끔 〈黎明〉과 함께 찾아드는 〈理想〉의 빛, 〈암흑 속을 딩굴 때〉 〈깊이깊이 夢想〉하며, 그 〈淨化的인 몽상에서〉 행운이 온다고 믿게 되는 〈迷信 중에도 가장 귀하고 소중한 미신〉(차라리 사랑의 마법, 〈순결의 마법〉)을 간직케 해 주는 사랑——스스로 〈거의 종교적인 열정〉이라고 형용하지만, 바로 〈사랑의 宗敎〉 그것이다. 더구나 〈끈질긴 슬픔의 압력 밑에서〉 그가 〈위안을 발견할 수 있는〉 유일한 길이 〈당신을 위하여 詩를 짓는 기쁨 속에〉 있다면, 이 〈사랑의 종교〉는 곧 그의 〈詩의 종교〉와 一體를 이루며, 〈詩人에게 영원하며 말없는 사랑을 불어넣는〉「美 La Beauté」 속에 구현된 세계로 직결된다.

그러기에 현실세계에서는 서로 침묵을 지킬 수밖에 없고, 匿名의 베일 뒤에서만 높이 우러러보아야 한다. 그의 明察力 clairvoyance은 그 베일이 벗겨지고 높은 대좌에서 내려와 마주 대하자 곧 〈사랑의 종교〉는 깨지고 말리라는 것을 누구보다도 잘 알고 있으니까(후에 밝혀짐). 그가 지옥의 변두리에서 수호천사를 설정하고 〈사랑의 宗敎〉에 매달린 것이 명석한 詩人의 본능적인 지혜로 말미암은 것이 아니란다면, 차라리「惡의 꽃」의 詩人이 이루어지기 위한 〈詩의 종교〉의 한 攝理라 할 만하다——〈검은 비너스〉가 페인이 되어 오히려 〈깊은 奈落 속에서〉 雪上加霜의 무거운 짐이 된 때에, 〈흰 비너스〉를 내려, 그 〈幻像 Fantôme〉의 〈살아 있는 횃불〉 같은 눈이,

　　　온갖 함정과 온갖 大罪에서 나를 구하며,
　　　〈美〉의 길에서 내 발길을 引導하네
　　　　　　　　——前揭 살아 있는 횃불

　　　어둠 속이건 孤獨 속이건,
　　　거리에서건 群衆 속이건,
　　　그 幻像 횃불처럼 춤추며 걷네.

　　　때로 그 환상 입 열어 말하기를 : 나는 아름다와
　　　내 命하노니 나를 위하여 오직 〈美〉만을 사랑하라.
　　　나는 守護天使, 뮤즈이자 마돈나이니라.
　　　　　　　　——前揭 그대 오늘 저녁 무엇을 말하리

그러나 이렇듯 俗世와는 너무나 거리가 먼 天上的인 사랑의 종교가 과연 얼마나 오래 지속될 수 있을까? 첫 獻詩를 보낸 지 꼭 1년 6개월 후 1854년 5월 8일附로 마지막 獻詩를 보낸다. 그 뒤를 이어 훨씬 현실적이며 세속적인

따뜻한 애정과 배려로 마리 도브렁에 대한 극진한 관심이 기울여지기 시작한다. 守護天使에 대한 흠모와 기구와는 반대로, 어디까지나 다정스럽게 사귀며 서로 위안을 주고 받는 〈地上의 사랑〉이다. 지극히 인간적이며 조용한 애정의 발로로서, 詩人이 가엾은 그녀를 돌보아 주고 비호해 주는 일종의 父性愛 같은 것으로 특징지어진다. 이미 본 바와 같이 1852년 초로 추정되는 시기의 첫 사랑의 고백에서는, 〈詩人에게 永遠한 사랑을 불어넣을 수밖에 없는 당신의 눈〉과 〈어린이의 아름다움과 여성의 그것〉을 結合한 그녀에게 〈내 수호천사, 내 뮤즈, 내 마돈나가 되어 美의 길로 나를 인도해 주시오〉라고 떠받들었다. 허나 만인의 인기에 몸을 바쳐야 할 배우인지라, 그런 사랑의 종교의 對役을 맡아 감당하기에는 너무나 항상 얕고 가까운 舞臺 위에 서 있어야 하는 처지다. 필경 그 適任이 아님을 느끼고 곧 대상을 사바티에夫人에게로 옮기고, 처음부터 匿名의 베일로 가렸으리라.

하여간 〈흰 비너스〉에 대한 일방적인 흠모에도 지쳤음인지, 마지막 匿名의 편지와 獻詩를 보낸 다음 달부터, 그는 거의 모든 편지마다 그녀에 대한 관심과 배려의 표시 혹은 직접적인 언급이 나타난다. 54년 6월 25일 모친에게 이름을 밝히지 않은 채 그녀와 함께 저녁식사를 하게 되었다는 사연이 처음으로 언급되고, 다음 편지(7월 21일)에는 가끔 극장(Gaîté館, 그녀가 출연 중)에 간다는 점을 밝히고, 다음날은 코메디 프랑세애즈에 좌석 둘을, 또 한 주일 후에는 某音樂評論家에게(필경 마리를 위하여) 오페라 좌석표 한 자리를 부탁한다.

다음달 8월 14일附 모친에의 편지에는, 〈오늘은 마리의 생일날이에요. 어머님께 말씀드린 그 女人은 밤마다 변변찮은 5幕을 공연한 뒤에 頻死의 양친을 간호하러 간답니다. 저는 선물을 보낼 만큼 부유하지 못한 처지이니, 오늘 저녁에 꽃이라도 보내면 동정의 충분한 증거가 될 터이죠〉하고 처음으로 길게 언급한다. 바로 그 앞에 一般化하여 쓴 말로 마리에 대한 그의 심정을 헤아릴 수 있다.

> "세상에는 하도 섬세하고 하도 괴로와하며, 하도 정직한 마음의 소유자들이 있어, 극히 사소한 애정 표시만으로도 그들로 하여금 고통을 참게 할 수 있어요."[179]

자기 궁핍과 고통도 감당하기 힘들 때의 일이다. 이 때부터 그가 구상 중인 劇(「주정뱅이 L'Ivrogne」) 上演의 집념과 마리에 대한 애정이 한데 얽혀 매우 집요하게 격화된다. 우선 그녀를 다른 극장(자기 극을 상연코자 하는)으로 옮기게 하려고 운동을 벌이는가 하면, 우선 자기가 집필할 劇의 女主人公 마리의 對役이 될 남주인공 役으로 지목하고 있는 당대의 이름난 배우에 관한 好評을 某劇評 담당자[180]에게 부탁하고, 다음은 마리에 관하여도 좀 유리한 언급을 한 마디

---

179) C.I, p. 289.

180) 당시 Le Pays紙의 劇評을 쓰던 Saint-Victor. 그는 두 가지 請을 모두 들어 준다. cf. C.I, pp. 291~2, 293~4.

雷雨 속에 익는 열매들  165

부탁(같은 때에 Th. Gautier에게도 똑같은 부탁)할 정도로 집요한 열성을 발휘한다. 그런 청탁을 하면서도 그 자신은 마리의 배우로서의 才能을 정확히 파악하고 있어, 에누리없이 밝히고 있다──〈도브렁孃은 바람 따라 기분 따라, 鼓舞 혹은 의기소침 여하에 따라, 때로는 잘 하는가 하면, 때론 서투른 그런 사람에 속하죠.〉

그가 다시 마리가 참가하는 극장으로 방향을 바꾸어, 그 지배인과 직접 교섭을 벌인 것도 그 두 가지가 겹친 집념 때문이다. 드디어 年例의 고통스런 年暮에 모친에게 보내는 암담한 장문의 편지에는, 다음 정월 초부터 마리와 동거할 의사까지 밝히기에 이른다──〈동거 생활을 시작할 거예요. (……) 어떤 일이 있어도 제게는 한 가정이 필요해요.〉[181]

이미 〈疫神〉과 〈死神〉에 끌려 〈끔찍한〉 몰골로 변한, 〈검은 비너스〉에 대한 무거운 〈의무〉를 치르며, 그 〈地獄의 변두리에서〉 줄곧 수호천사의 幻影만을 우러러보며 이 속세를 살아갈 수는 없는 일이다. 그러니 〈어떤 일이 있어도〉 따스한 〈한 가정이 필요〉하다. 〈詩의 종교〉 속의 〈사랑의 종교〉가 아닌, 속세의 인간적인 愛情에의 굶주림이 〈그토록 섬세하고 정직〉하면서도 역시 자기처럼 不運한 온순한 女人과의 現世的 사랑으로 기울게 하고, 마리와 同居하는 다사롭고 조용한 〈가정〉을 꿈꾸게 한 것이리라. 이 때쯤은 詩人의 열성과 자상한 배려에 마리의 마음도 꽤 움직여졌던 모양이다. 그러나 실현되지 않은 꿈이다. 허나 이 애절한 꿈에서 후에 珠玉 같은 名詩 「旅行에의 招待」가 나온 것이리라. 결국 사슬에 묶인 검은 비너스와의 愛憎의 갈등도, 수호천사와의 사랑의 종교도, 따스한 地上의 애정에의 꿈도 결국 일체가 「惡의 꽃」 속에 승화되어 폭풍우 휘몰아친 뒤 〈몇 안 남은 빠알간 열매〉를 맺게 하기 위함인가?

### 旅行에의 招待

몬앙팡 마 쇠외르[182]
저기 가서 같이 사는
감미로움 생각해 보렴!
한가로이 사랑하고
사랑하다 죽고지고
너를 닮은 그 고장서!
안개 낀 하늘의
젖은 太陽이
내 정신에겐 눈물 거쳐 반짝이는
변화무상한 네 눈의

---

181) C.I, p. 302.
182) *Mon enfant, ma soeur: amant-père*(父親 같은 너그럽고 다정스런 애인)의 심정으로 부른 그녀에 대한 호칭.

　　　그토록 신비로운
　　그런 매력 풍긴다네.

　　거기선, 一切가 질서와 아름다움,
　　호화로움, 고요함과 그리고 快樂뿐.

　　　오랜 세월에 닦여
　　　윤나는 家具들이
　　우리 방을 장식하리.
　　　가장 희귀한 꽃들
　　　은은한 龍涎香에
　　그들 향기 뒤섞고,

　　　호화로운 천장,
　　　깊은 거울들,
　　東洋의 찬란한 文物이여,
　　　거기선 一切가
　　　영혼에게 은밀히
　　그 감미로운 母語를 말하리.

　　거기선, 一切가 질서와 아름다움,
　　호화로움, 고요함과 그리고 快樂뿐.

　　　보라, 저 運河 위에
　　　배들이 잠듦을
　　그들의 성미가 放浪者 같아,
　　　世界의 끝에서
　　　거기 와 있음은
　　사소한 네 욕망도 채워 주기 위함일세
　　　──西山에 지는 해
　　　전원을 물들이고,
　　운하들이며 온 거리거리,
　　　보라빛과 황금빛,
　　　세상은 잠들도다
　　저녁노을 훈훈한 빛 속에.
　　거기선, 一切가 질서와 아름다움,
　　호화로움, 조용함과 그리고 快樂뿐.

　너무나 아름다운 꿈, 이 세상에서는 이룰 수 없는 사랑의 행복이기에 오히
려 哀愁와 풀 수 없는 恨이 독후의 餘白으로 번져 서리는 詩다.
　그러나 마리는 이해 年末에 이탈리아로 순회공연을 떠나 버렸고, 그 후에도
가끔 접촉이 있었으나 그녀 마음이 결정적으로 방빌 쪽으로 기울어 그와 동거

생활까지 하게 된다.

**남들 눈에 비친 詩人의 모습**　멋과 세련의 극치를 다한 검은 옷차림의 〈당디 보엠〉 시절의 그의 모습과 언행에 관하여는 많은 회고담과 많은 傳說까지를 전하고 있지만, 겨울에 뗄감이 없고, 내의가 찢어질까봐 걷는 동작마저 조심해야 하며, 여기저기 장소를 옮기고 피해 다니면서 글을 쓰던 이 시기에 관한 것은 극히 드물다. 여기에 특히 1851년 이후 절친하고 서로 허물없이 어울려 놀던 아슬리노가 전하는 逸話와, 좀 멀찍이 거리를 두고 본 사람(Barbey D' Aurevilly)의 評을 보태어, 이때껏 너무 음울하기만 하던 그의 내면 생활에다가 밖에서 본 모습을 投射하여 보충해 보기로 한다. 물론 아무리 막역한 친구가 본 모습일지라도, 저마다 거리와 각도를 달리하여 본 숱한 프로필 중의 하나일 뿐, 그 어느 것도 한 인간의 총체적인 참모습일 수는 없다.

우선 아슬리노의 추억이다.[183] 〈당디 보엠〉에서 진짜 가난뱅이 보엠으로 전락한 모습이다.

　이미 말했거니와 이 때 나는 무척 가난했고, 그 역시 그랬다. 아침녘에 그가 내 방에 오면, 첫 질문은 보통 이런 것이었다――"몇 푼 가지고 있나?" 만약 내 대답이 否定的일 때는 ――너무 번번이 그러했지만――보들레에르는 단호하게 덧붙이는 것이었다――"어디 벽장을 좀 볼까!" 그 벽장이라는 게, 내가 破産된 자의 태평스런 기분으로 먼젓번의 押留를 모면한 모든 것――책들, 팜플렛, 版畵, 樂譜帖, 서류뭉치 등속――을 마구 처넣은 거대한 우물이었다. 다 길어내 보았자 소용없다. 그는 항상 거기서 무엇인가를 찾아내는 것이었다.

反社會的 언동은 여전하지만, 私的으로 대할 때는 누구에게나 단정하고 예절 바르던 그지만, 허물없는 친구에게는 자기 맘대로 굴며, 때로는 自制力 없는 자기 욕구를 상대방의 의사나 사정을 무시하고 강요하는 〈폭군적〉인 친구로 행세하기도 한다.

　보들레에르는 생활의 습성에 있어서 누구보다도 폭군적이었다. 時間 규칙도 없이 그날 그날, 그때 그때 닥치는 대로 살아가며, 그는 남이 자기와는 다르게 살 수도 있다는 점을 생각 못 하는 것이었다.

그래서 어떤 때는 정오에 남이 막 점심을 먹고 난 때에 와서는 곧 3시경에 저녁을 같이 하자고 우긴다. 방금 식사가 끝났으니 배가 고프지 않다고 반대하면, 눈을 뚫어지게 들여다보며,

　――그럼, 언제 배가 고플 작정이지? 가령 반 시간 후에?
　――아니.
　――그럼 한 시간 후엔, 응?
　――천만에! (……) 난 6시나 6시 반에 저녁을 할래, 누구나 다 그러하듯이 말야!

183) Ch. Asselineau: Baudelaire, recueil d'anecdotes, cité in Crp-B, pp. 286~292.

——누구나 그러하듯이라! 그럼 자넨 자네 胃를 公衆時計에 맞추는 건가?

이런 식이다. 의지박약이 남의 의지까지 몰고 내려가고 싶은 욕망을 自制할 수 없는 것이다.

"자, 이제 3시 15분이야. 자네가 옷을 갈아입으면, 3시 반이 될 거야. 그리구 곧 번화가를 슬슬 걸어감, 우리가 식당에 들어설 땐 4시쯤일 테지. 그리구 식사 주문하는 시간, 차려 내오는 시간…… 그럭저럭……"

이쯤 되면 〈地獄의 변두리〉의 陰鬱커녕 더없이 익살맞고 명랑하기까지 하다. 혼자서 외롭고 우울한 사람일수록 친구들 앞에 나서면 익살꾼이 되기가 일쑤다. 유명한 〈손수건 事件〉이 있다. 거리를 산책하던 중 역시 좀 이른 때에 저녁을 먹자고 하여 마지못해 동의했지만, 막상 코감기에 걸려 있던 아슬리노는 식당에 가기 전에 집에 돌아가서 손수건을 새것으로 갈아 가지고 가야겠다고 했다.

——그럼 식당에서 나오는 길로 자네 집엘 들르지 그래.
——안 돼, 이 손수건은 못 쓰게 됐어. 식당에서 거북할 거야. 먼저 우리 집에 들르자구.
——허지만…… 그 손수건이 아무리 더럽대두 아직 저녁식사 동안은 더 쓸 수 있잖아.
——안 된다니까 제기랄! 내가 잘 아니까 내게 맡겨 두란 말야!
——허지만, …… 식사에 시간이 얼마나 걸릴까? 45분쯤? 그 동안에 자넨 몇 번이나 코를 풀고 싶어질 거야? 두 번? 세 번? 응? 자, 그럼 자네 손수건에 아직 두세 번 코를 풀 자리가 남아 있지 않다는 건 있을 수 없는 일이잖아.
——거 너무하는데!
——어디 손수건 좀 보자구.

자제력 잃은 자기 고집은 곧잘 궤변으로까지 발전한다. 혼자서는 너무도 외롭고 암담하고 너무나 괴롭기에, 줄곧 친구를 그리워하고, 친구를 붙들어 같이 시간을 보내기 위하여는, 어쩌다 돈이 생긴 때면, 용도의 緩急을 가리지 않고 앞뒤 계산도 없이 우선 친구들에게 한턱 내는 것이 예사다. 친구들과의 담론에는 누구보다도 활기 있고 재미있는 달변가다.

나는 자주 말했거니와, 보들레에르는 내가 같이 있으면서 싫증을 느끼지 않았던 극히 드문 사람들 중의 한 명이다. 아니 정말 유일한 사람이었다고 생각된다. 그와 함께일 때는 결코 대화에 구멍이 뚫리는 일이 없다. 그의 담론을 즐기는 기질 때문에 끊임없이 활기를 돋구고 있었다. 헌데 談論이 때때로 正午부터 밤 11시까지 계속되곤 했다. 자기가 절대 틀림이 없다는 그의 순진한 확신은 때로 더없이 희극적인 투로 표현되기도 했다.

그의 회고는 본시가 逸話集이기에 奇行에 속하는 이야기가 많지만, 그 중에도 가장 두드러진 성격이 남을 놀려 주기(골려 주기) 위한 言行 *mystifications*——

머리를 綠色으로 염색하는 따위——과 위에서 본 바와 같은 자제력 없는 자기 고집 등이다. 좀 길기는 하나 다음 이야기도 이에 속하며, 게다가 당시 그가 얼마나 不安定하게 전전하며 집필을 했으며, 항상 일을 뒤로 미루는 버릇 등의 전형적인 일례여서 흥미롭다.

그는 오랫동안 친구들을 찾아가서 하룻밤, 하루, 이틀, 그 이상 혹은 그 이하의 신세를 청하는 습관이 있었다. 두 가지 이유 때문이었다. 우선 번번이 넉넉지 못하고 불편한 자기 거처에 대한 혐오, 가끔 집안에 분규가 있을 때면 집안에서 일어나는 불쾌한 일들과 빚장이들의 귀찮음 등의 이유가 있고, 다음은 대화를 나누고 싶은 끊임없는 욕구 때문이다. 얼마나 여러 번 너덧시쯤에 분주한 기색으로 내 집에 찾아왔던가——〈이봐요, 정말 귀찮을 테지만 페를 끼치러 왔어요. 자네가 그런 일을 좋아하지 않는다는 건 나도 알거든. 허지만 꼭 그래야겠어. 실은 내일 正午에「파리誌 Revue de Paris」[184]에 글을 한 편 넘겨주기로 약속했어. 그까짓 일로 난처해할 내가 아나라는 건 자네도 이해하지. 내 무지하게 일이 빠르다는 건 잘 알고 있잖아(그는 모든 세심한 사람들이 다 그렇듯이, 그와 반대로 무척 집필이 느린 편이었다). 16시간에 글 한 편 쓰기 따위! 내겐 아무 것도 아닌 일이지! 허지만 귀찮은 일과 소란 때문에 내 방에선 일할 수가 없단 말야. 그러니 꼭 내일 점오까지 페를 끼쳐야만 하겠어. 자네 일을 방해하지 않음세. 조용히 할께. 아무 데나 좋을 대로 자릴 내줌 되네. 내 어린이처럼 얌전히 굴지…….

——여보게 썩 잘 됐네. 그뿐더러 아주 기가 막히게 잘 맞아떨어졌어. 마침 外出할 일이 있어. 돌아와선 곧 자기만 하면 될걸세. 그러니 맘 턱 놓고 일하게.

——오! 자네가 돌아왔을 땐 일이 거의 다 되어 있을걸……. 자, 지금 다섯시군. 우선 저녁식사를 하러 갈까, 아니면 일이 다 끝난 후에 식사를 할까?

——그건 자네가 알아서 할 일, 어쨌든 나는 자네 침대를 마련토록 할께.

——오! 침대를! …… 일이 끝나면, 그렇지! 오늘 밤 한두 시간 자면서 푹 쉬어야지.

나는 子正쯤에야 돌아오며, 필경(물론 처음 몇 번 일이지만) 한창 일에 열중하고 있는 보들레에르를 발견할 것으로 기대했다.

그런데 문지기는 그가 나간 채 돌아오지도 않았다는 것이다. 방은 텅 빈 채이고, 그가 갖다 놓은 꾸러미가 테이블 위에 그대로 놓인 채로——英語辭典, 포우原書, 원고지 뭉치, 새 펜…… 한시가 되어서야 돌아온 그는, 이를 악물고 손을 비비며,

——제기랄, 망할 놈의!
——어찌 된 셈이야?
——어쩌고 뭐고, 아까 말했듯이, 저녁을 먹으러 나갔었지. 근데, 식사를 끝내고 나

---

184) Revue de Paris에는 1852년에 Poe에 관한 論文과 번역을 두 번 실렸을 뿐이니, 〈얼마나 여러 번〉이란 말은 좀 이상하며, 이를테면 그런 잡지류라는 뜻으로 문득 생각나는 대로 적었거나, 혹은 54년부터 55년에 걸쳐 꽤 오래 連載하던 日刊 Le pays紙와의 혼동이 아닐까?

오면서, 운동삼아 번화가까지 산책할 생각이 났어. 근데 거기서 그 S를 만났지……
그 경솔하고 수다스런 건달이 날 子正까지 지껄이게 만들었지 뭐야. 맥주를 마시러
가야 한다는 거야. 내야 알 게 뭔가? 허지만 결국은 상관없어. 난 S가 지껄이는 동
안 내내 내 일을 생각했지…… 그래, 내 머리 속에 몽땅 기록한 셈이야. 그걸 옮겨쓸
실질적인 시간만 있음 되니까. (벽시계를 쳐다보며) 한시라! ……앞으로 11시간 여
유가 있군! 1시간에 4페이지씩, 4시간이면 충분할 거야. 내게 필요한 3배의 시간
여유가 있군! 아 참, 자네 침대를 마련해 주었군. 침댈 쓸 시간이 있나…… 허지만 그
S의 지껄이던 객설을 잊고 휴식을 취하기 위해서 한두 시간 자 보면 어떨까……?
　　──주의하게!
　　──아, 좋아! 내가 자네처럼 耽溺者인 줄 아나? 내가 좋을 때에, 내가 원하면 半
時間 후에라도 잠을 깰 수 있다는 걸 자넨 모르는군? 그래, 좋아, 사전준비로 우선
잠깐 눕겠어. 밤잠은 새벽 4시경으로 끝내지.
　　──그럼 잘 자게.
　　다음날 8시쯤 깨어 보니, 보들레에르는 몸에 이불을 뚤뚤 말고 벽 쪽으로 코를 대
고 있었다. 잠시 후에 그는 또렷한 음성으로,
　　──알고 있어, 알고 있어, 난 오래 전부터 깨어 있거든.

　　다만, 한 순간 한 순간, 일어날 시간, 일을 시작할 시간을 뒤로 미루고 있
을 뿐이다. 째깍째깍하는 秒針 소리를 〈기억하라! 기억하라! 蕩兒야! 기억
하라!〉라는 빨로 들으며, 결국 끝장에 가서는, 〈뻗어라, 멍청이야! 때는 이
미 너무 늦다!〉[185]로 끝나는 그런 경우다. 〈게으름에 양보했다〉고 변명하지만,
이런 단순한 게으름과는 다르다. 소년 시절에 줄곧 보았듯이, 맹세와 悔恨을
되풀이하면서도 항상 같은 〈어리석은 짓〉을 거듭하였고, 〈항상 최후 순간까지
기다려서 비로소 숙제를 하는 못된 버릇〉[186]을 벗어나지 못하던 의지박약증이
다. 그러나 절친한 친구라도 남의 눈에 띈 言行은 차라리 익살맞고 어딘가 樂
天的인 색채가 짙지만, 그의 속에서는 회한이 가슴을 쥐어뜯을 것이다.

　　　　그 늙은 오랜 悔恨을 숨끊을 수 있을까?
　　　　구더기가 송장을, 벌레가 참나무를 파먹듯이
　　　　살아서 꿈틀꿈틀 뒤틀며
　　　　우릴 먹고 사는 그놈을?
　　　　그 어쩔 수 없는 〈悔恨〉을 숨끊을 수 없을까?
　　　　(…………)
　　　　그대 아는가, 내 심장을 과녁으로 삼는
　　　　毒 바른 화살 가진 悔恨을?
　　　　　　　　　　──「惡의 꽃」 중 돌이킬 수 없는 것[187]

---

185) FM, L'Horloge.
186) Lettre de M<sup>me</sup> Aupick à Claude-Alphonse Baudelaire (1834), cité in Bdc, pp. 48~9.
187) FM, L'Irréparable, p. 52.

雷雨 속에 익는 열매들　171

그 중에도 가장 끈질긴 悔恨이 젊은 시절의 그 자제력 잃은 방탕과 낭비로 시작된 인생의 출발점이다.

이번에는 퍽 객관적으로 이 시기의 그의 性向과 眞價를 評한 글이 있다. 바로 1854년 12월 하순에 詩人이 사바티에夫人에게 읽히기 위하여, 바르베 도르빌리에게 그의 作品을 빌려 달라는 청탁 편지를 낸 무렵의 글로 여겨지고 있다. 그는 당디로서는 우리 詩人보다 선배이지만(13세 年長), 正統主義와 가톨릭주의를 고수하면서도, 기발한 주제와 격렬하고 환상적인 내용의 小說을 남긴 사람이다. 그는 책의 寄贈對象者를 천거해 달라는 친구의 부탁에, 서슴지 않고 우리 詩人을 추천하며, 이렇게 평한다.

그는 실력을 갖춘 作家이며, 꽤 깊이가 있는 思索人이죠. 단, ……오! 但字를 붙이자면 많죠. 그는 빗나가고 있어요. 不敬스럽구요. 요컨대 한때 내가 그랬던 그대로예요! [188] 그가 장차 현재의 나처럼 되지 않으리라는 법도 없잖소? 그러기에 나는 내게 대한 그의 태도와는 관계없이 그에게 애착을 느끼는 거요. 그는 우리와 같은 신앙도 없고, 우리가 존중하는 것을 존중하지 않아요. 허지만 그가 혐오하고 멸시하는 바는 우리의 그것과 일치하지요. 그는 哲學的 愚昧에 아주 질색이죠. 그는 모든 것이 거꾸로 된 이 더러운 시대에 자기에게 주어진 팔자보다 더 높은 心魂을 가진 사람들 중의 한 명이에요." [189]

당시 이미 주요 작품들을 발표하여 상당히 명성을 누리던 선배가, 잡다한 定期刊行物에 詩 20여篇을 발표했을 뿐 아직 詩集 한 권 없고, 2권의 「美展評」 小冊子밖에 이렇다 할 발표도 못 한 신진에 대한 評치고는 지극히 높이 평가한 편이다. 그가 후에 「惡의 꽃」 사건 때 몇 명 안 되는 옹호자로, 그것도 놀라울 만큼 현대적 안목으로 핵심을 찌른 옹호의 評文을 내걸고 나섰음을 상기할 때, 그의 높은 眼識을 인정할 수 있다. 그 반면, 우리는 이때까지도 그는 여전히 남의 눈에 反社會·反正統思想의 작가의 모습으로 보여지고 있었음을 알 수 있다.

---

188) 그는 1830년대의 당디 보엘이었고, 현재는 작품에 있어서는 奇才에 속하나, 사상면은 正統으로 복귀.

189) Lettre de B. d'Aurevilly à Trébutolen, cité in Crp-B, p. 316.

# 第5章　荊棘의 頂上으로 (1855~1857)

찬송할거나, 神이여, 그대는 苦惱를 주어
우리 不純함에 대한 靈藥으로 삼고,
強者를 성스런 환락에 대비케 하는
至善至純의 精髓로 삼으시니!

――「惡의 꽃」중 祝頌[1]

## 1. 深淵 속의 奮發

오랜 침체기를 거치며 뭉개고 헤매다가, 1856년에 이르자 아연 활기를 띠기 시작한다. 「惡의 꽃」 출판을 앞둔 2년의 그의 행적은, 문자 그대로 형극에 덮인 〈十字架의 길〉을 헤치고 정상으로 기어오른 피맺힌 발자국이다. 한편 그의 생활 형편은 여전히 엉망이며, 잠시도 안정을 얻지 못한다. 그 모든 비참한 일들이 자신의 〈어리석음〉의 결과라고 자인하고 있기는 하나, 그런 亂脈相 속에서 그만큼 作品을 쓰고 번역한 것도 놀라우려니와, 〈저주받은〉 詩人의 운명을 끝내 甘受하며 일체의 타협을 물리치고, 자기 美學과 철학을 끝내 고수한 점은 더욱 놀라운 일이다.

그 비참한 생활과 고뇌·고독을 이기기 위하여, 때로는 〈수호천사〉의 빛과 幻像에 매달리기도 하고, 때로는 세속적인 따스한 애정의 交流로 위안을 삼기도 했지만, 그를 끝내 쓰러지지 않고 형극의 頂上으로 기어오르게끔 이끌어 간 것은 무엇보다도 멀리 時·空을 넘은 靈的 血緣으로 맺어진 포우에게서 그가 받은 고무·위안·신념과 그에 대한 깊은 애착, 그리고 「惡의 꽃」에 대한 집념과 자신, 오직 이 두 가닥의 심줄뿐임을 알 수 있다. 여하간 私生活面에서는 아직 〈캄캄한 奈落의 밑바닥에서〉 벗어나오지 못하고 있다.

**이 깊은 暗黑**　모친에게 〈이 얼마나 깊은 暗黑인가요 *Quelles ténèbres!*〉[2] 이렇게 신음하고 있거니와, 이때껏 보아 온 바와 똑같이 55년 정월부터 닥치는 대로 구걸의 계속이다. 예전에 자기가 취직을 알선해 준 일이 있는 젊은이에게 전에 차용한 40프랑이 밀려 있음에도 불구하고, 다시 20프랑을 꿔 달라며 〈문자 그대로 내 방에 묶여〉 있다면서, 〈병은 아니오, 정말입니다〉[3] 하고 但書

---


1) FM, Bénédiction.
2) LM(été 1855), C.I, p. 318.
3) Lettre à F. Solar (18 jan. 1855), C.I, p. 308.

를 붙여 궁핍을 암시한다. 물론 이때껏 번번이 되풀이되었듯이, 무일푼이어서 외출할 수 없다는 이야기다. 설상가상으로 모자간에 어떤 사건이 있었던지, 또 한 번 모친의 노여움을 산 모양이다. 몇 달 전부터 모친은 두 번이나 편지를 뜯어 보지도 않고 되돌려보내는 판국이다(4월 5일附 편지에 밝혔으니 필경 年初부터일 것이다). 이 불화 상태는 다음해 9월까지 풀리지 않았으니, 모친의 노여움은 대단했던 모양이다. 한편 不安定한 생활의 난맥상을 다음 모친에의 편지 일절로 족히 알 수 있다.

"한 달 전부터 어쩔 수 없이 6번을 이사했어요, 그 동안 灰壁 안에서 살며 벼룩이 들끓는 속에서 자고――편지들(가장 중요한)은 返送당하며――호텔에서 호텔로 전전했어요. 아주 큰 결심을 하고, 이미 내 방에서는 일할 수 없기에 印刷所에서 살며 일했어요(Le Pays 紙에 포우 連載中―역주). 어떻게 내 책(포우譯集)이 계속 진행될 수 있었는지, 어떻게 내가 병에 걸리지 않았는지, 알 수 없는 노릇이죠. 허지만 이 이상 그런 생활은 더 계속할 수 없어요. 일이 다시 몹시 활기를 띠고 진행되는 만큼 더욱 그래요. 이보다 더 긴 재난의 연속은 상상할 수도 없어요."4)

그런 중에도 詩作을 계속하는 자신의 신세를 이렇게 한탄한다(이해 여름에 잡지에 처음으로 「惡의 꽃」이라는 總題로 大量 발표하게 될 詩의 選定과 推敲를 가리킨 듯).

"더없이 가소로운 일은 나를 衰盡케 하는 그 참을 수 없는 激動 속에서, 나로서는 가장 피곤한 일인 詩作을 해야만 한다는 점입니다."

그는 〈더없이 가소로운 일〉이라고 표현했지만, 이것은 매우 중요한 뜻을 가진 말이다. 즉, 첫째는 그의 詩가 항상 그처럼 그를 〈衰盡케 하는 그 참을 수 없는 격동 속에서〉 씌어졌다는 점, 다시 말하면 대개의 詩人들처럼 조용하고 아늑한 서재에서 씌어진 詩가 아니고, 앞에서도 본 바와 같이 거리에서, 카페에서, 도서관에서, 술집에서, 구상되고 가다듬어져, 그 모든 〈격동〉과 소란을 이겨낸 것들이다. 그리고 詩作이 그의 친구들처럼 하루이틀에 되는 것이 아니고, 〈가장 피곤한 일〉이라고 고백할 만큼 心血을 기울인 琢磨의 소산이다. 그의 詩가 지니는 유다른 힘의 源泉의 하나를 여기서 찾아낼 수 있다. 한편 호텔 셋방 생활과 여기저기 찾아다니며 친구들의 신세를 지는 不安定한 생활을 청산하고, 자기 집을 가지고 싶은 간절한 소망을 품고 後見人 앙셀에게 先拂 교섭을 벌이지만, 詩人을 대신하여 구두쇠 노릇을 하는 그는 끝내 들어주지 않는다. 여름에는 北佛의 아름다운 港都 옹플뢰르 Honfleur의 별장5)으로 피서 가 있는 모친에게 보낸 편지에서, 〈내 주위의 이 空虛! 이 캄캄함! 얼마나 캄캄한 정신적 暗黑이며, 장래에 대한 이 얼마나 심한 공포인가!〉라고 울부짖듯 절망적

---

4) LM (1855, 4, 5), C.I, pp. 310~1.
5) 1855년 3월 7일에 Aupick 將軍은 여기에 별장을 샀고, 장군 死後 夫人이 여기에 隱居. 詩人이 장난감집 *Maison-joujou*이라고 부르며, 항상 거기서 모친과 함께 조용한 집필 생활을 하는 것이 가장 간절한 소망이었음.

인 심정을 토로한다. 그러나 모친은 여전히 회답을 주지 **않는다.** 그 밖의 **친**
구들에게도 줄곧 그 같은 괴로움을 호소하고 있다.

　"내 떠돌이 생활에 나는 산산조각이 났소." (6 월 9 일)[6]

　잡지사 주간에게, 〈이 12 년간의 방랑 생활에 정말 지쳐 버렸소〉 하고 **탄식**
하며,

　"이젠 자유롭게 되었죠. 단 무일푼의 자유죠. (……) 단지 小說 한 편분의 고료만,
가능하다면 좀더 많은 금액을 先拂해 주시면 고맙겠읍니다. 소설은 貴下가 생각하기
보다 더욱 빨리 탈고될 거예요."[7]

　예의 상습적인 김치국부터 마시자는 버릇이다. 실현하지도 못하는 수많은 계
획(소설·희곡·오페라 등)과, 그 집필 약속만으로 돈을 선불해 달라는 구걸. 계
약을 맺고도 원고가 지지부진이든가, 아니면 조금씩조금씩 넘겨 출판사들을
골탕먹이는 일, 게재 또는 간행 合意를 보자 대뜸 달려가서 少額씩 선불을 조
르고 구걸하는 일, 이 모든 惡習은 이미 斯界에 널리 알려졌으니[8] 구걸도 점
점 어려워질 밖에 없다. 사방이 꽉 막혀 버린 궁지에 몰려들면 최후수단으로 文
人協會에 호소한다.

　會長貴下
　小生이 生計를 이어 가던 신문(포우를 연재한 Le Pays 紙—역주)에서 쫓겨났읍니
다. 그래 약간의 돈을 請하는 것입니다. 지난번 請願드렸던 바——아마도 18 개월 전
일 것입니다(실은 6 개월 전 일이다. 그토록 정신이 혼미한 모양—역주)——小生의 청
원은 깨끗이 거절되었읍니다. 필경 小生이 이미 180 프랑 빚지고 있었던 탓과 또 발표
할 만한 小說을 小生이 쓰지 못한 탓으로입니다. (……)[9]

　6 개월 전에 거절당한 請願 내용은 더욱 비참하다.

　"(……) 60 프랑만 先拂해 주시면 매우 기쁘겠읍니다. 60 프랑이라고 했읍니다. 그
以下라도 받겠고, 또 그 以上이라면 매우 기꺼이 받겠읍니다——이런 점이 필경 다급
한 궁색의 最上의 定義라 하겠지요."[10]

　역시 소설이니 논문이니를 약속하며 선불해 달라는 것이다. 이미 아무도 믿
어 주지 않을 만큼 널리 알려진 수법이다. 또 한 가지 돈을 꾸는 새 手法을 이
해부터 案出하여 애용한다. 미구에 간행되게끔 계약되거나, 豫想되는 著作의
인세나 원고료를 저당으로 삼아, 꾸어준 돈 대신에 채권자가 그것을 직접 받을

---

6) C.I, p. 313.
7) Revue de Deux Mondes 의 주간 François Buloz 에게(6 월 13 일). 6 월 1 일附의 附錄으로
　Fleurs du Mal 18 편을 한꺼번에 간행해 준 바 있다.
8) A. Tabarant: La vie artistique au temps de Baudelaire, pp. 221~5.
9) C.I, p. 316.
10) C.I, p. 300.

수 있는 領收權 委任狀을 써 주는 방법이다. 그의 財政上의 난맥상은 포우의 「怪奇譚」2권의 版權 賣渡契約書의 여백에 기입한 인세 受領 明細表[11]를 보면 잘 알 수 있다. 총 1,000프랑을 17회에 쪼개어 수령한 셈이다. 대개 30, 20프랑씩 심지어 5프랑씩 선불하여 메워지고 있다. 10월 4일에는 편지에 회답도 안 해 주는 모친에게 또 한 번 2人稱 대명사를 *tu*에서 *vous*로 바꾼 편지에서, 定住할 집 없이 포우 印刷에 매달려 일에 쫓기는 처지를 호소한다——〈이토록 잔인스럽고, 이토록 비속한 不安 속에 일을 한다는 것은 참으로 고되고 고통스럽습니다.〉[12] 그리고 年末이 닥쳐오자 〈1년 이상이나 만나기를 거절하고 있는〉 모친에게 年例의 긴 편지. 처음부터 끝까지 암담하고 절망적이다.

　　"저는 이제 싸구려 식당과 家具 딸린 호텔방 생활에 아주 지쳐버렸읍니다. 그런 생활이 내 목숨을 빼앗고 毒殺하는 거죠. 이때껏 어떻게 견디어 왔는지 알 수가 없어요. 감기와 偏頭痛과 身熱에 지쳤고, 무엇보다도 하루에 두 번씩 외출(식사 때문에—역주) 해야 하는 점, 그리고 눈, 진구렁, 그리고 비에 지쳤어요. (……) 제게는 모두 없는 것 투성이예요——家具·內衣·옷·남비조차 없고, 게다가 여러 裝幀師 집에 흩어져 있는 저의 책들, 전부가 필요해요, 전부 당장 필요해요."[13]

그런데 내일 당장 이 호텔을 떠나야 하는데, 오늘 안으로 돈이 들어오지 않으면, 또 신변의 모든 물건을 압류당해야 한다는 것이다. 그렇게 되면 진행 중의 포우 인쇄는 중단할 수 없으니, 땅바닥에서라도 자며, 어디서건 닥치는 대로 校正 일을 보아야 할 판이란다. 그러니 이미 택해 둔 定住할 집에 들 수 있도록 앙셀에게 특별 支出을 허락해 달라는 애원이다. 이 편지에서 처음으로 늙음과 죽음에 대한 강박관념이 몇 차례나 되풀이 나타난다.

　　"방금 저도 늙은이가 될지 모른다고 말했지요. 허나 더 나쁜 일이 있어요. 우리 둘 중의 하나가 죽을지도 모를 일이예요. (……) 시간의 낭비, 이것이야말로 내 상처, 내 커다란 상처예요. (……) 이 激動으로 가득찬 지긋지긋한 생활 속에, 실질적으로 저의 資本을 이루고 있는 희한한 詩的 才能과 명확한 想念들과 희망의 힘들이 닳아빠지고, 간신히 지탱되다가 사라지는 꼴을 본다는 것은 무서운 일이에요. (……) 하지만 바로 그 점에 절대 중요한 공포가 깃들어 있어요. 名聲 없이 죽어 뻗고 싶지는 않아요. 규칙적인 생활 한 번 못 해보고 老人이 되는 꼴을 당하고 싶지 않아요. 결코 그것을 甘受할 수는 없어요."

34세에 벌써 늙음과 죽음을 이토록 심각하게 생각한다는 것도 주목할 만한 일이다. 과연 그가 이해에 발표된 18편의 詩 중에, 〈나 이제 思索의 가을에 다다랐으니〉, 폭풍우의 靑春은 이미 가고 인생의 가을에 처한 심경을 노래한 「怨讐」라는 詩가 들어 있고, 38세에 쓴 「가을의 노래」에서는 인생의 晩秋에 처하

11) C.I, Notes, p. 883.
12) C.I, p. 324.
13) LM (20 déc. 1855), C.I, pp. 325~30.

여 젊은 愛人에게 따스하고 부드러운 사랑을 애원하고 있다. 또 한 가지 주목할 점은(後述하겠지만) 詩人으로서의 자기 才能에 대한 自信의 뚜렷한 표명이다.

### 怨 讎

내 靑春 한갓 캄캄한 雷雨였을 뿐,
여기저기 눈부신 햇살이 뚫고 비쳤네.
천둥과 비가 하도 휘몰아쳐 내 庭園에는
빠알간 열매 몇 안 남았네.

나 지금 思想의 가을에 닿았으니,
삽과 갈고리 들고 다시 긁어모아야지,
洪水가 지나며 墓穴처럼 곳곳에
커다란 웅덩이들 파놓았으니.

누가 알리, 내가 꿈꾸는 새로운 꽃들이
모래톱처럼 씻긴 이 흙 속에서
活力이 될 神秘의 養分을 얻을지를?

──오 괴로와라! 괴로와라! 〈時間〉은
生命을 파먹고, 가슴을 긁는 正體 모를 〈원수〉는
우리 흘리는 피로 자라며 強大해지는구나!

드디어 앙셀에게 500프랑을 선불받아 아파트에 정착[14]한다. 잔느 뒤발을 보내 돈을 受領케 한 점으로 미루어, 다시 동거생활을 시작한 것으로 추측된다. ──만 3년 반 동안 헤어져 있었던 셈이다. 〈드디어 비교적 조용해〉졌다고 했지만, 곧 뒤이어 5프랑을 꾸러다니고, 혹은 친구(Asselineau) 부재중에 방에 들어가 너무 피곤하여 〈침대를 侵犯〉했노라고 하며, 꾸러미를 두고 가니 전당포에 넣고 돈 50프랑만 꾸어 달라는 부탁을 할 정도의 궁상이다. 게다가 〈집 主人이 하도 못살게 굴어서 어젯밤 집에 들어가지 못했다〉[15]는 고백이다.

1856년 1월 9일, 모친에게 〈드디어, 그리고 오랜 세월 이래로 처음 안심하고 오랫동안 일을 할 수 있었다〉고 정말 드물게 보는 밝은 내용의 소식을 전한다 (이 편지에서 異腹兄에 대한 遡及的인 원한을 밝히고 있다). 그리고 詩人으로서의 자존심이 현저하게 강조되고 있다. 3월 12일, 드디어 포우 「怪奇譚」이 출판되고 다음날 새벽 친구(Asselineau)에게 간밤에 꾼 괴상한 꿈 이야기를 자세히 적어 보낸다. 방금 출판된 책을 어느 娼家 女主人에게 증정하러 현관에 들어서자 거기서 본 해괴한 광경이며, 半괴물 같은 살아 있는 女人의 立像 등의 이야기다. [16]

---

14) 18, rue d'Angoulême.
15) C.I, p. 333.
16) Michel Butor: Histoire extraordinaire 에서 이 꿈을 分析.

한편 포우 刊行 後 아연 활기를 되찾아 여러 文人들(특히 막심 뒤 캉, 생트 뵈브, 고티에)에게 書評을 부탁한다(du Camp 만이 응하고 二者는 묵살). 특히 생트 뵈브에게 보낸 청탁에서는, 〈美國에서는 대단치 않은 에드가 포우가 프랑스를 위하여는 위대한 사람이 되어야 합니다. 즉 그렇게 되기를 저는 갈망합니다〉라고, 그의 포우에 대한 傾倒와 예언적인 명석한 판단과 그 文學에 대한 확신을 밝혀 주고 있다. 한 달 후 모친에게 포우에 대한 書評들을 보내며 자세히 보고하는 편지에서,

"憤怒가 才能을 주는 것인지는 확실치 않지만, 그렇다고 가정한다면, 저는 굉장한 재능을 가져 마땅할 것이에요. 저는 오직 押留와 싸움, 싸움과 押留의 연속 속에 틈틈이 일을 할 뿐이니까요."[17]

이렇게 여전히 불안정한 생활의 계속임을 알려준다. 모친은 여전히 회답을 주지 않고 있다. 6월 6일附 편지에서는, 집을 나와 거처 없이 헤매는 처지를 알리고 또 돈 구걸을 하며, 모친에게 노여움을 풀도록 애원한다.

"어머님을 포옹하기를 허락해 주십사고 애원하는 것도 이번이 네번째입니다. 어떤 이유로 하여 어머님이 절 거절하시는지 통 이해할 수 없군요. 저는 아무 설넝도 드리지 않고 부탁드리는 거예요. 지치고 상처 입은 사람이 한 가지 기쁨, 元氣恢復劑, 하나의 友誼를 청하듯이 말입니다."[18]

모친은 7월에야 답장을 쓰지만, 아직 화해를 하지는 않는다. 7월 22일, 볼테에르街의 볼테에르館[19]에 정착한 일을 알리는 편지에서, 後見人에게 구걸하듯이 돈을 타러 다니는 지겨움을 새삼스레 푸념한다.

"이런 관계로 저는 지쳐 버렸고, 굴욕을 받고 있어요. 뇌이이(앙셀이 사는 곳—역주)에의 길은 路上의 돌멩이 하나하나까지 기억해 묘사할 수 있을 정도이지만, 제게는 여러 해 전부터 지긋지긋해졌어요."[20]

역시 돈 문제로 다급하다. 9월에도 긴 편지 서두에서 고뇌를 호소하며, 급히 꺼야 할 빚 독촉의 성화 때문에 돈을 보내 달라고 부탁한다. 그리고 또 다시 잔느 뒤발과 헤어진 사연을 전하며, 그녀에의 고운 정 미운 정의 야릇한 집착을 고백한다.

"저의 잔느와의 관계, 14년간의 관계는 끊겼읍니다. 저는 그런 訣別이 일어나지 않도록 인간적으로 할 수 있는 모든 일을 다 했어요. 그 상심과 그 싸움이 보름 동안이나 계속되었지요. 잔느는 줄곧 태연스레 대답하더군요——내가 다룰 수 없는 성격의

---

17) LM(12 av. 1856), C.I, pp. 345~7.
18) C.I, pp. 349~50.
19) Hôtel Voltaire 19, Quai Voltaire. 1858년 11월까지 定着, 현재도 보들레에르가 居住한 샤실의 銘板이 붙어 있다.
20) LM(1856. 7. 22), C.I, p. 353.

소유자이며, 그뿐더러 언젠가는 나 자신이 그녀의 訣別의 결심을 고맙게 여길 것이라구요. 그게 바로 女人들의 통명스런 부르조아式 지혜라는 거죠. 저는 앞으로 어떤 기분 좋은 異性 관계나 쾌락, 돈이 생기고 혹은 허영이 제게 일어나더라도, 항상 그 女子를 그리워하게 되리라는 걸 알고 있어요. (……) 그 여자가 저의 유일한 위안이며, 유일한 기쁨, 유일한 동무였으며, 그녀와의 험난한 관계 안에서 겪은 온갖 충격에도 불구하고, 일찌기 돌이킬 수 없는 이별이란 뚜렷이 생각해 본 적이 없어요. (……) 어떤 좋은 물건이나, 아름다운 풍경, 무엇이건 기분 좋은 것을 보면 이런 생각을 하고 있는 저 자신을 발견하곤 해요——어째서 그녀가 나하고 같이 있으면서 함께 그것을 감상하고, 함께 그것을 사지 않는 것일까? 하고요.”21)

몇 해 전에 그토록 저주하고, 도저히 참을 수 없는 그녀의 행패를 호소하던 그가 이 이별 후에 느끼는 상심은 너무도 심각하여, 또 한번 어리둥절하게 만든다. 역시 俗人이 헤아릴 수 없는 심정의 기미에 속하는가?

“(……) 하여간 마침내 끝장이 났어요. 그것이 정말 돌이킬 수 없는 사실임이 분명히 증명되었을 때, 저는 이름 모를 분격에 사로잡혔어요. 10일간이나 잠을 못 자고, 줄곧 구토증이 났으며, 남에게 숨어 있어야만 했어요. 줄곧 저는 울고 있었으니까요. 하기는 제 강박관념은 利己的인 것이었죠——앞으로 가족 없고 친구도, 애인도 없이, 항상 고독과 우연의 세월, 제 마음을 달랠 아무 것도 없이 지내야 할 지루한 세월이 훤히 내다보이더군요.”

이 편지에 너무 측은해졌던지, 모친의 화해 편지를 받는다. 그리고 11월 4일附의 편지에는 자기의 남다른 운명에 대한 뚜렷한 자각을 밝힌 주목할 만한 귀절이 들어 있다.

“어머님이 줄곧 제가 모든 세상사람들과 같아지는 것을 보고 싶어하시고, 어머님이 추켜서 지명하시는 친구들에게 손색 없는 저를 보고 싶어하시는 데 대해서 조금, 조금만 말예요, 웃는 걸 용서하시겠어요? 아! 어머님도 제가 그런 사람이 아니란 걸, 제 운명이 달리 될 것이라는 걸 아시죠.”

예사로운 〈그런 사람이 아니라〉, 〈운명이 달리 될 것〉이란 자각에서, 그는 그토록 궁지에 몰려 허덕이면서도 끝내 詩人으로서의 긍지와 自信을 굳게 지켜나갈 수 있었던 것이리라.

그 높은 矜持와 自信  이해 年末에 출판업을 하는 具眼의 奇人 풀레 말라시스 Poulet-Malassis의 제의로 마침내 「惡의 꽃」의 출판 계약을 맺게 된다.22) 이에 앞선 2년간 지리멸렬한 사생활과 〈地獄의 변두리〉에 선 암담한 심경과 그 궁지에 몰린 처지와는 대조적으로, 詩人으로서의 높은 긍지와 단호한 자신이 전례 없이 분명히 여러 차례 표명된다. 여기서 그는 이미 「惡의 꽃」의 詩人으

---

21) LM(11 sep. 1856), pp. 355~8.
22) 1856년 12월 30일. Les Fleurs du Mal과 Bric-à-brac esthétique (후에 Curiosités esthétiques로 된 美術評)의 出版契約.

로서의 높은 경지에 다다랐으며, 그 사실을 스스로 자각하고 있음을 알 수 있었다. 가령, 그토록 체면불고하고 백방으로 돈 구걸을 하는 그가 정부 보조 신청에 관하여,

"長官에게 돈을 청한다는 것은 넌덜머리가 납니다. 하지만 그런 일이 거의 관례로 되어 있어요. 그것을 위한 예산조처도 있구요. 저로서는, 그런 수단을 항상 멀리하는 自尊心과 조심성이 있어요. 절대로 제 이름은 정부의 더러운 서류 속에 나타나지 않을 거예요."[23]

이렇게 일축하고 있다(어쩌면 義父를 의식한 偏執이 섞여 있는지도 모른다. 義父 死後에는 몇 차례 보조금을 탄다). 친구(Asselineau)에게 궁상을 호소하며 전당포 저당件을 부탁한 편지[24]에서는 〈후세를 생각할 때, 이런 서신들에 서명할 순 없지〉라고 묘한 고백을 한다. 집필이 항상 늦다는 인쇄소의 항의에 대하여도,

"하지만 나는 항상 그렇게 집필하기로 결심했어요. 즉 그것이 저의 意志죠——적어도 문학적으로는 말입니다."[25]

같은 편지에서 처음으로 모친에게 〈진정한 詩人〉으로서의 긍지를 표명한다.

"진정한 詩人들의 특질은——저의 이런 자만심의 사소한 氣焰을 용서하세요, 저에게 허용된 유일한 것이니까요——그것은 저 자신에서 벗어나서 저와는 전혀 다른 性格을 이해할 수 있다는 점입니다."

여기서 자기에게 〈허용된 유일한〉自慢心이 〈진정한 詩人〉으로서의 그것임을 뚜렷이 자부심을 가지고 말하고 있으며, 아울러 交感 prostitution의 시학의 일단을 밝히고 있다. 다시 異腹兄과 자기와의 성격상의 거리를 언급하며, 〈세상에 詩精神과 감정에 있어서의 騎士道보다 더 귀중한 것은 없지요.〉줄곧 편지마다 모친에게 궁상맞은 고백과 돈 구걸로 일관하는 그가 〈진정한 詩人〉·〈詩精神〉을 말할 때는 이렇듯 당당하고 어엿한 어조로 일변한다.

그리하여 文士이자 動物學과 수렵에 조예가 깊은 사람의 책[26]을 읽고 소감을 적어 보낸 진귀한 편지에서, 그는 〈相應 correspondance〉의 詩學을 펴력한다.

"(……) 詩人은 지고하게 知性的이며, 그는 더할 나위 없이 知性 자체 (……) 想像力은 여러 능력 중에도 가장 과학적입니다. 그것만이 〈보편적인 아날로지 analogie〉를, 또는 神秘教가 〈相應 correspondance〉이라고 부르는 것을 깨달으니까요. (……) 그러나 아주 확실한 것은, 제게는 철학적 정신이 있기에 진실한 것을 명백하게 볼 수 있으며, 저는 수렵가도 아니고 自然學者도 아니지만 動物學에 있어서도 그렇다는 말입니다."[27]

---

23) LM (20 déc. 1855), C.I, p. 329.
24) C.I, p. 333.
25) LM(1856. 1. 9).
26) Alphonse Toussenel: L'Esprit des bêtes, Le Monde des oiseaux.
27) C.I, p. 336.

이렇게 자기 美學과 자기 재능에 대한 自信을 밝히며, 상대편의 저서에 대한 찬사를 아끼지 않는 반면, 자기가 찬동할 수 없는 사상을 가차없이 공박한다 (이 시기에 연속 *correspondance* 의 詩學을 편지에까저 피력한 점으로 보아, 이 즈음에 문제의 「相應」이라는 詩를 쓴 것으로 추측할 수 있다. 55년 6월에 발표한 18篇 속에 도 아직 들어 있지 않기에 더욱 그럴 가능성이 짙다). 더구나 이 시기에 紙上에 산 견되던 그에 대한 惡評에 관하여 모친에게, 〈필경 어머님은 특히 누가 자기 아 들을 나쁘게 말할 때 웃어넘기질 못하실 것 같군요. 하지만 그런 英雄心(웃어 넘길 만한—역주)이 이 세상의 어떤 정신보다도 훨씬 더 값진 것이에요〉하고, 남의 악평에도 초연한 自信을 밝히고 있다. 世上事와 생활에 그토록 형편없이 무능하고 실패와 亂脈의 연속이면서도, 오직 詩人으로서만은 詩集 한 권도 펴 내기 전에 벌써 이토록 높은 경지에 이르고 있다는 것도 극히 희한한 경우라 할 만하다. 이 캄캄한 암흑기를 통하여 오히려 「惡의 꽃」의 시인으로는 완성 의 경지까지 단련된 것이다.

**고된 上昇** 위에서 생활면에서 계속 참담한 深淵 속을 헤매고 있음을 보았 거니와, 1855년에 들어서며 시인·작가로서는 아연 활기를 띠기 시작하여 침 체기를 벗어나는 분발의 기세를 보여준다. 때마침 萬國博覽會가 파리에서 열리 는 해여서, 문화계 전반의 활기 띤 분위기와 詩人도 보조를 맞춘 듯하다. 48년 革命과 51년 쿠데타 이후, 프랑스 자체가 전국적인 침체기에 빠진 듯, 그간 그 자신이 어머니에게 여러 번 文人生活도 예전과 달라 힘들게 되었다고 한탄 한 적이 있다. 그러던 것이 나폴레옹 3세가 帝政을 펴고 황제로 등극 후, 國 力을 과시하기 위하여 만국박람회의 개최를 선포한 것이다.

> 萬國博覽會. 공업·농업·상업·미술. 거창한 작업. 나라의 모든 창조력이 이에 바
> 쳐졌다. 갖가지 준비위원회들이 雨後竹筍처럼 늘어난다. 12월 29일 (1853년—역주)
> 나폴레옹皇太子 전하가 제1회 全國委員會를 소집했고, 거기서 프랑스의 활력이 공식
> 으로 起動된 것이다. 1854년은 1855년 5월 1일에 막이 오를 거창한 무대장치를 갖
> 춘 이 興行物의 서곡이 될 것이다. [28]

이 起動이 가해진 활기는 건축·미술계로 직접 파급된다. 이 박람회에 대비 하여, 우선 파리市廳의 미화 작업에 건축가들과 화가들이 동원된다. 詩人이 찬 양을 아끼지 않던 들라크로아 Delacroix 가 시청의 〈平和호올〉의 天井畵를 맡 고, 앵그르 Ingre 가 大作 〈나폴레옹의 祝聖式〉을 맡는다. 런던박람회 때의 總 出品者數 17,000명에 비하여, 각국에서 약 24,000명의 신청이 들어왔고(프랑 스人 12,000명) 미술 부문은 출품 작품수 5,000에 달한다. [29]

우리 詩人도 이 활기에 감응이라도 된 듯이, 정초부터 「惡의 꽃」이라는 總題

---

28) A. Tabarant: La Vie artistique au temps de Baudelaire, p. 206.
29) ibid. pp. 210~1.

로 발표될 詩 18편의 게재를 잡지사(Revue des Deux Mondes)에 교섭한다. 1845
년 「레스보스의 女人들」로 근간 예고를 한 이래로, 1848년 11월에는 「地獄의
邊境」으로 개제하여 근간 예고를 했고, 언제 다시 「惡의 꽃」으로 개제된 것인
지는 고증되고 있지 않다. 다만 필경 1854년 말에서 다음해 초 사이로 추측
된다. 그리고 이 운명적인 시집에 「惡의 꽃」이라는 이름을 지어 준 사람이 詩
人의 친구인 한 評論家였음이 아슬리노의 회고로 밝혀지고 있다.

　　차례로 「레스보스의 女人들」, 「地獄의 邊境」으로 명명된 후, 아직 시집은 題名이
없는 채였다. 대단한 문제였다! 얼마나 오랫동안 문제로 되었던지는 아무도 모를 게
다! 결정적인 題名 「惡의 꽃」을 준 사람은 이폴리트 바부 Hippolyte Babou 다. 그
일은 잘 기억나는데, 어느날 저녁 카페(Lemblin)에서 그 문제로 오랜 심의 끝에 그가
命名한 것이다.[30]

그런데 이 18편의 발표 전말을 추적하면 매우 주목할 만한 몇 가지 사실이
드러난다. 잡지(Revue de Deux Mondes)의 유력한 寄稿家(Emile Montégut)에게
게재를 추진시켜 달라는 부탁을 한 첫 편지에서, 이미 오래 전부터 잡지사측
에서 게재를 미루어 오며, 독자들의 反應을 두려워하여 주저하고 있다는 점을
알 수 있다. 둘째로, 詩人 자신이 자기 詩에 대한 독자의 반응에 몹시 신경을
쓰고 있으며, 그것을 발표하는 것이 잡지사로서 〈대담〉한 결단이 요구된다는
것을 잘 알고 있다는 점이다. 즉 커다란 반발과 물의를 일으키리라는 예상을
이미 하고 있다는 점이다.

　　"저를 초조하게 만드는 여러 이유들 중에 하나만을 들자면, 많은 分量의 제 詩가 독
자층에 일으키게 될 결과를 제가 얼마나 관심을 기울여 알고 싶어하는지——이때껏
어렴풋이 무척 不完全하게 알고 있을 뿐이니까요——貴下도 잘 아시는 일입니다. (……)
그(편집자)에게 만사에 있어 대담성이 필요하다는 것을 가르쳐 주셔야 합니다."[31]

세째로 매우 중요한 점은, 이 때부터 벌써 여러 詩篇을 배열하여 하나로 묶
는 작품의 〈構造〉 문제에 무척 신경을 쓰고 있음이 밝혀진다. 즉, 처음으로 〈惡
의 꽃〉이라는 總題로 지칭한 편지(잡지사 總務에게 보낸)에서,

　　"貴下가 어떤 作品을 선택하든 간에 小生이 몹시 집착하고 있는 점을 말씀드리고 싶
습니다. 즉 그 詩篇들이 말하자면 脈絡이 닿도록, 제가 貴下와 함께 순서를 결정하자
는 점입니다."[32]

정월에 교섭을 부탁할 때도 벌써 〈너무 기다리게 하는〉 데 지쳤음을 시사하
는 말이 있었는데, 6월 1일에야 겨우 「惡의 꽃」의 序詩에 해당되는 「讀者에


30) Asselineau: Charles Baudelaire, in Crp-B, p. 295.
31) C.I, p. 309.
32) Lettre à V. de Mars (1855. 4. 7), C.I, p. 312.

게」를 포함한 18편이 발표된다. [33] 그런데 분명히 편집진에서 독자층, 적어도
正統派 부르조아층의 반발을 염려한 듯이, 이 詩들을 발표하는 이유와 본의를
독자에게 해명하는 글을 첫머리에 붙이고 있다.

요컨대 권장할 만한 경향은 아니지만, 〈우리 時代의 여러 경향 중의 하나로
서 우리가 유념하여 알아 둘 필요가〉있으며, 발표해 줌으로써 다음 기회에 더
욱 훌륭한 詩人이 되도록 해 줄 수도 있다는 식의 묘한 해명이다. 그런데 우리
詩人의 경우, 이런 꼬리표가 붙는 것은 처음 당하는 일이 아니다. 1850년에
벌써 群小雜誌에 속하는 한 잡지(Magasin des Familles)가 두 편「自慢心의 罰」,
「술의 魂」을 발표하면서 〈現代青年의 갈망과 憂愁를 대표하기 위한……〉 운운
하는 註를 붙였고, 1851년에 11편을 발표한 잡지(Messager de l'Assemblée)도,
〈現代青年의 정신적 激動史를 재현하기 위한……〉 하고 해명의 註記를 붙이고
있다.

이렇게 잡지마다 그의 詩를 발표할 때 의례 해명의 글을 붙일 만큼 잡지사들
이 불안스러워했으니, 이 점도 그의 시집 출판이 늦어진 이유 중의 하나로 볼
수 있다. 그만큼 反社會的인 대담한 내용과 표현이 들어 있다는 점은 詩人 자
신도 알고 있고, 또 18편의 詩의 끝에 붙일 예정이었던 에필로그의 지독한 反
正統的 逆說과 毒舌의 나열로 보아, 알고도 일부러 도발적인 태도를 취한 것
이 분명하다. 결국 문제의 에필로그는 넣지 않고 말았지만, 저 자신이 〈奇怪無
道함 monstruosités의 멋진 불꽃〉이라고 표현한 것으로 충분히 엿볼 수 있다.
결국「惡의 꽃」의 운명은 그 豫徵을 이미 보여주고 있었던 셈이다.

이 문제의 에필로그 草案은 기록해 둘 만하다.

　　　　(한 夫人에게)
　사랑 속에 나를 쉬게 해 주오. 아니지, 사랑은 날 쉬게 하지 않을 터. 순진함과 착
함은 지겨워. 만일 당신이 날 즐겁게 하고 욕망을 싱싱하게 되불러 일으키려 한다면, 잔
인스럽고, 거짓말쟁이에, 방종하며, 음탕하고 도둑녀이 되어 주우. 그런데 당신이 그
러고 싶어하지 않는다면, 난 성내지 않고 당신을 그저 패 죽일 거요. 왜냐하면, 난 諷
刺의 진짜 代表者여서, 내 病은 절대로 고칠 수 없는 종류의 것이니까. [34]

이 大雜誌에 실린 18편에의 반응은 곧 상반된 두 갈래로 나타난다. 공격의
本陣은 역시 피가로 Figaro 紙로, 이해 11월 4일에 〈한심스런 사상의 빈곤, 구
역질나고 오싹하고 納骨場 屠殺場의 詩……〉[35] 하고 혹평하지만, 그 반면에는

---

33) Au lecteur, Réversibilité, Le Tonneau de la heine(+), La Confession, L'Aube spirituelle,
La Volupté (La Destruction), Voyage à Cythère, A la Belle aux cheveux d'or (L'Irrépar-
able), L'Invitation au voyage, Moesta et errabunda, La Cloche(~ fêlée +), L'Ennemi,
La Vie antérieure, Le Spleen (De Profundis clamavi(+), Remords posthume, Le
Guignon, La Béatrice (Le Vampire), L'Amour et le crâne. (+)표는 이미 발표되었던 것.
34) Lettre à V. de Mars (7 av. 1855), C.l, p. 312.
35) Pch-B, p. 266.

감탄, 놀라움으로 그를 주목하여 명성이 오르기 시작한 계기가 된다.

48년 革命에 행동으로 폭발되었던 반항심이 文學 속으로 잠복한 탓일까? 예의 놀려 주기·골려 주기 취미? 그가 자인하는 〈幻想的〉인 취향의 지나친 표현? 여하간에 다음 고백은 주목할 만하다. 문제의 註記에 언급한 편집자에의 편지에서, 그는 새삼 자기가 이때껏 쓴 원고들과 여러 작품 계획 초안(그는 실로 수없이 많은 小說과 희곡의 作品 구상 메모를 쌓아 두고 끝내 집필을 못 한다)을 훑어보고 나서 자인하고 있다.

"저는 거기(원고와 계획案)서——告白하기도 우습지만——거의 오직 놀라움과 공포를 일으키려는 데 골몰한 것뿐이더군요. (……) 하지만 風俗小說보다는 차라리 환상적인 것이죠. 이 後者 분야에서 本意 아니게 귀하의 비위를 거슬르게 될 테죠. 반면에 幻想物이 저로서는 확고한 지반이 되고 있어요."[36]

한편 지난해 7월 하순부터 르 페이紙에 연재되던 포우 번역은 자주 중단되어 갈등을 일으키던 것이, 이해 정월 하순부터는 간간 약간의 중단은 있지만, 연속 꾸준히 연재되어 4월 20일 일단락짓는다. 실로 방대한 분량이다. 위에서 이미 본 바와 같이, 그 오랜 침체기를 겪고 나서도 여전히 돈에 몰리고 빚에 쫓기며, 한 달에 여섯 번씩이나 숙소를 옮기는가 하면, 때로는 거처 없이 방황하는 지리멸렬한 생활 속에서 그만한 번역을 계속 연재한 것을 생각하면, 참으로 눈물겨운 분발이다. 포우에 대한 애착과 집념도 대단하거니와, 이 시기의 그의 열성에 관하여는 많은 일화를 남기고 있다——그가 가장 좋아하는 취미인 거리의 산책과, 〈知性人의 유일한 悅樂〉인 친구들과의 한담도 포기하고, 매일 1회분 20프랑의 일거리를 끈질기게 붙들고는, 訪問客이 찾아와도, 엔간한 사람들에게는 펜을 그대로 움직이며 응대하여 절로 물러가게 만드는 둥, 「怪奇譚」 제2권이 출판될 때는, 아예 인쇄소 곁으로 한 달 동안 숙소를 옮기고 작업장에서 살다시피 하여, 職工들까지 친해져 그의 추억을 남길 정도[37]……. 그 고된 일이 끝나고, 따라서 중요한 계속적인 수입원이 끊기고 나자 뜻밖의 행운이 찾아든다. 만국박람회의 景氣가 직접 그에게 파급된 셈이다. 두 번이나 「美展評 Salon」을 쓴 그로서도 보통의 관심사가 아니다. 미술 부문의 出品者 무려 2,176명(프랑스人 700명, 英國 150명, 벨기에 115명, 프러시아 75명, 네덜란드 63명, 스위스 39명, 스페인 35명, 포르투갈 16명, 美國 11명……), 작품은 실로 5,000점에 이르는 호화판이다. 고티에는 모니퇴외르 Moniteur 紙에 실린 觀覽評에서, 이 놀라운 展示場의 의의를 명쾌하게 갈파하고 있다.

온갖 나라들의 미술품들이 서로 마주보게 되어 (……) 오직 우리 세기만이 그 놀라운 교통수단으로서 실현시킬 수 있었던 위대한 着想이다. 그리하여, 삶을 人間 재능의

---

36) C.I, p. 313.
37) Crp-B, pp. 97~8.

끈기 있고 경건한 鑑賞에 바친 우리는, 그것을 연구하기 위하여 이때껏은 그리이스,
이탈리아, 스페인, 영국, 벨기에, 네덜란드, 독일…… 등 각국을 이리저리 돌아다녀
야만 했던 것이다. 자, 지금은 우리를 藝術上의 猶太流民처럼 떠돌게 하던 그 수많은
순례를, 한 번 마차를 타고 몽테뉴街로 달림으로써 대신할 수 있게 되었다. 그리고 야
전에 15년 걸려 배우던 것 이상을 단시간에 배울 수 있게 되었다.[38]

따라서 이 世紀의 盛事에 관하여 저널리즘이 다투어 관람 기사를 게재하지
않을 수 없다. 포우를 연재한 「르 페이」紙는 우리 詩人에게 미술 부문을 맡겼
다. 번역 연재보다 월등히 비싼 고료로 6개월 동안이나 每週 한 번씩 여러 段
을 차지하는 기사다.

과연 5월 20일附(전시는 15일 개막)로 「르 페이」 제2면에 3단에 걸친 첫 기
사가 실렸다. 그런데 내용을 본 편집자들과 독자들은 어안이 벙벙해졌다. 문
제의 〈만국박람회〉 美術展은 제쳐놓고, 〈批評方法〉에 관하여, 미술에 채택된
현대적 관념에 관하여, 저 자신의 美學理論을 당당한 論陣을 펴고 피력한 것
이다. 독자들은 자기들이 보았거나, 지금부터 볼 작품들에 관하여 이해에 도
움이 될 안내와 해설을 기대했고, 신문사가 그에게 위촉한 것도 그러한 역할
이다.  그런데 정작 문제의 전시에 관하여는 末尾에 가서, 유럽諸國의 미술에
관한 소박한 先入見으로 전시장을 찾아간다면 공연히 어리둥절할 것이라는 몇
줄을 붙였을 뿐이다.

한 주일이 지나 6월 3일 제2의 기사가 실렸다.  이번에는 240行(우리 글로
원고지 50장 정도의 분량)의 기사가 송두리째 「으젠느 들라크로아論」으로 채워져
있다. 10여개國에서 2,176명이 출품한 만국박람회의 美術展을 소개한다는 것
이다. 이 時事性을 무시한다면, 과연 뛰어난 批評方法論이며, 예리·참신한 現
代美術論이며, 탁월한 들라크로아論이며, 보들레에르美學의 중요한 한 토막이
다. 허나 적어도 1855년 5월 15일 개막된 이 세기의 향연을 눈 앞에 놓고는
신문사측으로 보나, 독자측으로 보나 東問西答式의 珍論文이랄 밖에 없다. 더
구나 먼저 인용한 같은 시기에 쓴 고티에의 기사——意義, 각국 展示作品의
개관, 특징, 대가들의 名作 개별 소개 등——의 그 요령 있고 자상한 내용과
비교하면, 이건 아주 망발이랄 밖에 없다.

제3회분이 신문사에 전달되었다(6월 9일). 이번에도 個別作家研究 「앵그르
論」이다.  그 자신도 시사적인 요구와는 동떨어진 글임을 잘 알고 있다. 그러
기에 제4회부터는 그런 식으로 쓰지 않겠노라고 사과하고 약속하며 편집 관
계자들[39]을 무마하려는 편지[40]를 보내지만, 분격한 신문사측에서는 이를 일축
하고, 「앵그르論」도 묵살해 버린다. 그에 대한 청탁도 2회로 끊어버리고, 다

<hr>

38) A. Tabarant. op. cit., p. 214.

39) Cohen, Mirès, Dutacq.

40) Lettre à Dutacq (ou Auguste Vitu, 9 juin), C.I, p. 313.

荊棘의 頂上으로　185

른 집필자로 바꿔버린다. 더욱 그에게 이 사건을 轉福爲禍로 만든 것은, 예의 버릇에 따라 이 미술전시평이 청탁되기가 무섭게 상당한 금액의 先拂을 받은 일이다.

대체 어찌 된 셈인가? 변덕? 挑戰?──무엇 때문에? 누구에게? 쓰고 싶은 글 이외에 잡문은 쓰지 않겠다는 것인가? 그럼 처음부터 거절할 일이며, 또 요령 있게 해설을 쓴대서 반드시 잡문이 되란 법도 없다. 필경은 비평가로서의 良心과 결벽이 작용한 것이리라. 1, 2회분과 3회 예정분은 이미 평소에 생각하던 바이며, 프랑스畫家들은 잘 알고 있지만, 처음 대하는 당대의 外國畫家들에 대하여는 깊은 연구와 사색 없이 피상적인 인상만을 안일하게 늘어놓고 싶지 않다는 그것이다. 이 점은 제1회분 附記에서 분명히 드러난다. 즉 〈批評方法〉 말미에 간단히 〈이탈리아에서 다 빈치나 라파엘과 미켈란젤로의 후예들을 (……) 발견하리라는 식의 先入觀을 가지고 만국박람회를 찾는 사람은 공연한 놀라움을 마련하는 일이 될 것이다〉하여 현대 畫家의 작품이 전혀 뜻밖의 경향임을 암시하고, 부기하여 변명하기를,

英國畫家들의 전시는 매우 훌륭하여 오랜 끈기 있는 연구를 할 보람이 있는 것이다. 그러나 아직도 너 硏究하고 싶다. (……) 그 유쾌한 일을 뉘로 미루는 것은 지극한 예절 때문이다. 나는 더 잘하기 위하여 지체하는 것이다. 따라서 나는 좀더 쉬운 일부터 시작하려는 바이다. [41]

이때껏 그의 詩作과 발표에서 누차 보아 온 태도다. 당장은 인연 깊은 신문사에서 쫓겨나 인연을 끊는 쓰라림에 더하여 얼토당토않은 글을 발표한 거북스러움과 비난은 감수해야 했지만, 그러나 그 결과는 어찌 되었는가? 그의 뒤를 이어 「르 페이」紙에 5개월간 19회에 걸쳐 집필하여 신문사와 독자를 만족시킨 루이 으노 Louis Enault 는 지금으로 보면 無名人으로 끝나고, 그 기사도 休紙 속에 묻히고 말았다. 그런데 그 東問西答式의 3편의 美術論[42]은 後世가 이를 기억하게 되었고, 그의 美學에 중요한 한 자리를 차지한다.

어쨌든 당시로서는 쓰라린 실수였으나, 저명한 잡지에 당당히 「惡의 꽃」이라는 總題를 내걸고 18편을 한데 묶어 발표한 때라, 의기가 꺾일 정도의 타격은 아니었으리라. 더구나 7월로 접어들자, 작은 雜誌(La Portefeuille)이긴 하지만, 하여간 오랫동안 퇴짜만 당하던 美術論 「웃음의 本質考 De l'Essence du Rire et généralement du comique dans les arts plastiques」(그가 오래 전부터 구상하던 戱畫 Caricature論의 序論에 해당)가 실리게 되고, 같은 잡지에 먼저 「르 페이」에게 「만국박람회, 1855」 중 거절당한 「앵그르論」을 실리게 된 것이다.

무엇보다도 대망의 포우 「怪奇譚」 2권 간행이 실현된 것이다. 출판사(Michel


41) A. Tabarant, op. cit., p. 224.
42) Exposition universelle—Beaux-arts I. Méthode de Critique, II. Ingre, III. Eugène Delacroix.

Lévy)와의 계약서(8월 3일附)에 의하면, 인세는 정가의 12분의 1에 각 1,500 부씩 간행을 약정하고 있다. 續篇을 출판하는 경우도 우선 그 출판사에 제공하되, 출판 여부의 결정권은 출판사측에서 가지기로 되어 있다. 그의 교정 過多와 권두에 붙일 연구 논문 「에드가 포우, 그 生涯와 作品」이 지연된(먼저 언급한 대로 52년 4월에 발표한 것은 엉터리였으므로 폐기) 탓으로 실제 刊行은 6개월 後, 다음해 3월에야 실현된다. 위에서 본 바와 같이 그 지리멸렬한 생활 중에도 악착스레 물고 늘어질 수 있는 정신적인 지주가 생긴 셈이다.

이렇듯 생활고와 포우 인쇄 일에 얽매여 허덕이는 중에도 이미 씌어진 評論集과 詩 각 1권씩의 간행과 小說 1편, 〈大戱曲〉 1편의 집필 계획을 모친[43]에게 알리고 있다. 드디어 1856년 3월 12일에 포우 譯本이 발매되어 한동안 書評 의뢰에 열을 올리는 한편, 속편 「新怪奇譚」의 간행을 준비한다. 포우 譯本은 6월에 再印刷 3,000部를 내고, 해마다 판을 거듭한 것으로 보아 꽤 성공한 셈이다. 7월 초에는 제2권이 인쇄 중이며, 기세를 몰아 제3권 번역에 착수하고 있음을 알린다.[44] 그러나 제2권 「新怪奇譚」 권두에 붙일 「에드가 포우 新考」의 지연으로 실제 인쇄는 다음해 2월에야 시작된다. 10월 21일附로 같은 출판사와 포우 제3권(Aventures d'Arthur Gordon Pym)을 계약한다. 계약 조건은 먼젓번과 거의 같지만, 인세는 12분의 1에서 15분의 1로 떨어지고 있다.

그런데 12월에 들어서면서부터 풀레 말라시스와의 交信이 시작된다. 실로 역사적이며 운명적인 새 국면의 전개다. 그가 처음으로 말라시스를 언급한 것은 1850년 5월 10일附 제라르 드 네르발(狂氣와 환상의 大詩人. 1855년 自殺)에게 보낸 편지에서, 네르발 原作 劇上演 入場券을 말라시스를 위하여 보내 달라고 부탁한 일이다. 말라시스를 사귄 것도 이 해부터지만 급속히 친분이 두터워져서, 「書簡集」에서 그에게 보낸 첫 편지로 수록된 것이 이해 7월 15일附이다(이해 Alençon의 인쇄업자인 Malassis의 父親 사망). 고향에 돌아가 반년이나 묻혀 있을 예정인 그에게, 그의 고향까지 찾아 가겠노라고 약속할 정도였다. 그런데 이 7년 이래의 文友이자 地方都市(Alençon, Paris 西方 195 km)에 인쇄소를 가진(부친 사망으로 상속) 그가 「惡의 꽃」과 美術評의 간행을 한꺼번에 제의해 온 것이다(그의 父親이 사망하지 않았더라면 「惡의 꽃」의 운명도 좀 달라졌으리라). 그토록 오래 묵히고, 그토록 출판은 고사하고 잡지에 게재하기조차 꺼리며 해명의 註記까지 붙이곤 하던 「惡의 꽃」을 자진 出版하겠다고 나설 뿐 아니라, 미술론까지 내줄 것을 약속하고, 계약도 하기 전에 手票들(200프랑짜리 포함)을 보내 주었으니, 이 때의 詩人의 歡喜를 짐작할 수 있다(줄곧 돈 구걸만 하던 궁지의 그는 〈특히 200프랑 수표는 救世主처럼 내 손에 떨어졌소〉라고 고마

---

43) LM (20 déc. 1855), C.I, pp. 325~30
44) LM (5 juil. 1856), C.I, p. 352.

와하고 있다). [45]

　이 용감한 具眼之士이자 奇人이며, 詩人의 더없이 큰 은인이 된 그의 행적을 일별해 보지 않을 수 없다. 1825년[46] 알랑송市의 〈인쇄업 王家(大宗)〉에서 태어나, 古文書學校에 입학(1847), 48년 혁명 때는 단호한 사회주의자로 市街戰에 참가, 체포되어 12월에 석방된 투사이다. 그간 2년에 걸쳐 집필 탈고한 저서 「革命論」과 「頹落의 시간 L'Heure des Décadences」의 원고, 그리고 그가 수집한 〈革命文書資料集〉을 분실하고, 문학청년들의 〈보엠〉群에 섞여 살다가 1850년 알랑송의 印刷王인 부친의 사망(이해 먼저 언급한 詩人과의 교제가 시작됨) 후, 1852년 고향으로 돌아가서 정착. 父親 사망 후 모친이 인계했던 인쇄업 免許證을 55년에 인계받았고, 56년 11월에는 그의 妹夫가 인계받았던 石版인쇄와 출판사 면허를 引受한다. 이어 57년 정월에는 매부와의 합작으로 파리시의 출판업 免許를 획득한다. 그가 시인에게 「惡의 꽃」 출판 제의를 한 것이 바로 알랑송의 출판업 면허를 인수한 직후에 첫 계획으로 착수한 것임을 알 수 있다. 과연 기인다운 첫 사업이다. 그는 「알랑송新聞」을 발행하는 한편, 「惡의 꽃」 이외에도 방빌·고티에·르콩트 드 리일 등 당대 大詩人들의 詩集을 맡아 전성기를 맞는다. 그러나 「惡의 꽃」을 필두로 그의 商術을 떠난 안목과 용기로 말미암아 잇달아 당국의 起訴를 받는 작품들을 출판하여, 소송과 벌금, 보들레에르와 그의 친구들과의 끊임없는 인세(고료) 先拂 형식의 약속어음 발행으로 財政이 파탄에 빠져, 사업을 매부에게 일임하고 파리의 출판사만을 소유하게 된다. 그래도 1862년 9월에는 결손이 당시 금액으로 무려 33,000프랑에 이르고 동료 인쇄업자의 빚을 지고 기소되는 등 파산에 이르러, 63년에 재산을 정리하고 벨기에로 도피한다. 거기서 다음해에 역시 파리를 도피하여 찾아온 우리 詩人을 맞게 되었으니, 둘 사이에는 무슨 숙명적인 인연으로 맺어진 듯하다. 브뤼셀에서도 프랑스 帝政에 반항하는 서적과, 보들레에르의 삭제 처분을 받은 詩 6편을 고스란히 揷入한 새 詩集 「漂流物 Les Epaves」 등을 출판하여, 본국에서 두 번이나 缺席裁判의 유죄선고를 당한다. 동시에 브뤼셀에 있으면서 파리에서 발행되는 잡지(La Petite Revue)의 주간을 맡아 본다. 詩人이 사망한 지 2년 후 69년에야 파리로 돌아와서, 여생을 書誌學·考證學的 著書·文獻의 출판에 바치다가 1878년에 사망한다. 詩人과의 숙명적인 寄緣은 후에 다시 살펴볼 기회가 올 것이다.

　이 용감하고 강직한 출판업자의 知遇를 받은 詩人이, 드디어 모진 俗物船員들에게 붙들려 시달리고 우롱당하던 〈알바트로스〉의 신세에서 풀려, 그 〈걷기조차 방해하는〉 〈巨人의 날개〉를 마음껏 펴고, 詩 세계의 蒼空을 거침없이 솟

---

45) Lettre à Poulet-Malassis (1856. 12. 9), C.I, pp. 363~5.
46) C Ⅱ. Répertoire des personnes, p. 1027 에는 1815년, Larousse du XXᵉ siècle 과 LB, p. 291 에는 共히 1825년으로 되어 있음. 古文書學校 入學年度로 보아 後者를 취함.

구쳐 날아 오르는 그 통쾌한 雄飛〈上昇〉의 심경을 누가 이루 형용할 수 있겠는가.

> 연못 위로, 계곡 위로
> 山, 숲, 구름, 바다 위로,
> 太陽 넘고, 에테에르 氣層을 넘어
> 머얼리 星圈의 경계를 넘고 넘어,
>
> 내 精神이여, 그대 날쌔게 움직여,
> 파도 속에 넋잃는 名水泳手인 양,
> 깊고 가없는 공간을 形言 못 할
> 雄健한 환락으로 즐거이 헤쳐 나가는고야.
>
> 이 病든 毒氣에서 멀리멀리 날아가,
> 上層의 氣流 속에 너를 淨化하고,
> 마셔라, 순수무구의 神酒인 양,
> 투명한 空間 가득 찬 맑은 불을.
>
> 안개 낀 生存을 짓누르는 괴로움과
> 광대한 슬픔일랑 뒤에 두고,
> 억센 날개로 밝고 淸明한 들을 향해
> 숫구쳐 내닫는 자 행복할거나!
>
> 그의 想念, 종달새처럼, 아침녘에
> 天空으로 자유로이 飛翔하는 者,
> ——삶 위를 감돌며 힘 안 들이고 꽃들과
> 말없는 事物들의 말을 깨닫는 者, 幸福할거나!
>
> ——「惡의 꽃」 중 上昇[47]


## 2. 이 酷毒한 책, 「惡의 꽃」

"이 酷毒한 책 속에 나의 온 心魂을, 온 애정을, 온 宗敎(變造된)를, 온 憎惡를, 송두리째 털어 넣었음을(……)"

——앙셀에게 보낸 便紙[48]


**全身投球** 프랑스文學史上의 1857년은 보들레에르의 해, 「惡의 꽃」의 해다. 그 밖에도 무슨 豫徵이라도 보이듯이, 플로베에르의 첫 大作 「보바리夫人」이 간행되자 정월 말에 기소되었으나, 다행히 무죄 언도를 받은 사건이 일어난다. 또 마치 新舊 大詩人의 교체를 암시하듯이 낭만주의 四大詩人의 한 사람인 알

---

47) FM, Elévation.
48) Lettre à Ancelle (1866. 2. 18), C.Ⅱ, p. 610.

프레드 드 뮈세가 세상을 떠난 해이기도 하다. 위에서 본 바와 같이 詩人이 오랜 침체에서 벗어나 날개를 펴고 치솟기 시작한 것은 지난해 年末 풀레 말라시스의 제안, 그것도 「惡의 꽃」과 美術論 두 권의 출판을 맡겠다는 뜻밖의 제안을 받은 때부터다. 12월 9일, 이 제안에 대한 답장에서, 그는 신명이 나는 듯한 필치로, 다음해 2월부터 우선 詩를 먼저 착수하자고 하며, 또 한 번 詩의 〈順序〉, 즉 「惡의 꽃」 전체의 構造에 대한 관심과 그 중요성을 강조한다.

"(……) 우리는 함께 「惡의 꽃」의 순서를 안배할 수 있을 겁니다——〈함께〉 말이에요, 알겠어요? 문제가 매우 중대하기 때문입니다."[49]

詩集의 성격과 독자층의 반향에 관하여도 그는 이미 환히 내다보고 있다.

"우리는 훌륭한 것들로만 엮어진 한 권을 만들어야만 하오——즉 少數의 소재이면서 많게 보이며, 매우 눈길을 끄는 것 말이오. 당신의 〈人氣〉라는 말이 나를 무척 웃기는군요. 人氣가 아네요, 난 알고 있어요, 오히려 전면적인 멋진 酷評으로 호기심을 끌어야죠. 그리고 외국 잡지에도 몇몇 기사를 실릴 수 있을 겁니다."

후에 부딪히게 될 「惡의 꽃」의 운명을 거의 예감하고 있는 듯한 말투다. 그 다음 뒤이어 출판할 예정인 미술론에 언급하여, 아직 제목을 확정하지 못하고 잠정적으로 〈藝術의 거울 Miroir de l'art〉 또는 〈美學室 Cabinet esthétique(美學函)〉 등을 제안한다. 이 문제는 후에 〈美學骨董品(珍貴品) Bric-à-brac esthétique〉이라는 제목으로 바뀌었다가, 결국 같은 뜻인 〈Curisoités esthétiques〉로 낙착된다(위의 경과로 curiosités라는 複數形의 뜻이 珍貴品〔骨董品〕=bric-à-brac 임을 알 수 있다).

1856년 12월 30일, 드디어 「惡의 꽃」과 미술론(여기서 3번째로 바뀐 제목 〈美學珍貴品 bric-à-Brac esthétique〉으로 되어 있음)의 계약서가 교환된다. 「惡의 꽃」 원고는 다음해 1월 20일, 미술론은 2월 말에 넘기고(물론 기한이 지켜지지 않는다), 각 1,000부씩 간행, 인세는 정가의 8분의 1로 약정(역시 장사꾼 Michel Lévy 와는 딴판의 우대다). 원고 인도 기일이 지난 57년 1월 29일, 말라시스에게 〈늑장부림〉의 해명과 사과의 편지를 보낸다. 실은 「惡의 꽃」 권두에 붙일 고티에에게 바치는 獻詞 초안(후에 대폭 수정)의 말미에 적어 보낸 편지다. 원고는 2월 4일애야 말라시스社의 파리 駐在人에게 인도된다.

한편 2월 8일附 모친에의 편지를 보면 생활상은 여전하여, 한 週 후에는 1,000 프랑(새로 신문에 연재될 포우 번역의 고료)을 받을 예정인데, 내일 당장 갚아야 할 빚 500프랑을 앙셀에게 부탁하여 그 동안만 꾸어 주도록 해 달라고 애걸을 하고 있다. 연례적으로 늘 年末에 장문의 편지로 비참한 생활의 호소, 애걸·한탄, 새해의 계획 등을 써 보내던 것인데, 지난해 年末의 「惡의 꽃」의 역사적인 진전에 정신이 팔리고 열중하여 미루어 오던 사연들이다. 편지 답장

---

49) C.I, p. 364.

을 쓰지 않았다는 모친의 책망에 대하여,

　　"제가 어떤 격동과 얼마나 두려움 속에 벌벌 떨며 살고 있는지, 때로는 이를테면 제
　머리가 내것이 아닌 상태이며, 또 저는 정말로 내 시간을 자유롭게 쓸 수 없다는 점
　을 어머님은 알아차리지 못하시는 건니까?"[50]

하고 오히려 원망을 터뜨린다(그는 자주 〈어머님은 절 전혀 모르세요〉하고 원망).
〈저는 내의도 없고 감기에 걸렸다〉면서, 큰 손수건 서너 장만 구해 보내 주면
후에 깨끗이 빨아서 돌려보내겠다는 궁상맞은 부탁까지 하고 있다. 그러면서도
모처럼 튈르리公園과 루브르박물관 맞은편 센느江가의 호텔(Hôtel Voltaire)에
정주한 지 불과 반년 남짓이 지났건만, 〈될수록 빨리 딴 곳에 가서 살고 싶은
지독한 조바심〉에 사로잡혀 있다고 고백한다. 파리에서 잠시 여기저기 피신하
거나 친구 집에 신세진 곳을 빼고, 그가 정주한 곳만도 지금의 호텔이 물경
29 번째[51]이건만, 詩人의 방랑벽은 끝이 없는 모양이다.

　그가 여기 입주한 것도, 그 자신이 이 편지에서 밝히고 있듯이, 포우 번역
속편[52]을 연재할 新聞 「世界新報 Moniteur universel」(정부 기관지)의 인쇄소가 가
깝다는 편의 때문이다. 따라서 〈마지막 1회분이 끝난 뒤에야 비로소〉 이곳을
뜨겠으며, 그것이 다음 일요일이 될 것이라지만, 교정 일 때문에 일부러 인쇄
소 근처로 이사한 것이라면, 사실과 어긋나는 말이다. 「世界新報」의 연재 기
간은 훨씬 뒤로 물려 2 월 25일부터 4 월 18일까지이기 때문이다. 이 연재 기
간에는 한창 「惡의 꽃」의 인쇄가 진행되고 있을 때며, 게다가 「怪奇譚」의 속편
(Nouvelles Histoires extraordinaires)이 3 월 초에 간행되고, 그 권두에 포우에 관
한 새 論文(Notes nouvelles sur Edgar Poe)을 첨가하고 있으니, 한동안은 3 가
지 일을 동시에 진행시킨 셈이다. 이 때까지의 그 〈게으름〉과 침체 상태와는
딴판으로 비상한 분투 정진의 시기다.

　사실 「惡의 꽃」 인쇄 기간 중의 보들레에르의 면모는 우리가 어리둥절해질 정
도로 一變한다. 생활의 亂脈(그토록 돈 구걸을 하고, 內衣도 손수건도 없다면서, 美
術品 代金으로 200 프랑의 약속어음을 떼는 따위),[53] 줄곧 일을 뒤로 미루는 의지박
약·나태의 성격과는 딴판으로, 그 치밀하고 꼼꼼하며, 정확한 판단과 계산, 일
에 열중하는 名匠 같은 헌신적 열성 등, 참으로 놀라운 변모이어서, 과연 그는
「惡의 꽃」을 위하여 태어났다는 실감이 들 정도다. 지난해 年末 「惡의 꽃」 刊
行이 언급된 이후 6 월 25 일 발매에 이르기까지 반년 동안에 출판주 말라사
스에게 보낸 인쇄에 관한 서신이 무려 34 통에 이르고 있다. 2 월 10 일에는 두
　편지를 띄워, 활자의 크기에(8 포냐, 9 포냐) 무척 신경을 쓰며, 여백을 넉넉

---

50) C.I, p. 370.
51) Pichois : Baudelaire à Paris 卷末 Domiciles de Baudelaire à Paris 地圖 參照.
52) Aventures d'Arthur Gordon Pym.
53) 56년 12월 24일(57년 1월 24일 交拂期限), C.I, p. 366.

히 둘 것과 책의 체재며 부피에 이르기까지 주의를 기울이고 있다. 校正刷는 2
부씩 보내 달라, 그래야만 항상 「惡의 꽃」의 한 벌을 수중에 가지고 있다가, 기
회 있을 때마다 신문·잡지에 발표하여 近刊의 광고를 겸할 수 있다는 세심한
배려를 피력하기까지 한다. 2월 16일附로 다시 활자 크기 문제를 의논하고,
3월 7일附 편지에는 綴字法을 舊式으로 하느냐 신식으로 하느냐는 문제로, 자
기는 〈절제 있는 구식〉을 택한다고 밝히고(그 일례로 그는 詩人을 줄곧 *poéte* 대신
*poëte*로 고집), 얄팍한 小册子가 될까봐 무척 두려워한다. 처음 말라시스의 예
상으로는 350~400페이지가 될 듯하다는 말에 그 자신도 놀란 모양인데, 필경
여러 가지 고려로 여러 편을 빼 버린 모양이다. 그것이 확실한 증거로는, 말라
시스에게 두 번이나(2월 10일, 同 16일) 〈희생된 作品들 *pièces sacrifiées*〉의 원
고를 고스란히 보내 줄 것을 당부하고, 출판 직후 모친에게 〈제가 (독자에게) 불
러일으키게 될 嫌惡에 저 자신이 겁이 나서 校正刷에서 3분의 1을 제거했어
요〉[54]라고 고백한 점을 들 수 있다(그토록 그의 모든 원고와 편지들이 잘 보관되고,
그토록 샅샅이 考證이 되고 있음에도 불구하고, 이 중요한 〈除去된〉 詩稿의 행방은 아
직 밝혀지지 않고 있다).

　역시 같은 편지(3월 7일)에서 「惡의 꽃」 인쇄 용지까지 보고 싶다고. 3월 9
일, 1편을 삭제하고 2편을 삽입하라는 지시. 권두의 고티에에 바치는 獻詞가
겨우 최종안이 정해진다——그 짤막한 몇 줄로 낙착되기까지 한 달 이상이 걸
린 셈이다. 처음에는 꽤 길며, 진정한 詩의 世界에는 〈惡도 善도 없다〉든가,
시집을 가리켜 〈哀愁와 罪의 비참한 辭典〉이라는 문귀 등이 들어 있어, 다분히
(이때껏 번번이 당한) 험악한 반응을 예감하고 예방선을 친 듯한 내용이었던 것
이다. 이 문안을 놓고 당사자 고티에와 〈토의되고 합의되어 동의된 새 獻詞〉를
작성하여 결정고로 보낸다. 결국 내용에 관한 암시며, 詩觀과 詩人의 심경 등
을 일체 빼 버리고, 어마어마한 고티에頌만 남아, 原案의 10분의 1 정도로 압
축된다. 詩集이 담은 상당한 분량의 詩에 대한 장차의 반발과 시비거리에 말려
들지 않으려는 고티에의 저의를 짐작할 수 있으며, 그의 능란한 처세를 엿보
게 한다. 결국 이 不朽의 詩集 첫머리에 최고의 詩人이며 스승이라는 찬사만
을 붙이게 함으로써 저 자신도 不朽의 자리를 확보한 셈이다. 프랑스詩史에서
그가 차지하고 자리에 과연 이 獻詞가 미친 영향은 어느 정도 일까?

　3월 16(17?)일, 다시 이 獻詞의 교정쇄에 대하여, 한 문장을 짧게 잘라 9행
에 걸치게 한 그 헌사의 全紙面 안의 위치, 行間, 그리고 어떤 낱말은 이탈릭
體로 하되, 전반적으로 활자가 너무 크다…… 등 세밀한 주의를 준다. 그 편지
를 보내고 부랴부랴 다시 그 〈헌사〉를 詩集의 맨 첫머리에(內題目보다도 앞에)
붙이는 것이 옳지 않은가? 하는 의견을 적어 보낸다. 마침내 말라시스 쪽에
서 너무 까다로운 주문에 화를 낸다(그의 동업자이며 妹夫 de Broise는 벌써부터

----

54) LM (9 Juil 1857), C.I, p. 411.

불만이 대단했다). 그런데 이런 문제에 있어서만은 보들레에르는 한 치도 양보 안 하게 마련이다. 〈헌사〉의 활자를 전부 한 급 작은 활자로 고쳐 다시 조판하라, 그 비용은 내가 보상하마 등, 강경하게 요구한다(3월 18일附). 그날 저녁에 再校 교정쇄를 받고 또 다시 지시를 되풀이한다——인용부의 되풀이가 이상하다,[55] 〈헌사〉의 중요한 부분 3, 4행은 좀더 두드러지게 하고, 매페이지 윗머리 여백에 붙이는 書題와 本文 詩行과의 거리가 너무 좁다…… 등 이 때부터 그는 최후 교정 O. K. 를 놓기 전에 紙型을 뜨지 않을까 하는 불안과, 그 O. K 刷대로 과연 정확히 訂正되었는지를 확인하고 싶어 집요하게 最終刷를 보내라는 요구를 편지마다 되풀이한다.

「惡의 꽃」의 교정에 하도 신경을 쓰고 誤植 찾기가 습성이 되어, 심지어 말라시스社에서 보내 준 新刊書의 誤植까지 찾아내 지적하여[56] 出版者의 신경을 건드리기까지 한다. 하도 까다롭고 자질구레한 요구와 지시의 되풀이로 인쇄가 지연됨에 화가 난 말라시스는 교정 O. K 쇄가 늦으면, 그대로 紙型을 뜨겠노라고 위협까지 한다. 이에 대하여 詩人은, 그런 경우에는 결국 내가 그 비용을 배상하고 다시 조판하는 결과밖에 되지 않을 것이라고 단호하게 맞서고, 한치의 양보도 안 한다——〈다시 전부를 읽고 싶소, 그토록 誤植이 두렵군요〉(3월 30일).[57]

말라시스는 우편에 의한 교정쇄 내왕의 불편과 답답증에 못이겨, 결국 詩人을 자기 인쇄소가 있는 알랑송으로 내려와 같이 일을 하자고 제안한다. 4월 16일附로 詩人은 월말에 가마고 약속한다(실현되지 못함). 한편 2월 말까지 원고를 넘기기로 계약에 명시된 「美術珍貴品」(Curiosités esthétiques로 확정——3월 9일附 편지)은 자주 독촉(특히 말라시스의 同業者〔妹夫〕의 불만)을 받지만, 한꺼번에 어떻게 세 가지 일을(포우 연재 중) 병행하겠느냐면서 버티다가(3월 15일, 3월 18일附 편지), 4월 말에 원고를 완전히 갖춰 가지고 알랑송을 찾아가겠노라고 하지만, 결국 그 생전에는 실현되지 못한 채로 끝난다.

그런 중에도 4월 20일 발행의 잡지 (Revue Française)에 詩 9편[58]을, 5월 10일附로 (L'Artiste) 3편[59]을 발표하여, 근간될 詩集에 대한 광고의 배려도 잊지 않는다. 그리고 〈「惡의 꽃」의 代父〉(獻詞 첫 文案의 표현)인 고티에의 소설 간행건도 말라시스에게 정중하게 부탁한다(4월 25일). 이 부탁은 고티에 자신이 그의 代表作 詩集[60]의 간행으로 바꾸어 결국 실현된다(소설은 딴 출판사에서도 얼마든지 간행해 주기 때문이리라).

---

55) 첫 詩 Bénédiction 에서 〈母親의 저주〉 부분을 行마다 " "로 묶은 것을 지적.
56) C.I, p. 393.
57) C.I, p. 391.
58) La Beauté, La Géante, Le Flambeau vivant, Harmonie du soir, Le Flacon, Le Poison, Tout entière, Sonnet 〈Avec ses vêtement……〉, Sonnet 〈Je te donne ces vers……〉.
59) L'Héotontimorouménos, L'Irrémédiable, Fransiscae meae laudes.
60) Emaux et Camées.

그런데 이 무렵 두 번이나 돈이 한푼도 없어 우표도 못 붙이고 보낸다고 사과를 하면서도, 전과 같이 이리저리 구걸하는 편지는 나타나지 않는다. 무엇보다도 교정이 제대로 고쳐지는지, 誤植이 든 지형을 뜨지 않을까 하는 불안에만 사로잡혀 있다. 직공의 〈訂正이 실시된 후에 당신이 확인을 하나요? 그리고 다시 읽어 보나요?〉(5월 6일附). 그런데 그간 4월 27일에 義父 오픽씨가 사망한 것이다. 「惡의 꽃」의 〈代父〉의 出版件까지 간곡히 부탁하는 반면에 이 일에는 일체 언급이 없다. 「惡의 꽃」의 출생을 앞에 두고 불길한 이야기를 피한 것일까? 그런 생각이 들 만큼 그는 전심전력을 기울이고 있는 것이다. 일이 막바지에 이르자 숨가쁘게 보채기 시작한다. 〈그리고 내 表紙를!〉(5월 14일附, 물론 「惡의 꽃」의 표지 교정쇄를 보내라는 독촉). 다시 이틀 후에는 〈그리고 내 表紙는? 그리고 목차는?〉 하고 다그친다. 詩篇의 순서를 다시 고쳐 일련번호를 매긴 목차의 끝 부분을 보내고는(5월 16일), 다음 편지에는 새 순서대로 페이지를 고쳐 매기지 않았다고 화를 내고는 끝에 가서, 〈도대체 표지는 보여주지 않으려는 거요!!!〉(이하 무려 30여개의 !가 계속)[61]──그 히스테리症이 폭발한 듯한 성화 같은 독촉을 보낸다.

  6월 13일, 드디어 寄贈을 보낼 대상자의 名單(29명)과 주소를 적어 출판사로 보낸다.[62] 평소의 그에 대한 酷評家가 들어 있는가 하면, 튈르리宮의 國務長官·首相·文敎長官 등 5명의 고관에게는 자기가 獻詞와 서명을 해서 보내겠노라고 하며, 〈이 선물의 효용을 당신도 이해하죠〉라고 덧붙인다. 매우 세심한 배려중에도, 역시 어떤 분쟁이 일어날 것을 예감한 대비책임을 알 수 있다. 흥미 있는 일은 美國의 롱펠로우, 포우의 옹호자인 윌리스 Willis, 英國의 테니슨, 브라우닝, 퀸시(「阿片服用者의 告白」의 저자)와 당시 영국에 체류 중이던 빅토르 위고 등이 끼여 있다. 덧붙여 광고 문안까지 작성하여, 「惡의 꽃」의 발매와 고티에의 근간 예고가 한 지면에 對幅을 이루어 눈길을 끌도록 배려하고 있다. 그간 3월 1일에 「新怪奇譚」 간행, 4월 18일로 포우의 제3권이 될 번역 연재 19회를 끝냈고, 잡지에 2회에 걸쳐 「惡의 꽃」의 일부의 선을 뵈는 12편을 발표하는 등, 실로 前例 없는 분발을 보여주고 있다.

**義父의 죽음 :〈秩序復歸令〉** 「惡의 꽃」의 인쇄 일이 일단락을 짓자 비로소, 그는 남편을 잃은 모친에게 긴 편지[63]를 보낸다. 오픽씨의 죽음은 그가 7세 때부터 36세에 이르는 동안의 모자 관계에 종지부를 찍고, 새로운 관계로 전환되는 획기점인 만큼, 그의 생애에도 중대한 사건이다. 모친에 대한 자기 심경의 토로는 무척 진실하며 엄숙한 새 각오를 담고 있다.

  "아버님 *mon beau-père* 의 逝去 이래의 제 행위와 감정을 몇 줄로 알려드리죠. 이

---


61) C.I, p. 402.
62) C.I, pp. 406~7.
63) LM (3 juin 1857), C.I, pp. 402~4.

몇 줄 속에서 어머님은 이 커다란 不幸 중의 제 태도와 동시에 장래의 제 행실에 관한 설명을 발견할 것입니다. ——이 사건이 저에게는 엄숙한 일이었어요, 마치 秩序復歸令[64]처럼 말입니다. 가엾은 어머님, 저는 가끔 어머님에게 무척 가혹하고 점잖지 못했어요. 하지만 결국 저는 누군가가 어머님의 행복을 책임지고 있거니 하고 생각할 수 있었던 거예요. 이 죽음에 직면하여 제 가슴을 친 첫 생각은, 실로 차후 그 책임을 당연히 질 사람이 바로 저라는 것이었어요. 제가 이때껏 자신에게 허용하던 일체——무관심, 利己主義, 난폭한 無禮 따위, 不規則하고 고립된 생활 속에 항상 일어나는 것들 일체——그 모든 것이 이제 제게는 금지된 셈이지요. 어머님의 여생에 특수한 새로운 행복을 만들어드리기 위하여 인간적으로 가능한 모든 것을 할 것입니다."

이렇게 모친에 대한 새로운 책임감과 새로운 생활 태도의 결의를 밝히고 나서, 모친을 위하여서도 저 자신의 精進의 결의를 다짐한다.

"저 자신을 위하여 일함으로써 어머님을 위하여 일하는 셈이 될 거예요. 저의 부채와, 이 때까지는 그토록 태평스레 찾던 저의 名聲도, 앞으로는 획득하기 고달프겠지만, 격정 마세요. 날마다 해야 할 일을 조금씩 해 나가기만 하면, 온갖 어려운 人間事들도 자연히 해결되게 마련이니까요."

이 결의는 그의 소년 시절을 방불케 하는 간곡한 효심의 발로로 이어진다.

"제가 어머님에게 부탁드리는 건 단 한 가지(저를 위하여)뿐이에요. 그건 어머님의 건강과 오래 사시는 것, 가능한 한 오래오래 사시는 일에 전렴하시는 것이에요."

그리고 그 改心과 새로운 책임감과 생활 태도를 뒷받침하기라도 하듯이, 모친의 재산 정리의 결과를 보고한다——家具 賣渡價 25,000 프랑, 오픽將軍의 愛馬·馬具·馬車 賣渡價(7,000 프랑)를 합쳐 총 32,000 프랑이라고(모친은 지금 오픽씨가 마련해 둔 北海의 아름다운 港都 옹플뢰르 Honfleur 별장에 隱居 중). 모친이 애독할 「祈禱書」가 너무 낡아서, 製本匠에게 맡겨 책장마다 말끔히 닦고 새로 재단하여 새 책처럼 장정케 하는가 하면, 모친이 수령할(오픽將軍 未亡人 자격으로) 年金에 관하여, 날마다 정부 기관지 「世界新報」에 그 발표를 초조하게 기다리기도 한다.[65] 그 밖에도 義父 墓地에 관하여 모친의 뜻대로 해드리겠다면서 지시를 청한다. 허나 과연 이 새 결의와 생활태도의 刷新이 얼마 동안이나 지속될 것인지?

그가 이때껏 그처럼 궁지 높이 거부해 오던 政府補助金 신청을, 스스로 다짐한 맹세를 깨뜨리고 文敎長官에게 청원한 것도, 이러한 생활태도 변경에 따른

---

64) *rappel à l'ordre*: 흔히 集會에서 議長이 소란해진 장내에 〈정숙을 命하는〉 일을 가리키지만, 이 경우 항상 자기 생활의 亂脈 *désordre* 을 자책·자탄하면서도 고치지 못하던 일과 결부하면, 다음 文脈과 아울러 질서 있는 생활에의 새로운 각오의 촉구라는 神意로 받아들였음이 분명하다. 그의 神秘的 性向의 일단을 엿볼 수 있다.

65) Moniteur 가 아니고 Bulletin des lois 에 이미 발표. Aupick 未亡人은 앞으로 6,000 프랑 年金, 그 밖의 재산 정리로 年 11,000 프랑의 收入으로 당시로서는 충족한 생계 재원.

현실감각의 소치일까？ (이 때부터 모친에게 돈 구걸은 절대 않기로 결심했으니까). 그
는 6월 4일附로, 〈小生에게 항상 역겹게 느껴지던 請願을 이 때까지는 피할
수 있었으나, 화급한 필요에 따라 오늘 각하께 학술문예 基金에 의하여 小生을
고무해 주시기를〉 호소하여, 同 16일附로 200프랑을 지급받는다. 「惡의 꽃」
의 기증 대상자 명단에 長官(文敎長官 포함)과 고위층 5명을 넣고, 특히 自筆
獻詞署名으로 보내게 한 배려도 수긍할 수 있다.

  **頂上의 試鍊**　6월 25일, 드디어 發賣(獻詩 「Au Lecteur」외 100편 중 52편이
未發表詩).

  7월 5일 첫 공개된 반응이 피가로紙上의 혹평이다. 그 혹평 중에서도 詩人
이 소수파에게는 오래 전부터 推仰을 받고 있었음을 알려 주고 있다.

  샤를르 보들레에르씨는 약 15년 전부터 소수 개인 그룹에게는 위대한 詩人으로 되
  어 있다. 그들의 허영심은 그를 神, 또는 거의 神과 같은 것으로 추대함으로써 꽤 멋
  진 空論을 펴고 있었다. 그들이 스스로를 그보다 劣等하다고 자인한다는 것은 사실이
  다. 그러나 그들은 동시에 자기네가 그 메시아를 否認하는 모든 사람들보다 우월하다
  고 公言하던 것이다.

  嘲笑的이긴 하지만, 그가 詩集 한 권 내기 전에 이미 문단 일각에 그의 숭배
자 그룹이 형성되고 있음을 인정하고, 그들이 당대의 大詩人・文豪들(위고, 뮈
세, 조르쥬 상드 등)을 경멸하는 새 世代로 보고 있다. 다음에 혹평이 쏟아진다.

  보들레에르의 정신상태를 의심하는 때가 있다. (……) 거기서는 징글맞은 것과 더
  러운 것이 접종하고 있고, 지겨운 것이 毒菌과 연결된다. (……) 이 책은 온갖 광란
  과 마음의 온갖 부패에 개방된 병원이다. 치료하기 위해서라면 또 모를 일이되, 그것
  들은 이미 不治의 병들이다. 66)

  과연 이틀 후(7월 7일) 內務部 公安局은 검찰청에 起訴狀을 보낸다. 67) 그래
서 이 記事가 당국을 자극한 것으로 추측되지만, 詩人은 거꾸로 內務長官이 물
의를 일으키기 위하여 일부러 사주하여 그런 기사를 발표케 한 것으로 여겼
다. 68) 출판주에게 보낸 4일附의 편지 69)(파리代理店 發)에 이미 「惡의 꽃」 押留
풍문이 돌고 있다는 경고를 한 것을 보면 詩人의 추측이 옳은지도 모른다. 7
월 11일, 풍문이 사실화됨을 안 보들레에르는 말라시스에게 社에 남은 殘部를
빨리 감추라고 편지를 보내고, 자신은 파리代理店에서 50부를 안전한 곳에 옮
겼다고 한다. 그러나 말썽이 일어날 것은 이미 각오한 탓(또는 바라던 바)인지

---

66) FM-Bl. Pch, pp. 397~8. 筆者 Gustave Bourdin.
67) 여기서 문제삼는 詩는 宗敎・道德 침해로 Le Reniement de St. Pierre, Abel et Caïn, Les
    litanies de Satan, Vin de L'Assassin; 음탕한 것으로 Les Femmes damnés, Métamorphoses
    du Vampire, Les Bijoux. 재판 결과와 퍽 다르다.
68) Asselineau의 회고. Crp-B, p. 300.
69) FM-Bl. Pch, p. 399; C.I, p. 936.

다음과 같이 덧붙인다.

"만약 당신이 해야 할 모든 일을 했더라면, 적어도 3週 내에 책을 다 팔았다는 위안을 얻었을 것이며, 단지 訴訟의 영광만을 누릴 것이오. 그뿐더러 소송을 무난히 치러내는 것도 쉬운 일이오."[70]

이처럼 아주 낙관을 하고 있다. 헌데 출판주 말라시스가 그가 권한 어떤 조처를 취하지 않았는지, 다음 편지에도 거듭 원망을 하고 있다――〈당신을 크게 원망하고 있소――초판 전부가 팔렸을 것인데 말이오.〉[71]

7월 12일 피가로紙는 또 다시 공격 기사를 싣는다.[72] 7월 13일 詩人의 경고를 받은 출판주, 200부를 파리로 密送. 과연 명석을 자랑하는 시인의 예상은 적중했다. 숨겨진 책들은 계속 倍의 가격으로 闇去來되었으며, 말라시스와 詩人 소유본에 기입한 메모에 의하면, 上質紙版은 6프랑 정가인데 40프랑까지로 거래되었으며, 심지어 60프랑으로까지 뛰었음을 알린다.[73] 7월 12일 詩人의 요청으로 평론가(Ed. Thierry)의 찬양의 서평이 7월 14일 政府機關紙(포우 번역을 연재한 「世界新報 Moniteur」)에 실린다. 詩人도 후에 언급하듯이[74] 政府 내의 3장관(모니퇴르를 주관하는 국무장관, 강경파인 내무장관, 그리고 법무장관) 사이에 이 문제로 의견이 갈려 있던 모양이다.

7월 17일 公安局의 起訴 제청을 검찰청서 정식 수리. 저자·출판사의 심문과 詩集 押留를 요구한다.

詩人 검찰에 출두, 모친에의 편지(7월 27일附)에 의하면 세 시간 동안의 심문을 받았다고. 처음엔 예측했던 바 대단치 않은 파문으로 끝나 오히려 유리한 광고 구실이 되리라고 퍽 낙천적이던 詩人도 좀 다급해지기 시작한다. 같은 날 정부 기관지(「世界新報」)를 주관하는 國務(官房)長官에게 謝意(포우 연재와 변호기사 게재에 관한)를 표명하고 비호를 요청하는 편지를 보낸다. 그러나 「惡의 꽃」의 詩人으로서의 긍지는 단호하며 조금도 굽히지 않는다.

"小生은 어제 官房長官께 일종의 비밀 변호론 같은 것을 드릴 생각이었읍니다만, 그러나 여사한 去就는 거의 小生의 有罪를 자인하는 것이 되리라는 생각이 들었읍니다. 저는 전혀 罪지은 것으로는 생각지 않습니다. 저는 반대로 오로지 惡에 대한 공포와 혐오만을 불러일으키는 책을 냈다는 것이 매우 자랑스럽습니다."[75]

7월 13일, 다시 匿名의 혹평(Journal de Bruxelles)이 던져져 世論을 자극하

---

70) C.I, p. 412.
71) 7월 20일附 C.I, p. 417.
72) J. Habans.
73) FM-Bl. Pch, pp. 542~3.
74) LM (7, 27) C.I, p. 417.
75) C.I, pp. 415~7.

지만, 이해 정초에 첫 作品으로 같은 고배를 들었던 같은 연배의 作家 플로베에르의 개인적인 진정 어린 찬사가 詩人에게 큰 위안이 되었으리라.

   "저는 우선 귀하의 시집을 처음부터 끝까지 탐독했읍니다. (……) 그리고 지금 한
주일 전부터 한줄 한줄 一言一句 다시 읽고 있읍니다. 솔직히 말하여 이 詩集은 제 마
음에 들고 저를 매혹합니다."[76]

이 때부터 두 詩人·作家는 서로 변치 않는 존경과 우정을 나누어, 시인이
죽기 1년 전에 쓴 편지[77]에서 〈현대의 賤民(쓰레기)들〉의 몇 명 안 되는 예외
로 플로베에르와 도르빌리를 들 정도였다.

8월 14일 「兩世界誌 Revue des deux Mondes」에 혹평——〈샤를르 보들레에
르를 詩人으로 받아들이는 사회란 대체 어떻게 될 것이며, 그런 문학은 대체
어떻게 될 것인가?〉[78]

8월 15일 「惡의 꽃」을 옹호한 4편의 서평을 묶어 「惡의 꽃 擁護論 Articles
Justificatifs pour Ch. Baudelaire auteur des Fleurs du Mal」이라는 소책자를 간
행(100부)하여, 팽배하는 世論과 당국의 과격한 태도를 무마하려고 시도한다.
이미 발표된 2편(Ed. Thierry의 書評과 3류 잡지 Le Présent에 7월 2일附로 빌표
된 F.Dulamon)과, 당국의 간섭으로 발표되지 못한 2편(d'Aurevilly와 Asselineau)
으로 되어 있다. 특히 티에리와 도르빌리는 다 같이 「惡의 꽃」을 단테의 「神
曲」에 비기고 있는 점이 주목된다. 특히 〈보엠 당디〉를 청산하고 信仰으로 되
돌아가긴 했지만, 비상한 재능과 속물들에 대한 멸시로 해서 詩人과 공통된 점
을 지니고, 일찍부터 詩人을 높이 평가하던 도르빌리의 긴 서평은 지금 읽어
보아도, 「惡의 꽃」의 여러 가지 특질에 관하여 正鵠을 찌른 탁견들을 발견할
수 있다.

   과연 「惡의 꽃」의 著者 속에는 단테가 들어 있다. 그러나 그것은 전락된 시대의 단
테이며 無神論의 현대적 단테, 볼테에르 이후에 聖토마스를 가지지 못한 시대에 나타
난 단테다. (……) 단테의 詩集은 꿈꾸듯이 〈地獄〉을 보았는데, 「惡의 꽃」의 詩神은 마
치 포탄의 냄새를 마시는 軍馬의 코처럼 일그러진 코로 지옥을 들이마시고 있다! 前
者는 지옥에서 돌아오고, 後者는 지옥으로 들어간다. 前者가 더욱 장엄하다면 후자는
더욱 감동적이다.[79]

「惡의 꽃」에는 시집 전체에 걸친 〈비밀의 구조, 사색적이며 의도적인 詩人
에 의하여 계산된 圖面〉이 있다고 지적한 최초의 평이기도 하다. 그러기에 詩
한편 한편이 〈全體와 그 位置의 매우 중요한 가치를 지니고 있어, 그것을 따

---

76) LB, p. 150.
77) Lettre à Ancelle (18 fév. 1866). C.Ⅱ. p. 605.
78) 筆者 Pontmartin
79) FM-Bl.Pch, pp. 417~8.

로 분리함으로써, 그 가치를 상실케 해서는 안 된다〉[80]고 강조하고 있다.

8월 16일, 詩人에겐 극히 귀한 好評이 잡지(La Chronique)에 발표된다——
〈오래 전부터 간행된 作品들 중에서 가장 아름다운 作品의 하나다.〉[81]

8월 18일, 드디어 사바티에夫人에게 처음으로 자기를 밝힌 편지를 보낸다.
이 편지에서도 〈흰 비너스〉는 우상화되고 있지만, 사교계에서의 영향력을 이
용하여 소송에 유리하도록 주선해 달라는 청탁이다. 〈플로베에르에게는 皇后
가 있었읍니다. 제게는 그러한 女人이 없어요.〉[82] 〈제게는 그러한 女人이 없
어요〉라는 말은 처음 기소된다는 풍문이 돌 때(7월 9일), 모친에게 보낸 편지
에서 한탄한 뜻같은 말이다.

그런데 당국에서 문제삼은 음탕한 詩 중, 사바티에夫人篇에 속하는 「너무나
명랑한 여인에게 A Celle qui est trop gaie」는 사실과 부합되지만, 또 한 편 「전
부 그스란히 Tout entière」까지 그 중에 포함되어 있다고 이 편지에서 지적한
점은 참으로 묘하다. 이 詩는 일견하여 〈전부 고스란히〉 아름다운 女人의 매력
을 찬양한 詩에 불과하기 때문이다(이 비밀은 후에 다시 언급). 과연 사바티에夫
人도 法官에게 청탁을 했으나 때가 이미 늦어 아무런 효과도 얻지 못한다.

8월 18일 같은 날, 다급해진 그는 생트 뵈브에게도 재판건으로 호소 편지
를 냈으나, 생트 뵈브는 플로베에르事件 때 찬양의 서평을 발표하여 엄호해 준
것과는 달리, 단지 私的인 〈변호 방법〉을 적어 주었을 뿐이다. 다소 익살스러
운 그의 유명한 문귀로 시작된 메모다. 바로 그 자신이 문학청년기에 고민한
바, 자기가 차지할 독보적인 〈영역〉의 문제(「조제프 들로름」의 고뇌)를 여기서
되새긴 것이다.

詩의 영역에서 모든 것은 이미 차지되었다. 라마르틴느는 天上界를 차지했고, 빅토
르 위고는 地上과 그 이상의 것을 차지했다. 라프라드 Laprade 는 숲을 차지했다. 뮈
세는 정열과 눈부신 향연을 차지했다. 다른 詩人들은 가정, 田園生活…… 등을 차지했
다. 고티에는 스페인과 그 강렬한 色彩를 차지했다. 무엇이 남아 있는가? 바로 보들
레에르가 차지한 그것이다. 그는 그렇게 되게끔 강요된 거나 다름없다. [83]

8월 20일 결국 有罪判決이 내린다. 6편 삭제(「寶石 Les Bijoux」·「忘却의 江
Le Léthé」·「너무나 명랑한 여인에게 A Celle qui est trop gaie」·「레스보스 Lesbos」
·「地獄에 떨어진 女人들 Femmes damnées」·「吸血鬼의 變身 Métamorphoses du
Vampire」), 詩人에게 300프랑, 출판자에게 180프랑의 벌금이 과해졌다. 사건
은 이것으로 결말이 났지만, 이에 관한 後日譚을 주워 본다.

8월 22일 「라블레 Rabelais」紙에 동정적인 書評 게재. [84]

---

80) ibid. p. 418.
81) 言論人 Goepp 評. C.I, p. 943, Note 4.
82) C.I, p. 422.
83) FM-Bl.Pch, pp. 438~9.
84) 筆者, 당시의 書評家 Delvau.

8월 30일 빅토르 위고, 유죄 판결을 받은 詩人에게 찬사와 격려의 편지를
보낸다. 짤막하지만 大文章이다.

"貴下의 고귀한 書信과 아름다운 책(「惡의 꽃」—역주)을 받았읍니다. 예술이란 蒼
空과 같은 것이어서, 무한한 분야입니다. 귀하는 최근에 그 점을 증명해 보였읍니다.
귀하의 〈惡의 꽃들〉은 별들처럼 빛나고 눈부십니다. 계속 정진하시오. 귀하의 억센 정
신에 小生은 한껏 萬歲를 부르짖습니다. 이 몇 줄을 축하의 말로 끝내게 해 주시오.
現制度가 줄 수 있는 아주 진귀한 훈장, 귀하는 방금 그것을 받았읍니다. 現制度가
正義라고 부르는 것이, 또한 그것이 윤리라고 부르는 것의 이름으로, 귀하를 처벌했
읍니다. 그것은 또 하나의 명예의 冠이지요. 시인이여, 악수를 보냅니다."[85]

역시 大詩人의 慧眼과 도량을 아울러 지니고 있다. 그는 자기와는 對極을 이
루는 이질적인 詩人임을 잘 알고 있고——〈예술이란 (……) 무한한 분야입니
다. 貴下는 최근에 그 점을 증명해 보였읍니다〉고 한 것도, 「惡의 꽃」이 자기
는 물론 어느 詩人과도 전혀 다른 새 경지를 개척했음을 인정한 것이다. 보들
레에르의 자기에 대한 評이 고르지 않음을(매우 비판적) 알면서도, 2년 후에
다시 절묘한 표현으로 보들레에르의 예술의 특질을 말하고 있다.

"귀하는 전진하고 있읍니다. 귀하는 藝術의 하늘에 무엇인지 모를 무시무시한 光線
을 주었소. 귀하는 새로운 戰慄을 창조하였읍니다."[86]

위에서 본 바 플로베에르와 이 위고의 眼識에 비하면, 같은 大家이면서도 메
리메는 전혀 「惡의 꽃」을 이해 못 하고 있다. 詩人은 한창 기소가 진행되고 있
을 때, 作家이자 〈元老院議員이며 황제의 친구인 메리메〉도 자기 편이라고 은
근히 기대를 걸고 있었지만,[87] 그는 하등 도움을 주지 않았을 뿐 아니라, 다
음과 같이 평하고 있다.

"「惡의 꽃」, 아주 보잘것없고 조금도 위험스러울 것 없는 작품이며, 거기에는 어
떤 詩的 閃光도 있으나, 그것은 인생을 모르고, 또 천한 계집애에게 속았기 때문에
인생에 지친 가련한 젊은이에게 있을 만한 閃光이죠. 나는 그 저자를 알지 못하지만
틀림없이 어리석고 정직한 자일 것이오(……)"[88]

9월 1일附로 잡지(Le Présent)에 「惡의 꽃」의 옹호와 그 적들에 대한 격렬
한 경고를 담은 長詩[89]가 발표된다. 작자는 초기 浪漫主義 운동에 참가한 老文
人(1791년생)이며, 널리 알려지지 않았을망정, 셰익스피어 번역과 연구가이기
도 한 박식한 文學 딜레탕트이다. 한창 소송이 진행되던 8월 13일 作으로 8월
20일에 詩人에게 보냈던 詩다. 그는 이미 7월 14일附로 격찬의 글을 보낸

85) LB, p. 186.
86) 1859년 10월 6일附 便紙. LB, p. 188.
87) LM (1857. 7. 27), C.I, p. 418.
88) C.I, p. 941 note 5.
89) Emile Deschamp: Sur les Fleurs du Mal. LB, pp. 126~8.

바 있다. 이 老文人 말고도, 이미 젊은 보들레에르 숭배자들이 나타나고 있음
은 1853년에 벌써 그에게 바쳐진 詩[90]가 발표된 일로 짐작할 수 있다. 무명
의 시인으로 끝난 그 詩의 作者(Henri Cantel)는 다시 1859년에 그에게 바친
詩를 발표한다(Revue française, 2월 1일. 「惡과 美」.[91] 그는 한창 소송이 진행되던
1857년 7월 21일 역시 열렬한 찬양의 편지를 보낸 바 있다).

 11월 6일 곤궁에 빠진 詩人은 皇后에게 벌금 감소 조치가 취해지도록 개입
해 달라는 청원을 올린다(우여곡절 끝에 다음해 1월 20일 50프랑으로 減額 결정).

 **地上에 내려온 守護天使 : 〈흰 비너스〉와의 同寢**　위에서 본 詩人 보들레에
르의 생애 최대의 드라마가 대단원에 이르자, 이에 연결되어 남몰래 진행된 사
랑의 드라마가 삽입된다. 閃光처럼 짤막하지만, 무척 극적이며 신비로운 한 토
막이다. 우리는 이미 1852년부터 그 序曲을 보아 왔다. 즉 사바티에夫人에 대
한 匿名의 지극히 플라토닉한 사랑의 고백과 詩를 바쳐 오고, 그녀를 수호천사
로 삼아 온 사실이다. 그리고 訴訟事件이 고비에 이르렀을 때에(판결 2일 전, 8
월 18일) 처음으로 도움을 청하는 정식 편지를 내는 것도 보았다. 이 편지에서
도 여전히 수호천사다.

 "당신을 잊는다는 것은 있을 수 없는 일입니다. 한 평생을 사랑하는 한 映像을 지
켜보며 살아간 詩人들이 있었다고들 합니다. 저는 사실(허나 저는 너무도 거기에 관심
이 걸려 있어요) 忠實性이 天才의 징조들 중의 하나라고 생각해요.
 당신은 저에게 꿈꾸고 사모하는 하나의 映像 이상이며, 제게는 하나의 迷信이에요.
어떤 큼직한 바보짓을 할 때면 이렇게 중얼거리죠――〈저런! 만약 그녀가 이 일을 안
다면!〉 또 무슨 좋은 일을 할 때엔 이렇게 중얼거린답니다――〈자, 이런 게 나를 정
신적으로 그녀에게 접근시키는 게다〉라구요."[92]

 그녀는 그에게 잘못을 피하고 바른 길로 인도하는 〈수호천사〉이어서 〈迷信처
럼 맹목적인 믿음의 대상으로 되어 있다. 여기서 또한 「惡의 꽃」의 p. 84～p.
105의 詩가 사바티에篇[93]임을 밝히고 있다. 8월 24일에는 역시 夫人에게 그
녀가 좋아하는 줄리어스 시이자의 靑銅像의 복제품을 구해서 보낸다는 간단하
고 담담한 글을 보내고 있어, 아직 둘 사이에 큰 변화가 없었음을 알려 준다.
그런데 아연 수호천사 쪽에서 열을 올리기 시작한다.

 "오늘은 좀더 마음이 가라앉습니다. 목요일의 우리들의 밤의 영향이 더욱 뚜렷해
요. 제가 이렇게 말해도 당신은 과장이라고 비난할 순 없을 거에요――〈나는 세상에
가장 행복한 여자이며, 내가 당신을 사랑한다는 것을 이때껏 어느 때보다도 더욱 잘
느꼈고, 일찌기 당신이 그토록 아름답고 흠모할 만하며, 간단히 말해서 그 때처럼 내

---

90) Les Lèvres, à Ch. Baudelaire, citée in LB, pp. 73～4.
91) Le Mal et le Beau. ibid. pp. 74～5.
92) C.I, p. 422.
93) 즉 Tout entière 에서 Le Flacon 에 이르는 10篇.

荊棘의 頂上으로　201

至上의 남자였던 적은 없었다〉고요. 그러고 싶다면 뽐내도 좋아요. 허지만(거울에―
역주) 당신 얼굴을 들여다보지는 마세요. 당신이 어떻게 하건, 제가 한 순간 엿본 그
표정을 지을 수는 없을 것이니까요. 이젠 어떤 일이 일어나건, 저는 당신을 그 모습으
로 보겠어요. 그것이 내가 사랑하는 샤를르이니까요."[94]

예사로운 남녀 간에는 쓰지 않는 2人稱代名詞 *tu*로 되어 있고, 詩人이 황홀
한 표정을 지을 만큼 행복한 한 순간을 같이 나누었음을 웅변으로 알려주고
있다. 그런데 日附가 없다. 8월 24일 이후 〈목요일〉이라면 27일에 해당
된다.

夫人이 이런 열렬한 편지를 또 한 번 보냈음을 다음 8월 31일附 詩人의 답
장에서 알 수 있다. 대체 첫 同寢의 시기는 언제일까? 우리가 본 것만도 세
가지 說이 있다. 8월 18일(처음 이름을 밝힌 편지의 日附)부터 8월 25일까지의
사이(Porché),[95] 8월 18일부터 8월 31일까지의 사이,[96] 8월 30일(Pichois).[97]
8월 30일說에는 확실한 근거가 있다. 즉 다음에 소개할 31일附 편지에 〈어제
저녁 당신 집에서〉 운운했기 때문이다. 그러나 그것이 처음이었을까? 라는 의
문에는 아무 해답도 없다. 우리로서는 18일까지 소급할 수 없다. 우리는 27일
이 거의 확실한 것으로 보며, 적어도 27일에서 30일 사이라고 단정한다. 이
유는 첫째 사바티에夫人의 그 열광적인 편지에 명기된 〈목요일 밤〉이 27일이
며, 둘째로는 위에 언급한 것처럼 24일부의 詩人의 편지가 아주 담담한 用
件만의 편지였으며, 만약 그 이전에 관계를 맺었다면, 그런 관계를 끊자는 첫
편지(31일)의 反省과 결심이 설 때까지는 그 역시 잠시 동안이나마 열광 속에
잠겨 있었을 것이 틀림없다. 그러기에 30일의(두번째?) 동침에서 비로소 〈心
的인 거북스러움〉(31일附 편지)을 느꼈던 것이 아닌가? 매우 중요할 뿐만 아
니라 흥미진진한 한 〈경우〉의 心情을 고스란히 노출하고 있기에 31일附 편지
를 거의 全文[98]을 소개한다. 우선 심리적으로 거리를 두려는 의도인지, 또는
무의식적인 표현인지, 2人稱代名詞가 夫人의 편지와는 반대로 〈*vous*〉로 시작
된다. 많은 편지를 썼다가는 버리고 다시 쓴다는 서두로 시작하여,

"(……) 그러기(이 새 答狀을 쓰기) 위하여는 제게 약간의 용기가 필요합니다. 고
함을 지를 만큼 지독하게 신경통이 나고 게다가 어젯밤 당신 집에서 지니고 온 心的
인 거북스러움과 더불어 잠을 깼으니까요.
〈……수치심의 全的인 缺如〉[99]라구요? 그것 때문에 그대(여기서는 *tu*로 변함―역

---

94) Crp-B, p. 120. LB, p. 322.
95) Pch-B, p. 334.
96) LB, p. 322.
97) OC-Pld, p. XXIV; C.I, p. XLIV.
98) C.I, pp. 425~6.
99) 原文엔 이탤릭으로 되어 있고 또 文脈으로 보아 夫人의 다른 편지의 한 귀절을 인용한 것. 다
  음의 〈 〉도 同.

주)가 내게는 더욱 더 귀여운 거요.

〈당신을 처음 본 그날부터 저는 당신 것인 듯해요. 당신 원하는 대로 하세요. 하지만 저는 몸과 정신과 情으로 당신 것이에요〉라고(보존되지 않은 夫人의 편지의 一節을 옮긴 말―역주).

가엾은 것！ 그 편지를 숨기도록 해요. 실제로 무슨 뜻인지 알고 그런 말을 하나요? 약속어음을 지불하지 않는 자들을 투옥하는 사람들은 있어도, 友情이나 사랑의 맹세는 그것을 어겨도 아무도 처벌하지 않는 법이죠.

그러기에 어제 나는 그대에게 말했죠――〈당신은 날 잊을 거요, 날 배반할 거요, 당신은 당신을 즐겁게 해 주는 자가 귀찮아질 거요〉라고. 오늘은 그 말에 이렇게 덧붙이겠어요. 〈애정에 관한 일들을 바보처럼 진지하게 여기는 사내만이 홀로 괴로와할 것이라〉고요. ――귀여운 그대여, 보시다시피 나는 女性들에 대하여 지겨운 偏見들을 가지고 있어요. ――요컨대 나는 믿음이 없어요. 당신(다시 *vous*로 되돌아온다―역주)은 고운 마음을 지니고 있어요. 허나 요컨대 여인의 마음이죠."

이렇게 異性 간의――특히 女性의――애정에 지극히 회의적이거나 사랑의 충실성을 전혀 믿지 못하겠다는 것이 첫째 이유로 되어 있다. 다음은 夫人에 生活費를 대주고 보호해 주던 正式愛人 파트롱[100](?)에 대한 죄책감을 든다.

"불과 며칠 사이에 얼마나 우리들의 처지가 뒤집혔는지를 보십시오. 우선 우리 둘이 모두 항상 사랑하는 행복을 지닌 한 정직한 남자를 괴롭힌다는 두려움에 사로잡혀 있어요."(이 〈불과 며칠 사이에〉라는 말로써 우리는 여기서 문제의 밤이 30일보다는 27일이라는 것을 확언할 수 있다.)

세째로 愛情煩惱와 그 숱한 질곡에 대한 두려움을 든다.

"다음에 우리는 우리 자신의 마음의 파란을 두려워하고 있어요. 풀기 힘든 매듭들(사람 사이에 맺은, 특히 잔느 뒤발과 같은―역주)이 있다는 것을 우리는(특히 저는)잘 알고 있지요."

끝으로 가장 중요하고 미묘한 이유가 남는다. 매우 의미심장한 대목이다.

"끝으로, 끝으로 며칠 전만 해도 그대는(다시 *tu*로 변한다―역주) 神聖한 존재였어요. 그 점이 지극히 편리하고 지극히 아름답고, 不可侵의 것이에요. 그런데 그댄 이제 女子군요 *Te voilà femme maintenant.*"

詩人이 여자 *femme*라고 할 때는 무척 경멸적인 뜻이다. 〈그 점이 지극히 편리하고……〉 운운을 유의해 둘 필요가 있다. 여기서 다시 그대로 계속될 경우의 愛情煩惱를, 특히 질투의 고뇌를 또 한번 예상하고 몸서리를 친다.

"그런데 불행히도 내가 질투를 느낄 권리를 얻기라도 한다면！ 아！ 생각만 해도

---

100) 벨기에 金融家 Mosseleman. 그가 夫人을 社交界에 데뷔시켰을 뿐만 아니라, 그녀의 裸像(La Femmes piquée par un serpent)을 조각, 작품화시켜 그 肉體美를 온 파리의 話題와 감탄의 대상이 되게 했다.

얼마나 끔찍스러운 일인가! 그런데 당신(다시 *vous*—역주)처럼 눈에 萬人에 대한 미소와 우아스러움이 가득 찬 女人이 상대라면 남자는 殉教者의 괴로움을 겪어야만 합니다. (……)

　요컨대 될 대로 되라죠. 나는 약간 運命論者예요. 하지만 내가 잘 아는 것은 나는 정열이 지긋지긋하다는 점입니다. 정열이라는 것을 그 온갖 더러운 점과 함께 겪어 보아 알고 있기에 말입니다."

이렇게 〈생각만 해도 끔찍스런〉 열띤 사랑의 정열에 따르는 고통을 미리 피하자는 것이다. 끝에 가서는 이미 그 번뇌가 싹트고 있음을 노출시킨다.

　"안녕, 귀여운 그대여. 당신이 너무 매혹적인 게 원망스럽군요. 내가 당신의 팔과 머리의 향기를 지니고 돌아올 때는, 또한 그리로(팔과 머리로—역주) 되돌아가고 싶은 욕망도 지니고 돌아온다는 점을 생각해 보시오. 그럴 때, 얼마나 감당할 수 없는 집념인가요!"

이 편지를 받은 夫人의 노여움과 그래도 매달리려는 사랑의 未練.

　"제 생각을, 그 혹독하고 정말 제게 고통을 주는 생각을 말씀드릴까요? 그것은 당신(*vous*—역주)이 절 사랑하지 않는다는 점입니다. 그리기에 관계를 맺는 데 대한 그런 두려움과 주저가 따르는 거예요. 그 관계가 현재와 같은 조건 밑에서는 당신에게는 번거로운 일들의 근원이 되고, 제게는 끊임없는 苦刑이 되기도 할 테죠. 당신의 편지 중의 한 귀절에서 그 증거를 제가 가지고 있지 않습니까? 너무 뚜렷해서 제 피가 얼어붙을 정도예요. ——〈요컨대 나는 믿음이 없어요.〉 믿음이 없다고! 그렇다면 사랑이 부족한 거죠. 이 점에 할 말이 있으십니까? 빤한 일이 아닙니까? 아! 이 생각이 얼마나 저를 괴롭히고, 얼마나 당신 품에서 울고 싶은지! 그럭함 가슴이 좀 후련해질 거예요. 어쨌든 내일의 만남을 변경하진 않겠어요. 단지 친구의 役을 해 보기 위해서만이라도 당신을 보고 싶어요. 아! 어째서 저를 다시 만나려고 하셨는가요?"[101]

夫人은 일요일마다 친구들을 초대하여 만찬회를 베풀었고, 詩人도 일찍부터 자주 그 모임에 참가하던 터이지만, 이 무렵에는 夫人의 정열을 식히기 위하여, 또는 거북스러운 입장을 피하기 위하여, 되도록 만찬도 피하고, 특히 단 둘이 만나기를 극력 회피한 모양이다. 그러나 夫人의 읽을거리를 구해서 보내기도 하고, 간단한 珍貴品들을 선물하여 友情을 표시하며 달래 주기도 한다.

　9월 6일 일요일에는 만찬에 참가 못 할 것이라는 것과, 〈당신이 괴로와하는 모든 것에 나도 줄곧 아연실색을 하그 괴로와합니다〉[102]는 심정을 짤막이 적어 보내며, 末尾에는 〈깊은 友情 *Mille amitiés*〉이라 덧붙여, 은연중에 熱愛를 友情으로 환원시키려는 태도를 드러낸다.

　9월 8일, 「리어王」 公演의 좌석표를 얻어 夫人에게 보내는 글에서, 夫人의

---

101) 9월 1일附 LB, pp. 322~3.
102) C.I, p. 427.

파트롱(Mosselman)과의 同行을 권고한다(위의 편지에서도 그의 이름을 듣고 있어, 역시 詩人의 결벽한 심리의 기미를 엿볼 수 있다). 말미의 〈매우 겸허하게 당신의 고귀한 손에 키스를 보냅니다〉라는 귀절도 똑같은 심정의 표현이다. 9월 10일 역시 극장件으로 자기가 夫人의 파트롱(Mosselman)을 夫人宅으로 데리러 갈 의사를 표시하는 담담한 用件 편지를 보낸다. 9월 13일 일요일의 만찬에 참석하지 못할 것이라는 변명의 편지——〈일요일 저녁까지 접종하는 용무들에 짓눌〉린 데다가 뜻밖의 실패들 때문에 우울한 낯으로 참석할 수는 없고, 잠깐 들러 인사나 하고 나오겠노라고 한다. 〈저의 매우 겸허한 해명을 나쁘게 해석하지 않기를 애원합니다.〉[103] 이렇게 덧붙이지만, 夫人은 과연 그의 회피를 간파하고, 담담한 그의 태도와는 반대로 여전히 달아오르고 있다. 같은 날 日附의 夫人의 편지는 필경 이 편지를 받고 쓴 것이리라.

"무슨 코메디를, 라기보다는 무슨 드라마를 우리는 연기하고 있는 겁니까? 제 머리로는 어떤 추측을 해얄지를 모르겠으니까 말입니다. 저의 심사가 몹시 不安스럽다는 것도 숨기지 않겠어요. 당신의 거취는 며칠 전부터 하도 이상해서 저는 전혀 무슨 영문인지를 모르겠어요. (……) 그 아름다운 불길에 어떤 치명적인 찬 바람이 불었나요? 단순히 현명한 反省의 결과인가요. 좀 늦었어요. 아! 저의 몹시 큰 실수가 아닌가요? 당신이 저에게 왔을 때, 제가 신중하고 깊이 생각했어야 했던 것이에요. 그러나 어떡합니까? 입이 떨리고 심장이 뛸 때면 건전한 생각들은 달아나 버리니……
당신의 편지가 왔어요. 말할 필요도 없이 저는 그 편지 내용을 예기하고 있었어요. 그러니 우리는 당신과 함께 있는 기쁨을 잠깐밖에 얻지 못하겠군요. 좋아요, 당신 뜻대로이죠. 저는 제 친구들이 하는 일을 나쁘게 여기는 습관은 없으니까요. 당신은 저와 단둘이 만나기를 무척 두려워하시는 듯하군요. 하지만 그게 아주 필요한 일이에요! 당신 뜻대로 하세요. 그 변덕이 지나거든 편지를 주시든가 찾아오세요. 저는 너그러운 사람이에요. 당신이 제게 준 고통도 용서하겠어요."

이렇게 일단 체념한 듯하지만, 그가 회피하는 이유를 생각하다보면 다시 불길이 일고 질투마저 끼어든다.

"우리의 不和에 관해서 몇 마디 말하고 싶은 욕망을 억제할 수 없군요. 저는 품위 있는 거취를 취하리라 다짐했었죠. 그러나 하루가 꼬박 지나기도 전에 벌써 자제력이 끊겼어요. 하지만, 샤를르, 저의 분노는 정당한 거예요. 당신이 제 愛撫를 피하는 것을 볼 때, 대체 당신이 다른 사람, 그 검은 마음과 얼굴이 우리들 사이에 끼어드는 그 여자(잔느 뒤발—역주)를 생각하기 때문이 아니란다면, 대체 어떻게 생각해야 옳단 말이에요? 요컨대 저는 모욕을 받고 천대를 받은 거예요. 저 자신에 대한 존경심만 없다면, 당신에게 욕설이라도 퍼부을 거예요. 당신이 괴로와하는 것을 보고싶을 지경이에요. 질투가 저를 불사르고, 또 이럴 때에는 있을 수 있는 분별심이 없기 때문이에요. 아! 사랑하는 그대, 당신은 결코 괴로와하지 않기를 축원해요. 얼마나 고된 밤

---

103) C.I, p. 428.

을 지냈는지, 얼마나 저는 그 가혹한 사랑을 저주했는지요!

　하루 종일 당신을 기다렸어요…… (잠깐 인사하러 다녀가지도 않았음을 알 수 있다 —역주) 어쩌다 내일 우리 집엘 들를 생각이 일어나실 경우, 미리 알려드려야겠어요 ——낮 1시부터 3시까지, 저녁 8시부터 밤중까지 이외에는 집에 있지 않겠어요.

　샤를르, 안녕하세요. 당신의 가슴에 남아 있는 것(남은 사랑의 정—역주)은 어떤가 요? 저의 것은 좀 조용해졌어요. 내 약점(정열—역주)으로 해서 당신을 너무 괴롭히 지 않도록 하기 위해서 강력히 타이르고 있으니까요. 두고 보세요. 당신이 바라던 溫 度로까지 내려가도록, 그것을 억제할 수 있을 거예요. 물론 저는 괴로움을 겪을 거예 요. 하지만 당신의 맘에 들기 위해서 저는 가능한 온갖 고통을 달게 참겠어요." [104]

　이 〈흰 비너스〉의 〈검은 비너스〉에 대한 질투는 사실인 모양으로, 詩人이 그 녀에게 기증한 「惡의 꽃」에 揷入된 詩人이 그린 잔느 뒤발 모델의 데쌍 밑에 夫人의 落書 〈그의 理想!〉이 발견된다. [105] 그래도 혹시나 하고 집에 있을 시 간을 알리는 사랑의 심정, 동서고금이 다를 바 없지만 측은할 정도다.

　9월 25일 詩人은 골동품 잉크병을 夫人에게 배달케 하고는, 보낸 사람의 이 름을 밝히지 않았음이 생각나서 그 사연을 적어 보낸다. 필경 夫人의 열정에 응답하지 못한 죄책감과 침된 友情과 감사의 複合心情으로, 무척 夫人을 위로 해 주고 싶은 심경이었으리라. 그 후, 그녀도 타고난 착한 마음씨와 활달한 성격으로 하여, 詩人을 같은 우정으로 대했고, 때로는 그의 결함과 못된 버릇 까지 잘 아는 어머니처럼, 자상한 충고까지 하고 있다. 날짜가 밝혀지지 않은 다음 편지는 이러한 두 사람의 관계를 잘 나타낸다.

　"좀더 명랑해지셨어요? 그리구 戲曲(필경 몇 해 전부터 구상만 되풀이하면서도 끝 내 손을 대지 못한 「주정뱅이」—역주)은 진전되어 가나요? 당신이 執筆을 하지 않을 까봐 두렵군요. 집필을 게을리하면, 그건 관중에게, 그리고 또 불행히도 당신에게도 유감스런 일이 될 거예요. 제게 설명해 주신 구상 속에는 成功의 소지가 엿보이니까 말 예요. 한 보름 동안만 계속 일하시면 결말이 날 것을 저는 확신해요. 하지만, 뭘요! 당신은 전혀 손을 대지 않을걸요. 집필을 하시려면 아편을, 당신 머리를 스쳐가고, 당 신의 한 걸음 한 걸음을 방해하는 온갖 幻想을 버려야 할 테니까요. 당신에게 說敎하 다가 저는 시간만 낭비하고 헛수고를 하는 셈이죠. 어쨌든 당신은 오로지 기분에 맞는 일만 할 터인즉, 저도 이런 사소한 설교를 그다지 후회할 필요도 없는 셈이죠. 그렇 다치고, 어쩌다 저를 만나고 싶은 생각이 떠오르시거든, 언제든지 잠깐 들러도 좋다 는 걸 아셔야 합니다." [106]

　이 편지 末尾에는 그가 바라던 대로 〈당신의 친구로부터 Votre amie〉라 적혀 있다. 그리하여 남몰래 두 사람 사이에 일었던 정열의 風浪도 다시 가라앉고,

---

104) LB, pp. 323~4.
105) ibid. note 4, p. 325.
106) ibid. p. 325.

61년까지 友情의 교환이 계속되며 필경 夫人의 마음 속 깊이 詩人이 죽는 날까지 충실한 친구로 남아 있었으리라.

그런데 이상의 전말에도 보들레에르의 傳說이 따라다닌다. 즉 詩人이 동침 직후에 정열이 식기(또는 회피하기) 시작한 이유, 그 사이에 어떤 비밀이 숨겨져 있느냐에 대한 천착이다. 그 온 파리를 떠들썩하게 만든 자극적인 裸像〈뱀에 물린 女人〉의 모델 자신이, 그 루벤스의 〈이브〉가 알몸으로 시인에게 육박했을 때, 허약한 시인은 그만 남자 구실을 못 하고 물러났으리라는 俗說이 꽤 널리 퍼지고 있는 듯하다. 포르세는 아주 제 눈으로 본 듯이 단정적인 묘사까지 감행한다.[107]——〈一戰 겨룰까? 그는 무장해제되어, 완전히 해제되어 있었다. 즉석의 敗北, 꼼짝달싹못하는 恐慌, 완전한 파국이었다.〉[108]

우리는 감히 그 반대였다고 확신한다. 첫째로, 보들레에르가 학창 생활이 끝나자 터무니없을 정도로 자제력을 잃고 낭비와 방탕의 벼랑으로 내리굴러떨어짐을 우리는 이미 보았고, 그 主原因이 色에의 耽溺이었음도 알고 있다. 그 후 잔느 뒤발과 그를 맺어 離合을 거듭하고 늘 저주하면서도 좀처럼 인연이 끊기지 않던 그 연줄들 중의 하나가 그녀와의 색다른 性關係였음도 쉬이 추측할 수 있는 일이다. 「惡의 꽃」의 잔느 뒤발篇 중 노골적이며 때로 변태적인 에로티슴(「나는 熱愛한다 Je t'adore à l'égal……」, 「飽滿되지 않은 Sed Non Satiata」, 「決鬪 Duellum」, 「들린 사람 Le Possédé」 등)이 이를 증명해 준다. 어떤 硏究家는 장 쥬브 J. Jouve의 말을 빌어, 〈가장 근원적인 에로틱한 경향의 예술에의 등장이야말로 의심없이 19세기 詩의 가장 중요한 요소의 하나〉[109]라고 단언할 정도로, 이 방면에도 獨步的인 詩人이다.

그뿐이 아니다. 性道에도 아주 여러 모로 통달한 남자였다는 몇 가지 증기가 있다. 유명한 그의 〈예술＝情事〉論은 거꾸로 정사에서 같이 나누는 無償의 도취와 황홀경을 전제로, 그것을 예술작품을 통한 똑같은 효과에 비긴 것으로, 보다 보편적인 현상을 빌어 예술이라는 特殊현상에 적용한 것이다. 따라서 정사의 그 극치의 경지를 체험하지 않고는 착상도 할 수 없는 비유라 하겠다(이 점은 그의 美學 중에도 핵심적인 一駒를 이루므로 Ⅱ篇에서 詳論). 둘째로 寸評集 「內密日記」 중 「火箭」에서 정사의 장면을 拷問 또는 外科手術에 비긴 글이 있다.[110] 꽤 노골적인 묘사로, 한쪽에는 저 자신을 잊지 않고 냉정히 施術하는 자(男子)가 있고, 그 상대로 정신을 잃고 신음하고 경련하며 허위적거리는 被害者(？女子)를 비유한 것이다. 이것 역시 정사에 있어 남성의 완전한 기능 발휘와 이에 따른 상대방의 관능적 도취와 쾌감의 頂點을 직접 체험을 통하여

---

107) 그 밖에도 P. J. Jouve : Le Secret de Baudelaire in Baude'aire, Hachette (Coll. Génies et Réalités), pp. 66~7.

108) Pch-B. p. 334.

109) Clement Borgal : Baudelaire, p. 43.

110) Jl. f, p. 1249.

목도하지 않고는 묘사할 수 없는 장면(그리고 얼마나 자신만만한 필치인가!)이
다. 詩人의 그 방면의 능력에 관한 또 하나의 증거가 있다. 바로 수호천사의
美를 노래한 「전부 고스란히 Tout entière」라는 詩 마지막 5, 6聯,

> 그녀 아름다운 온 몸을 지배하는
> 調和는 하도 절묘하여,
> 무력한 分析으로는 그 술한 和合을
> 이루 지적할 수 없을 정도.
>
> 오, 내 모든 감각이 하나로
> 혼합되는 신비로운 변모여!
> 그녀 목소리 香氣가 되듯
> 그녀 입김은 音樂이 되네!

〈모든 감각이 하나(性感)로 혼합되는 신비로운 변모〉는 바로 그 절정에 이루
어지는 현상이다. 모든 해설자들이 그 점을 看過하고 있으나, 詩人 자신이 언
뜻 보아 그저 애인의 全身의 육체미의 찬양으로 끝난 듯이 보이는 이 詩를, 소
송 사건 때 음탕한 詩로 문제된 것으로 지레 짐작한 점을 수목할 만하다. 그
리고 그러한 〈변모〉의 경험(이 詩에서는 夫人을 상대로 공상의 그것이지만)은 그 방
면에 통달한 남자라는 증거이기도 하다.

그런데 그 상대 女性은 또 어떤가. 플로베에르 評대로 〈건전한, 지극히 건전
한〉女性이며, 명랑하고 착한 美女여서 당대의 文人·美術家들이 출입하던 사
교계의 여왕이면서도, 역시 好人답게(?) 별로 어렵지 않게 몸을 내주던 女人으
로 전하고 있다. 그녀를 키우고 가꾸어 낸 파트롱(Mosselman)이 또한 당대의
플레이보이다. 그녀를 房 다섯 개의 호화판 아파트에 살림을 시키며, 그녀의
아름다운 肉體美를 혼자 감상하기가 송구했던지, 두 번에 걸쳐(彫刻家 Clésinger,
처음엔 塑像, 둘쨋번 大理石像 1847년) 조각 출품케 하여 滿天下에 공개할 정도의
한량이다. 특히 두번째 〈뱀에 물린 女人〉은 全裸 橫臥像으로, 아랫배를 불쑥
내밀고 上半身과 다리를 뒤로 활등 모양으로 몸을 젖혀, 아주 도발적이며 자
극적인 자세로 온 파리를 흥분시킨 女人이다. 그 파트롱의 교육에 그 肉體美와
그런 모델 포우즈를 선선히 취할 정도의 대담한 성격의 女人, 그리고 그 방면
에 산전수전 다 겪은 35세의 풍만한 육체다.

자, 그 보들레에르에 그 女人이다. 특히 그 방면에는 누구보다도 통달했을
35세의 여인이, 만약 남자가 그 순간에 제 기능을 발휘 못 하고 쩔쩔맸다면,
그런 눈치를 못 채고 지났을까? 도저히 있을 수 없는 가정이다. 아니 거꾸로
첫 동침 뒤에 쓴 것으로 고증된 편지는 심신이 황홀한 사랑의 만족을 여실히
나타낸 글이다(이 세째 근거는 아수 결정적이다).——〈그러시고 싶다면 뽐내노 좋
아요. 하지만 거울을 들여다보지는 마세요. 어떻게 하든 간에 제가 한 순간 본

그 표정을 지을 수는 없을 거예요, 어떤 일이 일어나건, 저는 항상 그런 모습의 당신을 보겠어요. 그것이 제가 사랑하는 샤를르예요.〉 그리고 〈저는 정신과 육체와 情으로 당신 것이에요〉. 그리고 〈저는 여자들 중에도 가장 행복한 女子예요. 제가 그대를 사랑한다는 것을 일찌기 이처럼 잘 느낀 적은 없어요(어느 때처럼일까?—역주). 그대가 그처럼 아름답고 감탄할 만하게 보인 적은 없어요.〉 어떤 〈한 순간〉의 표정이며, 어째서 가장 아름답게 보였단 말인가? 그 행복감이야말로 바로 〈그 순간〉을 같이 나눈 여자가, 〈정신과 육체와 情으로〉 완전 무결하게 一心同體가 된 그 행복을 경험했다는 고백 이외의 아무 것도 아니다. 그럴수록 한 달 동안이나 자기를 회피하는 詩人의 태도가 그녀에겐 〈영문 모를〉 수수께끼일 밖에. 그런 황홀한 순간을 같이 나누었던 만큼 더욱 시인의 事後 태도의 돌변이 해괴했던 것이다. 그보다는 차라리 시인의 편지를 유심이 다시 읽고, 평소의 성격과 생각(異性에 대한)에서 비밀의 열쇠를 찾아야 할 일이다.

우선 첫 태도 돌변의 통고 편지 末尾를 다시 보자.——〈당신이 너무 매혹적인 것이 좀 원망스러워요. 제가 당신의 팔과 머리의 香氣를 몸에 지니고 돌아올 때면, 또한 그리로(그녀 품 안으로—역주) 되돌아가고 싶은 욕망도 지니고 돌아온다는 점을 생각해 보세요. 그럴 때면 얼마나 감당할 수 없는 執念!〉 그 황홀한 육체 앞에서 사내 구실을 못한 困辱을 치른 남자가 다시 그녀 품으로 되돌아가고 싶은 〈감당할 수 없는 집념〉을 느낀다는 것 또한 語不成說이다(네쨋번 결정적 근거다).

우리 詩人은 자기가 멸시하는 俗物 앞에서는 자주 假面을 쓰고, 놀려주기와 골려주기를 서슴지 않지만, 敬愛하는 사람, 모친이나 친구와 사랑하는 사람들에게는 거짓이 없음을 보아 왔다. 한창 異腹兄을 따를 때는 여인 관계와 性病까지 털어놓지 않았던가. 모친에겐 40代의 아들로서 좀처럼 고백 못할 성병 재발까지 알리고 있을 정도다. 이때의 사바티에夫人에게 대한 편지의 진실성도 의심할 필요가 없다. 正式으로 낸 첫 편지에서, 이미 많은 사실을 엿볼 수 있다. 夫人의 여동생이 벌써 훨씬 전에 〈여전히 우리 언니를 사랑하고 계시며, 여전히 멋진 편지를 보내시는가요?〉하고 놀려댄 일을 지적하고 있다. 이미 夫人은 그의 所行임을 알고도 모른 척하고 수호천사役을 계속하고 있었음을 증명해 준다. 그 편지에서도 여전히 종전 같은 수호천사로 계속될 것을 바라고 있다.

"惡童들은 연애를 하지만, 詩人들은 우상 숭배자들이에요. 令妹는 아직 永遠한 일들을 이해하게끔 되지 않은 것 같군요."[111]

그리고 〈당신은 꿈에 그리고 친애하는 한 이미지 이상의 것입니다. 당신은 나의 迷信이에요.〉 그리고 되풀이 그의 사랑이 세속을 넘은 것임을 강조하고

---

111) C.I, (1857. 8. 18), pp. 421~3.

있다.

　"누군가가 당신을 생각하고 있으며, 그의 생각에는 비속한 것이라고는 추호도 들어 있지 않음을, 그리고 또 약간은 당신의 그 심술궂은 明朗性을 원망하고 있다는 것을 기억하시오."

明晳을 자랑하는 그가, 자주 만나고 너무 가까이 지내면 끝내 〈迷信〉이, 끝내 〈수호천사, 뮤즈, 마돈나〉가 지탱될 수 없다는 것쯤 모를 리가 없다. 그러기에 그 전에도 이미 피하고 있었음을 또한 그 편지는 밝혀 준다.

　"지난번에 저는 (정말 본의 아니게) 당신을 만나는 행복을 가졌지요! 제가 얼마나 조심스레 당신을 피하는지 아마 모르실 테니까요! 그래 속으로 중얼거렸지요──〈내 馬車가 그녀를 기다린다는 것은 이상스런 거야, 아마 다른 길로 접어드는 편이 나을 게다〉라고요."

그리고 태도 돌변을 알리는 편지를 다시 보라.

　"며칠 전만 해도 그대는 신성한 存在였어요. 그것은 참으로 편리하고 지극히 아름답고 不可侵의 것이에요. 그런데 그댄 이제 여자군요."

어째서 그토록 〈편리하고 아름답고 不可侵〉이었던가. 그에게 〈迷信〉이 될 수 있고 동시에 〈수호천사, 뮤즈, 마돈나〉로서 〈캄캄한 深淵 속에서〉도 光明처럼 우러러볼 수 있고, 끝내 지옥에 떨어지지 않고 다시 더듬어 나오게 해 주는 길잡이 구실을 해 주었으니까. 이미 우리가 지적한 바와 같이 그러한 〈살아 있는 횃불〉에 대한 內心의 욕구가 그녀에게 天使役을 맡겼던 것이다. 〈그런데 이젠 그대는 여자〉, 일개 異性에 지나지 않게 된 것이다. 자기 밑에 깔리는 풍만한 肉體가 수호천사일 수는 없는 노릇이다. 특히 보들레에르에겐 그럴 이유가 있다. 그 다음 그가 누차 강조한 熱愛에 따르는 愛情煩惱 역시 詩人에겐 잔느 뒤발과의 관계에서 넌덜머리나도록 경험한 바다. 오죽하면 愛妻를 죽인 「殺人者의 술」을 썼을까!

> ……그 진짜 사랑을,
>
> 그 음흉한 매혹,
> 그 威脅의 지옥 같은 行列
> 그 毒藥瓶, 그 숱한 눈물,
> 그 사슬과 뼈다귀 소리와 함께!

그래 愛情의 煩惱 끝에 우물 속에 처넣어 죽이고 나서 부르짖는 것이다.

> 내 아내는 죽었어, 난 이제 自由다.
>
> ──「惡의 꽃」 중 殺人者의 술[112]

---

112) FM, Le Vin de L'Assassin.

이 사랑의 번뇌에 대한 그의 확신은 매우 뿌리 깊어 「1859年의 美展評」에도 되풀이 강조하고 있다.

내 생각으로는, 만약 날더러 사랑의 神을 그리라고 한다면, 제 主人을 물어뜯는 狂亂의 말의 형상으로 그리든가, 아니면 방탕과 不眠症으로 눈가에 검은 무리가 둘려처진 魔鬼가 유령이나 重罪囚처럼 발목에 매인 요란스런 사슬을 질질 끌며, 한 손에는 毒藥瓶(쾌락의—역주), 다른 손에는 피 묻은 범죄의 비수를 휘두르는 형상으로 그릴 법하다. [113]

그러니 태도 돌변을 알리는 편지의 一言一句가 그의 진심의 표현임을 재확인할 수 있다.

"불행히도 제가 질투할 권리를 획득한다면! 아! 단지 생각만 해도 얼마나 끔찍스런 일입니까! 한데 당신처럼 눈이 萬人에게 미소와 우아스러움으로 가득 찬 사람이 상대라면, 필경 殉教者의 고뇌를 겪어야만 할 겁니다. (……) 저는 情熱이 지긋지긋합니다." [114]

그러니 〈그토록 편리하던〉 수호천사가 地上에 내려온 것만도 이미 끝장인데, 자기 밑에 깔려 〈이젠 女子 *Te voilà femme maintenant*〉가 되어 버렸으니, 그것만으로도 돌이킬 수 없는 파국인 것이다. 게다가 그런 사랑의 번뇌까지 겹칠 일을 생각하면, 詩人의 태도 돌변은 지극히 논리적인 필연성을 좇은 것이라 할 밖에 없다. 여기서 아울러 고찰할 문제는 그의 사랑의 兩極性 *polarité* 이라 할 만한 二元性이다. 즉 한편으로는 사랑의 이상(순수)주의 내지 신비주의랄 만한 근본 태도와 생각, 다른 한편으로는 性愛에 동반하는 쾌락에 대한 惡意識, 또는 섹스의 대상으로서의 女性 자체에 대한 멸시와 惡意識이 詩人 속에 늘 공존하고 있다는 점이다.

**사랑의 兩極性**　사랑 또는 女性에 대한 이상(순수)주의와 신비주의가 한데 겹쳐 昇華된 대표적인 예가 사바티에夫人을 〈수호천사, 뮤즈, 마돈나〉로 떠받들던 경우이지만, 그 밖에도 〈고귀한 마음의 家政婦〉라는 詩를 바친 옛 家政婦(Mariette)를 그가 기도할 때 부친과 포우와 더불어 加護의 仲介者로 삼은 것도 그 한 예라 하겠다. 그 밖에 女人에 대한 변덕에 가까운 일종의 신비주의의 발현을 그의 處女作이자 유일한 단편소설 「라 팡파를로」에서 찾아볼 수 있다. 그 男主人公 사뮈엘 그라메르 Samuel Gramer가 詩人 자신의 모습과 성격·생활·태도 등을 거의 그대로 옮긴 것으로 인정되고 있다. 그런데 사뮈엘은 당대의 유명한 미모의 무용가 〈라 팡파를로〉에 접근하여, 마침내 그 눈부시게 황홀한 알몸의 육체를 제공받는 장면에 이른다.

---

113) Salon de 1859, p. 1056.
114) C.I, pp. 425~6.

(……) 사뮈엘은 가슴에 품고 있던 새 女神이 그. 빛나고 성스러운 裸體의 찬연한
모습으로 자기 쪽으로 다가오는 것을 보았다.

자기 꿈, 진정한 꿈에 그리던 모습이 자기 앞에 베일 하나 가리지 않고 포우즈를 취
하는 것을, 그리고 상상 속에서 연모하던 幻想이 실지로 俗人들의 시선에 대하여 몸을
보호하기 위한 옷들을 하나하나 벗겨 떨어뜨리는 광경을, 그 어느 사내가 자기 수명의
절반을 代價로 치르고라도 보고 싶어하지 않을 사람이 있겠는가? 그런데 이때 사뮈엘
은 해괴한 돌변에 사로잡혀 마치 버릇없이 자란 아이처럼 부르짖기 시작했다——“난
콜롱빈이 보고 싶어, 콜롱빈을 돌려줘 (……)”115)

즉 그 꿈에 그리던 찬연한 현실의 裸體 대신에, 전에 舞臺에서 그녀가 분장
하고 춤추던 괴상한 옷차림에 어릿광대의 코르셋을 입은 그 모습으로 돌아가
달라고 고집을 부리는 것이다. 보들레에르 崇拜者(Léon Cladel)의 회고담에 의
하면, 실제로 이와 유사한 性癖을 나타낸 장면을 목도한 것을 전하고 있다. 詩
人이 자주 출입하던 카페에서 詩人에 접근한 여인이 자기 나체의 육체미를 과
시하려다가 퇴짜를 맞는 것이다.

女人은 음란해지기 시작한다. 보들레에르는 아름다운 形象들을 사랑하지만 幻滅을
겪고 싶지 않다고 대답한다. 여인이 천천히 옷을 벗는다. 그녀는 굉장했디. 머리다래
가 하도 길어서 몸을 약간 기울이면 그녀의 맨발에 머리칼 끝이 닿을 정도였다. 그녀
는 안락의자 등에 손가락을 얹고 기댄다. 클라델이 슬며시 밖으로 나간다. 문을 닫자
않아, 지치고 늙은 보들레에르의 목소리가 들린다.——“옷을 입어!”116)

덧붙여 性愛에 빠진 〈라 팡파를로〉와 남자 사뮈엘이 결국 藝術家로서 타락
하고 마는 결말도 주목할 만하다. 현실의 幻滅보다도 꿈과 상상의 至高美를 지
키고, 性愛로 인한 예술가로서의 타락을 경계하는 일면이라 하겠다. 정열의 유
혹 앞에서 수호천사의 전락을 한사코 거부하고 예술을 지킨 보들레에르——벤
야민 Robert Benyamin의 論述 없는 斷想이기는 하지만,117) 누차 〈보들레에르에
있어서의 히로이즘〉 또는 〈보들레에르에 있어서의 영웅적 노력〉을 니체의 그
것과 비교한 炯眼을 상기케 한다(第Ⅱ篇 〈原初的 自我와 ……〉 참조).

이 理想(純粹)主義와 신비주의의 대극을 이루는 性愛의 惡意識 또한 도처에
서 노출되고 있다. 性愛의 대상인 女人(그가 사바티에夫人에게 〈이제 그대는 여자
구려〉하고 개탄한 그 〈女子〉)은 그가 「內密日記」 도처에서 독설을 퍼부은 女子＝
自然(본능적·동물적)이며, 수호천사의 對極을 이루는 女人이다(第Ⅱ篇 〈藝術論
……〉 參照). 公主조차 〈잡년〉이 된다. 그의 젊온 친구(Philoxène Boyer——53 년
에 같이 베르사이으로 피신갔다가 묶였던 친구)가 자기 情婦를 통하여, 자기 詩를
좋아한다는 마틸드公主에게 詩를 보내던 중, 公主가 자기를 사랑하게 되어.

---

115) La Fanfarlo, pp. 508~9.
116) Félicien Champsaur: Léon Cladel, cité in BdC, pp. 131~2.
117) 日譯本, ベンヤミン著作集 6 「ボードレール」 중 〈セントラル パーク〉.

일이 난처해졌다고 그에게 고백하자, 그는 냉담하게 내뱉는다.

"——여보게, 이 마당에 잡년에게 계략이 문젠가? 그런 여자들 상대론 재빨리 단호하게 나가야 하네. 방에 들어서자 그녀 발 밑에 몸을 던져. 그리구 그녀를 소파 위에 쓰러뜨리고는……"[118]

사바티에夫人에 대한 태도와 얼마나 절묘한 대극을 보여주는가! 性生活을 그대로 동물과 直結시키고, 性의 쾌락의 근원을 惡으로 규정하기까지 한다. 위에 引用한 「殺人者의 술」과 「1859年의 美展評」에서 그가 묘사한 〈진정한 사랑〉의 형상도 이러한 性愛觀에서 연유한다.

당신들이 만약 진정한 남자가 아니란다면 진정한 動物이 되라.[119]

문단 데뷔 시절에 쓴 이 글은 필경 그 性愛의 대상이 되는 여성에 대한 멸시와 함께, 性行爲 자체를 동물적인 것으로 일찍부터 생각한 증좌이리라. 晩年에 쓴 「內密日記」에는 아예 사랑의 관능을 惡과 직결시키고 있다. 섹스의 性惡說이며 그의 시종 일관한 장세니슴의 일면이기도 하다.

사랑의 特有한 至高의 쾌락은 惡을 하는 확실성에 깃들여 있다. ——그리하여 男女는 태어나면서부터 모든 쾌락이 惡 속에 있음을 알고 있다.[120]

윤리적인 惡뿐 아니라 審美的인 醜惡의 매력(향락)까지 피력한다. 때로는 곰보의 얽은 자국에서 〈파가니니의 광란의 樂긁이 연주하는 끊어질 듯 이어가는 樂曲이 울려오는〉 것을 들을 수 있다는 것이다(第Ⅱ篇 〈美學〉 참조).[121]

더욱 주목할 만한 사실은 그가 성관계를 맺은 여인은 처음부터 娼女였고, 동거 생활을 한 잔느 역시 창녀나 다름없는 惡女였다는 점이다. 性의 쾌락의 근원을 惡으로 보는 동시에 社會惡의 한 전형적 존재인 창녀만이 그의 성관계의 상대자였다는 결론이 나온다. 이 사랑의 兩極性이 위에서 본 표면적이고 논리적인 여러 이유 밑에 필경 깊이 깔려 있는 잠재의식으로 작용했으리라. 이에 그가 지니고 때때로 再發한 성병으로 말미암은 공포·不安(사랑하는 女性에 대한)[122]을 덧붙일 수도 있다. 그러나 그의 성병(梅毒)은 49년에 처음 재발했고, 다음엔 61년 두 번뿐이며, 그 동안 10년 이상 증세를 나타내지 않았다. 그가 그 病이 완쾌되었다고 자신을 가진 증거로는, 59년 5월과 60년 1월 2회에 걸쳐 말라시스에게 그의 梅毒病을 걱정하며 치료법까지 알려주고 있으며, 특히 60년 편지에는 자신만만한 격려까지 보내고 있음을 주목해야 한다. 따라서 57년경의 詩人은 그 병에 대한 不安에서 해방되었음이 거의 확실하다.

---

118) BdC, p. 130.
119) Maximes consolantes sur l'amour, p. 470.
120) JI.f, pp. 1249~50.
121) Maximes consolantes sur l'amour, pp. 472~3.
122) Michel Butor: L'Histoire extraordinaire가 그 一例.

한편으로는 性愛(동물적)＝惡→잡년・惡女・醜女・娼女, 다른 한쪽에 純愛
(사랑의 理想化・神秘化)＝사랑의 종교→수호천사・뮤즈・마돈나로 分極된다. 다
음 두 편의 詩도 이 兩極을 각각 대표하리라.

### 決 鬪[123]

두 戰士는 달려 맞부딪쳤다. 그들의
武器는 空中에 閃光과 피를 뿌렸다.
──그 놀이, 그 쇠 부딪는 소리는 울부짖는
사랑에 사로잡힌 靑春의 소동이다.

劍은 부러졌다! 우리들의 젊음이 그렇듯.
내 戀人이여! 허나 이빨과 날선 손톱들이
곧 背信의 劍과 短劍의 雪辱을 한다.
──오, 멍든 사랑으로 익은 가슴의 狂亂!

山고양이와 표범들 드나드는 峽谷 속으로
우리 투사들 심술궂게 서로 껴안아 죄며 굴러떨어져
그들의 피부는 메마른 가시덤불을 피로 꽃피우리.

이 奈落, 그게 우리 친구들 들끓는 지옥이다!
非情의 女丈夫여, 悔恨 없이 그리로 굴러떨어지자,
우리의 憎惡의 열을 영구히 불사르도록!

잔느篇의 이 지옥의 사랑의 對極에, 사바티에夫人篇의 連禱 *Litanie*의 기구
가 위치한다.

### 頌 歌[124]

내 가슴 光明으로 가득 채우는
지극히 귀여운, 지극히 아름다운 그녀에게,
天使에게, 不滅의 우상에게,
그 不滅性에 祝福을!

소금 배인 空氣처럼
그녀 내 삶 속에 번지며,
채울 수 없는 내 넋 속에
永遠의 맛을 불어넣도다.

아늑한 은거처 분위기를 향그러이 하는
영원히 신선한 작은 香주머니,

---

잊혀진 채 밤을 새어
은밀히 피우는 香爐,

어떻게, 不變無垢의 사랑이여,
그대에게 진실을 표현할까?
내 영원의 맨 깊은 곳에 깃든
보이지 않는 사향 알이여!

내 환희와 건강을 마련해 주는
지극히 착한, 지극히 아름다운 그녀에게,
天使에게, 不滅의 우상에게,
그 不滅性에 祝福을!

**惡循環**　이 형극의 頂上에 오른 뒤, 好惡間에 그는 화제의 주인공이 되었으며, 모든 소수 具眼의 작가와 識者들에게 위대한 詩人으로 인정받고, 이미 그를 새로운 스승으로 받드는 젊은 世代가 등장한다. 이로써 그는 당대의 쟁쟁한 시인들(위고·뮈세·비니·르콩트 드 릴르·고티에·방빌 등) 사이에 獨步의 高地를 점령하였을 뿐만 아니라, 프랑스 문학사에 새로운 지평선을 열어 놓은 셈이다. 그는 계속 새로운 시도인 散文詩를 발표한다. 死後 「小散文詩」 또는 「파리의 陰鬱」이라는 총제로 간행되었거니와, 이때에는 〈밤의 詩 Poèmes nocturnes〉라고 부르고 있었다. 8월 24일附로 잡지(Le Présent)에 6편[125]을 발표. 8월 1일 同誌에 미술론 「프랑스戱畵家들」, 15일附로 「外國戱畵家들」을 발표, 8월 18일附로 평론 「플로베에르作 보바리夫人」을 발표(L'Artiste)하여 소송 사건의 소용돌이 속에서 용케도 분발의 餘勢를 몰고 간다.

한편 11월 15일附로 5편[126]의 詩를 발표(Le Présent)하여 「惡의 꽃」은 여전히 계속 늘어 갈 것임을 알려준다. 그 중 「파리風景 Paysage parisien」이 끼여 있어, 이때부터 재판에 새로 한 部 division 「파리風景 Tableaux parisiens」을 더 첨가할 작품들이 늘어나기 시작한다.

그러나 8월 20일 유죄 판결 이후 다시 沈滯 상태에 빠지고, 私生活은 그의 표현대로 〈악순환〉의 연속으로 되돌아간다. 한창 起訴 풍문이 일기 시작한 무렵 벌써 7월 9일附 모친에의 편지, 「惡의 꽃」이 〈V. 위고, Th. 고티에와 심지어 바이런의 最上의 詩들〉과 어깨를 겨루게 되리라는 높은 긍지와 自信을 표명한 같은 편지에서, 〈저의 커다란 不名譽이지만 가끔 저를 사로잡고, 어떤 일에도 몰두할 수 없을 뿐만 아니라, 가장 간단한 의무도 다할 수 없게 만드는 氣力

---

125) Le Crépuscule du soir(+), La Solitute(+), Les Projets, L'Horloge, La Chevelure, L'Invitation au voyage.
126) Paysage parisien (Paysage), A une Malabaraise(+), Hymne, Une Gravure de Mortimer(Une Gravure fantastique), La Rançon.

銷沈 속에〉[127] 빠져 있음을 고백한다. 그리고 처음으로 모친이 혼자 은거하는 北海港都 옹플뢰르의 별장(그가 〈장난감 집 maison-joujou〉이라 부른)에 가고 싶은 갈망을 토로한다. 그 후 자주 이 애틋한 소망에 사로잡혀, 어린 시절 父親死亡 직후 모친과 단둘이 살던 뇌이이와 더불어, 제2의 마음의 고향이 된다.

"정말 옹플뢰르에 갈 생각을 했어요. 그러나 감히 그 말을 못 했죠. 저의 게으름을 燒灼治療 cautérisation 할 생각이었어요. 바닷가에서 모든 경박한 잡념에서 멀리 떨어져, 집필에 열중함으로써 철저히 燒灼(인두질) 치료를 할 생각을요."

그러나 당장 해야 할 일 「美學的 珍貴品」·「밤의 詩」(散文詩)·「阿片服用者의 告白」 등은 도서관과 版畵들과 미술관 없는 곳에서는 집필할 수 없어 파리를 떠날 수 없다고 한탄한다. 그 밖에 포우의 제3권 번역, 희곡에도 여전히 집념을 버리지 않고 있다.

7월 27일附 편지에도 똑같은 집필 계획과 年末 전에 옹플뢰르에 가서 희곡과 小說을 써야겠다는 의사를 되풀이한다. 11월에는 4번에 걸쳐 같은 상인에게 각 200프랑씩의 약속어음을 떼고 외상을 지고 있어, 여전히 금전상의 亂脈을 노정한다. 12월 17일을 전후하여 일랑송으로 내려가서 말라시스 집에 잠시 묵고 돌아온다.

年末에 이르자 다시 모친에게 年例的인 긴 호소의 편지를 잇달아 쓴다. 12월 25일附,

"(……) 여러 달 전부터 일체를 중단하게 만드는 그 지독한 意氣銷沈 langueur 속에 빠져 있어요. 내 테이블에는 이달 初부터 校正刷가 쌓여 있지만, 저는 손을 댈 기력이 없었어요. 거기서 커다란 고통과 함께 그 無爲의 奈落에서 빠져나와야만 하는 그런 시기가 항상 오는 거예요."[128]

닷새 후 12월 30일附에는 더 자세히 症狀을 보고한다.

"정신과 意志를 감소시키는 것이 신체적 病 때문인지, 혹은 정신적 柔弱이 신체를 피곤케 하는지, 저는 통 알 수가 없군요. 허나 제가 느끼는 것은 거대한 氣力喪失, 감당할 수 없는 孤絕感, 막연한 不幸에 대한 끊임없는 공포, 제 능력에 대한 완전한 不信, 욕망의 全的 缺如, 아무런 오락도 발견할 수 없다는 것 등이에요."

우리도 번번이 본 바와 같이 이번이 그가 처음 당하는 일은 아니다. 그러나 종래보다 더욱 심상치 않은 일이다. 「惡의 꽃」의 소동과 그 성공조차도 이 침체를 막을 수 없다.

"제 作品의 괴상한(혹평과 악의적인 중상에도 불구하고 하여간 유명해졌으니까—역주) 成功과 그것이 일으킨 여러 사람의 증오가 잠시 제 흥미를 끌었지요. 그리곤 그

---

127) LM, C.I, pp. 410~2.
128) C.I, pp. 435~6.

후 나는 다시 내리떨어졌어요. (……) 저는 끊임없이 自問하는 거예요——〈이건 뭘
해?〉, 〈저건 또 해서 뭘 하나?〉, 이거야말로 진짜 陰鬱 *spleen*의 심경이죠. 아마 제
가 이미 그런 상태들을 겪었고, 또 그러다가 再起한 일을 상기하면 과히 겁낼 것도 없
을 법하죠. 허나 또한 일찌기 이토록 깊이 빠지고, 또 이토록 오래 권태 속을 헤맨 기
억도 없어요."

그 자신이 이 증세(거의 病症이다)를 명명하여 〈陰鬱 *spleen*〉이라 했다. 이유
를 모르는 채, 기력도 의욕도 싹 빠져 버리고 어떤 희망도, 일시적인 오락조차
없이, 고립무원의 고독 속에 내던져진 채 몽상에 빠진 상태다. 晩秋에 겨울의
〈서슬〉을 예감하는 갖가지 想念을 노래한 「가을의 노래」 I 部를 여기 놓고 읽
으면 더욱 실감 있게 이해할 수 있으리라. 가뜩이나 그 陰鬱症에 짓눌린 그가
시장이에 쫓기며, 連日 끊임없이 부슬비가 계속되는 파리의 겨울의 〈스플린〉
의 그 암담한 예감을.

### 가을의 노래

우리 곧 싸늘한 어둠 속에 잠기리.
잘 가거라, 너무도 짧은 여름 발랄한 볕이여 !
벌써 돌바닥 뜰 위에 장작 부리는
불길한 충격 소리 들려오는구나.

겨울은 온통 내 가슴에 사무쳐 들리——
분노, 증오, 몸서리, 넌덜머리, 苦役,
그리하여, 내 心臟 北極地獄의 太陽인 양,
한갓 얼어붙은 덩어리 되어지리.

장작 소리마다 몸서리치며 귀기울이니,
두들겨 세우는 死刑臺보다도 더 둔탁한 울림이여,
내 精神 육중한 破壁機의 끊임없는 連打에
와르르 무너지는 塔과도 같아라.

그 단조로운 충격에 맞추어 어디선가
부랴부랴 棺에 못질하는 듯……
누구의 棺을?…… 어제는 여름, 이제 가을인가 !
그 야릇한 소리 出發인 양 울리는구나.

위에서 고백한 분명히 정상적이 아닌 神經의 陰鬱症에 빚과 가난이 겹차
고, 게다가 속병까지 앓고 있다.

"한 달 전부터 계속되는 體內와 胃의 이상한 답답증과 不順 (……) 무엇을 먹건 속
이 답답하거나 심한 복통을 일으켜요."

드디어 〈意志薄弱〉을 자인하기에 이른다.

"만약 정신이 육체를 고칠 수 있다면, 지속된 맹렬한 일이 저를 고쳐 줄 것이지만, 허나(그러려면) 弱化된 意志를 가지고 (뭔가를) 意志해야만 할 일이에요——惡循環이죠."

그리고는 실은 옹플뢰르로 가고 싶지만, 모친이 義父의 충실한 친구이자 그 遺言 집행자이며 가족회의의 一員인 퇴역 軍人 에몽 Emon 씨 一家와 거기서 가까이 지내야 하며, 에몽씨는 우리 詩人과 「惡의 꽃」에 부르조아다운 反感을 품고 있어, 그의 눈치를 살피는 모친의 태도에 屈辱感을 느끼기에 갈 수 없다고 밝힌다. 그러나 「가을의 노래 Ⅱ」에서 〈바다의 찬연한 햇빛〉을 못내 그리워하고 있듯이, 옹플뢰르에 가고 싶은 소망을 억누르고, 거기서 마주 바라보이며 海峽을 끼고 그 對岸에 있는 르 아브르 Le Havre 에라도 묵고 싶은 의사를 표시한다. 그런데 묘한 일은 거기서 〈武術先生〉을 구할 수 있겠느냐고 묻는다. 〈肉體鍛練의 필요성을 충족시킬 것〉을 기대한다는 것이다. 이 武術 훈련은 전에 리쎄 上級班 때 義父가 詩人에게 권고한 일이 있다. 역시 그 마비상태에서 벗어나려는 모색의 하나며, 예전 義父의 충고가 새삼 되새겨진 모양이다. 그 義父死亡 후 그를 생각하고 있었던 증거로, 7월 초에 義父 묘지를 찾아갔다가 移葬된 것을 보고 놀랐다고 모친에게 알리고 있다.

이번에는 또 親父의 그림 한 폭을 畵商에서 발견했으나, 돈이 없어 예약금조차 내지 못하고 말았다고 알리며, 〈이런 종류의 실수(父親 遺品의 賣却)가 여러 번 저질러졌는가〉(필경 에몽氏의 所行으로 보고 있다)고 묻는다. 그리고는 〈아버지는 형편없는 藝術家였지만, 이러한 모든 古品들은 정신적 가치를 지닌다〉고 하며, 못내 아쉬워한다. 어찌 궁했던지 섣달 그믐날에 文敎部에 근무하는 친구에게, 〈그(長官)에게 제 말씀을 드리고, 제가 새로운 곤경(지독하고 도저히 헤어날 수 없는 곤경)으로 하여 부득이 두번째 文敎部에 구원을 호소할 수밖에 없음을 전해 주시면 감사하겠읍니다〉[129]고 간청하고 있다.

---

129) à Armand du Mesnil (31 dec. 1857), C.I, pp. 441~2.

# 第6章　處刑된 圓熟期 (1858~1864)

그리고 광막한 雪原이 얼어붙은 屍體 삼키듯이
〈時間〉은 날 시시각각 삼키는구나.
위에서 地球를 동그랗게 내려다보되
나 이미 거기서 오막살이 몸둘 곳도 찾지 않도다!

눈사태여, 날 이끌고 내리떨어지지 않겠는가?

——「惡의 꽃」중 虛無의 맛[1]

　「惡의 꽃」의 격동을 겪고 난 다음 해 약간 침체되었던 문학 활동이 1859년
부터 다시 활기를 띠기 시작하여, 계속 4, 5년간에 「惡의 꽃」 增補 再版, 散
文詩, 포우 譯集 제3권, 「바그너論」, 「現代作家論」(9편) 등 큼직큼직한 작
품 활동을 보여, 나이와 더불어 가히 원숙기에 접어들었음을 엿볼 수 있다.
　한편 끊임없는 야유·매도의 악평을 뚫고 그의 명성도 점점 높아지며, 이미
그를 스승으로 받들고 갈채를 보내는 젊은 세대들이 고개를 든다. 그럼에도 불
구하고 우리가 이미 보아 온 바, 그 지긋지긋한 생활의 亂脈은 풀리지 않을 뿐
더러 점점 더 진구렁으로 내리떨어지는 판국이다. 게다가 이미 우리가 소년기
에서 가려낸 〈의지 박약〉과 〈神經性 病症〉은 완연히 자각증세로 나타나고 더
욱 악화되어 생리적인 갖가지 병증이 병발한다. 1860년부터는 모친뿐만 아니
라 친구(P. Malassis)에게까지 〈自殺의 변두리에〉서 있음을 되풀이 고백하며,
죽음을 〈完全解放〉으로 볼 만큼 자살의 유혹에 사로잡힌다. 그러던 중 아카데
미 立候補라는 幕間笑劇 같은 최후의 反抗을 보이고 난 후부터, 완전 절망과
파리와 프랑스에 대한 풀 수 없는 원한과 증오에 빠져 버린다.


## 1. 榮譽와 汚辱의 모순된 二重存在

날 뒤흔들고 물어뜯는
이 끈덕진 아이러니 탓으로
이 거룩한 交響樂 속에서
난 한 개의 不協和音이 아닌가?

「惡의 꽃」중 自己處刑者[2]

---

1) FM, Le Goût du Néant.
2) FM, L' Héautontimorouménos.

<지옥에 **處刑**된 놈 *damné*> 사회인으로서의 생활면은 위에 말한 바와 같이 여전히 갈피를 잃은 채, 벼랑을 굴러떨어지듯 궁지로 몰린다. 여전히 빚에 쫓기고, 여전히 김치국부터 마시는 격으로, 되지도 않은 원고를 미리 팔아 고료 **先拂** 교섭에 분주하고, 급한 빚을 막기 위하여 다시 다급히 빚을 지곤 한다. 1858년 초에는 홀로 은거하는 **老母**의 장래를 걱정하며, 모친에게만은 되도록 궁상을 숨기고 돈 구걸도 않기로 결심한다. 그 대신 「**惡의 꽃**」의 **出版主**이자, 가장 가까운 친구가 된(서로 **梅毒** 증세를 털어놓고 이야기할 정도로. 1860년 초에 **詩人**은 그에게 자세한 치료법을 적어 보내고 있다)[3] 풀레 말라시스에게 고료 선불과 소위 나베트 *navette*(**詩人**과 그 밖의 궁한 **文人** 친구들을 위하여 일종의 약속어음을 발행케 하여, 그것을 금융가들에게 이자를 **割引** 지불케 하여 앞당겨 찾아 쓰는 방법) **濫發**로 사업을 지탱할 수 없게 된 원인의 하나가 된다. 그 약속어음의 만기가 다가오면, 돈을 메우기 위하여 동분서주 한바탕 난리가 일어난다. 이런 난리가 연방 되풀이된 끝에, 약속어음 만기의 불을 끌 수 없는 막다른 골목에 부딪히면, 결국 모친에게 호소하여 **代拂**케 하고는 회한에 사로잡힌다(1860년 3월). 결국 **社運**이 기울어진 **出版主**에 대한 빚을 달리 갚을 길이 없어, 이미 발표된 전작품과 장차 발표할 전작품의 **版權**을 일체 말라시스의 출판사에 양도하고, 장차의 일체의 원고료마저 **詩人** 대신에 수령하게 되는 계약서를 작성하기에 이른다(1861년 5월 24일附). 그래도 말라시스는 빚 때문에 기소되어 감금되고 (1862년 11월) 유죄 판결을 받은 후, **詩人**보다 먼저 브뤼셀로 도망치는 신세가 된다. 참으로 **詩人**과 묘한 액운의 숙명으로 맺어진 **出版主**다.

게다가 잔느 뒤발이 졸도하여 입원하고(1859년 4월), 저 자신도 신경통·위통·구토증·마비증·불면증 등 갖가지 병증에 시달린다. 설상가상으로 49년에 재발했다가 다시 잠복한 매독까지 재발(1861년 5월 모친에게 고백)한다.

잠시도 안정을 얻을 수 없는 그 생활상의 충격·격동 *secousses*의 연속과 심신의 고통·고달픔 속에 홀로 방황하는 **孤絶感**에 못 이겨, 다시 잔느를 찾아가서 동거 생활을 해 보지만, 지독한 배신과 **不貞**을 목도하고(**後述**) 그만 여관 생활로 되돌아간다. 그가 22년간에 30여 차례나 거처를 옮긴 끝에 파리에서 마지막 정착한 여관(Hôtel de Dieppe)이다. 처량한 신세다.

"저는 외톨입니다. 푸념을 할 친구도 없고, **情婦**도 개도 고양이도 없이 말입니다. 영구히 말 없는 아버님 초상화가 있을 뿐입니다." (1861년 **母親**에게)[4]

게다가 그 숱한 **病症**까지 겹쳤으니 가히 스스로 <**天刑**받은 놈>(**地獄**에 떨어진 놈, 단네 *damné*)라고 신음하며 내뱉을 만한 신세다.

1862년부터는 그의 발표 기관이던 두 잡지[5]마저 폐간이 되어 원고 팔기조

---


3) C.I, p. 658.
4) LM, C.Ⅱ, p. 152.
5) Revue Européenne, Revue Fantaisiste.

차 힘들게 되니 雪上加霜이랄 밖에 없다. 그래서 어쩔 수 없이 군소 잡지·대중
잡지까지 불사하고 원고를 넘겨 주어야 했고, 심지어 그에게 줄곧 악의에 찬
敵意를 나타내던(특히 「惡의 꽃」 공격의 선봉으로) 피가로에까지 작품을 실어야
(1864년) 할 처지가 된다. 作家로서 참으로 騎士的인 결벽하고 드높은 긍지를
가진 그로서는 뼈아픈 굴복으로 느껴졌으리라.

　　**꿈과 現實**　그러니 벌써부터 파리가 지긋지긋해져 〈이 망할 놈의 거리 cette
maudite ville〉[6]라고 저주하던 그가, 잠시 모친 곁에 머무르다가 돌아오며 보낸
편지에서, 〈地獄으로 다시 돌아간다〉[7]고 두 번이나 내뱉은 심정을 이해할 만
하다. 그러니만큼 서로 사랑하며 그가 매달릴 수 있는 유일한 존재인 모친 곁
에서 조용히 마음 편하게 나날을 보내며 집필을 하고 싶은 소망은 간절할 수
밖에 없다. 모친에게 보내는 편지에는 「惡의 꽃」 다음해부터 벌써 하루 바삐
달려가고 싶은 심정이 애절하게 되풀이 표명된다.

　　"되풀이 말씀드리지만, 옹플뢰르에 정주할 매우 확고한 결심을 했어요. 2월 초에
이루어질 것으로 기대합니다. 1월 말부터 제 일용품이 든 꾸러미와 상자들을 하나씩
보내기 시작하겠어요." (1858. 1. 11)[8]

　　그리고 그 계획을 몇몇 친구들에게 알리고 있다고——역시 항상 계획만이 앞
지르고, 김치국부터 마시는 투로 모든 일이 진행된다. 한 달 후에, (빚 때문에)
6일간을 숨어서 헛되이 보냈다고 〈내 지긋지긋한 생활〉을 한탄하며, 옹플뢰르
定住의 《幸福》을 붙잡지 못하는 안타까움을 토로한다.

　　"바로 두 발자국 앞에, 아니 거의 손 밑에 幸福을 두고 그걸 붙들지 못하다니! 그
것도, 단지 내가 행복해질 뿐만 아니라, 마땅히 그렇게 해드려야 할 분에게 행복을 안
겨드릴 것임을 뻔히 알면서!" (同年 2월 19일)[9]

　　〈파리가 지긋지긋하다〉[10]는 파리 詛呪와 그 간절한 소망은 모친뿐만 아니
라 가까운 모든 사람에게 되풀이된다. 다음 편지(1週 後)에는, 10일 후에는
돈이 입수되고 모친 곁에 가 있게 되리라면서, 묵을 방에 관해서 여러 가지로
배려하는 모친에게 〈조그마한 방 한 칸 un trou! 방 한 칸! 깨끗만 하다면
야! (……)〉 하면서도, 너무 모친에게 폐가 될까보아 〈두 달 전부터〉 쓸까말
까 망설이던 간절한 소망을 털어놓는다.

　　"내 방에서 바다를 보게 될까요? 그럴 수 없더라도 저는 아주 얌전히 단념하겠어
요."[11]

---

6) LM(1858. 2. 19 일附, 1859. 7. 20 일附).
7) 1860년 10월 18일附, C.II, pp. 100, 101.
8) C.I, p. 444.
9) ibid. p. 450.
10) ibid. p. 457.
11) ibid. pp. 462~3.

그러면서도 항상 무엇엔가 붙잡혀 그 〈망할 놈의 거리〉를 떠나지 못한다. 이 것 또한 전형적인 보들레에르式 드라마다——항상 꿈의 실현(그 숱한 계획)을 눈 앞에 두고, 손에 잡힐 듯 잡힐 듯하면서도, 그 지리멸렬한 생활 현실에 얽매여 질질 끌려다녀야 하며, 그럴수록 몸부림치며 가슴이 갈기갈기 찢기듯이 呻吟하는 〈지옥에 처형된 놈(단네 damné)〉의 드라마.

3월에는 또 다시 〈늦어도〉 1週 後 출발을 알린다. 그러나 거기서 평화를 누리려면, 우선 급한 빚만이라도 끄고 가야 하며, 마무리지어야 할 일, 집필(특히 美術論)에 필요한 참고 자료의 필요, 등등에 묶여 〈항상 다음 주로〉 미루는 것이다. 그러다가 10월에 이르러 겨우 르 아브르 Le Havre 行 기차에 올라타지만, 잠깐 동안의 예비 답사인 양, 나흘 후에는 파리에 돌아와 있다. 그러나 이번에는 신변의 물건들을 챙겨 보내기 시작한다.

다음해(1859) 정월 말, 드디어 옹플뢰르에 도착한다. 드디어 방이 셋밖에 없는 바닷가의 〈장난감 집 maison-joujou〉에서 어머니 곁에 조용한 시간을 보내게 된 것이다. 詩人 死後에 모친이 그의 충실한 친구(Asselineau)에 적어 보낸 추억의 한 토막이 애절하다.

   "그는 수없이 여러 번 하늘과 바다 앞에 두 팔을 벌리고 말했죠——〈아 ! 빚(債務)
   만 없다면, 여기서 얼마나 행복할 것인가 ! 〉라고"[12]

그가 철든 이후 맛본 거의 유일한 〈행복〉의 햇살이 비친 순간이었으리라. 1861년 5월 6일附의 그 一言一句가 폐부를 찌르는 편지에서도 회상하고 있듯이, 부친 사망 후 1년 동안 맛본 모자 간의 그 따스하고 아늑한 뇌이이山莊 생활과 겹쳐진 그의 〈失樂園〉이다. 모친도 이미 그의 시인으로서의 재능을 인정하기 시작한 것이다.[13] 과연 거기서 名詩「알바트로스」를 완성(종전의 원고에 제 3련 추가), 「惡의 꽃」 권말을 장식하는 長詩「航海」와「해골춤」을 쓰고(또는 완성하고)「고티에論」과 포우를 4편이나 번역한다.

그러나 그에게 오랜 평화와 행복이 주어질 수는 없다는 듯이, 3월 초에는 이미 파리로 돌아와야 했고, 며칠 동안 체류 예정이 점점 연장되어 한 달을 넘긴 뒤에, 또 갑자기 잔느의 중풍으로 졸도 입원시키는 일이 생긴다. 4월 29일에는 다시 옹플뢰르에서 편지를 쓰고 있다.[14] 그러나 6월 말에는 다시 그 〈지옥〉으로 돌아와 있다. 다음해 10월에 잠시 (5일간) 체류 후에 다시 〈지옥〉으로 돌아온 후는 더욱 절실하게 편지마다 옹플뢰르 定住를 갈망하며, 속속 짐을 보내고, 마지막 짐을 곧 보낸다고 다급히 출발을 알리면서도(1862년 6월 6일附 편지에는 출발·도착 날짜까지 알리고), 만 3년을 질질 끌다가 1863년 2월에 겨우

---

12) cité in Crp-B, p. 184.
13) cf. LM (1858. 2. 19), C.I, p. 451. 특히 그의 異腹兄에게 보낸 母親의 편지에는 격찬에 가까운 귀절들이 있음. cf. BdC, pp. 110~1.
14) 이 점 C.I 卷頭 略傳年表에서 5~6월에 다시 돌아간 것으로 한 것은 착오임이 분명하다.

222

2, 3일 다녀올 뿐으로 끝난다(그것도 곧 떠난다는 그의 편지로 추측된 여행). 이 옹플뢰르行을 둘러싼 그 꿈의 간절함과 끈질긴 갈망에 대한 그 저주스런 현실의 방해의 드라마는 실로 6년이 계속된 후, 꿈에도 그리는 모친 곁으로가 아니고 그에겐 더욱 가혹한 〈지옥〉브뤼셀行으로 끝난다(1864년 4월). 결국 어쩔 수 없는 〈저주받은 詩人〉 단네 *damné* 의 운명이다.

> 말해 주렴, 네 맘 때로 날아가는가, 아가트여,
> 이 더러운 거리의 검은 바다에서 멀리
> 찬연하게 빗발치며 純潔性처럼 푸르고
> 맑고 깊은 다른 바다 쪽으로,
> 말해 주렴, 네 맘 때로 날아가는가, 아가트여.
> (……………)
> 향기러운 樂園이여, 그대 얼마나 먼가,
> 맑은 창공 밑 일체가 사랑과 기쁨뿐인 곳,
> 사랑하는 일체가 사랑받을 만한 곳,
> 순결한 환락 속에 가슴 푹 잠기는 곳,
> 향그러운 樂園이여, 그대 얼마나 먼가！
>
> ——「惡의 꽃」 중 슬프고 定處 없이[15]

한편 그의 詩人·評論家로서의 명성은, 젊은 찬양자(Léon Cladel)가 자기 작품을 그에게 바치고, 이어 그의 序文을 권두에 붙일 정도로 높아지고 있다.[16] 그런데 그 반면 사회인으로서의 그 汚辱과 私生活의 참담한 궁핍과 난맥은 자기가 몸담고 있는 거리를 〈지옥〉이라고 부를 정도로 점점 더 심각해지는 것이다. 모친에게 신세를 호소하는 편지마다 〈法定後見〉이라는 돌이킬 수 없는 굴레를 원망하는 것도 당연하다. 그러기에 스스로 二重存在를 탄식하는 것이다——〈矛盾된 二重存在, 한편으론 명예로운 存在요 다른 한편으로는 멸시받는 혐오스런 존재〉[17]라고. 오직 詩人으로서의 명예를 이루기 위하여는 實生活에서는 〈단네〉의 숙명이 이루어져야만 한다는 듯이, 모든 일이 막다른 궁지로 그를 몰고 가는 듯하다.


## 2. 愛憎連鎖

**友情과 愛憎** 이유는 어떻든 간에 〈흰 비너스〉의 타오르는 情炎을 기어이 가라앉히고, 따스한 友情을 지속한 사바티에夫人과의 관계는, 그의 생애에도 보

---

15) FM, Moesta et errabunda.
16) L. Cladel: Les Martyrs ridicules, préfacé par Baudelaire (1861).
17) LM(1861. 5. 6), C. Ⅱ, p. 154.

기 드문 意志의 승리라 하겠다, 옹플뢰르 定住를 결심했을 때도 그녀에게 편지로 알리고(1858년 정초), 그 곤경 속에서도 자기 근황을 알리며 사소한 선물들을 사 보내곤 한다(부채, 책, 사소한 골동품 등).

벌써 10년 전부터(1848) 단지 〈義務로서〉 사랑하고, 혹은 〈의무와 人情으로〉 돌본다던 〈검은 비너스〉와의 관계는 여전히 風浪이 심한다. 동거·싸움·별거·화해를 거듭하며, 이해하기 힘든 愛憎의 갈등을 계속하며, 저주를 퍼붓고 헤어진 후에는 곧 悔恨과 외로움으로 절망에 빠지곤 한다. 그가 한창 옹플뢰르行의 꿈이 무르익으면서도 좀처럼 실현되지 않던 1858년 10월에 다시 동거 생활로 들어간다. 이 때는 이미 그녀는 〈가엾은 不具者〉[18]라고 그 자신이 말한다. 반년 후에 졸도하여 결국 반신불수가 된 것이다. 이 시기에 쓴 詩가 필경 그녀와의 동거 생활의 생생한 한 장면이리라.

> 太陽은 喪紗로 덮였구나. 그처럼 너도
> 어둠 속에 숨으렴, 오 내 삶 위에 뜬 〈달〉*이여!
> 잠자건 담배 피우건 네 맘대로, 허나 말 없이
> 침울하게 〈倦怠〉의 深淵 속에 푹 잠기려무나.
>
> 그런 네가 난 좋아! 허나 만약 네가 오늘
> 月蝕의 어스름에서 나오는 달처럼
> 〈狂氣〉들끓는 곳에서 거드름을 피우겠다면,
> 그것도 좋군! 멋진 비수여, 칼집에서 솟아라!
>
> 촛대의 불에 네 눈동자를 붙켜라!
> 촌놈들의 시선에 慾情의 불을 질러라!
> 병들건 활기차건 네 一切가 내 쾌락.
>
> 네 맘대로 되렴, 캄캄한 밤이 되건, 붉은 새벽이 되건
> 부르르 떠는 내 전신의 심줄 중 어느 한 줄기도
> 안 외침이 없으니—— "오 귀여운 魔女 벨제뷔드여, 널 사랑하노라"고.
>
> ——「惡의 꽃」 중 들린 사람[19]
>
> * 〈달〉: 俗語로는 夫婦 간의 倦怠期의 뜻도 있음.

참으로 기묘한 연줄의 얽힘이요, 지긋지긋한 業苦의 덩어리다. 다음해 졸도 入院 후 다시 옹플뢰르로 돌아와 그 궁핍 중에 입원비를 송금했건만, 이 〈魔女〉는 입원비를 안 내서 쫓겨날 지경이라고 속여, 그 말을 곧이듣고 돈 부탁을 했던 친구와 병원측에 대해 화풀이를 한 끝에 망신을 당하게 만든다. 그는 이 일을 알고도 모른 척 덮어두었고(3년 후 잔느에게 너무 인색하지 말라는 모친의 책

---

18) LM, C.I, p. 488.
19) FM, Le Possédé.

땅을 듣고야 비로소 갖가지 악행을 폭로),[20] 그뿐 아니라 그래도 〈제가 죽은 뒤 그
녀는 어떻게 살아 갈 겁니까〉[21] 하고 걱정을 할 정도다(1860년 10월). 그녀에 대
하여는 〈의무와 인정〉의 단계를 넘어 〈아빠와 보호자〉로 자처할 정도다(1859년
10월).[22] 이 무렵 현재 남아 있는 것으로 잔느에 보낸 유일한 편지를 쓴다(1859.
12. 17). 〈내 친애하는 딸아〉로 시작되는 이 글에 나타난 자상한 배려와 따스
한 애정은 참으로 놀라울 정도다. 잔느를 위한 先拂領收證을 동봉하면서, 다른
봉투에 넣어 앙셀(法定後見人)에게 보낼 때, 겉봉 아드레스를, 〈왼손으로 쓸 용
기가 나지 않거든(오른쪽 반신불수니까―역주) 가정부에게 쓰게 하라〉는 둥, 꼭
어린 딸에게 하듯 자질구레한 배려까지 하고 있다. 끝으로 〈길이 미끄러우니,
혼자서 외출하지 말라〉[23]고도 타이른다. 그래 다음해 연말에 모친과 앙셀에게
애원을 하여, 간신히 돈을 뜯어내어 방을 얻어 꾸미고 同居 생활을 시작했는데,
이번에는 그의 오빠라는 무뢰한이 〈아침 8시부터 밤 11시까지〉 줄곧 그녀 곁
에 붙어 떨어지지 않는다. 필경은 그녀의 옛 情夫였을 이 파렴치한(생활비 한푼
보태지 않고 붙어 사는)과 三角關係 속에 동거하는 중, 어떤 일이 있었던지, 〈25일
간 참고 견딘 끝에 수치스럽고 웃음거리가 될 처지에 머물러 있기 싫어서 체면
을 생각코 빠져나왔다〉[24]고 한다. 거기서 나와서도 〈보름 동안이나 고스란히 분
노를 억눌렀다〉면서도, 그녀의 〈그 늙은 얼굴에 흐르는 그토록 많은 눈물과 쇠
약한 인간의 그 우유부단〉을 보고 그만 또 동정심이 동하여, 그 환자를 위로해
주고, 돈을 만들어 주려고 거리를 헤매곤 한다. 1864년 그가 프랑스를 떠나던
해에 그녀는 失明의 위기까지 겪고는 그 후 종적을 감춘다.

**마리와의 愛憎** 1855년부터 그의 신변에서 멀어졌던 마리 도브렁이 59년
8월에, 그가 옹플뢰르에서 돌아와 마지막으로 디에프여관에 정착한 지 한 달
만에 나타난다. 그녀를 만나자 옛 애정이 다시 되살아나서, 그녀를 위한 새로
운 배역을 얻어내도록 주선까지 한다. 이 무렵에 쓴 詩 「가을의 노래」 제Ⅱ부
는 그가 자주 빠져드는 무기력·無意慾症 atonie 과 따스한 사랑에 대한 애원,
人生의 晩秋에 처한 심정과 마리와의 사랑의 특성 등이 잘 나타난다.


　　　　나는 그대 지긋한 눈길의 푸른 빛이 좋아,
　　　　다사론 美女여, 나 오늘은 一切가 쓰디써,
　　　　그대 사랑도, 침실의 환락도, 화끈한 난로도.
　　　　그 어느 것도 바다의 찬연한 햇볕만 못해.

---

20) LM(1862. 3. 17), C.Ⅱ, pp. 232~3.
21) ibid. p. 96.
22) LM, C.I, p. 609.
23) C.I, pp. 639~640
24) L. à Malassis, C.Ⅱ, p. 122. 이 진말에 관해서는 그 밖에 LM(1861. 1. 5附와 1862. 3. 17
　　附) 참조.

허지만 사랑해 다오, 다정한 그대여!
박정하고 심술궂은 놈일지라도 어머니 되어 다오.
애인이건, 누님이건, 가을 영롱한 하늘 또는
落照, 그 한 순간의 따스한 情 베풀어 다오.

잠깐의 수고를! 무덤 기다리니, 그 탐욕한 무덤이!
아! 내 이마 그대 포근한 무릎에 얹고,
白熱의 지난 여름 그리며, 이 늦가을의
따스하고 누른 햇살 맛보게 해 다오! [25]

　겨우 38세에 이처럼 人生의 晩秋를 실감하는 것은, 너무나 자주 사랑하는 女人과의 〈침실의 환락〉에도 마음이 동하지 않을 정도의 마비 상태(그가 1860년 이후 자주 스스로 진단내리던 假死狀態 *léthargie*)를 겪는 病症 때문일까? ――그는 이미 사바티에夫人에게 바친 노래 「功德 Réversibilité」에서조차(31세 때), 주름 잡힌 늙은이가 건강에 넘치는 애인 앞에서 느끼는 비참한 劣等콤플렉스를 노래하고 있다. 하여간 〈오! 내 이마 그대 포근한 무릎에 얹고……〉 하는 간절한 애원에도 불구하고, 그해 11월 말에 마리는 그의 절친한 친구 방빌과 함께 南佛로 蜜月의 지방 공연을 떠난다. 과연 다음해 정월에 다음과 같은 무시무시하고도 기발 절묘한 愛憎의 노래가 던져진다.

어느 마돈나에게[26]

――스페인 趣向의 奉納物

마돈나여, 내 愛人이여, 너를 위해
내 고통의 밑바닥에 地下祭壇을 세우리.
그래 世俗의 慾情과 조롱하는 시선에서 멀리,
내 가슴 속 가장 캄캄한 구석에다가
碧玉 黃金으로 장식된 壁龕을 파고,
거기 널 세우리, 놀란 〈聖母像〉이여.
수정의 韻 교묘히 星座처럼 박힌
純金의 틀, 갈고 닦인 내 〈詩句〉로써
네 머리에 씌울 거대한 〈冠〉을 만들리.
그리고 내 질투 속에, 오 지독한 마돈나여,
〈外套〉를 하나 재단해 주마, 그 모양은
야만스러워 거칠고 무겁고, 疑心으로 안을 받쳐
외딴 哨所처럼 네 갖가지 매력을 가둬 버릴 터,
眞珠가 아니고 내 온통 흘린 눈물로 수놓으리.

---

25) FM, Chant d'automne, II.
26) FM, A une Madone.

네 〈옷〉은, 그게 바로 내 〈慾情〉, 바르르 떨어

파동치며, 네 몸뚱이 따라 오르고 내리는 내 慾情,

오뚝 솟은 끝에선 흔들리고 溪谷에선 푹 쉬며,

희고 장미빛의 네 온 몸을 키스로 감싸 주리.

      (……………)

만약 내 온갖 정성어린 솜씨로도

銀月臺를 깎아 네 足臺를 삼지 못한다면,

내 창자를 물어뜯는 〈뱀〉을 네 발뒤축 밑에 넣을 터,

속죄의 힘 많은 의기양양한 女王이여,

그대가 증오와 가래로 부풀은 그 괴물을

짓밟고 조롱하도록 하기 위함이니라.

너는 보리, 내 갖가지 〈생각들〉이 聖母의

꽃핀 祭壇 앞의 〈촛불들〉처럼 줄지어,

푸른 칠한 천정에 성좌인 양 反射되어

불타는 눈으로 언제나 널 노려보는 것을.

게다가 내 속의 一切가 널 귀여워 흠모하니까,

一切는 安息香, 燻香, 乳香, 媚藥으로 변하며,

끓어오르는 내 〈정신〉이 白雪 같은 네 육체의 頂上을

向하여 끊임없이 증기로 뭉실뭉실 떠오르리라.

끝으로, 마리아[27]의 네 구실을 다하기 위하여,

그리고 사랑을 野蠻性과 뒤섞기 위하여,

음흉한 쾌락이여 ! 悔恨에 가득 찬 死刑執行人

나는 〈七大罪〉로서 시퍼렇게 날선 일곱 개의

〈칼〉을 벼려, 눈썹도 까딱 않는 曲藝師처럼

네 사랑의 가장 깊은 곳을 과녁으로 겨누어

그 칼을 몽땅 꽂으리라, 할딱거리는 네 심장에,

흐느끼는 네 심장에, 피가 낭자한 네 심장에 !


## 3. 病症의 加重——自殺의 변두리

위에서 본 사회인·생활인오로서의 汚辱과 궁핍에서 이미 〈저주받은 詩人〉의
팔자는, 그가 타고난 原初的인 갖가지 증세가 세월을 따라 날로 漸高加重됨으
로써 완전히 〈天刑받은 者〉〈지옥에 처형된 자, 단네〉의 숙명으로 뒷받침된다.
그럴수록 詩人으로서의 안간힘과 苦行에 가까운 투쟁은 더욱 비장해진다.  우
리가 이미 靑少年期에 검출한 豫徵들은 하나하나 不治의 자각 증세로 나타나
며, 그 자신의 진단이 내려질 정도로 현저해진다——의지 박약과 신경성 병증

---

27) Marie Daubrun과 聖母 Marie를 겹친 말.

은 第Ⅱ篇에서 재론되겠기에, 여기서는 年代를 따라 나타나는 사실만을 기록하여 그의 病勢日誌를 제공하는 데 그치겠다.

**意志薄弱** 먼저 사회인으로서의 汚辱과 詩人으로서의 명예라는 〈矛盾된 二重存在〉를 스스로 탄식함을 보았거니와, 이 점에 관하여도 명석을 자랑하는 그는 30을 넘기자 결코 오래 숨겨 둘 수 없는 사실로 자인함을 이미 우리는 보았다——〈意志와 能力 사이의 이 不均衡이 나로서는 이해할 수 없는 일〉이라고(1853년).[28] 이 점 역시 「惡의 꽃」 간행 후부터 더욱 심각해진다.

"숱한 不安과 고뇌로 사람의 神經이 약화되었을 때는 온갖 決心에도 불구하고 〈惡魔〉가 다음과 같은 생각의 형태로 뇌수 안에 스며들어요."(1858년)[29]

그 〈악마〉의 속삭임이 걸작이다——〈만사를 잊고 하루 푹 쉬고 오늘 밤에 단김에 해치우지 그래〉. 이 〈악마〉의 유혹에 〈鐵石 같은 의지도 몽땅 증발하여〉(序詩「讀者에게」) 그만 푹 쉬고 나서, 밤이 되면 그만 밀린 일거리에 질겁을 하며 슬픔에 짓눌리고 無力症 impuissance 에 사로잡힌다는 것이다. 그의 명석한 자기 분석과 진단에 또 한 번 놀랄 만한 것은 (우리가 이미 위에서 어렴풋이 추측했듯이), 그 모든 증세의 근원이 〈神經弱化〉에 있다는 진단이다(실은 弱化 정도가 아니고 우리가 보기에는 이미 타고난 神經性 病症이지만). 그래서 〈신경약화→의지 박약→짓누르는 슬픔 spleen→無力症〉의 연쇄로 보고 있는 셈이다.

"〈내 意志와 希望〉은 몹시 弱해졌어요."(1860년)[30]

"여러 달 전부터 앓고 있어요, 고칠 수 없는 病이죠—— 비겁함(의지 박약과 同義 lâcheté)과 弱化."(1860년)[31]

"40세, 法定後見, 막대한 빚, 끝으로 最惡의 고질은 약화되고 상실된 意志! 정신 자체가 변질되지 않았는지 누가 압니까? (……) 제 意志는 자꾸만 녹이 슬어 가고 있어요."(1861년)[32]

그래서 메모해 놓은 〈作品의 플랜과 계획이 두세 상자나 꽉 차〉 있건만 열어 보기가 무섭단다. ——〈실제로 무엇을 집필할 것인가? 필경 결코 아무 것도 못할 테죠.〉 이렇듯 저 자신도 영 어쩔 수 없고, 통 알 수 없는 증상이다. 그 정도이니까 결국 他意로라도 밖에서 묶어 놓을 필요까지 自認하는 비통한 심정이 드는 것이다.

"한 순간의 安堵에 뒤따르는 그 無爲와 나태(……) 그래서 저 자신이 法定後見의 폐기를 원치 않을 것이며, 빚도 한꺼번에 다 갚아서는 안 된다고 생각해요. 安寧이 나태

---

28) LM, C.I, p. 214.
29) ibid. p. 450.
30) LM, C.Ⅱ, p. 72.
31) ibid. p. 84.
32) Ibid. p. 139.

228

를 만들어 내니까요."(1861 년)[33]

그러니까 〈필요 없이〉라도 일을 하는 습관을 붙일 때까지는 그런 올가미의
고문이 필요하다는 결론이다.

누구보다도 뻔히 명석하게 알면서도, 그리고 수없이 맹세와 결심을 되풀이
하면서도 영 되지 않는 일, 그러니 별수 없지 않은가——남의 〈채찍질〉이라
도!

"저는 지금도 그렇고, 과거에도 항상 분별 있고도 동시에 惡德에 젖어 있었어요.
——아! 제게는 아이들이나 노예들에게 먹이는 채찍질이 필요한가봐요."(1861)[34]

하도 이 〈채찍질〉의 필요가 절실하기에 그는 「內密日記」에도 같은 내용의 아
포리슴을 한 항목 기입하고 있다(그것을 引用하여 自虐과 依支로 설명한 사르트르
의 분석이 얼마나 사실에서 빗나간 천착인가를 알 수 있다).

항상 의무를 다음날로 미루는 버릇을 여러 번 되풀이 사과하고 자책·후회
하는 편지[35] 자체가 하도 30년 전 어린 시절의 편지 문귀를 그대로 옮겨 놓은
듯하여, 그의 숙명의 씨알과 이삭을 한눈에 보는 듯 야릇한 감동에 사로잡힐
정도이다(第Ⅱ篇 〈原初的 自我……〉 참조).

모친 이외엔 좀처럼 남에게 고백하지 않던 긍지 높은 그가(P. Malassis 제외),
마침내 옛 친구(Ph. de Chennèviéres)에게까지 자기 恥部를 스스로 드러낸다——
〈내 의무를 무한정으로 뒤로 미루게 하는 意志의 병 때문에——〉[36] 운운(1864
년), 〈意志의 病〉이라고 아예 病으로 자인하고 있으며, 위에서 본 바와 같이
그 病이 무엇인가도 이미 스스로 진단내리고 있다.

痲痺症 학창 시절 異腹兄에게만 의기소침 *découragement*, 無力症 *impuissance*,
마비증 *engourdissement* 등의 용어로 고백하던 증상 역시 이 시기에 더욱 심각하
게 진행되며, 갖가지 용어로 그 고통과 惡弊와 초조감을 호소한다.

역시 「惡의 꽃」의 해 年末에 벌써 〈여러 달 전부터 일체를 중단시키는 지긋지
긋한 衰盡 *ces affreuses langueurs* 에 빠져들어서〉,[37] 급한 교정쇄가 한 달 동안이
나 책상 위에 쌓여 있는데도 손 하나 까딱할 수 없다고 호소한다. 게으름 정도
로는 설명될 수 없는 증상이다. 그럴 때면 일체의 의욕을 상실하기 때문이다.
그러기에 스스로 〈이 無爲(무감각, 무관심)의 深淵 *ces abîmes d'indolence*〉이라고
부르기도 한다. 이런 상태에 나타나는 〈陰鬱 *spleen*〉症과 〈권태〉라는 竝發症도
여기서 밝히고 있다——〈줄곧 이런 자문을 하죠——"이건 해서 뭘 해? 저건
또 뭘 하나?"라고요. 이거야말로 陰鬱의 정신 *l'esprit de spleen* 이에요. (……)

---


33) ibid. pp. 159~160
34) ibid. p. 175.
35) ibid. pp. 200, 332(1863 년), 341(1863 년).
36) ibid. p. 350.
37) LM, C.Ⅰ, p. 436.

이때껏 이토록 내리떨어진 적도, 이토록 오랫동안 권태 속을 헤맨 적도 없어요.〉[38] 〈그건 해서 뭘해?〉——이 무기력증에 가미된 의욕상실증을 좀더 강조할 때는 아토니 *atonie* 라고 진단내린다.

"방금 아토니 시기를 통과했소——식욕도 없고 잠도 못 자고 일도 못하는. 어째서? 전혀 모르겠소. 지금은 나아서 무척 힘차게 일하죠. 어째서? 전혀 모르겠소."(1860. 8. 12. 말라시스에게)[39]

난처한 일은 주기적으로 겪는 이 증세가 어째서 오는지, 어째서 낫는지 그 자신도 영 알 수 없다는 사실이다. 여기까지 이르면 의지박약과는 전혀 다른 하나의 病症이다. 역시 같은 친구(「惡의 꽃」出版主 말라시스)에게 반년 후에 다시 호소한다. 〈특히 두 달 전부터 위급한 아토니 증세와 절망에 빠져 있네.〉(1861 년)[40] 무기력증에 가미된 陰鬱症이 심할 때는 히포콘드리 *hypocondrie* 라는 진단을 내린다.

"이 지긋지긋한 정신상태, 無力症 *impuissance* 과 히포콘드리(……)"(1861 년)[41]

衰盡病 *malade de langueur,*[42] 마비증 *torpeur*[43]이라는 진단도 내려본다. 마침내 〈破滅〉이라는 절망의 부르짖음이 터져나온다.

"정말 저는 이제 파멸이에요 *je suis pendu,* 절대절명이에요. 설사 산다치더라도 앞으로 기쁨 없고 휴식 없고 일도 못하는 오랜 세월이 보일 뿐."(1861 년)[44]

삶의 기쁨을 잃은 것이 생활고 때문이 아니고 좀더 깊은 病源에 연유하는 것임을 알려주기도 한다.

"그뿐더러 삶은 그 자체로서, 설사 빚이 없다 치더라도, 제게는 일체 기쁨이 없는 것으로 보여요."(1861 년 말)[45]

"나처럼 잘못 낭비된 人生도 참 드물 거예요. 참으로 기구한 것은 제 人生에 어떤 기쁨도 느끼지 못한다는 점이에요."(1862 년)

드디어 마비상태는 더욱 악화됨에 따라 〈假死(昏睡)狀態 *léthargie*〉라는 正式 병명이 붙여진다.

"몇 달 동안이나 가장 긴급한 일들을 뒤로 미루게 만드는 이 假死狀態—— 어째서인지는 모르지만 온 세상에 대한 내 증오심을 강화하는 괴상한 질환들(……)."(1862 년

---


38) ibid. p. 438.
39) C. Ⅱ, p. 77.
40) ibid. p. 135.
41) ibid. p. 140.
42) ibid.
43) ibid. p. 142.
44) ibid. p. 144.
45) ibid. p. 201.

12월)[46]

　　"그토록 여러 달 동안 저를 무겁게 짓누른 假死狀態(……)." (1863년 6월)[47]

　　결국 〈온 세상에 대한 이유 모를 증오심〉에 사로잡혀 브뤼셀로 떠나기 한 달 전에도 그렇다. 〈혐오스런 假死狀態에 빠져 있어요.〉(1864년 3월)[48]

　　위의 의지박약과 이 〈지긋지긋한〉〈이유 모를〉마비(가사) 상태를 염두에 둘 때, 비로소 〈남의 채찍질〉이라도 바라는 심정이 매저키즘이기는커녕 비통한 분발(創造的 自我의)의 부르짖음이라는 것을 이해할 수 있으리라── 그리고 〈음울〉과 권태와 고뇌·공포·증오와 절망을, 한마디로 〈지옥〉을 노래한 수많은 詩들의 참뜻도.

　　**神經性 疾患 Ⅰ(精神的)** 위에 언급했듯이 그 자신도 마비증의 어떤 病源이 있음을 알고 있었으나, 우리가 여기서 따로 구분하여 추적하는 몇 가지 증세는 그가 항상 동시에 호소하고 있던 것이다. 그리고 그는 항상 일 *travail* (창작활동)에 대한 초조감과 집념에 사로잡혀 있었기에, 그 최대의 敵인 〈마비상태·무기력·무의욕 상태〉를 주로 여기고, 精神上의 신경성 질환(음울·권태·공포 등……)이나 生理上의 신경성 질환들을 이에 따르는 竝發症인 양 그 괴로움을 호소하고 있다. 그러나 그가 〈어째서? 전혀 모르겠어요〉라고 한탄하던 주기적인 이유 모를 〈마비증〉은 물론이고, 스스로 〈意志의 病〉이라고 진단내린 의지박약증까지도, 그 病源 내지 그런 상태를 일으키는 잠재적 원인은 차라리 적극적인 자각 증세로 나타나는 心身 兩面의 神經性 병증의 原因에서 찾아야 하며, 그 밖에 다른 점에서 〈이유 모를〉 증세의 病源을 찾을 실마리도 없다. 그가 序詩(「독자에게」)에서 악마 *Satan, Diable* 의 유혹과 조종으로 〈지옥〉으로 내려가며 방탕할 때, 우리 속에 들끓는 마귀들 *démons* (악마의 分身들)이 곧 우리의 갖가지 惡德 *vices* 을 주재하는 괴물들 *monstres* 로 노래하고 있는 그 〈악마〉, 또 몹시 弱化되었을 때, 우리를 나태로 유인하는 〈악마 *Diable*〉가 스며들어 〈한나절 푹 쉬고 오늘 밤에……〉 하고 속삭인다던 그 〈악마〉가 바로 그것이다. 그러기에 그 〈악마〉는 밖에서 유혹·조종하거나, 〈스며드〉는 것도 아니며, 바로 그의 내부에 항상 잠복하고 있다가 間歇的으로 이유 모르게 떠오르는 병균이다. 그가 바로 「원수」라는 詩에서 〈가슴을 갉아먹는 정체 모를 원수〉라고 통탄하며 지적한 것이 바로 그 이유 모를 병균이다.

　　우선 〈마비증〉과 함께 일어나는 정신상의 異常現象(음울·권태 등은 제외하고)의 갖가지 증세──막연한(이유 모를) 공포 *peur, terreur* ·고뇌 *angoisse* ·분노 *colère* ·증오심 *haine* ·불면증 *insomnie* ·악몽 *cauchemare* 등. 처음으로 자기의 〈의지와 능력 사이의 不均衡〉을 自認하고 개탄한 편지(1853)에서 이미 〈참을 수

---

46) ibid. p. 274.
47) ibid. p. 300.
48) ibid. p. 351.

없는 신경의 질병들 *maux de nerfs insupportables*〉의 고통을 호소함을 우리는 이미 보았다. 또한 자주 인용한 1857년 말에 갖가지 竝發症을 호소한 편지에서, 〈막연한 불행에 대한 끊임없는 공포〉를 고백하고 있다. 그 후 이 증세도 점점 악화일로로 진행된다. 이것도 그가 학창 시절이 끝날 무렵에, 正常이 아닐 정도로 공포에 사로잡힘을 주목한 바로 그 증세의 惡化다.

"이 끊임없는 공포는 대체 뭐죠?"(1858년)[49]

"육체적으로는 그것(病)이 편치 못한 수면과 고뇌 *angoisse* 로 복잡히 얽히지요. 때로는 공포, 때로는 분노."(1860년)[50]

이번에는 정말 정신착란・狂症까지 예감하는 공포증에 사로잡힌다.

"제라르(詩人 Gérard de Nerval, 자주 狂氣에 사로잡힌 끝에 1855년 목매달아 죽은 詩人—역주) 투의 病 같은 것에 걸린 듯했소. 즉 思考力을 잃고 글 한 줄도 쓸 수 없을 듯한 공포 말이오."(1861년 말라시스에게)[51]

"끊임없는 神經性의 공포 *terreur nerveuse*——무시무시한 수면, 무시무시한 잠깸(……) 혐오와 공포의 病 (……) 유달리 참을 수 없는 일은, 잠잘 때, 수면 중에조차, 매우 또렷이 들리는 목소리들(……)."[52]

"하지만 제 정신적 건강, 혐오스런, 아마도 파멸된 (……) 저를 나날이 파괴하는 이 신경병 *affections nerveuses* (……)・不眠症・惡夢・기력상실(……)."[53]

의지박약의 原因으로 스스로 진단하여,

"그것은 제가 항구적으로 빠져 있는 고뇌와 신경성 공포 *terreur nerveuse*에 기인하는 거예요."(1861년 말)[54]

"언제나 신경의 고통과 쇠약으로 일관된 튼튼한 건강. 이 고뇌, 이 공포, 이 불건전한 수면, 허리의 통증까지도 번번이 消化不良 증세와 일치함을 깨달았어요."(1862년 정월)[55]

이렇게 다음에 추적한 갖가지 生理的 병증과 일치함(즉 같은 근원에서 오는 心身 양면의 증세)을 지적하고, 〈3일에 2일간〉은 되풀이되는 증세라는 심각한 고백이다. 이 무렵에 「內密日記」에 날짜까지 明記된 정신병의 예고 같은 징후 보고가 위치한다.

지금 나는 항상 현기증을 느낀다. 오늘 1862년 1월 23일 나는 야릇한 告示를 받았다. 내 위로 바보증(癡呆症)의 날갯바람이 지나감을 느꼈다.[56]

---


49) LM, C.I, p. 460.
50) C. II, p. 84.
51) ibid. pp. 135〜6.
52) ibid. p. 140.
53) ibid. p. 152.
54) ibid. p. 200.
55) ibid. p. 217.
56) JI,.h, p. 1265.

다음은 아주 정신적 파탄 직전에 있음을 알린다.

"(……) 惡夢도, 고뇌도, 胃를 치는 온갖 소음이 들리는 그 견딜 수 없는 능력도 여전합니다. 특히 공포도, 갑자기 죽는 공포, 너무 오래 사는 공포, 어머님이 돌아가시는 걸 볼까봐 공포, 잠드는 공포, 잠을 깨는 그 지긋지긋함(……)."(1862년 12월)

물론 마비증 및 그 밖의 생리적 병증과 동시에 일어난다.

이쯤 〈지긋지긋한〉 증세들을 추적해 보면, 그 〈남의 채찍질〉을 바라는 비통한 분발심과 아울러 〈음울 절망〉을 노래한 수많은 詩篇의 실감이 아연 약동해 올 것이다(第Ⅱ篇, 〈原初的 自我와……〉 참조).

**神經性 病症 Ⅱ (生理的)**　위에서 본 여러 증세만도 그의 사회적 汚辱과 생활의 난맥을 보태면 이미 〈詛呪받은〉 팔자라 할 만한데, 설상가상으로 生理的 갖가지 질병이 항상 겹쳐 그를 육체적으로까지 괴롭힌다. 그가 神經病을 처음 호소한 것을 우리는 그의 학창 시절이 끝나 갈 무렵 義父와 승마산책을 하던 중 落馬하여 다리를 다치고, 치료 후 몇 달이 지나 〈발에 이상한 마비증〉을 호소한 때(1838년 1월)에 보았다. 그 후도 步行이 힘들 정도의 통증을 호소함을 보았거니와, 명백히 신경통 *névralgie* 이라고 한 것은 역시 「惡의 꽃」 다음해 부터인 듯하다.

"걷기가 더없이 힘들 지경이에요. 오른편 다리가 붓고 구부릴 수가 없으며, 더없이 묘한 통증을 느껴요. 어떤 이는 경련이라고 하고, 어떤 이는 신경통 *névralgie* 이라는군요."(1858년 1월)[57]

한 달 반 후부터 잡다한 竝發症이 동반하기 시작한다. 같은 시기에 사바티에 夫人에게도 다리의 통증을 알리며 〈숨답답증을 에테르 캅술로, 위통은 아편으로 고쳤다〉[58]고 고백한다.

"어제 저녁, 밤새도록 계속된 身熱과 신경통으로 하루가 끝났어요. 마침내 오늘 아침 굉장한 구토로 속이 후련해졌죠."[59]

구토도 고질의 하나가 되거니와 자주 위장의 장애에 걸린다. 친구(말라시스)에게는 좀더 자세한 증상을 고백한다(말라시스의 梅毒症에 대하여 주의를 주는 편지에서).

"小生은 4일부터(8일附 편지―역주) 위와 장이 막히고 신경통으로 침대에 누워 있소. 신경통은 바람골을 따라 이동하는데, 그 통증이 하도 심해서 잠들 수가 없을 지경이오."(1859년)[60]

"그저께 이상한 발작(……). 腦充血 같은 것이었던 모양이에요. (……) 그것이 진정

---

57) LM, C.I, p. 443.
58) ibid. p. 445.
59) ibid. p. 473.
60) ibid. p. 572.

되자 다른 發作이 일어났지요. 구역질과 함께 하도 쇠진하고 현기증이 나서 금새 실신할 듯하여 (……)." (1860 년 1 월)[61]

〈胃와 수면은 항상 지독한 상태〉이며 마침내 嘔吐症이 습관으로 된다.

"제가 그토록 자주 이야기하는 그 한심한 구토증이 이제 제게는 습관이 되었어요. 식사를 안 해도 그렇고, 노여움이나 공포 불안이 없을 때도 그렇구요." (同年 8 월)[62]

그것만으로 아직 부족하다는 듯이, 이번에는 류마티스다.

"근래에는 류마티스로 지독하게 지독하게 앓고 있어요." (1862 년)[63]
"제 질병은 어느 하나도 낫지 않아요. ——류마티스도, 악몽도(……)" (1862 년 12 월)[64]

마치 온갖 병의 소굴인 양 신체적으로도 만신창이다——숨가쁨·동계·구역증·구토·신열·체증·위통·신경통·류마티스, 게다가 잠복 중의 梅毒. 41 세에 白髮과 대머리의 모습이다.

"대머리에 白髮이긴 하지만 어린이처럼 말씀드리겠읍니다." (생트 뵈브에게, 1862 년 1 일)[65]
"머리가 온통 잿빛이 되어서, 아주 희게 분칠을 할 생각이 들 정도예요." (1863 년 1 월)[66]

**단네, 죽음 즉 解放**  우리는 이미 1854 년 (33 세)에 벌써 〈제 人生은 처음부터 處刑되어 condamné 있어요〉 하는 비통한 부르짖음을 보았다. 사실 위에서 본 바, 사회적인 오욕과 생활의 난맥, 만신창이의 온갖 병증을 한데 합치면 그대로 〈지옥〉의 具現이랄 밖에 없다. 그는 파리를 〈지옥〉이라 부르기에 이르렀지만, 詩人으로서의 名譽가 항상 挾攻당하고 있는 안팎의 시련 자체, 즉 보들레에르의 生存 자체가 〈지옥〉인 것이다. 그러기에 파리를 지옥이라고 부른 것과 때를 같이하여, 저 자신의 삶을 〈지옥에 떨어진 者, 天刑받은 者 damné〉로 단정한 것이다. 이승에 살아 있는 〈단네〉가 그 天刑을 벗어나는 길은 오직 이승을 떠나는 길뿐이다. 그리하여 이때껏 모친의 괴로움과 傷心이 두려워 입밖에 내지 못하던 〈自殺〉의 유혹을 마침내 고백하기에 이른다.

"벌써 여러 해, 참으로 여러 해 전부터 끊임없이 自殺의 변두리에서 살고 있어요. 어머님께 겁을 주기 위하여 이런 말을 하는 게 아녜요. 불행히도 저는 살아가게끔 處刑된 것으로 느끼고 있으니까요." (1860 년 4 월)[67]

---

61) ibid. p. 660.
62) C. Ⅱ, p. 72.
63) ibid. p. 238.
64) ibid. pp. 273~4.
65) ibid. p. 221.
66) ibid. p. 285.
67) C. Ⅱ, p. 25.

그 변두리에서 내려뛰고 싶은 충동,

"눈 사태여, 네 추락 속에 날 이끌어 내리 떨어지지 않겠는가?"

——「惡의 꽃」중 虛無의 맛[68]

그것은 절망과 고통에 못 이긴 충동일 뿐만 아니라, 그가 냉철히 〈인생의 가장 분별 있는 행위로 여기는〉[41] 것이다. 그리고 그 충동에 몸을 내맡기는 일이 언제 일어날지 모를 만큼, 固着觀念으로 끊임없이 되돌아오는 생각이 되고 만다.

"어느날 드디어 發作이 날 사로잡을지도 모른다고 믿을 만한 충분한 이유가 있어요 (……). 되풀이 말씀드리지만, 만약 우연한 사고로, 病으로 절망이나 또는 다른 이유로 제가 살아가는 괴로움에서 벗어나게 된다면(……)" (1860 년 10 월)[69]

이렇게 유언까지 암시하고 있다. 자살을 〈가장 분별 있는 行爲〉, 〈살아가는 괴로움에서 벗어나는〉 行爲로 생각하기에 이른 것이다. 심지어는 친구(말라시스)에게까지 털어놓는다.

"꽤 오래 전부터 小生은 자살의 변두리에 있소." (1861 년 3 월)[70]

그 자신이 고착관념 *l'idée fixe* 이라고 밝힌 편지에서,

"자살의 생각이 되돌아왔어요. 이젠 지난 일이니까 말할 수 있어요. 하루 종일 내내 그 생각이 날 괴롭혔어요. 저는 거기서 절대적인 해방, 一切에서의 해방을 보던 거예요." (1861 년 4 월)[71]

물론 이 자살의 집념은 항상 마비상태와 그 밖의 신경성 병증들이 병발한 시기와 부합한다. 그러나 평소에도 늘 자기 죽음이 머리 속에 깔려 있음이 다음 고백에서 드러난다. 자기 작품이 실린 신문 잡지를 하나도 잃지 말고 보관해 달라고 모친에게 당부하면서 덧붙인다.

"누가 압니까, 언젠가 어머님께선 제가 한 모든 것을 여기지기서 주워 모으는 것을 낙으로 삼게 될지를?"[72]

물론 모친에 앞선 자기 死後의 암시이며, 묘하게도 그대로 실현된 예감이다. 5 월의 유명한 長文의 편지에는 여러 차례 〈자살〉과 자기 〈죽음〉, 절망으로 채워져 있다. 이해 年末에는 드디어 무서운 말이, 무서운 확신이 터져나온다.

"저는 항상 눈 앞에 유일하고도 가장 쉬운 해결책으로 自殺을 봅니다, 그토록, 그토록 오랜 세월 전부터 제가 그 속에서 살게끔 處刑된 지긋지긋이 뒤얽힌 모든 것의

---

68) FM, Le Goût du Néant.
69) C. II, pp. 96~7.
70) ibid. p. 135.
71) ibid. p. 140.
72) ibid. p. 138.

處刑된 圓熟期  235

해결책 말이오."

마침내 〈단네〉의 팔자를 자인하는 것이다.

"언제나 대개 이렇게 스스로 타이르죠——〈만약 내가 산다면, 영구히 똑같이, 즉 *damné* 로서 살아갈 것이며, 自然死가 올 때는 늙어 닳아빠져, 시대에 뒤떨어지고, 빚투성이로 여전히 그 더러운 法定後見으로 汚辱 속에 죽을 것〉이라고."[73]

결국 〈저주받은 詩人〉의 운명은 안으로 저 자신 속에 〈지옥〉을 지니고, 밖으로 또한 〈지옥〉 속에 살면서 〈지옥〉을 노래하게끔 모든 일이 그 곳으로 진행되고 이루어졌으며, 우리는 그 자취를 이때껏 뒤밟아 본 셈이다.

### 陰 鬱

오랜 倦怠에 사로잡혀 呻吟하는 마음 위에
무겁게 내리덮인 하늘이 뚜껑처럼 짓누르며,
地平線의 틀을 죄어 껴안고, 밤보다도 더욱
처량한 어두운 낮을 우리에게 내리부을 때,

大地가 온통 축축한 土窟監獄으로 변하고,
거기서 〈希望〉은 박쥐처럼 겁먹은 날개로
마냥 벽들을 무들기며, 썩은 천장에
머리를 이리저리 부딪치며 떠돌 때,

내리는 비 광막한 빗발을 펼쳐
드넓은 감옥의 쇠格子처럼 둘러칠 때,
더러운 거미들이 벙어리떼를 지어
우리 腦 속에 그물을 칠 때면,

별안간 鐘들이 맹렬하게 터져 울리며
하늘을 向하여 무시무시한 고함을 지르니,
흡사 고향을 잃고 떠도는 精靈들이
끈질기게 울부짖기 시작하는 듯.

——그리곤 북도 풍악도 없는 긴 靈柩車 行列이
내 넋 속을 느릿느릿 줄지어 가는구나.
〈希望〉은 꺾여 눈물짓고 잔인 난폭한 〈苦惱〉가
내 목 숙인 頭蓋骨 위에 검은 旗를 콱 꽂는구나.


## 4. 燒灼療法의 분발

안팎으로 시달리는 〈단네 *damné*〉의 반응이 자주 사랑 속의 忘却, 짐승처럼 잠

---

73) ibid. p. 201.

들고 싶은 욕구, 밤(암흑) 속으로의 도피, 그 극한선에서의 완전 전락의 충동과
자살·죽음에 의한 〈절대적인 해방〉 등, 下降과 도피의 테마로 되풀이됨을 보
았다. 이것과 對極을 이루는 것이 또한 그의 創造的 自我의 조바심과 비상한 충
격요법이라 할 만한, 별안간 맹렬한 일로 뛰어드는 자칭 〈燒灼療法 cautérisation〉
의 감행이다.

**時間과 老衰에의 초조감**　또한 「惡의 꽃」 다음해부터 세월의 빠름에 초조감
을 감추지 못하고 허송한 시간에 대한 悔恨과 人生의 無常感마저 느끼기 시작
한다. 그뿐더러 적어도 정신적으로는 이미 젊지 않다고 자인하고 있다(37세).
그런 생각이 처음으로 뚜렷이 짙게 나타난 첫 편지다.

> "내가 그토록 괴로움을 당하고, 그토록 시간을 허송한 이 詛呪스런 거리에서 진심
> 으로 한시라도 빨리 벗어나고 싶어요. 거기서 *là-bas* (옹플뢰르), 제 정신이 휴식과 행
> 복으로 다시 젊어지지 않을지 누가 압니까? (……) 아직도 늦지 않을까요?── 아!
> 젊었을 때 시간과 건강과 돈의 가치를 알았던들!"(1858 년)[74]

> "(……) 젊음은 가버려요. 그래서 가끔 날아가듯 빠른 세월을 생각하고 두려움을
> 느껴요."(同)[75]

> "훨씬 더 저를 괴롭히는 것이 있어요. 그건 바보처럼 보낸 나날의 빠른 흐름 말이
> 에요."(1859 년)[76]

갖가지 병증이 심해질수록 초조감은 공포감으로 격화된다.

> "만약 제가 不具者가 되거나, 내가 해야 하며 또 할 수 있을 듯한 모든 것을 하기
> 전에 내 두뇌가 파괴되는 것을 느끼게 된다면!"(同)[77]
> "제가 해야 할 것을 하기 전에 죽는 공포"(1860 년)[78]

아직 40세밖에 안 되어 이미 人生의 無常感에 젖기 시작한다.

> "아! 어머님, 아직도 우리가 행복할 수 있는 시간 여유가 있을까요? (……) 人生
> 의 짧음을 깊이 생각하며 시간을 보내고 있어요."(1861 년)[79]

오래 전부터 自殺이 〈固着觀念〉이 된 시기에도,

> "제 일을 정리하지 않고는 자살할 수도 없어요."[80]

그런 절망 속에도 가끔 돈을 벌 공상을 한다면서, 그것을 늙음의 자각증세로
여기고 있다.

---

74) C. I, p. 451.
75) ibid. p. 452.
76) ibid. p. 588.
77) ibid. p. 644.
78) C. II, p. 17.
79) ibid. p. 319.
80) ibid. p. 151.

"이 돈에 대한 꿈들에 저는 벌써 늙음의 징조조차 보는 것입니다. (……) 정말로 늙음을 느끼고 있어요. 그런데 할 일은 많으니까, 제 衰弱이 두려워요."[81]

이 때부터 「內密日記」에 되풀이된, 일(執筆)과 과업 *devoir* 을 지체 없이 하라는 좌우명, 또는 자기 자신에 대한 채찍질[82]이 거듭된다.

"더없이 간명한 진리를 깨닫는 데 얼마나 많은 피로와 징벌의 세월이 필요한가요—— 에컨대, 일, 그토록 싫은 그것이 실은 人生의 괴로움을 느끼지 않는, 혹은 덜 느끼는 유일한 방도라는 것을!"(1862년)[83]

이 깨달음과 일대 결심은 점점 더 초조하게 다짐된다.

"커다란 決斷을 내려야만 하는 위기, 한 局面 속에 있다고 느껴요, 즉 이때껏 제가 한 모든 것의 정반대를 해야 한다는 것——오직 영광만을 사랑할 것, 보수의 희망이 없을 때조차도, 끊임없이 일할 것, 모든 쾌락을 배제하고, 이른바 위대성의 大典型的 人物이 될 것, 끝으로 자그마한 재산을 만들도록 노력할 것. 전 돈을 사랑하는 자들을 멸시합니다. 하지만 老年의 예속과 곤궁이 지독히 두려워요."(1862년)[84]

그러고 나서 世態의 변천 타락을 개탄하며, 이제 〈저는 늙은이고(原文 이탤릭), 미이라예요〉라고 덧붙인다. 늙음에 대한 공포가 아니고, 이젠 아주 늙음을 기정사실로 전제하기에 이른다.

"늙음과 함께 늘어나는 숱한 근심의 방해로, 자기 의무라고, 심지어 유쾌한 의무라고 인정하는 모든 것을 다 하지 못하게 됩니다."(同)[85]

그토록 모친 곁(옹플뢰르)에서 평화로운 생활을 애타게 갈망하면서도 때로 빈둥거리게 될까봐 그것마저 주저하게 된다.

"(……) 적어도 일의 항구적 습관을 다시 붙이지 않고는 옹플뢰르로 돌아갈 수 없으니까 (……) 여기서(파리) 그랬듯이 거기서도 빈둥거리며 소일하게 될지도 모르고 (……)."(1863년)[86]

같은 편지에서 다시 안타까운 假設의 座右銘을 밑줄까지 쳐서 강조한다.

"만약 20일, 혹은 한 달만 나날의 일을 계속할 수 있다면, 저는 구제돼요."[87]

이런 때의 분발의 심경을 노래한 것이리라.

---


81) ibid. pp. 183~4
82) JI 특히 Fusées. 말미 몇 페이지에 무려 20여回에 걸쳐.
83) C. Ⅱ, p. 237.
84) ibid. p. 254.
85) ibid. pp. 272~3.
86) ibid. p. 301.
87) ibid. p. 304.

### 몸 값

사람은 자기 몸값을 치르기 위하여
깊고 풍요한 두 떼기 凝灰岩의 밭이 있지.
그걸 理性의 무쇠 쟁기로
갈고 일궈야만 하느니.

하찮은 장미꽃이라도 얻으려면,
어떤 이삭이라도 끌어내려면,
잿빛 이마의 짠 눈물로
끊임없이 그것들에 물주어야 하느니.

하나는 〈예술〉, 또 하나는 〈사랑〉이라.
──엄한 심판의 무서운 날 올 때,
判官의 호의를 얻으려면,

추수와 꽃들로 가득 찬 광을
그에게 보여 줘야 하느니,
그 꽃들의 자태와 색깔들이
〈天使〉들의 표를 얻어 준다네.

──「惡의 꽃」補遺篇[88]

**燒灼療法**  이미 본 바와 같이, 의지박약에 의한 나태·無爲, 또는 不可抗力〈그리고 不可思議〉의 마비상태에 대한 충격요법으로서의 격렬한 일에의 全力投身을(1853 년 年末의 決意로)〈오래 된 상처에 일종의 燒灼(인두질)療法 cautérisation〉이라고 표현한 바 있다. 그리고 그 실례도 보아 왔다. 괴로운 나머지 〈잠들고 싶어〉하고, 〈사랑 속에 忘却〉을 갈망하는 심정과 對極을 이루는 일에의 投身이 승리를 거두는 경우다. 그 스스로 명명하듯이, 계속적인 의지가 아닌 〈發作·충격 crise, soubresaut〉의 일시적인 분발이다.

역시 「惡의 꽃」의 소동 후 오랜 마비상태가 계속된 끝에, 다음해(1858 년) 3 월 하순에서 4 월 초까지, 포우 譯集 제 3 권(Aventures d'Athur Gordon Pym) 인쇄를 감독하고 교정을 철저히 하기 위하여, 일부러 인쇄소 근처로 거처를 잡고, 전례 없이 근 보름 동안이나 일에 몰두한다. 그가 가장 절망적 상태에 빠져 〈음울과 히포콘드리〉, 〈끝없는 신경성 공포증〉, 〈악몽〉, 〈의지 상실〉의 혹독한 〈마비상태〉에 빠져, 自殺의 〈固着觀念〉에 사로잡힌 때(1861 년 2 월～4 월 초)에도 그 희한한 예를 보여준다.

"마침내 固着觀念(自殺─역주)은 피할 수 없는 격렬한 일 〈바그너論〉에 쫓겨서 사라졌죠. 3일간 인쇄소에서 즉석에 쓴 거예요. 인쇄에의 집념이 없었더라면 저는 결코 그것을 할 힘이 없었을 거예요. 그 이후에 또다시 衰盡·혐오·공포의 病에 빠져들었

---

88) FM, poèmes ajoutés, La Rançon.

處刑된 圓熟期　239

어요."[89]

또 한 번 저 자신도 통 영문을 모를 정도로 신기한 소작요법의 경험을 보고
한다. 역시 假死狀態 *léthargie* 에 빠져 있을 때다.

"再起할 수 없을 것으로 믿었을 정도로 어떻게 그토록 깊이 내리떨어졌던지, 어떻게
제가 再起한 것인지, 어떻게 휴식도 피로도 없는 미친 듯한 일로써 단번에 내 병을
燒灼 치료할 수 있었는지, 저는 통 영문을 모르겠어요. (……) 저는 게으름과 격렬함
(갑작스레 하는 맹렬한 일—역주)으로 된 비참한 놈(……) 제 문학적 無力이라는 미
칠 듯한 생각에 하도 질겁을 하여, 냅다 일로 뛰어들었죠. 그래서 저는 어떤 능력도 상
실치 않았음을 알았어요."(1863년)[90]

**제 길을 가는 「惡의 꽃」** 〈(……) 심지어 바이런의 가장 훌륭한 詩들과 나
란히 제 길을……〉 이렇게 詩人이 자신만만한 긍지를 피력하던 「惡의 꽃」의 後
續 詩篇들은 꾸준히 이어진다. 우선, 간행된 해에도 11월에 新作 3편[91]과 사바
티에夫人에게 보냈던 詩 한 편(「頌歌 Hymne」, 詩의 테마 중복으로 「惡의 꽃」에 넣지
않았음)을 발표하고 있다. 다음해(1858) 2월에는 「惡의 꽃」의 벨기에에서의 출판
교섭을 받고, 프랑스版의 출판주에 대한 의리로 수저하고 있다(출판주 파산 후에
도 결국 실현되지 않음). 9월에 다시 한 편(「결투 Duellum」)을 발표하고, 11월에
는 新作 한 편(「들린 사람 Le Possédé」)을 친구(말라시스)에게 보내는 편지에
서, 〈6개의 꽃(삭제당한 6편의 「惡의 꽃」의 뜻—역주) 대신에 20개라도 지을 것
으로 믿기 시작하고 있소〉라고 자신을 피력한다. 필경 6편을 보충한 再版이
계획되고 있는 듯하다. 같은 시기에 잡지 발행인[92]에게 똑같은 자신을 표명하
면서 주목할 만한 自評을 곁들이고 있다.

"프로테스탄트 敎授들은 필경 小生이 고칠 수 없는 가톨릭임을 인정하고 고통스러워
질 테죠. 잘 이해받도록 처리할 작정입니다——때로는 매우 야하고(詩의 내용이—역
주), 때로는 매우 고상하고. 이 방법 덕분에 더러운 情熱로[93]까지 내려갈 수도 있을
겁니다. 오로지 철저한 惡意의 인간들만이 제 詩의 意圖的인 非個人性을 이해하지 못
할 것입니다."[94]

즉 信仰을 해친다는 비난에 대하여, 장세니슴的 原罪意識과 惡(또는 惡魔)과
지옥의 강조, 금욕적인 苦行의 美學 등의 성격을 스스로 가톨릭的이라고 자인
한 것이며, 또 〈良風美俗〉을 내세워 삭제 처분까지 받았지만, 그것이 詩人 자

---


89) C.Ⅱ, p. 140.
90) ibid. p. 300.
91) Paysage, Une gravure fantastique, La Rançon.
92) Revue contemporaine 의 Alph. de Calonne.
93) 이 시기를 전후한 新作을 염두에 둔다면, Duellum, Danse macabre, A une Madone 등을
    들 수 있고, 旣刊으로는 「惡의 꽃」 중의 第Ⅳ部 〈惡의 꽃〉의 詩들.
94) C.I, pp. 522~3.

신의 個人的 취미의 표현이 아니고, 의도적인 전체의 필요한 일부(즉 세상의 惡의 폭로)라는 뜻이다.

1859년 2월에는, 후에 고증되듯이(第Ⅱ篇 〈「惡의 꽃」의 구조와 「파리 風景」〉 참조) 「惡의 꽃」에 중요한 영향을 끼치게 될 새로운 만남이 이루어진다. 奇才 版畫家 메리옹 Méryon 에 매혹되었던지, 친구(아슬리노)에게 〈小生을 위하여 에두아르 우세이 Edouard Houssaye 한테서 메리옹의 版畫 전부를(「파리 點景 Vues de Paris」 말이오) 구슬려 내도록 애써 주시오, 中國紙에 찍은 좋은 複刷로 말입니다〉고 부탁한다. 여기서는 상술을 피하거니와, 그 후 얼마 동안 대단한 열중을 보이며, 특히 그 불우한 天才를 위하여 백방으로 진력을 아끼지 않는 열성을 보인다. 과연 그 후 약 1년 반 동안에 再版에서 新設될 「파리 風景」의 新作 10편 중 9편을 속속 발표하고 있다(第Ⅱ篇 참조). 그 밖에도 유명한 시 「알바트로스」가 이해 4월에 발표된다. 친구들의 증언이 사실이라면, 완벽을 기다려 실로 17년(1842년에 항해에서 귀국)간이나 未完稿로 묵혔던 것이다. 1860년 말까지 창작활동은 위에서 본 그 온갖 고통과 충격·病苦 속에서도 실로 놀라운 원숙기의 풍요한 정진을 보인다. 2년간에 28편의 新作詩를 발표하고, 드디어 1861년 2월 초에 「惡의 꽃」 재판이 간행된다. 초판에서 6편이 삭제된 대신, 新作 35편이 첨가되고, 詩集 전체의 구조도 대폭 수정되어 초판보다 더욱 완벽한 의도적인 구조가 갖추어져 있다. 간행되기 한 달 전에 인쇄가 거의 끝나고 표지와 사진만이 진행 중임을 모친에게 알리며,

"제 生涯에 처음으로 저는 거의 만족합니다. 책도 거의 훌륭(原文 이탤릭—역주)하구요. 그리고 이 책은 모든 것에 대한 저의 혐오와 증오의 證言으로 남을 것입니다."[95]

이렇게 作品에 대하여는 만족, 〈생애에 처음으로〉 느끼는 만족감을 표시하며, 역시 後世에 남을 作品이라는 자신은 요지부동이다. 허나 〈모든 것에 대한 혐오와 증오〉가 강조된 것은 社會人으로서의 비참한 처지와 타고난 온갖 병증에 시달리다 못해, 이미 파리가 〈지옥〉으로 느껴지고 줄곧 自殺의 변두리에〉서 있는 시기에 놓이고 보면, 충분히 수긍할 수 있는 심정이다. 위에서 누차 언급되었고 후에 종합적으로 상론되겠지만, 그의 詩人으로서의 긍지와 자신은 여전히 변함 없이, 그 만신창이가 된 社會人으로서의 汚辱과 걸레조각 같은 私生活, 그 疾病과 마비증 등과는 너무나 대조를 이루어 놀라지 않을 수 없다. 詩人으로서의 결백성과 완벽의 신념은 번번이 발표기관의 손질(너무 대담한 표현의 완화)에 격노하여 심지어 決鬪도 불사할 기세를 보인다——〈句讀點 하나라도 빼려면 차라리 全作品을 빼라〉고 대들 정도의 자신과 긍지다.

그는 천성이 詩人과 評論家이어서, 그토록 많은 소설을 구상하고, 그토록 끈질기게 희곡을 쓰려고 무던히 오랫동안 시도하건만, 1861년 1월에는 小說을

---

95) C.Ⅱ, p. 114.

단념하고 그 방면의 재능 부족을 자인한다. 그 반면 詩人으로서는, 절친한 친
구(그의 사진을 여러 장 남긴 나다아르 Nadar)에게, 〈자네도 인정할 수 있을 테지
만, 나는 (남의) 비평에는 별로 귀를 기울이지 않고, 완강하게 내 矯正不可能
性 속으로 깊이 빠져들어가네〉라고 고백할 정도로 자기 美學과 詩世界에 대한
확고 부동의 자신과 고집을 끝내 밀고나가는 것이다.

한편 그에 대한 世評은 그 자신이 개탄하듯이, 아주 怪物 취급을 하는 일부
층의 그에 대한 악의적인 전설이 꽤 널리 퍼져 있는 듯하다.

　　“어느 날 한 婦人이 제게 말하더군요. ——〈이상하군요, 당신은 무척 단정하신데,
　　전 당신이 줄곧 취해 있으며, 악취를 풍기는 사람으로 생각하고 있었거든요〉라고요.”
　　(1862 년 1 월)[96]

그 반면, 「惡의 꽃」 재판을 계기로 詩人으로서의 명성은 프랑스 국내뿐만 아
니라 英國의 젊은 세대에까지 번진 듯, 같은 해 9 월에 젊은 詩人 스윈번Swin-
burne(당시 25 세)이 열렬한 보들레에르 찬양의 글을 발표(잡지 The Spectator)하
고 있다. 우리는 또한 재판이 나온 해(1861) 7 월에 벌써 제 3 판의 준비를 시
작한 것을 알 수 있다. 모친에게 옹플뢰르行의 끝없는 연기의 이유 중의 하나
로, 卷當 25 프랑의 호화판의 〈「惡의 꽃」 제 3 판을 위한 속표지, 초상, 꽃무늬
컷, 餘白 컷 등을 감시해야만 한다〉[97]는 점을 들고 있다. 같은 시기에 出版主
(말라시스)에게 「惡의 꽃」의 6 部의 각 小題紙面에 기입할 銘文 *épigraphes* 들을
적어 보내고 있다. 그 중 흥미로운 것은 그가 마지막 第6部 〈죽음〉의 銘文에
서 〈죽음＝自由〉라는 평소의 신념을 재확인한 점이다. 즉 라틴語로

　　죽음에 의하여 그들은 그들의 自由에 臨하였도다.[98]

이렇게 적고 여백 컷으로는 〈自由〉의 휘장을 붙이고 붉은 둥근 모자(自由의 상
정)를 쓴 死者의 머리를 그릴 것을 제안한 것이다. 같은 편지에서 그는 〈新作
42 편이 증가된 결정판〉으로 자인하고 있다.

1862 년 9 월에는 포우 出版主 미셸 레비 Michel Lévy 에게 역시 〈決定版〉임
을 강조하고 10～12 편의 新作이 첨가될 것이며, 〈진지한 야유〉調의 서문을 붙
일 작정이며, 그걸 쓸 기운이 나지 않을 경우에는 고티에의 〈「惡의 꽃」論〉으
로 대신할 의사를 밝힌다.[99] 필경 그의 全版權을 이양받은 말라시스의 출판사
가 이미 파탄에 빠졌음을 보고, 포우 역집 출판주에게 의사 타진을 한 듯하나,
後者는 「惡의 꽃」의 진가를 모르던 탓으로 詩人의 死後에 비로소 이 결정판 간
행을 실현한다.

96) L. à Sainte-Beuve, C. Ⅱ, p. 219.
97) ibid. pp. 177～8.
98) ibid. p. 179.
99) ibid. p. 257.

다음해(1863) 정월에는 (레비가 불응한 듯) 엣젤 Hetzel 에게 「散文詩」와 「惡의
꽃」의 출판권을 5 년간 양도하는 계약[100]을 맺는다(1, 200 프랑 先拂). 1864 년 8 월
에 드디어 계약의 일부 이행으로 그 결정판의 준비가 완결되었음을 알린다——
〈「惡의 꽃」은 완전히 준비되었으며, 新作詩는 각각 제 자리에 편입되었소.〉[101]
즉 재판의 詩人의 所藏本에 新作詩들을 삽입한 것이 〈결정판〉 대본인데, 그토
록 많은 연구가들의 오랜 탐색에도 불구하고, 그 행방을 알 수 없는 것으로 되
어 있다.

   **散文詩 「파리의 陰鬱」**  그가 散文詩를 발표한 것은 「惡의 꽃」 이전에 (1855)
2 편[102]이 효시고, 시집 간행 직후 「밤의 詩 Poémes nocturnes」라는 총제로 6 편
(위의 2 편을 재수록)을 발표한 바 있다. 그러나 散文詩가 「惡의 꽃」 다음으로
그의 가장 주요한 창작활동으로 된 것은 「惡의 꽃」 재판이 나온 이후부터다.

   1861 년 초에 그가 부채의 다급한 상환 독촉에 못 이겨, 원고로 갚겠노라고
목록을 적은 중에, 역시 「밤의 詩」를 한 권 끼워 넣고, 괄호 안에 〈「밤의 가스
파아르」(A. Bertrand 作—역주) 투로 된 散文抒情詩의 시도〉라는 설명을 덧붙이
고 있다. 이해 12 월에 비니 Vigny 에게 다시 散文詩를 언급하여, 〈貴下의 흥
미를 끌지도 모를 새로운 試圖의 시초〉라고 하며, 생트 뵈브도 이에 〈어떤 風
味를 느꼈다〉고 덧붙인다.

   그런데 그의 美術評의 총제목에서 여러 번 題名이 바뀜을 보았지만, 이 散文
詩集의 고유한 제명도 꽤 여러 번 바꾸며 신경을 쓰는 과정을 볼 수 있다. 같
은 年末에 그의 친구이자 당시 신문 잡지의 주간이던 아르센느 우세이 Arsène
Houssaye(后에 散文詩集 卷頭에 그에 대한 헌사가 들어감)에게, 〈마침내 내 생각을
잘 나타내는 제목을 발견했다〉면서[103], 「閃光과 煙氣 La Lueur et la Fumée」라고
붙이고, 〈최소한 40 편, 최대한 50 편〉[104] 예정이며, 기위 12 편이 되어 있다고
作品名을 열거한다. 그런데 같은 해 11 월 초만 해도 「밤의 詩」라는 총제를 버리
고 그저 「散文詩」라는 총제 밑에 9 편을 발표했던 것이다. 그러나 모처럼 〈드
디어 발견〉한 「閃光과 煙氣」를 제시한 지 닷새 만인 성탄절날에 같은 우세이에
게 〈산문시들의 見本〉을 보내면서 그에게 헌정하겠다는 의사를 밝히고, 또 새
로운 총제를 제시한다——「고독한 散策者 Le Promeneur solitaire」 또는 「파리의
流浪者 Le Rodeur parisien」.

   까다로운 그는 다음해(1862) 8, 9 월에 걸쳐 첫 20 편을 대량 발표할 때는 「小
散文詩 Petits Poèmes en Prose」라는 총제로 바꾸고, 다시 다음해(1863) 6 월에
도 같은 총제를 붙였다가, 같은 6 월에 또 다시 **그저** 「散文詩」로 되돌아갔고,

---

100) ibid. pp. 289~90.
101) ibid. p. 324.
102) Le Crépuscule du soir, La Solitude
103) C. Ⅱ. p. 196.
104) ibid. p. 197.

10월, 12월에는 「小散文詩」로 두 번에 걸쳐 총제를 붙인다. 그런데 이해(1863
년) 3월에 벌써 최종 固有題名인 「파리의 陰鬱 Spleen de Paris」이라는 총제가
붙여지고 있다——〈小生은 「파리의 陰鬱」에 커다란 중요성을 부여합니다.〉[105]
그 후부터는 적어도 書簡集에서는 브뤼셀로 떠날 때까지, 또 브뤼셀에서 출판
교섭을 할 때마다 줄곧 이 固有題名으로 확정된 듯이 부르고 있다. 뿐만 아니
라 5년간 판권 양도 계약을 언급하면서, 「파리의 陰鬱」을 〈(「惡의 꽃」의) 對幅
구실을 하기 위한〉[106]이라는 설명이 괄호 속에 들어 있고, 월말에 완결된다고
덧붙인다. 6월에는 모친에게도 이에 언급하여,

"「파리의 陰鬱」은 미완이며, 제때에 (원고를) 넘겨주지 못했지요. (……) 하지만 이
미 씌어진 부분은 전부가 제게는 만족스러워요."[107]

이렇게 자기 散文詩에 대한 만족을 표시하고, 10월에는 5년간 판권을 미리
양도받은 出版主(Hetzel)에게 「惡의 꽃」3版 준비 완료를 알리고 〈「파리의 陰
鬱」 안에 100편이 들어갈 것인데, 아직 30편이 不足〉[108]이라고 알린다(실은 총
50편에 불과). 12월에는 亡命 중인 빅토르 위고에게,

"가까운 시일에 「惡의 꽃」을, 그 對幅 구실을 하게끔 만들어진 「파리의 陰鬱」과 함
께 보낼 생각입니다."[109]

이렇게 또 한 번 「惡의 꽃」과 對幅을 이룬다고 밝힌다. 그뿐더러 1864년 2월
잡지사 편집자에게 〈「파리의 陰鬱」에 속하는 60편 가량의 詩를 가지고 있다〉
고 알린다. 그리고 이해에 처음으로 공개적으로 「파리의 陰鬱」어라는 총제를
붙여, 잡지에 4편을 발표하고, 브뤼셀로 떠난 후도(1864년 12월) 같은 총제를
(이것이 총제로 발표된 마지막) 붙이고 있다.
이상 살펴본 바로 다음 세 가지 사실을 알 수 있다. 첫째, 散文詩의 總題가
(막연한 형태상의 일반칭호 〈散文詩〉는 문제 밖으로 치고도), 「밤의 詩」·「小散文詩」·
「閃光과 煙氣」·「고독한 散策者(또는 파리의 流浪者)」, 끝으로 「파리의 陰鬱」 순
으로 바뀐 점, 둘째로 「惡의 꽃」의 〈對幅 pendant〉으로 여기며, 매우 중요시한
점, 끝으로 흔히 硏究家들이나, 現行版에 「小散文詩 Petits poèmes en prose」를
정식 총제로 하고(따라서 略字는 으례 ppp로 표시), 「파리의 陰鬱」은 副題인 양
(Garnier版과 J. Conti의 최근판도 그렇다) 표제를 붙이고 있으나, 그가 결정적
으로 확정한 최종의 固有題名은 분명히 「파리의 陰鬱」이다. 잡지사·出版社 책
임자나 그밖의 특정인에게 正式題名으로 반드시 그 제명을 붙였고, 그가 마지

---


105) ibid. p. 295.
106) ibid. p. 299.
107) ibid. p. 301.
108) ibid. p. 324.
109) ibid. p. 339.

막 총제로 발표한 것도 그 제명이며, 우리가 위에서 추적한 바와 같이, 서간 집에서 일단 그 제명을 채택한 후에는 파리를 떠날 때까지 6 차례 연속 반드시 「파리의 陰鬱」로 부르고 다른 제명은 쓰지 않았다. 다만 처음에 막연한 형태상의 구분으로 〈散文詩〉라는 총제를 붙인 관계로, 잡지의 일반 독자에게 그와 같은 散文으로 된 詩임을 알리는 편의상 固有題名도 아닌 〈小散文詩〉라는 총제를 사용했을 뿐이라는 것이 분명해진다.

**그 밖의 文藝活動과 만남** 그 밖에도 포우의 꾸준한 번역과 「1859 年의 美展評」·「人工樂園」(1860)·「들라크로아의 壁畫」(1861)·「畫家와 蝕刻版畫家」(1862)·「들라크로아의 作品과 生涯」(1863) 등, 그 만신창이의 생활 속에서 용케도 많은 글을 발표하고 있다. 그러나 이 시기에 기억될 만한 커다란 만남으로써 (Méryon 과의 만남과 「파리 風景」은 이미 언급했지만) 이루어진 作品들이 더욱 주목할 만하다.

첫째(아니, Méryon 을 넣으면 둘째번) 만남은 매우 운명적이다. 그의 「書簡集」에 1859 년 7 월 21 일附로, 처음 등장하는 으젠느 크레페 Eugène Crépet(1827~92)와의 접촉이다. 이 만남의 흔적은 7 편의 文學論 고료조로 50 프랑(先拂)을 받았다는 영수증이다. 필경 그해 3 월에 발표한 「고티에論」이 크레페로 하여금 유사한 詩人論을 그에게 청탁할 착상을 주었던지, 자기가 刊行을 준비 중인 「프랑스 詩人 Les Poètes Français」(1861~2, Hachettte 社 刊行, 5 卷) 중 現代 詩人 7 명에 관한 소개 논문을 부탁한 것이다. 꽤 열렬히 共和思想에 기울어 있던 크레페는 詩人의 反進步·反民主的인 경향과 자주 충돌하여, 詩人이 쓴 10 편 중 3 편을 거절하는가 하면, 번번이 고쳐 쓰기를 요구하여 한동안 詩人의 激怒를 산 적도 있다.

> "이제 다시는 크레페를 만나고 싶지 않소. (……) 그는 아랫사람을 대하듯이 거만하게 나를 취급하더군요. 小生은 그 바보녀석한테 강요된 온갖 괴로움에 지쳐버렸소."[110]

하여간 이런 갈등도 있기는 하지만, 그는 크레페의 청탁과 성화를 받은 것이 계기가 되어 「V. 위고論」을 위시하여 총 10 편(그 중 3 편은 거절당함)의 詩人論을 연속 집필했고, 그 중 9 편[111]은 따로 잡지에 연재(1861)까지 하게 된다. 그의 文學評論 중에 큰 比重을 차지하며, 특히 「위고論」과 「고티에論」은 그의 美學과 詩學을 피력한 중요한 문헌이 된다. 고통스런 원숙기의 풍요하고도 알찬 수확이라 하겠다.

두 사람의 인연이 이것으로 끝난다면 별로 숙명적일 것도 없겠지만, 〈다시는 만나고 싶지 않다〉던 그 〈바보녀석〉이 실로 프랑스의 〈보들레에르 王朝의

---

110) L. à P.-Malassis, C. Ⅱ.

111) Réflexions sur quelques-uns de mes contemporains(약자 RQC).: I. V. Hugo, Ⅱ. M. Desbordes-Valmore, Ⅲ. A. Barbier, Ⅳ. Th. Gautier, Ⅴ. P. Borel, Ⅵ. G. Le Vavasseur, Ⅶ. Th. Banbille, Ⅷ. P. Dupont, Ⅸ. Leconte de Lisle. (E. Moreau 脫落)

祖宗〉(「書簡集」卷末 人名解說)이 되었으니, 퍽 묘한 인연이라 할 만하다. 詩人 死後 20년 만에 (1887) 처음으로 고증적이며 精緻한 詩人의 傳記를 앞세운 「遺作 및 未發表 書簡集」을 간행했고, 이 〈전기〉가 바로 보들레에르 연구의 머릿돌이 된 것이다. 奇緣은 이에 그치지 않고, 그 아들 자크 Jacques 크레페가 부친 유업을 계승하여, 다시 20년 후 (1906) 부친의 〈전기〉에 대폭 가필 증보하여 〈보들레에르 王朝〉의 經典을 集大成하기에 이른다. 그리하여 크레페父子는 現代 보들레에르硏究의 총본산의 主峰을 이루고, 그 밑에 장 포미에 J. Pommier, 조르즈 블랭 G. Blin, 클로드 피쇼아 Cl. Pichois, 마르셀 뤼프 등 기라성 같은 大家들을 배출하기에 이른 것이다.

그 다음 바그너 Richard Wagner 와의 만남과 「바그너論」(1861)에 관하여는 이미 언급한 바이지만, 그의 오페라 公演은 참으로 큰 예술적인 감흥과 자극을 준 듯하다. 이보다 10여년 전에 이미 受信人 不明의 편지에서, 한 음악인의 「탄하우저 硏究」를 천거하면서, 〈바그너에 대한 우리들 공통의 찬탄……〉 운운하고 있으며, 실제로 바그너에 의한 오페라 公演(「幽靈船」·「탄하우저」·「로엔그린」; 1861년 1월 말과 2월 초 3회)을 관람하고는, 친구(말라시스)에게 〈그건 小生 뇌수 안에 하나의 사건이었소〉[112]라고 고백한 정도이다. 그리고 진정한 天才를 몰라보는 프랑스人들의 무지와 비속함을 대신 사과하며,

  "貴下는 小生이 우리 나라로 하여 괴로움을 느끼고 얼굴을 붉힐 기회를 가지게 된 최초의 분은 아닙니다. 마침내 분격이 저를 밀어 貴下에게 小生의 감사를 표시하게끔 만들었읍니다."

이렇게 편지를 쓰는 동기를 밝히고, 덕분에 〈내가 일찌기 느껴 본 가장 위대한 音樂的 享樂〉을 얻었음을 말하며, 거의 포우와의 만남에 비길 만한 신비로운 절대적 共感을 피력한다.

  "우선 小生이 이 音樂을 알고 있었던 듯이 느껴졌읍니다. 후에 곰곰이 생각하고 그 환각의 연유를 깨달았읍니다. 그 음악이 저의 작품인 것 같았읍니다. 그래서 저는 그 음악을, 누구나 자기가 사랑하게끔 운명지어진 것을 알아보듯이, 알아본 것입니다."[113]

이 편지에서 음악을 통한 交感뿐만 아니라 音과 色調와의 感覺交流 synesthésie의 美學까지 피력하고 있다. 이 감동과 분격이 그로 하여금 마비상태의 절망과 고통을 박차고, 인쇄소에서 3일간 全力投球의 「바그너論」을 집필케 하여 〈소작 요법〉의 본보기를 제공한 것이다.

그 밖에 詩人의 思想, 특히 美學과 詩論을 이해하는 데 가장 중요한 作品이라 할 만한 「內密日記」를 쓰기 시작한 것도 특기할 만한 점이다. 그 첫 언급은 題名을 밝히지 않고, 그저 모친이 자기를 위하여 항상 걱정하고, 기도까지 올

---

112) C.I, p. 667.
113) ibid. pp. 672~3.

린다는 점에 관하여, 〈그렇지만 아! 저 자신도 더욱 강력한 것(기도문—역주)을 작성했지요. 더욱 준엄한 결심을 종이 위에 적었어요. 그런데 그게 제게 아무 소용도 없군요.〉(1860년 6월) 이렇게 한탄한다. 〈이 종이 위에 적은 것〉을 우리는 「內密日記」 중 「胸襟을 헤치고」에서 찾아낼 수 있다.

### 기  도

제 어머님을 벌주지 마십시오. 저 때문에 어머님을 벌주지 마십시오. (……) 날마다 제 과업을 즉시로 할 힘을, 그리하여 英雄과 聖者가 될 힘을 제게 주시옵소서. [114]

그 다음 1861년 4월에 처음으로 題名을 밝히면서 집필 계획을 피력한다.

"제가 2년 전부터 꿈꾸고 있는 大作 「胸襟을 헤치고 Mon Coeur mis à nu」, 그 속에 제 분노를 모조리 집어넣을 (……). 아! 만약 언젠가 그것이 햇빛을 보게 된다면 장 자크의 「告白」도 무색하게 될 거예요."[115]

그러고 보면 遺稿로 남은 「內密日記」처럼 얄팍한 아포리슴集이 아니고, 루소의 「告白」이 〈무색하게 될〉 정도의 대작이며, 형태도 〈흉금을 헤치고〉 모든 것을 기록한 자서전이 될 예정이었으며, 현존의 그것은 그 집필을 위한 備忘錄이었을 것으로 짐작된다.

그리고 위에서 언급한 〈채찍질〉을 비롯하여, 군데군데 「內密日記」의 原型 같은 文節들이 산견되는 것으로 미루어 이해부터 그 〈종이 위에 적은〉 메모들이 늘어나고 있음을 엿볼 수 있다. 그리고 그것이 방대한 「告白」의 형태를 취할 예정이었음은 다음에서도 확인할 수 있다.

"저 자신에 관한 大作, 내 「告白」"(1861년 7월)[116]

## 5. 마지막 反抗

**아카데미 立候補** 1861년 5월 19일附 피가로紙에는 詩人에 대한 惡意 넘치는 조소와 희롱의 글이 실려 있었다.

〈보들레에르式 屍體 스튜우 調理法〉

연하게 되고 이미 부패 중인 屍體를 될 수 있는 한 잘게 썰고, 잘 지은 독창적인 詩句를 집어넣어라. 거기에 逆說들을 뿌리고 〈惡의 꽃〉을 곁들여 장식하여 (……)[117]

「惡의 꽃」 중의 「썩은 屍體 Une Charogne」를 꼬집어, 이미 〈보들레에르——썩

---

114) JI. mc, p. 1287.
115) C.Ⅱ, p. 141.
116) ibid. p. 182.
117) BdC, p. 237.

은 屍體〉라는 조소의 전설이 형성되어 널리 퍼져 있으며, 만화감으로 등장할 정도였던 것이다. 이런 글이 나온 지 한 달도 채 지나지 않아, 우리 詩人은 처음으로 모친에게 아카데미 立候補의 의사를 밝힌다. [118] 여러 사람들의 권고라면서, 法定後見 때문에 불리할 것이라고, 걱정을 하고 있다.

대체 진담인가, 농담인가? 장난기로? 진담이라면 어떤 동기로 그런 소망을 품게 되었을까? 이 경우도 그의 心理的인 움직임은 매우 복잡하여 간단히 풀어나갈 수 없게 얽혀 있다. 다음 모친에의 고백을 보면, 적어도 처음에는 진지하게 결심한 듯이 보인다.

"제 생각으로는, 아카데미 會員이 되는 것이 진정한 문학자가 얼굴을 붉히지 않고 請願할 수 있는 유일한 명예입니다."[119]

그런데 모친은 역시 가망 없는 헛수고임을 알고 반대한 모양이어서, 모친의 의견에 대한 답변으로, 첫째 지금 당장 입후보하는 것이 아니고, 〈아주 가까운 장래에〉 할 것이며, 둘째로 두세 번 거절당할 것을 각오하고라도, 우선 〈隊列에 끼어야만 한다〉는 것이다.

드디어 12월 11일附로 아카데미 終身總務 빌르맹 Villemain(당내의 유명한 文學史家. 한때 소르본느의 名講義로 이름을 떨침)에게 正式 입후보 통고를 낸다. 저 자신이 처음부터 성공을 기대하지 않고, 스스로 〈바보짓〉이라고 하면서도 일단 입후보를 통고하고 나자, 이에 따르는 관례의 사전공작(득표를 위한 아카데미會員 巡訪과 書面人事, 유력한 연줄을 탐색하여 천거 청탁 등)에 상당한 정력을 기울인다. 「惡의 꽃」 초판 때를 제하고는 처음 보여주는 열성이다. 그러나 열흘도 채 못 되어 벌써, 〈小生의 입후보가 아카데미에 대한 심한 모욕이며, 여러 회원들이 小生을 만나지 않을 작정이라는 풍문〉[120]이 그의 귀에까지 들려 오는 판이다.

이미 문단의 괴짜라는 전설 내지 중상의 평판이 자자하던 터라, 과연 그의 입후보 소식이 전해지자, 새로운 화제거리를 얻은 신문·잡지에는 일제히 이에 대한 기롱 내지 야유의 글이 실리기 시작한다. 입후보 다음 날,

"(……) 10里 밖에서 도살장 냄새가 풍기는 言語의 야만성들이 있다. 그의 「惡의 꽃」은 한 손에 들고, 다른 손으로는 코를 막고 읽어야만 한다."(1861. 12. 12 Figaro)[121]

"생트 뵈브씨는 아카데미를 (……) 다음과 같이 여러 分科로 나눌 것을 제안한다——文法分科, 演劇分科, 小說分科, 評論分科, 雄辯分科 등등. (……) 대체 보들레에르는 어느 分科에 끼워 넣을 것인가? 屍體分科라도 없다면 말이다." (1862. 2. 2 in Chronique parisienne)[122]

---

118) C. Ⅱ. p. 178.
119) ibid. p. 181.
120) ibid. p. 196.
121) BdC. p. 166.
122) ibid. p. 168.

이러한 분위기였으니 당연한 일이기는 하지만, 모두가 그의 **입후보**를 진지하게 대하지 않는 중에, 단 한 명 그의 선배 詩人 알프레드 드 비니만이 예외였던 모양이다. 비니의 정중하고 친절한 응대에 무척 감동된 듯, 그는 여러 차례 언급하여 경의를 표할 뿐 아니라, 이 기회에 자기 작품을 거의 전부 그에게 보내며, 유명한 「惡의 꽃」의 구조에 대한 意圖的 배열을 특히 그에게 밝히고 있다. 〈貴下는 해박한 才能은 항상 위대한 善意와 고매한 너그러움을 간직한다는 새로운 증거입니다〉[123]——이 찬사가 단순한 인사치레가 아님은 모친과 다른 친구에게도 같은 표현의 찬양으로 방문 보고를 하고 있음을 보아 확실하다. 심지어 비니의 건강에 해롭지 않은 좋은 맥주의 종류와 판매점까지 자상히 알려줄 정도로[124] 인간적인 애정까지 표시하고 있다.

하여간 그의 입후보가 진심에서인지 농이나 장난기에서 한 짓인지 아직 분명치 않은 채, 저 자신이 〈바보짓〉·〈狂氣〉라고 생각하며, 세상 물정을 모르고 그런 〈무모한 짓〉에 뛰어들었음을 때늦게 깨달은 모양이다. 모친에의 고백이다.

"아! 만약 내가 전에 알았던들! 얼마나 큰 고역! 얼마나 지독한 피로! 이 이상한 지랄이 얼마나 귀찮은 일, 얼마나 많은 편지며 얼마나 많은 절차를 **필요로** 하는지, 어머님은 꿈에도 상상 못 할 겁니다."[125]

그리고는 새삼스럽게 세상 돌아가는 실태에 놀라고 개탄한다.

"얼마나 많은 음모! 그리고 얼마나 많은 수수께끼! 그런데 저는 분명히 **보지도 못**한 채 그 온갖 구름 속에 뛰어든 거지요."[126]

입후보 이전에 한동안은 순진하게도 勳章受領에 회의적인 기대를 걸었고, 입후보를 사퇴한 지 1년 후에도 國立劇場 관리인이 될 가망성을 믿을 정도로 세상 물정 모르는 그였던 것이다.

그러면서도 일단 시작한 이상 끝까지 버티겠다는 것이다. 地方大學(Lyon)의 문학교수인 아카데미 회원에게도 역시 입후보를 후회하며, 이미 불리한 풍문을 듣고 있다면서도,

"진심을 말씀드리자면, 小生은 큼직한 바보짓을 했어요. 그리고는 현명한 행위처럼 보이기 위해서 끝내 버티고 있는 거죠(……). 小生은 용의주도하게 양심에 거리낌 없이 저의 바보짓을 완수하렵니다."[127]

이 〈무모한 짓〉을 시작한 데는 적극적인 동기가 없는 것도 아니다. 첫째, 아카데미 會員의 보수가 그의 〈흥미를 끄는 유일한 것〉이라 **했고**, 둘째로 그 명

---

123) C. Ⅱ, p. 196.
124) 20-1-1862, ibid. p. 224.
125) ibid. p. 201.
126) ibid. p. 204.
127) ibid. p. 199.

예를 얻음으로써 모친을 만족시켜드리고 싶은 孝心——차라리 불우한 社會的 自我의 심리적 보상의 욕구.

> "제가 그런 무모한 짓을 저지른 것은 무엇보다도 어머님 때문이에요. (……) 어머니는 公的인 명예를 무척 중요하게 여기고 계시니까, 만약 〈기적적으로〉(사실 문자 그대로죠) 제가 성공한다면, 어머니는 굉장이 기뻐하실 것이라고 생각했지요."[128]

세째, 〈만약 기상천외로 성공을 거둔다면〉 어머니도 아카데미 會員에겐 너무나 망측스런 그 모욕적인 法定後見을 철회하지 않을 수 없으리라는 속셈[129]이 있다. 이 점은 처음으로 입후보의 뜻을 모친에게 알릴 때부터 입후보 자격에 커다란 汚點으로 언급하고 있어, 입후보만으로 모친이 그 汚點을 재고하고 제거해 주지 않을까 하는 은근한 기대도 없지 않았으리라는 추측도 가능하다.

그러나 〈자살의 변두리에〉 이를 만큼 침체·마비상태에 있던 그로서는 소극적이나마, 새로운 관심거리에 몰두하려는 일종의 도피수단이라 함이 한결 실감을 느끼게 한다. 그 〈무모한 짓〉을 후회하는 글에 이어,

> "그렇기는 하지만 이 진력이 나는 삽화에는 어떤 다행스런 점도 있어요. 그건 제가 거기에 흥미를 느낀다는 점이죠. 그런데 사람이란 偏執 *manie* 없이는, 한 가지 열중거리 *dada* 없이는 살 수 없잖아요."

이렇게 심정을 토로하고, 오랜 세월의 〈지옥에 처형된 자 *damné*〉의 신세를 한탄하며, 완전한 無力·無慾 *atonie* 상태의 심경을 고백한다.

> "그뿐더러, 人生은 그 자체에 있어, 설사 빛이 없다치더라도, 제게는 완전히 기쁨이 결여된 것으로 보여집니다."[130]

그러니 〈바보짓〉을 넘어 〈무모한 짓〉〈狂氣〉인 줄 뻔히 알면서도, 무엇인가에 열중해야만 살 수 있다는 그 심정은, 이때껏 그의 私生活과 갖가지 病症을 지긋지긋이 보아 온 우리로서는 충분히 이해하고 공감마저 느낄 수 있다. 하여간 이상 4가지 동기 중 어느 하나를 결정적이랄 수는 없는 노릇이고, 그 4가지가 다 같이 작용하고 있다고 보아야 할 것이다. 그러면서도 그 반면 뻔히 〈무모한 짓〉으로 알면서도 열을 올리는 데는, 역시 번번이 나타나는 그의 自家撞着 내지 〈兩極性〉의 한 가지로, 자신이 동시에 〈상처이자 칼〉의 그 아픔을 은근히 애무하는 일면도 배제할 수는 없으리라——역시 권태, 그보다 더 근원적인 침체·마비상태에서 연유되는 (거기서 벗어나기 위한 온갖 필사적 수단의 하나로서의) 自虐이라 하겠다.

그런데 이 자칭 〈狂氣〉는 시일이 지남에 따라 (차츰 세상의 야유와 아카데미측

---

128) ibid. p. 202.
129) ibid.
130) ibid. p. 201.

의 냉대가 표면화하고, 세속적인 숱한 음모와 비열함을 몸소 겪음에 따라) 어느덧 反抗心이 고개를 들고, 그것이 오히려 고집의 커다란 핑계가 되기 시작한다.

"나 자신으로는 희망 없는 처지이기에, 저는 모든 불우한 문학자들을 위하여 기꺼이 희생의 염소가 되기로 했소."(1861. 12. 24)[131]

다음해 1월 하순에 생트 뵈브에 보낸 편지에는, 오랫동안 부당하게 자기를 怪物처럼 왜곡한 소문과, 악의에 찬 평판을 푸념하며, 아카데미의 2개의 空席 중 하필이면 도미니크派 神父(故 Lacordaire)의 후임 자리를 택할 의사를 밝힌다. 이 점 역시 그의 〈악마주의〉를 운운하고 퇴폐적·모독적이라는 世評에 대한 반항심의 일단이리라(먼저 언급한 대로 저 자신은 〈가톨릭的〉이라고 믿는 만큼 더욱 그러하다).

첫 회원 방문을 시작한 前年末에 이미 〈야유적인 책〉(아카데미會員 訪問記)을 쓸 착상을 한 것부터가 벌써, 저 자신이 그 一員이 되고자 하는 아카데미會員들에 대한 멸시와 反感의 표현일밖에 없다.

이 무렵 막역한 知己의 하나로 꼽던 플로베에르에게도 그의 친구 아카데미會員에게 자기를 천거해 줄 것을 부탁하면서, 그의 입후보가 〈순수문학〉을 대표한 권위 주장임을 揚言한다.

"보들레에르, 그것은 곧 오귀스트 바르비에·고티에·방빌·플로베에르·르콩트 드 릴르, 즉 〈純粹文學〉을 의미한다는 것을(……)"[132]

그러나 이 〈바보짓〉〈무모한 짓〉도 처음 모친에게 의사를 비친 지 만 7개월의 편집 manie·열중거리 dada 로 한동안 바삐 부산을 떨고, 세상을 떠들썩하게 만든 후에, 1862년 2월 10일附로 다시 아카데미 총무에게 정식 사퇴서를 보냄으로써 끝난다. 그렇지 않아도 시달릴 대로 시달려 기진맥진한 끝에, 마지막 혼신의 힘을 기울여 한동안 〈狂氣〉와 〈열중거리〉에 헛수고를 하고, 열이 가라앉았으니, 다시 그를 엄습하는 절망이 어떠하리라는 것은 쉬이 짐작할 수 있다.

**온 프랑스에 대한 증오와 복수심**  사퇴서를 낸 같은 날에, 그는 몇 달을 끈 그 소동을 깨끗이 잊은 듯, 모친에게 포우全集 중 제4권을 화급히 보내 달라는 편지를 쓴다(藏書들까지 이미 옹플뢰르 모친 집으로 보냈으니까). 당장 고료 200프랑을 벌기 위해서란다. 이제 마지막 관심거리(열중거리)도 잃은 그에게 남은 소원이라고는 모친 곁에서 조용히 집필하는 안식과 평화에의 갈망뿐이다. 사퇴서를 낸 같은 날의 편지 末尾에,

"(……) 어머님을 저의 유일한 救援. 유일한 사랑으로 여깁니다."[133]

---

131) ibid. p. 207.
132) ibid. p. 225.
133) ibid. p. 230.

“기어이 옹플뢰르로 돌아가고 싶어요. 하지만 그 전에 할일이 얼마나 많은지 ! ”[134]

“(……) 하자 곧 어머님 곁으로 돌아가겠어요. 그리로 가기 위해서 고료를 받을 필요도 없어요. 나 대신 누구에게 부탁해서 (……).”

이어 완전 체념.

“쓸쓸해요. 일체를 체념하고, 죽는 날까지 고통을 받을 것까지 체념하고, 法定後見을 감수하며, 오직 그것을 철폐하기 위하여 제가 해야 할 모든 것을 할 결심을 했지요. ”[135]

아직은 파리서 끝내야 할 일과, 늦게나마 무척 건전하고 현명한 깨달음을 피력한다.

“가장 단순한 진실을, 예컨대 작업, 그토록 싫은 그것이 실은 人生을 괴로와하지 않는——또는 덜 괴로와하는——유일한 방ㅣ이라는 것을 깨닫는 데 얼마나 오랜 세월의 피로와 징벌이 필요했던 것인지 ! ”[136]

여기서도 그의 「內密日記」에서 가장 많이 되풀이된 자기 〈나태〉(실은 의지박약과 마비상태)를 채찍질한 많은 아포리슴의 原型의 하나를 볼 수 있다. 다음은 거의 그내로 「內密日記」에 수록된 창작에 필요한 〈고독〉과 〈自己集中〉의 아포리슴이다.

“절대로 고독 속에 잠기고 싶어요(原文 이텔릭). 저는 파리를, 특히 일체의 사람 상대를 피하기 위해서, 파리를 도망치려는 거예요. 그러니 옹플뢰르에서 또 다시 파리의 형벌(사람 상대—역주)을 당하고 싶지 않아요. 그러니 누구와도 교제하고 *me prostituer* (그의 萬物萬人交感의 詩論 중의 用語—역주) 싶지 않아요, 市長과도, 사제, 에몽氏(義父·母親의 친구인 완고한 부르조아 모랄 固守者, 따라서 「惡의 꽃」의 敵—역주)와도, 그 밖에 제가 이름을 잊은 누구와도 말입니다. ”[137]

여기서부터 그의 人間嫌惡症 *misanthropie* 이라 할 만한 경향이 현저히 나타나기 시작한다. 異腹兄 死亡(1862년 4월 14일) 후 한 달 이상이 지나서, 喪家를 방문 중 被法定後見者의 모욕을 공중 앞에서 몇 번씩 당한다(형의 遺言狀 집행에 後見人 連署로만 효력을 가짐)——〈앙셀은 저에게 완전한 재난이며 (……) 그의 이름이 제 生涯의 끔찍스런 상처를 표상하는 것〉[138]이라고, 또 한 번 저주를 퍼붓는다. 새로운 집념이 된 옹플뢰르行은 끊임없이 〈다음 週에〉하고 연기를 거듭하는 동안에 파리 生活은 더욱 지긋지긋해지고 인간혐오증은 더욱 심해진다.

“드디어 ! 드디어 ! 이달 末에는 지긋지긋한 인간의 面相을 멀리 피할 (散文詩 「새

---

134) ibid. p. 235.
135) ibid. p. 237.
136) ibid.
137) ibid. p. 246.
138) ibid. p. 249.

벽 한시에」의 서두와 비슷—역주) 수 있을 것으로 생각됩니다. 파리族이 어느 정도로 타락했는지를(……). 전 이제 늙은이구 미이라예요. (……) 지독한 퇴폐 ! 도르빌리·플로베에르·생트 뵈브를 제외하고는 누구와도 이야기가 통하지 않아요. (……) 삶이 지긋지긋하군요. 되풀이하지만, 전 곧 인간의 낯짝을, 무엇보다도 프랑스의 面相을 멀리 피하게 될 거예요. ″139)

이때껏 파리(또는 파리에서의 생활)를 저주하던 그의 혐오가, 처음으로 〈프랑스〉 전체로 확대됨을 볼 수 있다.

"분노가 저의 일상적인 상태예요. (……) 여기서 拷問을, 진짜 拷問을 견뎌 배기고 있는 거예요. ″140)

1863년 6월 초에는 또 한번 세상 물정 모르는 砂上樓閣을——라기보다는 예의 김치국 먼저 마시기를——머리 속에 그리기 시작한다. 극장 관리인이 되고, 약간의 돈을 벌고, 파리에 아늑한 居處를 마련하여, 옹플뢰르에서 반년을 묵고 파리에 상경할 때면, 몇 달 동안은 자기 집에 모친을 모시겠노라는 간절한 꿈이다. 지난해부터 이러한 약간의 恒産에 대한 현저한 집착 밑에는, 그와 동시에 부쩍 표면화한 늙음에 대한 초조감(이미 머리가 빠지고, 남은 머리도 白髮임을 한탄)141)이 깔려 있다. 빚 청산도 급하지만, 全版權 賣渡를 서두른 것도 그런 갈망 때문이리라.

이 시기의 또 하나의 〈열중거리〉가 있다——「內密日記」(먼저도 언급했지만, 아직은 「胸襟을 헤치고」만으로 한정되어 있다).

"끝으로 옹플뢰르로 돌아가, 거기서 6개월을 머무르며, 내 머리를 사로잡고 있는 단편 몇 편을 시도하고, 거기서 「胸襟을 헤치고」를 완결할 것. 그것은 제 두뇌의 진짜 정열이 되었으며, 장 자크의 유명한 「告白」과는 딴판일 겁니다. ″(1863. 6. 3)142)

그런데 이에 대한 〈정열〉은 보통 작품에 대한 창조적 정열과는 전혀 다르다. 또 아카데미 입후보나 극장 관리인이 되려는 집착과, 生活安定을 위한 약간의 재산에 대한 갈망과도 전혀 다르다. 이 後者는 그래도 사회에의 적응을 위한 말하자면 긍정적 적극적인 의욕이었다. 헌데 그 사회의 내막을 모르고 뛰어든 그의 社會的 自我의 〈무모한 짓〉이 만천하에 드러나자, 궁지에 몰린 社會的 自我의 원한과 복수심이 이미 기진맥진한 創造的 自我에 채찍질을 해 가며 합작하는 間歇的(따라서 단편적 아포리슴) 복수와 반항의 發作的인 폭발인 것이다. 이에 대하여 역시 세상 물정을 잘 아는 常識人 모친이 멀리서 달래고 객적은 꿈이나 발악을 극력 말린 모양이다. 바로 그 다음날에 쓴 편지——


139) ibid. p. 254.
140) ibid. p. 261.
141) LM, 3, 1, 1863.
142) ibid. p. 302.

"어머님의 「胸襟을 헤치고」에 관한 말씀은 제가 큰 管理者(극장의—역주)가 되는 것을 싫어하시는 것과 마찬가지로 제게는 불쾌합니다."

이렇게 모친 충고에 反旗를 들고 나서, 이때껏 품고 있던 역정과 앙심을 터뜨린다.

"그래요! 「胸襟을 헤치고」는 하나의 앙심의 책이죠. (……) 제가 받은 교육, 제 사상과 감정이 어떻게 형성되었는가를 이야기하면서도, 끊임없이 내가 이 세상과 이 세상의 갖가지 예의범절과는 전혀 관계 없는 異邦人으로 느낀다는 것을 알려주려는 거예요. 내가 실제로 가지고 있는 不遜無禮의 재능을 온 프랑스(原文 이탤릭—역주)를 상대로 돌려대겠어요. 지친 사람에게 목욕이 필요하듯이 제게는 복수가 필요해요."143)

〈지친 사람이 목욕〉하고 싶듯이 간절한 〈복수〉심, 그것도 〈온 프랑스를 상대로〉 터뜨리고 싶은 毒舌, 최후의 한 가닥 희망마저 빼앗긴 社會人으로서, 그 사회 환경에 대한 최후의 反擊이다. 그것도 처세술이나 행동은 이미 완전 無力이 증명되었으니, 끝내 의지할 武器는 그가 아직도 〈실제로 가지고 있는〉 유일한 〈才能〉, 창조적 자아의 수단인 글로써 할 밖에 없다는 것이다(아울러 아직도 「胸襟을 헤치고」의 복안이 종국은 自傳的인 내용으로 완성될 작품의 노우트로 여기고 있음에 주목).

마침내 증오와 복수심으로 나타난 이 최후의 반항심도 피로에 짓눌려, 차라리 그 사회 환경에서 탈출할 생각을 품기 시작한다.

"小生은 프랑스에 몹시 지쳐 버렸읍니다. 그래 얼마 동안 프랑스를 잊고 싶습니다."(1863. 7. 7)144)

다음달 초순에는 義父 생전에 친교가 있던 宮內長官兼 美術長官(Vaillant 元帥)에게 국가보조금 지급을 청원하며, 〈얼마 동안 프랑스를 떠나기〉 위하여 필요함을 밝히고 있다. 같은 날 문교장관에게도 보조금件에 개입하여 빨리 추진시켜줄 것을 청탁하며, 〈外國 서클에게 繪畵와 文學에 관한 공개강연을 할 목적〉145)이라고 밝히고 있다. 이 편지는 발송을 중지했던지, 며칠 후 여행 목적을 바꾸고 처음으로 벨기에行의 의도와 여행 기간을 밝혀 다시 청원서를 낸다.

"특히 풍부한 특수 美術館들을 방문하고 저 자신의 인상으로 이에 관한 좋은 著書를 낼 목적으로 2.3개월간 벨기에로 여행을 할 작정입니다."146)

아울러 그 방면에 직업상 교제가 넓은 사람(畵商)과 동행하며, 6,7 백 프랑이 필요할 것으로 밝힌다(이 청원은 실패).

---

143) ibid. p. 305.
144) ibid. p. 309.
145) ibid. p. 310.
146) ibid. p. 310.

254

며칠 후(8월 10일) 모친에게는 벌써 벨기에 國會議長인 美術클럽會長으로부터 11월 강연 예정의 답장을 받았노라고 밝히고, 그러나 〈당장 「벨기에 앙데팡당스」紙에 글을 쓰기 위하여 금요일이나 토요일에 출발〉하겠노라고(월요일附 편지; 여전히 성급하고 여전히 실제보다 훨씬 앞당긴 계획이다. 실현된 것은 다음해 4월) 하며, 또다시 환경에 대한 혐오를 터뜨린다——〈파리와 프랑스가 지긋지긋해졌어요. 어머님 때문이 아니란다면, 결코 이리 다시 돌아오진 않을 거예요.〉[147]

5일 후, 동행할 예정인 畵商에게도 당장 떠날 뜻을 밝힌다——〈내일 아침, 혹은 모레 들라크로아 葬례식(8월 17일) 후에 떠날지?〉[148] 다음날에는 受信人不明의 편지에서 〈급작스런 벨기에行 출발〉을 알리기까지 한다. 3일 후(8월 19일)에는 〈막 떠나려는 때에〉「벨기에 앙데팡당스」紙 주간의 편지를 받고, 거기 실릴 예정의 글(美術論과 포우 短篇)에 대한 신문사측의 異議를 알게 되어, 필경 그 때문에 〈급작스런 출발〉은 일단 연기된 모양이다. 게다가 들라크로아에 대한 追悼記事「들라크로아의 作品과 生涯」를 쓸 기회에 부딪친 것이다(3회 分載, 제1회 9월 2일 발표).

8월 말일附 모친에의 편지에는 출발이 연기된 이유(신문社와의 분규), 벨기에에서의 강연件(약 10회에 1회당 200프랑——역시 김치국부터 미리 마신 격이 되었지만)을 밝히면서, 10월 한 달 고스란히 모친 곁(옹플뢰르)에서 보내고, 〈11월과 12월 前半을 벨기에에서 成果 있게(原文 이탤릭) 보낼 것〉[149]이라는 꿈(?)을 그려 보인다(이것이 필경 그토록 많은 苦杯를 마신 그에게 그래도 또 한번 찾아든 마지막 꿈이 될 것이다). 줄곧 간다간다 하면서 못 오는 아들을 만나러 모친이 파리로 왔지만, 파리에서조차 일에 쫓겨 모친 곁으로 달려가지 못하고, 내일 저녁에 찾아가마고 편지를 쓴다(9월 11일). 그럭저럭 11월 말에 가까와 12월 초에 출발하겠노라고 모친에게 알리며, 評論 3卷을 벨기에 출판사에 파는 것을 여행 목적에 추가하고 있다. 이 점에 관해서는 브뤼셀 亡命 중인 빅토르 위고에게 出版主가 방문하거든 언급해 달라고 부탁하는 편지까지 보낸다(12월 17일). 年末에 모친에게 보내는 관례의 긴 편지에서 또 한번 쌓이고 쌓인 원한(이젠 法定後見도 이미 문제삼지 않는다)을 터뜨린다.

"아직 제가 살아 있음을 느끼게 해주는 유일한 감정은 명성과 복수와 재산에의 막연한 욕망뿐이에요. 그런데 제가 별로 한 일은 많지 않지만, 사람들은 참으로 제게 정당한 대우를 해주지 않았어요!"[150]

지난해부터 극도로 자각증세로 나타난 의지박약과 마비상태는 1864년 3월에 이르도록 점점 심해진다. 이젠 브뤼셀行도 실현되기 전에 벌써 회의가 따르

---


147) ibid. pp. 310~1.
148) ibid. pp. 312~3.
149) ibid. p. 317.
150) ibid. p. 342.

세 된다(늘 김치국부터 먼저 마시는 식의 計劃過多에 지나친 기대와 희망·열중, 그 후
에 오는 환멸——이러한 실패를 되풀이하던 그로선 전에 없던 일).

　"두세 곳에서 약간의 돈을 낚아들여 가지고, 며칠 동안 어머님 곁에 가서 보내고,
마침내 브뤼셀로 향할 겁니다. 아마 거기서 어떤 환멸이 저를 기다리고 있는지도 모
르지만, 허나 많은 돈이 기다리고 있을지도(……). "151)

1964년 4월 24일 드디어 브뤼셀에 도착한다. 그를 기다리는 것은 〈많은 돈〉
은커녕, 모욕과 푸대접뿐, 〈어떤 환멸〉 정도가 아니다. 人生의 출발점에서 이
미 재갈이 물려지고, 고삐에 매여 허덕이다가, 마지막 안간힘과 몸부림 끝에,
원한과 복수심, 파리와 온 프랑스에 대한 혐오와 증오의 拍車에 가슴이 찔리고
찢겨, 마침내 더욱 처참하고 처량한 異邦人의 지옥으로 뛰어든 것이다. 그리
하여 〈야유의 함성 속에 地上에 流配〉된 저주받은 詩人의 숙명은 에누리 없이
〈최후의 한 방울까지 苦杯를 들이켜도록〉 착착 진행되어, 드디어 여기서 마지
막 완성 단계로 몰고 간다.

---

151) ibid. p. 350.

# 第7章 알바트로스 쓰러지다 (1864~1867)

이 날개 달린 *航海者*, 그 어색하고 나약함이여!

한때 그토록 멋지던 그가, 얼마나 가소롭고 추악한가!

어떤 이는 담뱃대로 부리를 들볶고,

어떤 이는 절뚝절뚝, 날던 병신 흉내내는고야!

——「惡의 꽃」 중 알바트로스[1]

## 1. 야유 속에 流配되어

1864년 4월 24일, 브뤼셀 도착 그랑 미롸르館 Hôtel de Grand Miroir[2]에 정착한다. 지금까지의 암담하고 험난한 생활의 리듬에는 근본적인 변화가 없다——계획·기대·환멸, 그리고 새로운 집착·절망·분발과 마비상태…… 그런데 이번에는 정말 꼼짝못할 궁지에, 마치 진구렁 속에 산 채로 빠져들어가듯이 점점 깊숙이 묻혀들어가며, 최후의 기력을 다하여 빠져나오려고 버둥거리며 안간힘을 쓴다. 우선 외상이 통하지 않고, 급할 때 달려가서 꾸거나, 고료 先拂을 구걸할 상대도 없다. 여관의 숙박비만 외상이 쌓일 뿐. 게다가 기후 풍토의 급변이 박차를 가하여, 그의 온갖 고질병은 최후의 파탄을 향하여 급격히 악화된다.

**기대와 환멸·증오**　도착 후 모친에게 보낸 첫 편지(5월 6일附)에서 3가지 목적을 밝히고 있다. ① 강연으로 돈을(가능한 한 많이) 벌 것, ② 라크로아 Lacroix 社와 작품 3권[3] 출판 계약, ③ 무엇보다도 먼저 진행 중인 작품(「파리의 陰鬱」·「現代作家論」)을 끝낼 것. 이 3가지 목적이 곧 그가 파리를 떠난 적극적인 이유일 테지만, 출발 직전의 증오심과 파리 혐오 이외에도 다음 이유를 고백하고 있다(「惡의 꽃」과 「파리의 陰鬱」 版權을 산 出版主에게).

> "小生은 자리를 옮길 필요가 있었어요. 저는 병들고 激怒에 사로잡혀 있었으니까요. 무엇 때문에? 小生도 전혀 모를 일이죠."[4]

---

1) FM, L'Albatros.
2) 28, rue de Montagne.
3) 「惡의 꽃」, 「파리의 陰鬱」, 「現代作家論」.
4) C.Ⅱ, p. 365.

그의 散文詩 「파리의 陰鬱」 중 「이 세계 밖이라면」을 그대로 상기시키는 고백이다.

　이 인생은 하나의 병실, 거기선 환자마다 침대를 바꾸고 싶은 갈망에 사로잡혀 있다. 어떤 자는 난로 앞에서 앓고 싶어하고, 어떤 자는 창가에서라면 病이 나을 것으로 생각한다.

　나는 지금 내가 있지 않은 거기서라면 항상 좋을 것 같다. [5]

　여하간 타관에서 살아가기 위하여 우선 당장의 생활 밑천으로 기대를 걸고 있던 강연회가 처량한 꼴로 끝나 버린다. 1회가(5월 2일) 「들라크로아論」(그가 이미 「1846년의 美展評」과 「들라크로아 壁畵論」으로 발표했고, 출발 전에 畵家 死亡으로 追悼記事를 썼으니, 같은 내용을 요약했을 것이리라). 2회(5월 11일)는 「고티에論」(역시 「現代作家論」으로 이미 발표). 3, 4, 5회(5월 12, 23일, 6월 3일)는 〈자극제〉(「人工樂園」의 주제).

　모친과 後見人 앙셀에게 강연 자체는 〈대성공〉이라고 보고하지만, 강연장은 처량할 정도로 쓸쓸하여 戲畵的인 인상기를 남기고 있다. 게다가 1회당 200프랑으로 예정되었던 것이, 초청자인 〈브뤼셀 藝術家 및 文學家 서클〉이 재정난을 호소하여, 그는 口頭協約으로 1회당 100프랑으로 양보했더니, 총 5회분으로 겨우 100프랑의 사례와 사과의 쪽지를 보내고 끝내더라는 것이다. 결국 브뤼셀 도착 직후 1개월간에 1,000프랑 수입을 기대하고 출발하여, 도착 후 500프랑으로 만족하리라 체념한 것이, 결과는 100프랑을 손에 쥐어들게 된 것이다. 그의 환멸과 분노를 짐작할 만하거니와, 당장 나날이 먹고 살기가 어렵게 된 판국이다. 우선 그 처참하고 기이한 강연 현장을 재현해 보자. 당시 20세의 벨기에 文學靑年(Camille Lemonnier, 자연주의 경향의 소설가)의 목격담이지만(40년 후에 쓴 회고록), 그토록 오랜 세월이 흘렀건만, 그 광경을 생각하면 〈아직도 어안이 벙벙해질〉 정도란다.

　會場은 고딕 건물의 궁전. 제2회 고티에에 관한 강연이다. 시간에 늦어서 강연 서론은 못 들을 것으로 알고, 또 청중이 꽉 찬 엄숙한 분위기의 회장 안에 늦게 혼자 들어갈 창피를 각오하고 부랴부랴 달려갔다. 널따란 강당 안에 무척 높은 연단 위 한복판 탁자 앞에 우뚝 선 단정하고 근엄한 詩人의 모습. 바로 머리 위에서 내리비추는 圓形의 조명 속에 흰 넥타이를 매고 女人처럼 화사한 손을 움직이는 거동과 음성, 경건한 고티에 예찬. 여기서도 聖職者를 방불케 하는 풍모로 묘사되고 있다(방종한 靑年期 〈당디 보엠〉 시절 이후의 그를 여러 사람이 성직자의 풍모로 회고하고 있다). 그런데 빈 좌석이 없을까봐 걱정한 넓은 강당 안에 청중은 고작 20명 정도뿐이고, 컴컴한 뒤쪽에 보이지 않는 곳까지 빈 걸상만이 가지런히 꽉 차 있다.

---

5) Spl. Anywhere out of the world; N'importe où hors du monde.

한 시간이 지나자, 가뜩이나 빈약한 청중은 더욱 드물어졌다. 그 〈詩語의 마술사〉 주위의 텅 빈 공간의 틈을 타서 더욱 자리를 뜨게 된 것이다. 마침내 겨우 두 걸상의 인원만 남게 되었다.

그로 하여금 불빛이 쩨쩨스레 비추어진 높다란 벽들 사이에 홀로 이야기하게 만든 청중의 그런 퇴장도 詩人은 거들떠보지 않는 듯했다. 그의 마지막 한 마디가 叱責의 부르짖음처럼 터졌다——〈저는 테오필 고티에를 통하여 제 스승이자 세기의 大詩人에게 찬양을 보내는 바입니다.〉 그리고는 빳빳한 上體를 굽혔다. 마치 진짜 만장의 청중 앞에 하듯이 세 번 깍듯한 절을 했다. 재빨리 강당지기가 등불을 가져갔다. 다시 컴컴해진 어둠 속에 나는 맨 꼬리로 남았다. 그 文學의 성당을 지키는 神父의 음성이 아무 반향도 없이 높아졌다가 꺼진 어둠 속에.[6]

둘째 목표인 출판계약의 상대방(Lacroix)[7]은 詩人 자신의 초청을 받고도 한 번도 얼굴을 나타내지 않았다. 심지어 5회의 정식 강연 후에, 어느 미술품 수집가의 호화로운 살롱에서 오붓한 청중을 상대로 한 그의 낭독회 겸 茶菓會에도 출석을 하지 않았다. 증권 상인인 부호 저택의 살롱 셋에 미술품을 가득 진열하고 찬란하게 장식한 夜會에, 主人측이 15명을 초청한 중 5명, 詩人이 초청한 15명 중 5명 도합 10명만이 참석했다. 그는 아예 청중 분위기가 글렀다고 판단했음인지, 낭독을 하다가 중단하고, 혼자 마시고 먹으며 웃어댔다. 긍지 높은 그가 그토록 무례스런 출판주를 상대로 무슨 이야기를 꺼낼 리가 없다. 결국 그의 동업자만 만나보고, 이 기대도 그만 수포로 돌아가고 만다. 세째 목표 중 「現代作家論」은 이미 발표된 것에 더 추가 집필할 겨를도 없었고, 그래도 그 절망적인 궁지와 극도로 악화된 건강상태에서 용케도 「파리의 陰鬱」의 散文詩들은 무척 힘들게 계속된다.

**분격과 골려주기** *mystifications* 그의 환멸과 분노와 증오는 짐작하고도 남음이 있거니와, 4회가 끝나고 약속된 500프랑 대신 100프랑을 받아들자 그의 분노는 마침내 폭발한다. 후견인 앙셀에게 보내는 편지다. 이상하게도 또 한 번 강연 자체는 〈大成功〉이라고 한다(그의 書簡集을 통하여 극히 보기 드문 거짓말이다).

"이런 백성이! 이런 세상이! (……) 내가 받은 100프랑을 빈민들에게 기부라도 하고 싶을 지경이었어요. 이런 지독한 세상이!" (1864년 5월 27일附)[8]

같은 날 친구 마네 Manet 에게,

"벨기에 사람들은 바보에 거짓말장이, 그리구 도적놈들이오. 여기서는 속임수가 예사이고 수치가 되지 않거든요. (……) 누가 벨기에 사람의 선량함을 말하거든 믿지

---

6) BdC, pp. 185~7.
7) 망명 중의 V. Hugo 작품 출판주.
8) C.II, p. 369.

말아요. 교활·不信·거짓붙임성·무례·사기, 암 그래요."⁹⁾

이 분노는 두 가지 서로 다른 성격의 표현을 취한다. 毒舌로 가득 찬 벨기에 見聞記(「가련한 벨기에！」)의 집필이요, 둘째는 익살과 골려주기(소위 보들레에르의 미스티피카숑)다. 見聞記는 위의 편지와 같은 시기(6월 1일)에 포우 出版主(Michel Lévy)에게, 며칠 안에 피가로紙에 「벨기에 消息 Lettres belges」을 연재할 것으로 언급된다(그 후 〈벌거벗긴 벨기에〉〈생쥐들의 首都〉〈징글맞은 벨기에〉 등, 여러 가지 제목을 시도하지만, 집필을 위한 상당히 많은 분량의 메모帖으로 끝난다). 익살과 골려주기는 제2회 강연 서두에서 벌써 가벼운 一鍼으로 시작된다. 첫 강연 때는 부인들도 참석했었다는 것이다. 그런데 제2회 때, 그 텅 빈 회장의 연단에 올라서 보니 한심했던지, 그 귀중한 20명의 청중을 앞에 놓고 그만 서두에서 익살이 터져나온다.

"제가 여러분을 상대로 演士로서의 處女性을 잃은 만큼 여러분이 제게 배푸신 환영에 그만큼 더욱 저는 감동되었읍니다."

말하자면 같은 청중을 상대로 이미 한 번 생전 처음 소위 〈처녀 강연〉을 했다는 말인데, 그 뒤에 붙인 꼬리가 걸작이다.

"〈처녀성〉이라지만, 하기야 또 다른 처녀성과 마찬가지로 별로 아쉬울 것도 없는 것입니다만."¹⁰⁾

보들레에르에 의하면 그가 증오하고 멸시하는 부르조아 俗物根性이 프랑스보다 몇 배 더 심하다는 〈원숭이들의 首都〉이고 보면, 이런 익살이 웃음으로 넘겨질 리가 없다. 점잔빼는 淑女 청중이 그만 망측스럽다고 질겁을 하여 떨어져 나가 버렸다는 것이다. 게다가 도착한 지 한 달 가량이 되자(3회 강연 직후) 〈나에 대한 더러운 소문이〉 퍼지고 있다고 분격한다.¹¹⁾ 즉 그가 프랑스 경찰의 밀정(벨기에에 피신하고 있는 프랑스 亡命客들의 감시를 위한)이라는 소문이다. 그런 소문에 대하여 분격과 함께, 그가 참으로 어처구니없게 여기는 점은 그 소문을 벨기에 사람들이 너무나 쉽게 믿어 버린다는 점이다. 그리고 그 소문의 震源을 〈위고 一黨 La bande d'Hugo〉이라고 추측한다. 그 이유로 첫째, 그가 출발 전에 匿名으로 발표한(Figaro 紙) 〈셰익스피어 誕生紀念日〉이라는 記事가 〈위고 일당〉의 비위를 거슬렀을 것이며(위고 비판이 곁들여져 있으니까), 둘째로, 그의 6회의 초청에 단 한 번의 참석도 않고 회답도 주지 않은 出版人(Lacroix)이 바로 위고 著書의 出版主라는 점을 들고 있다.

여하간 그의 분격과 벨기에인들의 盲信에 대한 어이없음이 얼마나 컸던지,

---

9) ibid. p. 370.
10) BdC, p. 185.
11) C. Ⅱ, p. 370.

모친과 앙셀에게 연거푸 4번이나 되풀이하여 호소하고 있다——모친에의 편지에는 〈제가 프랑스 경찰 편이라고!!!!!!〉(原文 이탤릭)[12] 이렇게 충격과 분노의 심정을 터뜨린다.

그러나 시일이 지남에 따라, 분노 대신 차츰 장난기와 골려주고 싶은 기분으로 바뀜을 엿볼 수 있다. 마지막 낭독회의 夜會에서 낭독을 중단하고, 〈저는 마시고 먹기 시작했죠. 제 5명의 친구들은 어안이 벙벙해지고 창피했지만, 저 혼자만 웃어댔어요〉[13]에서 이미 그 첫 반응을 나타내고 있다.

흔히 언급되는 그의 미스티피카숑에는 두 가지 경우가 있다. 하나는 친구들 사이에 그저 웃기거나 놀라게 해주려는 장난기의 발산이고, 다른 하나는 그가 멸시하는 俗物들에 대해 그 자신이 고백했듯이 때론 〈악취미〉의 도를 지나친 言動으로 나타난다. 브뤼셀에서의 그것은 물론 後者이지만, 3가지 동기의 복합으로밖에 볼 수 없다. 첫째, 그 자신에 대한 부당한 푸대접, 둘째, 프랑스에서도 늘 개탄하던 俗物性이 더욱 심하게 拜金主義와 철저한 현실주의적 기풍으로 팽배한 데 대한 반감, 세째, 항시 그에 대한 歪曲된 〈전설〉이 따라다니는 데다가, 너무나 헛소문을 쉽게 믿고(여기서는 그의 참모습을 아는 친구도 없다), 이상한 눈으로 자기를 보는 데 대한 장난기의 발동 등이다. 다음 두 편지에서 많은 논란거리가 된 그의 유명한 自己中傷的인 미스티피카숑의 동기와 심정을 충분히 이해하고 또 수긍할 수 있다.

"많은 사람들이 구경꾼의 호기심으로 「惡의 꽃」의 작자 주위에 밀려왔었죠. (그들에겐) 문제의 「惡의 꽃」의 작자는 반드시 극악무도하고 괴상망측한 놈일 밖에 없었던 거예요. (……) 그래 내가 냉정하고 온건하며 예의바른 것을 보고는 (……) 내가 내 作品의 작자가 아닌 것으로 단정했어요. 작자와 그의 작품 主題와의 얼마나 가소로운 혼동입니까! (……)"

그러니 그 俗物들에게 적합한 태도로 응대하기 시작한 것이다.

"하기는 나도 2, 3개월 전부터 내 성미에 고삐를 놓아 버렸으며, 그들의 비위를 상하게 하고 불손하게 구는 데 특별한 쾌감을 맛보았죠. 그런 짓에는 내가 하려들기만 하면 뛰어난 재능을 가지고 있으니까요. 그러나 여기서는 그것만으로 충분치가 않아요. 이해를 받으려면 거칠게 굴어야만 하니까요."[14]

즉 웬만큼 노골적이 아니고는 비꼬음조차 깨닫지 못하는 둔한 俗物들이라는 것이다. 그리하여 홧김에 진짜 〈악취미〉의 골려주기가 시작되는 것이다.

"저는 여기서 경찰의 끄나불로 통했어요(무슨 꼴인가!)(……), 男色家로 통했고(그

---

12) ibid. p. 377.

13) LM, ibid. 384 (6월 17일附).

14) à Ancelle (13 oct.), ibid. p. 459.

런 소문을 퍼뜨린 것은 바로 나죠, 그랬더니 그 말을 믿더군요!) 그 다음엔 음탕한
작품의 校正員으로 통했구요. 그렇게 줄곧 믿어주는 데 그만 화가 나서(原文 이탤릭)
내 아버지를 죽였고 잡아먹었노라는 소문을 퍼뜨렸고, 내가 프랑스를 탈출하게 놓아
둔 것도 내가 프랑스 경찰의 일을 보아주기 때문이라고 했죠. 그랬더니 내 말을 곧이
듣더군요! (原文 大文字) 마치 물 속의 고기처럼 저는 汚辱 속을 헤엄치고 있는 셈
이죠."15)

도착 직후부터 거듭된 환멸의 경위를 보았고, 그의 분노와 평소의 俗物들에
대한 혐오・멸시, 그리고 젊은 시절부터의 장난기 등을 감안하면, 악취미가 좀
지나치지만 홧김에 한 言動으로 충분히 수긍할 만하다. 〈매저키즘〉이니, 〈자기
를 例外者로 만듦으로써……〉 운운하는 것이(사르트르) 오히려 그가 처한 狀況
을 도외시한 지나친 천착으로 우스꽝스러울 정도다.

高潔・強靱한 作家의 메티에 *métier* 精神  그러한 환멸・울분・복수의 笑劇
과 고립무원의 궁지에서도, 위에서 자주 보아 온 그의 作家로서의 변함없는 결
벽성과 열성적인 충실성이 놀라울 정도로 철저히 발휘된다. 파리에서 진행되
는 포우 譯集 제5권16)의 교정(그 중에도 특히 未發表의 단편 한 편)17) 때문에, 실
로 12통의 편지를 연속 社長에게 또는 실무 담당자에게 보내며, 校正刷 우송을
재촉하고 새로운 교정을 부탁하곤 한다. 그것도 꼭 두 번씩 자기가 교정을 본
뒤에 O.K.刷를 적어야 하며, 그것도 자기가 최종 교정한 대로 고쳐져 있는지
여부를 꼭 확인해 달라는 간청이다.  이 까다로운 요청에 社長(Michel Lévy)이
회답을 하지 않자 社員에게 2次 교정쇄를 보내 주지 않으면, 그것 때문에 파
리까지 가서 몇 시간 동안 교정을 보고 돌아오겠다는 것이다.

"뭐라고 한 마디 답장을 보내 주기를 간청합니다. (……) 만약 회답을 주시지 않는
다면, 小生은 귀하가 미셸氏(社長)와 마찬가지로 不在中인 것으로 믿고, 칼만(필경 교
정 담당 社員?—역주)에게 至急電報를(回答料支拂로) 보낼 작정이며, 최악의 경우에
는 일부러 「마리 로제」(문제의 短篇, 재판 事件을 취급한 것이므로 전후 역어와 引用
이 통일되어야 하기에, 2次 교정에는 全篇을 한꺼번에 보내 달라고 고집—역주)의 全篇
을 한꺼번에 읽기 위하여 파리로 갈 것입니다. 印刷前에(原文 이탤릭) 몇 시간 교정
보기 위하여 소생은 왕복 旅費를 쓰기라도 하렵니다."18)

4번째 강연이 비참하게 끝난 후의 편지다. 당시 그가 파리 시내도 아니고
멀리 타관에서 빠진 그 궁지를 생각한다면, 더구나 판권을 이미 헐값으로 팔
아 버렸고, 창작도 아닌 번역이라는 점을 아울러 생각할 때, 이 결벽과 열성에
는 그저 놀랄 밖에 없다.

---

15) ibid. p. 437.
16) Hitoires grotesgues et sérieuses. 다음해(1865) 3월에야 發刊.
17) Le Mytère de Marie Roget.
18) C.Ⅱ, p. 372.

그 교정 때문에 일부러 옹플뢰르의 모친한테서 原書를 붙여 오게 했으며, 교정件의 근심을 잊으려고 술까지 밤새 마시게 되었다는 것이다. 그는 다시 社長에게 〈이것이 貴下에게 하는 마지막 시도〉라면서, 문제의 단편을 한꺼번에 전편 다시 교정보도록 보내 달라고 애원과 위협(?)까지 한다. 만약 이미 인쇄되었다면, 몇 군데의 미스만으로도 전편을 다시 조판할 것이며, 그 비용은 자기가 부담하겠다는 것이다. 결벽치고도 세상의 常例를 훨씬 뛰어넘은 이 고집은 상식을 벗어날 정도다. 우선 이 짐을 그 자신도 자기 유다른 性格 탓으로 돌리고 있다.

  "그 점(아무에게나 교정을 맡기겠다는 約定에 동의간 것—역주) 때문에 제 性格이 고약해서 끊임없는 고뇌를 일으키고 있읍니다."

  허나 그 성격 탓만도 아니다. 만사에 있어 자기 혐오에 빠진 그가 최후의 유일한 美德으로 매달린 것이 바로 그 作家로서의 고결·비타협의 騎士道, 자기 本業(메티에 *métier*)에 대한 사랑과 충성이다.

  "貴下도 아시다시피, 小生은 오직 단 한 가지 美德에서 自負心을 가질 수 있읍니다. 그것이 곧 本業에의 사랑 *amour du métier* 입니다. 小生의 명예를 더럽히지 않게 하여 주십시오. 그리고 제 2 차 교정에서 저를 제외하지 마시기를."[19]

  판권을 팔아 버린 번역 단편 하나에 몇몇 에러를 남기는 것을 〈명예를 더럽히는〉 일로 여길 만큼 드높고 결벽한 作家의 메티에 정신이다. 이 집념은 후에 파리의 출판사와 全集刊行을 교섭할 무렵, 이미 病症이 末期 현상으로까지 악화되어 머리에 통증과 현기증과(번번이 앉아 있다가도 나자빠질 정도로), 자주 정신이 혼미해질 때조차, 만약 出版할 경우 〈교정은 2 회씩 저자가 볼 것〉을 일부러 미리 강조할 정도로 요지부동의 신념으로 강인하게 뿌리박혀 있다.

## 2. 地獄과 地獄 사이

  **孤立無援의 궁지**  마지막 낭독회가 끝난 지 한 달 후에(실은 이 때 6 회나 詩人의 초청에 회답도 않은 出版者와의 교섭은 이미 끝장으로 보아야 할 테지만, 그는 아직 단념을 못 했던지), 한 달 후에야 절망상태를 자인한다.

  "만사는 끝장이오. 〈경찰 끄나불〉이 이처럼 의심 많은 도시에서 성공할 수는 없는 노릇이죠."[20]

  게다가 건강은 종래의 신경성의 여러 증세 이외에도 〈두 달 반 동안을 계속적인 설사, 심장의 동계, 胃病〉으로 시달린다. 도착한 지 만 3 개월하고 한 주일이 지나 모친에게 이 고립무원의 궁지를 이렇게 호소한다.

---

19) ibid. p. 373.
20) C. Ⅱ, p. 378.

"惡意에 찬 환경 속에서 이야기를 나눌 사람도 없이, 가능한 어떤 기쁨도 일체 없는 채로, 완전히 고립되고 갇혀 있을 때, 그리고 긴요한 용건이 있는 사람들 중에 아무도 회답을 주는 자가 없을 때, 얼마나 화가 치밀지(……)! (……) 사실 사람들은 따분한 국민 속에 갇혀 있으면서, 필요한 情報조차 얻지 못하는 사람이 느끼는 고통을 상상도 못 하고 있어요."[21]

게다가 파리 몇몇 신문 잡지에 원고를 보내도 회답조차 없다. 파리서처럼 다급할 때 달려가 구걸할 상대조차 없다. 모친에게 보낸 支出明細를 보면 처량하다.

| 하루에 | 방 세 | 2 |
| | 점 심 | 2 |
| | 저 녁 | 2.5 |
| | (포도주 없이) | |
| | | 6.5 |
| 포도주 곁들이면 | 3 | |
| | | 9.5 프랑 |

"그런데 실제로는 하루에 고작 7프랑을 쓸 뿐이죠. 이유는 포도주를 마실 때는 색사를 거르니까요. 그리고 그것도 당연한 일이죠.
이렇게 계산하면 7×115(벌써 115일이 지났군요!)=805프랑."[22]

그런데 이때껏 送金을 받은 금액 총계 600프랑과 강연료 100프랑으로 총 700프랑의 收入뿐이다. 그 부족액과 宿食費 이외의 비용은 그대로 여관의 외상으로 쌓일 밖에 없다. 정말 꼼짝달싹못할 판국이다.

그럼 왜 하루 속히 파리로 돌아가지 않고 차일피일 미루기만 하는가. 7월 14일附 앙셀에게 보낸 편지에는(이렇게 궁지에 몰리니까, 천하의 원수같이만 보이던 法定後見人이 가장 가까운 通信 상대가 되고, 모친에게는 걱정을 끼칠까봐 알리지 못하는 병세나 고통거리까지 고백하는 유일한 상대가 된 것도 묘한 일이다), 8월 15일에 귀국한다고 예정, 다시 8월 14일에는 모친에게 다음 목요일(즉 4일 후)에 간다고 작정하더니, 8월 26일에는 〈9월 1일 또는 2일〉로 연기한다. 이렇게 미루고 미루기를 1년 동안이나 계속한다(옹플뢰르行의 전말을 想起). 왜? 그만큼 파리가 무섭고 빚장이를 생각하면 〈몸서리가 나는〉 것이다――파리에 잠깐 용건을 보러 가는 것이 〈이를테면 이리의 아가리 속에 몸을 던지는〉[23] 기분이 들 정도이다. 둘째로는 새로운 집착(평계?)들이 생긴 것이다. 이때껏 자주 보았듯이 그는 번번이 故意인지 厄運인지 분간할 수 없는 進退兩難, 自家撞着의 묘한 궁지에 빠져드는 것이다.

새로운 〈열중거리 *dada*〉 전에 아카데미立候補 사건 때에도, 〈그래도 살아가려면 어떤 偏執 *manie*, 열중거리(다다 *dada*, 집착하거나, 자주 그리로 끌리는 固定

---


21) ibid. pp. 391~2.
22) ibid. p. 395~6.
23) ibid. p. 391.

觀念)이라도 있어야지요〉하고 내심의 일면을 고백한 적이 있다. 강연의 기대가 무참히 깨지고, 교정에의 집착도 일단락짓게 될 무렵에, 분노와 멸시와 복수심에 가득 찬 벨기에 見聞記의 집필이라는 새로운 〈다다〉에 사로잡힌다.

첫 언급은 비참하게 4회 강연이 끝난 후 포우 出版主에 보낸 편지(6월 1일)에서 비롯되며, 첫 제목은 「벨기에 消息 Lettres belges」[24]이라고 정하고, 7월 말에는 모친에게 〈그 망할 놈의 책에 착수했지요〉[25]라고 알리며, 〈이 무례스런 국민에게 복수를 할 작정〉이라고 한다. 그리고 그 원고료로 우선 곤경을 면할 것이라고[26] 또 한 번 김치국부터 마시는 기대를 건다. 8월 14일에는 그 「벨기에 消息」을 피가로紙에 연재하기로 타결되었다고 보고한다(끝내 실현되지 않았음). 그 글을 쓰기 위하여 〈세심하게 全國〉[27]을 돌아다녀야 한다는 것이다. 9월 2일 後見人 앙셀에게 파리에서 출판 교섭 중인 책을 언급하며, 처음으로 「가련한 벨기에 !」[28]라는 제목으로 바뀐다. 다음달 다시 後見人에게 같은 용건을 말하며 묘한 고백을 한다(벨기에 혐오의 정도를 알 만하다).

"내 벨기에 旅行에서 내가 끌어낸 것이라고는 오직 이 지구 위에서 가장 밥통 같은 국민(이 점은 적어도 단정할 수 있죠)에 관한 지식, 무척 기이한 小册子 한 권(「가련한 벨기에 !」를 가리킴―역주)뿐(……) 그리고 끝으로 계속적인 완전한 貞潔의 습관(이 치사한 瑣談을 웃으시려거든 웃구려), 하기는 정결이래야 전혀 小生의 자랑거리는 못 되죠. 벨기에 女子의 몰골을 보면 快樂이란 생각이 달아나버릴 지경이니까요. (……) 나무들도 시커멓고 꽃들도 전혀 향기가 없는 나라에서, 小生이 얼마나 참고 견뎌 나가는지를 판단하시오. "[29]

그토록 철저한 혐오에도 불구하고, 이 새로운 집착 때문에 급한 용건(돈 마련과 出版)을 처리하기 위하여, 파리에 가서 하루 동안 머무르고 다시 돌아와, 자료 수집차 벨기에에 11월 20일까지 체류하면서 地方都市들을 순방하고, 벨기에에서 곧장 옹플뢰르로 직행할 계획을 밝힌다(10월 23일附, 앙셀에게). 그리고 이 집착의 정도를 단호히 표명하여,

"하지만 문학이 무엇보다도, 내 창자보다도, 내 쾌락보다도, 내 어머니보다도 우선할 일이에요."

그토록 애절히 사랑하는 모친이 홀로 기다리며 근심하고 있음에도 불구하고, 우선 그 일을 끝내야겠다는 것이다. 자기 메티에(文學)에 대한 騎士的인 충성(차라리 信仰)은 우리도 이미 자주 보아 의심할 여지가 없지만, 이 경우의

24) L. à Michel Lévy, ibid. p. 373.
25) ibid. p. 390.
26) ibid. p. 396.
27) ibid. p. 399.
28) ibid. p. 404.
29) ibid. pp. 408~9.

집착에는 그만큼 큰 증오와 복수심이 안간힘을 쓰도록 그를 떠밀고 있음을 그 자신도 자인하고 있다. 그것은 벨기에뿐만 아니라 온 人類에 대한 혐오로 확대된다.

> "벨기에에 관한 이 책은, 이미 말한 바와 같이 내 怨恨 폭발의 試驗이지요. 후에 프랑스를 향해 그 手法을 써먹을 작정이에요. 全人類에 대한 내 혐오의 온갖 이유를 끈기 있게 말하겠어요. 내가 철저하게 외톨이가 되었을 때, 하나의 종교(티벳트나 日本의)를 구하지요. 코란 따윈 너무 멸시하고 있으니까요. 그리고 죽음의 순간에 그 마지막 종교마저 버림으로써 온 天下의 우매함에 대한 내 혐오를 똑똑히 보여줄 작정이에요."[30]

무엇을 의미하는 것일까. 그에게는 파리가 〈지옥〉이었고, 그 지옥을 벗어나 도망쳐 온 벨기에에서 더욱 지독한 〈지옥〉을 발견하고 아연실색한 그가, 마침내 〈온 天下를 지옥〉으로 삼기 시작한 것이 아닌가? 그리하여 「惡의 꽃」의 〈저주받은 詩人〉의 숙명이 착착 이루어지고 있는 것이다. 자신이 宣告를 내린 〈지옥에 떨어진 者 damné〉의 운명 말이다. 하여간 11월 20일은 고사하고, 그 지옥에서 한 해를 넘긴다. 물론 그동안 여러 번 곧 떠난다고 알리고는 다시 주저앉곤 하는 것이다. 그리고 그의 〈陰鬱〉 중에도 가장 혹독한 음울의 계절 겨울을 北方 異域에서 맞은 것이다. 역시 後見人에게 이렇게 고백한다(12월 18일附. 위에 언급했듯이 이 고립무원의 궁지에서는 그가 가장 허물없는 고백의 상대로, 사회에 첫 발을 내디딜 때부터 社會人으로 사슬에 묶이고, 그 사슬을 쥔 法定後見人이 결국 저주받은 詩人의 마지막 길의 가장 가까운 말동무로 되고, 다급할 때나 병세가 위급할 때 호소할 수 있는 유일한 사람이 된 것이다. 결국 〈지옥〉의 同伴者가 된 셈이다. 참으로 묘한 운명의 진행이다).

> "어머님을 보고 싶은 그토록 간절한 갈망에도 불구하고, (……) 프랑스의 우매함이 일으키던 괴로움, 그토록 오랜 세월 겪어온 그 괴로움보다 더 큰 괴로움 속에 살고 있음에도 불구하고, 공포가 날 사로잡았어요, 망할 놈의 공포, 내 지옥을 다시 보는 끔찍스러움 말이에요."[31]

결국 종국의 간절한 소망은 옹플뢰르에 정착하여 조용히 집필생활을 하며 마지막 孝道를 하는 일인데, 그러려면, 파리에 쌓인 빚을 갚아야 하고, 빚장이들이 〈이리의 아가리〉처럼 벌리고 기다리는 그 파리가 무섭고, 한편으로는 벨기에 見聞記 집필이라는 새 집착에 끌려 하루하루 파리行을 미루다 보면, 가뜩이나 역겨운 벨기에에 새 빚장이(여관 女主人)가 들볶아 또 하나의 〈지옥〉 속에서 오도가도 못 하고 빠져들어 있는 셈이다. 이 진퇴유곡의 궁지를 벗어나기 위한 또 하나의 집착이 곧 파리에서의 全集出版 교섭이다. 작품을 파리의 어느 출판사에 賣渡하는 교섭을 어느 仲介代理人에게 일임했다는 말이 8월 26일附

---

30) ibid. p. 421.
31) ibid. p. 425.

모친에의 편지에 처음 등장한다. 다음 후견인에겐 대상 작품을 밝히며(「人工樂園」·「가련한 벨기에!」·「現代作家論」 등 3卷), 회답을 초조하게 기다린다고 한다 (9월 2일附). 다음달 중순에는 「現代作家論」을 2卷으로 하여 총 4卷의 賣渡를 〈文學仲介人〉에게 위임하는 편지를 썼으며, 성공하는 경우에는 얼마간의 중개료를 지불하기로 제안했노라고 밝힌다.

그런데 이상한 것은 다음해 정월 2일에도 모친에게 똑같은 이야기를 써 보내는데(계획만으로 이미 실천한 것으로 착각?), 실은 그러한 의뢰의 편지를 실제로 쓴 것은 2월 3일附[32]이며, 文面으로 보아 그것이 처음 의뢰 편지임이 확실하다. 저 자신은 그 방면의 교섭에 어두워서 번번이 실수를 거듭했으니, 직접 출판사와 교섭하지 않을 것으로 작정했다는 것이다. 作品 집필 계획을 말하거나 원고 게재 교섭을 할 때, 자주 착수도 안 하고 이미 다 되었거나, 거의 끝나간다고 꾸며대는 것을 보았지만, 이 경우도 머리 속에서 궁리하는 집착을 이미 실천에 옮긴 듯이 앞질러 말한 듯하다. 그 동기는? 필경 파리行을 자꾸 뒤로 미루는 핑계가 아니었을까?

하여간 곧이어 후견인에게 보낸 편지에서는 새로운 병증세를 알리며(모친에게는 되도록 대수롭지 않은 것처럼 자세한 언급을 회피), 담배·원고지·우표 등 자질구레한 소모품 비용조차 〈두 달 전부터 가소로운 잔꾀로 겨우 충당한다〉는 처량한 신세를 하소연한다. 〈예컨대 기나든 포도주를 가졌으면 하는 꿈이, 마치 옴에 걸린 자의 공상 속에 물이 가득한 목욕탕 생각 간절하듯이, 내 머리를 떠나지 않는다〉는 데 이르러는 측은하기 이를 데 없다. 그러면서 3월 말까지 체류를 가정하며, 까마득하다고 한탄한다. 하여간 파리서 출판계약이라도 맺어지지 않는 한 아주 돌아갈 수는 없다는 심산이다(4권 賣渡로 적어도 2,400 프랑 入手를 기대──여전히 김치국부터 식이다). 정월 초 모친에게도, 〈榮光스럽게가 아니라면 프랑스로 돌아가고 싶지 않다〉는 자존심의 집념을 밝히고 있거니와, 후견인에게도 같은 집념을 〈속죄〉의 감수로까지 체념한다.

"설사 돈이 많더라도 떠나지 않을 작정이오. 나는 속죄 중에 있으니, 속죄의 원인들이 소멸될 때까지 그대로 있을 테요. 단지 돈만이 문제일 뿐 아니라, 끝내야 할 작품들, 팔아야 할 책들이 문제지요. 그것이 프랑스에서 몇 달간 나의 安定을 보장해 줄 테니까요."[33]

고료를 기대하던 파리의 잡지(Revue de Paris)사가 문을 닫고, 확정된 듯이 믿었던 「벨기에 消息」의 연재도 피가로社에서 완곡히 거절해 온 직후라, 背水陣을 친 비장한 심정이다.

**地獄에서 地獄으로** 한편으로는,

---


32) à J. Lemer(저널리스트, 조잡한 出版社를 차리고 실제로 文學仲介人을 兼했음). ibid. p. 441.
33) ibid. p. 455.

"르 아브르(옹플뢰르와 좁은 해협을 사이에 두고 마주보이는 北佛 최대의 항구로 벨기에에서 배편으로 가면 우선 거기 도착—역주)나 옹플뢰르의 어느 선술집에서 뱃사람과, 아니 벨기에 사람만 아니라면 重罪囚하고라도 한 잔 乾杯를 들 수 있다면 무엇이라도 내주겠어요. 어머님과 내 책들이며 수집품들이 있는 그렇게도 즐거운 집을 다시 본다는 점에 이르러서는, 그건 감히 제가 꿈꿀 수 없는 환희지요."[34]

이렇듯 벨기에 사람이 지긋지긋하고 옹플뢰르로 돌아가고 싶은 소망이 간절하지만, 다른 한편으로는 돈 없이 파리로 돌아간다는 것은 생각만 해도 소름이 끼친다. 이렇게 두 〈지옥〉 사이 어디에도 발붙일 수 없는 진퇴유곡의 궁지에서 질질 세월을 보내며, 파리 출판 계약에 한사코 기대를 걸고, 곧 떠난다의 되풀이로 겨울·봄을 보내고 5월에 접어든다. 그의 靑少年期부터의 공포증을 상기하면 수긍할 수 있는 일이다.

"파리가 굉장히 두려워요. (……) 旅行者의 짐들을 차에 싣는 광경을 볼 때면 혼자 중얼거리죠——〈보라, 행복한 사람이 또 하나 있구나! 그는 떠날 수 있구나!〉라고 요."[35]

이 두 귀절이 그의 자가당착과 갈등의 처지에 놓인 솔직한 심정의 표현이다. 그런데 5월 12일에는 여행에 필요한 돈(주로 여관에 밀린 숙박료의 일부라도 갚고 떠나기 위하여) 500프랑의 송금을 받고도, 차일피일 출발을 늦춘 끝에 5월 30일에 이르러, 내의 세탁부를 구하다가 10일을 허송하고, 다음엔 배에 신경통이 발작하여 몸이 쇠약해졌다고 변명한다. 결국 뜻밖의 불똥이 발등에 떨어져서 겨우 부랴부랴 어쩔 수 없이 〈지옥〉을 향해 뛰어들게끔 사건이 벌어진다. 역시 「惡의 꽃」의 詩人의 숙명적인 奇緣에 얽힌 사건이다. 우리는 「惡의 꽃」을 출판한 괴짜 풀레 말라시스가 詩人에게 찍힌 저주를 그 때부터 나누어 갖기라도 한 듯이, 함께 有罪判決을 받고부터 不運이 겹쳐 결국 파산에 이르고 감금까지 된 후, 詩人보다 먼저 벨기에로 도망쳐간 사실을 알고 있다.

그런데 詩人은 말라시스에 진 빚 5,000프랑 때문에, 이미 발표된 作品과 앞으로 발표할 일체의 作品에 대한 판권을 양도하는 계약을 맺었었다.[36] 그러나 그의 출판사가 파산 폐쇄되자, 그 계약의 구속력이 이미 없어진 것으로 판단했던지, 詩人은 다른 出版主(Hetzel)에게 향후 5년간 「파리의 陰鬱」과 「惡의 꽃」의 판권을 양도라는 대가로 1,200프랑을 받고 계약서를 작성했고(1863년 1월 30일), 포우 번역 제5권의 판권은 파리 출발 전에 불과 2,000프랑에 영구히 出版主 미셸 레비에게 양도했다(1863년 11월 1일附). 그러니 말라시스로서는 권리를 침해당했다고 여길 만한 일이다. 詩人이 브뤼셀에 도착한 직후에는 詩人과의 면담

---

34) ibid. p. 446.
35) LM (1865. 5. 4), ibid. p. 487.
36) 계약서, ibid. p. 251.

을 거부할 정도로 그는 怒했던 모양이다. 그러나 한 번 만나자, 두 奇人 사이는 그간의 일체의 감정이 일시에 눈녹듯이 풀릴 정도로 배짱이 서로 맞는다고 할까, 또는 그만큼 「惡의 꽃」의 厄運의 연줄은 숙명처럼 두 사람을 맺어 놓은 듯하다. 사실 둘이 다 俗物에 대한 반발이 일치했고, 두 사람 사이는 보통 友情 이상의 사이이기에, 말라시스는 破産으로 몰려가면서도 詩人에게 빚을 주었고, 또 한때 詩人은 말라시스의 매독 증세를 걱정하며 자세히 그 치료법을 적어 보낼 정도로(1860년 1월 13일附) 친밀한 사이였던 것이다. 과연 말라시스는 파리의 친구(아슬리노)에게 이렇게 적어 보낸다.

"小生은 보들레에르를 다시 만났소. 兄도 쉬이 상상할 수 있듯이, 기쁘지 않을 수 없는 노릇이죠. 모든 것을 잊어버리기에는 우리가 서로 만나는 것만으로 충분했어요!"[37]

그런데 말라시스는 異域에서의 호구지책으로 無許可 地下出版으로 음란한 책들과 反프랑스帝政의 정치적 팜플렛 등을 팔아 오다가, 드디어 起訴되어 (64년 5월 12일) 1년 복역에 500프랑 벌금 언도를 받기에 이른다. 이렇게 다급해지자, 전에도 궁한 나머지, 보들레에르에 대한 債權을 남에게 헐값으로 팔 궁리까지 한 바 있지만, 그 지경에 이르니 친구 사정을 봐줄 겨를이 없다. 2,000프랑에 채권을 사겠다는 자(말라시스의 옛 출판사 직원으로 당시 독립하여 출판사를 차리고 있었음)가 나섰다. 모친에게 여행에 필요한 돈(500프랑)을 받고도 한 달 반이나 머뭇거리고 있던 詩人은 그 사실을 통고 받고 일이 다급해져, 우선 그가 필요한 2,000프랑을 後見人에게서 끌어내기 위하여 파리行을 결심한다. 7월 10일까지 모든 채무에 우선하여 2,000프랑을 지불한다는 보증이 없는 한 불가불 채권을 판다는 期限附에 어쩔 수 없이 부랴부랴 7월 4일 〈지옥〉으로 뛰어든 것이다. 7월 4일 파리 도착. 7월 7일 옹플뢰르 도착. 그토록 간절히 돌아가고 싶어하던 곳에서 이틀밖에 묵지 못했고, 그것이 생애의 마지막 방문이 되고 말았다. 9일 다시 파리로 돌아와 15일 밤중에 다시 브뤼셀에 도착한다. 그런데 파리를 〈내 지옥〉이라고 부르고, 그토록 지긋지긋해하고 두려워하던 그가, 생트 뵈브를 방문했다가 놓고 간 쪽지 追申에 〈내일 저녁 다시 지옥으로 떠납니다. 그 때까지 北鐵道旅舘에 머뭅니다〉고 적어 넣고 있다. 지옥과 지옥 사이를 왔다갔다하던 당시의 비통하고 처참한 그의 심중은 다음 당시의 젊은 詩人 카튈 망데스 Catulle Mendès의 회고담에 여실히 나타난다. 당시그는 「現代파르나스 詩選 Parnasse contemporain」의 편집을 맡고 있었다. 파리北驛의 층계를 내려오다가 막 올라오는 우리 詩人과 마주쳤다.

옷차림의 궁색함이 눈에 띄었다. 물론 깍듯이 차려 입었지만, 군데군데 닳아 번들거렸다. 침울하여 거의 위협적인 모습이었다. (……) 확실히 만나지 않은 편이 그에게는 좋았을 것이었다. (……) 그는 필경 숙박료도 갖지 못하고 있을 것이었다. 나는 가

---

37) à Asselineau (1865. 6. 9), ibid. notes, p. 854.

슴이 죄어들고 답답해졌다. (그 때의) 내 처지는, 부유하지 못하지만 별로 가난하지도 않게 독립한 한때의 수습공이 파산하여 비참하게 된 옛 고용주를 만난 그런 기분이었다. (……) "저의 방에서 주무시지 않겠어요? 침대 하나에 소파 하나가 있어요. 선생님은 침대에서 주무시고, 전 소파에서 자면 되죠. 현관지기가 필요한 시간에 깨워드릴 테니까요." 그는 대답이 없었다. 고개를 약간 돌렸다. 나는 그가 응낙한 것을 깨달았다(……). 이전의 정확하고 풍부한 이야기 솜씨와는 딴판이었다. 이전의 리드미컬하고 또렷한 긴 이야기가 아니고, 뚝뚝 끊기는 돌발적인 낱말들로 말하는 것이었다. 갑자기 한 생각에서 다른 생각으로 비약하는 점에도 나는 놀랐다. (……) 침대를 권했더니 싫다고 하며, 소파 위가 그만이라고 했다. 그는 옷을 입은 채로 그 위에 길게 누어 책 한 권을 달랬다. (……) 나도 안락의자에 몸을 묻고 책을 읽었다. 허나 그는 책을 놓더니 갑자기 내 쪽으로 몸을 돌리고는 묻는 것이었다——"자네 내가 일을 하기 시작한 이래로, 내가 존재하는 이래로, 얼마나 돈을 벌었는지 알겠나?"

그의 음성에서 비난과 항의 같은 것의 가슴을 찢는 듯한 쓰라림을 느낄 수 있었다. "모르겠는데요" 했더니, 그는 "내 그 계산을 해 보이지!" 하고 외쳤다. 그의 음성은 화가 치미는 듯이 격해졌다.

그러나 그는 마치 악이 바치건만 단호하게 자기 決算을 口述하는 사업가처럼, 분명하게 그 계산을 또박또박 외는 것이었다. 그는 고료 수입과 함께 엮어 나갔다——評論·韻文詩·散文詩·번역·再版 등 머리 속에서 계산을 하더니 별안간(……) 暗算王처럼 총계를 외쳤다.

"내 한평생의 수입 總計, 15,802 프랑 60 상팀!"

그리고는 이를 악물고 부드득 갈며 덧붙였다.

"但, 그 60 상팀은 여송연 2개비!(필경 잡지사나 출판주에게 얻어 피운 것—역주)"

그에 대한 존경과 동정이 얽힌 나의 서글픔은 더욱 고조되어 분노로 변했다. 나는 유명한 小說家들, 풍성한 멜로드라마 作家들을 생각해 보았다. 무척 유치한 생각이지만, 社會의 목덜미를 냅다 붙들고 힘껏 목을 조르고 싶은 심정으로 나는 곰곰이 생각했다——〈이 위대한 詩人이, 이 무시무시하고도 섬세한 思索家가, 이 완벽한 예술가가 26년간의 괴로운 창작생활로 하루에 1 프랑 70 상팀 정도를 벌다니!〉

그는 폭소를 터뜨리더니, 등불을 끄고 말했다.

"자, 이젠 자지."

그러나 그는 잠들지 않았다. 이따금 한숨이, 고뇌로 꽉 찬 가슴에서 새어나는 한숨이 섞인 오랜 침묵 끝에 그는 말하기 시작했다. 천천히 또박또박 소리내어 책을 읽듯이 말했다. 그 이야기는 이미 내게 들려주는 것이 아니고, 저 자신에게 하는 말이었다. 印度를 노래하는 長詩를 쓸 구상을 말하고 있었다——그 詩에서 〈太陽이 내리쪼이는 멜랑콜리를〉 담을 것이라고 했다.

"르콩트 드 릴르도 그 평탄한 虛無와 더불어 옛 印度를 취급했지. 하지만 현대의 인도, 그건 비참·고문·궁핍·黑死病, 짓눌림과 사랑의 衰盡이며, 그리고 熱狂의 별의 현혹 속에 갖가지 형태가 우불구불 꼬인 그것이지! 그건 환히 빛나는 陰鬱 *spleen* 이야! 난 그 영원한 正午의 처량한 美를, 그리고 낮의 찬연하고도 저주스런 閃光 속에 문둥병의 고기 비늘 같은 찬란한 빛들을 노래할 테야!"

그는 말을 끊고 입을 다물었다. 아! 그 美의 이상이 나를 매혹하면서도 끔찍스럽게 느껴지던 그 詩를 어째서 그는 쓰지 않았던가! (……이어 그는 다시 그가 존경하는 예술가들을 이야기한 끝에, 제라르 드 네르발 이야기에 이르자 흥분하며, 목매달려 죽은 사건을 언급하고, 네르발의 發狂과 自殺說을 완강히 부인—역주). 그는 이야기를 그쳤다. 나는 자리에 누워 얼마간 휴식을 취하려고 침대 쪽으로 갈 생각을 했다. 나는 움직이지 못했다——어떤 가구에 부딪칠까 두렵기도 했지만, 또한 나도 모를 무엇인가를 기다리고 있었다. 갑자기 한 가닥 嗚咽이 터졌다——육중한 짐에 깔려 터지는 가슴에서 새어나오듯, 둔하고 억눌린 오열이었다. 단 외마디의 오열이었다. (……)[38]

생트 뵈브에게 〈내일 저녁 다시 지옥으로 떠난다〉는 쪽지를 남겼으니, 필경 또 하나의 지옥을 향하여 무거운 걸음으로 정거장 층계를 올라가다가, 층계를 내려오는 靑年詩人(당시 카튈 망데스는 24세)을 만난 것이리라. 社會人으로서는 파리도 지긋지긋한 지옥이지만, 그래도 詩人으로서는 이야기가 통하는 친구들이 있다. 그에게 바그너를 연주해 주고, 이 시기에 지극히 친밀한 교태 섞인 우정을 나누던 여성 친구(Mᵐᵉ Meurice)도 있다. 오르기 싫은 계단을 오르다가 젊은 친구이자, 첫 보들레에르 예찬의 世代 중의 한 사람을 만난 것이다. 그래서 떠나기 싫은 출발을 미루고, 하룻밤(실은 예정보다 며칠 더 묵지만) 실컷 이야기라도 하며 답답한 가슴 속을 풀어 보려고 한 것이리라. 그러나 속이 풀릴 리가 없다. 어둠 속에 〈육중한 짐에 깔려 터지는 가슴에서 새어나오는 듯〉, 그 억누르다가 끝내 누를 수 없어 터져나온 그 悲憤의 외마디 嗚咽. 그는 20여 년 전에 이미 자기 운명을 예견한 것일까——〈현실이 사면의 벽 사이에 가두고 질식시키는〉 자기 운명을?

狂氣와 비극의 이탈리아 방랑 시인 타소(投獄中)의 모습을 빌어(들라크로아의 그림에서 着想) 저 자신의 신세를 노래한 것이다.

> 병들어 흐트러진 옷차림으로 토굴감방에 갇힌 詩人은
> 떨리는 발 밑에 原稿를 내굴리며,
> 공포에 불타는 시선으로 자기 넋이 빠져든
> 그 현기증 나는 층계를 측량하는구나.
>
> 감옥을 가득 채우는 그 도취의 웃음소리들,
> 그의 理性을 이상하고 허망한 것 쪽으로 유인하니
> 〈회의〉가 그를 에워싸고, 가소롭고 끔찍스런
> 千態萬相의 〈공포〉는 그의 둘레를 감도는구나.
>
> 몸을 해치는 지저분한 방에 갇힌 그 天才,
> 그의 귀 뒤에 떼지어 모여 휘몰아치는

---

38) BdC, pp. 141~6.

그 惡態, 그 고함들, 그 도깨비들,

자기 居處의 끔찍스러움에 눈이 뜨는 이 夢想家,
보라 네 신세의 표징을, 〈現實〉이 四面의 벽 사이에
가두고 질식시키는 모호한 몽상에 사로잡힌 넋을!

——「漂流物」 중 獄中의 타소에 붙여[39]

## 3. 죽음에 이르는 病勢와 최후의 분발

**痼疾의 진행과 危急한 새 病症들**　병증의 자세한 보고와 푸념은 주로 後見人을 상대로 한다. 65년 2월 8일附로, 〈감기, 신경통 혹은 류마티스로 두 눈이 교대로 닫혀졌다〉고 푸념한다. 그 동안, 도착 이후 4개월 동안은 위장을 앓았고, 겨울이 되자 2개월 전부터 밤중에 열이 나며 불면증에 여러 시간 동안 오한이 계속된다. 겨우 새벽녘에야 잠이 들었다가 낮에 깨면, 맥이 빠지고 지독하게 땀에 젖어 있다는 것이다. 그런데 파리와 옹플뢰르에 잠시 다녀온 후부터 새로운 불길한 증세가 나타난다. 10월 26일附로 역시 후견인에게, 〈무엇보다도 화가 나는 것은 내 능력들을 의심케 하는 어떤 昏睡狀態〉라고 알린다. 전부터 주기적으로 찾아들어 장기간 계속되던 心身의 침체·무력 상태와는 달리, 몇 시간만 집필하면 그런 상태가 엄습하여 전혀 쓸모가 없는 사람으로 변한다는 것이다. 뇌에 고장이 난 병증이다. 같은 시기에 마네에게는 〈때때로 가슴 머리에 신경통〉이 온다고 알린다. 12월 22일附 모친에게는 그저 〈머리에 신경통〉이 와서 편지를 중단한다고 하며, 이에 대한 丸藥이 있는데, 코데인과 모르핀이 들어 있어서,

　"오래 전부터 아편에 대한 혐오 때문에 그 약을 쓰지 못했어요. 그러나 2, 3일 후에도 계속된다면 그 약을 써 보지요."[40]

4일 후에 후견인에게 보낸 편지에는 좀 자세히 알리고 있다.

　"머리 속이 흐릿하고, 안개가 낀 듯하며, 放心 상태가 와요. 오랜 일련의 發作과 아편, 디지탈린, 벨라도나, 키니네 복용 때문에 일어나는 증세지요. 내가 부른 의사는 내가 전에 오랫동안 아편을 복용한 줄을 몰랐지요. 그러니까 날 적당히 취급했고, 그래서 나는 약의 분량을 2배 4배로 하여 복용해야만 했지요. 발작을 몇 시간 뒤로 미룰 수 있게 된 거죠. 그것만으로도 큰 소득이죠. 허나 몹시 피곤해요."[41]

그런데 66년 1월 18일附, 역시 후견인에게 심각한 새로운 병세를 알린다. 〈3일간의 현기증과 구토〉는 좀 심하지만, 그 전에도 종종 일어나던 증세이다.

---

39) Epaves. Sur Le Tasse en prison d'Eugène Delacroix.
40) C.Ⅱ, p. 552.
41) ibid. p. 556.

사흘 동안을 꼬박 누워 있어야 했으며, 〈땅바닥에 쭈그려 앉아 있어도 머리에 몸이 끌려 그만 쓰러진다〉[42]는 것이다. 게다가 의사는 〈비시水(음료. 自然水의 일종)〉만을 권하는데, 돈이 한푼도 없다는 형편이다. 졸도의 前驅症勢다. 편지를 쓰다 말고 쓰러질 예감에 침대로 달려가야 한다. 〈그대로 있다가는 가구에 매달렸다가 가구마저 쓰러뜨리게〉 만든다고 한다. 그리고 죽음의 豫感이 엄습한다.

"그리고 不吉한 생각들, 때때로 다시 어머님을 뵙지 못하리라는 생각이 떠오르죠."[43]

그러면서도 머리가 몽롱해진다거나 쓰러지는 〈발작 *crise*〉이 일어나지 않는 한 그가 자랑하는 〈明晳함 *clairvoyance*〉은 조금도 무뎌지지 않고 있다. 그의 치료를 맡고 있던 의사를 위한 病症의 메모를 보면 병세의 심각함도 놀랍거니와, 그 자상하고 예민 정확한 관찰과 풍부 다양한 표현력도 놀라울 정도다. 1944년에 처음 발견되었으니 희귀한 자료라 할 만하다(1886년 1월 20일附).

"거의 모든 發作이 굶었을 때 닥쳐온다는 점을 관찰했읍니다. 발작의 되풀이는 전혀 규칙적이 아닙니다. 첫번에는(일요일 밤부터 월요일에 걸쳐) 여러 번의 발작을 겪었읍니다.

음식 섭취나 斷食은 이에 전혀 관계 없는 것으로 생각됩니다. 단지 저는 결코 시장기를 느끼지 않습니다. 먹고 싶은 생각 없이 여러 날을 그대로 지낼 수 있으니까요.

**自覺症狀**

머리 속이 몽롱함. 숨 답답함. 무서운 두통. 머리의 鈍重. 충혈. 철저한 현기증. 섰다가 쓰러지고, 앉아서도 쓰러짐. 이 모든 증세가 무척 빨리 계속.

의식을 되찾은 뒤에는 구역증, 머리가 극도로 뜨거워짐, 식은땀.

노오란 水分 혹은 糖液의 혹은 氣泡狀의 구토물. 구토가 없을 때는 가스 많은 트림, 때때로 딸꾹질, 마비증, 2회에 걸쳐 감기와 겹쳤음. 便秘. 이상이 小生 기억할 수 있는 전부임."[44]

그래도 친구(P.-Malassis)에게는 자기 병증에 관하여 농담을 써 보내고 있다.

"한평생 많은 욕망을 가졌었소. 하지만 토하고 싶은 욕구와 다시는 나자빠지지 않고 싶은 욕망은 이때껏 몰랐던 일이오."[45]

2월 5일附 파리 친구(아슬리노)에게도 같은 병증을 알리면서, 〈病은 여전히 떠나지 않소. 의사는 어마어마한 말을 하더군——히스테리라고. 유창한 프랑스 말로는 두 손 번쩍 들었다는 판이죠. 나보고 많이, 많이 산보를 하라더군. 터무니없는 소리죠.〉[46]라고 한 것을 보면, 의사도 전혀 병세를 파악하

---

42) ibid. p. 570.
43) ibid. p. 572.
44) ibid. p. 575.
45) ibid. p. 578.
46) ibid. p. 587.

지 못한 듯하다. 다음 두 가지 불안과 불길한 예감은 육감이라고 할 만하지만
역시 明哲을 잃지 않은 증좌이리라.

　　"참 우스꽝스러운 일이지만, 내 뒤를 걸어오는 사람, 혹은 지나가는 아이나 개를 보
아도 실신할 듯한 기분이 들어요. 참 우습죠? 어제 데쌍 전시를 보러 갔어요. 그러나
몇 분이 지나자, 제가 무엇인가에 주의를 집중하려 할 때에 그렇듯이, 어떤 나쁜 징조
가 닥쳐올 듯이 느꼈어요. 그래서 비가 오는 것도 불고하고 재빨리 大氣 속으로 피신
했어요."(2월 10일附)[47]

　　"침대에 누워서 보내는 그 길고 긴 나날 저는 이런 생각을 무척 자주 했답니다——
〈아 참! 잘 생각해 보자! 이러다가 졸도나 中風이 닥쳐오면 난 어떡하지? 어떻게 내
일들을 정리할 것인가?〉라고요."[48]

　　놀라운 예감이다. 바로 한 달 며칠 후에 그림 전시장이 아니고, 성당 안에서
내부 장식을 감상하다가 〈징조〉 아닌 실제의 〈졸도〉가 일어나고, 그 뒤 〈중풍〉
이 따른다. 한 줄기의 희망도 남지 않은 완전 절망의 막다른 골목이다.

　　　　침울한 精神이여, 전에는 투쟁을 좋아했지,
　　　　拍車로 네 열정을 북돋우던 〈希望〉도 이젠
　　　　널 올라타려 하지 않아! 염치 없이 뻗으렴,
　　　　발걸음마다 걸려 비틀거리는 늙은 鈍馬여.

　　　　내 마음아, 체념하라; 짐승처럼 잠들려무나.
　　　　　　　　　　　　　　——「惡의 꽃」 중 虛無의 맛[49]

　　**비장한 최후의 분발과 上昇**　위에서 우리는 그의 생애를 점철하던 온갖 불
행과 惡條件과 병증이 한데 겹치고 加重되어, 절대절명의 궁지에 몰려서, 〈앉
아서도 나자빠지는〉 顚倒症에까지 이름을 보았다. 그러니만큼 그 필사적인분
발과 예술가로서의 정신적 上昇은 매우 감동적이다. 그 분발과 上昇 밑에는 죽
음의 예감, 〈때는 이미 늦지〉 않았는가 하는 초조감, 지난 세월의 자기 〈惡德
vices〉(나태・낭비・방탕・우유부단・의지박약 등)에 대한 회한 등이 꼬챙이로 찌르
듯이 채찍질을 하고 있다.

　　"계산을 해보니, 만약 제가 꾸준히 일만 했더라면, 오래 전부터 구상하고 있는 모든
것을 단지 15개월간에 해치울 수 있었을 거예요. 얼마나 여러 번 생각했는지요——〈내
神經이 이 꼴이라도, 모진 시기이긴 하지만, 내 갖가지 공포에도 불구하고, 빚장이들
에도 불구하고, 외로움의 권태에도 불구하고, 자, 용기를 내자! 필경 풍요한 成果를
얻을 게다〉라고요. 얼마나 여러 번 神은 이미 내게 그 15개월을 빌려주었던가! 그런

---


47) LM, ibid. p. 504.
48) ibid. p. 595.
49) FM, Le Goût du Néant.

때도 저는 자주 일을 중단했고, 지금에 이르기까지 너무나 자주 모든 計劃의 실천을 중단했어요."

이렇게 자책과 회한 끝에 초조와 不安이 따른다.

"(내게 그럴 기력이 있다치고) 내가 뒤늦게 회복해야 할 모든 것을 과연 만회할 시간이 있을까? 만약 앞으로 최소한 5, 6년만 더 살 수 있다는 게 확실하다면! 하지만 누가 그걸 보장하나? 이것이야말로 지금 제게는 固着觀念, 죽음의 관념이에요——그렇다고 바보 같은 공포심이 따르는 죽음의 생각은 아녜요. (……) 그러나 죽음이 모든 내 계획을 無로 돌리니까, 그리고 제가 이 세상에서 해야 할 일을 아직 3분의 1도 다 하지 못했으니까 싫다는 거예요."[50]

전에도 보았듯이, 한편으로는 끊임없는 자살의 유혹과 〈죽음은 곧 절대적 해방〉이라는 생각이 있고, 예술가로서의 그(창조적 自我)는 다가오는 죽음에 초조와 불안을 느끼는 자가당착에 빠지곤 한다. 우선 그의 마지막 분발은, 부랴부랴 귀국했다가 다시 브뤼셀로 돌아와 다급한 화를 모면하고 나서, 出版 교섭의 계속으로 나타난다. 모친의 분부로 후견인을 통해 약속대로 말라시스에게 우선 2,000 프랑을 갚고, 이 사건을 계기로 판권의 二重 양도가 문제되니, 5년간 「惡의 꽃」과 「파리의 陰鬱」의 판권 양도도 先拂金을 반환하기로 하고 해약이 성립되었다.

"이제 전 自由예요! 어머님 덕분이죠. 누구에게든 적당한 사람에게 제가 받을 수 있는 값으로 내 작품을 팔 수 있어요." (1865년 7월 26일)[51]

과연 일이 아직 완전히 해결되지도 않았을 때, 파리 여행 중에 벌써 출판 알선을 위임한 사람에게 쪽지를 보내, 새로 판권을 되찾을 두 詩集을 합쳐 총 6卷을 대상 작품으로 알린다.[52]

브뤼셀로 돌아온 후 다시 상기 위임자에게 자세한 전말과 내용을 알리며, 「惡의 꽃」은 〈2년 전부터 특히 어디서나 찾는데 꽤 비싸게 팔리니까〉 가장 서둘러서 빨리 출판되어야 한다고 강조하면서, 다음 리스트를 보낸다.
1. 「惡의 꽃」
2. 「파리의 陰鬱」(「惡의 꽃」의 對幅 구실)
3. 「人工樂園」(널리 알려지지 않은 책)
4. 「現代作家論, 畵家와 詩人」(小生이 무척 기대하며, 흥미 있는 3卷으로 지탱될 것임)[53]
이렇게 총 6卷의 출판 교섭을 위임한다(상대 출판사 Garnier). 계약이 성립되

---

50) LM (1865. 1. 1), ibid. pp. 432~3.
51) ibid. p. 520.
52) à Julien Lemer, ibid. p. 512.
53) ibid. p. 523.

어야만 여관 비용을 갚고 돌아갈 수 있겠는데, 7, 8, 9, 10월 또다시 겨울이 다가오는데도 소식이 없다. 이 때는 이미 병세가 악화되어 뇌에 이르고, 빈번한 발작(전도중)을 일으킬 때다——그렇지 않아도 겨울은 그에게 생지옥인 것을!

"다만 저는 잊혀진 모양이에요. 처량해요. (……) 날마다 브뤼셀 書店들의 진열장에 파리에서 간행된 온갖 야비한 것, 온갖 나날의 쓸모 없는 것들을 보지요. 그리고 여러 해 동안 일한 成果인 내 6권의 작품을 생각할 때 화가 치밀어요. 단지 1년에 한 번씩만 재판이 나와도 상당한 수입이 될 텐데. 아! 참말이지 저는 이때껏 결코 운명의 귀여움을 받아 본 적이 없어요."[54]

무척 억제된 표현이지만, 惡書 범람의 세상에, 차츰 그를 스승으로 떠받들기 시작하는 젊은 世代가 늘어가는 국면인데도, 4년이 지나도록 再印刷가 나오지 못하니, 그의 분노와 원한이 골수에 사무칠 지경임을 알 수 있고, 또 가끔 그 것을 모친이나 앙셀에게 터뜨리기도 한다.

"확실히 파리는 저를 옳게 대한 적이 없었고, 평판에 있어서나 금전으로나, 내가 마땅히 받을 만한 것을 결코 내게 준 적이 없어요. (……) 나는 全人類를 송두리째 내 敵으로 돌리고 싶을 지경이에요." (12월 2〔 〕일)[55]

같은 대목에서 역시 〈때는 이미 늦었지〉의 초조감을 되풀이한다. 이 〈때는 이미 너무 늦다 trop trard〉는 강박관념 탓일까? 후견인에게 파리에서 전당포에 잡힌 시계(이미 만기가 된)를 찾아 달라면서, 〈나는 줄곧 시간을 알고 싶어하며, 시계 없이는 일을 할 수 없는 偏執이 있어요. 한데 내 방에는 시계가 없죠. 오랫동안 빌린 시계를 써 왔는데, 되돌려달라는군요.〉[56] 「惡의 꽃」 중 「掛鐘時計」를 연상케 한다——秒針 소리를 〈(할일을) 잊지 마라(기억하라)〉라는 일 착수의 재촉 소리로 들으면서도 질질 늑장을 부리다가, 마지막에는 〈나가뻗어라, 멍충아! 이미 때는 늦다!〉고 종이 울린다. 이 시기의 그의 심경에 더욱 들어맞는 詩다.

하여간 그 출판교섭件으로 이미 생트 뵈브에게 측면 엄호를 부탁하기까지 했건만, 1년이 넘도록 확답이 오지 않자, 후견인 앙셀에게 조심스레 介入하여 出版主(Garnier 兄弟)의 의사타진을 하도록 부탁한다. 이 때는 이미 病勢기 최후 징조까지 나타나 不意의 현기증, 나자빠짐, 구토증의 발작이 잦은 때다. 한데 제3자 앙셀을 다시 介入시키는 데 있어서, 첫 위임자의 미묘한 감정, 出版主의 상인으로서의 심리 등, 실로 용의주도하고 치밀하며 깊은 사려의 지시는, 마치 작전을 원격지휘하는 智謀의 名將 같은 일면을 보여준다. 몰락한 文人으로서가 아니고 〈영광스럽게가 아니라면 파리에 돌아가고 싶지 않다〉는 자존심과, 무

<hr>

54) ibid., p. 542.
55) ibid., p. 553.
56) ibid., p. 549.

엇보다도 궁핍을 벗어나야 하고, 밀린 숙박비 때문이기도 하지만, 그의 건강상
태를 생각하면 놀라울 정도의 끈기와 최후의 기력과 智略을 다 쏟는 必死的 분
발이라 하겠다. 교섭의 실패가 확실해진 후, 앙셀의 개입을 중단시키고 나서는
자기가 직접 파리에 가서 교섭할 결심을 한다——1866년 2월 21일附, 졸도하
기 25일 전이다.

이 〈지옥〉의 시기에 둘째로 주목할 만한 점은, 그 자신의 처지에도 불구하고
예술가에 대한 부당한 악평에 대하여 분연히 붓을 들어 옹호하는 그의 騎士的
인 의협심과 예술상의 正義感이다. 자신은 「가련한 벨기에!」를 여기서 끝낼 수
없다면서, 〈난 쇠약했고, 이제 죽은 놈이오〉하면서도, 남의 惡評으로 실의에 빠
진 마네에게 간곡한 격려의 편지(1965. 5. 11)를 보내고, 파리의 여자 친구(M<sup>me</sup>
Meurice)에게 자기 대신 마네를 고무 격려해 달라고, 불우한 예술가의 꿋꿋한
정신자세에 대한 자기 신념을 전하기까지 한다. 그 전에도 역시 브뤼셀서, 마네
가 고야를 모방했다는 평을 한 망명중의 한 사람에게, 자기와 포우의 관계를
예로 들어, 마네는 그때껏 고야 그림을 본 적이 없으며, 예술가에게는 왕왕 그
러한 〈신비로운 符合〉이 있는 법이라고, 일부러 생소한 評家에게 편지를 보내
기까지 하며, 극구 마네를 옹호하고 있다(1864. 6. 20). 이때도 도착 직후의 연
거푸 강연에 실패하고 배신(강연료)과 벨기에 人心世態에 극도로 환멸·실의에
빠져 있을 무렵이다.

마네가 그의 친구라서 그런 것은 결코 아니다. 바그너 옹호의 경우처럼 예술
에 있어서의 不正에 대한 참을 수 없는 의분의 폭발이다. 하이네에 대한 부당
한 평문[57]을 읽자, 그는 분연 반박의 글을 草한다(評者에 대한 공개장 형식의 草
稿를 두 번 집필, 생전에 未發表). 절망과 갖가지 병증을 안고 〈지옥〉에서 처음 맞
은 겨울 동안의 일이다. 아직도 그런 투지가 남아 있다는 것 자체가 희한하다.
이렇듯 不遇하거나 孤高한 예술가에게 무조건 존경 左袒하고, 有事時에는 필봉
을 들고 뛰어들어 혼자 그들의 敵과 싸우기를 불사하는 流浪騎士와 같은 의협심
과 예술가로서의 非妥協의 결벽성은, 그와 반대로 명성을 누리는 안일한 〈위대
한 바보〉에 대한 거리낌없는 멸시와 嘲罵로 나타난다. 가령 역시 벨기에에 망명
하여 브뤼셀에 가족과 함께 거처를 가지고 있던(그 자신은 北海岸에 별장도 가지
고 있었음) 빅토르 위고에 대한 평이 그 대표적인 例일 것이다. 하이네 옹호의
태도 표명과 거의 같은 시기에 위고를 이렇게 평하고 있으니 더욱 흥미롭다.

"그리하여 사람이란 才士이자 동시에 시골뜨기일 수도 있죠——특수한 재능을 가지
고 있는 동시에 바보일 수 있듯이 말입니다. 빅토르 위고가 이 점을 잘 증명해 주고
있죠. (……) 小生은 그래도 아직 빅토르 위고보다는 더 자존심을 가지고 있으며, 결
코 그처럼 어리석지는 않으리라는 것을 알고 있어요."[58]

---

57) Jules Janin이 Eraste라는 가명으로 l'Indépendance Belge에 발표. 1865년 2월 12일.
58) à Ancelle (1865. 2. 12), ibid. pp. 459~60.

알바트로스 쓰러지다　277

같은 流謫의 신세이면서도 궁지에 몰린 자기와는 정반대로, 여전히 그 명성은 고국 중앙문단에 군림하면서 부유한 망명생활을 하는 文豪에 대하여, 궁지에 빠진 불우한 詩人의 질투 섞인 화풀이도 있으리라. 허나 기질적으로, 美學的으로(위고에 무슨 미학이 있었던가?), 思想的으로(위고의 그 안이하고 낙천적인 進步·共和主義와 詩人의 철저한 인간성 不信과 性惡說에 입각한 反進步·反民主·反大衆사상) 등, 어느 모로 보나 물과 불 사이다. 가끔 그의 집에 놀러가서, 부인과 아들들과 환담하던 그가 무엇보다 참을 수 없이 멸시한 것은 그들의 言動과 가정 분위기에 충만한 부르조아적인 俗物性이다. [59] 위고 본인을 만나 한담을 나눈 소감도 마찬가지다.

"얼마 동안 브뤼셀에 살고 있던 빅토르 위고는 얼마 동안 내가 자기 섬(위고의 별장이 있는—역주)에 가서 지내기를 바라는데, 아주 따분하고 진력이 나더군요. 만약 그의 터무니없는 그 우스꽝스러움을 동시에 지녀야 한다면, 저는 그와 같은 영광도 재산도 받아들이지 않을 거예요."

이어 위고의 近刊詩集 「거리와 숲의 노래」에 언급하여,

"관례대로 大成功——판매량으로 보아. 모든 재능 있는 사람들은 讀後에 실망하구요. 이번에는(그전 작품의 정치성 내지 感傷에 비하여—역주) 즐겁고 경쾌하고, 게다가 사랑을 하며 다시 젊어지려 했더군요. 지독하게 둔해요. 그것들을 읽으니, 다른 많은 사람들과 같이, 저는 그토록 우매함을 내게 주지 않은 神에게 다시 한번 감사할 기회가 되었을 뿐이에요. "[60]

아무리 물과 불 사이일지라도, 너무 감정적인 혹평이라는 비난을 받을 법하다. 好惡의 갈림이 좀 과격한 편이지만, 위고에 대한 반발과 멸시도 다음 그가 존경하는 詩人·作家에 대한 분명하고 단호한 경의 표시로서, 그 나름대로 자기 뮤즈에 대한 騎士的인 비타협의 충성으로 수긍할 수 있는 일이다.

"샤토브리앙, 발자크, 스탕달, 메리메, 드 비니, 플로베에르, 방빌, 고티에, 르콩트 드 릴르를 제외하고는 현대의 모든 쓰레기가 내게는 딱 질색이에요."

스승·선배·동년배·친구를 망라한 19세기 전반의 존경할 만한 문인들 중에, 생트 뵈브를 넣지 않은 이유는 무엇일까? 친구에게 〈생트 뵈브 아저씨〉라고 말할 정도로 敬愛하여 마지않았고, 소년기에 그의 詩 「조제프 들로름 Joseph Delorme」에 경도하여 지금도 여러 편을 암송한다고 하며, 다시 再讀하며, 그 소감을 적어 보냈고, [61] 심지어 〈「조제프 들로름」, 그것은 前夜의 「惡의 꽃」이에요〉[62]라고 한 그다. 필경 그의 능란한 처세(이 무렵 元老院議員에 被任)와


59) cf. LM (1865. 5. 8), ibid. pp. 495~6.
60) LM (1865. 11. 3), ibid. p. 541.
61) à Sainte-Beuve (1866. 1. 15). ibid. pp. 583~5.
62) ibid. p. 474.

세속과의 타협이 그에 대한 존경과 友情에도 불구하고 그를 배제케 한 것이리라.

그의 결벽성과 비타협의 문학정신은 이에 그치지 않는다. 1865년 말에 파리에서는 젊은 詩人 베를렌느가 잡지에 3회에 걸쳐 보들레에르論을 게재[63]했고, 다음해 2월 16일에는 파리에서 그의 詩에 대한 강연이 열릴 정도로 차츰 그의 숭배자들이 문단에 두각을 나타내기 시작한다. 생트 뵈브도 그런 추세를 그에게 알리며, 〈만약 君이 이곳에 있다면, 君은 좋건 싫건 간에 (젊은 詩人들의 —역주) 한 權威, 神託이 될 것이며, 顧問役의 詩人이 될 것〉[64]이라고 하며, 은근히 파리로 돌아와서 그 새로운 世代의 영도자가 될 것을 권유한다. 詩人은 이에 대하여 직접 자기 생각을 회답으로 알리지 않고, 위고夫人에게(당시 그곳에 定住, 젊었을 때 생트 뵈브가 그녀를 짝사랑하여 위고와 그와의 사이가 갈림) 생트 뵈브의 夫人에 대한 찬사를 전하면서(詩人은 그들 사이의 미묘한 관계를 알면서 중개역을 한다), 이에 대한 자기 생각을 덧붙인다.

"저는 누구든지간에 남을 지도할 만한 爲人이 아닙니다. 그리고 그들 자신을 스스로 지도할 줄 모르는 사람들에게 저는 깊은 멸시를 품고 있읍니다."[65]

즉 적어도 詩人이 저 자신의 갈 길을, 자신의 고유한 세계를 찾고, 자기 예술을 가다듬을 줄 모르는 大家의 추종자들을 멸시한다는 말이다. 一世의 야유와 嘲罵에도 불구하고, 자기 독보의 詩世界를 끝내 개척하고 고수하여, 완벽을 기한 詩人다운 긍지의 표명이라 하겠다. 병은 이미 최후의 증세로 악화된 때다. 자기에게 대한 혹평에도 초연한 詩人으로서의 높은 긍지와 자신은 이미 누차 보았거니와, 그의 기사도적인 결벽성은 자기를 떠받들고 추종하는 찬양자들에게도 결코 自慢하거나 타협하지를 않는다. 人氣에 過敏한 것이 古今東西의 通例인 文人 세계에서는 참으로 희한하게 높은 경지다. 모친에게 문제의 평론 (베를렌느의 보들레에르論)을 보내면서,

"그 젊은이들에게 재능은 있어요. 하지만 얼마나 야단스런 狂氣! 얼마나 심한 과장과 젊음의 도취! 몇 해 전부터 여기저기서 제가 겁이 나는 傾向들과 모방을 발견하고 있었죠. 제가 알기로는 세상에 모방자처럼 위험스런 것은 또 없어요. 그리고 홀로 있는 것이 무엇보다도 제게는 좋습니다. 한데 그게 불가능하군요. 그리고 사실 〈보들레에르派 l'école Baudelaire〉가 있는 모양이에요."[66]

올올한 不毛의 峻嶺 꼭대기에 쌓아올린 자기 牙城을 홀로 지키며, 멀리 기슭에서 그 頂上을 바라보며 우왕좌왕하는 추종자들을 그들 자신을 위하여 不安과

---

63) Parnasse派의 文藝紙 L'Art 紙에 11월 16, 30일과 12월 23일.
64) LB (1866. 1. 5), p. 347.
65) C. Ⅱ, p. 569.
66) ibid. p. 625.

알바트로스 쓰러지다　279

개탄의 눈으로 바라보는 孤高·결벽하고 준엄하기 이를 데 없는 詩人의 경지가 유감 없이 표현되어 있다. 〈홀로 있기〉를 바라는 그에게는 〈보들레에르派〉의 출현이 달갑지 않을 뿐더러, 위험스럽게 보이기만 하는 것이다. 그 후 열흘 후에 流謫의 땅에서 〈홀로〉 쓰러지고 만다. 드높은 긍지와 自信, 비타협의 결벽한 자기 세계의 死守, 이러한 정신 자세만으로 위대한 예술가일 수는 없다. 작품의 완벽을 기하는 〈무엇보다도 먼저 내 메티에〉라는 그 집념과 琢磨가 그 자세를 뒷받침해야 한다. 그에게는 지옥 중에도 참을 수 없는 지옥인 겨울 동안, 〈앉아 있다가도 나자빠지는〉 顚倒症, 신열·오한·구토·두통 등 갖가지 병중의 집중공격을 받고 있을 때다. 파리에서 「現代파르나스詩選」에 자기 詩를 수록하겠노라는 통지[67]를 받고, 이미 旣刊의 詩篇들이건만 〈校正刷로 약간 다시 손질할 작정〉이라고 여전히 교정보기를 고집한다. 그의 정신에 치명적인 최후 일격이 된 出版 교섭 절망의 소식을 받기 20일 전, 교섭 진행 중의 책들에 관한 마지막 집념도 교정이다.

> "교정쇄를 보렵니다. 내 글의 단 한 줄이라도 2번씩 다시 읽지 않고는 절대로 인쇄시키지는 않겠소." (1월 30일)[68]

그 고고한 정신자세와 완벽을 기한 琢磨이기에 詩人으로서의 요지부동의 자신을 가질 수 있었던 것이다. 이때껏 자주 되풀이됨을 보았지만, 쓰러지기 한 달전에 마지막 自信의 피력이다──〈「惡의 꽃」은 오래 두고 팔릴 것이오〉. [69]

3월 15일 졸도 후, 이미 제 손으로 글을 쓸 수 없어 남의 손을 빌어 쓴 편지(「現代파르나스詩選」의 편집자에게)에서도, 選集에 수록될 자기 시편들의 誤植을 놀라울 정도로 세밀히 지적하고 있다(3월 29일). 같은 날 옛 친구(Prarond)가 보내준 詩集을 읽고 간략한 평과 함께 作詩法에 어긋나는 몇 군데를 지적한다. 정신을 잃기 직전까지 詩에 대한 비타협의 준엄한 琢磨정신(차라리 求道精神)만은 끝내 잃지 않았던 것이다. 무서운 집념이다.

**母親에의 愛情과 孝心** 그가 쓰러지기 직전에 病苦와 궁핍 속에 도달한 높은 경지는 비단 예술가로서의 上昇뿐만이 아니고, 자기 모친에 대한 감동적인 애정과 孝心의 발로로도 나타난다. 위에서도 그가 브뤼셀에서 참고 견디어야 하는 고통을, 자기가 저지른 과오에 대한 〈속죄〉로 감수한다는 심정의 토로가 있었지만, 과연 그는 일찍부터 장세니스트的인 준엄한 靈的 苦行의 윤리관을 가진 또 하나의 모습을 보여준다. 파리의 女子 친구(Meurice 夫人)에게 남의 혹평으로 失意에 빠진 마네를 격려해 달라면서 〈(주위의) 부당한 대우가 커질수록, 그만큼 형세는 좋아지게 마련──但, 그가 제 정신을 잃지 않는 한〉[70]이라


67) Parnasse contemporain 第1輯. Catulle Mandès 의 통지.
68) C. II, p. 580.
69) à Ancelle, ibid. p. 602.
70) ibid. p. 501.

고 말한다. 즉 정신적인 強者에게는 고뇌가 靈藥이라는 신념이다.  30세 전후
에 씌어진 것으로 여겨지는 詩에서도 이미 노래하고 있다.

> 찬송할진저, 神이여, 우리 不純함에 대한
> 靈藥으로 고뇌를 주시고 強者를
> 聖스런 환락에 채비케 하는
> 至上至純의 정수로 삼으셨으니 !
>
> ──「惡의 꽃」 중 祝頌[71]

　과연 위에서 본 그의 정신적 上昇도 쓰러지기 직전의 가장 고통스러운 고비
에 이루어진 것이다. 자기 위험스런 병세의 악화는 되도록 後見人에게만 알리
고, 모친에게는 그저 그전과 같은 증세인 양 대수롭지 않게 언급하며, 오히려
모친의 병(신경통)을 근심한다. 과연 극심한 고통에 純化된 듯, 모친을 생각하
는 정은 어느 때보다도 깊고 간절하며 자상하다. 관례의 年末의 긴 편지에서,

　"그리운 어머님, 죽을 듯이 권태로와요. 제 커다란 위안은 어머님을 생각하는 일이
에요. 제 생각은 항상 어머님 쪽으로 달리죠. 어머님이 침실에서, 혹은 응접실에서 일
하며, 이리저리 거닐며, 중얼거리거나 멀리서 제게 책망하시는 모습이 눈에 선연하게
떠오르는군요.  그리고는 어머님 곁에서 보낸 어린 시절이,  그리고 오트푀이으街(現
오데옹 地下鐵驛 근처에 있는 그의 生家의 거리)며, 생 탕드레 데 자르크 Saint-André
-des-Arcs街(父死亡 후 모친 再嫁까지 같이 지낸 곳)가 고스란히 떠올라요."

　그럴 때마다 문득 어머님이 되풀이하는 책망이 생각난 듯이, 또는 빨리 급한
빚을 끄고 꿈에도 잊지 못할 옹플뢰르에서의 모친과의 평화로운 집필생활을 어
서 실현해야겠다는 듯이, 〈일을 해야 한다〉는 조바심에 사로잡히는 것이다.

　"하지만 가끔 몽상에서 깨어나면 공포 같은 것을 느끼면서 중얼거리죠──〈중요한
것은 일하는 습관을 붙이는 것이며, 그 불쾌한 동반자(일─역주)를 내 유일한 낙으로
삼는 것이다(……)〉라고요."[72]

　편지 말미에 가서 별안간 보고 싶어지는지 모친의 사진을 가지고 싶다고 한
다──〈그것이 저를 사로잡은 생각〉이라고. 르 아브르市에는 훌륭한 寫眞師가
있다면서, 희귀한 사진 美學까지 피력한다.

　끝으로 그 궁핍 속에서, 모친에 보낼 선물을 오래 전부터 사 두었는데, 포장
과 送料가 마련되는 대로 부치겠노라고 알린다. 자기 선물의 초라함이 부끄러
운 듯이 덧붙인다.

　"하지만 날마나 선물을 드릴 수 있다면 무척 행복할 子息의, 어머님께 일으킨 모든

---

71) FM, Bénédiction.
72) C. II, pp. 553~4.

상심을 용서받기 위해서라면 무엇이건 못 할 짓이 없을 자식의 뜻을 받아주셔야죠."

양념병과 꽃꽂이 磁器鉢의 선물이다. 브뤼셀의 의사의 처방이 답답했던지, 모친의 주치의에게 病症을 적어 보내면서도, 〈發作이 온 때를 제하면 전혀 고통이 없다〉고 잘라 말하며 오히려, 〈그리구 무엇보다도 어머님은? 다리는? 척추는?(신경통—역주)〉하고 모친 건강을 근심한다. 그 의사에 보낸 쪽지를 보고 병세의 위급함에 대경실색한 모친을 안심시키느라고, 그는 모친 자신이 오랫동안 앓고 있는 신경통을 상기시키면서, 〈약간 어머님으로부터 (병증을) 물려받았대도 놀랄 것 없잖아요?〉라면서 극구 안심시키려 한다(여기서 詩人 자신이 신경성 병증이 혈통적인 유전임을 상기한 점에 주목). 그리고 모친이 제안한 送金을 단호히 사절한다.[73] 쓰러지기 한 달 전이다. 모친 자신이 저녁때의 半睡狀態와 위의 피로감을 대수롭지 않게 이야기한 데 대하여, 펄쩍 뛰듯이, 〈제발 그 점 의사의 진찰을 받으세요. 제게 약속해 줘요. 老軀이긴 하지만 확실히 처방이 있을 거예요〉[74] 하고, 그 귀절에 밑줄까지 쳐서 강조한다. 마침내 졸도 후 최후의 자필 편지를 쓴다(3월 20일附). 지극한 孝心이다.

"그리운 어머님, 전 좋지도 나쁘지도 않아요. 일은 하지만 편지 쓰기는 힘들어요. (……)

가엾은 어머니, 어머님께 不安을 일으킨 장본인은 저예요."

그리고 글을 쓸 수 없어서 의사에게 받아쓰게 한 편지에도,

"제 口述을 받아써 주시는 의사선생님도 어머님이 흥분치 말도록 권하며, 며칠 후에는 제가 다시 일을 착수할 것이라고 합니다."

의식이 있는 한 끝까지 모친을 安心시키려는 것이다. 그가 이승에 남긴 마지막 편지(물론 口述로)다. 모친이 3일간이나 편지를 보내지 않은 데 대하여, 모친은 그가 자기 병세에만 정신이 쏠려 있으리라고 상상하고 모친 자신의 安否를 알리지 않은 모양인데, 〈꼭 어머님의 소식을 알려 주셔야만 합니다〉라면서 자기 병보다도 모친의 건강을 걱정한다. 정말 그렇게 생각하고 그러는 것인지, 모친을 안심시키려고 일부러 낙관적인 계획을 피력하는지는 몰라도, 아직 6개 地方都市를 순방하여야 하니 15일간의 여행을 할 터인즉, 앙셀이 찾아오는 것은 일단 中止시키라고 한다. 역시 見聞記「가련한 벨기에!」완성을 위한 집념이다──〈오랜 작업의 성과를 잃고 싶지 않아요〉. 마지막 귀절──

"어머님에 관하여 길게, 그리고 자상하게 편지를 써 보내 주세요.
진정으로 포옹을 보냅니다.

샤를르"[75]

---

73) ibid. p. 593.
74) ibid. p. 599.
75) LM (1866. 3. 30), ibid. p. 632.

바로 그날 밤 半身不隨 마비증에 빠진 것이다. 필경 병세가 위급해진 무렵에 썼을 다음 사무친 希求가 결국 영구히 풀 수 없는 恨으로 남을 줄이야.

"아 옹플뢰르로 가야지! 더 비참하게 나가떨어지기 전에!"[76]

## 4. 쓰러진 알바트로스

**卒倒 전말** 문단의 仲介人(J. Lemer)에게 의뢰한 출판 교섭이 1년이 넘도록 타결을 보지 못하고 질질 끌자, 후견인 앙셀의 측면 介入을 치밀 주도하게 지시하고, 교섭 보고에 일일이 새 지시와 갖가지 배려를 적어 보내던 그가, 교섭 실패라는 최후의 치명적인 一擊을 받는 그를 우리는 보았다. 그 때는 이미 종래의 병증에 빈번한 현기증과 불의의 顚倒症(앉았다가도 별안간 나자빠지는), 두뇌의 몽롱증 등으로 이미 作品 집필은 말할 나위도 없고, 편지 쓰기조차 힘들어 번번이 중단하던 때다. 그런데 이 최후의 일격에도 그는 안간힘을 쓰며, 사태의 절망적인 현실을 인정치 않으려는 듯이, 이틀(2월 18, 19일) 동안에 연거푸 3통의 치밀한 새 교섭안을 후견인에게 알리며 부탁한다. 이번에는 그 밖의 가능한 출판사들을 열거하고, 그 방면에 어두운 앙셀에게 일일이 각 출판사에 대한 예비지식을 알려준다. 최후의 용을 쓰는 것일 테지만 놀라운 기력이며 냉철한 대결이다.

그 중 장문의 첫 편지에서, 〈심오하고, 그러나 복잡하며, 괴롭고 냉철하게 악마적인(언뜻 보기에 그렇게 느껴지는)〉〈참다운 詩〉에 대한 자신과 오연한 긍지를 피력하고, 세상의 몰이해에 울분을 터뜨린다. 그리고 「惡의 꽃」에 대한 최후의 숨김 없는 自評을 토로한다.

"당신에게, 남들과 마찬가지로 그 점을 깨닫지 못한 당신에게 말할 필요가 있을까요——이 혹독한(原文 이탤릭—역주) 책 속에 내 온 心魂을, 내 온 종교(變造된)를, 내 온 증오를 집어넣었다는 것을? 사실 그 반대로 말하여, 순수 예술의, 원숭이 흉내의, 曲藝의 책이라고 위대한 神들에게 맹세할 수도 있지요. 그리고는 이빨 빼는 사람처럼 거짓말을 할 수도 있단 말예요."[77]

독보적인 자기 詩世界에 대한 이 최후의 오연한 긍지와 울분을 그 저주스런 法定後見의 올가미의 끈을 움켜쥐고 있는 사람에게 토로한 것도 묘한 운명의 결말이라 하겠다. 마침내 원격지휘로 안 될 것을 깨닫고 앙셀의 介入을 중단시키고, 〈바람과 潮流를 거슬러서라도 3월 15일에 파리로〉 직접 가서 교섭하겠다는 결심을 알린다(2월 21일附). 그런데 3월 15일, 그 운명의 날에 그는 파리가 아니고 벨기에 지방도시(Namur)에 가 있었다. 그가 브뤼셀에서 친교를 맺

---

76) JI, h, p. 1265.
77) C. II, p. 610.

은 극소수의 친구(미술가 F. Rops. 바로 3월 초에 브뤼셀에서 발매된 그의 詩集「漂流物」의 속표지 版畵를 제작)의 義父의 초대로 그 곳에 간 것이다. 그 義父도 詩人이 例外的인 친근감을 느끼던 벨기에 사람이어서, 그는 기꺼이 초대에 응했고, 특히 그가 〈제쥐트가 세운 걸작 중의 걸작〉이라고 찬탄하여 마지않던 성당(Saint-Loup)을 다시 감상하고 싶었던 것이다. 그가 성당 내부의 告解室의 조각을 감상하면서, 그를 동반한 풀레 말라시스(「惡의 꽃」과 「漂流物」出版主)와 그를 초대한 분에게도 감상케 하던 중에, 갑자기 현기증을 일으키며 비틀거리다가 계단 위에 쓰러진다. 친구들의 부축으로 몸을 일으킨 그는, 별로 겁을 먹은 기색 없이 미끄러져 넘어졌다고 변명한다. 한데 다음날 아침 잠자리에서 일어나자 정신혼란의 징조를 보이기 시작한다. 급히 브뤼셀로 데려가려고 차에 올려태우자, 그는 문이 열려 있는데도 문을 열어 달라고 부탁하지 않는가! 전하려는 뜻과 반대의 말이 나온 것이다. 失語症의 前驅 증세다.

3월 20일, 모친에게 마지막 自筆 편지, 모친의 철자 잘못을 지적할 정도로 아직 정신은 말끔하다. 22일 우측 팔다리의 위축증과 현기증으로 자리에 눕게 된다. 29일 「現代파르나스詩選」에 수록할 詩의 교정 편지(代筆), 同日 옛친구(Prarond)의 詩集에 대한 짧은 독후 소감과 作詩法上의 오류 지적. 30일 모친에게 최후의 편지를 구술하고, 그날 밤 사이에 右側 半身不隨症이 나타난다.

4월 초 急報를 받고 달려온 후견인 앙셀과 친구(Malassis)들의 주선으로 교회의 看護院으로 옮겨져 修女들의 간호를 받게 된다. 4월 9일 완전한 失語症에 걸린다. 파리에 詩人의 소식이 전해져 신문에 보도되고, 어떤 신문에는 병원에서 임종이라는 성급한 誤報까지 나온다. 다시 생트 뵈브의 비서(Jules Troubat)는 생트 뵈브와 자기 이름으로 詩人 곁에 있는 「惡의 꽃」의 出版主(P-Malassis)에게 급히 병세를 문의하고, 後者는 즉각 자세한 병세 보고를 한다(4월 9일附).

"(前略……) 그를 파리로, 될 수 있으면 모친 곁으로(옹플뢰르—역주) 데리고 가고 싶습니다. 그는 화를 내듯이 거절하더군요. 한 週 전 금요일(3월 30일—역주) 右側 마비가 나타나며 동시에 그의 두뇌도 다시 몽롱해졌지요. (………) 小生은 매일 방문 허가 시간 두 시간을 그의 곁에 있읍니다. 그런데 저는 회복의 기대를 품을 수 없군요. 그는 눈에 띄게 쇠약해 가고 있어요. 그저께는 아주 간단한 생각을 나타내려는데 말을 혼동하더니, 어제는 전혀 말을 못 했읍니다. 의사들의 말로는 보들레에르는 신체가 회복된다치더라도——기적이라도 일어나지 않는 한——한갓 동물적인 삶으로 돌아간 사람일 밖에 없다는군요——한 주일 전의 의견이었지요. 한데 의사들도 〈기적〉이야긴 하지 않게 되었어요. (……下略……)"[78]

이 편지 첫머리에도 자극제의 남용이 그 큰 원인으로 지적되어 있지만, 그런 논의는 꽤 많이 퍼져 있다. 그러나 우리가 그의 서간을 통하여 본 바로는, 병세가 최후 증세를 나타내고도, 전에 복용하던 경력이 있고, 그 악영향을 친구

---

78) Crp-B, pp. 190~2.

에까지 경고하던 그는 〈오래 전부터의 아편에 대한 혐오 때문에〉 극력 피하다
가, 그 이상 고통을 참을 수 없게 되어 비로소 의사가 처방한 마약이 든 진통제
를 복용키 시작했던 것이다(1865년 12월 22일附 모친에의 편지와 同 26일附 후견
인에 보낸 편지 참조. 그 4일간에 진통제 복용이 시작됨). 벨기에에 와서는 포도주
는 물론 차까지도 즐길 형편이 못 되는 궁색한 생활이었음을 우리는 자세히 보
아 왔다. 이때껏 그의 생애를 뒤밟아온 우리는 위의 두 편지의 자상한 보고를
추호도 의심할 수 없으며, 그럴 만한 근거도 없다.

그가 브뤼셀에 도착한 이후 잇달아 겪은 그 환멸·절망의 충격과 울분, 안간
힘을 쓰며 필사적으로 벌인 再起에의 분발을 생각해 보라. 그리고 소년 시절부
터 드러나던 갖가지 증세의 나이에 따른 진행과 악화를. 결국 〈야유의 함성 속
에 地上에 流配된〉 알바트로스, 뭇사람들의 조롱과 부당한 처우에 비틀거리며
〈그 巨人의 날개가 걷기조차 방해〉하던 그 알바트로스가, 그 地上의 〈病的 毒氣
에서 멀리멀리〉, 〈갖가지의 괴로움과 광막한 슬픔들을 뒤에〉(「惡의 꽃」 중 「上
昇」) 두고, 날개를 펴고 날아 보려고 마지막 기를 쓰다가 기진맥진하여 쓰러지
고 만 것이다.

**말 잃은 詩人과 어머니**　앙셀이 너무 충격을 주지 않도록 조심스럽게 보고
한 편지를 받고, 詩人의 모친은 자신의 마비된 다리를 끌고 브뤼셀로 달려온
다. 그토록 애절하게 옹플뢰르 바닷가의 〈장난감 집〉에서 모친과 함께 조용한
집필을 누리기를 갈망하던 詩人은 쓰러져 말을 잃고, 오히려 半不具의 모친이
이역으로 찾아와 간호를 하게 된 것이다. 이 모친이 본 아들의 병세는 무척 자
상하고 애틋하게 애정겹다(후견인 앙셀에게).

"그랑 미롸르館에 도착하니,　의사선생들도 그의 중태를 숨기지 않더군요——건강
이 아니고 두뇌의 중태죠——이 두뇌는 너무 일을 해서 나이에 앞서 지쳤다는 거죠.
혀는 마비되지 않은 채 脣의 기억을 잃었어요…… 〈농, 키, 키 *non, qui, qui*〉, 그가
발음하는 유일한 말인데, 그걸 고함을 치며 외치는 거예요…… 腦軟化症이 있다는 건
분명해요. 그가 화를 내지 않을 때는, 남의 이야기에 귀를 기울이고 모두 깨달아요. 그
의 어린 시절을 이야기해 주면, 그는 알아들으며 내 말에 유심히 귀를 기울이죠. 한데
무슨 대답을 하려 할 때, 표현을 하려고 애를 써도 안 되니까 그만 화가 치미는 거예요.
의사들은 그가 知能을 잃었다고 보고 나를 떠나보내려고 합니다. 그에게 理性을 잃
게 하는 것은 말을 할 수 없기 때문이에요. ……터무니없는 행위는 전혀 없고 환각도
일어나지 않아요. ……먹고, 자고, 스테방(그의 벨기에 旅行을 주선한 미술수집가——역
주)과 저와 함께 馬車로, 혹은 지팡이를 짚고 걸어서 햇볕을 쬐며 산책장으로 나가기
도 하지요. 하지만 일체 말은 없어요. 저는 여길 떠나지 않으렵니다. 그를 아주 어린
아기처럼 지켜 주겠어요. 그는 의사들 말처럼 〈정신착란〉에 걸린 게 아네요. 말라시
스는 주장하더군요——詩人의 신체기관은 다른 사람들과는 하도 달라서, 때로는 의사
들을 어리둥절케 한다고요. 말라시스는 참 훌륭한 젊은이군요! 그는 좍좍 눈물을 흘

리며 울었어요. 얼마나 어진지! 필경 이 젊은이는 아름다운 넋을 지니고 있음에 틀림없어요!

그가 글을 읽을 수 있으리라고는 생각되지 않아요. 책을 들면 글자를 읽지 않고 다시 던져버리거든요. 그가 날 볼 때는 감동되는 모양이에요. 에메Aimée (母親의 가정부—역주)는 〈그가 기쁨을 억제하는 듯하다〉고 말하더군요…… 심술궂게 굴지는 않아요. 내 말은 순종하니까요. 내 조용한 말을 듣고 진정하곤 해요. 내게는 결코 화를 내지 않으며, 투정도 안 하니까요…… 오늘 아침 처음으로 내게 대해 흥분을 했지요…… 기분이 잘 변하죠. 보름 전만해도 그가 에메를 싫어했는데, 이젠 그녀와 아주 사이가 좋아요. 신경이 큰 역할을 하나봐요. 흥분을 한 뒤엔 가끔 웃음을 터뜨려, 그게 겁이 나요…… 내가 붓을 드니까 무척 신경질이 나는 기색이에요…… 그럴 만한 동기가 없이는 결코 화를 내지 않지요.

한번은 방구석의 무엇인가를 역겨운 듯이 가리키더군요. 닥치는 대로 그에게 갖다 보여도, 여전히 무섭게 화를 내며 가리켜요. 결국 침대 밑에 있던 때묻은 白布를 갖다 보였더니 흥분이 가라앉았더군요. 과민한 淨潔心이죠. 전기요법을 하여 효험을 보았으나, 자극과 과격함이 두려워 그만두었어요. 그는 주의 깊게 남의 말을 듣고, 웃기도 하고, 조롱도 하며, 남에게 자기 생각을 아주 썩 잘 이해케 하죠. 그의 시선에는 항상 재치와 활기가 넘치고 있어요…… 내 편지들을 침대머리 탁자 위에 쌓아두었더군요! 거친 천의 덧걸이 上衣 주머니에는 나다아르Nadar가 찍은 많은 그의 小型 사진들이 들어 있구요.

파리 친구들이 그를 데려가고 치료하기 위하여 돈을 갹출하고 있답니다…… 스테방과 말라시스는 그에게 훨씬 더 동정적이어서, 文人協會로부터 특별객실을 할인하여 요금을 얻어냈구요. 그런데 그는 출발하려 하지 않고 外出하려고도 않으며, 그저 말을 하고 싶어하는군요.

(……) 그는 오직 한 가지 집념뿐——남의 지배를 받지 않겠다는 거예요…… 뜰에서는 햇빛이 내리쪄어도 머리를 덮으려고 하지 않고요…… 修女들은 그에게 종교 의례를 요구하죠. 그가 식사를 할 땐, 수녀들이 그가 十字를 긋도록 하구요. 그럴 때면 그는 온순하며 기특한 인내심으로 눈을 감거나, 아니면 화를 내지 않고 고개를 돌려요. 그녀들이 귀찮게 굴 때는 그는 자는 척하죠. 하지만 그의 생명을 줄일지도 모를 그런 굉장한 장면을 그녀들이 도발할 수도 있어요. 그는 앞으로 30년이라도, 失語症이긴 하지만 제 天壽를 다 살 수도 있어요." [79]

修女들이 그렇게 귀찮게 굴 때, 그는 마침내 화를 터뜨려 외마디 욕설을 吐하여, 그만 간호원에서 4월 말 [80]에 나와 다시 호텔로 옮겨지게 된다. 그러나 모친의 말대로 과연 그는 정신을 잃었거나 착란을 일으키지는 않았다. 다음 말라시스가 파리의 친구(아슬리노)에게 보낸 산책 장면의 보고는 그 점을 여실히 증명해 준다.

---

79) cité in Crp-B, pp. 197~9.
80) Crp-B에서는 7월 초로 되어 있지만 더욱 정확한 C.I의 年譜를 따른다.

"마침내 출발하여, 녹음 속을 한 바퀴 돌고 자그마한 집에서 점심을 하러 차를 내리지. 나는 될 수 있는 한 그에게 명랑한 이야기를 들려주거든. 그리고 다시 그를 데리고 돌아오는데, 그 동안 그는 사는 기쁨과 만족감 이외에는 전혀 다른 기색을 보이지 않아. 이따금 말을 해 보려고 헛수고를 한 후에, 그만 諦念의 표정으로 눈을 들어 하늘을 쳐다보곤 하지."[81]

7월 2일, 드디어 모친과 스테방의 부축을 받아 철도편으로 파리에 도착한다. 정거장에는 젊은 보엠 시절부터의 가장 절친한 친구 아슬리노가 나와 그를 맞았다. 그토록 떠돌아다니며, 거리에서 詩句를 가다듬고 그토록 뛰어다니며 돈 마련에 분주했고, 그토록 빚장이를 피해 다니며 숙소를 옮기던 파리다. 그토록 지긋지긋하고 빚장이 때문에 〈이리 아가리〉에 뛰어들 듯이 무섭던 〈지옥〉에 마침내 폐인이 되어 돌아온 것이다. 그가 지난해 잠시 다녀갈 때 젊은 詩人을 만난 그 정거장이다. 그가 그 젊은이 방에 하룻밤 신세를 지며, 잠을 못 이루고 밤중에 〈터진 가슴에서 새어나오는 듯한〉 비분의 억눌린 외마디 嗚咽을 남기고 떠났던 거리다. 〈영광스럽게 돌아가는 것이 아니라면 돌아가지 않겠다〉고 최후의 기를 쓰던 그가 그만 氣盡力盡 폐인이 되어 돌아온 것이다.

**파리의 精神科 療養院에서** 7월 4일 정신과의 뒤발 Em. Duval 박사가 지도하는 요양원[82]에 입원한다. 처음 얼마 동안은 의사들의 간호와 물 치료법으로 효험을 본다. 그의 퍽 깨끗하고 좋은 방에는 마네의 그림 두 폭이 걸려 있고, 그 중 한 폭은 그가 무척 사랑하던 고야의 그림 「알베大公妃」를 마네가 복사한 그림이다.

그런데 그 후의 병세에 관하여는 관찰자에 따라 무척 다르다.[83] 때에 따라 다른지, 詩人의 감정 여하, 혹은 그를 대하는 사람에 대한 그의 감정 여하 때문인지, 알 수 없는 노릇이다. 그는 좋은 사람 싫은 사람의 구별이 유달리 선명했으니, 원인은 後者의 경우일지도 모른다. 석사 때는 다른 요양자들과 함께 회식하는데 남들의 대화에 귀를 기울이며, 무척 자주 대화에 개입하여, 주로 贊反의 의사 표시를 몸짓으로 하되, 반대인 경우는 몹시 심한 신경질의 표시로 나타낸다.

얼마 동안은 슬레트板 위에 글을 쓰려고 하지만, 단어를 끝까지 쓰기 전에 손이 빗나가곤 했다는 것이다. 그런가 하면, 서명을 시키려니까, 자기 이름을 잊은 듯 망설이다가, 그의 저서 표지를 보이니까 그 때서야 생각나는 모양이었다고 한다. 친구들이 찾아와도 그 이름을 모르다가, 누가 불러주면 그대로 되뇔 뿐이란다. 요컨대 失語症에 기억 상실이 따른 현상이다(이상은 주로 크레페가 주치의 뒤발博士에게 얻은 자료).

---

81) ibid. pp. 197~8.
82) Etoile廣場 근처 rue du Dôme.
83) cf. Crp-B, pp. 200~5.

그런데 그가 브뤼셀 시기에 무척 은밀한 내용의 편지를 주고 받던 夫人(M<sup>me</sup>
Meurice)과 마네夫人이 바그너의 곡을 연주해 주자, 아주 강한 감동을 받는 반
응을 보였다고 전한다(아슬리노).  10월에는 친구들(小說家 Champfleury 가 주동)
의 주선으로 文敎長官의 요양비 보조금 500프랑의 지급을 받는다. 그런데 유
명한 정신과 전문의(Lasègue, 詩人이 리쎄를 끝내기 전에 그에게 철학의 개인교수를
받았고, 당시는 학생들 간에 신망 있는 文學士. 이것도 詩人의 奇緣 중의 하나다. 그는 쓰
러지기 한 달 전에 모친에게 그의 진단을 받고 싶어했다)[84]의 의견을 따라 모친은 아
들을 혼자 남긴 채 옹플뢰르로 돌아간다. 모친을 보면 몹시 신경질이 되어 오히
려 치료에 방해가 된다는 의견이다(필경 그가 풀지 못한 소원——옹플뢰르서 모친과
함께 조용한 휴식과 집필생활——이 餘恨으로 되살아나던 것이 아닐까?).  한때는 〈안
녕하십니까 Bonjour, monsieur; bonsoir, monsieur〉, 또는 〈달이  아름다와 La lune
est belle〉 등의 말을 했다는 보고[85]에 모친은 희망과 기쁨에 부풀기도 한다. 한
때는 그가 〈힘 안 들이고 책을 읽는다〉는 보고를 받기도 한다.
  요컨대 반신불수, 失語症일망정 즉각적인 知能은 전과 다름없는 상태로 보
이는 것이다. 다음해 정월에 그를 방문한 보고에 의하면 기억상실도 완전히 否
定되고 있다.

  "그의 기억력은 약화되지 않았어요. 小生이 그를 찾아갔을 때, 자기가 좋아하는 것
을 모두 내게 보여주더군요. 생트 뵈브의 詩, 영어로 된 포우의 작품들, 고야에 관한
小册子 등. 뒤발요양원 정원에는 이국적인 기름진 식물이 하나 있는데, 그는 그 잎 모
양을 내게 보이며 감탄했지요. (……) 내가 이름을 댄 某畵家 이름을 듣고 더없이 큰
분노를 표시했으나(여전히 예전과 같이), 바그너와 마네 이야기를 했더니, 기분 좋은
미소를 짓더군요."[86]

**母親 품에 안긴 채**  마지막 해 봄에도 아들을 옹플뢰르로 데리고 갈 희망이
없어지자 모친은 다시 아들 곁으로 돌아온다. 6월부터 병세는 더욱 악화되기
시작하여, 〈그는 병상을 떠나려고 하지 않으며, 잠자듯이 꼼짝않고, 오직 서
글픈 시선으로만 친구들이 와 있음을 아는 기색을 나타낼 뿐〉이다. 8월 중순
에 찾아간 친구의 보고(아슬리노가 말라시스에게) 편지다.

  "3週동안 못 가본 뒤에 어제 갔더니, 단지 비통하게 지그시 바라보는 시선만으로 나
를 알아보는 기색을 보였는데, 손을 내밀지 못하고, 내가 그의 손을 이불 밑에서 끌어
내서야 겨우 악수를 할 수 있었소."[87]

---


84) LM, C.Ⅱ, p. 597.
85) Asselineau 와 Duval 박사의 편지로.
86) L. de Troubat(Sainte-Beuve 의 비서) à P.-Malassis. cité in Crp-B, p. 204.
87) ibid. p. 205.

모친은 그의 침대 곁을 떠나지 않고, 거의 매일 밤을 새우며 지켜본다. 8월 31일 오전 11시에 마침내 그는 숨을 거둔다. 모친은 브뤼셀에 묶여 귀국하지도 못한 그의 운명적인 「惡의 꽃」의 出版主이자 지극한 친구 말라시스에게 최후의 모습을 전하고 있다.

"(……) 마지막 얼마 동안은 너무 오래 침대에 누워 있었기에 생긴 여러 상처로 혹독하게 고통을 겪었지요. 그래서 그를 움직여야 할 때는 가끔 아픔의 고함을 지르곤 했어요. 그렇지만 임종이 가까와지면서부터 諦念을 하고 무척 온화했었지요. 임종 전의 이틀 낮과 밤은 아주 조용했어요. 그는 두 눈을 뜬 채 잠자는 듯했지요. 임종의 고통도 없이 아주 조용히 숨을 거두었어요. 마지막 거두는 숨을 놓치지 않으려고 한 시간 전부터 그를 껴안고 있었지요. 수없이 많은 다정스런 말들을 들려주고 있었어요. 쇠약하고 벙어리 상태이긴 하지만 필경 내 말을 깨닫고 대답해 주리라고 믿었던 거예요. 에메도 나와 함께 있으며, 나의 그런 생각을 굳혀 주더군요. 그녀는 이렇게 말했죠——〈오! 마님, 저렇게 마님을 쳐다보시네요! 확실히 마님 말씀을 알아듣고, 미소를 지으셔요!〉"

이때껏 우리는 보아 왔다. 어떤 모자간이었던가! 바로 이 마지막 자세로, 모친에게 안겨 빤히 쳐다보고 미소를 보내며 숨을 거둔 것이다. 아들을 앞세운 모친의 편지는 이렇게 끝맺고 있다. 앞에서 보았듯이 전에 詩人이 예언한 그대로 이루어진 모친의 운명이다.

"天主께서 얼마 남지 않은 여생 동안, 그가 남긴 名聲과 영광을 즐기도록 제게 허용해 주신 것으로 믿어야만 할 테죠."[88]

아! 그 명성과 영광을 전취할 그의 천부의 재능을 좀더 일찍 인정해 주었던들! 무슨 소린가? 어차피 그는 〈저주받은 詩人〉이어야만 했던 것이 아닌가! 단테 *damné*(지옥에 처형된 자)의 모든 요건이 갖춰져야 했던 것이 아닌가! 「惡의 꽃」의 독보적인 고유한 그의 領地에 이르기 위하여는 地上에 유배된 알바트로스의 온갖 受侮와 시련을 헤치고 나가야 했으며, 그 밖에 다른 길이란 없었던 것이다. 그리하여 저주받은 詩人의 숙명이 남김 없이 이루어져, 산 채 그 〈지옥〉에 갇힌 그에게 남은 유일한 脫出口를 넘어선 것이다.

마침내 내 넋은 폭발하여, 슬기롭게도 내게 부르짖도다——어디라도
좋아! 어디라도 좋지! 단 이 세계 밖이라면 말이다!
——「파리의 陰鬱」 중 이 세계 밖이라면[89]

〈이 세상 밖〉으로 떠나는 詩人의 넋은 오히려 가볍고 저 〈未知〉의 세계를 향한 희망조차 順風처럼 일고 있다.

---

88) ibid. p. 206.
89) Spl. Anywhere out of the world.

오 〈죽음〉이여, 늙은 船長이여. 이 때다 ! 닻을 올리자 !
이 고장은 지겨워, 오 〈죽음〉이여 ! 出帆이다 !
하늘과 바다가 잉크처럼 검다 해도,
그대 잘 아는 우리 가슴은 빛발로 가득하이 !

우리 기운 돋구도록 그대 毒藥 부어 주렴 !
그토록 이 불길이 우리 뇌수 태우기에 우린 深淵 밑으로
뛰어들고 싶어, 〈지옥〉이건 〈天上〉이건, 어떤가 ?
〈未知〉 깊은 속에서 〈새로움〉을 찾으려네 !
　　　　　　　　——「惡의 꽃」 끝시 航海[90]


특히 죽기 직전의 몇 가지 운명의 연줄 같은 奇緣의 만남을 우리는 잊을 수 없다. 첫째, 「惡의 꽃」의 出版主와 전후하여 같은 브뤼셀에 도피해 가서 流謫의 생활에서 빠져나올 수 없는 궁지에 몰렸고, 쓰러지는 현장부터 파리 移送까지 그 出版主의 부축을 받았다는 점. 둘째, 人生의 출발점에서부터 씌워진 그 저주스럽고 그에게 철천지한이었던 法定後見의 올가미의 끈을 그토록 가혹하게 충실히 끝까지 움켜쥔 앙셀과 가장 가까운 사이로 접근하고, 詩人이 쓰러지자 맨 먼저 달려온 것도 그다. 세째, 필경 靑少年期의 그에게 가장 결정적인 영향을 주었을 생트 뵈브의 첫 詩集 「조제프 들로름」이 때마침 重刊되어 그것을 받고, 쓰러지기 두 달 전에 그 독후감을 적어 보내고 있다.

그가 리쎄 시대부터 애독했고, 거기서 젊은 생트 뵈브의 고민——당대의 위대한 詩人들이 각기 차지한 領地들을 앞에 놓고, 내게 남겨진 내 領地는 어디에 있는가라는 자기 갈 길을 암중모색——을 노래한 것을 읽었고, 그것이 필경 일찍부터 그 자신의 독보적인 확고한 태도로 자기 길을 택하고, 그 길을 고수하게 만들었던 것이다.[91] 필경 30여년 전에 읽었을 그 시집을 한장 한장 넘기며 페이지마다에서, 〈내 옛친구였던 詩句들〉을 반기고 되씹으며, 새삼스럽게 〈제가 개구장이였을 때도 제 취미가 그리 낮지 않았던 모양이군요〉 하고 감개무량한 회고에 잠긴다. 〈「조제프 들로름」은 前夜의 「惡의 꽃」〉이라고 한 그의 참뜻을 알 만하다.

　　"그 기쁨이 나를 이끌어 이런 생각을 하게 되었지요——사실인즉 우리는 그다지 변하지 않는 거라구요. 다시 말해서 우리 속에는 무엇인가 不變의 것이 있다고요."[92]

그리고 감명 깊게 다시 읽은 詩들과 소년기에 암송한 시들을 자세히 열거하

---


90) FM, Le Voyage.
91) cf. J. Kamerbeek Jr. : Sainte-Beuve et Baudelaire entre Velleius et Valéry. in Etude baudelairiennes Ⅲ.
92) C.Ⅱ, pp. 583~4.

기까지 하며 감동을 표시한다.

쓰러지기 직전에 가장 오래 된 詩人으로서의 가장 큰 빚을 갚은 셈이다. 네째 奇緣. 〈만약 졸도나 중풍이 엄습하면 어쩌나, 어떻게 내 일들을 정리하지 ?〉 이러한 不吉한 예감을 모친에게 적어 보낸 편지(쓰러지기 한 달 전) 末尾에서, 지금은 유명한 精神科 의사가 된 옛날의 個人敎師에게 진단을 받을 작정이라고 알린다. 과연 파리로 옮겨져 요양 중에 모친이 옆에 있음이 오히려 그의 신경에 자극을 준다고 충고한 의사가 바로 詩人이 리쎄 上級班 때, 義父가 무술과 승마를 배우라고 권하는 것을 사양하고, 그 대신 희랍어와 철학 공부 때문에 개인지도를 받던 수재 文學士(Ch. Lasègue) 그 사람이다.


## 5. 詩人의 무덤——死後의 榮光

〈이 세계 밖이라면 어디라도〉(散文詩)라고 부르짖고, 죽음을 〈절대적 해방〉으로 생각하던 詩人, 「惡의 꽃」의 끝을 죽음의 〈航海〉로 맺은 詩人은 마침내 세상을 하직했다. 9월 2일(월요일) 유해는 몽파르나스墓地, 義父가 이미 잠들어 있는 家族墓地에 매장되었다.

문학청년 시절부터 죽을 때까지 변함 없는 친구 아슬리노와 테오도르 드 방빌이 吊辭를 읽었다. 방빌은 그의 문학적 특질을 요약하여, 〈보들레에르는 발자크나 으젠느 들라크로아와 똑같은 자격으로 革新者였다. 이유는, 人間과 自然을 항상 어떤 바람직한 이상의 모습에 비추어 변모시킨 빅토르 위고와는 거꾸로 〈그는 현대적 인간을 그 失墜와 病的 美와 무력한 갈망과 더불어 고스란히 받아들였기 때문이다〉라고, 〈현대적 인간〉을 대변한 문학의 〈革新者〉로 떠받들었다. [93]

아슬리노는 생전에 이미 詩人을 둘러싼 惡意的이며 모욕적인 갖가지 〈전설〉에서 친구를 끌어올려, 인간 보들레에르의 참모습을 찬양했다——〈그렇습니다, 이 위대한 정신은 동시에 착한 정신이었으며, 이 위대한 心魂은 또한 착한 심혼이었읍니다. 〉[94]

확실히 그가 쓰러진 후 1년 반 동안 그토록 변함 없이 충실한 친구들——생트 뵈브를 비롯하여 그의 비서 쥘 트루바 J. Troubat·방빌·아슬리노·풀레 말라시스, 벨기에의 펠리시앙 로프 F. Rops·소설가 막심 뒤캉·마네와 그 夫人·뫼리스夫人·그를 스승으로 떠받든 클라델 등——의 보기 드문 友情 표시는 특기할 만한 일이다. 그것이 곧 우리 詩人이 그들에게 얼마나 충실하고 헌신적인 친구였던가를 반증해 주는 엄연한 사실이기 때문이다. 어느 俗物들에게도 함부로 보이지 않는 그의 진정한 우정이 가끔 義俠的인 옹호와 破邪顯正의 투

---

93) Crp-B, p. 209.
94) ibid.

쟁으로까지 폭발된 갖가지 일화를 想起할 수 있다. 속물들·小人輩의 간사함과 저속함을 증오한 만큼(거기서 그의 미스티피카숑과 이에 따른 과장된 전설이 유래한다) 그만큼 그의 참된 친구로서의 우정은 지극히 성실하고 충실한 것이었다. 이 점 은 惡意的인 전설 형성에 큰 몫을 차지한 피가로紙가 그의 臥病을 보도한 야 유 섞인 글에서조차, 그의 극진하게 〈헌신적인 친구〉로서의 인간적인 일면을 言 及[95]한 사실에서도 의심할 여지 없이 드러난다. 친구를 잃은 아슬리노의 傷心 은 참으로 절절하다(풀레 말라시스에게 葬事의 전말을 알린 편지).

"小生은 아시다시피 크게 友情에 힘입어 살아왔소. 이런 충격을 두 번만 더 받는다 면, 정말 小生은 어떻게 될지를 알 수 없을 지경이오. 小生이 아직도 아무리 사소한 것일지라도 일을 할 수 있고 무엇인가를 믿을 수 있는 용기를 얻는 것은 오직 친구들 에 의해서라는 점을 알고 있으니까요."[96]

누가 죽어서 뒤에 이렇듯 슬퍼하는 친구를 남기리라고 감히 자부할 수 있을 것인가? 이 편지의 자세한 보고에 의하면, 묘지까지 따라와서 입회한 인원은 불과 60명 정도, 그것도 심한 천둥이 치는 바람에 흩어질 뻔했다고 알린다. 때가 피서철이어서 더욱 불리했던 모양이다. 下棺式 立會者 중 知名人士는 詩 人의 사진을 많이 남긴 명사진사이자 氣球飛行家 나다아르, 소설가 샹플뢰리, 화가 마네, 젊은 보들레에르 찬양자 베를렌느 등.

또 이 편지는 義父 친구들(퇴역 장교들)에 둘러싸여 그들의 詩人에 대한 편견 에 말려들었던 詩人의 어머니도 파리에서 문단 친구들을 접촉하게 되자, 자기 아들의 명성에 감동되고 흥분되어 있다고 전한다. 파리의 신문들은 한둘을 제 외하고는 여전히 詩人의 죽음에조차 냉담하거나, 왜곡 또는 악의적인 기사로 보 도하고 있음도 알리고 있다. 그러나 그가 그토록 단호하게 확신하고 있던 詩人 으로서의 명성은 베를렌느世代와 더불어 上昇一路이며, 이 기세를 누구도 억누 르거나 꺾을 수는 없는 노릇이다. 프랑스 文化界의 오랜 전통 중에 大藝術家나 위인의 死後에 그 영광을 기리기 위한 追悼詩文集을 「×××의 무덤 *Tombeau de* ×××」라 부른다(말라르메가 Tombeau d'Edgar Poe, Tombeau de Charles Baudelaire를 쓴 것도 詩人의 死後의 영광을 노래함).

드디어 그의 무덤은 높아지기 시작한 것이다. 死後에 계속 그의 詩(특히 산 문시)가 잡지에 발표되고, 헌신적인 친구 아슬리노는 「보들레에르全集」刊行 을 추진한다. 쓰러지기 직전까지 그토록 갈망하고, 그토록 死力을 다하여, 최 후까지 추진시켜도 한 권의 작품의 출판도 이루어지지 않던 것이 死後에야 아 토록 쉽게, 그것도 全集이 刊行되니, 참으로 그의 일생은 생전에는 철두철미 〈저주받은 詩人〉으로 아예 숙명지어진 것으로밖에 달리 볼 수가 없다.

---

95) ibid. p. 191.
96) ibid. p. 277.

292

죽은 지 1 년이 지나 12 월에 全集 2 권이 간행된다(제 1 권 「惡의 꽃」, 고티에의 序文, 제 2 권 美術評論 Michel Lévy 社刊——1870 년까지 총 7 권 간행).

1869 년 正初에 앞으로 점점 높아질 詩人의 榮光의 첫 주춧돌이 그의 극진한 친구에 의하여 세워진다——아슬리노 著 「샤를르 보들레에르, 그의 生涯와 作品」이다. 이 책에 처음으로 그의 「內密日記」의 일부가 공개된다. 1871 년 8 월, 그의 모친은 아들의 全集 7 卷 간행이 완결됨을 본 뒤에, 옹플뢰르에서 세상을 떠나, 아들과 남편 오픽씨 유해 곁에 묻힌다. 말라시스에게 보낸 편지에 말했듯이, 오직 여생을 아들의 명성이 높아짐을 보는 즐거움만으로 살아온 것이다.

1872 년에는 말라시스 出版社의 후계자(Réne Pincebourde)에 의하여 「샤를르 보들레에르——回顧·書簡·書誌」가 간행된다. 死後 20 년만인 1887 년에 으젠느 크레페에 의하여 보들레에르 고증 연구의 출발점을 이루는 그의 傳記가 「遺作과 未刊 書簡集」 안에 실려 刊行된다. 1892 년에는 詩人의 紀念碑建立委員會가 조직되고, 명예위원장에 르콩트 드 릴르, 상임위원장에 말라르메가 추대된다. 彫像 제작은 로댕이 맡았으며, 이와 병행하여 추도 詩文集 「보들레에르의 무덤」을 계획한다. 그러나 불행히도 財政總務를 맡은 분의 死亡으로 위원회는 좌초되고 말았지만, 「보들레에르의 무덤」만은 말라르메를 포함한 39 명의 文人들의 참가로 1896 년에 간행된다.

1901 년에 다시 紀念碑建立委員會가 조직되어(특히 생트 뵈브의 비서였고 詩人의 헌신적 친구였던 트루바 J. Troubat 의 열성으로), 파리 시청의 강당에서 모금까지 하여, 드디어 다음해 10 월에 제막식이 거행된다. 몽파르나스墓地 북쪽 壁에 기대어 세워진 기념비에는 두 개의 彫像이 있다. 하나는 地上에 발딱 누워 〈저주받은 詩人〉의 운명의 올가미에 묶여 꼼짝못하는 모습이고, 또 하나는 높은 石柱 위에 오연하게 올라타고, 두 손으로 턱을 괴고 허공을 응시하며, 地上에 묶인 운명을 거부하며 명상에 잠긴 「惡의 꽃」의 詩人으로서의 긍지 높은 모습이다.

1906 년에는 크레페父子의 이름으로 前記한 바 詩人의 傳記를 補完하여 고증적 전기가 간행된다.

1922 녀부터 1953 년까지 자크 크레페가 시작하여 클로드 피쇼아 Cl. Pichois 가 매듭지은 방대하고 자상한 註釋版全集이 간행되고, 그간 1949 년 프랑스 최고재판소는 마침내 1857 년의 有罪判決을 파기하고 무죄를 선고한다.

1957 년에는 「惡의 꽃」 100 주년 기념행사로 國立圖書館에서 〈보들레에르 展示會〉를 개최하고, 1967 년에는 갖가지 死亡 100 주년 기념행사가 열렸고, 다음해에 다시 〈보들레에르 展示會〉가 열렸다.

詩人이 절망적인 상황 속에서도 死後의 「惡의 꽃」의 영광을 믿어 의심치 않았던 대로, 오늘날 온 세계에 가장 많은 版本과 번역으로 끊임없이 간행되는 詩集이 되고, 詩人은 가장 많은 연구가들 (소위 〈보들레에르王朝〉)의 가장 완벽한 고증 연구의 대상이 되었으며, 그의 全集은 微細精緻를 극한 註釋版으로 되고, 프랑스 文學史上 가장 많은 書簡(Pléiade 版 書簡集 2 卷, 그 序文 참조)을 수록하고, 또 가장 완벽한 註釋版으로 간행되었다. 우리가 이용한 「惡의 꽃」의 고증 주석판만 해도 4 가지 (플레이아드版 포함) 現行 版本이 있다.* 死亡 100 주년 기념 사업이 진행된 1967 년 초부터 1968 년 말에 걸쳐 온 세계에서 발표된 詩人에 관한 연구서·논문·記事 중 詩人 연구現況을 개관한 文獻[97]에 언급된 것(주로 프랑스·미국·영국·西獨·이탈리아·스페인의)만도 무려 300 件을 헤아린다. 여기서 누락된 많은 나라의 그것을 총망라할 수 있다면 실로 어마어마한 보들레리앙이 온 세계에 分布되어 있음에 놀라리라.

> 나는 아노라, 그대(神) 詩人에게 聖群의
> 至福한 대열 속에 한 자리를 마련하고 계심을,
> 하여 그를 트론느, 베르튀, 도미나숑†의
> 영원한 잔치에 초대하심을.
>
> 나는 아노라, 고뇌는 둘도 없이 高貴한 것,
> 거기선 地上과 지옥의 고통도 결코 괴롭히지 못함을,
> 그리고 내 신비로운 王冠을 엮기 위해서는
> 온 時間과 온 世界를 다 바쳐야 할 것임을.
>
> ——「惡의 꽃」 중 祝頌[98]

† 트론느 Trônes, 베르튀 Vertus, 도미나숑 Dominations; 各 天使群의 제 3, 4, 5 序列.

詩人은 또 자기가 존경하는 선구적 예술가들, 그 자신의 〈十字架의 길〉을 비춰주는 그 〈燈臺들〉의 招魂歌에서, 모든 예술가의 순교적인 절대의 탐구의 의미를 노래하여, 예술가의 삶과 죽음과 작품, 그리고 덧없는 인간이 지닐 수 있는 존엄성을 절규한다.

> 이 저주, 이 모독, 이 呻吟 소리들,
> 이 황홀, 이 부르짖음, 이 눈물, 이 찬송,[99]
> 그것들은 골백의 迷宮에서 되울리는 하나의 메아리,
> 그것은 덧없는 인간들에게 성스런 아편.
>
> 그것은 골백의 파수병들이 되풀이 전하는 하나의 외침,
> 골백의 送話管으로 전달되는 하나의 호령이다.
> 그것은 골백의 보루 위에 키워진 하나의 등대,
> 깊은 숲 속에 길 잃은 사냥꾼들의 하나의 부름이다 !

---

97) R. Kopp, Cl. Pichois: Les Années Baudelaire(Etudes Baudelairiennes-I, 1969, Baconnière)
98) FM, Bénédiction.
99) 여러 예술가의 다양한 개성적 作品世界에서 울려 오는 그것들.
＊ 附記. 이 원고를 넘긴 뒤, 금년 (1976) 10 월에 8 번째 全集이 갈리마아르社 호화판(Pléiade) 2 卷으로 간행된 소식이 전해졌다.

여러 시대를 흘러흘러 당신의 永遠의
기슭에 와서 사라지는 그 뜨거운 嗚咽,
그것이야말로 主여, 우리 존엄성에 관해
우리가 줄 수 있는 최상의 證言이기에!
——「惡의 꽃」 중 燈臺들[100]

그리하여 마침내 그 자신이 이미 世界詩史 위에 하나의 〈등대〉로 우뚝 솟아 오르고 있다.

그렇다. 우리는 〈地上에 유배된〉 알바트로스가 氣盡力盡하여 쓰러지는 전말을 뒤밟아 보았다. 그러나 흔쾌히 죽음을 맞던 그의 창조적 自我는——이 생지옥에서 해방된 알바트로스는——지금도 세계 곳곳에서, 읽는 이의 가슴 속에 〈걷기조차 방해〉하던 그 〈巨人의 날개〉를 마음껏 펴고, 〈上昇〉을 계속하여, 높이 이승의 〈삶 위를 감돌며〉萬物相應·交感의 절대경 속을 〈飛翔하는〉 행복과 영광을 누리고 있음을 우리는 다음 詩에서 보게 되리라.

上　昇[101]

연못 위로, 계곡 위로,
산, 숲, 구름, 바다 위로,
太陽 넘고, 에테에르 氣層을 넘어,
머얼리 星圈들의 경계를 넘고 넘어,
(……………)


안개낀 生存을 짓누르는 괴로움과
광대한 슬픔일랑 뒤에 두고,
밝고 淸明한 들을 향해 억센 날개로
솟구쳐 내닫는 자 幸福할거나!


종달새처럼, 그의 想念 아침녘에
天空으로 자유로이 飛翔하는 자,
——삶 위를 감돌며 힘 안 들이고 꽃들과
말 없는 事物들의 말을 깨닫는 자 행복할거나!

---

100) FM, Les Phares.
101) FM, Elévation.

# 第Ⅱ篇　美學과 詩世界

# 第1章　原初的 自我와 騎士精神

## 序　言

　그는 成年(1842)이 되어 父親의 유산을 상속한 지 몇 해만에(1884), 저 자신의 타고난 결함(自制力 상실의 浪費癖) 때문에 사회의 失格者(法定後見人에 의한 재산 관리)가 되고 말았다. 社會人으로서 출발점에서부터 受侮와 잠시도 편할 사이 없는 격동의 연속인 자기 生涯를 걸고, 그 속에서 자신이 詛呪를 당하고 또한 자기가 저주한 社會와 時代에 대하여 단 한 권의 詩集으로 맞섰다. 그런데 그 한 권이, 간행 직후 起訴되어 도도한 嘲罵와 공박의 여론에도 불구하고,

　　"저는 그 모든 머저리들 따윈 眼中에도 없어요. 그리고 그 한 卷이 그대로의 長短點을 지닌 채, 빅토르 위고나 테오필 고티에, 심지어 바이런의 가장 훌륭한 詩들과 가지런히, 讀者層의 기억 속에 제 길을 갈 것이라는 점을 저는 알고 있어요."(1857. 7. 9. 母親에의 편지)[1]

　그가 이토록 높은 긍지와 확고 부동의 자신을 가질 수 있었다는 것도 놀랍거니와, 그의 긍지와 자신을 훨씬 넘어, 그가 견준 어느 詩人보다도 긴 생명을 지니고 汎世界的으로 퍼지고 읽히며, 그토록 큰 영향을 주었다는 점은 近代 이래의 文學史上 前無後無한 單一回的 현상이라 할 만하다. 대체 그 힘의 근원은 무엇이며, 어디에 숨어 있을까? 이제 이 의문 앞에 가능한 여러 각도의 考察 중의 한 가지를 제시해 보련다.

　벤야민 Walter Benjamin 이 그에 관한 斷想集에서, 여러 차례 〈그의 모습 속에 하나의 英雄的인 면모……〉, 〈영웅적인 노력〉, 〈그의 영웅적인 태도〉, 심지어 〈그에 있어서의 히로이즘〉[2] 운운한 표현이 특히 눈을 끈다. 〈특히〉라는 건, 널리 알려진 그의 생애의 행적으로 보나, 위에서도 언급한 타고난 성격상의 여러 결함으로 보나, 〈영웅적〉이거나 〈히로이즘〉과는 너무나 거리가 멀기 때문이다. 더구나 사르트르에 의하여 나약하고 비겁한 被虐症의 妥協者로 몰린 일면을 생각하면 기이한 견해라 할 만하다.

　벤야민의 그 글이 연구를 위한 메모로 기록해 둔 전후 맥락이 없는 寸評(아포리슴)들이어서, 과연 어떤 관점에서, 어떤 사실들을 들어 〈히로이즘〉 운운하

---

1) C.I, p. 411.
2) W. Benjamin, Zentralpark. 日譯 著作集 6(晶文社), pp. 95, 108, 109, 110, 111, 117.

기에 이르렀는지 忖度하기 힘든 일이다. 그러나 文人을 두고 히로이즘 운운할 때, 우선 다음 두 가지 태도로 크게 나눌 수 있겠다. 社會·政治的인 문제에 관하여 용감한 行爲의 방편으로 문필로써 싸우는 文人——後期의 論客 볼테에르, 드레퓌스事件 때의 졸라의 경우 등——즉 〈參與文學的 히로이즘〉, 다른 한 편으로 社會的 또는 일신상의 온갖 惡條件과, 무엇보다도 同時代와의 感性·美學上의 乖離(先驅者에 대한 沒理解)와 맞서 끝내 자기 예술에 충실한 文人——百年 후의 독자에 기대를 걸던 스탕달, 1905년 이후의 프루스트 등의 경우——즉 〈예술적 히로이즘〉. 여하간 벤야민이 보들레에르의 히로이즘을 운운할 때 後者를 염두에 두고 있음은, 번번이 니이체와 대비하여 언급한 점으로 미루어 의심할 여지 없으며, 그 점만으로도 사르트르의 피상적인 보들레에르論에 비하여 그 몇 줄의 아포리슴은 실로 詩人의 가장 깊은 일면을 찌르고 있다 하겠다.

> 永劫回歸는 (……) 니이체의 히로이즘은, 俗物의 悲慘 속에서 近代의 幻想形象을 불러일으키는 보들레에르의 히로이즘의 對蹠物이다.[3]
> 附記: 실은 「惡의 꽃」이 나오자 최초로 찬양과 경탄을 보내며, 現詩壇에서 마치 〈小人國에 간 헤라큘레스를 想起시킬 만큼 偉大하다〉고, 처음으로 詩人으로서의 위대한 〈힘〉을 지적한 것은 리용市의 젊은 評論家 프레스 Fraisse다(cf. C.I, pp. 1081~2).

우리는 그러한 側面에 그 자신이 詩人과 연결시킨 騎士道(내지 기사 정신)의 개념과 그 戒律을 적용하고, 그의 自我의 구조상의 分身을 설정하여 각각 그 특질을 밝힘으로써, 새로운 각도와 관점에서 그의 生涯와 作品에 照明을 던져 보려 한다.

## 1. 三分身의 갈등

### A. 原初的 自我

心理批評 *psychocritique*의 창시자 샤를르 모롱 Ch. Mauron은 마지막 저서 「晩年의 보들레에르」[4]에서, 그의 〈創造的 自我 *moi créateur*〉와 〈社會的 自我 *moi social*〉의 力動的 갈등이, 차츰 「惡의 꽃」 이후 散文詩 「파리의 陰鬱」에 이르면서, 後者의 압도적인 중압에 못 이겨 사회의 소외자·낙오자·패배자·貧者들과의 同一視 내지 共感으로 기울어지고, 마침내 〈창조적 自我〉의 굴복 혹은 포기로 끝남을 밝히고 있다. 그러나 우리는 한 作家의, 더구나 까다롭고 복잡한 성격의 우리 詩人의 창조 활동을 단지 두 가지 自我의 갈등만으로 살피기에는 너무나 커다란 몫을 차지하는 다른 일면이 있음을 대뜸 인정하지 않을 수

---

3) ibid. p. 117.
4) Le Dernier Baudelaire (J. Corti), 1966.

없게 된다. 우리가 경험과 관찰을 통하여 막연히 알고 있는 사실이기는 하지만, 마르셀 프루스트의 사랑에 관한 다음 고찰은 새삼 무척 示唆 깊은 省察의 재료를 내포하고 있다. 첫째 ①은 짝사랑의 괴로움과 헛됨에서 벗어나고자 情을 끊으려고 애쓰는 과정을 이렇게 표현한다.

　① 내가 한사코 끊임없이 (……) 열중하던 것은, 나 자신 속에 질베르트를 사랑하는 나의 오래고도 혹독한 自殺이었다. 5)

이에 반하여 ②는 사랑이 식어 버리자 계속하여 사랑하고 싶은 〈욕망〉도 사라져 버림을 발견하고, 전에 생각한 것처럼 意志로써 사랑을 지속할 수 없음을 깨닫고 그 이유를 이렇게 말한다.

　② 왜냐하면, 사람이란 (……) 이미 내가 아닌 사람의 감정에 계속하여 복종함으로써 딴 사람이 될 수는 없으니까. 6)

①의 〈나 자신 속에 질베르트를 사랑하는 나〉의 첫 〈나〉는 포괄적이며 外面(客觀)的인 나요, 둘째의 〈나〉는 內面的이며 省察된 세분된 나라 하겠다. ②의 〈이미 내가 아닌 사람〉의 나는 상대방 女人을 熱愛하던 나와는 〈딴 사람〉, 즉 사랑이 식어 버렸을 뿐 아니라, 계속 사랑하고 싶은 욕망마저 잃은 〈나〉다. 그리고 그 〈딴 사람〉이란 열렬히 사랑하던 시절 과거의 〈나〉, 이젠 딴 사람처럼 느껴지는 옛날의 나 moi ancien다. 결국 ①은 포괄적 객관적 〈나〉 속에 여러 가닥의 細分된 〈나〉가 共存하는 〈同時的〉 複數의 〈나〉——이를테면 가정의 어린이로서의 나, 친구들을 대하는 나, 질베르트를 짝사랑하는 나…… 등등——를 말하며, ②는 시간의 흐름을 따라 전혀 〈딴 사람〉이라 할 만큼 변해 버리는 〈通時的〉 複數의 〈나〉를 뜻한다. 즉 이 自我 moi의 複數性을 이렇게 圖示할 수 있겠다.

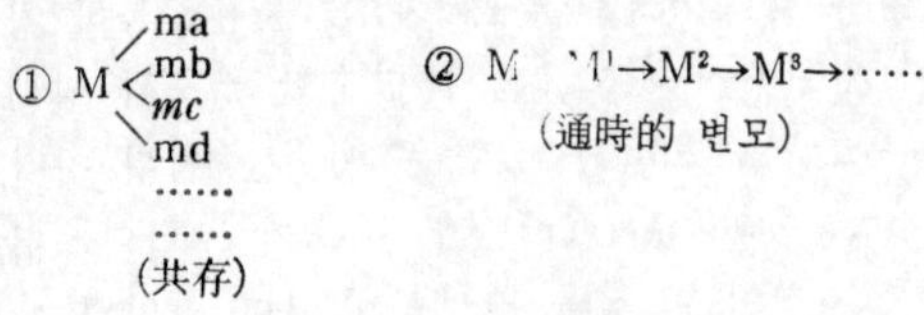

그런데 ①과 ②를 同一人의 경우로 가정하고 종합하여 고찰할 때, mc를 짝사랑하는 〈나〉라고 친다면, ②의 M¹→M² 간의 변모는 주관적으로 〈딴 사람〉이 된 듯한 큰 변화(왜냐하면 사랑의 고뇌와 환희에 사로잡힌 mc는 겉으로 드러나 보이지는 않더라도, 그 內面世界에서는 가장 큰 M의 몫을 차지하고 있음에 틀림없었으므로 그 소멸이 그토록 큰 변모로 느껴질 터이니까)일지라도, 따지고 보면 단지 ①의 mc

---

5) Proust, A la Recherche du temps perdu (Pléiade), T.I, p. 610.
6) ibid. p. 377.

가 소멸한(또는 x 에서 y 로 사랑의 대상이 변한) 것뿐임을 알 수 있다. 즉 $M^1 \rightarrow$ $M^2$ 의 通時的 변모를 다시 同時的 共存 관계로 바꿔 놓으면,

$$M = \begin{cases} ma \\ mb \\ mc \\ md \\ \cdots\cdots \\ \cdots\cdots \end{cases} \longrightarrow \begin{cases} ma \\ mb \\ \text{———} \\ md \\ \cdots\cdots \\ \cdots\cdots \end{cases} \quad \text{(또는 } mc' \cdots\cdots \text{딴 사람을 사랑하는 경우)}$$

물론 $M^1 \rightarrow M^2$ 사이에 $mc$ 의 소멸(또는 代替)뿐만 아니라, 다른 m 들에게도 다소간의 通時的인 변화가 있으리라. 그러나 그것은 통일된 〈나〉의 持續과 同 一性을 부인할 만큼 큰 변화를 일으킬 수는 없다. 그리고 주관적으로 內面世 界에서 그토록 큰 비중을 차지하던 $mc$ 의 有無(또는 代替)가 실은 통일·지속적 인 自我 M 에서 그리 큰 몫을 차지할 수 없음도 자명해진다.

그렇다면 우리는 마땅히 $M^1 \rightarrow M^2 \rightarrow M^3 \cdots\cdots$ 의 통시적 온갖 변모를 통하여 항 상 〈共存〉하는 지속적인 不變의 〈나〉 mx 를 想定할 수 있으리라. 그렇지 않다 면 그 모든 변모를 통한 M 의 지속·통일성을 설명할 도리가 없기 때문이다. 그 不變의 1項 mx 를 根源·本質的인 自我 *moi fondamental* 라 부른다면 그것 이 上記 모롱이 구분한 〈사회적 自我 *moi social*〉와 〈창조적 自我 *moi créateur*〉 에 지대한 영향(또는 은밀한 조종)을 加할 것이 분명하다. 왜냐하면 모롱의 두 自我 역시 번번이 통시적으로 큰 변모를 일으키는 M 의 일부에 불과하니까. 그러나 그 根源·本質的 自我를 抽出하기란 불가능하다는 것을 미리 고백하지 않을 수 없다.. 왜냐하면 그것은 모든 변모를 통하여 변치 않을이만큼 깊숙이 잠재해 있으며, 표면에 노출되는 것은 항상 그 일부에 불과하니까. 그리고 흔 히 그 노출되는 일부를, 아직 社會的 自我(m.s 로 略記하자)는 물론, 특히 창조 적 自我(m.cr)가 미숙하거나 전혀 발현되지 않고, 아직 단순한 구조와 양태에 머무르는 幼·少年期에서 뚜렷이 관찰·추출할 수 있음은 이미 주지된 사실이 다. 우리는 그것을 〈原初的 自我 *moi primitif* (m.pr)〉라 부르기로 한다. 뛰어 난 分析家이며 評論家인 우리 詩人 자신이 이 점을 명석하게 이미 파악하고 있 었던 것이다.

藝術家, 참말로 이 위대한 명칭을 받을 만한 사람은, 무엇인가 근본적으로 자기 固 有한 것 *sui generis*, 그것 덕분에 그가 〈그〉이고 딴 사람이 아닌 그 무엇을 가져야만 한다(R. Wagner 論). [7]

이렇게 오로지 根源的 自我의 힘으로만 위대한 예술가일 수 있음을 밝히고,

---

7) p. 1235. 以下 册名 없이 p. 표시만 한 것은 Pléiade 版 Oeuvres complètes(1961)에 의거한 것임.

다음에 그것이 어린 시절에 이미 原初的 自我(m.pr)로 형성됨을 설파한다.

위대한 詩人들을 특징지어 주는 早熟한 경험——〈內在的 경험〉이라고 불러도 좋다——……[8]

天才란, 이제 자기를 표현할 만큼 성숙하고 강력한 기관들이 갖추어져, 명확하게 表現된 어린 시절에 불과하다(「人工樂園」).[9]

직관적 또는 이론적인 파악에 머무르지 않고, 그는 晚年에(쓰러지기 두 달 전) 그 〈어린 시절〉부터의 〈자기 고유한 것〉이 또한 一生 〈不變〉의 것임을 저 자신의 체험으로 확인한다. 그가 리쎄 시절 열렬히 애독하던 생트 뵈브의 「조제프 들로름」(아마도 그에게 詩人으로서의 눈을 뜨게 했을)의 重刊本 기증을 받고, 아직도 少年期에 암송한 기억이 되살아나는 詩篇들을 다시 읽는 기쁨과 함께 30년 전의 감동을 되씹으며, 〈사실인즉 우리는 극히 조금밖에 변하지 않는다고, 즉 우리 속에는 무엇인가 不變의 것이 있다고(……)〉(1866년 1월) 감회 깊은 소감을 피력한다.[10]

## B. 社會的 자아 및 原初的 자아와 創造的 자아와의 갈등

대체로 散文文學에서는 예전에는 創造的 自我(m.cr)가 직접 개입하는 일(作者介入)도 있었지만, 일체 自我의 노출을 배제하고 작품 속에 무의식적으로 잠재 混入되거나, 아니면 배후에서 조종하는 것이 통례이다. 하나 抒情詩에서는 사정이 달라진다. 그 중에도 「惡의 꽃」(특히 I部 〈陰鬱과 理想〉)에서는 그 3者의 갈등이 유례 없을 만큼 노출·격화되어 있으며, 그럼으로로 하여 당대의 다른 어느 詩人의 시집과도 비교할 수 없을 만큼 고도로 形而上學的 내지 內面 탐구의 성격을 띠고, 따라서 한편 독립된 詩들이 그의 의도적인 구조에 따라 배열될 때, 「惡의 꽃」 전체로서의 드라마틱한 內面의 갈등과 긴장이 조성되어 유다른 魔力을 지니게 된다. 그리하여 분명히 m.s와 m.cr 만으로는 도저히 처리될 수 없는 제3의 분신, 즉 우리가 〈원초적 自我 m.pr〉라고 부른 또 하나의 〈나〉가 뚜렷이 제 자리를(어느 詩人보다도 강렬히) 주장하고 있음을 볼 수 있다. 가령 첫 獻詩 「讀者에게」의 3聯부터, 자기로서는 어쩔 수 없는 魔王 Satan의 마력에 홀릴 때, 그 철석 같은

意志의 으리으리한 金屬도
그 해박한 鍊金師에 걸려 몽땅 증발하는구나.[11]

---


8) E. Poe, Sa vit et ses oeuvres. Oeuvres Complètes (1917, Conard), T 6. p. XIV.
9) p. 443.
10) à Sainte-Bauve, C. II, pp. 583~4.
11) FM, Au Lecteur.

라고 유혹 앞에 무력한 〈의지〉의 완전 무장 해제(후에 분명히 밝혀지듯이 그의 天
性의 결함의 노출)를 한탄하고,  이어 〈악마 *Diable*〉의 조종을 받아 기꺼이 〈지
옥〉으로 내려가며 自制力을 잃은 방탕에 빠짐을 개탄한다. 그럴 때 〈우리 뇌수
속에 한 무리의 마귀떼〉가 탕진하며 갖가지 죄악을 범하게 한다.  그 內面의
〈괴물들〉이 곧 우리의 惡德 *vices* 의 상징임은 두말할 나위 없다. 그 괴물들 중
에도 가장 추악 간사하고 치사한 놈,

> 놈은 큰 몸짓도 고함도 없지만
> 기꺼이 大地를 부숴 조각을 내고
> 하품하며 世界를 삼킬 것이니,
> 그놈이 바로 〈倦怠〉!  (……)

　이것이 바로 유명한 그의 〈권태 *ennui*〉로 「惡의 꽃」의 주요 登場人物의 하나
다. 대체 그를 괴롭히는 이 〈권태〉는 m. s, m.cr 중 어느 쪽에 속할 것인가?
또 사탕과 악마의 유혹·조종(아니 그것 자체가 실은 內面의 유혹 충동을 상징한 것
이며, 內面의 악덕들의 상징인 〈마귀들〉의 우두머리 格이지만) 앞에  저항력을 잃는
〈의지〉는 대체 어느 쪽에 속할 것인가? 우리는 후에 그 자신이 되풀이하는 고
백으로 그것이 그의 타고난 고질이며, 오히려 m.s와 m.cr 를 끊임없이 괴롭히
고 방해하는 敵임을 알 수 있게 된다. 이 3者의 드라마틱한 갈등이 가장 선
명하게 드러나는 詩 「怨讐」가 있다

> 내 靑春 한갓 캄캄한 雷雨였을 뿐,
> 여기저기 눈부신 햇살이 뚫고 비쳤네.
> 천둥과 비 하도 휘몰아쳐 내 庭園에
> 빠알간 열매 몇 안 남았네.

　이 雷雨·천둥·비는 두말할 것 없이 그의 m. s 가 겪은 숱한 사연――父 死
亡·母 再嫁·寄宿舍生活·문학 청년들끼리의  방종한 生活(보엠 *bohème*)과 방
탕, 잔느 뒤발 J. Duval 과의 만남과 고질적인 갈등, 社會人으로서 치명적이며
一生의 결정적인 일격인  法定後見(禁治産)宣告……등등――이며, 이에 시달린
나머지 〈몇 안 남은〉〈빠알간 열매〉, 즉  m. cr 의 근소한 作品을 아쉬워하며
한탄하고, 다음과 같이 m. cr 의 분발을 다짐한다.

> 나 지금 思想의 가을에 닿았으니,
> 삽과 갈고리 들고 다시 긁어 모아야지,
> 洪水가 지나며 墓穴처럼 곳곳에
> 커다란 웅덩이들 파놓았으니,

그리고 일루의 희망까지 걸어 본 것이다.

  누가 알리, 내가 꿈꾸는 새로운 꽃들이
  모래톱처럼 씻긴 이 흙 속에서
  活力이 될 神秘론 養分을 얻을지를?

뿐만 아니라 〈내가 꿈꾸는 새로운 꽃들〉, 즉 仙人掌이나 蘭草처럼 그 메마르
고 황폐한 땅(비참한 그의 m. s와 m. pr)만이 제공할 수 있는 〈신비론 養分〉으로
당대의 어느 詩人들과도 다른 〈새로운〉 작품을 꿈꾸는 m. cr 의 獨自 특유한
固有性 sui generis 에 대한 自負心마저 지니고 있다.
  그러나 嗚呼라! m. cr 의 분발을 가로막는 또 하나의 고질적인 敵이 있다.

  ——오 괴로와라! 괴로와라! 〈時間〉은 生命을 먹고
  가슴을 갉는 정체 모를 〈원수〉는
  우리가 잃는 피로 자라며 強大해지는구나! [12]

  이 〈가슴을 갉는〉 그리고 우리가 〈잃는 피로 자라며 強大해지는〉 원수란 우
리 내면에 지니고 있는 敵일밖에 없다——후에 더욱 분명해지겠지만, 우리 詩
人의 내면의 〈원수〉는 무엇보다도 〈권태〉·〈陰鬱 spleen〉 등을 생각할 수 있으
나, 그 증세의 根本要因, 그 〈정체 모를〉 원수는 內面의 〈마귀떼(괴물들, 악
덕)〉이며, 그 근원은 神經性의 病症일지도 모른다. 하여간 그것이 內面의 敵
이며, m. s의 여러 條件과 더불어 그의 창조 활동(즉 m. cr)을 양면에서 挾攻하
는 적이다. 그것이 m. s와는 달리 內在的인 〈가슴을 갉는〉 점에서 原初的 自
我(m. pr)의 일부일 밖에 없다(몇몇 異說이 있음). [13] 이 詩는 또한, 모롱 Mauron
의 m. s와 m. cr 어느 것에도 속하지 않으며, 보다 근원적인 自我의 1項 m. pr
의 設定이 불가피하다는 한 근거이기도 하다.
  그의 m. cr 의 〈영웅적 노력〉의 비장한 점은 실로 그 안팎 양면의 적이 유례
없이 惡性이었으며, 한평생 헤어날 수 없을이만큼 끈질기게 그를 괴롭혔다는
사실에 있다.

12) FM, L'Ennemi.
13) 아당 A. Adam 은 現行 Garnier 版 주석에서, 이 〈원수〉를 앙드레 페랑 André Ferran 說을
  답습하여 〈時間〉으로 해석하지만 (Garnier 社 註釋本, pp. 286~7), 바로 그 앞의 〈時間은 生命을
  먹고〉와 중복 *hendiadyne* 의 어색함 (Crépet Blin 의 註釋本 édition critique, pp. 312~3 에서
  지적)은 고사하더라도, 萬人周知의 時間의 절대적 흐름을 〈정체 모를〉 원수라고 표현하고, 시간
  이 〈가슴을 갉〉으며 〈우리가 잃는 피로 자라고 強大해진〉다는 것은 어불성설이다. 더구나 이 詩
  는 보들레에르 자신의 詩人으로서의 (즉 m. cr 의) 여러 惡條件을 노래한 5편의 詩, 즉 「病든
  詩神」, 가난에 시달려 「돈에 팔리는 詩神」, 나태 무위를 자책하는 「못된 修道僧」, 그 다음이 이
  詩며, 다음에 다시 〈예술은 길고 時間은 짧음〉을 한탄하는 테마가 들어 있는 詩 「厄運」이 계속
  됨을 볼 때, 더욱 그 부당함이 뚜렷해진다.

## C. 原初的 自我의 〈원수〉

意志薄弱症　그　양면의　敵　중　社會的　自我(m. s)의　〈厄運〉은　이미　주지된'
사실이어서　詳論을　피한다.　번번이　거처(파리에서　定住한　곳만도　무려　33 個所)를
옮기고　채권자들을　피하여　쫓기며,　잠시도　창작에　필요한　평화로운　시간을　누
리지　못하다가　끝내는　브뤼셀로　피신할　만큼　빚에　쫓긴　禁治産者라는　조건　하
나만으로도　충분하리라.

　우리가　原初的　自我(m. pr)라고　명명한　그의　內在의　적은　외부적인　관계와
환경　조건으로　규정되는　사회적　自我(m. s)나,　재능의　기능과　발현으로　표시되
는　창조적　自我(m. cr)와는　달리,　이미　타고난　고유의　체질　및　기질과　그것을
골격으로　형성된　성격(個人性　personnalité)을　바탕으로　하며,　객관적으로　관찰될
수　있는　것은　주로　그　長·短點의　특질이다.　그리고　그것이　원초적인　만큼, m.s.
나　m. cr 가　아직　미숙하거나　전혀　발현되지　않은　幼少年期에　이미　형성되어　있
으며,　自我의　分化와　그　발현이　아직　단순한　만큼　더욱　뚜렷이　관찰될　수　있다.
그리고　우리가　문제삼는　m. cr 의　內在的　敵으로서의　m. pr 는　그　短點　내지　결
함,　심지어는　어떤　혈통적　病症일　수도　있다.　우리는　이미　靑少年期에　두　차례
(리용　시절의　決算과　학창을　나온　후의　방탕의　결산에서)　〈종합진단〉을　시도하고,　評
傳의　전반에　걸쳐,　그　증세의　진행을　뒤밟았다.　중복을　무릅쓰고,　전　생애에
걸쳐　散見되는　그　내면의　〈악덕〉과　병증을　한데　모아,　집중적으로　다시　한번
追跡하여　그　진행을　확인하기로　한다.　그런데　우리는　이미,　기적적으로　발견
된　靑少年期의　편지(『家族에의　편지』)를　통하여,　시인의　뜻밖의　모습을　발견했
었다.　편의상　다시　한번　그　少年의　모습의　특징을　간추려　본다.

　10 세　때부터　시작되는　이　편지들을　통독하면,　첫째　文章이　매우　유창하고
표현력이　풍부하다는　점,　둘째로　종래의　通說　내지　속설과는　반대로,　뜻밖에
명랑하고　잠시도　가만히　있기를　싫어하여,　심지어　수업　중에도　장난을　하다가
너무　자주　벌을　받을　정도다.　세째,　親知들에게　지극히　솔직하고　순진하여,　편
지마다　學科別　성적과　학교(기숙사)생활의　자세한　보고,　심지어　자주　받는　賞
罰까지　일체　숨기지　않고　낱낱이　보고하며　용서를　빌　정도다.　네째,　학교성적
에　무척(지나칠　정도로)　신경을　쓰고,　성적　향상에　열중(주로　父母와　異腹兄을　기
쁘게　하려는　심정으로)한다.　끝으로　모친과　異腹兄에　대하여는　물론이고,　義父에
대하여도(이　점　특히　俗說과는　정반대)　애정이　극진하고　민감하다는　점　등이다.

　그　반면　우리는　매우　심상치　않으며　현저하게　드러나는　성격상의　결함　또는
病的　증세의　몇　가지를　주목할　수　있었다.　첫째,　항상　그리고　너무나　자주　똑
같은　과오를　되풀이하여　벌을　받는다——즉　수업　중의　장난질과　숙제를　항상
뒤로　미루는　버릇(자칭　〈게으름〉),　항상　자기의　〈바보짓　bêtiese, sottises〉과　〈경
솔함　étourderie〉,　그리고　〈늑장부림　lambinage〉과　〈게으름　paresse〉을　自責하

고, 분발을 맹세하고는 항상 똑같은 과오를 되풀이하는 것이다. 다음 편지
는 그 대표적인 본보기가 될 것이다. 13세 때 義父와 母親에게 동시에 쓴 편
지다.

  "(……) 이 편지 서두를 읽으시자 엄마는 말씀하실 테죠——〈난 이젠 안 믿겠어〉라
고. 아빠도 그러실 거고요. (……) 그 모든 어리석은 일들은 제 경솔함과 늑장부림 때
문입니다. 지난번에 다시는 근심을 끼쳐드리지 않겠노라고 또 한 번 약속을 드렸을 때
만 해도, 저는 진심으로 말씀드렸으며, 공부를, 단단히 공부를 할 결심을 했었어요.
(……). 한데 경솔함과 게으름이 제가 약속할 때 절 사로잡고 있던 감정을 잊어버리게
한 거예요. (……) 제 精神을 固定시켜야 하며, 反省이 정신 속에 깊이 새겨져 남도록
아주 확고하게 제 정신을 反省시켜야만 하겠어요. (……) 저는 方法은 알고 있어요——
즉 당장 공부를 하는 거죠. (……)
  필경 兩親께서는 그 惡을 고칠 수 없는 자식에 대한 것처럼, 제게 절망을 하셨겠죠
——모든 것에 무관심하고, 게으름 속에 세월을 보내며, 유약하고 헐렁하며 lâche 再
起할 기운도 없는 자식처럼 말입니다. 사실 저는 유약하고 헐렁하고 게을렀으며, 얼마
동안은 아무 생각도 안 했어요. (……)
  편지라도 주세요. 저는 그 편지를 간직하고, 저의 경솔함과 싸우기 위해서, 참회의
눈물을 흘리게 하기 위하여, 또 제 게으름과 경솔함 때문에 고쳐야 할 과오를 잊지 않
도록 하기 위해서, 저는 그 편지를 자주 읽겠어요. (……) 저의 가벼운 天性, 어쩔 수
없는 나태에의 性向 때문에 그 모든 과오를 저지른 것입니다. (……) 저도 사람이 변
할 것을 약속드립니다. 하나 저에 대해 절망은 마시고 또 다시 제 약속에 기대를 걸
어 주세요."14)

  사실 여기서 〈헐렁하다〉고 옮긴 lâche의 뜻은 對外的으로 〈비겁하다〉는 뜻
이 아니고, 의지가 굳지 못하다, 즉 〈의지 박약〉의 완화된 표현이다. 이 점은
母親도 유일한 결점으로 인정하고, 그의 異腹兄에게 충고를 부탁하고 있다.

  "수업 중에 공부를 하지 않고 장난질하는 것과 자기 과제를 항상 최후 순간에 가서
야 하는 못된 버릇 (……) 자기가 할 일을 곧장 하는 것이 人生에 얼마나 중요하며,
줄곧 뒤로 미룬다는 것은 몹시 중대한 결과를 끌어들인다는 점을 그에게 타일러 주
오."15)

  위의 어린 시절의 편지를 20년, 30년 후의 편지와 나란히 놓고 보면, 참으
로 놀라울 지경으로 똑같은 되풀이다. 아니 점점 더 심해지며, 더욱 그 증세는
뚜렷해진다. 그리고 여전히 〈공부, 일 travail〉해야겠다는 다짐도 날이 갈수록
초조하게 되풀이된다. 30년 후 42세 때의 한탄이다.

---

14) LS, pp. 83~7.
15) BdC, p. 49.

　　"내 고독과 게으름에 그토록 짓눌려 있어요——제 의무, 가장 하고 싶은 의무조차 그 수행을 끊임없이 다음날로 미루는 그 게으름 말에요. (……)"

　　"지금 내 生涯의 유일한 커다란 목표는 일을 하는 것(……)" (1863)[16]

　　"모든 제 의무를, 가장 즐거운 의무조차도, 다음날로 미루는 可憎스런 습관." (1863)[17]

64년 4월 이후 브뤼셀에서조차 회답이 늦은 데 대하여 이와 똑같은 자책과 사과를 세 번이나 되풀이하고 있다. 그렇게 20년을 보낸 끝에 결국은 〈날마다 일하는 수많은 밥통들〉의 밑에 깔리게 된 자기 신세를 개탄하며 조바심을 치고 있다. 다시 13세 少年 시절로 돌아가 보자.

　　"모든 것을 다음날로 미루는, 제가 매우 사랑하는 사람에게 편지 쓰는 것조차 다음날로 미루는 그 永遠한 게으름 때문에 (……)"[18]

　　"제가 外出을 금지당하는 것은 이번이 마지막이 될 것이며, 차후 공부를 할 것이며 (……) 일체의 罰을 피할 것임을 말씀드리려고 편지를 올리는 것입니다. 이번이 정말 마지막이에요. 맹세합니다. 제 명예를 걸고 약속하지요. 공부를 하겠어요. 엄마가 맨 건 안 믿으시건, 저의 완전한 변화의 증거를 보여드리면 엄마도 그걸 믿지 않을 수 없을 겁니다."[19]

이 〈마지막〉·〈맹세〉·〈약속〉이 끝없이 되풀이되는 것이다. 그런데 40세가 되어 역시 어머니에게 告白하는 것이다.

　　"저는 아직도 계획들이 있어요——「胸襟을 헤치고」(內密日記), 小說들, 두 편의 戲曲(……). 이 모든 것이 언제야 씌어질 것인지? 저도 이젠 그걸 믿지 않아요."[20]

이젠 자기도 제 계획을 믿지 않게 되었으니, 어린 시절부터 속을 썩여 온 모친이 믿어 줄 리가 없다. 이 정신적 결함은 學業을 끝내자 주착없이 돈을 쓰고, 하고 싶은 일에는 自制力을 잃고 빚을 지며, 닥치는 대로 돈을 꾸고 구걸하는 새로운 버릇을 보태게 된다. 처음엔 허물없는 사이의 異腹兄이 상대다. 1839년(18세) 8월 말 大學入學資格檢定考試에 합격한 후부터 시작된다.

　　"또 돈 때문에 펜을 듭니다. 하지만 이번으로 마지막이에요. 다시는 안 하겠어요. 정말 결심했어요. (……) 〈마지막번〉이란 말씀이에요. (……)"[21]

마지막이기는커녕 그 후 한평생 빚에 몰리고, 새 빚을 구걸하듯이 얻어쓰며,

---

16) C. Ⅱ, p. 332.
17) LM(1863. 12. 31), C. Ⅱ, p. 341.
18) LS, p. 121.
19) ibid. p. 95.
20) LM(1861. 5. 6), C. Ⅱ, p. 152.
21) LS(1839. 12. 31), pp. 191~2.

원고를 약속하고 미리 받아 쓰는 따위의 生活의 亂脈相은 이미 알려진 사실이다. 우선 학업을 마치고(중단하고) 父母 집을 나와 혼자 살기 시작한 지 1년 5개월 만에, 닥치는 대로(심지어 兄의 장인에게까지) 얻어쓴 돈과 걸머진 외상값이 2,370 프랑(현재 우리 나라 화폐 가치로 약 237萬원 정도)이며, 宿食費를 제외하고 혼자 낭비한 돈이 무려 3,270 프랑이다(이 때 36세 된 法官인 兄——檢事補——의 年俸이 1,500 프랑이다).[22]

이쯤 되면 〈게으름〉이나 〈어리석음〉·〈늑장부림〉·〈경솔〉 등으로 부르기엔 그 정도가 너무나 심하며, 그토록 순진하고 솔직한 性品으로 그토록 되풀이 약속·맹세를 거듭하고도, 그토록 〈이번이 마지막〉이 되풀이된다면 결국 〈의지 박약〉이랄밖에 없지 않은가? 우리는 먼저 인용한 序詩 「독자에게」에서 노래한 〈鐵石 같은 意志도 몽땅 蒸發〉한다는 귀절을 일반적인 인간의 약점으로, 혹은 詩的 文飾 내지 과장으로 보아 넘겨서는 안 된다. 거기에는 이미 자기 天性의 〈의지 박약〉의 두 가지 증세가 밝혀져 있다. 즉 〈魔王〉이 〈베갯머리에서 오래오래 흔들어 재우는〉 나와, 둘째는 거리낌없이 〈지옥으로 내려가〉며 〈禁制의 쾌락을 훔치는〉 〈蕩兒〉로 전락한 나, 前者가 〈의지 박약〉의 陰性——〈게으름〉·〈늑장부림〉 등 無爲와 우유부단——증세란다면, 후자는 그 陽性——自制力을 상실한 과오의 되풀이와 방탕·낭비——증세로 나타난 현상이라 하겠다. 우리는 「惡의 꽃」의 第1部를 닫는 끝 詩 「掛鐘時計」도 다시 읽을 필요가 있다. 秒針의 똑딱 소리를 〈잊지 말라(기억하라 Souviens-toi! Remember!)〉로 들으며, 가슴을 죄면서도, 벌떡 일어나 책상 앞에 자세를 가다듬고 펜을 들지 못하고 질질 끌다가, 거기서 〈黃金을 抽出〉해야 할 一分一分을 허송하다가는 드디어 마지막 시각이 울린다——〈나가뻗어라, 이 늙은 멍충이! 때는 이미 늦었다〉[23]라고. 얼마나 그가 지긋지긋이 되씹던 쓰디쓰고 비통한 悔恨이던가. 이쯤 되면 病症이랄 밖에 없다. 유명한 그의 「內密日記」의 다음 아포리슴도 우리는 다시 읽어야 한다.

快樂에 (……) 집착하는 자는 이런 인상을 준다. 즉 비탈 위를 굴러떨어지며 관목에 매달리려다가 뿌리째 뽑아 쥐고 같이 내리떨어지는 자 같은.[24]

남의 이야기 같지만 바로 저 자신의 쓰라린 경험이다. 그런 自制力 상실의 낭비·방탕 끝에 결국 禁治産宣告를 받은 것이다. 하기는 明晳 clairvoyance 을 자랑하는 그다. 우리가 그의 靑少年期에서 진단내린 〈의지 박약〉 증세는 그가 자기 계획의 실천을 스스로 믿지 못하게끔 되었을 때, 그 자신이 분명히 이를 自認하기에 이른다. 이미 그 이상 계속 〈게으름〉·〈늑장부림〉 등으로 부르기

---


22) ibid. p.203.
23) FM, L'Horloge.
24) JI. mc, p.1286.

엔 너무도 뼈저린 고질인 것이다. 「惡의 꽃」 재판 소동이 겨우 가라앉은 年末 그는 다시 無氣力・無意慾의 우울・침체 상태와 건강 악화의 고통에 빠진다.

　"만약 정신이 肉體를 고칠 수 있다면 계속적인 맹렬한 作業이 저를 고쳐 줄 테죠. 하나 (그러려면 우선) 하고 싶어해야 *vouloir* 만 되지요, 弱化된 意志를 가지고 말입니다──이건 참 惡循環이군요."[25]

아직 완곡한 표현을 하고 있을 뿐, 이미 훨씬 전부터 自覺症勢로 드러나 있던 것이다.

　"意志와 능력 사이의 이 不均衡은 저로선 도저히 알 수 없는 그 무엇이에요. 의무와 有益한 것에 대하여 그토록 올바르고 분명한 생각을 품고 있으면서, 어째서 저는 항상 그 反對의 짓을 하는 건지?" (1853)[26]

숙제를 줄곧 뒤로 미루고 罰을 받던 어린 시절의 그 〈惡循環〉은 여전히 변함 없다.

　"수많은 不安과 고뇌로 사람의 신경이 몹시 弱化될 때, 온갖 決心을 해도 아침마다 〈惡魔〉가 다음과 같은 생각의 형태로 머리 속에 스며드는 거예요──어째서 萬事를 다 잊고 한나절 푹 쉬지 않는가? 오늘 밤에 火急한 일들을 단번에 몽땅 해치울 수 있을 텐데. 그래서 밤이 되면 정신은 늦어진 숱한 일에 그만 질겁을 하죠. 그렇게 되면 짓누르는 슬픔이 無力狀態 *impuissance* 를 이끌어 오는 거예요. 다음날도 똑같은 코메디를 같은 自信과 같은 意識으로 진심으로 演技하는 판이에요." (1858)[27]

우리는 이미 序詩 「讀者에게」에서 〈惡魔〉의 유혹으로 意志가 〈몽땅 蒸發〉하여, 자제력을 잃은 지옥에의 전락(방탕)을 보았고, 그 악마의 숱한 분신인 〈마귀들〉이 나 자신 속에 들끓으며, 그 〈마귀〉는 곧 나 속에 內在하는 〈惡德 *vices*〉 (괴물들로 상징)임을 보았다. 그 〈악덕들〉이 곧 우리 詩人의 m. pr 가 지니는 끈질긴 敵(원수)이며 m. cr 를 얽어 묶는 질곡이어서, 이에 대한 m. cr 의 몸부림과 비장한 투쟁은 날이 갈수록 치열해진다. 이 편지에서 그 자신이 이미 그 모든 근본 원인──〈신경이 몹시 弱化될 때〉──을 분명히 지적하고 있음을 주목하자. 즉 신경성의 어떤 결함에서 오는 온갖 竝發症勢 중의 하나인 것이다.

　"결코 내 惡德 *vices* 들로부터 치유될 수 없으리라는 공포." (1860)[28]

그 〈惡德들〉 중에도 최대의 괴물이 倦怠(또는 음울)라지만, 우리는 이미 가장 깊은 근원적 결함이 〈의지 박약〉이라는 일종의 정신장애임을 진단했고, 날이 갈수록 그 자신의 자각 증세가 의심의 여지 없이 뚜렷해진다.

---

25) LM (1857. 12. 30), C.I, p. 438.
26) C.I, p. 214.
27) C.I, pp. 450~1.
28) C.Ⅱ, p. 18.

"제 의지와 희망이 몹시 약해졌음을 느낍니다."[29]

드디어 비통한 自認(自己診斷)이 내려진다.

"(……) 끝으로 最惡의 것, 상실되고 손상된 意志! (……) 제 의지는 자꾸만 녹이 슬어 갑니다."(1861)[30]

그의 명석한 의식은 마침내 그 〈의지 박약〉에 아직도 채찍질을 가할 수 있는 유일한 것이 오히려 〈法定後見(禁治産)〉의 구속과 빚의 독촉임을 自認하고, 차라리 빚도 한꺼번에 갚지 않고 〈法定後見〉도 해제되지 않기를 바란다고 고백하기에 이른다. 왜냐하면,

"安寧은 게으름을 만들어 낼 테니까요."[31]

그토록 자기 意志를 믿을 수 없게 된 것이다.

**신경성 病症의 兩極性** 그의 창조적 자아 m. cr 가 그토록 몸부림치며 시달린 것이 단순히 〈의지 박약〉 때문만이 아니고, 거기에 보태어(차라리 의지 박약과 그 밖의 온갖 惡德의 가장 근원적인 病原으로) 神經性의 病症이 표면으로 노출되며, 세월이 흐를수록 前者보다도 더욱 심한 증세로 그를 괴롭히고 있다. 이 점 역시 우리는 벌써 少·靑年期에 그 徵候를 포착할 수 있었다. 첫째, 10~14세 (리용學窓時節)의 少年이 편지마다 학교 성적을 보고하며,[32] 그 一進一退에 지나치게 희비의 반응을 보이고 있다는 점——母親의 끊임없는 설교와 격려, 그 엄마에 대한 유달리 민감한 애정, 씩씩하고 매사에 실수 없는 義父에 대한 劣等콤플렉스 등, 정상 참작을 할 만한 이유도 있기는 하지만, 한마디로 신경질적인 집착이 역력히 드러난다. 둘째로, 스스로 〈극복할 수 없는 게으름에의 性向 un penchant invincible à la paresse〉이라고 自認한 그 나태와 우유부단이 단순한 의지 박약의 소치만이 아니라는 점이다. 3개월간을 꼼짝 않고 無爲徒食 속에 보내고, 父母에게 〈이번이 마지막〉이며 다시는 되풀이하지 않겠노라고 自責과 분발의 맹세를 거듭거듭하던 때(12세), 그는 異腹兄에게만은(마치 학창을 나온 직후 돈에 몰릴 때 처음으로 그에게 돈 求乞을 시작했고, 梅毒에 걸렸음도 그에게만 고백했듯이) 심상치 않은 표현으로 그 징후를 자인한다.

"이젠 감히 약속도 못 하겠어요. 왜냐하면 만약 또 다시 그 意氣銷沈 découragement 이 날 사로잡는 날엔(……)"(1834)[33]

〈게으름〉이 아니라 〈나를 사로잡는〉 意氣銷沈이다. 다음 편지에서는 더욱 분명히 〈마비 상태〉라 스스로 진단을 내린다.

---


29) ibid. p. 72.
30) ibid. p. 139.
31) ibid. p. 159.
32) 前揭 Lettres aux siens.
33) op. cit. p. 82.

"제가 빠져 있던 마비 상태 *engourdissement* 에서 再起할 작정이니까 (……)"[34]

그를 3개월 이상이나 〈사로잡는〉 마비 상태——근 30년 후 42세가 된 그는 이렇게 호소한다. 단 분명한 醫學用語로 바꾸어졌을 뿐.

"그토록 오랫동안 저를 짓누르던 마비 상태 *léthargie*(혼수〔假死〕상태)의 짐을 떨쳐 버려야만 (……). 어떻게 제가 다시는 再起할 수 없을 것으로 믿었을 정도로 그처럼 깊이 내리떨어졌으며, 어떻게 제가 再起했는지 (……) 통 영문을 모르겠어요."[35]

자기도 〈통 영문을 모르〉며, 번번이 자주 빠져드는 이런 증세를 〈의지 박약〉이랄 수는 없으며, 하물며 단순한 〈게으름〉이나 우유부단의 성격 탓으로 돌릴 수는 없다. 후에 더욱 분명해질 것이다. 세째, 학창 리쎄 생활이 차츰 上級班으로 올라갈수록, 특히 졸업 시기가 가까와 올수록 공연히 (또는 막연한)〈두려움〉에 사로잡히는 점도 심상치 않을 정도로 현저하게 눈에 띈다. 14세에 義父의 영전으로 파리로 올라가 名門 리쎄 루이 르 그랑에 전학하는 소식을 알리면서부터 시작된다.

"클라스에서 꼴찌가 될 것 같은 두려움 *craintes*. (……) 제가 공부에 뒤떨어질까 봐 두려워요."[36]

"그 修辭學(科目)이 두려워요 *me fait peur*."[37]

"학교를 졸업하고 人生으로 들어가는 순간이 다가오는 것을 볼수록, 그만큼 더욱 무서워요 *Je m'effraie*. 그렇게 되면 일을 해야 되며 그것도 정말로 일해야 하니까요. 생각만 해도 무시무시한 일 *une chose effrayante* 이에요."[38]

"聯合競試 *concours* 생각을 자주 합니다. 어머니가 그것을 중요시한다는 것을 저도 알기에, 일종의 공포가 저를 사로잡습니다."[39]

"學年末이 다가오는군요. (……) 연합경시 때문에 그것이 두려워져요. 人生이 다가오는 것에 그보다도 더 큰 공포를 느껴요. (……) 그 모든 것이 무서워요."[40]

그 이상 인용할 필요도 없으리라. 이 공포증 역시 나이와 함께 不眠症·惡夢·身熱 등으로 격화되며, 病的인 신경질적 집착, 마비 상태, 여기에 신경성의 생리적 증세까지 첨가되어 세월이 흐를수록 증세는 악화되며 진행된다. 그 생리적 증세까지 이미 이 시기에 나타난다. 義父와 함께 乘馬 산책을 하다가 落馬하여, 당시는 곧 다시 승마 산책을 계속할 만큼 하찮던 外傷이 惡化되어 入院 치료했고, 퇴원 후 두 달 이상이 지나서 〈오늘 발에 이상한 마비증이 일

---

34) ibid. p. 88.
35) C. Ⅱ, p. 300.
36) LS, p. 110.
37) ibid. p. 119.
38) ibid. p. 136.
39) ibid. pp. 141~2.
40) ibid. p. 147.

어나요〉[41] 하고 모친에게 보고한다. 이 생리적인 神經病 증세 역시 꼭 20년 후에(1858년 37세) 〈바른 다리가 부었고〉, 걷기가 몹시 힘들고 구부릴 수도 없다고 호소하며, 〈어떤 이는 경련이라고 하고, 어떤 이는 神經病이라고〉[42] 한다고 알리고 있다. 그 밖에도 날이 갈수록 위통·구토증·류마티스 등, 수많은 병발증을 끊임없이 호소한다. 그러고 보면 학창 생활 이후의 첫 방탕으로 옮은 고질 梅毒이 그 큰 원인으로 여기는 대부분의 硏究家들의 견해에 전적으로 찬동할 수 없음이 분명해진다. 少年期에 이미 그 모든 징후가 뚜렷한 이상, 근본 원인은 血統에서 찾는 수밖에 없다. 異腹兄이 55세에 卒倒하여 左側半身不隨(詩人은 45세에 卒倒, 右側半身不隨)로 앓다가 사망했고, 母親 역시 中風으로 詩人과 마찬가지의 失語症에 걸려 사망한 점을 주목하지 않을 수 없다.

그런데 위에서 열거한 신경성 증세의 對極을 이룰 만한 증세가 또한 少年期에 포착된다——즉 히스테리증이다. 우리는 학창 시절의 편지에 두 번, 졸업 직후 방탕기에 한 번 그 뚜렷한 흔적을 포착할 수 있었다. 리용 시절(13세)에 그토록 편지마다 애정 깊고 고분고분한 어조로 모든 것을 솔직·순진스레 고백·보고하며, 제 잘못을 되풀이 사과·자책하고 분발을 맹세해 오던 그가, 꼭 한 번 어머니의 책망——父母의 그에 대한 정성과 촉망을 저버린다 *ingrat* 는 꾸중——에 대하여 거의 흥분을 가누지 못하고 독기까지 어린 어조(*Moi, ingrat!* 의 連發)의 편지[43]를 보내고 있다. 두번째는 落馬로 入院 중 2명의 의사가 外出을 금하자, 모친에게 보내는 편지에서, 자기를 치료하고 간호해 주는 의사들에 대한 이성을 잃은 욕설이 터져나온다.

"——또 침대에 누워 갇힌 내 꼴, 목을 비틀어 주고 싶은 두 놈의 백정 *deux bourreaux* 들의 손아귀에 쥐여서 말예요."[44]

세번째, 번번이 〈이번이 마지막〉이라는 다급한 돈 구걸을 되풀이 받은 兄이 그의 負債內譯表(실은 방탕의 明細表, 그 중에는 娼女에게 옷 사준 외상값도 포함)를 보고, 약간의 忠告와 간곡하게 해결책을 타이른 편지에 대한 그의 회답이다. 〈兄은 제게 가혹하고 모욕적인 편지를 주셨읍니다〉로 시작하여 내일까지 400프랑(현재 우리 화폐 가치로 약 40萬원)을 보내 달라는 것이다.[45] 이건 거의 제 정신을 잃은 이야기다. 이유는 첫째, 年俸 1,500프랑의 월급장이 兄에게 그런 금액을 급히 보내라는 것조차 무리한 요구인데, 퐁텡블로에 사는 兄에게 〈내일까지〉 보내라는 것은 제 정신으로는 생각할 수 없는 일이기 때문이다(兄이 회답에 밝혔듯이 3일 후에야 그 편지가 도착). 세째로, 그 편지 끝에 여섯 번 쓰다 찢어


41) ibid. p. 134.
42) LM, C.I, p. 443.
43) LS, pp. 100~1.
44) ibid. p. 128.
45) ibid. pp. 205~5.

버리고 **일곱 번째** 쓰는 편지라고 밝히고 있는데, 그것 역시 당시의 정신 상태가 어떠했는가를 알려 준다. 끝으로 그가 수업 중에 級友가 돌린 쪽지를 받고 선생에게 들켜 제시를 요구하자, 대뜸 발기발기 찢어 삼켜 버렸고, 불손한 언동을 계속하여 退學을 당한 그 발작적인 행위 역시 심상한 일은 아니다. 그는 散文詩 「못된 유리장수」에서, 內省的이며 행동력 없는 천성의 사람이 〈不可思議한 未知의 충동 밑에, 때로는 저 자신도 할 수 없다고 생각했을 만큼 재빠르게 행동하는〉 일이 있다고 하여, 〈의사들에 의하면 다분히 히스테리칼한 氣質을 띠는〉[46] 그런 行爲의 실례를 들고 있다. 무엇보다도 「內密日記」에서 스스로 告白하고 있다.

"나는 내 히스테리를 즐기면서 그리고 또 두려워하면서 키웠다."[47]

이 점도 그 후 갖가지 형태로(잔느 뒤발과의 간헐적인 충돌과 폭발, 後見人 앙셀에 대한 激怒 폭발로 하루에 연속 6회 母親에게 편지, 결투 결심 등) 나타나지만, 그의 創作生活에 큰 해는 끼치지 않고 있다. 다만 그 자신이 〈마비 상태〉를 갖가지 명칭으로 바꿔 말하고 있는 그런 때의 무기력·권태·우울증(즉 *spleen*)을 〈히포콘드리 *hypocondrie*〉[48]라고 불렀듯이, 이를 그 병발증(공포증·악몽 등)까지 합쳐 그의 〈神經性症勢〉의 陰性的인 측면이란다면, 히스테리는 그 陽性的 측면이라 하겠다.

따라서 우리는 그의 원초적 자아 m. pr 의 근원적인 결함으로 少·靑年期에 포착했고 그 후 더욱 뚜렷이 漸增漸高해 가는 두 가지 증세를 이렇게 요약할 수 있다.

① 意志薄弱 ⎰ (陽性) 自制力喪失의 낭비·쾌락 추구·방탕
　　　　　　⎱ (陰性) 게으름·우유부단(悔恨·초조감의 근원)

② 神經性症勢 ⎧ (陽性) 히스테리(증오심·분노·광기)
　　　　　　　⎨ (生理的 病症) 신경통·胃痛·구토증·류마티스 등
　　　　　　　⎩ (陰性) 無氣力·沈滯·마비(假死) 상태·공포·악몽·不眠症(권태·음울 등의 근원)

그 중 ②의 히스테리에 관해서는 上述한 바와 같고, ①의 自制力喪失도 그의 사회적 자아 m. s 를 決定的으로 전락케 하고 궁지로 몰고 간 근본 원인이기는 하지만, 35세에 지레 自己老衰와 시간 낭비에 대한 뼈저린 悔恨과 〈젊은 시절의 어리석은 짓〉을 自嘆하게 되면서부터 크게 制動이 걸린 듯하다. 그러나 ①, ②의 陰性的 측면과 ②의 生理的 증세만은 죽는 날까지(m. s의 전락, 비참한 조건과 함께) 그의 창조적 자아 m. cr 를 天刑의 징벌처럼 괴롭히고 물고늘어진 〈원수〉라 하겠다.

---

46) Le Mauvais vitrier, pp. 238~40.
47) JI. h, p. 1265.
48) LM, C. Ⅱ, p. 140.

## 2. 〈十字架의 길〉을 가는 騎士精神

### A. 騎士道와 詩의 宗敎

> 야유의 소용돌이 속에 地上에 流配되니
> 그 巨人의 날개가 걷기조차 방해하네.
> ——「惡의 꽃」 중 알바트로스

밖으로는 주위 俗物들의 〈야유의 소용돌이 속에〉 地上에 流配되어, 창공을 날아야 할 創造的 自我(m. cr)의 그 巨大한 날개가 오히려 그들 틈에 끼여 같이 걷는 것조차 방해를 하는 저주받은 社會的 自我(m. s)가 걸머진 十字架에 짓눌리고, 안으로는 〈가슴을 갉는 正體를 모를 원수〉[49] (上述한 原初的 自我 m. pr 의 內在的 2大缺陷 vices·monstres)에 시달리다 못해,

> 멍청한 잠 속에 잠길 수 있는
> 더없이 더러운 짐승 팔자가 샘날 지경이니,
> 그토록 時間의 실타래는 더디 풀리는구나!
> ——「惡의 꽃」 중 깊은 奈落 속에서[50]

이렇게 처절하게 신음할 만큼 그를 짓누르는 내면의 十字架가 있다. 이 兩面의 너무나 혹독한 試鍊을 염두에 두지 않는 한, 서두에서 引用한 그의 〈히로이즘〉, 〈영웅적 태도〉 운운을 이해할 수 없을 뿐더러, 오히려 영문 모를 해괴한 寸評으로밖에는 여길 수 없을 것이다(그의 모든 不幸과 과오를 自己形成의 企圖·決斷의 의사가 없었던 탓으로 돌린 사르트르의 견해가 바로 그 대표적인 예로 히로이즘과는 정반대의 면모로 만들고 있다).

그런데 히로이즘 내지 영웅적 태도라는 말 자체도(그 뜻이 주로 용기와 意志力을 내포하는 것이 통례이므로), 우리 詩人의 유다른 특질을 많이 도외시하여야 하므로 적합치는 못하다. 물론 첫머리에 지적했듯이 作家의 現實參與의 히로이즘은 그 作家의 m. s 의 意識·感情(思想·正義感·의분 따위)이 主가 되어, m. cr 는 단지 그 手段으로 동원하거나(文才를), 효과에 이용(名聲을)하는 것에 불과함에 반하여, 〈예술적 히로이즘〉은 철두철미 m. cr 가 主고, 경우에 따라서는 m. s 가 최소한으로 압축되거나 희생되기까지 하며, 문제의 寸評도 後者의 경우를 전제했으리라는 것은 의심할 여지 없다. 하나 그렇더라도 우리 詩人 특유의 예술가로서의 결벽성·忠實性·종교에 가까울 정도의 예술에 대한 순교 정신 내

---

49) FM, L'Ennemi.
50) FM, De Profundis clamavi.

지 〈신앙〉, m.s의 희생 등을 內包하기엔 적합치 않다. 역시 明晳을 자랑하는 우리 詩人은 여기서도 스스로 詩人의 한 속성으로 적절한 用語를 제시하고 있다.

"세상에 詩的 精神과 감정에 있어서의 騎士道 chevalerie 보다 더 고귀한 것은 결코 없어요."(上點은 原文의 이텔릭體)[51]

같은 시기에 動物學者의 著書를 읽고서 많은 共感을 느끼고, 저자에게 萬物相應 correspondances, analogie universelle 의 詩學을 피력한 진귀한 편지에서,

"철학적으로 감동적인 다른 점들도 있읍니다. (……) 騎士道와 婦人들에게 보낸 敬意 등……"[52]

이렇게 공감을 표하고 〈분명한 것, 그것은 貴下는 詩人이라는 점입니다〉하고 동물학자에게 〈詩人〉이라는 찬사를 보낸다. 2년 후 생트 뵈브에게 보낸 편지 중,

"(女性에게) 정중·은근함과 騎士道·神秘性·히로이즘 (……)을 除去하는 것을 저는 절대로 원치 않습니다."

이렇게 거듭 〈기사도〉를 강조하고 있다. 文化的 전통이 전혀 다른 우리에게 매우 생소한 이 기사도라는 말이 내포하는 개념과 德目은 과연 어떤 것일까? 앙드레 모로아는 中世에 행해지던 騎士叙任式 때에 騎士가 領主(主君)에게 하는 갖가지 양식의 誓約의 내용을 매우 명쾌하게 포괄적으로 요약하고 있다.

저는 天主와 主君께 봉사하겠나이다. 저는 弱者의 권리를 받들어 주겠나이다. 저는 보상이나 利得을 위하여 싸우지 않고 오로지 영광과 德을 위하여 싸우겠나이다. (……) 萬事에 충실·정중·겸손할 것이며, 그로 인하여 일어나는 不幸이나 손실 때문에 결코 誓約을 어기지 않겠나이다.[53]

신앙·충성·弱者庇護, 영광과 德을 위한 無償의 자기 희생, 廉直·信義 등 16세기 이후 확립된 부르조아 모랄에도 살아 남은 德目(차라리 理想)들이지만, 그보다 훨씬 준엄 결벽하여, 이해를 초월한 금욕적인 자기 희생과 실천을 요구하는 것이다. 모랄 이상의, 그것을 넘은 하나의 계율이다. 여기서 信仰과 충성의 대상을 뮤즈(美·藝術)로, 〈영광과 德〉을 詩人으로서의 명예와 美學으로 대치한다면, 바로 藝術(詩)의 中世的 騎士로서의 우리 詩人의 풍모가 부각된다. 어느 主君麾下 隊列 속에 끼여 싸우는 용감한 기사가 아니고, 聖杯(Graal, 中世 기사들, 특히 圓卓의 기사들이 목숨을 걸고 온갖 試鍊을 겪으며 찾던 전설의 잔. 그것으로 十字架에 못박힌 그리스도의 피를 받은 것으로 여겨짐)를 찾아 온갖 試鍊과 싸

---


51) LM (1856. 1. 9), C.I, p. 834.
52) ibid. p. 336.
53) André Maurois: Histoire de la France, p. 43.

우처 十字架의 길을 가는 流浪騎士의 모습이다. 「惡의 꽃」 제1부 첫머리에 놓인 詩에서,

> 至高한 권세의 命으로 詩人이.
> 이 지겨운 세상에 나타날 때,
> (……………)
>
> 그래도 天使의 보이지 않는 後見 밑에,
> 失格된 아이는 太陽에 취하여,
> (……………)
>
> 그는 바람과 노닐고 구름과 얘기하며
> 十字架의 길에 취하여 노래하도다.
>
> ——「惡의 꽃」 중 祝頌[54]

태어날 때부터 이미 〈지겨운 세상〉이며, 거기서 〈失格된 아이〉는 원초적 자아 m. pr 와 m. s 內外 양면으로 저주받은 詩人의 운명이다. 그러나 마치 流浪騎士가 神의 섭리와 자기가 흠모하는 귀부인의 가호를 믿고 흔쾌히 온갖 고난에 부딪치듯이, 詩人은 〈至高한 권세의 명(神意)〉으로 태어났고, 〈천사의 보이지 않는 後見〉을 믿고, 바람과 구름을 벗삼아 고난의 〈十字架의 길〉에 오히려 도취하여 노래를 읊는 것이다. 그리하여 至高의 美에 홀린 〈고분고분한 愛人〉, 美의 女神이 〈영원하고도 말없는 사랑을 불어넣은〉[55] 詩人의 그 美에 대한 사랑은 그대로 中世騎士의 守護 貴婦人에 대한 사랑이다. 그리하여 聖杯를 찾아 헤매는 유랑기사는 시련에 부딪힐 때마다 呪文을 외듯이 부르짖는 것이다.

> 찬송받을진저, 나의 神이여, 그대 우리의
> 不純함에 대한 靈藥으로, 또한
> 強者를 성스런 환락에 예비하는
> 至上至純의 精藥으로 고뇌를 주셨으니. [56]

〈詩(藝術)의 종교〉의 求道者가 〈고뇌〉를 自己淨化의 〈영약〉으로 삼고, 그것을 이겨냄으로써 〈성스런 환락〉을 맞으려는 禁慾·苦行의 信仰告白이다. 그가 父母에게서 이어받은 장세니스트的 發想法과 美學(轉換된)에 초점을 두고 설명할 수도 있겠지만, 매우 中世的 思考方式이 짙게 풍긴다. 시인으로서의 자기의 〈十字架의 길〉을 밝혀 주는 先驅的 예술가들을 노래한 招魂歌라 할 만한

---

54) FM, Bénédiction.
55) FM, La Beauté.
56) FM, Benédiction.

「燈臺들」의 마지막 節은 삶과 죽음과 예술에 관한 得道偈이며, 詩(예술)의 종교의 가장 높은 경지를 노래하고 있다.

> 왜냐하면, 主여, 여러 시대를 흘러흘러
> 당신의 永遠의 기슭에 와서 죽는 이 뜨거운 嗚咽,*
> 그것이야말로 참으로 우리의 존엄성에 관하여
> 우리가 줄 수 있는 최상의 證言이기에 ! [57]
>     * 뜨거운 嗚咽 : 美의 탐구자의 최후의 부르짖음.

하여간 그 자신이 命名한 騎士道(精神)는 이때껏 우리를 설명에 궁하도록 만들던 몇 가지 사실에 퍽 선명한 새로운 해명의 빛을 던져 준다.

## B. 社會的 자아의 騎士精神

**사회·문단인으로서의 의협심과 히로이즘**　우리의 主眼點은 그토록 혹독한 兩面의 〈원수〉의 끊임없는 협공을 받으면서, 어떻게 그가 한 卷의 詩集으로 世界와 맞서 싸웠고, 또 그 한 권이 어떻게 유례 없는 힘을 지니게 되었으며, 그 힘의 源泉은 무엇인가를 〈騎士道〉라는 새로운 각도에서 밝혀 보려는 데 있다. 순전히 저 자신의 창조 활동에 관여된 그러한 m. cr 의 창조적 〈기사도〉정신을 뒷받침하고, 우리에게 더욱 뚜렷이 그 개념을 浮刻시켜 주며, 그와 表裏를 이루는 것으로 m. s의 그것을 우선 훑어보는 것이 이해에 도움이 될 것으로 안다. 그럼으로써 왕왕 傳記上 석연치 못한 몇 가지 사실에도 새로운 조명을 던질 수 있을 것으로 기대한다.

먼저 私的 對人關係에 나타나는 의협심 내지 히로이즘(우리는 순수하게 그 자신의 창조 활동에 국한되지 않는 한, 설사 그런 行爲 밑에 m. cr 의 信念이 크게 작용하고 있더라도, 公衆에 직접 호소하는 對外行爲인 이상 m. s 가 표면에 나선 것으로 보고 이 항목에 묶어 살피기로 한다). 이 점은 거개가 이미 알려진 사실들이며 우리의 主眼點도 아니기에 列擧하여 참고에 보태는 것으로 그친다. 첫째, 학창 시절의 退學의 동기도 이 각도에서 다시 조명해 보아야 한다. 쪽지를 돌린 친구(先生 앞에서 弱者. 순간적 충동으로 종이쪽지를 찢어 삼키고 先生과 校長 앞에 끝내 불손한 언동으로 대든 점은 좀 지나치게 히스테리칼하지만)를 위험에 몰아넣느니보다는 자기 희생을 택한 것이다. 이렇듯 사회적(또는 藝術界)으로 弱者·被害者·궁지에 몰린 者·억울한 처지에 놓인 자에 대한 의협심의 발동이 거개가 저 자신이 궁지에 몰린 속에서, 심지어는 〈마비 상태〉의 침체기에 분연히 감행된 점에서, 零落의 流浪騎士의 비장한 행적 *geste* 같은 성격을 띤다. 그가 한창 〈地獄의 변두리〉에 빠져 그야말로 〈깊은 奈落 속에서 *profundis clamavi*〉 헤맬 때(1853 년

---

57) FM, Les Phares.

말), 모친에게 며칠 延命할 수 있도록 〈얼마라도 좋으니〉몇 푼 보내 달라고
구걸할 무렵,[58] 이미 廢人이 된 잔느 뒤발 모친이 死亡하자, 〈제가 불가피한
義務로 여기는 일, 즉 (그녀의) 장례와 移葬을 다하기 위하여〉몸소 수속 절
차를 취하고(그토록 세상 일에 어둡고, 그토록 게으르며 엉망이 된 생활 속에서 뭉개
고 있는 그가!), 구두와 內衣 살 돈으로 모친에게 구걸한 돈을 그 비용에 충당
해야겠다고, 평소와는 달리 단호하게 선언(母親에게)한다. 이 때는 이미 〈守護
天使 Sabatier 夫人〉에 대한 사랑이 한창 무르익고 있던 것이다. 이 俗人의 忖
度을 不許하는 그의 〈義務〉感과 심리의 기미도 우리의 조명 속에 비로소 그 비
밀이 드러난다.

藝術界에서의 그의 기사도적 義俠心의 발로는 이미 널리 알려진 바이다. 정
신 이상에 걸린 불우한 天才的 版畵家 메리옹 Méryon에 열중하고, 당대의 그에
대한 무관심과 무지에 분격하여, 그의 명예를 회복시켰을 뿐만(「1859년의 美展
評」중「畵家와 蝕刻版畵家」중에서) 아니라, 그의 版畵集「파리點景 Vues de Paris」
에 저 자신의 詩的 散文〈파리의 徘徊者의 철학적 夢想〉[59]을 곁들인 詩畵集을
刊行하여, 物心兩面으로 그를 곤경과 무명에서 끌어올리려고 두 달 동안 갖가지
주선과 진력을 아끼지 않는다(우리는 Méryon 版畵集의 발견과 이 실패된 계획이「惡
의 꽃」재판에 새로 삽입된「파리風景 Tableaux Parisiens」을 착상케 한 결정적 계기라
고 확신하지만, 이 문제는 따로 고증할 기회가 있으리라). 같은 시기에 그에게 비상
한 감동을 준 바그너의 파리 公演이 전반적인 몰이해와 무시를 당하자, 그는
이를 프랑스 文化界의 수치로 여기고 분격하고, 대뜸 개인적으로 그에게 감동
적인 찬양의 편지를 보낸다. 그 뒤〈自殺 固着觀念〉에 사로잡힐 만큼 〈無力과
히포콘드리, 그 지긋지긋한 정신 상태 속에서도〉好機를 포착하여 바그너 옹호
와 찬양의 기사를 〈3일간 인쇄소에서 즉석 집필〉[60]할 정도로, 그야말로 사경
에서 분연히 일어나 破邪顯正의 劍을 뽑아 휘두르는 騎士의 모습을 방불케 한
다. 그 밖에 불우한 화가 도미에 Daumier에 대한 옹호와 정부 보조금 請願
(저 자신의 청원이 위태로운 판국에 자기와 동시에 두 차례나 도미에 것까지!).[61] 자
신은〈여기서「가련한 벨기에 Pauvre Belgique!」(벨기에 見聞記)를 탈고하는〉문
제는〈난 이제 그럴 힘이 없소. 나는 쇠약했고 죽었소〉라고 벨기에 流謫生活
의 참상의 일단을 고백하는 편지에서, 그래도 評家들의 혹평과 야유로 失意에
빠진 마네 Manet에게, 바그너를 비롯하여〈오해와 야유를 받은 모든 예술가
의 이름으로〉극력 격려하고 분발을 촉구하는 편지(1865.5.11.)[62]를 보내고 있
다. 같은 시기에 신문에 실린 하이네 Heine와 바이런 Byron에 대한 모욕적인

---

58) LM (1853.12.10), C.I, p. 237.
59) L. à P. Malassis (1860.2.16).
60) LM (1861.4.1), C.Ⅱ, p. 140.
61) ibid. p. 131 (1861.2.22), p. 177 (1861.7.9).
62) ibid. pp. 496~7.

原初的 自我와 騎士精神 319

評文(Janin의 글)에 분격하여 그는 즉각 맹렬한 반격의 글을 草한다.

이러한 의협심의 폭발은 우리 詩人의 특유한 관례처럼 되어 있거니와, 그 전형적인 例, 바그너의 경우와 거의 동시에 한 극작가(Vaquerie)의 훌륭한 作品이 上演 며칠만에 劇界의 부당한 조작으로 무대에서 영 逐出된 일이 있었다. 이 때 그는 곧 그 극작가에게 찬사·격려의 편지[63]를 보내는 한편, 例의 바그너論 안에서 다시 이에 언급하여 극장 管理者들을 통렬히 공격하고, 그들의 극작품에 대한 안식을 〈머저리들의 취향〉이라고까지 조매하는 한편, 〈더욱 납득할 수 없는 일은 評論家들의 나약함이다〉[64]라고, 평론가들이 이 사건에 침묵하거나 극장 관리자들에게 영합하는 비굴한 태도에 일갈을 던진다. 저 자신이 몇 배 더 불우하고 저주받은 〈十字架의 길〉을 기어오르는 처지에 있고 보면, 참으로 前揭 騎士의 선서를 상기케 한다——弱者를 비호하는 無償의 투쟁과 자기 희생. 그는 또 위고에게 보내는 편지에서, 자기가 사랑하는 사람이나 友情을 위하여는 서슴지 않고 〈法廷에서 궁지를 가지고〉 위증이라도 하겠노라고 단호히 말하고 있다.

특히 俗物들에 대하여 그토록 난폭하고 가차 없이 때로는 시니컬하게 멸시하던 詩人의 친구에 대한 기사적 忠實性과 헌신적 友情은 그의 敵들조차 인정하던 그의 두드러진 미덕이다. 「惡의 꽃」이래로 詩人을 부당하게 적대적 태도로 중상하던 피가로紙가, 브뤼셀서 졸도하여 다시는 일어나지 못할 병상에 누워 있는 詩人의 병중에 관하여조차 약간 야유 섞인 익살로 보도한 바로 그 記事에서, 詩人의 사람됨을 높이 평가한 다음 귀절은 피가로紙조차 否認할 수 없는 詩人의 기사적인 고결한 忠實性을 웅변으로 대변하고 있다.

보들레에르와 개인적인 교제를 맺었던 人士들은 그에게서 헌신적인 친구를 잃음을 아쉬워한다. 친구로서 언제든지 그의 好意를 기대하여 어김없는 인간이었던 것이다. 보들레에르처럼 細心하고 자상하게 忠實할 수도 없을 정도였다. [65]

**政治的 히로이슴**　　그의 反逆的인 反現代思想——反進步·反民衆·反民主(反共和·反革命)——은 유명하다. 단순한 시니시즘의 발로로 여기기엔 너무나 자주 힘주어 공언(晩年의 「內密日記」·「가련한 벨기에!」는 물론이고, 심지어 初期 미술론 「1846年의 美展評」에서까지)하고 있다. 단순히 進步(共和)主義者를 〈와토의 敵, 라파엘의 적, 호사와 美術과 문예의 狂的인 적, 비너스와 아폴론의 不俱戴天의 원수〉[66]로 보고, 세상이 점점 俗物化하는 데 반발하는 당디슴의 표현만으로는 설명(이때껏 거개의 연구가가 그렇게 보고 있지만)하기 어려울 정도로 단호하며 과격할 만큼 적극적인 반대론을 펴고 있다.

---

63) ibid. pp. 144~5.
64) Richard Wagner et Tannhäuser, p. 1242.
65) 1866. 2. 22附 cité in Crp-B, p. 191.
66) Salon de 1846, p. 946.

합당하고 安定된 정부는 오직 貴族政治가 있을 뿐이다.
民主主義에 토대를 둔 王政이나 共和政治는 똑같이 맹랑하고 나약하다. [67]

좀더 이론적으로 論陣을 편 反進步論의 근거는, ① 장세니스트的 性惡說에서 출발하여, 〈人間은 영원히 인간, 즉 가장 완벽한 猛獸〉[68]이기에, 아무리 혁명을 해 보았자, 〈聖人이나 어떤 귀족들이 영도하지〉[69] 않는 한은, 〈전면적인 파멸 또는 전면적인 進步(비꼬는 뜻으로, 즉 무정부 상태의 私慾追求와 파괴)〉가 나타날 것이라고 예언하면서, 〈南美共和國들의 가소로운 혼란〉의 예까지 들고 있다. ② 그 이유를 制度의 결함보다도 〈心情의 타락 savilissement des coeurs〉 때문이라고 지적한다. 이 점을 1848년 그 자신이 가담한 革命의 경험으로 뒷받침하고 있다.

　　1848년의 내 陶醉. (……)
　　복수심. 파괴의 자연적인 快感. [70]

이렇게 인간의 본능적(自然的) 잔인성을 움직일 수 없는 전제로 삼고, ③ 그 〈전면적인 動物性 속에서〉 政府가 유지되고 어떤 질서 같은 것을 만들어내려면, 〈(……) 이미 그토록 硬化되기는 했지만, 현재의 그 굳어 버린 人間性이 몸서리치게 할 만한 手段들에 호소할 것〉이 필연적이라고 무시무시한 社會主義專制까지 예언한다. ④ 그 다음 가장 강조되고 독설을 퍼부은 공격 목표로서, 부르조아의 拜金主義와 唯物偏向의 풍조가 창궐할 것을 경고하며, 〈(부르조아여), 現下의 進步 덕분에 그대의 내장들 중에 남을 것은 오직 똥집뿐일 게다〉[71]고 내뱉는다.

그러면 그가 〈聖人이나 어떤 귀족들의 영도〉에만 안심하고 통치를 맡길 수 있다는 發想法의 근저에는 무엇이 깔려 있을까? 그것은 〈파괴의 자연적 쾌감〉에 휘말리는 性惡的인 〈動物性〉과 〈심정의 타락〉을 超克한 준엄한 모랄과 규율의 지배일밖에 없다. 위에서 그의 당디슴의 美學과 反現代思想의 연관을 언급했지만, 과연 그 자신도 당디슴의 발상지인 英國에서의 그 역사적 계기를 명석하게 밝혀내고 있다.

당디슴은 특히 民主主義가 아직 전능일 수 없고, 또 貴族政治가 단지 부분적으로만 흔들리고 타락된 過渡期에 나타난다. [72]

우선 당디의 속성들——耽美·情熱·정신적 귀족 취미, (완벽하게 세련된 몸

---


67) JI. mc, p. 1278.
68) JI. f, p. 1260.
69) JI. f, pp. 1262~4.
70) JI. mc, p. 1274.
71) 註 69) 참조.
72) Le Peintre de la vie moderne: IX le Dandy; p. 1179.

치장으로서의) 간소한 사치, 빼어난 개성의 과시・俗物 혐오・굳은 의지와 規律・反骨精神…… 등──을 열거하고 나서, 민주주의와 함께 번져 가는 〈野卑性과 싸우고 격파하려는 욕구〉의 反抗精神이며, 그 과도적 혼돈기에 부르조아 俗物들과 엄격히 자기를 갈라 놓으려는 〈새로운 종류의 귀족제도를 창설〉하려는 욕구의 표현으로 분석한다. 그러나 〈衰頹 중의 히로이즘의 최후 閃光〉임을 솔직히 인정한다──〈당디슴은 지는 해다. 기울어지는 天體처럼 찬연하지만 熱도 없고 우수에 차 있다〉.[73] 〈히로이즘의 최후 閃光〉……

이미 패배를 각오하고도 항전하는, 아니 하지 않을 수 없는 비장한 騎士精神인 것이다. 이 당디슴의 발생과 유사한 시대적 배경과 같은 역사적 계기, 같은 반항정신에서 연유하면서도, 그와는 正反對의 반응으로 나타난 것이 곧 戱畵的인 〈동 키호테〉 정신일 것이다──무너지는 騎士道에 대한 시대 착오적 집착과 妄想. 자신이 1848년 革命에 참가했고, 1871년 파리 코뮌을 눈 앞에 두고, 그 進步・共和思想 一邊倒의 知識界에 맞서 오히려 단호하게 공언하는 보들레에르의 비장한 히로이즘.

> 허나 나는 속지 않는다. 나는 결코 속은 적이 없다! 나는 〈革命萬歲!〉라고 한다
> ──마치 〈파괴 만세! 속죄 만세! 징벌 만세! 죽음 만세!〉라고 하듯이 말이다.[74]

동 키호테의 騎士 행세일까? 단, 동 키호테의 기사 行脚이 망상과 과거로의 遡及의 집념이란다면, 당디슴은 현실의 敗色이 역연한 時點에 버티고, 그 도도한 부르조아 俗化의 濁流 속에서 저항하려는 비장한 반항의 집념이다.

**사랑의 騎士道** 보들레에르의 갖가지 유형의 사랑은 이미 신화처럼 거의 公式化되어 있거니와, 그 몇 가지 유형을 꿰뚫고 그의 기사도 정신이 가장 선명히 드러나는 것도 바로 그의 女性에 대한 사랑에서이다. 본시 〈기사도〉의 개념조차 우리에겐 생소하지만, 〈사랑의 騎士道〉에 이르러는 말 자체가 생소하고 개념이 모호하다. 그러나 유럽, 특히 프랑스에서는 각종 騎士道譚 *Romans courtois* 속에 결정되어 中世文學의 두드러진 광맥을 이루고, 따라서 그들의 문화와 정신 속에 맥맥히 잠류하는 전통적 흐름의 하나다. 적당한 譯語조차 없어, 騎士道譚의 주축을 이루는 사랑을 〈기사도의 사랑 *amour courtois*〉이랄 밖에 없다. 十字軍遠征이라는 시대적 배경이 武勳詩 *Chansons de Geste*를 낳고, 異教徒 征伐에 필요한 신앙・충성・武勇이라는 덕목의 고취를 요구한 것과 마찬가지로, 그 뒤를 이은 騎士道譚은 領主・將帥들의 不在 중에 貴夫人에 대한 절대 복종과 충성이라는 시대적 요구로 하여, 귀부인에 대한 순수무구한 정신적 사랑을 신앙의 자리로까지 끌어올리고, 그것을 대신하기에 이를 만큼 극도로 승화시켜야만 했던 것이다. 자기가 섬기는 貴夫人에 대한 情慾을 완전히 배제한

---

73) ibid. p. 1180.
74) Sur la Belgique, p. 1456.

흠모와 절대 충성과 武勇, 이를테면 貴夫人을 수호천사로 떠받들고, 그녀의 미소 하나, 찬사 한 마디를 얻기 위하여 흔쾌히 목숨을 바쳐 모험에 뛰어들고 싸우는 騎士의 플라토닉 러브다.

그런데 우리 詩人이 女性에 바친 첫 詩이자 「惡의 꽃」 중 제작 연대로 보아 맨 처음에 쓴 作品인 「식민지의 한 貴夫人에게 A une Dame créole」라는 詩가 있다. 그가 (20세) 방탕 끝에 家族會議의 결정으로 긴 항해를 떠나서, 南아프리카 喜望峰을 지나 폭풍으로 배가 難破하여, 南아프리카 東南海上의 모리스섬 l'île Maurice 에 기착하던 중, 섬의 名士宅의 환대를 받고 다음에 부르봉섬으로 이동했을 때, 그 名士夫人에게 바친 찬미의 은근한 戀歌다. 詩人은 이 시를 그 남편에게 謝意 편지와 함께 동봉하여 보내면서, 〈젊은이가 貴夫人에게 바친 시는 그녀에게 이르기 전에 남편의 손을 거치는 것이 예의바르고 의당한 일〉이라면서, 〈貴下의 뜻에 맞는 한에 있어 그녀에게 보여드립시사〉[75] 한다. 이 은근 정중한 獻詩와 그 태도를 유럽인은 서슴지 않고 〈騎士的 感謝의 獻呈〉[76]이라고 평한다. 한창 그의 反社會·反正統的 언동의 反抗期였음을 아울러 생각한다면 쉬이 수긍할 수 있는 평이다.

이 性愛를 배제한 승화된 女性欽慕는 누구에게 바치건 꺼릴 바가 없다. 그의 文壇 데뷔期(1846)에 쓴 에쎄이 「사랑에 관한 箴言選」을 兄嫂에게 보내면서 은근히 〈騎士道 사랑〉을 고백한다.

　　"夫人이여, 사랑의 水路를 통하여 (……) 제게 열린 天職에 있어 저의 攝理 *providence* (또는 庇護者—역주)가 되어 주소서."[77]

그리고는 末尾에 〈페트라르카의 자취를 뒤밟으려는 詩人의……〉 운운하는 기다란 인사말이 덧붙여진다. 이건 그대로 中世騎士가 귀부인을 수호천사로 모시려는 의사 표시와 宣誓 투의 표현이다. 上記한 그의 〈기사도〉 첫 언급이 바로 兄을 비판한 편지(母親에의)에서였음도 묘한 부합이라 하겠다.

〈검은 비너스〉에 대한 愛憎의 갈등 속에 때로는 분노와 저주를 퍼부으면서도, 그의 변함 없는 희생적인 忠實性의 수수께끼가 여기서 풀린다. 不貞과 속임수까지 서슴지 않던 한때의 情婦로 끝나 버려 마땅한 그녀, 그토록 분노를 터뜨리고 〈다시는 안 만난다〉고 헤어지곤 하던 그녀, 〈검은 비너스〉는커녕, 방탕으로 지레 늙고 거의 不具가 되어 버린 그녀에게, 그 궁지에서 허덕이면서도 꼬박꼬박 생활비를 대주던 그 변함 없는 정성은 대체 무엇이며, 凡俗이 헤아릴 수 없는 어떤 심리적 機微가 숨어 있는 것일까? 21세(1842)에 만났지만, 1848년에는 이미 〈오래 전부터 오직 의무로〉 사랑할 뿐이라고 모친에게 밝히고, 離合을 거듭한 끝에 이미 불구가 된 그녀를 〈아빠이자 보호자〉로 돌본다고(母親

---

75) FM-Crp. B1, p. 405.
76) R. Chérix, Commentaire des Fleurs du Mal, p. 226.
77) C.I, p. 134~5.

에의 편지, 1859년 10월) 한다. 이 수수께끼에는 여러 가지 설명이 가능하며, 또 복잡한 심리적 요인이 얽혀 있기도 하다(I篇 해당 부분 참조). 그러나 다음 고백은 그가 詩人과 〈기사도〉를 결부시키던 독특한 신념과 弱者에 대한 〈利害에 초연한〉 無償의 비호 정신과 굳은 信義와 그녀에 대한 심정을 남김 없이 드러내 보인다.

"한 女人의 不貞行爲가 아무리 많더라도, 그녀 성격이 아무리 지독하더라도, 그녀가 한때 善意와 정성의 어떤 불꽃 같은 것을 보인 일이 있다면, 그것만으로도 利害에 초연한 사람은, 특히 詩人은 마땅히 그녀에게 보답해야 할 것으로 믿기에 충분합니다. "[78]

〈특히 詩人은〉이라고 강조하고 있음에 주목하자. 다음 사바티에夫人에게 보낸 말도 信義(忠實性)가 詩人의 한 귀중한 속성이라는 신념의 표명이라 하겠다. 〈저는 忠實性이야말로 天才의 표징들 중의 하나라고 믿습니다.〉(1857.8)[79]

다음 불우한 배우 마리에 대한 사랑은 그녀의 뚜렷한 응답을 받지 못했음에도 불구하고, 그가 가장 비참하던 때에(1852~55) 몇 해를 두고 그녀에게 좋은 配役을 맡기기 위하여, 또는 어느 극장의 전속이 되도록 각방으로 천거하고 진력한다. 사랑 이상의 헌신이며 여기에는 〈弱者庇護〉의 정신이 크게 작용하고 있다.

끝으로 〈흰 비너스〉 사바티에夫人에 대한 사랑. 3년간을 匿名 편지로 찬양과 獻詩를 계속한 近世 이래로 유례 드문 전형적 〈기사도 사랑〉이다. 〈어둠 속이건, 홀로 있을 때건, 거리에서건 군중 속이건, 그녀 환상이 횃불처럼 허공에 춤추며〉 그에게 말한다는 것이다.

> (……) 내 命하노니
> 나를 위하여 오직 美만을 사랑하라
> 나는 守護天使, 뮤즈, 마돈나이니라.
> ——「惡의 꽃」 중 **그대 오늘 저녁 두엇을 말하리**[80]

심지어는 가슴 속의 守護天使 정도가 아니고, 실지로 〈당신은 내게 迷信 중에도 가장 고귀한 미신〉이어서, 〈내가 암흑 속에 굴러떨어졌을 때〉 당신을 깊이 생각하는 몽상에서 〈대체로 행복스런 일이 일어난다〉[81]고까지 고백할 정도다. 그녀의 기도로, 그녀의 明朗·착함·건강·美·행복과 기쁨 등을 내게 옮아 오도록 해 달라는 「功德 Réversibilité」이라는 詩는 그대로 連禱形式의 信仰 告白이다.

---

78) LM (1848. 12. 8), C.I, p. 154.
79) ibid. p. 422.
80) FM, *Que diras-tu ce soir*……
81) (1854. 5. 8) C.I, p. 276.

그러던 것이 「惡의 꽃」訴訟事件 중 마침내 정체를 밝힌 뒤, 한 번 동침하고 나자, 이번에는 夫人의 타오르는 정열을 극력 가라앉히고, 애써 평온한 우정으로 전환시킨다. 이 돌변의 수수께끼 또한 구구한 억측을 유발하고 있다. 연구가들 중에는 그의 性的 無能을 원인으로 단정하는 이(Porché, J. Jouve 등)도 있다(천만 부당한 추측이다. I篇 해당 부분 참조). 여기에도 그 자신이 夫人에게 해명한 몇 가지 이유를 그대로 믿어 무방하지만, 한 마디로 守護天使로 섬기던 貴夫人과 동침한 騎士의 경우를 생각해 볼 일이다. 그것으로 벌써 수호천사는 사라지고 〈기사도 사랑〉은 끝나 버린 것이다. 詩人 자신이 그녀에게 해명했듯이, 〈迷信〉처럼 받들던 〈참으로 편리하던〉 관계는 끊어져 버리고, 남은 것은 愛情煩惱(특히 그의 말대로 질투의 고통)뿐이다. 그의 이미 너무도 지친 m. cr 에겐 감당할 수 없는 짐이 될 뿐이다(그녀를 少女期부터 가꾼 한량 파트론〔情夫〕에게 대한 詩人의 죄책감도 피력하고 있거니와, 많은 평가들이 거의 一笑에 붙이는 듯하지만, 이 점도 그의 유달리 결벽한 기사적 信義 정신을 고려하면 진심의 토로라 하겠다).

## C. 創造的 자아의 騎士精神

**處刑된 社會的 자아와 創造的 자아**  위에서 말한 바와 같이 이미 알려진 사실들이다. 書簡集에 수록된 千餘通의 편지 중 대부분이 직접 간접으로 화급한 돈 문제에 관한 것들이다. 그 생활의 亂脈相과 궁지에 빠진 그의 참상과 창조적 自我의 영웅적(차라리 결사적) 투쟁을 드러내는 점만 열거하는 것으로 그친다.

1848 년 말 〈무한정으로 抵當잡힌 내 귀중한 원고〉를 찾아야겠노라면서, 그래도 作家詩人으로서의 〈내 운명은 찬연히 이루어질 것〉[82]이라는 自信을 피력한다. 그런데 이 〈저주받은 詩人〉을 그 어머니까지 이해해 주지 못한다(「惡의 꽃」出版 다음 해에 비로소 아들의 詩人으로서의 재능을 인정). 뿐만 아니라 주위의 詩人에 대한 沒理解와 조소를 그대로 받아들이는 듯, 아들이 그런 詩人임을 부끄러워하기까지 한다. 1853 년 3 월에는 〈生活이 하도 뒤얽혀 일할 겨를을 찾아낼 수 없다〉면서 〈끊임없는 빈곤〉을 호소하며, 〈마지막 장작 두 개비를 가지고 얼어곱은 손가락으로 편지를 씁니다. 어제 支拂해야 했을 빚 때문에 告發당하게 될 터이며, 또 다른 빚 때문에 月末에 고발당할 거예요.〉 이렇게 다급한 빚 걱정에 그만

> "끝없이 잠들고 싶은 갈망이 나를 사로잡을 때가 있어요. 그러나 이젠 잠들 수도 없군요, 항상 생각을 하니까요."[83]

그런 중에도 별거 중인 잔느에게 한 달에 두세 번씩 꼬박 생활비를 갖다 준다

---

82) LM, C.I, p. 155.
83) LM, C.I, pp. 210~3.

는 것이다. 이런 궁지에서도 文人으로서의 潔癖性은 組版·校正 중의 포우短篇集의 교정쇄를 대폭 수정하여 再組版의 비용을 자기가 부담하기까지 하는 것이다. 이해 5월에는 채권자들의 성화에 못 이겨 베르사이으로 도망가서 무작정 투숙하다가 宿泊料 때문에 한 달이나 붙들린 신세가 된다. 이해 연말에는 〈(벽로에 피울 장작이 없어서) 잠자리 속에서 얼어곱은 손가락으로 글을 써야만 하지 않도록, 이틀이나 사흘간 살아갈 수 있도록, 얼마라도 좋으니 돈을〉[84] 좀 보내 달라고 처량한 애걸의 편지를 쓴다. 이 年末은 점점 다급해지기만 한다. 찢어진 속내의 두 개를 손수 맞붙여 꿰매 입고, 구멍 뚫린 구두창에 짚이나 종이를 깔고 신고 다니지만(그 당디가!) 별로 그런 일에 개의치 않는다면서, 그러나 〈옷이 더 찢어질까 두려워서 급격히 움직이거나 너무 걸어다닐 수도 없다〉[85]고 고백한다. 같은 편지에서 〈한 달에 5일간의 조용한 시간도 없이〉 쫓기고 몰리는 생활을 한탄한다. 우표 살 돈이 없어 편지를 그대로 붙일 때도 있다. 채권자를 피해 임시 여관에 묵든가 친구 신세를 지든가, 때로는 도서관 열람실에서 집필을 한다. 다음해 12월에는 〈의복이 없어 자리에 누워 있어야만〉 하는 신세를 한탄하며, 마침내 절망의 신음 소리가 터져나온다——〈요컨대 내 人生은 처음부터 처형되고 지옥에 떨어졌으며 앞으로도 永久히 그럴 것이에요.〉[86]

〈地獄에 떨어진 *damné*〉 이 형벌은, 첫째 젊은 시절의 자기 〈어리석은 짓〉 탓이며, 둘째는 그 결과로 돌이킬 수 없는 치명적 일격, 法定後見의 굴레가 씌워진 구속과 굴욕이다. 게다가 그 타고난 m. pr 의 고질적인 중압을 걸머지고 있다. 게다가 때로는 〈吸血鬼〉 같은 잔느 뒤발이 매달려 있다. 낮에는 채권자에 쫓기거나(1855년 4월 초에는 〈한달 전부터 불가불 여섯 차례 이사를〉 했다고 모친에게 알린다), 혹은 다급한 돈 장만 또는 원고료 선불 애걸, 원고 게재 교섭 등으로 동분서주하다가 드디어 밤이 온다. 그에 있어서 항상 밤(어둠)이 〈안도〉·〈아늑함〉·〈휴식〉 등으로 반겨지는(단 m.pr 가 마비 상태나 그 밖의 病症에 빠지지 않은 때) 이유를 수긍할 만하다.

드디어! 혼자다! (……) 몇 시간 동안 休息은 아닐망정 靜寂이나마 가질 수 있으리라. 드디어! 그 人間面相의 횡포는 사라지고 이젠 오직 나 자신에 의해서만 괴롭혀질 뿐.

드디어! 그러니 어둠의 욕탕 속에 푹 쉴 수 있게 되었구나! 우선 방문의 자물쇠를 二重으로 잠그자. (……)

지긋지긋한 삶! 지긋지긋한 삶!

——「파리의 陰鬱」 중 새벽 한時[87]

---

84) LM, C.I, p. 237.
85) ibid. pp. 240~3.
86) ibid. C.I, pp. 300~3.
87) A une heure du matin.

얼마나 〈지긋지긋한 삶〉이면 〈이 世界 밖이라면 어디든지 *Anywhere out of the world*〉(散文詩)라고 부르짖었을까! 밤에 관하여는 그 밖에 「惡의 꽃」 중 「黃昏 Le Crépuscule du soir」(同題의 散文詩도 그렇다)·「沈想 Recuillement」·「베르트의 눈 Les yeux de Berthe」 등도 이러한 각도에서 다시 읽어 볼 만하다. 여하간 〈새벽 한시에〉 모처럼 〈몇 시간 동안의 정적〉을 얻었으니(잔느와 同居 중엔 그녀가 잠든 틈에), 그 저주스런 〈마비 상태〉에 빠져 있지 않은 한, 그 틈에 붓을 들어야 한다. 꼬박 밤을 새고 아침에 잠이 들기가 무섭게 빚장이가 문을 두들기는 것이다. 번번이 아옹다옹 싸우다가 물건들을(책과 原稿까지) 압류당하곤 한다.

"분노가 재능은 주는지 확실치 않지만, 만약 그렇다면 저는 굉장한 才能을 가져 마땅하죠. 저는 押留와 싸움 사이, 싸움과 押留 사이 이외엔 결코 일을 못 하니까 말입니다."[88]

그렇게 애정 깊은 母子간이건만, 항상 자기를 이해해 주지 못한다고(주로 그 복잡한 3分身의 갈등을 모른다는 것일 게다) 모친에게 푸념하면서,

"어머님은 제가 어떤 激動 속에 얼마나 벌벌 떨며 살고 있는지를——때로는 말하자면 내 머리가 내것이 아닌 때도 있다는 것을——정말 자유로운 내 시간이 없다는 것을 눈치채지 못하십니까?" (1857)[89]

m. cr 의 높은 긍지에 어울리지 않는 그 비참한 궁상——그 不朽의 名詩集을 떤진 해(1857) 年末의 탄식이다.

"내 정신적 존엄과 이 빈약하고 궁색한 生活과의 侮辱的이며 역겨운 對照(……)"[90]

1861년 2월 드디어 「惡의 꽃」 再版이 나왔다. 이미 그를 스승으로 받드는 젊은 世代가 문단에 진을 치기 시작한 것이다. 그러나 여전히 m. cr 와 m. s 는 〈二重의 相反된 存在, 한쪽으로는 존경받는 존재로, 다른 쪽으로는 추악하고 멸시받는 존재, 그런 존재에 處刑된〉[91] 상태의 계속인 것이다. 사실 〈처음부터 처형된 지옥에 떨어진〉 m. s 를 걸머지고 있음에도 불구하고, 그의 m. cr 의 높은 긍지와 확고부동의 자신이야말로 놀라운 대조를 이룬다. 처음으로 「惡의 꽃」이라는 總題 밑에 18편의 詩를 大雜誌(Revue des deux Mondes)에 게재한 (1855) 다음해, 그에 대한 惡評들에 관하여 그는 초연하게 〈어머님은 특히 남이 당신 아들을 나쁘게 말할 때, 웃어넘길 수 없을 것 같군요.——그런데 그러한(웃어넘기는—역주) 히로이즘이 세상의 어떤 정신보다 훨씬 좋을 거에요〉[92]

---

88) LM (1856. 4. 12), C.I, p. 346.
89) ibid. p. 370.
90) ibid. p. 438.
91) LM (1861. 5. 6), C.Ⅱ, p. 154.
92) C.I, p. 352.

라고 오히려 모친에게 격려를 보낸다. 「惡의 꽃」 刊行 직후 기소된다는 풍문
이 도는 중에도 놀라울 정도로 m. cr 의 긍지와 자신을 단호하게 선언한다.

 "저는 그 모든 밥통들(酷評者들)을 一笑에 붙여요. 이 책은 (……) 독자들의 기억
속에 위고, Th. 고티에 심지어 바이런 등의 가장 훌륭한 詩들과 나란히 제 길을 갈
것입니다."93)

이 m. cr 와 대조적인 m. s 의 오욕과 궁핍에 대한 최후의 반항이 그의 〈아카
데미 立候補事件〉이라는 笑劇 한 토막이다. 바로 위에 인용한 〈존경받는〉 m.
cr 와 대조를 이루는 〈추악하고 멸시받는 존재〉인 m. s 를 한탄한 편지를 쓰고
두 달 후에 처음으로 立候補 결심을 모친에게 밝힌다(1861. 7. 10).94) 당시 문단
의 王座를 차지하고 있던 생트 뵈브에게 후원을 청하는 편지의 다음 귀절에서
그런 반발의 심정을 엿볼 수 있다.

 "여러 해 전부터 저를 도깨비처럼 괴상하고 粗野한 사람으로 취급하는 것을 듣고 몹
시 불쾌했읍니다."95)

또 다시 한바탕 야유를 불러일으킨 이 행동의 무모함을 그 자신이 몰랐을
까? 명석함을 자랑하는 그가 몰랐을 리 만무하다. 스스로 무모한 짓 *coup de
tête*, 대단한 바보짓 *grosse sottise*, 狂氣 *follie*, 스캔들 등으로 표현하고 있으며,
처음부터 성공할 가망은 없는 것으로 여기고 있다. 그러나 7개월 동안 소동을
계속한 세상 물정 모르는——〈얼마나 많은 음모! 그리고 또 얼마나 많은 수
수께끼! 저는 그것을 분명히 알지 못한 채 그 온갖 暗雲 속에 뛰어든 거죠〉96)
——19세기 文壇의 騎士 동 키호테의 〈狂氣〉와 〈무모한 짓〉 속에 또한 義俠心
이 크게 작용하고 있다.

 "개인적으로 希望 없는 처지인 小生은 모든 不遇한 文人들을 위하여 희생의 염소가
되는 데 기쁨을 느꼈노라고 (……)"97)

그러나 立候補 취소를 하기 며칠 전에 知己 플로베에르에게 적어 보낸 다음
글에서 동 키호테 아닌 그의 m. cr 의 드높은 騎士的 절개와 긍지의 외침이 울
려온다.

 "보들레에르, 달리 말하면 그것은 곧 오귀스트 바르비에·고티에·방빌·플로베에
르·르콩트 드 릴르, 즉 純粹文學(原文 이탤릭)을 뜻하는 것 (……)"98)

**原初的 자아의 〈원수〉와 대결하는 創造的 자아**　그의 원초적 자아(m. pr)가

---

93) ibid. p. 411.
94) C. Ⅱ, p. 178.
95) ibid. p. 219.
96) LM (1861. 12. 25), C. Ⅱ, p. 204.
97) C. Ⅱ, p. 207.
98) ibid. p. 225.

지닌 〈가슴을 갉는 원수〉의 정체는 이미 밝혀졌다. 그러나 세월과 더불어 독자의 머리가 아플 정도로 지긋지긋이 되풀이되는(주로 모친과 後見人에게 호소된) 그 증세의 진전 惡化의 구체적 사실들을 모르고는, 그의 작품들(특히 「惡의 꽃」, 散文詩 「파리의 陰鬱」, 「內密日記」 등) 중에 교향악의 主樂節처럼 되풀이되는 갖가지 장중·음울한 테마를 실감나게 파악할 수 없으리라. 그것이 단순히 낭만주의·퇴폐주의·악마주의 등속의 무슨 美學이나, 응석·엄살·과장이 아닌, 폐부를 찢는 영혼의 신음소리로 실감하기에 이르려면, 그 지긋지긋한 증세를 알아야만 한다. 소년기에 이미 형에게만 告白한 〈意氣銷沈〉과 〈마비증〉, 그리고 공포증은 30세를 넘기면서부터 生理的 病症과 함께 한층 악화되어 점점 심해진다.

"제 정신은 하도 고뇌에 차서 거의 잠을 자지 못하며, 자주 참을 수 없는 惡夢과 熱을 동반합니다. (……) 모든 會合 약속을 어길 정도로 심한 無力無慾 *atonie* 과 심한 우울증을 일으켜 (……) 게다가 참을 수 없는 神經病들 *maux de nerfs* 이 있어요."[99]

이유 모를 공포증과 沈滯狀態 *marasme*.

"어머님 편지를 開封하지 않은 채 이틀 동안이나 책상 위에 (……). 3개월 후에야 비로소 편지들을 개봉한 침체 상태에 빠진 일도 (……). 어머님 필적이 우선 제게 (……) 공포심을 일으켜 (……)"[100]

散文詩 「못된 유리장수」에서, 小心症의 사내가 때로 발작적인 만용을 발휘하는 실례가 바로 그 자신의 경험임을 알 수 있다. 34세(1855)부터 벌써 老衰에 대한 초조감과 공포가 시작된다.

"곧 저는 늙은이가 될지 모를 거예요. (……) 저는 신체와 정신이 상당히 病들었어요. (……) 감기와 偏頭痛, 그리고 身熱에 지쳐 (……)"[101]

「惡의 꽃」의 해(1857) 크리스마스날에도,

"벌써 여러 달 이래로 일체를 중단케 하는 이 지긋지긋한 衰盡 *languer*(나른함) 속에 떨어져 있어요. 내 책상 위에는 이달 초부터 손을 댈 기운이 나지 않는 校正刷가 놓여 있어요. 커다란 고통과 함께 이 무관심의 深淵 *ces abîmes d'indolence* 에서 벗어나야만 하는 순간이 줄곧 오는 거죠."[102]

"이 끊임없는 공포, 이 숨가쁨, 특히 수면 중의 이 경련은 대체 무엇이죠?"[103]

"그저께 이상한 發作이 일어났어요. (……) 무엇인가 腦充血 같은 것. (……) 좀 편해졌을 때 다른 發作이 일어났죠. 구토 현기증과 함께 층계를 한 계단도 오를 수 없는 쇠약증(……)."[104]

---

99) LM (1853. 3. 26), C. I, pp. 211~4.
100) ibid. p. 240.
101) ibid. p. 327.
102) ibid. p. 327.
103) ibid. p. 460.
104) ibid. p. 660.

"이 비참한 구토증은 이제 습관성이 되고 (……) 제 〈意志와 希望〉은 무척 弱化
(……)" (1860)[105]

침체 상태(그가 게으름이라고 하던)가 실은 意志 여하의 문제가 아님이 처음으
로 다음 告白에서 밝혀진다——이유 모르는 채 통과해야 하는 〈한 時期〉인 것
이다.

"저는 방금 無力無慾의 한 時期 *une période d'atonie*를 통과했지요——식욕도 없고
잠도 안 오며 일도 못 하는. 어째서? 통 영문을 모르겠어요. 지금은 나았고 무척 활
발히 일하죠. 어째서? 통 영문을 모르겠어요." (1860. 8. 12)[106]

"여러 달 전부터 앓고 있어요. 不治의 病이죠. 무기력과 쇠약의 병 말입니다. 육체
적으로도 그것이 不眠과 고뇌로 복잡해져요. 때로는 공포, 때로는 분노. "[107]

자살의 유혹을 여러 해 전부터 고백하던 그는, 마침내 자살을 〈인생의 가장
분별 있는 행위로 여긴다〉고 한 편지에서는 돌발적인 죽음의 예감을 고백한다.

"어느 날 아침 發作이 저를 붙들지도 모를 것으로 믿을 만한 이유가 있어요——정
말 무척 지치고, 일찌기 기쁨과 安定을 누린 적이 없는 저를 말입니다. (……) 만약
事故나 病, 또는 절망으로, 혹은 그 밖의 이유로 제가 삶의 지겨움에서 해방된다면
(……). "[108]

1861년(40세) 이후부터는 죽음이 거의 固定觀念으로 따라다닌다.

"貴兄에게밖에는 할 수 없는 말 (……) 꽤 오래 전부터 小生은 自殺 직전에 놓여
있어요. (……) 특히 두 달 전부터 無力無慾 *atonie*(의욕 상실증을 겸한—역주)과 위
험한 절망 속에 빠졌지요. 제라르 투의 病(Nerval의 精神病—역주) 같은 것에 사로
잡힌 줄 알았지요——즉 사고 능력도 이미 없고 글 한 줄도 못 쓰게 될 듯한 공포
(……)" (말라시스에게)[109]

〈아! 어머니, 아직 우리가 행복해질 시간이 있을까요?〉 이 비통한 절망의
외침으로 시작되는 편지에서, 그는 〈意志喪失〉을 자인하며, 새삼 〈人生의 짧
음〉을 줄곧 생각하노라고, 초조감의 高調를 드러낸다. 이 편지(한 달 전에 쓴)
와 동봉한 편지에서,

"끊임없는 신경질적 공포감(……), 끔찍스런 睡眠, 끔찍스런 잠깸, 움직일 수 없는
무력(……). 그 지긋지긋한 정신 상태, 無力과 침울증 *impuissance et hypocondrie* 속
에, 自殺 생각이 다시 찾아들었어요. 종일 끊임없이 그 생각이 절 괴롭혔어요. 저는
자살에서 절대적 解放을, 一切에서의 해방을 보았어요. "[110]

---


105) LM, C. Ⅱ, p. 72.
106) ibid. p. 77.
107) ibid. p. 84.
108) ibid. p. 97.
109) ibid. p. 136.
110) ibid. p. 143.

40세에 梅毒의 再發症까지 모친에게 고백하는 숨김 없고 애정 넘치는 편지
에서, 드디어 〈神經性 疾病들〉로 자기 진단을 내린다. 여기서도 自殺의 유혹을
고백하고 나서,

"그것(自殺의 고착관념)은 너무 오래 연장된 저의 어쩔 수 없는 처지에서 결과되는
지독한 피로 때문이에요. 一分一秒가 이미 저는 삶에 口味를 잃었다는 것을 증명해
주는 거예요. (……) 저는 외톨이입니다. 상대로 푸념할 친구도, 애인도, 개나 고양이
도 없이 말입니다. 오직 영구히 말 없는 아버님 초상화가 있을 뿐. (……)
　저를 하루하루 파괴하며, 기력을 없애는 이 神經性 疾病들, 구토·不眠症·惡夢·
衰落(……).
　애원합니다. 와 주세요. 와 주세요. (……)
　이젠 신경의 힘도 끝장이고, 기력도 끝장, 희망도 끝장이에요. (……) 결국 머리가
돌고 말 거예요." (1861) [111]

한창 〈아카데미 立候補事件〉에 휘말렸을 때에도,

"제가 그토록, 그토록 오랜 세월 이래로 그 속에 살게끔 處刑된 그 넌덜머리나는 온
갖 갈등의 유일한 무엇보다도 가장 쉬운 해결책으로 항상 제 앞에 自殺을 보고 있어
요. 줄곧 혼자 중얼거리죠——만약 내가 산다면 끝내 똑같은 꼴로 지옥에 떨어긴 자
damné로 살 것이라고(……)" [112]

그 다음에 「內密日記」의 묘한 고백이 따른다.

어젠 줄곧 현기증을 느낀다. 오늘 1862년 1월 23일. 나는 기묘한 告知를 받았다.
내 위를 바보증의 날개 바람이 스쳐가는 듯했다. [113]
"최근에 지독하게, 지독하게 류마티스를 앓았어요." [114]
"生理的 精神的 온갖 不具性은 위급하게 더해 가고 있어요." (1862) [115]

이번에는 게다가 공프증과 마비 상태 léthargie(假死狀態)의 竝發症勢.

"류마티스·惡夢·고뇌, 뱃속에서 치는 온갖 소리가 들리는 참을 수 없는(……), 急
死의 공포, 너무 오래 살까 봐 공포, 어머님이 돌아가실까 공포, 잠드는 공포, 잠깨
는 끔찍스러움,——게다가 가장 급한 일들을 여러 달 동안 뒤로 미루게 하는 이 오래
끄는 假死狀態——어째서인지 모르지만 온 세상에 대하여 내 증오심을 키우는 이상한
질병들(……). " [116]

4년 후에 그를 쓰러뜨릴 온갖 증세는 이렇게 진행되고 있다. 이쯤 오면 그

---


111) ibid. pp. 152~4.
112) ibid. p. 201.
113) JM, h, p. 1265.
114) C. Ⅱ, p. 238.
115) ibid. p. 272.
116) ibid. p. 274.

「惡의 꽃」 중 〈理想과 陰鬱〉 후반부터 점고되는(아니 차라리 깊고 컴컴한 奈落으로 빠져들어가는) 그 不吉·음울·침통한 갖가지 夢想·幻想과 절망의 신음 소리를 실감 있게 이해하고 공감할 수 있으리라.

기름지고 달팽이 우글거리는 땅 속에
내 손수 깊은 웅덩이 파고 싶어라.
거기 悠悠히 내 늙은 뼈 펴고
파도 속 상어처럼 忘却 속에 잠들리.

——유쾌한 死者[117]

내 넋은 금이 갔어……

——금간 鐘[118]

나는 달도 질겁을 하는 墓地야.
거기서 悔恨처럼 긴 구더기들 질질 기어.

——陰鬱 Ⅱ[119]

大地가 하나의 토굴감방으로 변할 때
거기서 〈기대〉는 한 마리 박쥐인 양
겁에 질린 날개로 이리저리 벽을 치고
썩은 천정에 머릴 부딪치며 나는구나.
(…………)
——그러자 긴 葬送行列이 풍악도 없이
내 넋 속을 느릿느릿 줄지어 가고, 〈希望〉은
따가떨어져 눈물 흘리고, 가차없는 지독한 〈苦惱〉는
푹 숙인 내 머리 위에 콱 검은 旗를 꽂는다.

——陰鬱 Ⅳ[120]

(…………)
네 熱情에 拍車질을 하던 〈希望〉도 이젠
네 등에 올라타려지도 않는구나! 염치 불고 뻗으렴,
발길마다 부딪고 비틀거리는 늙어빠진 鈍馬여.

체념하라, 내 마음이여, 짐승 자듯 잠들려무나.

〈時間〉은 광막한 雪原이 뻣뻣이 언
屍體 삼키듯 一分一秒 날 삼키는데.

——虛無의 맛[121]

날 뒤흔들고 물어뜯는
끈질긴 〈아이러니〉 탓으로,

117) Le Mort joyeux.
118) La Cloche fêlée.
119) Spleen Ⅱ.
120) Spleen Ⅳ.
121) Le Goût du Néant.

332

나는 성스런 交響樂 속의
하나의 不協和音이 아닌가?
(…………)

나는 상처이자 칼!
후려치는 손이며 뺨!
(…………)

나는 내 심장의 吸血鬼,
──끝없는 哄笑에 처형되어
한 가닥 微笑도 지을 수 없는
아주 버림받은 놈!

──自己處刑者[122]


심지어 사랑의 詩篇들 중에도 그 m. pr 의 〈원수〉는 끼어든다.

내 마음이 빠져든 캄캄한 深淵 밑바닥에서
(…………)

熱 없는 太陽이 그 위에 여섯 달을 감돌고
다른 여섯 달은 어둠이 땅을 덮네.

──깊은 奈落 속에서(잔느篇)[123]

넘치게 快活한 天使여, 그대 아는가 苦惱를,
수치며, 悔恨이며, 嗚咽, 煩惱, 그리고
구겨 뭉개진 종이뭉치인 양 심장을 억누르는
그 무시무시한 밤의 막연한 恐怖를?

──功德(사바티에夫人篇)[124]

겨울이 온통 내 속에 스며들리──분노,
증오, 몸서리, 넌덜머리, 苦役,
그리하여, 내 심장 北極地獄의 太陽인 양,
한갓 싸늘한 붉은 덩어리 되어지리.

──가을의 노래(마리篇)[125]


그 침체, 마비, 無力·無慾狀態, 공포증 등에 시달린 나머지, 그저 〈짐승처
럼 잠들고 싶은〉 충동과 사랑의 愛撫에서 現實의 〈忘却〉을 구하는 욕구가 많

---


122) L' Héautontimorouménos.
123) De Profondis Clamavi.
124) Réversibilité.
125) Chant d'automne.

은 詩에 주요 테마로 나타난다. [126] 그것이 극도에 이르면 轉落(죽음·自滅)의 유혹에 몸을 내맡기고 싶은 충동으로 격화된다.

눈사태여, 네 轉落 속에 날 끌고 떨어지지 않겠는가?

—— 虛無의 맛

이 m. pr의 轉落(自滅) 직전에서 버티는 m. cr의 투쟁은 悲壯할 수밖에 없다. 34세부터 老衰의 공포와 초조감에 사로잡힌다.

"제 근본적인 공포는 그 점(詩人으로서의 生活)에 있어요. 저는 無名으로 뻗고 싶지 않아요. 규칙적인 생활 없이 老年期가 오는 꼴을 보고 싶지 않아요."(1855) [127]

채권자에게 붙들릴까 두려워서 엿새간을 숨어 있었다는 고백과 함께,

"아직도 늦지 않았을까? 아! 내가 젊었을 때 時間과 건강과 돈의 가치를 알았더라면!"(1858) [128]

"내가 해야 할, 그리고 할 수 있는 모든 것을 하기 전에 두뇌가 파괴된다면!"(1859) [129]

"저는 이제 한 職業에서 뛰어나려면 모든 것을, 정열과 쾌락도 거기에 희생해야만 한다는 것을 깨닫는 時點에 이르렀어요."(1860) [130]

"해야 할 일을 하기 전에 죽는 공포(……)."[131]

"제 일을 정리해 놓지 않고는 自殺할 수도 없어요."(1861) [132]

"거의 사흘 전부터 잠도 못 자고 먹지도 못했죠.——그리고 일을 해야 해요."[133]

그런데도 재촉받는 校正을 한 달 동안이나 책상 위에 올려놓은 채 손을 못 대는(《어째서? 통 영문을 모르겠어요》) 그러한 마비 상태에 번번이 빠져드는 것이다. 뻔히 자기도 알면서 자기 의사로는 어쩔 수 없는 그 〈원수〉를 책망 설교하는 母親에게,

"아! 아마 제겐 아이들과 노예들에게 먹여 주는 채찍질이 필요한가 봐요."(1861)

이 비통한 자책의 절규를 일반화하여,

"만약 한 사내가 중요한 일을 줄곧 다음날로 미룰 정도로 나태·몽상·無爲의 습관에 젖을 때, 다른 사내가 (……) 인정 없이 채찍질을 하여, 결국 기꺼이 일하지는 못

---

126) Léthé, Le Poison, De Profondis clamavi, La Géante, Hymne à la Beauté, La Fontaine de Sang, Prière d'un païen 등.
127) LM, C.I, p. 327.
128) ibid. p. 451.
129) ibid. p. 644.
130) ibid. p. 660.
131) C.II, p. 17.
132) ibid. p. 151.
133) ibid. p. 151.

할망정 무서워서 일하도록 만든다면, 그 사내(채찍질하는 者)는 정말 그의 친구, 그의
恩人이 아니겠는가？"[134]

이 묘한 箴言만을 따로 떼어 그의 매저키즘 운운한다면(Sartre : Baudelaire)
詩人의 m. pr 의 갖가지 증세를 전혀 도외시한 억설이 되고 만다. 그는 轉落과
沈滯・마비 상태와 싸우는 더욱 비통한 告白을 들려 준다. 이때껏 기회 있을
때마다(거의 매년 年末의 편지) 그 저주스런 法定後見宣告에 대한 풀 수 없는 원
한을 토로하던 그가, 〈나태는 항상 한순간의 안도감 뒤에 오는 것〉이니까, 나
자신이 法定後見을 해제하거나 〈빚도 한꺼번에 갚아 버리기를 원치 않는다〉면
서,

"安寧은 나태를 만들 거예요. 제 생각으로는, 그 法定後見은 제가 언제나 끊임없이,
설사 필요 없더라도 일을 할 수 있다고 제가 혹은 어머님이 확신을 가질 때 비로소 해
제해야만 해요."[135]

「內密日記」에 되풀이하여 기입한 그 채찍질——권태로운 時間의 중압에 관
하여,

오직 時間을 씀으로써만 시간을 잊을 수 있다.
아마도 때는 이미 늦었지！(……)

사랑에 忘却을 청하고 〈짐승 같은 수면〉을 바라는 m. pr 및 m. s 와 시간의
짧음에 조바심치는 m. cr 의 묘한 對極的 갈등은 이미 여러 군데서 드러났다.

만약 네가 날마다 일을 한다면, 삶은 더욱 견딜 만한 것이 되리라.
날마다 네 과업을 하고 來日에 관해서는 神에 맡길 것.
두 눈 딱 감고 목적 없이 미친 사람처럼 일할 것, 결과는 두고 볼 일이다.[136]

이런 座右銘 같은 아포리즘이 짧은 지면에 20여회나 연속된다. 그 중에도
필사적인 m. cr 의 呪文・기도 같은 것도 있다.

모든 제 과업을 다 하도록, 필요한 힘을 제게 전해 주도록 기도할 것.
나날이 제 과업을 즉석에 하고, 그리하여 한 英雄과 〈聖者〉가 될 힘을 주소서.[137]

그가 여기서 되고자 기원하는 英雄・聖者야말로 그의 안팎 兩面(m.s 와 m.pr)
의 〈원수〉를 무찌른, 특히 內面의 〈괴물들〉을 退治한 美의 求道者인 流浪騎士
m. cr 의 理想을 가리킬 밖에 없다.

---

134) JI, f, p. 1253.
135) C. Ⅱ, pp. 159~60.
136) JI, h, pp. 1266~8.
137) ibid. p. 1270.

## D. 殺身成藝의 기사도

위대한 작가치고 위에서 말한 몇 가지 특질을 다소간에 갖추지 않은 예도 드물 것이다. 그러나 우리 詩人처럼 內外 양면으로 그토록 혹독한 惡條件과 시련의 연속 속을 헤맨 경우는 언뜻 찾기 힘들다. 한평생 神經性의 고질(해소병)을 앓다 그것으로 죽었고, 역시 우유부단한 성격을 타고났던 프루스트도 m. s 만은 아무 불편이나 근심 없이 安定을 누렸고, 일대 轉身을 이룬 후에는 줄곧 快適의 환경에서 창작에 몰두할 수 있었다. 이에 비하면 詩人의 m. s 는 자신의 말대로 처음부터 처형된 팔자였고, 그 엉망이 된 生活의 난맥과 궁핍 속에서는 그만큼 志操를 꺾일 만한 유혹도 수없이 많을 밖에 없다.

**創造的 자아의 非常對決 : 〈燒灼療法〉**  42세에도 여전히 〈모든 과업을, 가장 유쾌한 것들조차도, 다음날로 미루는 가증스런 습관〉을 말하며, 전보다도 더 혹심한 〈무서운 病, 즉 몽상·침체 marasme·意氣銷沈·우유부단 indécision〉을 한탄하고,

"하지만 어떻게 고치죠? 어떻게 絶望으로 희망을 만들고, 비겁으로 意志를 만들죠?"[138]

이렇게 탄식조로 반문한다. 그러나 그는 오랜 경험으로 이미 間歇的인 m. cr 의 비상 對決法을 알고 있다. 그러기에 생트 뵈브의 방대한 저작의 계속에 감탄하면서,

"貴下의 활동력과 정력을 볼 때, 저는 부끄러워집니다. 다행히도 저는 性格上 갑작스런 충동과 發作이 있어, 매우 不充分하긴 하지만 그것이 꾸준한 意志의 행위를 대신하는 셈이죠."(1862)[139]

이 〈갑작스런 충동과 發作〉, 이것이 m. cr 의 비상한 분발로 이루어질 때, 그 자신이 이미 10년 전에 절묘한 용어로 명명하고 있다.

"1일부터 30일까지 外出 않겠어요. 무슨 代價를 치르더라도 맹렬한 일이 필요해요. 오랜 상처에 대한 일종의 燒灼(인두질)療法 cautérisation 처럼."(1853)[140]

그 후 포우의 번역이 신문에 연재되던 때(1855)와 第2卷 간행시(1857년 2월) 그 실천을 보여 주고 있다. 「惡의 꽃」刊行 후에는 거의 편지마다 母親에게 北프랑스 港都 옹플뢰르 Honfleur(母親이 별장에 은거)에 가서 모친 곁에서 조용히 집필하고 싶은 간절한 소망이 되풀이된다.

"제 無爲徒食을 燒灼 치료할 생각이었어요. 바닷가에서, 온갖 잡념을 멀리 물리치고

---


138) C. Ⅱ, pp. 341~2.
139) ibid. p. 219.
140) C. I. p. 17.

맹렬한 일로써 철두철미 燒灼 치료하려고(……)."[141]

燒灼療法이란 말은 쓰지 않았지만 아주 현저한 實例가 있다. 바그너의 오페라 公演을 듣고 열광적인 감동에 사로잡혔던 그가, 파리의 냉대와 沒理解에 〈얼굴을 붉히고〉 분격하던 그가 마침내 기회를 포착했다. 헌데 불행히도 自殺이 固着觀念이 될 만큼 위기에 처한 때다.

"맹렬하고 피할 수 없는 일에 쫓겨 固着觀念(自殺의)은 사라졌어요. 印刷所에서 즉석 집필한 〈바그너論〉 말입니다. 인쇄의 집념이 없었던들 결코 저는 그럴 힘이 없었을 거예요. 그 후 다시 衰盡과 혐오와 공포의 병에 빠졌어요."[142]

항상 파리人士들의 俗物性을 매도하던 그로서는, 이 바그너 옹호의 펜을 들 때, 실로 零落 중에 분연히 칼을 빼어 불의를 징벌하는 流浪騎士의 심정이었으리라. 또 한 번 저 자신도 신기할 정도의 경험을 피력한다. 역시 지독한 마비상태 léthargie 에 빠져 있었는데, 자기도 이유를 모르게 〈再起〉되었다는 것이다.

"쉴새 없이, 지치지 않고 미친 듯한 일이 단번에 내 病症을 燒灼 치료한 것인지 전혀 모르겠어요. 하여간 완전히 나았으니까요. 저는 게으름과 충동으로 된 비참한 인간(……). 저의 文學的 無力이라는 미칠 듯한 생각에 하도 겁이 나서, 저는 일 속으로 뛰어들었죠. 그러자 내가 어떤 능력도 잃지 않았음을 알았어요."[143]

〈미친 듯한 일〉, 〈충동〉으로 드디어 m. cr 의 승리를 거둔 뚜렷한 실례이다. 여기서 「內密日記」에 부적처럼 박힌 다음 말의 뜻을 이해할 수 있다.

"무엇보다도 먼저 〈偉人〉과 저 자신을 위한 〈聖者〉가 될 것."[144] (〈 〉표는 原文 이텔릭)

그 만신창이가 된 m. s 가 偉人이 되기엔 너무나 지리멸렬한 생활 속에 빠져 허덕이고 있고, 도시 〈저 자신을 위한〉 聖者란 또 무엇인가? 결국 이미 〈處刑〉된 m. s 를 희생하고서라도 명성을 떨치게 될 m. cr, 燒灼의 苦行으로라도 m. pr 의 怪物들(역시 序詩의 vices=monstres)의 끈질긴 유혹을 물리친 〈詩(藝術)의 宗敎〉의 求道者 m. cr 의 이상일 밖에 없다.

**潔癖한 志操와 긍지** 우리는 첫머리에서 無償의 자기 희생과 충성을 다짐하는 기사도 戒律의 결벽성을 보았다. 그 지리멸렬한 생활 속에서도 詩人으로서의 지조와 긍지의 결벽하고 드높은 점은 이미 널리 알려져 있다. 누구나 인쇄된 자기 作品을 갈증이 나게 보고 싶어하고 자랑으로 삼을 文學靑年 시절(21세)에, 친구들과 3人共同의 詩集 간행 준비에 열심히 참여한 그가 마지막 순간에 자기 것을 철회하고, 대신 다른 친구를 넣어 刊行케 했다(1843년 5월). 詩에

---

141) ibid. p. 411.
142) C. Ⅱ, p. 140.
143) ibid. p. 300.
144) JI, mc, p. 1286.

대한 견해가(특히 자기 詩에 대한 친구의 경솔한 評) 달랐기 때문이다. 자기보다
年少한 친구 방빌이 이미 詩集을 낸 후의 일이다.

가장 가까운 詩友 방빌 자신이 회고하고 있다──그는 젊은 시절부터 남들
이 大家들을 추종하는 아류로 출발함에 반하여, 오직 그만은 〈고통·美·現代
的 히로이즘〉이 前時代와는 다른 새로운 表象, 새로운 예술로 표현되기를 바
라고,

> 그는 자기에게 보류된 未來를 정확히 알고 (……) 猜忌者들과 바보들의 증오를 받
> 을 것과 마지막 한 방울까지 苦杯를 들이켤 것을 알고 있었다. 145)

〈마지막 한 방울까지 苦杯를〉──이미 殺身成藝의 각오가 되어 있었던 것이
다. 그 비타협의 결벽성과 자기 詩神에 대한 志操와 完璧琢磨의 신조로 하여,
28세에 이르기까지 그는 〈未發表의 名譽에 집착하는 기묘하고도 거창한 詩
人〉146)이란 기롱 섞인 評을 받는다(왜냐하면 발표된 詩篇은 적지만 이미 詩集 준비
가 되어 있음이 詩友들 간에 알려져 있었으니까). 「惡의 꽃」(原題 「레스보스의 女人
들」, 다음 「地獄의 邊境」으로 바뀜)의 近刊을 처음 예고한 것이 1845년, 즉 12년
이 지나서야 실현된 이유도 그렇다.

같은 해에 벌써 그는 〈詩란 긍지 높은 孤獨의 宗敎 속에서만 이루어지는 珍
貴한 꽃〉147)이라고, 고고하고 준엄한 〈詩의 宗敎〉의 신앙고백을 하고 있다.

그런데 위에서 염증이 나도록 보아 온 그 지리멸렬한 생활 속에 얽매여 버둥
거리던 만신창이의 m.s 와, 그토록 나태·침체·無力·마비증을 자책·개탄하
던 m.pr 가 「惡의 꽃」의 출판이 시작되자 아연 일변해 버리는 것이다. 거의
귀신들린 사람처럼 달라진다──반년 동안에 출판주이자 막역한 知己가 된 풀
레 말라시스에게 37통의 서신 연락으로 活字 크기, 紙質, 詩行 배열에서 광고
文案, 寄贈名單 작성 등에 이르기까지, 그렇게 치밀하고 정력적이며 까다로울
수가 없다. 심지어 짤막한 獻辭(고티에에게 바치는)를 몇 번이나 다시 고치고 다
시 조판시켜, 行의 區分(한 文章을 짧게 9行으로 나눔) 배열, 大文字·小文字·이
탤릭體의 사용 구별 등…… 교정에 이르러는 신경질을 지나 거의 偏執狂이 된
듯, 出版主의 다른 인쇄물의 誤字까지 찾아내서 알려 줄 정도. 최종 교정의 확
인에 대한 고집, 再組版 등 하도 귀찮게 조르고 時日이 걸려, 몇 번씩이나 그
괴짜 출판주와 편지로 싸우기까지 한다(그러면서도 번번이 돈이 없어 郵票조차 못
붙이고 보내며 사과한다). 흥미 있는 것은 그가 처음부터 詩集이 세상에 물의를
일으키고 공격을 받을 줄을 뻔히 알고 있었다는 점이다. 계약(1856년 말)도 아
직 맺기 전에 출판주의 〈人氣 *popularité*〉 운운의 기대에 대답하여,

---

145) cité in BdC, p. 137.
146) ibid. p. 136.
147) Ar-Houssaye(당시 Artiste 誌 主幹)의 회고담, Crp-B, pp. 40~1

"'당신의 〈人氣〉라는 말이 무척 小生을 웃겼소. 小生은 알고 있어요. 人氣가 아니고 호기심을 끌게 될 전면적인 지독한 酷評이에요. "[148]

이때껏 자주 잡지사들이 그의 詩의 게재를 꺼리고 두려워하는 일을 당했기 때문일 것이다. 하나 어머니까지 세상의 흑평에 가담하거나, 혹은 점잖은 집안의 수치스런 일로 여기는 것을 보고 沒理解를 원망하면서도, 끝내 끄떡 않고 그 길을 고집한 그다. 世評쯤이 문제일 것인가. 우리는 이 한 권의 詩集에 대한 그의 自信과 긍지를 알고 있다. 당대의 大文豪 위고에게 오연히 그는 세상의 惡評에 관하여,

"저는 烙印을 찍히고도 무척 마음 편히 있읍니다. 차후 제가 어떤 文學 쟝르를 취급하건 저는 怪物이나 도깨비로 남을 테죠. "(1859)[149]

그러나 그 자기만의 詩神을 위하여 〈一切를, 열정과 쾌락도 희생해야만 함을〉 깨달았으며, 〈그 방면(열정과 쾌락)에는 철저히 단념했다〉[150]고 단언한다 (1860). 이 때부터 과연 그는 친구가 女性들을 소개해 주려는 만찬 초대에도 응하지 않는 굳은 道心을 발휘한다. m. s의 희생은 이미 각오했고(그 후 위에서 본 아카데미立候補라는 幕間笑劇이 있었음에도 불구하고), 오히려 m. cr 와는 반비례의 관계임을 인정하는 듯이 보인다.

"더욱 不幸해질수록 더욱 내 긍지는 커집니다. "[151]

물론 m. s의 〈不幸〉이ㅣ m. cr의 〈긍지〉다.

"저는 大衆性이 없는 그런 종류의 정신을 가지고 있으니, 돈은 별로 벌지 못할 테죠. 그러나 저는 알고 있어요, 커다란 名聲을 남길 것이라는 것을──단, 제가 살아갈 기운을 가진다면 말입니다. "[152]

但書의 그 병약한 m. pr 와, 다른 한편으론 언제까지나 궁핍에 빠져 있는 m. s 와는 참으로 대조적인 드높은 m. cr의 긍지며 희한한 자신이다. 이 후세의 명성에 대한 자신은 어디서 솟는 것일까? 첫째, 방빌이 예리·적절히 지적했듯, 처음부터 그가 〈자기에게 보류된 未來〉를 알고 있었다는 점, 즉 당대의 大詩人 위고, 뮛세, 비니, 고티에…… 등 누구와도 다른 자기 領地 domaine 를 詩史 안에 확보하고 있다는 자각과 자신이며(다음 〈二元性의 美學……〉 중 〈결정적 영향〉 참조), 둘째로 그 자기 고유한 영역의 詩神에 대한 騎士的인 忠誠 ──〈최후의 한 방울까지 苦杯를 들이켜는〉 〈현대적 히로이즘〉──에서 솟구치는 자신이다. 〈고뇌를 불순에 대한 영약으로 주시는 나의 神이여, 찬송받을

---

148) C.I, p. 364.
149) ibid. p. 598.
150) ibid. p. 662.
151) C.Ⅱ, p. 98.
152) ibid. p. 152.

지어다〉(前揭「祝頌」). 그럼 그의 〈고유한 領地〉의 확보는 무엇으로 보증되느냐, 어째서 그 누구와도 다른 특유한 영역인가라는 매우 중요한 문제에 부딪힌다. 이 문제는 결론에 이르러 분명해질 것이다.

이 자기 고유의 영지를 향하여, 자기만의 聖杯를 찾아 〈十字架의 길〉을 가는 그의 m. cr의 自信의 세째 근거는 詩人으로서의 결벽한 지조──완벽을 향한 탁마와 완벽 아니면 발표치 않는──에서 솟구친다. 번번이 자기 詩에 손질을 (주로 독자들의 빈축과 반발을 피하기 위한 대담한 用語의 緩和) 하는 잡지사 주간에게,

　"내 詩에 손을 대지 말라고 열번째 주의를 환기하게 된 것이 천만 유감이오. 그 詩들을 빼 주시오."(1860)[153]

그리고는 先拂받은 詩의 고료는 변상하겠노라고 선언한다. 이 문제로 결투까지 할 기세를 보였던 것이다. 그가 寄稿하던 잡지 두 개가 한꺼번에 폐간되어 作品 발표에 무척 애를 쓰던 때이며, 그만큼 궁핍은 더 극심할 때의 일이다. 散文詩(「誘惑」과 「도로테」)에서 대담한 語句가 몇 군데 완화되어 발표되자,

　"이미 貴下에게 말했죠──한 작품 속에 코머 한 개가 당신 맘에 안 들거든 全作品을 빼시오. 하나 그 코머는 빼지 마시오, 그것대로 存在理由가 있으니까."

전에 그런 문제로 결투까지 하려던 그다. 이어 단호한 〈완벽〉에의 자신이 피력된다.

　"小生은 文章짓기를 배우는 데 一生을 고스란히 보냈어요. 그래서 남은 웃을지도 모르지만 두려움 없이 말합니다──小生이 印刷에 넘기는 것은 〈完全히 끝맺어진 *parfaitement fini*〉 것이라고."(1863)[154]

이 完璧에의 집념은 晩年에 이를수록 거의 偏執狂(상식적인 눈으로 볼 때) 같은 과잉 결벽으로 나타난다. 브뤼셀 도착 후, 환멸과 극도의 궁핍·절망에 빠진 그가, 파리에서 진행 중인 포우 詩集(제4권)에 수록할 단편 하나의 교정을 두 번 꼭 보아야겠다고 무려 11통의 편지를 쓰며 간청·애원·위협을 되풀이한다──사장(Michel Lévy)에게, 그가 회답을 않자, 편집장에게, 이어 실무자에게 만약 교정쇄를 보내 주지 않는다면, 왕복 여비를 쓰더라도 파리까지 가서 교정을 보겠노라고(1864. 5. 31) 한다. 자기 작품도 아니고 단편 번역물 한 편이고, 그것도 이미 헐값으로 판권을 팔아 버린 것이다.

다음날 다시 사장에게 길고 간곡한 편지를 띄워, 만약 이미 인쇄에 넘겼다면, 그 부분의 再組版費를 자기가 부담하겠으니 꼭 재교정의 기회를 달라면서 마침내 騎士道의 本分에 대한 결벽·廉直한 〈명예심〉이 천명된다.

---

153) ibid. p. 33.
154) ibid. p. 307.

"아시다시피 小生은 오직 한 가지 美德에서 자부심을 끌어냅니다. 즉 本業 *métier* 에 대한 사랑에서 말입니다. 제 명예를 더럽히지 마시고, 제 둘쩻번 교정을 배제하지 마 십시오. "[155]

어떤 〈명예〉인가? 本分에 대한 無償의 충성이며, 모랄 이상의 결벽한 非妥 協의 계율——바로 기사의 강직·고고한 명예심이다. 이 시기에 모친이 그가 번 번이 김치국부터 마시는 투의 〈安易〉한 기대(필경 作品出版件과 작품 집필·게재 등)를 책망하는 모친에게 보낸 다음 귀절은, 모친이 지적한 그의 m. s의 安易 와 그가 고집하는 m. cr의 준엄성의 대조를 잘 요약하고 있다.

"〈安易라뇨?〉 착상의 安易 *facilité*? 또는 표현의 安易? 제게는 그 어느 쪽도 없 어요. 제가 한 얼마 안 되는 것도 몹시 고통스런 作業의 결과라는 것은 일목요연한 사실이에요. "[156]

마침내 이 완벽의 집념이 무서운 편집으로 나타난다. 그가 쓰러지기 한 달 반 전에, 온갖 末期的 병증(심지어 앉아 있다가도 별안간 쓰러지는 顚倒症까지)이 총 공세를 취하듯 竝發하고, 出版에 관한 온갖 계획과 기대가 水泡로 돌아가자, 그는 필사적인 안간힘을 쓰며 後見人을 시켜 최후의 출판 교섭에 관해 브뤼셀 에서 지휘를 벌인다. 그러면서도 그는 한치도 양보 없이 끝내 고수하는 조건 을 내건다.

"내 글 중 단 한 줄이라도, 최소한 두 번 다시 읽은 후가 아니면, 결코 인쇄에 넘기 지 않겠소. "(1866. 1. 30)[157]

졸도 후에 이미 자기 손으로 글을 못 쓰게 되어 代筆로 「現代 파르나스 詩選」 에 실릴 자기 詩의 교정으로, 아주 미세한 活字와 符號까지 놓치지 않고 잡아 낸다. 이 세상에 남긴 마지막에서 세쩻번 代筆 편지는 문학청년 시절의 同人 (Prarond)의 시집 近刊 기증본에 대한 간결한 평에 덧붙여, 詩法上의 誤謬를 지적하고 있다.[158] 바로 22세 때 3人詩集(1843년)을 계획했던 친구의 시집이 다. 그 때부터 쓰러진 후까지, 詩에 관하여는 어떤 친구나 위대한 시인(위고)에 게도 결코 타협이나 영합을 스스로 용납하지 않은 것이다.

한편으로 그 누더기 같은 생활 속에서 버둥거리는 m. s, 번번이 마비와 공포 와 갖가지 病症에 짓눌리는 m. pr, 다른 한편으로 그 비타협의 완벽 추구와 오 연한 긍지·自信·剛直의 의연한 m. cr가 한 사람 속에 공존하고 있다는 점, 참으로 희한한 〈現象〉이라 할 만하다.

〈衝擊〉과 對決하는 流浪騎士의 힘　그에 있어서 殺身成藝란 무엇보다도 社

---

155) ibid. p. 373.
156) ibid. p. 457.
157) ibid. p. 580.
158) ibid. p. 631.

會的 自我(m. s)의 〈殺身〉이요, 〈成藝〉란 그의 〈수호천사 *L'Ange gardien*〉의 〈나를 위하여 오직 美만을 사랑하라〉는 誠命대로 자기 〈고유의 領地〉를 향하여 갖가지 시련을 물리치고 기어이 자기만의 〈聖杯〉를 찾아내는 일이다.

그가 散文詩 「파리의 陰鬱」을 한때 〈외로운 散策者 Le Promeneur solitaire〉 혹은 〈파리의 流浪者 Le Rodeur parisien〉라고 題名을 붙인[159] 것은 의미심장하다(물론 詩人 자신을 가리킨다). 합쳐 〈파리의 외로운 流浪者〉라 붙일 만도 한 일이다. 파리에서 定住한 곳만도 33 個處(한 달에 6回 이사의 기록을 상기), 그 밖의 임시 피난처는 이루 헤아릴 수 없다. 그런 중에도 〈한 달에 닷새도 평온한 날을 갖지 못하고〉 시달리며 동분서주하는 틈(주로 밤 子正 이후)을 타서 비로소 (그것도 마비와 다른 병중에 걸리지 않은 때만) 일에 손을 댈 수 있는 m. cr 의 활동을 그는 자주 〈衝擊 *scousses*(激動)〉 속에 (을 거쳐) 하는 苦役으로 표현한다.

"(……) 온갖 충격을 거쳐 第2卷(Poe 의 번역)이 끝났어요."(1856)[160]

"어머님은 제가 어떤 충격들 속에 얼마나 벌벌 떨며 살아가는지 눈치채지 못하시나요?"(1857)[161]

항상 激動 속에 시달려야 하는 그 거리를 가리켜 자주 〈이 저주스런 도시〉 〈파리가 지긋지긋하다〉고 하며, 심지어 母親 곁에서(Honfleur) 며칠 묵고 돌아올 때(1860. 10. 20), 두 차례나 〈내 地獄 속으로 돌아간다〉[162]고 파리 생활의 지겨움을 말한다. 그 반면에 北海 아름다운 항도에서 母親과 함께 사는 평화로운 執筆生活을 애처로울 정도로 간절한 소원으로, 1860 년 이후 모친에게 긴 편지를 쓸 때마다 피력한다. 그러나 1859 년에 몇 달 동안 그 꿈을 이룬 후로는, 61 년 5 월부터는 당장 떠날 듯이 신변의 모든 짐을 꾸려 속속 우송하고, 마지막 보따리까지 우송할 것을 알리고도 그만 주저앉고 만다. 母親에게는 빚의 청산 문제와 파리에서만 볼 수 있는 참고 자료(주로 美術論) 때문에 떠날 수 없다고 한다. 亡命 중의 V. 위고에게도 〈우리의 지겨운 파리(……) 여기서 할 과업만 없다면 저는 世界의 끝으로라도 가 버릴 터입니다〉(1859)[163] 이렇게 지긋지긋한 심정을 말한다. 그런데 끝내 그곳을 벗어날 수 없도록 〈流配된 *exilé*〉 〈파리의 流浪者〉로 태어난 그의 m. cr 로서는, 바로 그 〈지긋지긋하〉고 〈詛呪받은 都市〉가 창작의 道場일 밖에 별도리가 없다. 流浪의 거리에서 비틀거리며 詩句를 가다듬는 m. cr 의 모습.

　　　　낡은 구석진 거리를 따라
　　　　(…………)

---

159) (L. à A. Houssaye) ibid. p. 207.
160) C. I, p. 352.
161) ibid. p. 370.
162) C. II, pp. 100~1.
163) C. I, p. 599.

나는 홀로 괴상한 擊劍을 수련하러 가네.
거리 구석구석에서 우연한 韻의 만남을 찾아 헤매며,
포장돌에 부딪듯이 낱말들에 비틀거리며
때로는 오랫동안 꿈꾸던 詩句들에 부딪히며.

──「惡의 꽃」중 太陽[164]

거리를 방황하며 詩作에 골몰하는 자기 모습을 〈擊劍〉에 은유한 기발한 연상이 〈파리의 流浪者〉인 그의 m. cr 에게는 조금도 기발할 것 없는 日常的인 경험에서 떠오른 이미지인 것이다. 낮에는 거리의 배회자 *flâneur* 로 구석구석을 떠돌며 예리하게 관찰해 머리 속에 새겨 두었다가, 밤중에 혼자 그림에 열중하는 畵家 가이스 Guys 의 모습을 〈연필·펜·畵筆을 들고 격검을 하는〉 맹렬한 전투자로 묘사한 것도 흥미롭다. 여기서 바로 위의 詩의 〈격검 *escime*〉이란 명사를 動詞化 *s'escrimer* 라 표현하고, 〈혼자이지만 싸움꾼〉이란 말로 화가를 지칭하고 있다(1860).[165] 유랑기사다운 표현이다. 그가 처음 문단에 데뷔할 때 쓴 에쎄이에서 이미 이렇게 충고하고 있다.

"빨리 쓰기 위해서는 그 전에 많이 사색했어야만 한다──즉 한 主題를 함께 끌고 다녔어야 한다는 것이다. 散步에도, 욕탕에도, 음식점에도, 거의 자기 情婦 방에까지."(1846)[166]

이렇게 작품의 主題를 가는 곳마다 〈끌고 다니며〉 뜻을 들이거나, 거리에서 〈격검을 수련〉하듯이 새로운 韻과 詩語를 찾아 헤매는 〈파리의 流浪者〉──이것이 〈聖杯〉를 찾아 헤매는 19세기 파리 詩壇의 이단적 流浪騎士 보들레에르의 m. cr 의 모습이다. 그가 부딪히는 온갖 시련의 〈충격〉에 기진맥진해졌을 때, 줄곧 자기를 전혀 알아주지 못한다고 푸념하면서도 그 괴로움을 호소할 상대는 모친뿐이다. 한창 「惡의 꽃」의 작품 완성에 전력을 기울일 때.

바로 〈부득이 한 달에 여섯 번 이사를 해야만 했다〉고 알린 모친에의 편지에서, 〈호텔에서 호텔로 쫓기고〉, 〈횟가루와 벼룩떼 속에서 자고〉 하다가, 결국 일할 곳이 없으니까, 일대 결심을 하고, 〈印刷所에서 살며 일을 했다〉(포우 연재 중)면서, 한 달 동안 살기 위하여 돈 마련 궁리를 털어놓은 뒤에, 이렇게 한탄한다.

"더없이 우스꽝스러운 일은, 나를 닳아뜨리는, 이 참을 수 없는 충격 한복판에서 詩作을, 제게는 가장 고달픈 그 일을 해야만 하는 것입니다."(1855)[167]

---

164) FM, Le Soleil (Tableaux Parisiens).
165) Le Peintre de la vie moderne, p. 1162.
166) Conseils aux jeunes littérateurs, p. 481.
167) C. I, p. 311.

原初的 自我와 騎士精神　343

　여기서 〈우스꽝스러운 일〉이라 함은, 그토록 지리멸멸한 생활 속에 먹고 살아가기가 바쁜 주제에, 생활에 보탬도 되지 않는 詩作에 힘을 기울이는 자신에 대한 自嘲다. 〈제게는 가장 고달픈 일〉, 그토록, 그 온갖 〈충격〉 속에서도, 詩作이 그에게는 뼈를 깎는 刻苦의 작업임을 뜻한다. 고달프기만 하고 수지는커녕 嘲罵만 돌아오는 일을 말이다.

　詩人 쟝 쥬우브 J. Jouve 는 유달리 그의 詩語가 지닌 〈힘〉을 강조하면서 〈보들레에르가 보들레에르인 것은 낱말들의 힘 속에서이다〉[168]고 설파한다. 이제 그 비밀을 알 만하지 않은가? 그 〈저주받은 都市〉의 소란을 배경으로, 그 온갖 충격들의 소용돌이 속에서, 〈격검〉을 하듯이 전취한 詩語——처음부터 온갖 충격의 試鍊을 이겨내고, 거리거리의 소란을 압도하며 울려 온 詩語, 충격과의 투쟁을 胎敎로 삼고 자라 分娩된 言語가 아닌가. 이에 그 m. cr 의 비장한 執念과 자기 예술 앞에 一刀 再拜하는 경건한 致誠을 보태 보라——〈드디어 혼자다! (……) 인간의 面相의 횡포도 사라졌다. (……) 우선 내 방문의 자물쇠를 二重으로 잠그자. (……) 지긋지긋한 삶! 지긋지긋한 삶!〉 밤 한時, 〈二重으로 잠근〉 방문 뒤에 俗世의 횡포와 함께 자기의 m. s 는 떨궈 버리고, m.cr 는 이제 〈드디어 혼자다!〉

　　모든 것에 不滿이고, 나에 불만이니, 밤의 靜寂과 孤獨 속에서나마 나를 보상하고 조금이나마 스스로 자랑삼고 싶구나.　　　　　——「파리의 陰鬱」 중 새벽 한時[169]

　세상과 함께 불만스러운 〈나〉는 두말 할 나위 없이 그의 m. pr 와 m. s 이며, 〈밤의 정적과 고독 속에〉 잠겨 〈자랑삼고 싶은〉 나는 m. cr(항상 자신과 긍지를 가지는)이다. 〈저는 불행해질수록 더욱 자부심은 커지죠〉[170]——m.pr 와 m.s 의 受難과 정비례하여 더욱 강해지는 m. cr 의 자부심(어째서? 우리는 곧 그 비밀을 밝혀 보리라). 그 m. cr 의 기도를 들어 보라.

　　(사랑하는 故人들이여) 내게 힘을 주소서, 나를 부축해 주소서, 내게서 세상의 거짓과 썩은 증기들을 멀리 물리쳐 주소서. 그리고 그대 나의 神이여! 얼마간의 아름다운 詩句들을 낳도록 은총을 베푸소서, 제가 人種之末이 아님을, 제가 경멸하는 者들보다 못한 놈이 아님을 저 자신에게 증명할 수 있는 詩句들을. (同上)

　참으로 聖杯 은닉처를 눈 앞에 두고, 무릎 꿇어 마지막 기도를 올리는 零落한 유랑기사를 방불케 하는 비장하고 감동적인 기도다. 그의 詩語는 또한 詩에 대한 이러한 종교적인 信仰과 致誠으로 얻어진 것이다.

---

168) J Jouve, Le Secret de Baudelaire (in Baudelaire: Collect. Génies et Réalités), p. 70.
169) Spl, A Une heure du matin.
170) C. II, p. 99.

## 結　語

　우리는 위에서 이미 거론된 詩人의 創造的 自我(m. cr)와 사회적 자아(m. s)에 다시 原初的 자아(m. pr)라는 개념을 도입하여 3分身을 설정함으로써, 그의 생애와 作品에 나타난 갈등들이 아연 드라마틱한 생기와 긴장의 迫眞感을 띠고 부각됨을 보았다. 이에 다시 유례 없이 안팎으로 〈처형된〉 m. pr 와 m. s의 중압과 충격들에 시달리며 싸우는 m. cr 의 〈영웅적〉 투쟁에 그 자신이 詩人과 결부시킨 騎士道 *chevalerie*의 결벽·준엄하고도 구체적인 계율이라는 새로운 각도의 조명을 던짐으로써, 그의 몇몇 傳記的 사실들의 모호한 점을 밝혀낼 수 있었으며, 詩人으로서의 긍지 높은 비타협의 〈고독의 宗敎〉에 몰입한 求道者의 확고부동한 자세와 그의 시어의 유다른 힘의 비밀을 밝혀 보았다.

　그 밖의 퍽 귀중한 소득은 이 두 가지 개념의 결합으로 「惡의 꽃」의 獻詩를 비롯하여 많은 詩篇들과 散文詩들을 새로운 각도와 관점에서 다시 읽고 고찰함으로써, 그 밑에 숨긴 극적인 갈등과 새로운 뜻을 드러내 보였다. 그리고 그 비참을 넘은 처량한 m. s 와 內面의 〈원수〉에 짓눌려 허덕이는 m. pr 와는 전혀 어울리지 않는 m. cr 의 드높은 긍지와 후세의 名聲에 대한 자신의 근원을 당대 어느 詩人과도 유다른 자기 독특한 〈고유의 領地〉를 확보하고 있다는 확신에서 찾았고, 그 확신의 근거의 究明을 숙제로 남겨 놓았다. 이제 그 숙제를 풀 수 있는 모든 자료는 갖추어진 것으로 안다.

　그는 〈이 혹독한 책 속에 내 온 心魂을 (……) 송두리째 집어넣었다〉고 告白한다(1866. 2. 18 附 Ancelle 에의 편지). 그런데 그토록 긍지와 자신을 가지고 내놓은 이 詩集을 모친(그토록 그가 자기를 몰라준다고 푸념하던)에게 〈수치심 때문에 15일이 지나도록 보여드리지 않으려 했다〉는 매우 주목할 만한 告白을 한다(1857. 7. 9 附). 어째서? 그만큼 모친조차 모르던 유례 없는 〈나〉의 전존재 〈온 심혼을 송두리째〉 그 속에 집어넣었기 때문이다. 그의 獻詩로 되돌아가 보자(그 詩를 卷頭에 내놓은 〈명석〉을 자랑하는 詩人의 치밀하고 깊은 의도와 計算을 확인하는 셈이 된다).

　〈惡魔〉의 유혹과 조종으로 거침 없이 〈地獄〉으로 내려가는 처형된 *condamné*자, 지옥에 떨어지며 이어 그가 內面에 지닌 갖가지 괴물(악덕 *vices*)에 시달리는 자 *damné* 가 그 主人公이다(이 *condamné, damné* 는 散文詩에서 더욱 자주 나온다). 그런데 그의 온갖 詩는 例外 없이 그 *condamné*(*damné*)의 노래인 것이다. 外部世界인 〈파리風景〉마저 철두철미 그 갖가지 충격에 들볶이는 〈저주받은 都市〉의 流浪者의 눈을 끌고, 또 그가 촛점을 맞춰 도려낸 풍경과 夢想·幻想 내지 幻覺들이다. 그 유례 없는 *condamné*(*damné*)의 詩世界, 그가 지긋지긋할 만큼 m. pr 의 그 음울·회한·마비·절망·환상으로 가득 찬 뇌수와 가슴과 창자를 헤쳐 내보이면 보일수록, 벌써 유례 없는 저 자신의 온 存在를 중심으로 한 유례 없는 詩世界는 그만큼 全詩史에서도 一回的인 唯一性을 더욱 굳혀줄 밖에 없다. 이것이 그가 젊어서부터 〈未發表의 詩人에 집착하는 듯〉할 만큼 결벽·집요하게 지켜 온 〈자기에게 보류된 未來〉에 대한 豫言者的 自信의 근거다. 詩人으로서 출발점부터 〈고독의 宗敎〉임을 각오했을 뿐 아니라(註 147 참조), 브뤼셀서 쓰러지기 열흘 전에도, 파리의 젊은 世代가 그를 스승으로 떠받들고 있으니, 돌아와서 그들을 영도하라는 생트 뵈브의 시사를 받고, 그는 〈보들레에르派〉의 존재를 自認하면서도, 〈모방자들보다 위험한 것은 없지요. 저는 무엇보다도 홀로 있는 게 좋아요〉(1866년 3월 5일附, 모친에게)라 하며, 추종자들에게 대한 영합이나 자기 도취는커녕, 모방을 위험스런 경향으로 가차없이 비판한다. 올올한 不毛의 頂上에서 홀로 자기 고유의 〈진귀한 꽃들의〉 花園을 지키려는 고고한 예술 순교자의 처절한 경지다. 게다가 내 작품에서 句讀點 하나라도 빼려거든 차라리 내 〈作品 전체를 빼라〉던 그 완벽을 자신할 만큼의 탁마와 力量이 갖춰져 있다.

우리는 이미 첫 부분의 詩 「怨讐」에서 m. s와 m. pr에 대한 m. cr의 갈등을 보았다. 거기서 그는 雷雨에 황폐된 자기 정원, 洪水에 씻긴 〈모래톱〉같이 메마른 땅에서, 그래도 〈내가 꿈꾸는 새로운 꽃들〉(詩)이 거기서 일반의 상식을 넘는 〈神秘로운 養分〉을 찾을 것인지…… 하는 일루의 희망을 걸었다가 곧 終聯에서 〈가슴을 갉는 정체 모를 원수〉(m. pr의 갖가지 절망적 증세의 근원)로 인해 다시 절망에 빠짐을 보았다.

헌데 절망할 필요는 없었던 셈이다(적어도 m. cr의 영광을 위해서는). 그 어느 詩人과도 다른 〈새로운 꽃들〉은 그 전례 없는 〈신비로운 養分〉을 바로 자신의 〈가슴을 갉는 정체 모를 원수〉에게서 찾아냈으니까.

逆說的이긴 하지만, 그의 創造的 自我는 그의 사회적 自我가 충격들의 시련에 들볶이는 〈저주받은 都市〉를 道場으로 삼고, 자기 〈가슴을 갉는〉 原初的 自我의 〈원수〉에서 〈양분〉을 찾았으니, 결국 19세기 파리의 流浪騎士·詩人 보들레에르는 자기를 그토록 괴롭히는 안팎의 敵, 사회적 自我와 원초적 자아를 거꾸로 창조적 自我의 밥으로 삼음으로써 오직 자기만의 聖杯를 끝내 전취하고야 말았고, 그럼으로써 不朽의 詩人이 된 것이다.

# 第2章　二元性의　美學

## ──矛盾의　統一과　分裂

### 序　言

　　보편적 原理는 하나임에도 불구하고, 自然은 결코 절대적인 것도 완벽한 것도 주지 않는다. 내가 보는 것은 個體들뿐이다. (……) 같은 나무가 줄 수 있는 수천개의 과일 중에 똑같은 두 개를 발견하기란 불가능한 일이다(……).　二元性 *dualité* 도──그것은 統一의 矛盾 *la contradiction de l'unité* 이지만──또한 그 결과이다. (「1846年의 美展評」)[1]

　　우리 詩人의 美學(詩學을 포함하는 넓은 의미의)에 관하여는, 하도 여러 연구가들이 샅샅이 뒤져──가톨리시즘(또는 장세니슴)에서 악마주의 *satanisme* 에 이르기까지, 당디슴 *dandysme* 에서 사디슴에 이르기까지, 초현실(초자연)주의에서 클라시시슴에 이르기까지──새로운 개척의 여지란 전혀 없을 듯하다. 그러나 거개가 그 중 어느 단일 美學의 측면에서 전작품을 훑어보고 있으며, 그 유일한 예외로 지적된 연구[2]도 年代的으로 변천한 〈美學들〉을 뒤밟고 있다. 그 착상에 전폭적으로 동의하여, 〈그러나 보들레에르의 美學이란 없다. 單數로 취한 그 낱말(미학, *l'esthétique*)은 아무 뜻도 없으며, 오직 부당한 거짓의 일반화로 이끌어갈 뿐이다. 마땅히 연구하여 서로 대조시켜 보아야 할 것은 보들레에르의 《美學들》이다〉[3]라고 강조한 것도 역시 그러한 年代的으로 뒤바뀐 미학들의 〈항구적인 改宗〉을 뜻하고 있다.

　　그런데 우리가 주목하고자 하는 바는, 바로 그렇게 연대적으로 截然히 구분할 수 없이 동시에 共存하고 있는(심지어 한 편의 詩 안에조차) 다양하고, 번번이 相反되는 미학 내지 美觀의 〈모순적〉요소들이다. 요는 그 잡다한 요소들을 어떠한 포괄적인 原理로써 파악하고 정리하여, 전작품을 총괄하여 성격지을 만한 특질을 抽出할 수 있는가를 시도하는 일이다.

　　이에 앞서 매듭을 지어 둘 문제가 있다. 보들레에르의 미학을 논할 때, 으례 따르는 通說 〈포우의 영향〉이라는 문제다. 이 점은 그의 生前에도 〈내 詩들을, 내가 그의 작품을 알게 되기 10년 전에 쓴 것인데도, 포우에게서 빌었다는〉[4]

---

1) Salon de 1846, p. 913.
2) Leakey(Felix W.): Les Esthétiques de Baudelaire: le système des années 1844~1847.
3) R. Kopp et Cl. Pichois: Les Années Baudelaire(Etudes baudelairiennes-I), pp. 144~5.
4) C.Ⅱ, p. 466 (1865).

평을 들을 정도였다. 그런데 이 通說은 유감스럽게도 詩人의 詩學上의 曾弟子뻘인 20세기의 대시인 폴 발레리가 그대로 踏襲하여 강조함으로써 더욱 굳어짐을 우리는 이미 보았다(〈評傳〉중 해당부분 참조). 그리고 이에 대한 考證的인 反證도 몇 가지 지적해 두었다.

## 1. 포우와 생트 뵈브의 영향과 그 限界

**포우를 만나기 以前** 評傳에서도 언급한 바와 같이, 그가 포우를 본격적으로 연구하기 시작한 것은 1852년부터이고, 그 때까지는 소수의 단편소설을 읽었을 뿐이라는 점이 이미 고증되어 있다. 그럼 과연 언제부터 포우의 작품에 접촉한 것일까? 詩人의 위대한 재능을 맨 먼저 주저 없이 대담하게 찬양한 최초의 젊은 동지에게 포우와 자기 관계를 회고적으로 밝힌 유명한 편지를 다시 살펴보자.

> "더욱 기이하고 거의 믿을 수 없는 어떤 일을 지적할 수 있소. 1846년 혹은 1847년에 에드가 포우의 몇몇 斷片들을 알게 되었소. 나는 이상한 충격을 느꼈소. 그의 全作品은 그가 죽은 후에 비로소 單一版本 속에 수집되었기 때문에, 나는 끈기 있게 파리에 사는 아메리카 사람들과 교제를 하여 포우가 발행한 新聞集을 빌어 보았소."[5]

벌써 근 15년 전 일이기에 정확한 연대를 그 자신도 확정하지 못하고 있거니와, 그의 두번째 美展評이 나온 해(1846) 연말까지 프랑스 문단에 소개된 포우 작품은 단편 1편(45년)과 엉터리 번안과 著者를 밝히지 않은 단편(1846년 「모르그街의 殺人」)과 포우 「短篇集」에 관한 書評이 있을 뿐이다. 떳떳이 작자와 역자를 밝힌 최초의 작품은 「검은 고양이」(47년 1월)다. 詩人의 시종 가장 충실한 친구였던 아슬리노도 바로 이 번역이 처음으로 詩人에게 포우를 발견케 한 작품으로 증언하고 있다.[6]

위의 두 가지 점으로 미루어 그가 처음으로 〈포우를 알게〉 되고, 그에게 이상한 충격을 받은〉 것은 47년 1월 말의 「검은 고양이」에서 비롯된다고 단정할 만하다.

그리고 포우는 49년에 사망했고, 사망한 후에 비로소 全集이 간행되었으며, 51년에 詩人은 그 전집을 주문한다. 그 첫 〈충격〉을 받은 후 파리의 미국인들과 사귀며 〈끈기 있게〉 빌어 본 자료가 고작 포우가 편집한 新聞綴集이다. 그러고도 52년 잡지에 발표한 첫 포우論 「에드가 알란 포우, 生涯와 作品」[7]도 기위 미국에서 발표된 논문을 적절히 이용한 것이어서, 그 후 그 자신이 대폭 수정해야만 할 정도였던 것이다. 그렇다면 「1846년의 美展評」은 물론이고, 50년

---

5) (L. à Fraisse) C. I, p. 676.

6) C.I, p. xxxv.

7) Edgar Allan Poe, sa vie et ses ouvrages (La Revue de Paris, 3월, 4월 2회).

경까지는 이미 포우의 영향을 운운할 수 없는 많은 「惡의 꽃」의 詩들이 발표되거나 또는 未發表로 간직되고 있음을 인정해야만 한다. 그런데 포우를 발견하기 전에 쓴 「46년의 美展評」에 포우에 관한 언급이 없음은 당연한 일이고, 「1855년의 萬國博覽會」에서 비로소 첫 언급이 있고,[8] 그 때까지는 그 밖의 어느 評文에도 언급이 없다. 현재까지 남아 있는 그의 사생활의 가장 충실한 거울인 「書簡集」에서 처음 포우가 등장한 것은 1851년 10월 15일附로(受信者 不明), 〈에드가 포우의 作品들, 특히(만약 있거든) 略傳이 있는 版本을〉, 〈火急히〉 런던으로 주문해 달라는 편지다. 그렇다면 포우의 영향 운운을 완전히 배제할 수 있는 「46년의 美展評」에 나오는 美學의 주요 개념들을 열거해 보면 문제는 더욱 분명해질 것이다.

로망티슴 즉 現代藝術論——〈內密性 intimité, 정신성, 색…, 無限에의 동경〉 특히 北方藝術을 특징짓는 그것——〈色彩派; 몽상과 夢幻 féeries(……) 灰色 지평선에 잠긴 환상 fantaisie의 시선. 彼岸을 꿈꾸고 感知케 하는 강인한 이상주의(……), 人間의 고뇌(……)〉[9]

〈色彩와 감정의 완전한 音階〉, 〈나의 생각을 완전히 표현해 준 호프만 Hoffmann(……) 색채와 음향과 향기 사이의 완전한 아날로지와 內密한 결합〉[10](즉 그의 美學의 핵심인 萬物相應, 交感 correspondances.

(들라크로아에 관하여)〈怪奇조차 균형잡힌 형태를 취하고(……)〉, 〈온갖 대조 antithèse 手法과 온갖 同格 apposition의 술수〉[11] (이 점이 그의 詩法의 두드러진 특징임을 살피게 되리라).

(헨리 하이네를 통한)〈초자연주의 Surnaturalisme(……) 그 類型들은 외부의 자연 속에서는 발견될 수 없고 바로 예술가의 심혼 속에 계시된다.〉[12]

〈심오하게 슬픈 종교, 보편적 고뇌의 종교(……)〉; 〈기이하고 끈질긴 우수 mélancolie〉; (셰익스피어와 단테)〈人間苦의 위대한 두 畵家〉;〈어떤 고뇌의 秘義 mystère douloureux〉〈베버 Weber의 멜로디처럼 비탄의 깊은 색채〉[13]

그 밖의 데포르마숑과 單純化의 일종의 原始藝術論,[14] 反民主(共和), 反俗物의 과격한 당디슴,[15] 現代固有美 추구와 당디의 히로이즘[16] 등등……

이미 이 정도로 자기 美學을 정립하고 있는 터에, 과연 그가 포우에게서 무슨 새로운 미학을 얻을 수 있을지, 언뜻 생각이 나지 않을 정도이다. 그럼 문제의

---

8) p. 974.
9) pp. 879~880.
10) p. 884.
11) p. 889.
12) pp. 890~1.
13) pp. 898~9.
14) p. 914.
15) pp. 946~9.
16) pp. 949~52.

발레리가 踏襲한 通說 〈보들레에르에 대한 포우의 영향〉論을 다시 검토해 보자.

　포우 : 〈충격〉과 〈불가사의한 一致〉　발레리는 포우의 결정적 영향을 강조하는 나머지, 〈온 보들레에르는 포우(의 영향)에 의해 침투되어 영감을 받고 深化된다〉[17]고 하고, 특히 作詩法(詩의 原理 *The Poetic Principle*) 문제를 들고 나와, 〈저 자신의 財産〉으로 가로챘을 정도로 결정적 영향을 받았음을 시사한다. 사실 발레리 자신도 정확성에 사로잡혀 詩를 포기하고 오랫동안 수학에 몰두할 정도로 포우의 정신에 傾倒했고, 그 자신이 스승 말라르메를 이어 누구보다도 큰 영향을 입었다. 그런데 보들레에르는 오히려 포우의 독트린의 한계와 과장 내지 미스티피카숑까지 분명히 지적하고 있다. 특히 포우 創作法에 있어 정확한 사전 계산을 강조한 대목에 관하여, 그러한 정신은 매우 소중하고 필요하되, 그 과장을 〈허풍〉이라고(사실 우리가 보기에도 허풍이랄밖에 없다) 분명히 一針을 가하기를 잊지 않고 있다.

　　그가 좋아하는 公理들 중의 하나는 또한 다음과 같다. 〈小說에 있어서나 마찬가지로 詩에 있어서, 小說에서나 소네트 *sonnet* 에서나, 일체가 結末에 협력하여야 한다. 훌륭한 작가는 첫 줄을 쓸 때 벌써 마지막 줄을 내다보고 있게 마련이다〉라고. 이 회한한 방법 덕분에 作品 제작자는 자기 작품을 끝에서부터 시작할 수도 있고, 그의 맘에 들 때는 어느(작품 중의) 部分을 먼저 할 수도 있다는 것이다. 錯亂의 愛好家(靈感에 의지하거나 감정의 流出에 내맡기려는 詩人・作家—역주)들은 아마도 이 시니컬한 格言에 반발을 일으킬 것이다(……). 그들에게 深思熟考(영감과 즉흥이 아닌—역주)에서 예술이 어떤 이득을 끌어낼 수 있는가를 보여 주는 것, 그리고 세상 사람들에게 이른바 詩라는 사치의 대상이 얼마만큼의 苦役을 요구하는가를 알게 해 주는 것은 항상 유익한 일이다.

　　이렇게 그 포우의 原理가 좀 〈시니컬〉하게 과장되어 있음에도 불구하고, 그 필요성과 유익한 면에 同意하고 나서 곧이어,

　　어쨌든간에, 약간의 허풍은 항상 天才에게 허용되게 마련이며, 또 그에게 안 어울리는 것도 아니다. 그것은 천성으로 아름다운 女人의 광대뼈 위에 칠한 분 같은 것이어서, 재치에 대한 새로운 양념이다. [18]

　　그는 찬탄과 心醉中에도 명석한 良識의 판단을 잃지 않고, 그 과장과 한계를 뚜렷이 지적하고 있다. 그보다 4년 후 그의 결정적인 포우 硏究인 〈포우에 관한 새 노우트〉(1857)에서 다시 그 作詩法 *Philosophy of compositions* 에 언급하여,

　　나는 그 論說이 약간의 교만으로 얼룩진 듯이 보인다는 것을 말했다.

---

17) Valéry : Situation de Baudelaire, Variétés Ⅱ, p. 145.

18) La Genèse d'un poème, in Oeuvres complètes de Ch. Baudelaire, Ⅴ (Alphonse Lemer, 1890), p. 460.

350

이렇게 포우의 과격한 논리에서 〈재미있는 교만〉의 흠을 우선 재확인하고,
가령 포우가 다음과 같이 말할 때,

나는 다음과 같은 점을 자랑할 수 있다. ——즉, 내 制作 composition 의 어떤 점도
偶然에 내맡긴 적이 없고, 作品 전체가 수학 문제의 정확성과 엄밀한 논리로써 일보
일보 자기 목표를 향하여 전진했다.

이 말은 〈약간 교만의 흠〉이 있기는 하지만, 특히 〈靈感派〉에게는 유익하다
는 점을 再確認하고 있는 것이다.[19] 그는 첫 번역 때부터 벌써 포우의 결함을
분명히 지적하고 있다.

다음 읽을 포우의 작품은 때로 지나치게 희박한 이론이며, 또 어떤 때는 아리송하
고, 가끔 이상하게 당돌하다.[20]

오히려 발레리 자신이 같은 글에서 그의 결정적 무기로 인정하고 있는 그 〈명
석한 批判力〉을 그는 찬탄과 심취 속에서도 잃지 않고 있다는 희한한 예증이 될
만하다. 여하간 후에 다시 논급되겠지만, 포우의 영향을 과대평가하는 通說은
수정되어야 한다. 포우의 영향이란 고작 詩人이 이미 발표하거나 품고 있던 藝
術的 天分 및 사상과 취향을 자극·강화하여, 자신을 가지고 대담하게 밀고 나
갈 수 있는 뒷받침을 해 주고, 詩人의 고백대로(『內密日記』) 〈推論하기〉, 즉 이
론 전개의 방법을 체득케 함에 그쳤고, 전혀 새로운 것을 주었다고는 볼 수 없
다. 가령 포우의 영향 중에도 가장 큰 것으로 지적된 문제의 創作法, 우리 詩人
이 그 지나친 과장을 〈허풍〉이라고 一針을 가한 창작상의 〈심사숙고〉의 강조
는 이미 文壇 데뷔 시기의 다음 귀절에 胚胎되어 있다. 그리고 포우의 과장보
다는 훨씬 온건하고 良識에 맞는 충고라 하겠다. 1846년 4월에 발표했고, 따
라서 그가 아직 포우를 발견하기 이전에 쓴 글이다(그가 1852년까지는 포우의 短
篇 몇 편뿐이고 詩와 論說은 接해 보지도 못했다는 점은 이미 고증되었음을 지적했다).

빨리 쓰기 위하여는 미리 많이 생각했어야 한다——한 주제를 산책에도 욕탕에도
식당에도 끌고 다녀야 하며, 거의 情婦 침실에까지 끌고 다녔어야만 한다. (……) 작
가가 제목을 쓰려고 붓을 들었을 때는 이미 畫布는 (素描로—역주) 덮여 있어야만 한
다.[21]

이것이 바로 이미 제목까지 「制作方法 Des Méthode de compositions」이라고 小
題를 붙인 글이다. 그런데 이것은 그가 말한 〈포우의 책을 펴들었을 때〉의 그
〈질겁〉과 〈心醉〉가, 바로 자기가 조심스럽게 개진한 이런 생각을 먼 나라의 자
기를 닮은 한 詩人이 이미 〈20년 전에〉 쓴 것을 발견한 그 놀라움, 그 〈不可思
議한 일치〉 때문이라는 것을 말해 주는 뚜렷한 例證이다. 그리고 똑같은 생각이

---

19) Notes Nouvelles sur E. Poe, in Oeuvres comp. 7(Conard, 1933), p. XXII.
20) Notice de Révélation magnétique(1848), cité in Rf-B, p. 82.
21) Conseils aux jeunes littérateurs, p. 481.

지만 그 얼마나 대담하고 철저한 推論인가! 〈첫 줄을 쓸 때에는 이미 마지막
줄을……〉. 이 귀절에 이르렀을 때의 명석한 우리 詩人의 입가에 떠오른 苦笑
가 바로 〈허풍 charlatanerie〉이라는 말로 표현되었으며, 〈美女 볼 위의 분칠〉쯤
으로 보고 〈항상 天才에게 허용〉되는 것으로 극력 옹호하는 것으로 苦笑를 지
워 버린 셈이다. 그리고 포우를 넘어서 그 허풍의 효용까지 분석하는 훨씬 높
은 안목을 보여 준다.

어떤 作家들이 꾸밈없는 척하고, 두 눈 딱 감고 傑作을 노리며, 혼란 속에 自信滿
滿하여, 천정에 내던진 글자들이 詩篇이 되어 방바닥 위에 떨어지기를 기다리는 만큼,
그만큼 에드가 포우는(내가 아는 限 가장 많이 靈感을 받은 사람에 속하지만)(거꾸로
—역주) 自發性 spontanéité 을 남에게 숨기고, 냉철과 심사숙고를 가장하기를 좋아했
던 것이다. [22]

발레리가 列擧한 그 밖의 영향은? [23] 〈人工論 théorie de l'artificiel〉? 만약 人
工이라는 것이 反自然의 사상과 연결되는 것이라면, 그것은 이미 그가 人生의
出發點부터 깊숙이 들어간 당디슴에서 싹트고 있지 않은가? 그리고 「라 팡파
를로」의 눈부신 裸體美를 처음으로 만끽한 주인공 그라메르가 갑작스런 변덕
으로, 그 여인의 무대에서의 분장대로의 衣裳을 요구하는 대목에 이미 나타나
있다. 또 만약 人工樂園의 美學을 가리키는 것이라면, 이것 역시 이미 피모당
館 시절에 入門된 바이며, 후에 포우 아닌 英國人 퀸시 Th. de Quincey를 길잡
이로 삼고 있다. 그 다음 〈現代的인 것의 이해와 비난〉은 이미 「1846年의 美
展評」에 유감 없이 나타나고, 그 밖에 발레리가 지적하는 〈예외적인 것〉, 〈어떤
異常性〉 등의 중요성이니, 〈귀족적인 태도〉, 〈神秘性〉이니, 〈엘레강스 취미〉니
등은 바로 〈당디 보엠〉의 몇 가지 면모일 뿐, 그가 새삼스레 다른 누구에게서
영향받을 여지조차 없다. 〈正確性 précision의 취미〉란 그도 인정하는 보들레
에르의 天性이다. 〈그는 타고나기를 관능적이고 또 정확 précis 하다.〉[24] 끝에
붙인 〈政治觀까지도〉는 우리가 48年 革命 前後의 그 모순에서 자세히 살펴보
았듯이 포우의 영향을 받을 여지 없이 이미 고스란히 들어 있어 발레리답지 않
은 경솔이랄밖에 없다.

오히려 그는 美學의 논리적 체계 système에 대한 경멸 내지 否定을 이렇게
표명할 정도이다.

美學의 〈현대 判官・教授들〉(……) 〈美〉의 얼빠진 空論家 l'insensé doctrinaire du
Beau 같으면 필경 헛소리를 늘어놓을 게다. 그는 자기 이론체계의 맹목적인 보루 안
에 갇혀서 人生과 自然을 모독할 것이며(……)

바로 위에서 본 포우의 과장된 창작 원리를 상기시킬 정도이다. 그리고 나

---

22) =19)
23) Valéry: op. cit. p. 145.
24) ibid. 131.

서 저 자신의 경험에 비추어 이론과 사실의 괴리를 매우 웅변적으로 갈파한다.

나는 내 친구들이 그랬듯이, 거기서 내 맘대로 설교하기 위해서, 재삼 한 이론체계 속에 侵入하려고 시도했다. 그러나 한 이론체계란 실은 우리를 끊임없는 改宗으로 몰아가는 일종의 處刑이다. 항상 또다른 체계를 발명해야 하며, 그러한 피로는 혹독한 형벌이다. 그리고 줄곧(체계를 세울 때마다—역주) 내 이론체계는 멋지고 광대하여 편리하고, 특히 깨끗하고 매끄러웠다. 적어도 내게는 그렇게 보였던 것이다. 그리고 줄곧 보편적 活力의 자발적인 spontané 뜻밖의 所産이 나타나서는 유토피아의 한심한 딸인 유치하고도 고리삭은 내 論理에 반격을 가하는 것이었다. 비판 기준을 옮기거나 확대시켜 보았자 소용없는 일이었다. 그 기준은 항상 보편적 인간에 뒤떨어지고, 삶의 무한한 螺旋形 속에서 움직이는 다양 다채로운 美를 끊임없이 추적하고 있었다.[25]

이것이 그가 바로 포우에 한창 열중하던 때(1855년)의 글이다. 그러니 우리는 첫머리에 인용한 바 포우 발견의 〈이상한 충격〉의 이유를 의심할 여지 없는(친밀한 사람에 대한 그의 고백이 항상 그렇듯이) 것으로 단정할 만하다. 포우의 新聞綴集을 빌어 읽은 뒤의 놀라움이다.

"그러자 나는 발견했소——내 말을 믿어도 좋아요——내가 착상은 했지만, 모호하고 혼돈하여 잘 정리되지 않았던 것을 포우가 배합하여 완벽하게 이끌어간 詩와 단편소설들을 발견했단 말이오. 내 열중과 오랜 끈기(번역의—역주)의 근원은 그런 것이었소."[26]

한창 포우 번역에 主力을 기울이기 시작한 때(1854년)에 이미 모친에게도, 〈무척 이상한 일, 제가 주목하지 않을 수 없는 일, 그것은(……) 저 자신의 詩와 그 사람(포우—역주)의 시 사이의 내밀한 類似性〉이라고 고백했다. 그 〈不可思議한 一致〉의 충격이 얼마나 컸던지, 晚年에 브뤼셀에서도(1486년) 되풀이 강조한다. 모방이라는 중상까지 받아 가면서 한사코 번역하는 그 집념의 비밀이다.

"어째서 小生이 그토록 끈질기게 에드가 포우를 번역하는지 아십니까? 그가 小生을 닮았기 때문이죠! 小生이 처음으로 그의 책을 폈을 때, 단지 내가 꿈꾸던 主題뿐만 아니라 내가 생각했고 그가 20년 이전에 쓴 〈文章들〉(原文 이탤릭—역주)을 보고 질겁을 하고 또 환희를 느꼈어요."[27]

評傳에서 이미 언급한 바이지만, 사실 그러한 〈이상한 충격〉, 〈불가사의한 一致〉라는 깊은 비밀이라도 없다면, 그 지리멸렬한 생활 속에, 그 心身이 온갖 고통과 병중에 시달리면서도, 그토록 〈끈질기게〉 열중한 집념을 달리 설명할 길이 없다.

---


25) Exposition universelle de 1855, p. 955.
26) C. II, p. 676.
27) ibid. p. 386.

**決定的 영향** : 〈생트 뵈브 아저씨〉 그가 스스로 〈무모한 짓〉, 〈끔찍한 바보 짓〉이라고 규정지으면서도, 한창 최후의 사회적 반항 〈아카데미 立候補〉에 열을 올리다가 지쳤을 무렵(1862년 1월 말, 사퇴 10일 전)이다. 그는 플로베에르에게 오연히 말한다.

  "어떻게 貴兄이 그걸 눈치채지 못했을까——보들레에르, 그것은 곧 오귀스트 바르비에 Barbier · 고티에 · 방빌 · 플로베에르 · 르콩트 드 릴르, 즉 〈純粹文學〉을 뜻한 다는 것을?"[28]

자기와 同類인 비타협의 예술가, 따라서 그가 존경할 만한 同時代人들을 열거한 셈이다. 受信人 플로베에르의 意中을 조금이라도 고려한 同時代人의 選別일까? 평소의 그의 기질로 보아 그럴 것 같지는 않지만, 몇 달 후(同年 8월) 아무 꺼림없이 솔직 대담하게 자기 생각을 털어놓을 수 있는 상대(모친)에게는 세상의 타락 · 卑俗化 · 無知를 개탄하며 내뱉는다.

  "이 무슨 頹落! 도르빌리 · 플로베에르 · 생트 뵈브를 제외하고는 아무와도 이야기가 통할 수가 없군요. 제가 繪畫를 이야기할 때는 오직 테오필 고티에만이 제 말을 이해하거든요."[29]

이 두 번에 걸친 선별적인 경의 표시에 포함된 詩人의 동년배 친구는 방빌과 플로베에르(특히 후자는 두 번에 걸쳐)뿐이다. 선배 중에 도르빌리는 당디 보엠 *dandy bohème* 의 선배일 뿐만 아니라, 正統思想과 가톨릭으로 복귀한 뒤에도 反俗物 · 反民主의 반항정신으로 우리 詩人과 정신적 친근성을 지니며, 게다가 문학에 있어서도 기발하고 풍자 · 환상적인 경향으로 詩人과 가깝다. 大文豪 빅토르 위고가 완전 제외되었음은 당연하다. 허나 그가 언급하지 않은 선배 중에 알프렛 드 비니는 그가 무척 존경하고 호의를 품고 있던(특히 아카데미 입후보 소동 이후) 시인이다. 그러나 당대의 대문호 중에 그가 소년 시절부터 브뤼셀에서 졸도하기에 이를 때까지 한결같이 존경할 뿐만 아니라 〈우리 아저씨 생트 뵈브〉라고 부를 정도로 사랑한 상대는 오직 생트 뵈브뿐이다.

우리는 그가 리쎄 上級班(만 17세) 때, 위고의 詩와 생트 뵈브의 유일한 自傳的 소설 「官能 Volupté」을 애독했음을 알고 있다. 그리고 그의 「書簡集」에 생트 뵈브에게 보낸 최초의 편지[30](1844년 말 아니면 45년 초로 고증되고 있음)가 일찍부터 그의 作品을 애독한 문학청년이 그에게 바치는 頌歌를 보내는 일종의 팬 레터다. 그 찬양의 長詩에서, 思春期의 몽상 · 애욕 · 번뇌의 갈등 속에서 그 작품을 발견하고, 〈아모리譚을 내 가슴에 안고 다녔노라〉고(아모리 Amaury 는 「官能」의 주인공) 그 영향의 지대함을 고백하여, 〈마비된 넋들에겐 하도 친애

---

28) ibid. p. 225.
29) ibid. p. 254.
30) C. I, pp. 116~8.

로와 그들의 운명에 같은 病症을 찍어 놓는 그 책의 심오한 秘義를 샅샅이 뒤졌노라〉고 회고한다. 허나 그보다 먼저, 〈당신의 소네트들로 성숙하고 당신의 詩節들로 마련되어〉라고, 그의 詩[31]를 애독했음을 말하고 있다. 과연 언제부터일까?  그런데 우연치고는 참으로 놀라운 奇緣이지만, 그가 마지막으로 생트 뵈브에게 보낸 편지가 바로 그 詩를 다시 읽는 감동을 적어 보낸 편지다(졸도하기 2개월 전에 쓰기 시작, 현기증 때문에 20일간이나 중단된 후 다시 계속된 1866년 1월 15일~2월 5일附 편지).  때마침 다시 간행된 생트 뵈브의 처녀작이자 마지막이 된 詩集「조제프 들로름」을 받아들고, 〈책장을 넘길 때마다 내 옛 친구였던 詩들을 다시 알아보는 기쁨〉을 말하면서, 〈제가 개구장이였을 때도 그리 취미가 낮지는 않았던 모양이군요〉[32]라고, 〈개구장이〉 때 감동받은 詩들이 여전히 훌륭한 시였음을 확인하고, 감개무량한 감회를 어루만지듯이 회고에 잠기는 것이다. 그리고는 아직도 자기가 암송하고 있는 시들을 발견하고 〈기억력으로 욀 수 있는 시들을 어째서 기꺼이 인쇄물로 다시 읽는 것일까요?〉 하며 신기해 하고있다.

그런데 그 시집 중에 〈예전보다 훨씬 잘 이해했다〉[32]고 지적된 詩 두 편 중에 「8月의 思念 Pensées d'Août」이란 長詩가 있다. 바로 그 詩 중에 문제의 중요한 詩句들이 들어 있는 것이다. 문학청년 생트 뵈브가 詩로써 문학에 첫발을 들여놓았을 때, 이미 詩界는 라마르틴느·위고·비니 등의 大詩人들의 각기 고유한 〈자리〉〈分野〉를 차지한 뒤에 자신의 고유한 領地를 찾지 못한 고뇌와 회의를 노래한 것이다.

> 이미 각자 자리를 차지한 때 뒤늦게 와서,
> 어쩔 것인가? 어디로 내디딜까? 어느 좁은 空間으로?
> 古參들이 정신의 모든 分野를 쥐고 있었다.
> 내것이 되기 전에 이미 遺産은 차지되었구나. [33]

〈개구장이〉 때 이런 詩를 읽었고, 암송할 정도로 애독하였으며, 졸도하기 직전(45세)에 다시 읽으며 깊은 감동에 사로잡히는 생트 뵈브의 詩集, 그 중에도 특히 45세에 이르러 〈전보다 훨씬 잘 이해하게 된〉 문제의 詩, 이 詩에서 노래한 문학청년 생트 뵈브의 고뇌는 「惡의 꽃」 소송사건 때, 변호를 위한 敎示로 詩人에게 보낸 생트 뵈브의 편지에도 되풀이되었고(〈詩의 영역에서 모든 것이 차지되었었다. 라마르틴느는 天上을 차지했고, 위고는 地上을 차지했다……〉), 발

---

31) Vie, poésies et pensées de Joseph Delorme(1829).

32) C. Ⅱ, pp. 583~5.

33) cité par Jan Kamerbeeck Jr.: Sainte-Beuve et Baudelaire entre Velleius et Valéry, in Les Années Baudelaire, p. 94. 한 時代의 大家들 배출과 각자 고유한 領地 확보의 심리적 갈등의 原理를 古代史家 Velleius에서 비롯하여, 생트 뵈브·보들레에르·발레리의 連繫線으로 풀이한 이 탁월한 논문에서, 어째서 詩人의 이 최후의 편지에서 좀더 깊은 비밀의 열쇠를 찾지 않았는지, 어째서 언급조차 하지 않았는지가 의문이다.

레리, 역시 거의 그와 비슷한 표현으로 똑같은 고뇌를 문학청년 보들레에르의 고뇌로 代辯해 주고 있다(물론 그것은 발레리 자신의 고뇌였던 것이다).

그런데 우리 詩人은 이 詩를 읽은 인상이나 그 영향을 自認한 적이 없다. 오히려 졸도 직전에야 〈전보다 훨씬 잘 이해〉하게 된 것으로 고백한다. 그런데도 생트 뵈브가 자기의 옛 고민의 경험으로 詩人이 「惡의 꽃」이라는 고유한 〈영역 domaine〉을 차지하지 않을 수 없게 되었음을 看破했듯이, 우리가 評傳에서 이미 본 詩人의 前半期의 창조적 자아의 온갖 행위와 태도는 실로 이 〈고유의 영역〉 탐구 확보의 그것이었던 것이다.

우리는 상기한다. 그의 첫 同人 서클 〈노르망디派〉의 첫 共同詩集 간행[34]에 참여한 그가 최후 순간에 이르러 자기 시를 철회하고 만 사실을. 45년부터 詩集 근간 예고를 내면서도 49년에 이르기까지, 〈보들레에르 뒤파이 Dufays(당시 詩人이 서명하던 母親姓), 未刊으로 남아 있는 명예에 집착하는 이상하고도 굉장한 詩人〉[35]이라는 평을 받을 정도로 발표에 인색하던 詩人을.

근간 예고를 시작한 지 12년 만에 나온 初版의 총 101편(序詩 포함) 중, 그 과반수 52편이 未發表의 작품이었다는 점을 재고해 볼 필요가 있다. 그토록 빚에 몰리고, 발표할 때는 으레 고료를 先拂받을 정도로 궁색한 그가, 評文(예컨대 「現代作家論」)을 企劃刊行物(全集)에 실리기 전에 잡지에 팔아서 이중의 소득을 올릴 정도로 그 방면에 빈틈없이 이용할 줄을 아는 그가 半數 이상을 깊이 死藏하고 있었던 것이다.

특히 削除 처분을 받게 될 6편의 詩는 그 중 단 한 편이 특별 企劃刊行物 「사랑의 詩人全集」에 발표된 것을 제외하고는 전부가 초판에서 처음으로 공개된 사실(그 중 「보석 Les Bijoux」은 실로 1842년 작이다)에 주목하자.

이 모든 점을 종합해 볼 때, 우리 詩人은 결정적인 기회, 「惡의 꽃」의 전모를 일거에 공개할 때까지는, 그 속의 대부분의 秘苑은 용의주도하게 숨겨두고 있었음을 알 수 있다(물론 소수의 친구들은 이미 알고 있었고, 그것으로 뒷공론을 통하여 호기심을 널리 자극해 놓고 있었음도 시인의 계산 밖의 일은 아니다). 「惡의 꽃」 출판에 착수할 무렵, 出版主 말라시스에 보낸 詩人의 말은 이 점을 의심할 여지 없이 증명해 준다.

　"兄의 〈人氣〉라는 말이 小生을 무척 웃겼어요. 小生은 잘 알고 있소, 人氣가 아니라 호기심을 끌게 될 전면적인 酷評이죠."[36]

결국 한꺼번에 공개될 때까지 그는 인색할 만큼 「惡의 꽃」의 秘苑을 확보하고 끝내 비장해 두었으며, 그 자기 고유의 〈領地〉에 대한 확고한 自信을 가지고 출판을 시작했으며, 그럼으로써 일거에 폭발할 그 충격적인 효과까지 그는

---

34) 1843년 5월 Vers (Le Vavasseur · Prarond · Dozon).
35) cité in BdC, p. 136.
36) C.I, p. 344.

계산하고 있었음을 웅변하게 말해 준다. 더욱 놀라운 것은, 주사위가 이미 던져지고 그 파동과 〈기묘한 榮光〉의 풍랑이 지나간 지 근 10년 후에, 환멸과 궁핍과 절망 그리고 온갖 질병으로 쓰러지기 직전, 그 생지옥 같은 流謫生活 중게 멀리 파리에서 詩人을 스승으로 받드는 새 世代들의 등장을 보는 그의 태도다. 묘하게도 이 소식을 알리며, 속히 귀국하여 혼란에 빠진 그들 〈보들레에르派〉의 領導를 권고한 것 또한 〈생트 뵈브 아저씨〉다. 어느 시인 작가가 들어도(설사 그토록 궁지에 몰리지 않았더라도) 반갑고 으쓱해지기만 할 이 소식에 대한 詩人의 놀라운 반응은 이미 본 바(評傳 해당 부분과, 〈原初的 自我와 騎士精神〉)와 같다. 오히려 자기를 추종하고 모방하는 경향을 위험천만한 짓으로 경계하며 혐오하는 것이다.

"저는 무엇보다도 혼자 있고 싶어요."[37] (졸도 10일 전 모친에의 편지).

이미 10년 전에 결판이 난 자기 〈영지〉 확보의 심려와 계산과 自信을 넘어, 이제 無人의 頂上에서 자기 牙城을 홀로 固守하려는 무섭도록 孤高한 집념에 사로잡힌 것이다. 그뿐이 아니다. 문학에 첫발을 들여놓을 때부터, 〈자기 고유의 영지〉 확보의 근본 태도의 씨가 실은 〈개구장이 때〉 그에게 속삭여 준 〈영지〉 모색의 고뇌의 노래로써 가슴 깊이 뿌려진 점을 전혀 의식하지 못하는 것이다. 그 점을 끝내 公認한 적이 없을 뿐 아니라, 處世에 있어서나 성격상으로나 자기와는 판이한(아카데미 會員이며 元老院議員, 따라서 그를 〈순수문학〉派에서 제외할 정도로) 그에게 〈우리 아저씨〉라고 부를 정도로 大先輩에 대하여는 예외적인 친근감을 느낄 뿐이다. 더우기 빅토르 위고夫人에게 생트 뵈브의 소식을 전하는 편지(위고夫婦와 생트 뵈브와 詩人, 그리고 〈고유의 영지〉 문제…… 등 몇 겹의 因緣이 얽힌 매우 주목할 만한 자료다)에서, 그 새세대 문제를 언급하며, 유독 〈고유의 영지〉 문제에선 생트 뵈브와는 거리가 먼 것으로 여기기에 이르고 있다. 그 정도로 牙城의 고수와 고고한 詩人의 自立獨步的 자세를 저 자신만의 신념으로 여기게 된 것이다.

"그(생트 뵈브)는 小生이 파리로 돌아가야 하며, 그 모든 혼란스런 문학 운동들을 이끌어가는 게 바로 小生의 할 일이라고 주장합니다. 생트 뵈브의 평소의 명석한 판단이 여기에는 결여되어 있어요.
小生은 누구든간에 이끌어갈 만한 爲人이 못 되며, 스스로 자신을 이끌어갈 줄 모르는 사람들에 대해서 깊은 경멸을 품고 있읍니다."[38]

여기에 이르면, 생트 뵈브의 影響은 커녕, 바로 생트 뵈브 자신이 자기 고유의 〈영지〉 모색의 고뇌를 노래했고, 〈개구장이〉 때 이미 그 시를 읽었으며, 「惡의 꽃」 소송 때도 바로 그 문제로 변론의 수단을 제공해 준 사실마저 잊은

---

37) C. Ⅱ, p. 370.
38) ibid. p. 569.

듯이 보인다. 그토록 그는 궁지와 절망에 몰릴수록(評傳 끝章에서 밝혀지듯이) 세상에 대한 증오와 혐오·복수심이 커지고, 이에 正比例하여 자기 牙城死守가 강박관념처럼 오직 자기만의 문제로 느껴진 것이다.

하여간 생트 뵈브의 영향을 끝내 自認하지 못하고, 졸도 직전에야 문제의 詩를 새삼스레 〈전보다 훨씬 잘 이해〉했을 정도로 오랫동안 의식 밑에 묻혀 있었다는 점, 그러면서도 위에서 보았듯이 문학청년 시절부터 「惡의 꽃」 출판에 이르기까지 詩人으로서의 그의 行動은 생트 뵈브의 그 〈영지〉 확보 문제를 至上의 원리인 듯이 실천했을 뿐 아니라, 한술 더 떠서 효과적인 반응을 용의주도한 계산으로, 은폐·秘藏과 극적인 一時公開를 노리기까지 했고, 만년에 이르면 그 〈확보된〉 영지를 오직 혼자서만 그 牙城에서 지키려는 집념으로 激化됨을 보았다. 이 모순을 어떻게 설명할 수 있을까? 시인으로서의 독창성을 과시하려는 잠재의식이 일체 남의 영향을 자신에게까지 否定하려는 자기기만일까? 심층의식의 분석·천착의 대상이 될 수도 있으리라. 허나 우리는 전에도 늘 그랬듯이 좀더 면밀히 구체적 사실을 재검토하는 중에서 해답을 찾기로 한다.

첫째, 그 영향이 발레리가 通說을 좇아 포우의 美學의 영향을 운운한 것처럼, 어떤 詩學이나 철학의 문제라면, 남들 앞에 公認하건 않건간에, 저 자신이 의식 못 할 수는 없는 일이다. 헌데 이 고유의 〈영지〉 문제는 어느 작가·시인의 독창적인 그 무엇이 아니고, 그 이전의 예술가로서의 근본적인 자세의 문제다. 이 〈영지〉 문제를 치밀하게 다룬 논문에서 지적되었듯이(脚註 33 참조), 로마 史學者(Velleius)의 說로 비롯하여, 프랑스 문학에서도 생트 뵈브 이전에 크레비용 Crébillon père(1674~1762), 데샹(생트 뵈브보다 9년 전에 프랑스의 젊은 낭만파들을 논하며) 등이 똑같은 문제를 제기했고, 발레리 자신도 그 문제로 모색의 침묵시대를 보낸 것이다. 따라서 이 문제는 역사상의 독창적인 모든 예술가가 公言했건 안 했건간에 한 번 거쳐야 하는, 누구의 것도 아닌 匿名의 문제다. 따라서 어느 때에 어떤 계기로 그 문제에 심각히 부딪치고 맞서게 되는가, 또 어느 정도로 집요하게 모색하고 확보하여 이를 고수하는가의 차이가 있을 따름이다.

그런데 우리 詩人의 경우는 어떤가? 아직 창조적 自我가 눈뜨기도 전에 (우리는 그가 학창 생활을 끝내고 얼마 동안까지도, 어떤 분야로 나갈 것인지 아직 결심이 서지 않음을 異腹兄에게 알리는 편지를 보았다), 〈개구장이 때〉에 읽었고, 45세에 이르러 다시 읽었을 때야 비로소 〈전보다 훨씬 잘 이해〉할 정도로 깊숙이 잠재해 있던 것이다. 그리고 〈전보다 훨씬 잘……〉이라는 그 표현 밑에는, 航海에서 돌아온 후(그때부터 확고히, 그리고 돌이킬 수 없이 〈저주받은 詩人〉의 길로 접어들었으니까) 「惡의 꽃」 출판까지의 우여곡절과, 그것이 벌써 자기보다 20년 전에 문학청년 〈생트 뵈브 아저씨〉의 고민이었다는 再發見(처음 읽은 개구장이

358

때는 그 고민을 제 것으로 실감 못 하였으니 이번에 비로소 발견한 셈)의 감개무량한
감동이 억제되어 있는 것이 아닐까? 여하간 〈개구장이 때〉 무심코 읽은 그 詩
句들이 (그 長詩 「여름의 思念—빌르맹에게」는 지금도 암송하고 있다는 詩들 중에는 포
함되어 있지 않다) 가슴 깊숙이 잠복한 채로, 그가 문단에 첫발을 들여놓을 때
는 이미 同年輩의 어느 문학청년들 (르 바바쇠르, 프라롱, 도종, 방빌…… 등)과도
다른 오직 자기만의 확고한 자세로 定立되었고, 이어 사회적 自我와 원초적 자
아의 挾攻이 심해지면 심해질수록 이에 비례하여 반항적인 我執으로 더욱더욱
굳어진 것이다. 위에서 (〈原初的 自我와……〉) 본 바, 詩人이 일찍부터 다른 詩
友들과 유다른 확고한 자세를 취한 점에 대한 방빌의 증언의 참뜻이 여기서 약
동한다——표현은 다를망정 내용은 마치 그도 前記 벨레우스 Velleius——생트
뵈브의 〈固有 領地〉 문제를 염두에 두고 있기라도 한 듯이 절묘한 부합을 찾
아볼 수 있다. 재독해 볼 만하다.

　보들레에르, 그는 古典主義派나 로망틱派가 쌓아올린 숱한 판박이 *poncifs* 와 常套
的인 것들이 참을 수 없었다. 그는 前時代와는 전혀 비슷하지도 않은 현대적 고뇌, 현
대적 美, 현대적 히로이즘을, 그것에 고유한 表象을 발견하고 새로운 예술로 표현되기
를 바랐다. (……) 그는 자기에게 보류된 未來에 관하여 판단을 그르치지 않았다. 누
구의 본을 뜨거나 모방하고 싶지 않았고, 특히 속이고 싶지 않았기에 (……). 그는 최
후의 한 방울까지 膽汁(苦杯)을 마시게 될 것임을 알고 있었다. [39]

　결국 보들레에르를 「惡의 꽃」의 詩人으로 만든 것은 포우의 영향도 아니며
(오히려 포우 영향은 그 수많은 小說의 복안으로 流産되었고, 그 挫折이 그를 더욱 「惡
의 꽃」의 시인으로 철저하게 옭아간 결과를 가져왔다), 그 누구의 美學의 영향도 아
님은 이미 위에서 (〈原初的 自我……〉) 밝혔다. 가장 결정적인 要件은 가장 충실
한 친구 방빌의 증언대로, 〈자기에게 보류된 未來〉를 향하여, 〈최후의 한 방
울까지〉苦杯를 마실 요지부동의 집념에 있다. 그 苦杯가 곧 詩人의 聖杯였고
(〈고뇌를 ……靈藥으로 주신 神이여〉—「祝頌」), 그에게 마치 마술의 암시와도 같이
이미 〈개구장이 때〉에 가슴 깊이 〈고유의 領地〉라는 집념의 씨를 뿌린 것이 바
로 〈생트 뵈브 아저씨〉였던 것이다. 문학과 俗世의 영광을 한꺼번에 마찰 없
이 누릴 수 있었던 大評論家에 대한 詩人의 異例的인 존경과 친밀감의 숨은 원
인도 밝혀진 셈이다. 두 사람의 인연의 현묘함은, 평론가 역시 문학청년의 고
뇌 중에, 詩人에게 남겨진 地下의(지옥에의) 길을 엿보고 있었다는 점이다.

　　　　나는 오직 하나의 꽃을, 반쯤 패인 우물을 보았을 뿐, (……)
　　　　금지된 天上界가 우리 비약의 여지 없다면,
　　　　뚫자, 땅을 뚫자, 또한 天上界를 발견하리라! [40]

---


39) BdC, p. 137.
40) Poesies Complètes de Sainte-Beuve, op. cit. (註 33), pp. 94~8.

詩人도 「惡의 꽃」의 出版主 말라시스가 다시 찍은 「조제프 들로름」을 읽었을 때 비로소 깨닫는다──〈「조제프 들로름」, 그것은 그 전날의 「惡의 꽃」이군요〉[41]라고. 그런데 〈생트 뵈브 아저씨〉는 「惡의 꽃」이 나오고 기소되었을 때 보낸 열띤 찬양의 편지에서 이미 자기가 「조제프 들로름」을 쓸 때의 〈고통스러운 처지〉를 상기하면서, 그 때의 〈자기 고유의 領地〉 모색의 고뇌를 그대로 「惡의 꽃」의 詩人의 고뇌로 移入하여, 뜨거운 共感을 피력하고 있다.

地上과 天上의 分野들은 거의 전부 추수되었기에(……), ──그토록 늦게 마지막으로 온 그대는, 상상컨대, 이렇게 중얼거렸으리라. "에! 좋다, 그래도 아직 난 詩를 발견하리라, 나는 아무도 그것을 채취하여 표현할 엄두를 내지 않은 곳에서 詩를 발견하리라."[42]

이어서 「惡의 꽃」의 그 〈권태와 惡夢과 정신적 고통〉의 세계를 방황한 그에게, 〈그대는 필경 무척 괴로왔으리라, 몽 쉐르 앙팡(*my dear child*─역주).

필경 주위의 소란과 소송 사건의 소용돌이에 휘말린 詩人은 老大家의 이 異例的으로 뜨거운 공감과 애정 토로의 이유를 깊이 생각하지 못했을 것이다. 명석하게도 생트 뵈브는 이때 벌써 자기가 감히 하지 못한 일을 감행한 詩人의 용기와 「惡의 꽃」의 공적을 이렇게 표현하고 있다.

"그대의 꽃들을 수집하면서, 어떤 종류의 이마쥬와 색채 앞에서도, 설사 그것이 아무리 끔찍스럽고 괴로운 것일지라도, 그대는 後退하지 않았다."

젊은 〈조제프 들로름〉의 고뇌는, 그 건강한 원초적 自我의 도움으로, 능란하고 약은 사회적 自我와 벽에 부딪힌 창조적 자아의 타협으로, 절망적인 길을 피하여 다른 길을 택하게 함으로써, 그는 두 自我의 영광을 골고루 누렸다. 이에 반하여 그 고통과 절망의 길을 결코 〈후퇴하지 않〉고, 〈최후의 한 방울까지 苦杯〉를 들이켠 유랑기사의 집념(이미 「1846年의 美展評」 마지막 章 小題로 제시한 「現代生活의 히로이즘」)으로 이루어진 「惡의 꽃」을 앞에 놓고, 그 〈十字架의 길〉을 〈개구장이 때〉에 암시해 준 〈아저씨〉의 감동이 36세의 詩人을 〈내친애로운 아들〉이라고 부르게 한 것이리라. 참으로 드라마틱한 奇緣이다.

## 2. 先驅的 美感覺과 二元性의 美學

**畸形과 〈놀라움〉** 우리는 「1846年의 美展評」에서 벌써 여러 가지 美學(비록 저 자신의 독창적인 것이 아니고 여러 선구자들의 그것일망정)에의 기호를 보여, 年代를 따른 변화뿐만 아니고, 동시에 공존하는 미학들을 훑어보았다. 그러나 자신의 창작생활의 많은 경험을 쌓고 시인으로서 성숙기에 접어든 시기(1855년〉


41) L à Sainte-Beuve (1865. 3. 15), C. Ⅱ, p. 474.
42) LB (1857. 7. 20), p. 332~4.

에 이르자, 체계적 이론 *système* 으로서의 미학에 不信과 경멸·부정을 명백히 표명함을 보았다. 그 반면에 자기에게 두드러진 美觀 내지 美感覺의 특질을 확인하고 분명한 표현을 준 것도 이 시기다. 잡지사(Revue des Deux Mondes) 주간에게 이 때까지 적어 둔 작품의 복안들을(주로 小說을 가리키는 듯) 일관한 특징이 〈놀라움 혹은 공포를 일으키려는 데 전렴〉해 왔음에 스스로 놀라고 있으며, 〈幻奇性 *fantastigue* 은 小生에게 확고한 지반이 되어〉[43] 있다고 자인한다. 널리 알려진 이 〈놀라움(또는 공포)〉〈幻奇性〉에의 취향은, 포우와의 〈불가사의한 一致〉의 가장 두드러진 면이며, 이 취향을 확인한 것도 바로 가장 포우 번역에 전심전력을 기울일 때이며, 그도 포우論에서 포우의 미학의 특징으로 밝히고 있다. 아직 모호한 표현의 단계에 머무르지만, 위의 편지와 같은 해에 다시 언급하여 일반적인 美觀으로 제시한다──〈美는 항상 기묘하다 *bizarre*〉, 但 의식적으로 꾸민 기묘함 *bizarrerie* 이 아니고 〈천진스런, 원치 않은, 무의식적인 기묘함〉[44]이라고.

57년의 포우論[45]에는 좀더 가다듬어진 美의 公式으로 발전한다──〈그 예기치 않은 요소 *cet élément inattendu*, 이상함 *étrangeté*, 온갖 美에 뺄 수 없는 양념 같은 것〉. 59년에도 再論하여 〈美란 항상 놀라운 *étonnant* 것〉[46]으로 규정한다. 이 美觀은 61년 이후에 기록한 「內密日記」에서 비로소 완벽한 아포리슴으로 公式化된다.

> 약간 畸形 *difforme* 이 아닌 것은 무감각한 듯이 보인다. 不規則 *irrégularité*, 즉 예기치 않은 것 *inattendu*, 느닷없음 *surprise*, 놀라움 *étonnement* 이 美의 본질적이고 특징적인 일부라는 것은 그 점에서 연유한다.[47]

이 아포리슴에 의하면 〈놀라움〉이 미의 본질적인 요소가 되는 연유의 근원은 약간의 〈畸形〉, 즉 눈길을 끌지 않는(무감각한 듯한) 완전 균형과 整然함에서 약간 벗어난 것에 대한 요구가 선행되고 있다. 사실은 널리 알려진 이 공식화된 그의 美觀 이전의 初期의 글에서, 이미 그 특이한 것 〈기형〉적인 것에 대한 구체적인 기호의 여러 가지 예를 찾아볼 수 있다(여기에서도 포우에 의한 이론적인 美學의 발견 이전에 이미 시인의 性向 속에 들어 있었으며, 다만 포우에 의하여 대담 간결한 公式化로까지 강화된 과정을 분명히 뒤밟을 수 있다).

그가 문단에 데뷔하던 해(1846), 즉 아직 포우를 만나지 못한 때에 쓴 「사랑에 관한 自慰的 箴言選」에서, 病弱한 곰보여인의 매력을 파가니니의 〈끊어질 듯 이어가는 광란의 樂弓이 켜는 曲〉에 비유함을 〈評傳〉에서 보았다. 물론 무

---

43) C. I, p. 314(1855. 6. 13).
44) Exposition universelle de 1855, p. 956.
45) Notes nouvelles sur E. Poe, in Nouvelles Histoires extraordinaires (1857).
46) Salon de 1859, p. 1033.
47) JI. f, p. 1254.

조건 곰보는 모두 매력적이라는 억설은 아니다. 共感(그 병약한 女人에 대한)과
육체적 관능(행복에의 약속)이라는 두 이데의 결합 *association des idées* 이 이루어
질 경우라는 但書 밑에서이다. 그럴 때 그 곰보女人에 대한 사랑은 집념으로
변하여, 〈만약 당신의 곰보 애인이 배반을 한다면, 오직 (다른) 곰보女人에 의
해서만 위안을 받을 수 있게〉될 정도로 빠져 버릴 것이라고 한다.[48] 한 걸음
더 나가서 일종의 〈醜惡美〉와 〈공포 취미〉의 발견.

　좀더 호기심이 많고, 좀더(평범한—역주) 환락에 지친 어떤 사람들에겐, 추악함의
향락 *jouissance de la laideur* 은 더욱 불가사의한 감정에서 연유하며, 그 감정이란 곧
未知에 대한 갈증과 공포(끔찍스러운 것, 징글맞은 것 *horrible*) 취미인 것이다.[49]

깊숙이 잠재하던 그런 〈불가사의한〉 감정의 충동을 받을 때, 피비린내 나는
鬪技場이나 병원의 수술실로 달려가게 되고, 女人들이 공개 死刑場으로 몰려
든다는 것이다(이 취향의 전형적 작품이 빌리에 드 릴라당의 단편 「最後饗宴의 손님」).
다음은 어리석은 여자, 순진한 여자의 예찬——〈白痴美〉의 발견이다.

　"어느 날 그녀가 어리석다는 것을 알아차리고, 그런 여자를 사랑한 것을 수치스럽게
여기는 사람들이 있다. 그런 남자들이야말로 허영심 많은 얼간이들로서, 창조물 중에
도 가장 不純한 엉겅퀴 혹은 유식한 체하는 新女性의 총애나 뜯어먹기에 꼭 알맞은 자
들이다. (……) 어리석음은 번번이 美의 장식물이 된다."[50]

그 이유로서, 〈얼굴에 주름살을 멀리〉해 준다는 것은 항상 생활에 시달리는
그다운 말이지만, 어리석음이 〈思考가 지니는 腐蝕〉을 예방해 준다는 생각은
현대적 인텔리病을 앞지른 듯한 무척 현대적인 〈싱싱한 것〉에 대한 기호라 할
만하다. 이처럼 그의 美觀 중에서(19세기 중엽의 시대감각으로서는) 놀라울 정도
로 현대의 취향을 앞지른 예언적인 점이 한둘이 아니다. 그 중 20세기 중엽
이후 비로소 대중화된 몇 가지 선구적 美感覺의 예를 추려보자.

**超時代的 美感覺：醜惡美에서 寫眞藝術觀에 이르기까지**　위에서 본 〈白痴美〉
의 여인도 대체로 신경이 과로된 현대인이 映畵를 통해 위안을 얻는 한 類型이
지만, 역시 그는 女性美에 관하여 매우 참신한 새 감각의 美를 발견하고 있다.
그가 〈나의 美〉라고 정의한 글(후에 언급)에서도, 〈내가 美學에 있어서 어느 정
도로 현대적인가를……〉 운운하고, 「1846年의 美展評」부터 줄곧 〈현대적〉임
을 강조하고 있거니와, 우리가 보기에는 19세기 중엽에 있어서 〈현대적〉일 뿐
아니라, 20세기 중엽에도 여전히 현대적이니, 그 점에 있어서는 〈초시대적〉인

---

48) Choix de maxiemes consolantes sur l'Amour, p. 472.
49) ibid. pp. 472~3. 이 醜惡美 내지 恐怖趣味의 詩的 표현으로 FM 중 Une Charogne, Le
　　Vempire, Le Revenant, Le Mort joyeux, A une Mendiante rousse, Danse macabre, Le
　　Vin de l'assassin, Les Métamorphoses du Vampire 등을 들 수 있다. 그의 악마주의
　　*satanisme* 를 분분하게 하는 경향이기도 하다.
50) ibid.

미감각이라 할 만하다. 위의 女人의 갖가지 특이한 매력을 열거한 같은 글에
서 여윈 여자의 매력을 언급하고 있다. 루벤스(17세기)에서 르노아르(19세기
후엽 20세기 초)에 이르기까지 유럽인들의 기호는 대체로 풍만한 女人에게로 기
울던 것 같다. 그러나 우리 시인은 이 점 아주 통달한 듯이,

  젊은이여, (……) 풍만한 女人의 찬양을 소리높이 외치는 것은 첫 담배에 취하는
풋나기 학생들에게 맡겨라. 그런 어리석은 꿈은 準浪漫派들에게 내주라. 풍만한 女人
이 때로 매력 있는 변덕(의 대상)이라면, 여윈 여인은 컴컴한 쾌락의 우물(심연)이다. [51]

그래서인지 그는 루벤스의 예술을 상징적으로 노래한, 〈루벤스風의 女人〉을
이렇게 성격짓는다.

      루벤스, 忘却의 江, 게으름의 동산,
      사랑할 수 없는 싱싱한 육체의 베개
                    ──「惡의 꽃」 중 燈臺들[52]

다음은 관능적인 애송이 女人 *femme-enfant* 型의 매력이다.

      새로운 뎃상으로 애송이의 上半身에
      앙티오프의 궁둥이를 결합한 女人을 보는 듯,
      그토록 그녀 몸매는 골반을 두드러지게 하네.
                    ──同書 寶石[53]


이 詩는 1842년에 지은 것으로 전하니, 航海 중에 열대 지방에서 눈뜬 嗜好
인 셈이다. 잔느 뒤발을 사랑하게 된 것도 그 항해 중에 얻은 취향이 작용하
고 있음이 확실하다. 역시 그 때에 알게 된 모리스섬 처녀를 노래한 다음 산문
시가 이를 뒷받침해 준다.

  그녀는 걸어간다, 그토록 푸짐한 궁둥이 위에 그토록 가느다란 동체를 하늘하늘 흔
들면서, (……)
  열 한 살에 벌써 성숙하고 그토록 아름다운 그녀 동생(……).
                    ──「파리의 陰鬱」 중 아름다운 도로테[54]


이 〈11세에 벌써 성숙한〉 여자란 좀 과장 같고, 바로 그 점을 잡지(Revue
nationale) 발행자가 거론한 데 대해서, 시인은 옛 고증을 들어 반박하여, 그 방
면의 해박한 지식을 과시하기까지 한다──〈아이샤 Aischa는 (열대에서 출생

---


51) ibid. p. 472.
52) FM, Les Phares.
53) FM, Les Bijoux.
54) Sl. La Belle Dorothée.

했고, 黑人 女子가 아닌데도) 마호메드가 그녀와 결혼했을 때는 그보다도 더 젊었었음을 알고 있는 터에, 한 아가씨가 11세에 성숙하다고 하는 게 《背德的》이라고 생각되십니까?〉[55]라고. 필경 요염한 性的 매력이 넘치는 육체에(시인 자신의 데쌍에서 풍기듯이) 〈白痴美〉를 곁들였을 잔느 뒤발을 노래한 詩에도,

　　　　네 게으름의 짐에 눌려
　　　　　　네 어린애 같은 얼굴이
　　　　어린 코끼리처럼
　　　　　　하늘하늘 흔들리네.
　　　　　　　　　──「惡의 꽃」 중 **춤추는 뱀**[56]

〈아빠·愛人 *amant-père*〉의 성격이 짙게 풍기던 사랑의 대상 마리 도브렁 ㅣ 그 예외일 수는 없다.

　　　　앳됨이 성숙함과 결합된
　　　　네 아름다움을 그려주마.
　　　　　　　　　──同書 **아름다운 배**[57]

2次 대전 후에 비로소 영화계에서 두드러지게 강조되어 대중적인 스타아로까지 유행하게 된 〈애송이 女人 *femme-enfant*〉型의 선구적인 발굴이라 하겠다. 다음은 여자의 거슬린 허스키 音聲의 매력이다. 〈名聲〉의 女神이 유혹하는 소리다.

　　　　가장 나를 놀라게 한 것, 그것은 그녀 목소리의 수수께끼다. 그 음성에서 나는 더없이 감미로운 最低女性音(콘트랄토)의 추억이 되살아났고, 또한 끊임없이 火酒로 셋긴 목청의 약간 쉰 목소리를 발견했다.
　　　　　　　　　──「파리의 陰鬱」 중 **유혹**[58]

이 女神에게서 〈몹시 아름다운 更年期 女性들〉의 〈기묘한 매력 *charme bizarre*〉의 발견도 주목할 만하다. 만년에도 같은 매력을 노래하고 있다.

　　　　네 40세의 푸르름이
　　　　내게는 단조롭지 않으이.

---


55) C. Ⅱ, p. 307.
56) FM, Le Serpent qui danse.
57) FM, Le Beau Navire.
58) Spl, Les Tentations ou Eros, Plutus, et la Gloire.

가을이여, 봄의 범상한 꽃들보다
네 과일들이 더 좋구나！

　　　　　　　——「漂流物」 중 怪物[59]


私信에서도 〈사랑(肉感과 정신)이란 20세에는 바보스럽고 40에는 해박한 것〉[60]이라고 되풀이 단언할 정도다(1860년).

다음은 미술에 있어서의 〈데포르마숑〉의 선구적 미학이다.

　예술가는 표정을 증대하고, 그 표현을 더욱 분명히 하기 위하여, 어떤 細部를 고의적으로 과장할 필요가 있다. [61]

근 15년 후에 다시 강조한다.

　그(대상의) 주요한 특질들을, 때로는 인간의 기억력을 위하여 유익한 誇張까지 하여 드러낸다. [62]

이렇듯 모딜리아니의 미감각의 선구자일 뿐 아니라, **原始美術**의 발견자이기도 하다. 우리는 「1846年의 美展評」부터 벌써 〈놀라움〉과 〈幻奇性〉의 미학과는 모순되는 듯한(역시 모순덩어리다) 〈天眞性 naïveté〉의 거듭되는 강조에 부딪힌다. 그 연장선에 〈원시 예술〉에 대한 선구적 開眼이 있다.

　이 原理——정묘함은 세부묘사를 피한다는——의 길잡이로, 예술이 완성하기 위하여 자기 幼年期로 되돌아간다는 점을 주목하게 됨은 기묘한 일이다. 최초의 예술가들도 역시 세부묘사를 하지 않았다. [63]

15년 후에는 더욱 분명히 말한다.

　불가피한 종합적이며 어린이다운(稚純한 enfantine) 야만성 말이다. 그것은 자주 완전한 예술 속에 현저히 남아 있는 것(멕시코, 이집트, 니네베〔옛 앗시리아의 首都——역주〕의 그것)이며, 그것은 사물들을 큼직이 보려 하고, 무엇보다도 사물들을 총체의 인상 속에 관찰하려는 욕구에서 연유한다. [64]

그뿐인가, 실로 抽象畵 내지 **非具象畵**의 미학의 싹까지 뚜렷이 드러내 보이고 있다. 우선 色感만의 독립된 가치와 인상의 강조에서 시작된다.

　赤은 綠의 영광을 노래한다. 黑은, (……) 외롭고 무의미한 제로(零)로서, 靑과 赤의 구원을 仲介한다(……). [65]

---


59) Les Epaves, Le Monstre. FM 중 L'Amour du mensonge 와 산문시 Spl. 중 Le Cheval de race 에서도 같은 40代 女人의 무르익은 사랑 〈해박한 사랑〉에의 유혹을 노래하고 있음.
60) C.Ⅱ, p. 15.
61) Salon de 1846, p. 914.
62) Le Peintre de la vie moderne, p. 1166.
63) Salon de 1846, p. 914.
64) Le Peintre de la vie moderne, p. 1166.
65) Salon de 1846, p. 881.

들라크로아의 예술을 찬양하면서,

그 색채는(……), 그것이 옷 입힌 대상물들과는 독립적으로, 그 자체로서 思惟하는 듯이 보인다. 그리고 그 희한한 색채의 조화는 번번이 諧調와 멜로디를 꿈꾸게 하며, 그의 화폭들에서 받는 인상은 번번이 거의 음악적이다. 66)

다음은 전혀 自然物이나 감각적 물질적 대상 없이 순전히 추상적인 線의 미술 〈아라베스크 무늬〉의 예찬이다.

아라베스크 데쌍은 데쌍들 중에도 가장 정신적인 것이다.
아라베스크 데쌍은 모든 것 중에 가장 이상(관념 ideal)적이다. 67)

한 걸음 나아가서, 상상력(예술가는 물론이고 예술 작품을 보는 눈, 享受者에게 誘發되는 상상력)의 강조로서, 초현실주의 내지 非具象畵의 가능성과 동시에 상징주의 詩學에 획기적인 巨步를 내딛게 한다(〈超自然主義 surnaturalisme 美學〉에서 再論).

순수한 꿈(몽상), 未分析의 인상에 對比할 때, 명확한 예술·실증적 예술(l'art défini, l'art positif: 사실주의적인 작품을 가리킴—역주)은 하나의 모독이다. 68)

그러한 작품은 享受者에게 상상력이 발동될 계기와 여지를 남겨 주지 않기 때문이다. 이 예술가와 감상자(시인과 독자)의 共同 창작(적어도 감상자의 적극 참여)의 강조야말로, 모든 현대 예술이 과거의 그것과 크게 갈리는 제일보라 하겠다. 그는 「1846年의 美展評」에서 이미 사실주의적인 작품을 〈唾棄할 예술작품들 abominations artistiques〉에 言及했고(〈사랑의 主題〉項), 「1859年의 美展評」에서도 〈상상력〉의 기능을 강조하여 〈能力의 女王 Reine des facultés〉이라는 一章을 따로 草할 정도다. 마약에 의한 〈人工樂園〉에 참여할 때 온갖 감각과 상상력의 昂揚 상태에서 일어나는 무한한 交感과 창조적 환각 현상은, 초현실주의 내지 非具象藝術로 통하는 비밀통로와도 같다.

주막의 벽을 덮은 그림그려진(얼룩진) 더없이 粗惡한 종이들도(벽지에 습기찬 얼룩이라도 무방—역주) 찬연한 透視畵처럼 패일 것이며(……), 線들의 우여곡절은 결정적으로 뚜렷한 言語이어서, 거기서 영혼들의 요동과 욕망을 판독할 수 있다. 69)

무엇보다도 희한한 것은 한 세기 전, 아직 초창기에 있던 寫眞術에 대한 일종의 寫眞藝術觀의 명확한 피력이다. 브뤼셀에서 외로이(그리고 얼마나 비참한 궁지에 빠져 온갖 병증에 시달리며) 연말을 보내면서, 느닷없이 모친 사진을 갖고 싶다면서 피력한다.

---

66) Exposition universelle de 1855, pp. 972~3
67) JI, f, p. 1250.
68) Spl. La Chambre double.
69) Paradis artificiels, p. 376.

"사진사들은 훌륭한 사람들조차 모두들 우스꽝스런 偏執을 가지고 있죠. 얼굴에 있
는 모든 무사마귀며 주름살, 모든 홈과 시시한 것들이 고스란히 드러나고 무척 과장된
영상을 훌륭한 사진으로 여기거든요. 영상이 강할수록 그들은 만족하는 거죠. (……)
제가 바라는 것은 정확하면서도 데쌩의 〈흐릿함 *flou*〉을 갖춘 사진이에요. "[70]

　〈정확〉하고도 〈흐릿함〉을, 여기서도 〈統一의 모순〉이라는 원리가 지배하고
있음을 주목하자.


## 3. 矛盾의 統一

　**綜合的 美觀**　위의 초현대적인 갖가지 美感覺도 각각 〈畸形〉과 〈놀라움〉의
美觀의 일부를 이루는 것으로 볼 수 있다. 그러나 그 〈놀라움〉에는 항상 但
書, 條件附가 따른다는 점을 도외시한다면, 詩人의 의도와는 거리가 먼, 단순
히 남의 意表를 찌르려는 과장의 악취미로 곡해될 수도 있으리라. 거기에는
〈약간〉, 〈본질적인 一部分〉, 〈의도하지 않은, 무의식의〉 따위 형용사와 但書
가 항상 따르고 있음을 잊을 때, 널리 유포된 俗說처럼 그저 단순한 奇怪와
놀라움의 미학으로 왜곡하기 쉽다. 그는 벌써부터 그 점에 경고를 잊지 않고
있다.

　　문제의 예술과는 관계 없는 놀라움의 방법으로 놀래려고 하는 것은, 천성으로 **畫家**
가 아닌 사람들의 커다란 밑천이다. [71]

　그 예술에 적합한 방법이 아닌 방법에 의한 〈놀라움〉을 노리는 술책을 무능
한 예술가의 〈惡德 *vice*〉이라고까지 단죄하고, 다시 예술가의 〈놀래 주려는〉 반
면에 公衆의 〈놀라고 싶은〉 〈정당한〉 욕구의 상관관계에 언급하여,

　　일체의 문제는(……) 어떤 수법으로 놀라움을 창조하고, 혹은 느끼는가를 아는 데
있다. 〈美〉는 〈항상〉 놀랍다고 하니까. 그렇다고 놀라운 것은 〈항상〉 아름답다고 생
각한다면 허망한 일일 게다. 그런데 (……) 우리 公衆은 예술과 관계 없는 방법에 의
해서 놀라고(놀램을 당하고) 싶어하며, 그들에 순종하는 예술가들은 자신을 그 공중의
취미에 맞추어 버리는 것이다. [72]

　이렇게 〈진정한 예술의 자연스런 手法〉에 어긋나는 〈떳떳치 못한 전술〉로 무
턱대고 〈놀라움〉만 추구하는 것을 강력히 배격하고 있다. 심지어 언뜻 보기에
〈기이한 요소〉(〈약간의 畸形〉)와 〈놀라움〉이나 〈幻奇性 *fantastique*〉 등의 美感覺
내지 취향과는 相反되는 듯한 〈天眞性 *naïf*〉과 〈簡素 *simple*〉의 강조가 초기부
터 원숙기에 이르기까지 변함 없는 1項으로 남는다.

---

70) C.Ⅱ, p. 554.
71) Salon de 1859, p. 1031.
72) ibid. p. 1033.

로망티슴의 위대한 예술가가 갖출 마지막 조건으로 〈천진성〉[73]을 들고, 들라크로아에 대한 최고의 찬양으로 〈지식 *science* 과 천진성 *naïveté* 의 희한한 혼합〉이라 하며, 특히 천진성을 〈완전한 인간〉의 要件으로 註記를 붙일 정도다[74] (여기서도 지식과 천진성이라는 二元性에 주목). 좀더 한 시대의 세태 풍조로 확대하여, 〈회의는, 혹은 신앙과 천진성의 缺如는 우리 世紀의 특수한 병폐〉[75]라고까지 단언한다. 10년 후, 〈美는 항상 기이한 *bizarre* 것〉이라고 규정한 같은 페이지에서, 하나의 美學 체계를 고집하는 허망과 〈끊임없는 改宗〉——따라서 자기 미학과의 自家撞着——의 불가피성을 말하며,

> 나는 (헛된 미학체계 탐구에서—역주) 되돌아와서, 완전무결한 천진성 속에 안식처를 찾았다. [76]

바로 몇 줄 밑에서 〈美＝奇異〉를 말할 때, 〈천진스런 奇異 *le bizarre naïf*〉라는 표현은 二元性 내지 〈矛盾의 統一 *unité de contradiction*〉의 美學의 현저한 예일 것이다.

위에서 끊임없이 改宗하지 않을 수 없게 되는 미학의 이론체계의 허망함을 개탄하는 시인의 말을 인용했고, 우리 詩人에 관해서 狃數의 〈미학〉이란 용어 자체가 무의미함을 지적했다. 48년 혁명 참가 이후 52년에 이르는 동안의 그의 評論 중에서, 우리는 그의 미학에 관한 俗說 내지 야유적인 과장——악마주의, 〈썩은 屍體(「惡의 꽃」 중의 한 詩題) 취미, 吸血鬼 취미 *vampirisme*〉 등——과는 가장 거리가 먼 〈건전한 문학〉의 강조와 어리둥절해질 만큼 열렬한 설교에 부딪힌다. 아울러 주목할 만한 점은 시인으로서의 근본 태도와 의견 내지 미학에 관한 한, 아무리 친한 친구에 대하여도 寸步의 양보나 타협·영합이 없다는 점이며, 이것은 문학청년기(노르망디派 共同詩集 철회 사건 상기)부터, 졸도하여 마지막 代筆로, 바로 문학청년기의 동지(Prarond)의 詩集을 보고 詩法上의 오류를 지적하는 편지를 보낼 때까지 요지부동의 자세이다. 당시 막역한 친구인 민중적인 샹송作家(Pierre Dupont)를 옹호 논평하는 글에서, 바로 그가 敬愛하는 詩人(Gautier)의 〈예술을 위한 예술派의 유치한 유토피아〉論을 〈異端〉으로 단죄하고 나서,

> 本人은 자기 時代의 사람들과 항구적인 交流 속에 몸을 두고, 그들과 더불어 충분히 정확하고 고상한 言語로 옮겨진 사상과 감정을 교환하는 시인을 택하는 바이다. [77]

이렇게 現實參與 내지 동시대와의 공감 소통을 강조하고, 그 점에 있어서는 〈예술은 모랄 및 有益性과 따로 뗄 수 없다〉고 선언한다.

---

73) Salon de 1846, p. 878.
74) ibid. p. 893.
75) ibid. p. 947.
76) Exposition universelle de 1855, p. 956. ＼
77) Pierre Dupont (1851), pp. 605~6.

다음은 한평생 가장 충실하고 친밀한 詩友였던 방빌의 파가니슴 *paganisme*
을 겨눈 신랄할 비판에서, 그 현실도피를 詰難하고 나서, 관능적인 現世的 耽
美享樂 편향을 공격한다.

집중적으로 육체적 技藝의 유혹에만 둘러싸임은 파멸의 커다란 기회를 만드는 것이
다. 오랫동안, 아주 오랫동안 그대는 오직 美만을, 美 이외에는 아무 것도 볼 수 없
고, 사랑할 수도 느낄 수도 없게 되리라. 나는 여기서 그 말(美—역주)을 좁은 뜻으
로 취한다. 그대에겐 세계가 오직 물질적 형태로만 보일 것이다. 그 세계를 움직이게
하는 용수철은 오래오래 숨겨진 채로 남아 있을 것이다. (……) 유익한 것, 참된 것,
善한 것, 진실로 사랑할 만한 것, 이 모든 것들은 그에게 未知의 것이 되리라. [79]

다음의 詩人의 단언적인 명제와 비교하면 좀 기이한 느낌이 들 정도다.

나의 영구불변의 명제——모랄은 善을, 학문은 참을 탐구하고, 詩(간혹 小說)는 오
직 美만을 탐구한다. (1859) [79]

결국 그의 美學이 7, 8년 사이에 극단에서 극단으로 改宗한 것일까? 물론
그 사이에 변화는 있겠지만 좀더 유심히 그 眞意를 살필 필요가 있다. 「異端
派」에서 〈감각적인〉 美만의 〈집중적〉 耽溺을 비난하고 〈유익한 것, 참된 것
……〉을 옹호한 것은 틀림없지만, 여기서도 〈육체적 技藝〉, 〈물질적 형태〉라
는 但書와, 그가 질책하는 그 배타적 美 耽溺도, 〈좁은 뜻〉의 美에의 집착을
비난한 것이다.

놀라운 일이지만, 일찌기 그가 〈批評은 편파적이며(……) 정치적이어야 한
다〉[80]라고 할 때, 이 〈정치적〉이라 함은 실로, 그때 그때의 예술계의 상황과
정신풍토를 고려에 넣고, 자기 발언의 〈효과〉를 계산한 비평을 말한다. 바로
〈詩(……)는 오직 美만을〉이라고 단언한 같은 해에, V. 위고에게 그의 〈모랄과
詩와의 결합〉에 異議를 표시하며, 세상 人心이 예술과 점점 멀어지고 〈오직 有
用性만 생각〉하는 세상에서는, 〈그 反對 방향으로 약간 과장하는 것도 그다지
나쁘지 않다고 생각한다〉면서, 〈제가 아마 지나치게 강조한가 봅니다. 충분히
얻기 위해서이죠〉[81]라고 충분한 효과를 얻기 위해서 〈반대 방향으로〉 〈지나치
게 강조〉했다는 것이다. 예컨대 높은 수준의 예술이 추구하는 美는 어느 경우
에도 善이나 眞과 상충되는 것이 아니고 조화를 이룬다는 건전한 전제에 입각
하고 있는 것이다. 하여간 때에 따라 강조점의 이동이 있고, 때로는 자가당착
의 轉向(미학상의 改宗)도 없지 않지만, 그 중에도 변치 않는 그의 美에 대한 性
向을 파악할 수 있다——즉 〈물질적〉, 〈육체적〉 현세적인 耽美에 대한 힐난은
거의 같은 시기에 쓴 것으로 추측되는 「寫實主義라는 것이 있으니까」라는 비

---


78) L'Ecole Païenne (1852), pp. 626~7.
79) C. I, p. 597.
80) Salon de 1846, p. 877.
81) C. I, p. 597.

평의 草案에서, 피상적인 뜻의 레알리슴(畵家 쿠르베와 小說家 샹플뢰리)에 대한
야유조의 메모를 아울러 고려할 때, 우리 詩人이 지니는 〈이상주의〉, 〈정신성〉
내지 〈神秘性에 기우는 性向으로 인하여, 그것이 배제되거나 결핍된 미학에〉
대한 반발적인 비판으로, 〈지나치게〉〈반대방향으로〉 강조한 것이라 하겠다.

이론으로서의 미학이 아니라, 그와 같은 기질적인 不變의 성향 내지 독특한
嗜好와 미감각에 관하여, 그는 만년에 이르러 이렇게 종합적인 定義를 시도한
다. 역시 〈약간의 놀라움〉과 〈뜻밖의 요소〉도 여전하다. 〈내가 어느 정도로
美學에 있어서 현대적인가를 고백할 용기를 가지자면〉 운운할 정도로 자신 있
게 내세우는 〈나의 美 mon Beau〉의 규정이다.

나는 〈美〉의——나의 〈美〉의——정의를 발견했다. 그것은 어떤 열렬하고도 서글픈
것, 약간 모호하여 추측의 여지를 남겨 주는 것.[82]

이렇게 대체로 〈열렬한 ardent〉, 〈서글픈 triste〉, 약간 〈모호 vague〉하여 상상
력의 발동을 유발하는 것으로 정의하고, 좀더 구체적으로, 우선 〈女人의 얼굴〉
에 적용하여 풀이하고, 다음 〈男子의 얼굴〉에 적용한다.

우선 **女性**의 경우 :

$$상상력(꿈꾸게 하는 rêver de)$$

(관능적) 쾌감 *volupté* + 슬픔 *tristesse*

哀 愁 *mélancolie*

나른함 *lassitude*

飽 滿 *satiété*

열렬함 *ardeur*

生의 욕망 *désir de vivre* + 逆流하는 쓰라림 *amertume refluente*

神秘 *mystère*, 아쉬움 *regret*

다음 **男性**의 경우(남자가 보는 남자의 얼굴이어서 관능적 쾌감 *volupté* 은 필요치 않
다) :

(정신적 욕구, 암담히 억눌린 野心)

열렬한 *ardent* + 서글픈 *triste*

들끓는 쓸데 없는 힘 *puissance grondante sans emploi*

(때론) 복수적인 무감각(무관심 *insensibilité*—당디型)

(때론) 神秘(*mystère*)

(특히 現代的이며 필수적) 不幸 *malheur*

(Milton 風) 사탄의 男性美 *Beauté virile de Satan*

男·女性 간에 공통적인 점은 ① 대립적인 성격의 共存(**女性** : 쾌감↔슬픔, 哀

<hr>

82) JI. f, p. 1255.

愁 : 나른함↔열렬함, 포만↔生의 욕망; **男性** : 열렬한↔서글픈, 들끓는 힘↔무관심, ② 보는 사람에게 상상력을 유발(男性의 경우 〈암담히 억눌린 野心〉, 즉 외면적이 아 닌 추측과 〈神秘〉), ③ 悲劇性(男性의 경우는 〈들끓는 쓸데 없는 힘〉과 〈不幸〉으로 하 여 悲壯美로 강화). 그런데 거의 같은 시기(《나의 美》보다 약간 뒤에)에 쓴 것으로 추측되는 〈女人의 모습에 관하여〉라는 註記가 있다. 필경 그가 그때 그때 독특 한 매력을 느끼는 여인의 태도 내지 표정 *air* 을 지적한 것이리라.

매력 있고 美를 이루는 모습들 *les airs* :

| | |
|---|---|
| 지친 모습, | 支配의 모습, |
| 권태로운 모습, | 意志의 모습, |
| 맥풀린 모습 | 심술궂은 모습, |
| 뻔뻔스런 모습, | 병든 모습, |
| 냉담한 모습, | 어린 티와 무관심과 심술사나움이 뒤 |
| 속을 들여다보는 듯한 모습, | 섞인 고양이 같은 모습. [83] |

훨씬 다양하게 구체화한 갖가지 매력의 열거이고, 〈뻔뻔스런〉이 좀 의아스럽 지만 性的으로 도발적인 한 순간의 매력, 물론 그것도 다른 요소들과 결합된 一面을 말할 것이다. 가령,

그 음탕함과 결합된 천진난만함이
그녀 갖가지 변모에 새로운 매력을 주네.
──「惡의 꽃」 중 寶石[84]

를 상기할 만하다.

**詩에 나타난 女性美**　위에서 분석한 女性美의 몇 가지 요소는 그의 詩에 있 어서 신기할 정도로 정확히 구현되어 있다. 실은 신기할 것도 없는 것이, 그는 먼저도 언급했듯이, 미리 자기 美學을 정립하고 그것에 준거하여 창작을 한 것 이 아니고(그 자신이 〈미학체계〉의 끊임없는 自家撞着과 改宗을 자인한 바를 상기), 그가 〈마침내 美, 나의 美의 定義를 발견〉한 것은 실로 1861년 이후(「內密日 記」의 집필 시기)라는 점을 생각하면 당연한 일이다. 즉 61년 초에 再版을 냈으 니, 그 기회에, 그의 작가로서의 결벽성과 종교적인 치성의 정신에 따라, 「惡 의 꽃」의 전 작품을 몇 번씩 읽고 또 읽으며 음미한 결과 〈드디어 발견한〉〈나 의 美〉의 定義이니까 그럴 밖에 없는 일이다. 여하간 그가 노래한 모든 女性美 는 위에서 분석한 몇 가지 요소의 복합, 그것도 번번이 〈對立〉적인 요소들을, 새로운 美의 조화 속에 〈統一〉한 그것이다. 예를 들자면 女性이 등장하는 전 작품을 들어야 할 터인즉, 두드러진 몇 가지 예만을 제시한다.

---

83) ibid. p. 1256.
84) FM, Les Bijoux

「惡의 꽃」 중 갖가지 〈美〉를 女人像으로 구현한 詩篇들(「美 La Beauté」, 「理想 L'Idéal」, 「巨大한 女人 La Géante」, 「보석 Les Bijoux」, 「假面 Le Masque」, 「美女에의 讚歌 Hyme à la Beauté」 등) 중의 하나인 「假面」은 시의 주제 자체가, 매혹적이고 관능으로 유혹하는 듯한 假面 뒤에 고통에 짓눌린 진짜 얼굴과의 대비로 되어 있다. 그 진짜 얼굴의 〈슬픔〉과 〈고뇌〉에의 넘치는 共感을 이렇게 노래한다.

> 가엾은 위대한 美女여! 네 눈물의
> 거대한 江이 시름 많은 내 가슴에 닿고,
> 네 거짓이 날 취하게 하고, 이제 내 넋은
> 〈고뇌〉가 네 눈에서 숫구치게 하는 물결에 잠기도다.

그 밖의 전형적인 슬픔의 美學.

> 네가 영리하건 내게 무슨 상관인가?
> 아름다와라! 그리고 슬퍼하라! 눈물은
> 마치 風景에 강물처럼
> 얼굴에 매력을 보태도다.
> 雷雨는 꽃들을 싱싱하게 만드는 법.
>
> 나는 들이마신다, 至上의 쾌락이여!
> 깊고 달콤한 讚歌여!
> 네 가슴에서 새어나는 모든 嗚咽을.
> 그리고 네 눈이 흘리는 眞珠들이
> 네 심장을 환히 비추는 듯하구나.
>                    ——「惡의 꽃」 중 슬픈 牧歌[85]

소란한 거리에서 한순간 지나치며 눈이 서로 맞아, 그가 번갯불처럼 閃光을 느끼고 넋을 잃은 듯 부르르 떨던 대상은 喪服을 입은 女人이다.

> 大喪服 차림의 날씬한 女人이 엄숙한 고뇌의 모습으로
>                    ——「惡의 꽃」 중 지나가는 女人에게[86]
>
> 그대 未亡人의 고뇌의 거창한 위엄이(……)
>                    ——「惡의 꽃」 중 白鳥[87]

散文詩 「未亡人들」도 같은 범주에 속한다. 그의 고뇌와 눈물의 美學은 다음에 이르러는 사딕한 욕망까지 불러일으킨다.

---

85) FM, Madrigal triste.
86) FM, A une passante
87) FM, Le Cigne.

네 가슴의 사하라沙漠을 적시기 위하여
네 눈까풀에서 고뇌의 물을
솟구치게 하리라.
기대에 부푼은 내 욕망은
네 눈물 위를 저어 나가리,

마치 앞바다로 헤쳐나가는 船舶처럼.
그러면 네 눈물에 취한 내 가슴 속에
네 사랑스런 嗚咽이 突擊을 신호하는
북처럼 울려 터지리.

──「惡의 꽃」 중 自己處刑者[88]

허리가 꼬부라진 老婆에게서까지 〈神秘〉로운 매력을 발견하니, 그 이상 女性美의 예는 들 필요가 없겠다.

나는 내 운명적인 氣質에 따라
늙어빠지고 매력 있는 기이한 사람들을 노린다.
(……………)
그 신비로운 눈들이 준엄한 不運의
젖을 먹은 者에겐 어쩔 수 없는 매력을 지니네.

──「惡의 꽃」 중 작은 老婆들[89]

**男性美**　〈나의 美〉의 定義에서 본 바, 男性의 경우는 女性의 경우의 관능적 快感이 도외시된 반면, 정신성(內面性)이 강화되고, 슬픔이나 눈물보다도 강하고 지속적인 〈不幸〉으로, 여성의 경우보다 한층 悲劇性이 짙다. 당디의 世俗에 대한 〈복수적〉인 냉담(무감동)도 첨가된다. 즉 女性과 마찬가지로 〈열렬〉하고 〈서글픈〉 인상이지만, 속에 억눌린 〈정신적 욕구〉와 〈야망〉으로 하여, 〈쓸데 없는 힘〉이 속에서 부글부글 끓고 있는 〈不幸〉 속에 짓눌린 사내다. 散文詩「未亡人들」 서두에 보브나르그 Vauvenargues의 말을 인용하여 부연한 文節이 한결 실감 있게 그런 유형의 性向을 묘파하고 있다.

公園에는 주로 환멸에 빠진 야망, 불행한 發明家들, 流産된 영광, 상처입은 가슴들 등, 속이 뒤집힐 듯 요동하면서도 갇혀 있는 그 모든 넋들이 자주 찾아드는 통로들이 있다. 그들 속에서는 폭풍우의 마지막 숨결이 으르릉거리며, 그들은 즐거운 사람들이나 한가로운 사람들의 건방진 시선으로부터 멀리 물러가는 것이다. 그 컴컴한 피신처들은 人生落伍者들의 密會場이다. 특히 그러한 장소 쪽으로 詩人과 哲學者는 즐겨 그

---

88) FM, L'Heautontimorouménos.
89) FM, Les Petites Vieilles.

二元性의 美學　373

들의 탐욕스런 推測을 이끌어간다. [90]

그런데 詩人의 〈탐욕스런 추측〉은 그저 관찰자로서, 또는 풍부한 감성과 상상력에 의한 交感(시인이 말하는 *prostitution*)을 찾아서, 그 승리(혹은 성공과 영광) 一步 앞에서 전락한 〈人生落伍者들〉을 찾아가는 것인가? 라마르틴느・뮈쎄・비니・위고・고티에, 그 밖의 당대 어느 大家의 경우라도 그렇게 여길 만하다. 그러나 우리 〈저주받은 詩人〉만은 그 人生落伍者들 *éclopés de la vie* 의 密會場의 圈外에 놓일 수 없다. 〈사탕〉에 홀린 意志薄弱兒가 〈한걸음 한걸음 지옥으로〉 내려가는 序詩(「讀者에게」)를 비롯하여, 生母와 아내에게까지 저주를 받으며, 오직 死後의 영광을 지향하고(「祝頌」), 俗人들에 붙들려 야유・우롱거리가 되는 〈地上에 유배된〉詩人 〈알바트로스 *L'Albatros*〉. 설사 그가 창공으로(詩의 세계로) 맘껏 날개를 펴고 〈上昇 *Elévation*〉해 보아도, 생전에 이승에서는 영광은커녕 〈지긋지긋한 파리-地獄〉에서 울분과 궁핍에 몰려 또 다른 더욱 혹독한 〈지옥〉에 갇혀 허덕이다가 쓰러지고 만다. 이 「惡의 꽃」 첫머리에 놓인 4편과 詩人 자신의 개인적인 惡德 *vices* 과 불행한 조건을 노래한 5편의 詩(再版 VII〜XI) 중, 內面의 정체 모를 〈怨讎 *L'Ennemi*〉를 노래한 제 X 의 詩는 그대로 詩人의 生涯의 비극을 굵직한 선으로 부각한 크로키라 할 만하거니와, 「惡의 꽃」의 모든 詩篇 하나하나의 主人公이며, 그 전체로써 구성되는 하나의 드라마 「惡의 꽃」의 주인공의 모습은 바로 그 자신이 정의한 男性美의 典型임을 발견할 수 있다. 그 男性美의 悲劇性은 散文詩 「파리의 陰鬱」에 이르러 한층 더 깊고 어두워진다. 이런 각도에서 보면, 그의 詩에서 많은 女性美를 노래한 반면에 男性美를 노래한 시는 극히 적으리라는 未檢證의 通念은 완전히 逆으로 뒤집힌다. 단지 女性美는 詩人의 애인들을 비롯하여 詩人이 보고 느끼고 재창조한 대상임에 반하여, 男性美는 때로는 무대 정면에 서고, 때로는 후면에 가리어지기도 하지만, 女性美를 노래한 詩篇들을 포함하여, 모든 詩의 주인공으로 주축을 이루기에 客觀化되지 않고 있을 뿐이다. 이 두 가지 유형의 관점에서 전 작품을 다시 읽을 수도 있으리라.

男性美의 여러 요소 중 당디의 요소 〈복수적인 無感動〉은 이미 널리 언급된 바로 다시 살필 필요도 없겠다. 특히(女性美에 비하여) 강조된 〈不幸〉에 의한 悲壯美(여전히 〈精神性〉과 〈신비성〉을 아울러 지닌)의 두드러진 例만을 추려 본다(上揭 「독자에게」・「祝頌」・「알바트로스」・「怨讎」 제외). 약속된 땅 空想의 樂園을 찾아, 한없는 갈증으로 사막을 가는 「旅行中의 流浪人들」. [91]

　　　　불타는 눈동자의 豫言的 部族이
　　　　(…………)

---


90) Spl, Les Veuves.
91) Bohémiens en voyage.

　　　사나이들은 식구분이 웅크려 타고 있는
　　　달구지 옆을 따라, 번들거리는 武器를 메고,
　　　사라진 空想의 침울한 아쉬움에 무거운 視線으로
　　　허공을 둘러보며 걸어간다.

〈陰鬱과 理想〉 중의 그 숱한 悔恨과 고뇌와 절망의 노래는 차치하고, 〈反抗〉 중, 十字架에 못박힌 예수의 모습에서 男性美의 한 전형을 볼 수 있다.

　　　경비대와 炊事場의 악당들이 그대 성스런
　　　몸에 침을 뱉는 것을 보신 때도,
　　　광대무량의 人間愛가 깃든 그대 두개골에
　　　가시나무 꽂히는 걸 느끼시던 때에도,

　　　기진한 그대 몸의 무서운 무게가 左右로
　　　팽팽히 펴진 두 팔 끌어당기며,
　　　피와 땀이 해쑥한 이마에서 흘러내릴 때,
　　　그대 모든 사람 앞에 과녁처럼 놓였을 때,

　　　그대 그토록 찬연하고 아름다왔던 나날을
　　　꿈꾸듯 회상하셨던가, 그 영원한 약속을 다하려
　　　오시던 날, 온순한 암나귀 타고 꽃과 나뭇가지
　　　뿌려 덮은 길을 밟고 오시던 날을?

　　　그대 희망과 용기로 한껏 가슴 부풀어
　　　그 더러운 商人들을 힘껏 채찍질하던 날을,
　　　마침내 그대 主가 되신 날을? 悔恨이
　　　창끝보다 더 깊이 그대 내장을 꿰뚫지 않던가?
　　　　　　　——「惡의 꽃」 중 聖베드로의 否認[92]

　　그런데 「惡의 꽃」 第1部 〈陰鬱과 理想〉의 첫머리에 놓인 「祝頌」에서 詩人은 자기가 가는 예술의 길을 〈十字架의 길〉이라 했다. 의식했건 못 했건 간에 그는 스스로 예술의 세계에서 〈十字架에 못박힌〉 예수 같은 순교자의 自畵像을 그리고 있었던 것이 아닐까? 그리하여 어린 시절에 〈可能과 旣知의 세계를 넘어 길을 떠나자〉는 「목소리」[93]의 속삭임을 들은 그날부터,

　　　그때부터다, 나는 豫言者들처럼
　　　그토록 다정하게 沙漠과 바다를 사랑하게 된 것은(……)

그리고는 〈虛空을 쳐다보며 (地上의) 웅덩이에 빠지곤 하는〉것이다. 그가 公

---

92) FM, Le Reniement de Saint-Pierre.
93) FM, La Voix.

園의 〈密會場所〉에 모이는 다른 〈人生落伍者들〉과 스스로를 구별한 한 가지 점은 바로 이 〈예술의 순교자〉의 운명을 택하여 死後의 復權(아니 복권을 넘은 영광)에 人生을 걸었다는 점이다. 그리하여 〈이 世界 밖이라면 어디든지〉(散文詩)라고 부르짖을 만큼 이승의 삶에서 궁지에 몰린 그가 「惡의 꽃」의 마지막을 장식하는 詩에서(그의 生前에 散文詩 「파리의 陰鬱」을 간행했더라면, 필경 「이 世界 밖이라면 어디든지」를 마지막 詩로 삼았을 게다) 죽음을 노래하며,

> 奈落 밑바닥으로 뛰어들고 싶어라, 지옥이건 天國이건,
> 어떻단 말인가? 〈未知〉 속에서 새로움을 발견키 위하여! [94]

이렇듯 죽음에서조차 무엇인가를 발견하려는 예술의 순교자의 집념을 노래한다. 그 悲壯美의 극치를 다음 絕叫에서 볼 수 있다.

> 왜냐하면, 主여, 여러 시대를 흘러흘러
> 당신의 永遠의 기슭에 와서 죽는 이 뜨거운 嗚咽,
> 그것이야말로 참으로 우리 존엄성에 관하여
> 우리가 줄 수 있는 최상의 證言이기에!
>
> ——「惡의 꽃」중 燈臺들[95]

하여간 저 자신을 男性美의 典型으로 삼았다는 점(〈나의 美의 定義〉를 운운할 때 과연 그 점을 의식했을까?)은 놀라운 사실이다. 그가 晩年에 브뤼셀서 자기의 비참한 생활과 세상의 沒理解를 넘은 부당한 대우에 失意와 증오와 울분 속에 나날을 보내다가, 잠시 황급히 파리를 다녀갈 때, 우연히 만난 젊은 詩人의 방에서 하룻밤을 묵으면서, 밤중에 외마디 嗚咽——〈짓눌려 터진 가슴에서 새어 나오는 듯한〉 그 비분의 흐느낌을 억누를 수 없이 터뜨리던 때, 그야말로 그 젊은 詩人의 묘사 그대로 온 세상을 상대로, 속에서 부글부글 끓어오르는 悲憤을 억누르려 안간힘을 쓰는 비극의 주인공의 모습이다. 零落한 「늙은 떠돌이 藝人」(散文詩)의 떠들썩하게 명랑한 주위의 분위기와는 대조적으로 〈절대적 비참〉 속에 체념한 모습을 보고, 詩人은 억누를 수 없는 감동에 눈물을 흘릴 정도로 交感을 느낀다.

> 허나 얼마나 깊은 잊을 수 없는 視線으로[96] 群衆과 불빛들을 둘러보는 것일까! 그 주위애 동요하는 파도가 그의 역겨운 곤궁의 몇 걸음 앞에서 딱 멎고 있었다. 나는 히스테리의 무서운 손에 목이 죄어지는 듯이 느꼈다. 내 시선이 떨어지려 하지 않는 그 不順한 눈물로 가려지는 듯했다.[97]

---

94) FM, Le Voyage.
95) FM, Les Phares.
96) 內面의 비극적 신비성과 정신성은 자주 視線으로 표현된다. cf. Les Sept Vieillards, Les Aveugles, Laquelle est vraie?, Bribes, Assommons les Pauvres, Le Joueur généreux.
97) Spl. Le Vieux saltimbanque.

이 산문시를 발표하기 1년 전에(1860. 10) 母親에게 보낸 편지에서, 自殺을 〈생애에 가장 분별 있는 行爲로 여긴다〉면서 〈자살의 강박관념〉을 고백하고, 또 한번 부당한 세상에 대한 분격을 터뜨리며,

"저는 더욱 不幸해질수록 그만큼 더욱 제 傲慢은 커지는 것이에요."[98]

그리고는 끝머리에 가서,

"어머니와 저 사이에는 이런 차이점이 있죠. 즉 저는 어머니를 환히 꿰뚫어 아는데 어머니는 결코 저의 그 비참한 性格을 알아차린 적이 없었다는 점 말예요."

사실 모친이 알 턱이 없다. 알고 있는 것은, 어린 시절부터 똑같은 〈어리석은 짓〉, 〈경솔〉, 〈게으름〉의 되풀이로, 또 사회인으로서 실수의 연속으로, 지리멸렬한 생활의 궁지에서 헤어나지 못한다는 禁治産者의 성격뿐이다.

젊은 후배 시인의 신세를 지며 하룻밤을 새면서, 한밤중에 斷腸의 嗚咽을 터뜨리는 零落의 詩人의 가슴 속에 부글부글 끓는 그 비분을, 〈不幸해질수록 더욱 傲慢〉해지는 〈저주받은 詩人〉의 나르시시슴 narcissisme 을 어떻게 알 수 있겠는가. 우리는 여기서 보들레에르의 매저키즘 운운하는 通說과는 좀 구분되어야 할 새로운 일면, 즉 〈비극((不幸)의 나르시시슴〉에 부딪히게 된다. 그의 作品을 통하여 나타나는 종합적인 〈나의 美〉의 정의에서, 필연적으로 〈男性美의 典型〉이 그 자신일 밖에 없다는 사실로 말미암은 당연한 귀결이기도 하다. 그의 고백에 의하면, 열댓 살 때부터 이미 생트 뵈브의 작품 (Volupté)을 읽고, 고뇌의 美學은 싹트고 있던 것이다.

　　　……거울 앞에서 惡魔가 천생으로 내게 준
　　　혹독한 技藝를 완성했나이다,
　　　——고통으로 진정한 快樂을 만들기 위하여——
　　　그의 苦厄을 피투성이로 만들고 그의 상처를 긁는.[99]

그의 生涯 중에도 가장 처참한 궁지, 〈지옥〉 중에도 아주 밑바닥의 절망과 궁핍에 몰려 있을 때, 잠시 같은 流謫의 땅 브뤼셀에 머무르며, 여전히 명성과 영광이 본국 문단의 王座를 차지하고 있는 빅토르 위고의 가정을 방문하고, 그 俗物的인 분위기에 경멸을 토로하는 그 오연한 自負心을 보라.

"얼마 동안 브뤼셀에 살던(妻子들과 함께—역주) 빅토르 위고는, 제가 자기 섬(위고가 北海 연안의 섬에 별장을 가지고 혼자서 悠悠自適하던 곳—역주)에 가서 얼마 동안을 소일하기를 바랐는데, 그가 제겐 무척 따분하고 진력이 나더군요. 만약 그의 우스꽝스러운 언동들까지를 동시에 〈所有해야〉 한다면, 저는 그의 영광이건 재산이건 준

<hr>

98) C. Ⅱ. p. 99.
99) L. à Sainte-Beuve (1844년 말~1845년 초), C.Ⅰ. pp. 116~8.

대도 받지 않을 거예요. (……) (최근 발간된 위고의 詩集 「거리와 숲의 노래」를 언급하며—역주) 이번에는 즐겁고 경쾌하고, 또 사랑에 빠져 다시 젊어지려고 했더군요.. 건 참 징글맞게 둔해요."(1865년 11월)[100]

奈落의 밑바닥서 안간힘을 쓰다가 졸도하기 불과 몇 달 전이다. 영광의 정상에 군림하는 행운의 大家에 대한 이 자신만만하고 오만한 멸시의 公言——분명 매저키즘과는 다른 悲劇의 王子다운 나르시시슴의 발로라 하겠다.

統一 속의 矛盾(對立)  시인은 어느 작품에 항시 나타나는 〈예지 sagesse〉의 관념과 〈광기 folie〉의 취미에 언급하여,

자, 그것이야말로 참으로 不滅의 철학적 對立命題 antithèse이며, 여러 시대의 시초 이래로 어느 철학이건, 어느 文學이건, 그 위를 旋回하고 있는 그 본질적으로 인간적인 矛盾 contradiction이다.[101]

이렇게 矛盾을 〈본질적으로 인간적〉이라고 보편화하고 있다. 그리고 이미 언급한 바, 저 자신의 경험으로, 하나의 美學體系로 일관하려는 愚를 스스로 비웃으며, 끊임없이 美學上의 〈새로운 改宗〉의 불가피성을 고백한다(「1855年 萬國博覽會 展示評」). 그런데 그가 二元性 dualité, 모순(또는 대립 contradiction), 대립(또는 대조 antithèse) 등의 용어로 표현하는 소위 〈모순(대립)〉에는 通時的인 自家撞着과 共時的인 相反되는 요소 두 가지 구분이 있다. 위에 언급한 미학의 〈개종〉이 전자의 경우라 하겠다.

예컨대, 그렇게 끊임없이 개종하고 자가당착을 露呈하는 그의 미학 중에도 反自然의 미학은 가장 首尾一貫되고, 가장 보들레에르적인 미학으로 지적되며, 또 그 자신이 가장 많이 강조하고 있다(이른바 그의 당디슴의 미학과 超自然主義의 이론 등——後述). 그 反自然의 미학은 反女性(女性이 감정적이고 본능적이며, 유물적·현실주의적이란 점에서)으로까지 번져나가고 있지만(조르쥬 상드에 대한 毒舌은 유명하다), 그가 선배 女流詩人 데보르드 발모르 Desbordes-Valmore를 찬양하는 評文을 쓰며, 자기 美學上의 자가당착을 여지 없이 스스로 폭로하고, 또 그 자기모순을 긍정적으로 받아들인다.

그대가 친구에게 그대의 취미들 또는 정열들 중의 하나를 고백했을 때, 그 친구는 번번이 이렇게 말하지 않던가——〈거참 이상하군! 그건 자네의 다른 모든 정열들 및 당신의 이름과 완전한 모순 désaccord이니까 말일세〉라고? 그러면 그대는 대답했겠다——〈그럴지도 모르지. 허나 그런 거야. 난 그게 좋은걸, 아마도 내 존재가 거기서 발견하는 맹렬한 모순 때문에 그걸 좋아할지도 모르지〉라고.

이렇게 전제하고 나서, 바로 그의 反自然과 人工의 미학과 정반대의 성격을 지적하며,

---

100) C. Ⅱ, p. 541.
101) Salon de 1859, p. 1092.

*378*

일찌기 어느 詩人도 그 이상 자연스러운 적이 없다. 어느 시인도 결코 그보다 덜 人工的인 적도 없다. 아무도 그 매력을 흉내낼 수 없었다. 왜냐하면 그것은 전혀 獨立的이며 天性의 것이니까. [102]

이처럼 자타 공인하는 反自然의 미학론자가 때에 따라 〈자연스러운〉, 非人工의 매력에 끌리는 〈맹렬한 모순〉이 있는 반면, 그가 예술의 특질을 〈통일 속의 多樣 *la variété dans l'unité*〉 혹은 〈절대의 다양한 面들 *les faces diverses de l'absolu*〉[103]이라고 규정할 때, 또는 자연계의 삼라만상을 〈통일의(속의) 모순안 二元性〉으로 규정지을 때[104] 그것은 共時的인 모순(대립)을 뜻한다. 共時的일 뿐 아니라 대체로 한 작품 속에, 조화로운 통일 속에 닫혀진 그것이다. 일찌기 그가 빅토르 위고와 들라크로아의 예술가로서의 특질을 비교 규정한 유명한 글에서, 후자가 〈때로 서투르긴 하지만 본질적으로 창조자〉임에 반하여, 위고는 〈새로 발견하기보다는 훨씬 능숙한 工人, 창조적이기보다는 훨씬 더 정확한 作業人〉으로 규정하고 나서, 위고의 技法을 약간 꼬집어서, 〈並列과 획일적인 對照의 手法〉이라 하고,

그에게는 기괴함 자체조차 균형·조화의 형태를 취한다. 그는(……) 對立句 *antithèse* 의 온갖 手法과 同格의 온갖 속임수를 철저히 소유하고 냉철하게 구사한다. [105]

고 갈파한다.

이것은 자연계에서 관찰되는 〈통일 속의 모순〉에 해당되는 창작에 있어서의 〈모순의 통일〉이다. 즉 한 작품 속에 병렬되고 갇혀서 제각기 제자리를 차지하는 對立語句들이나 뜻밖의 同格(때로는 상반되는 성격의)語들을 구사하되, 그것이 하나의 〈균형 조화의 형태〉 속에 통일되는 모순(대립)이다. 그런데 위고의 技法에 관한 이러한 지적이 실은 우리 詩人 자신의 가장 두드러진 長技로 되어 있음을 발견할 수 있다. 그리고 이 修辭上의 모순(대립)의 연결(撞着語法 *oxymoron*)은 대체로 〈놀라움〉과 〈기이함〉의 미학 속에 포함시킬 수도 있다. 우선 「惡의 꽃」의 序詩 「독자에게」의 첫聯부터,

우리는 우리 사랑스런 회한을 키운다,
마치 거지가 이 벼룩 먹여살리듯이.

첫째 名詞와 그 수식어 사이의 상식적으로 합쳐지기 힘든 대립이다――사랑스런 ↔ 회한. 둘째 이 대립을 〈조화〉시키기 위한 비유에서 主語와 述語 사이의 〈의미상의 대립〉이다. 남에게 구걸하여 목숨을 이어 가는 〈거지〉가 〈먹여살린다〉――그것도 자기 살과 피로 이·벼룩을. 허나 의미상의 이 모순은 상식의

---

102) Marceline Desboreles-Valmore, p. 717~8.
103) Salon de 1846, p. 878.
104) ibid. p. 913.
105) ibid. p. 889.

세계의 예상사이다. 이 상식상의 예상사인 의미상의 모순을 비유로 끌어들임으로써, 그는 문제의 〈사랑스런 悔恨〉을 〈키우는〉 二重의 모순(명사←→형용사의 모순과, 주어와 술어 사이의 상식적 대립, 즉 〈회한을 키우는〉)을 아주 미끈하게 통일하고 있다. 다음 第2聯에서는, 성당에서 참회의 告解와 돌아오는 〈흙탕길〉의 대립──〈並列文의 대립(모순)〉이다. 그 고해성사에서도 〈치사스런 ←→ (참회의)눈물 *vils pleurs*〉──〈명사와 수식어 사이의 대립〉이 있다. 위의 並列文의 대립이 그 당돌한 대립의 연결을 정당화해 주고 있다. 그것은 또한 윗聯의 같은 종류(類型上 名詞←→形容詞 간의)의 대립인 〈사랑스런 悔恨〉과 의미상의 대립을 이루며 마주보고 있다.

맨 끝 聯에서는 가장 대담스럽고 도발적인 〈同格의 대립〉으로 끝맺는다──〈독자에게〉 바친 헌시의 終句인 것이다.

> 너는 그걸(권태) 알지, 독자여 그 까다로운 怪物을,
> ──僞善者 독자여, ──내 동포여, 내 형제여!

이 도발적인 〈위선자←→독자〉의 대립도, 또 다른 同格(동포, 형제)으로 아주 미끈한 통일 속에 마무리되어 있다.

그의 모든 詩篇이 거의 예외 없이 이런 측면에서 분석의 대상이 될 수 있다. 여기서도 가장 대표적인 예만으로 끝맺으련다. 全篇이 갖가지 유형의 대립(모순)으로 채워져 있는 대표적인 詩라 하겠다(「美女에의 讚歌」).[106]

> 그대 天上에서 오는가 혹은 深淵에서 나오는가,
> 오 〈美女〉여? 네 시선, 잔인무도하고 聖스러워,
> 혼돈스레 은혜와 죄악을 흘려보내니,
> 그래서 널 술에 비길 수도 있으리.
>
> 너는 눈 속에 日沒과 黎明을 간직한다.
> 너는 폭풍우의 밤처럼 향기를 퍼뜨린다.
> 네 키스는 媚藥이고, 네 입은 英雄을 비겁하게
> 를어린이 용감하게 만드는 술단지인지고.
>
> 너 컴컴한 구렁텅이서 나오는가 혹은 天體에서 내려오는가?
> 홀린 〈운명〉이 개처럼 네 치마자락 뒤따른다.
> 넌 닥치는 대로 기쁨과 災殃을 뿌리며,
> 일체를 다스리되 일체 책임을 안 지는구나.
>
> 넌 네가 비웃는 屍體들 위를 걷는다, 美女여.
> 네 보석들 중에 〈끔찍스럼〉도 아주 작은 매력이 아니며,
> 네 가장 귀여운 노리개들 중 〈虐殺〉은
> 네 자랑스런 배 위서 連綿히 춤추는구나.

---

106) FM, Hymne à la Beauté.

　　이렇듯 가장 넓은 의미의 온갖 撞着語法 *oxymoron*의 망라로 美女를 온통 휘감아 그 〈奇異〉함을 절정에 이르게 하고, 이것을 조화 속에 통일하는 절묘한 솜씨를 보인다.

　　첫째는 위에서 본 비유(거지와 이·벼룩)의 技法에 의한 모순(대립)의 완화다. 물론 그 비유 자체가 의미상으로는 모순을 내포하지만, 상식적인 常例인 모순을 이용함으로써, 이때껏 중첩된 모순(당착·대립)을 일거에 中和해 버리는 手法이다.

　　　　현혹된 하루살이 너 촛불 쪽으로 날아들어,
　　　　바지직, 타며 말하길 : "축복하자 이 불길을 ! "

　　둘째로 〈만약 ……하다면〉이라는 충분히 납득할 만한 조건 밑에 〈무슨 상관 ?〉[107] 하는 對立 해소(내지 同一化)의 반문을 던짐으로써 완전한 조화를 전취한다. 그 조화에의 自信으로 하여 마지막의 가장 대담한 相剋的 同格語와 撞着語法을 겹친 호칭을 더 보태기까지 하는 것이다.

　　　　오 美女여 ! 거대하며 무시무시하고 순진한 怪物이여 !

　　그러고 나서 〈만약 네 눈이, 네 미소가, 네 발이 내게(……) 無限의 門을 열어 준다면〉이라는 조건 밑에,

　　　　네가 天上에서 혹은 지옥에서 오건 무슨 상관 ?

　　이렇게 대립·당착 해소의 反問을 던지고 나서, 그래도 아직 미심쩍은 뒷맛이 났던지, 그 美女의 소속 〈天上 혹은 지옥〉을 더 구체화하여 〈사탕 혹은 神〉으로 바꾸고, 똑같은 反問을 두 번 되풀이함으로써 대립·당착의 완전 해소의 조화·통일로 완결시킨다. 게다가 그 조건부가 이번에는 詩人의 생애를 아는 사람에게는 충분히 이해하고도 남음이 있는 조건이다.

　　　　만약 그대가(……)
　　　　이 세상을 덜 징글맞게 또 순간순간을
　　　　덜 무겁게 해주 기만 한다면.

　　끝으로 이 어둡고 둔탁한 例와 대조를 이루는 좀더 가볍고 참신한 매력의 예를 들어 보자. 이미 〈애송이 女人〉型의 새로운 매력의 발견으로 언급한 바이지만,

　　　　음탕함에 결합된 천진스럼이
　　　　그녀 갖가지 변모에 새로운 매력을 주네.

---

107) Qu'importe? cf. FM, Le Voyage의 最終聯에서도 같은 技法.

이렇게 대립적인 性格上의 두 가지 인상을 〈새로운 매력〉으로 통일시키고 나서, 뒤이어 신체적 외양의 똑같은 성질의 대립적 요소를, 역시 시각적인 〈새로운 데쌍으로〉한데 결합시킴으로써, 위의 일견 무리한 〈모순 통일〉인 듯한 뒷맛을 깨끗이 씻고 완전한 조화 통일을 전취하는 절묘한 기법이다.

> 새로운 데쌍으로 애송이의 胴體에 결합된
> 앙티오프*의 궁둥이를 보는 듯.

——「惡의 꽃」중 寶石[108]

  * 앙티오프는 희랍 神話의 인물로 16세기 이탈리아 화가 Corrège의 名畵 「앙티오프의 睡眠」이 Louvre 미술관에 소장되어 있으며, 두드러진 臀部가 눈길을 끈다.

## 4. 二元性 : 分裂된 矛盾

그가 이른바 〈統一의 矛盾인 二元性〉의 미학이 구현된 예를 위에서 살펴보았다. 그것은 共時的인 모순 대립이며, 한 작품 안에서 조화·통일 속에 지양되고 닫혀지는 二元性임을 보았다. 이에 반하여 分裂된 채 영 통일될 수 없는 이를테면 열린 채 영 닫혀지지 않는 二元性이 있다. 그것은 한 작품 속에 공존하는 것이 아니고 通時的으로 나타나는 모순 내지 自家撞着이다. 위에서 反自然·人工의 미학과 데보르드 발모르 찬양의 〈맹렬한 모순〉의 경우에서 그 일례를 보았다.

그러나 詩에서 나타나는 두드러진 그 예는 미학보다도 좀더 근원적이며 원초적인 詩人의 情感에 속한다. 그 하나는 〈시간〉에 대한 相反된 감정 내지 반응이며, 또 하나는 그와 표리를 이루는 밤·저녁·어둠 *la nuit, le soir*에 대한 그것이다.

**時間의 二元性(초조감과 지루함)** 시간의 빠름에 대한 초조감과 반대로 시간의 지루함과 중압감의 대립이다. 초조감은 주로 社會的 自我의 불안정성과 끊임없는 위협에 시달리는 〈창조적 자아〉의 안간힘과 회한이며, 때로는 원초적 자아의 갖가지 결함 *vices*(나태·의지박약·침체·마비상태) 끝에 오는 회한이기도 하다. 우선 원초적 자아의 나태와 사회적 자아의 비참함이 한데 얽힌 초조한 自歎이 있다.

> 오, 개으름뱅이 修道僧아! 대체 나는 언제야
> 내 한심한 궁핍의 생생한 광경으로
> 내 손의 일거리와 아름다운 것을 만들 수 있을까?

——「惡의 꽃」중 못된 修道僧[109]

---

108) FM, Les Bijoux.
109) FM, Le Mauvais Moine.

원초적 자아의 內面의 〈원수〉에 시달리며 시간에 몰리는 창조적 자아의 초
감.

>──오 피로와라 ! 피로와라 ! 〈시간〉은 생명을 먹고
>가슴을 갉는 정체 모를 원수는
>(…………)
>
>──同書 怨讐[110]

롱펠로의 名句를 차용한 詩에서,

>일에 열을 내도
>예술은 길고 〈시간〉은 짧다.
>
>──同書 厄運[111]

人生의 晚秋에 마지막 따스한 애정의 빛을 애원하는 詩에서,

>곧 우리는 싸늘한 어둠 속에 잠기리.
>잘 가거라, 너무나 짧은 우러들의 여름 발랄한 光明이여 !
>(…………)
>잠깐의 수고를 ! 무덤 기다리니, 그 탐욕스런 무덤이 !
>
>──同書 가을의 노래[112]

드디어 최후의 절망의 절규 〈때는 이미 늦었다 ! *trop tard!*〉가 터진다.

>곧 시간이 울리리(……)
>一切가 네게 〈뻗어라, 늙은 명충이 !
>때는 이미 늦었다 !〉고 말할 시간이.
>
>──同書 掛鐘時計[113]

40세에 접어들면서부터 이 〈*trop tard!*〉는 강박관념이 되어 있다(모친에의 편
지와「內密日記」에 피풀이). 그것은 사회적 自我와 원초적 자아의 들볶임과 중압
짓눌려 끊임없는 〈자살의 고착관념〉과 對極을 이루며 공존하는 창조적 자아
의 최후의 안간힘 끝에 터지는 절규다.
　이와는 정반대로 시간의 느림과 지루함, 그 감당할 수 없는 중압을 탄식하고
호소하는 시들이 있다. 도저히 한 작품 속에 조화·통일될 수 없는 모순 대립
이어서 열린 채 닫힐 수 없는 分裂의 二元性일밖에 없다.

---

110) ibid. L'Ennemi.
111) ibid. Le Guignon.
112) ibid. Chant d'Automne.
113) ibid. L'Horloge.

나는 멍청한 잠 속에 잠길 수 있는
더없이 치사한 짐승의 팔자가 샘날 지경,
그토록 시간의 실타래는 더디 풀리는구나!
──同書 깊은 奈落 속에서[114]

이 시간의 중압을 감당할 수 없을 때, 필연적으로 거기서 도피의 血路를 찾게 되며, 대체로 〈잠들고 싶은〉 갈망과 사랑의 애무에서 〈忘却〉을 찾으려는 욕구로 나타난다.

잠들고 싶어! 사느니보다는 차라리 잠들기를!
죽음처럼 몽롱한 잠결에
구리처럼 닦인 네 육체 위에
여한 없이 키스를 펼치리라.

(············)
네 입 위에는 강한 忘却이 깃들고,
네 키스 속을 忘却의 江이 흐르는고야.
──同書 忘却의 江[115]

대체로 원초적 자아에 內在하는 〈원수〉와 갖가지 결함 *vices* 에 시달리며, 이에 수반되는 悔恨·陰鬱·권태의 나락 속에 빠져들었을 때에 해당된다. 그 원수와 괴물들(序詩 「독자에게」에서 노래한 *vices=monstres* 想起)을 무찔러 줄 天使(천사의 악마 退治)를 끝없이 헛되이 기다리는 시간이다.

결코 황홀감이 찾아들지 않는 내 가슴은
紗布 같은 날개 달린 人物을 줄곧 기다려도,
기다려도 헛된 舞臺인 것을.
──同書 돌이킬 수 없는 것[116]

조금씩조금씩 죽음으로 이끌려 들어가느니 차라리 눈사태 속에 묻혀 떨어지는 한 순간의 전락을 바랄 정도에 이른다.

그리고 시간은 시시각각 마치 광막한 雪原이
뻣뻣이 언 몸뚱이를 삼키듯이 하는구나.
地球를 꼭대기에서 둥글게 관망하지만,
난 이미 거기서 오막집의 피신처도 찾지 않으이!

---

114) ibid. De Profundis Clamavi.
115) ibid. Le Léthé.
116) ibid. L'Irréparable.

눈사태여, 추락 속에 날 내리떨어뜨리지 않으려나?
——同書 虛無의 맛[117]

惡夢과 不眠에 시달리는 그 고칠 약도 없는 그 〈음울〉 상태는 나락 속으로 《영원한》 층계를 내려가는 〈天刑받은 자〉로 상징되기도 한다.

> 天刑받은 者 등불도 없이
> 난간 없는 영원한 층계로
> 냄새가 그 습기찬 깊이를 알려주는
> 深淵의 변두리로 내려간다.
——同書 不治의 것[118]

요컨대 이 相剋의 대립은 美學 이전의 自我의 3分身의 갈등으로 말미암은 二元性이어서 끝내 조화·통일될 수 없이 열린 채로 分裂된 모순이다. 이 二元性 중 前者(초조감과 회한)가 창조적 자아를 主役으로 한 비극적 갈등임에 대하여, 後者는 原初的 자아가 주인공인 그것이다.

밤의 二元性 : 平和와 苦痛 궁핍과 受侮 속에 지리멸렬한 생활을 이어 가는 사회적 자아(m.s)와, 역시 마비증과 心身兩面의 갖가지 病症으로 만신창이가 된 원초적 자아(m. pr), 이 압박의 혹독한 十字架를 걸머진 그의 창조적 자아 (m. cr)가 밤을 맞는 반응에서(다른 숱한 面——성격상으로 또는 美學·윤리·사상 등——에서 이미 지적되고 널리 알려진 바 그의 二元性·兩極性 dualité, polarité 과 마찬가지로) 역시 묘하게도 전혀 相反된 두 가지 감정을 드러냄을 발견할 수 있다.

우선 만신창이의 m. s가——모친에게 수없이 한탄하고 푸념했듯이——그 갖가지 〈충격의 소용돌이 속에서〉 날마다 빚에 쫓기는 受侮와, 다른 한편으로는 〈동분서주, 방문 등 courses, visites etc. ……〉으로 지쳐빠져 하루를 보낸 뒤,

> 悅樂의 밤이 떠오르네,
> 一切를, 주림조차 가라앉히며,
> 一切를, 羞恥조차 지우면서
> 詩人은 중얼거리지 : 드디어!
>
> (…………)
>
> 벌떡 누워야겠어,
> 그리고, 오 시원한 암흑이여!
> 네 장막으로 몸을 감고 딩굴련다.
——「惡의 꽃」 중 하루의 끝[119]

---

117) ibid. Le Goût du Néant.
118) ibid. L'Irrémédiable.
119) ibid. La Fin de la journée.

이렇듯 하루 일에 시달린 사람, 고달픈 생활의 착한 사람들에겐 밤은 항상 휴식·안도·평화를 안겨 주는 것으로 되어 있다. 〈암흑〉은 온갖 愚劣하고 지긋지긋한 m. s에서부터 탈피하고 숨어 버릴 수 있는 은신처이기도 하다.

> 빨리 등불을 끄자.
> 암흑 속에 숨기 위하여!
>
> ——同書 深夜 自省[120]

噴水 흩어져 내리는 소리를 들으며, 애인을 애무하는 아늑한 사랑의 밤, 戀人을 더욱 아름답게 하는 축복된 밤.

> 오 밤이 그토록 아름답게 만든 너!
> 네 젖가슴 위에 기울이고 水盤에
> 흐느끼는 영원한 푸념에 귀기울임이
> 얼마나 내게 감미로운 것인가!
> 달, 영롱한 물소리, 축복된 밤,
> (…………)
>
> ——同書 噴水[121]

〈고통〉조차 친근해지는 밤이 있다.

> 착하지, 오 내 〈고통〉아, 좀더 조용하렴.
> 〈저녁〉을 보챘지, 자 내려온다, 보라.
> (…………)
> 들어 보라, 다가오는 아늑한 밤의 발자국을.
>
> ——同書 沈想[122]

위에서 열거한 밤의 情感이 가장 뚜렷이 나타나는 詩가 있다.

> 오 저녁, 사랑스런 저녁, 그의 두 팔이
> 〈오늘 우린 부지런했지!〉 이렇게 거짓 없이
> 말할 수 있는 자가 갈망하던 저녁.
> 모진 괴로움에 정신이 물어뜯기는 사람들,
> 이마가 무거워지는 끈질긴 學者며,
> 침대로 돌아가는 허리 굽은 노동자를

---

120) ibid. L'Examen de minuit.
121) ibid. Le Jet d'eau.
122) ibid. Recuillement.

짐 덜어 주는 저녁이다.

——同書 黃昏[113]

그런데 바로 같은 詩에서 밤은 또한 病者들에게 고통을 더해 주는 불길한 밤
으로 일변한다. 바로 그의 m. pr 가 갖가지 증상에 시달리는 밤이다.

이 장엄한 순간에, 내 넋이여, 沈思하라.
그리고 그 밤의 소란에 귀를 막아라.
환자들의 고통이 격화되는 시간인 것을!
침침한 〈밤〉이 그들의 목을 조른다.

——같은 詩

특히 m. pr 가 마비증과 갖가지 정신상의 神經性 症狀——공포·악몽·음울·
분노·증오 등——의 深淵에 빠졌을 때에는 밤은 不吉하고 축축한 악몽에 싸인
공포의 늪지대의 이미지로 가득 차 버린다.

허나 물러가는 神(太陽—역주)을 쫓아 보았자 헛수고.
캄캄한, 축축한, 不吉하고 줄곧 몸서리만 나는
항거할 수 없는 〈밤〉이 자기 왕국을 세운다.

암흑 속에 墓穴 냄새 감돌고,
내 겁에 질린 발이 늪가에서
뜻밖의 두꺼비며 써늘한 달팽이에 부딪는다.

——同書 浪漫的 日沒[114]

우리 詩人에 있어서의 이 〈밤의 兩極性〉이 가장 절묘하게 뚜렷한 대조를 보
이는 경우를 우리는 두 사랑의 詩에 나타나는 m. pr 의 〈지긋지긋한〉 시간들과
그 詩 〈새벽 한時〉에 나타나는 완전 해방된 m. cr 의 해방감과 창조에의 경건
한 의욕과의 대조에서 찾아볼 수 있다.

넘칠 듯이 명랑한 天使여, 그대 苦惱를 아는가,
羞恥·悔恨·嗚咽·권태 그리고 구겨뭉개는
종이뭉치처럼 심장을 짓누르는
그 무시무시한 밤마다의 모호한 공포를?

——同書 功德

그것은 곧 우리가 이때껏 지긋지긋이 보아 온 그의 마비상태에 병발하는 온
갖 정신적 증세에 짓눌린 〈무시무시한 밤〉의 증상이다. 사랑하는 女人의 애무

---

113) ibid. Le Crépuscule du soir.
114) ibid. Le Coucher du soleil romatique.

二元性의 美學　387

조차 귀찮아지는 마비상태,

     ……허나 오늘은 一切가 내게는 쓰디써,
     아무 것도, 그대 사랑도, 침실의 쾌락도, 화끈한 화로도,
     (…………)

——同書 가을의 노래[115]

　이렇듯 철저한 무기력·무의욕 *atonie* 의 침체상태에 〈써늘한 어둠〉(여기서는 밤이 아님)은 이미 평화와 해방 또는 피신처와는 정반대의 황량한 〈지옥〉이다.

     곧 우리 셔늘한 어둠 속에 잠기리
     (…………)

     온 겨울이 내 속에 스며들리 : 분노·
     증오·몸서리·넌덜머리·苦役,
     그래, 내 심장 北極 地獄의 太陽인 양,
     한갓 얼어붙은 덩어리 되어지리.

——同　上

　그 m.pr 의 유다른 고질들을 追跡한 우리로서는 그것이 한갓 비극 취미의 과장이나 詩的 文飾, 또는 美學上의 어떤 主義나 취향에서가 아니고, 실로 그 〈深淵〉 속에 빠진 자의 뼈에 사무치고 폐부에서 터져나오는 울부짖음과 呻吟이라는 점을 분명히 이해할 수 있다.

     내 마음 떨어진 캄캄한 深淵 밑바닥에서,
     (…………)
     이건 납빛 地平線의 침울한 세계,
     거기선 어둠 속에 혐오와 모독이 떠돌고.

——同書 깊은 奈落 속에서[116]

　이미 그의 혹독한 m.s 와 m.pr 의 갖가지 시련과 이에 대결하는 m.cr 의 비극적인 갈등을 알고 있는 우리로서는, 그에 있어서의 이 〈밤의 兩極性〉의 원인도 쉽게 파악될 수 있는 일이지만, m.pr 의 〈지긋지긋한 상태〉를 벗어났을 때, 위와는 正反對로 m.cr 가 맞는 深夜에 겨우 맛보는 해방감과 그 快哉에서, 거꾸로 그의 m.s 의 〈지긋지긋한 삶〉을 실감할 수 있다.

     드디어 ! 혼자다 ! (……) 드디어 人間의 面相의 횡포는 사라졌다. (……)

---

115) ibid. Chant d'Automne.
116) ibid. De Profundis Clamavis.

드디어! 그러니 이젠 암혹의 욕탕 속에 푹 쉴 수가 있구나! (······)
지긋지긋한 삶! 지긋지긋한 삶! 오늘 하루를 회고해 보자.
———「파리의 陰鬱」중 새벽 한時[117]

이 散文詩는 〈내가 人種之末이 아님을 나 자신에게 증명하는(······) 아름다운 詩句들〉을 창조하게 해 달라는 비장하고 엄숙한 기도로 끝맺거니와, 다행히 그가 말하는 소위 〈詩的 健康狀態 état de santé poétique〉에까지 도달하게 된다면, 그것이 바로 예술가의 희귀한 순간, 그것이 곧 그가 〈그 희한한 시간 ces admirables heures〉, 〈아름다운 시간의 넋 l'âme dans ses belles heures〉, 〈행복한 순간 des minutes heureuses〉 등으로 부르는(「Delacroix 論」중) 온갖 모순이 해소되는 축복된 순간이다.

深夜에만 〈드디어〉 조용한 시간을 얻어 집필할 수 있었던 그에 있어서, 밤이 해방과 평화의 시간과 더욱 절망적인 〈지긋지긋한 時間〉으로 갈리는 근본 원인이 그의 m. pr 의 건강상태 여하에서 그 分岐點을 찾았거니와, 설사 해방과 평화의 시간을 맞는다치더라도, 위의 그의 기도가 실현될 수 있는 〈희한한 時間〉이 되기는 극히 힘들리라는 것을 미리 짐작할 수 있다. 자신의 항상 〈일을 뒤로 미루는〉 〈고칠 수 없는 病〉 이외에도, 잔느 뒤발, 빚, 돈 걱정 등, 그의 〈정신 집중〉을 방해하는 일이 너무나 많기 때문이다.

〈시간〉의 흐름에 대한 감정과 반응보다도 더 두드러지게 드러나는 철저히 相反되는 이 〈밤〉을 맞는 감정과 반응의 兩極性 역시 美學 이전의 3分身의 갈등에서 유래됨을 보았다. 〈평화와 휴식〉의 기쁨과 안도감을 주는 밤은 그의 사회적 자아가 시달리는 낮을 전제로 하되, 적어도 원초적 자아의 내면의 〈원수〉나 결함 내지 악덕 vices 에서 해방된 시간이며, 따라서 창조적 자아에게는 행운의 한때가 될 수 있는 밤이다. 그 반면 고통으로 맞는 밤은 원초적 자아의 受難期의 밤이다. 1864년 4월 이후 브뤼셀에서 졸도할 때까지는 고통의 밤의 연속이었으며, 바로 〈지옥〉 속에 떨어진 시기일밖에 없다. 그러기에 「惡의 꽃」의 최종의 시 죽음에의 「航海」를 노래한 끝 詩句가,

深淵 밑바닥으로 뛰어들고 싶어라, 〈지옥〉이건 〈천국〉이건 무슨 상관?
〈未知〉의 밑바닥에서 새것을 발견하기 위하여.

라는 창조적 자아의 호기심과 일루의 기대로 끝남에 反하여, 필경 브뤼셀의 末期에 씌어진 散文詩는

어디라도 상관없어! 어디라도!
이 세상 밖이기만 하다면! [118]

---

117) Spl. A Une heure du matin.
118) ibid. Anywhere out of the world.

이라는 絶叫로 끝맺는다(이 散文詩集 「파리의 陰鬱」이 시인 생전에 간행되었다면 필경 이 詩를 맨 끝에 자리잡아 주었을 것으로 확신하는 바이다). 둘째로, 이 밤의 二元性 역시 조화·통일 속에 결합될 수 없는, 열린 채 절대로 닫혀질 수 없는 分裂의 相剋的인 二元性이다. 단 한 번 「黃昏 Le Crépuscule du soir」속에 위에 인용한 바 밤의 二元性(차라리 兩極性)이 한 작품 속에 갖춰져 있지만, 그러나 主人公이 각각 다른 경우를 노래하고 있다. 여기까지 살펴본 우리로서는, 〈평화와 휴식의 밤〉을 맞는 주인공은 건강하고 근면한 사람이 진종일 일하고 맞는 밤이고, 고통의 밤은 환자들의 몫으로 되어 있음을 충분히 수긍할 수 있다. 그리고 詩人의 동정——차라리 共感어린 감동——이 후자 쪽으로 쏠리는 심정 또한 쉽게 이해할 수 있으리라. 바로 「黃昏」의 끝 詩句다.

        게다가 그들의 대부분은 일찌기 가정의 따스함을
        겪어 본 적이 없고, 또한 일찌기 살아 본 적 없거니!

**同病相憐**의 영탄이다.

## 結 語

우리가 이때껏 살펴본 그의 美學(또는 美觀)의 주목할 만한 특질을 이렇게 요약할 수 있겠다.

첫째, 연대적으로 갖가지 미학이 교체되었을 뿐만 아니라, 共時的으로도 여러 가지 미학 내지 美觀이 공존하고 있다.

둘째, 非具象畵에서 사진 예술에 이르기까지, 추악미에서 애송이 女人型의 매력에 이르기까지, 다양 다채롭고 여러 면에서 한 세기를 앞지른 선구적 美感覺과 심미 취향을 보여 준다.

세째, 공존하는 미학 내지 미관 중에는, 예컨대 〈놀라움〉과 〈기이함〉의 강조가 있는 반면, 동시에 이에 못지않게 강조될 뿐 아니라 오히려 그 優位를 차지하게 하는 〈천진스러움 naiveté〉이나 〈검소·간결 simple〉의 강조 등 對立·모순의 二元性을 보여 준다.

네째, 만년에 그가 定義한 〈나의 美〉觀에서 정신성과 비극성을 강조한 男性美의 전형이 바로 詩人 자신이라는 뜻밖의 그의 나르시시슴이 드러난다. 우리는 그것이 실로 시인으로서의 확고부동의 자신·자부심과 깊이 연결되어 있음을 보았다.

다섯째, 통시적이건 共時的이건, 그 숱한(때로는 모순과 자가당착을 노정하는) 미학(미관)이 드러나지만, 그러나 그것들을 일관하여 변치 않는 공통 성격이 있다——정신성·신비성의 숭상과 비극성에의 취향이다.

여섯째, 그가 단일 미학 체계를 스스로 거부하는 반면, 의식적으로 〈統一 속의 모순〉으로 제시한 미학과 이에 대응되는 詩들이 있다.

끝으로 우리는 적어도 〈미학〉으로서는 그가 의식하지 못한(또는 의식 밖에 노출된) 여러 작품에 걸쳐 分裂된 채 영 닫힐 수 없는 〈미학적으로〉 모순 또는 자가당착의 二元性──〈시간〉의 흐름에 대한 초조감 및 (虛送의) 회한과 시간의 지루함, 〈밤〉을 맞는 평화·휴식감과 고통·공포감──을 밝혀냈다. 적어도 〈미학으로서는〉 의식 못 했다 함은, 그것이 미학 이전의 시인이 지닌 3分身의 갈등에서 어쩔 수 없이 노출된 결과이기에 당연한 귀결이라 하겠다.

우리는 또한 美學을 살펴보기에 앞서, 총명한 폴 발레리조차 그러했듯이, 단순히 詩人과 포우와의 유사점과 시인의 비상한 傾倒와 열성에 끌려 詩人에 대한 〈포우의 절대적 영향〉이라는 通說을 충분한 고증적 근거로써 봉쇄하였으며, 오히려 「惡의 꽃」의 詩人에게 결정적 영향을 준 것은 그와는 전혀 딴 길로 접어들어 당대 批評界의 왕좌를 차지하고 있던 생트 뵈브였다는 놀라운 사실을 밝혀냈다.

그것은 미학 내지 시학 혹은 어떤 문학사상 등속의 授受 관계가 아니고, 「惡의 꽃」의 詩人으로서의 걸어야 할 길과 근본 자세를 그것도 少年期에 示唆받은 것이기에, 시인 자신도 모르는 사이에 응결된 고착관념이다. 그것을 끝까지 밀고 나간 힘과 의지와 운명, 그리고 시인으로서의 力量과 미학·기법 一切가 詩人 자신의 것이다. 이 미묘하고 숙명적인 관계를, 우리는 詩人 자신이 大評論家 생트 뵈브의 청년기의 作品(특히 젊은 詩人으로서의 고뇌를 노래한 詩)을 起點으로 하여, 詩人 자신이 문단 데뷔 이전에 그에게 보낸 欽慕 찬양의 詩, 「惡의 꽃」 刊行 後 그가 詩人에게 보낸 이례적으로 흥분과 감동과 共感을 토로한 편지, 그리고 시인이 졸도하기 한 달 전에 다시 少年期에 읽고 아직 암송까지 할 수 있는 〈생트 뵈브 아저씨〉의 詩集(시인은 감개무량하게 이제서야 〈前夜의 「惡의 꽃」〉이라고 부른다) 再刊本을 읽고, 감동적인 희구의 소감을 적어 보낸 詩人의 그에 대한 마지막 편지를 통하여, 위에서 말한 兩者의 미묘하고도 숙명적이라 할 만한 숨은 관계가 절묘하게 풀려 명백하게 드러내 보였음도 우리의 소중한 수확이었다.

끝으로 分裂된 채 영 닫히지 않는 二元性의 희한한 통일·조화를 그의 예술관의 頂點 초자연주의가 실현되는 〈詩的 건강상태〉에서 찾아볼 수 있으리라.

# 第3章　藝術論의　辨證法

## ——*prostitution* 에서 超自然主義 *surnaturalisme* 로

## 序　言

　여기서는 그의 「內密日記」를 중심으로 하고 그 밖의 보충자료를 뒷받침으로 삼아, 거기에 나타난 〈예술론의 변증법〉적 전개를 살펴보려는 바이다. 변증법적 〈전개〉라 했지만, 실은 「內密日記 Journaux intimes」 자체가 앞뒤로 어떤 맥락이 있는 한 작품을 이루고 있는 것이 아니다. 1861 년부터 처음에는 〈장 자크 루소의 「告白」이 무색해질〉[1] 만큼 자기의 모든 것을 털어 놓을 작정으로 「胸襟을 헤치고 Mon coeur mis à nu」의 집필을 구상하고, 그 집필을 위하여, 생각나는 대로 미학, 인생관을 포함하여 저 자신과 人間事 만반에 걸친 그의 생각을 극도로 압축한 寸評 aphorisme 또는 告白, 단순한 메모 등의 형식으로 기록해 둔 것이다. 따라서 「日記」라는 書題 자체가 어울리지 않으며(이 遺稿를 1887 년에 처음 발표하고, 1909 년 세번째 발표시에 편집자가 임의로 「內密日記」라고 총제를 붙인 것이 그 효시가 됨), 도시 각 斷片 사이에 어떤 순서나 맥락이 있는 것도 아니다. 단지 원고에 「胸襟을 헤치고」 또는 「火箭 Fusées」(兩者 사이에 뚜렷한 성질의 차이가 없음), 혹은 「위생 Hygiène」 등의 頭書가 붙어 있을 뿐이다. 그러니 내용상 先後 순서도 없고, 이어갈 맥락도 없는 〈斷片〉들의 集積 속에 무슨 〈변증법적 전개〉 운운이 성립될 수 없다. 전개가 아니고 그런 文脈을 가지도록 단편들을 다시 배열하여 〈再構成〉하는 일이다. 이것은 분명히 우리의 독단이다. 그럼 그런 〈독단〉을 감행하려는 이유는 무엇인가? 詩人의 말을 들어 보자.

　批評이 올바르기 위해서는, 다시 말하여 그 존재 이유를 가지기 위해선, 비평은 편파적·정열적·정치적이어야만 한다. 다시 말해서 排他的 관점, 그러나 가장 넓은 지평선을 열어 보이는 관점에서 행해져야만 한다는 말이다.

——1846 年의 美展評[2]

이렇게 비평가에게 〈편파적·정열적·정치적〉이기까지 될 수 있는 독단의 특

---

1) LM, C. Ⅱ, p. 141.
2) Salon de 1846, p. 877.

권을 허용한다. 문제는 그 但書 과연 〈가장 넓은 지평선을 열어 보이는 관점〉이 될 수 있느냐 여부에 있다. 우리는 그렇게까지 큰 자신을 가지고, 그토록 큰 성과를 기대할 수는 없을망정, 그의 美學을 총괄적으로 파악할 수 있는 하나의 틀을, 하나의 〈해석 원리〉를 제시할 수 있다면, 그것으로 족하며, 그것만으로도 〈再構成〉의 독단도 허용될 만한 의의를 가지리라고 자부한다. 그 다음 「內密日記」를 중심 텍스트로 삼은 이유는 그것이 1861 년 이후 만년에 씌어졌으며, 따라서 그의 사상의 총결산이며, 연구가들이 共認하듯이, 그 속에 보들레에르의 모든 것이 들어 있을 뿐더러, 가장 숨김 없이 솔직하고 대담하게 자기 속을 털어놓고 있기 때문이다. 假飾이나 숨김이 없는 대신, 가장 혹독하게 궁지에 몰린 시기에 쓴 글인 만큼 매우 표현이 신랄하고, 압축되어 때로는 逆說的인 비꼼도 없지 않다.

여기서 제시하려는 그의 모든 사상과 主要 개념들은 보들레에르 연구가들에 의하여——특히 크레페 J. Crépet 블랭 G. Blin 共著 「內密日記」 註釋版 édition critique(José Corti社)에서——소상히 밝혀져 널리 알려진 것들이다. 우리가 무엇인가 새로운 것을 보탠다면, 그것은 오직 여기저기 흩어져 있는 그것들을 서로 연결하여 변증법적 展開의 문맥을 갖추도록 〈再構成〉하는 독단뿐임을 거듭 밝혀 둔다.


## 1. 轉落과 *prostitution*

**轉落과 合體의 욕구**　「內密日記」 중의 맨 앞에 놓이는 것이 예사로 되어 있는 「火箭 Fusées」 첫 페이지에서 우리는 무척 당돌한 아포리슴에 부딪힌다.

　　예술이란 무엇인가? 賣淫 *Prostitution*. [1]

이 〈매음〉이라는 말의 특수한 개념 내용과 그 속성, 그리고 어째서 하필 그런 용어로 예술을 특징지었는가——즉 그 용어를 어째서 가장 적합한 말로 여겼는가——는 곧 알게 되리라. 우선 예술＝매음이라는 대담한 等式의 斷言命題를 풀이하기 이전에, 인간 존재의 근원적인 조건을 재인식하는 데서 출발하여야 한다. 〈매음〉이라는 말의 상식적인 뜻과 우리의 先入見은 무척 저속하고 천한 것이어서 언뜻 적합치 않을 듯하지만, 하여간 그 내용과 속성이 밝혀질 때까지 適否 판단을 잠시 보류하고, 우선 行爲로서의 *Prostitution* 에는 이성 간의 〈合體〉, 아니면, 적어도 일시적이나마 가장 은밀한 남과의 〈結合〉의 욕구가 선행되고 있음은 의심의 여지가 없다.

우리는 위에서 미학상으로 나타나는 그것을 살펴보았거니와, 우리 詩人을 말할 때, 항용 그의 기질상의 二元性 *dualité* 또는 兩極性 *polarité* 의 공존을 지적하게 마련이다. 그 자신이 이를 일반화하여 말하고 있다.

---

3) JI, f, p. 1247.

누구에게나, 어느 때나, 동시에 일어나는 두 가지 念願이 있으니, 하나는 〈神〉 쪽으로, 또 하나는 〈시탕〉 쪽으로 향한다. 神 또는 精神性에의 호소는 단계적으로 上昇하려는 욕구이며, 사탕 또는 動物性의 호소는 下降하는 기쁨이다.

——「內密日記」 중 胸襟을 헤치고[4]

그 밖에도 아주 어린 시절부터의 〈相反된 contradictoire〉 감정, 〈삶의 혐오와 삶의 황홀〉[5]감을 느꼈노라고 고백한다. 그리고 기쁨과 쾌락을 항상 下降과 전락 또는 動物性 심지어는 〈죄악〉과 연결하는 준엄한 장세니스트적 사고방식을 나타내고 있음도 주목할 만하다(그의 학창생활 직후의 방탕을 想起).

쾌락의 취미는 우리를 항상 현재에 매어 둔다. 구원에의 염원은 우리를 미래에 매달아 둔다.
쾌락 즉 현재에 집착하는 자는 傾斜面을 굴러떨어지는 자 같은 인상을 준다. 灌木을 붙들고 매달리려 하다가 그 목을 뿌리째 뽑아 쥐고 전락 속에 같이 내리떨어지는 者 말이다.[4]

——同 書[6]

그런데 그러한 二元性은 도시 인간 존재의 근본조건, 즉 神의 〈創造〉에서 비롯되며, 그 창조 행위야말로 〈神의 轉落〉이라고 보는 것이다.

전락이란 무엇인가?
그것이 二元性이 되어 버린 單一性 unité 이란다면, 전락한 것은 바로 神이다. 달리 말하면, 창조란 神의 전락이 아니겠는가?

——同 書[7]

우리는 이미 自然界의 만물을 〈二元性, 즉 統一의(속의) 모순〉(「1846年의 美展評」)으로 정의함을 보았거니와, 이 아포리슴은 다음 글과 아울러 고찰하면 훨씬 내용이 분명해진다.

어떻게 하여 〈하나(唯一者)〉 아버지가 二元性을 낳을 수 있었으며, 어떻게 數의 헤아릴 수 없는 번식으로 변모되었을까? 수수께끼! 數의 무한한 總體는 또 다시 本源의 統一性 unité 으로 集中되어야 하는가, 혹은 集中될 수 있는가? 수수께끼!

——빅토르 위고論[8]

여기서 數 nombres 라 함은 인간을 포함한 現象界의 個體들을 가리키는 것이다. 문제를 인간계만으로 국한하여 위의 두 글을 풀이해 보자. 唯一者이며 단일(통일)체인 〈아버지·神〉의 창조로 과연 남·녀 한 쌍이 태어났다면, 그 창조 행위 자체가 전락이며, 인간은 神의 전락으로 인하여 地上에 태어났다는 것이

---

4) JI, mc, p. 1277.
5) ibid. p. 1296.
6) ibid. pp. 1285~6.
7) ibid. p. 1283.
8) RQC; Victor Hugo, p. 709.

다. 어째서? 아버지·神은 홀로이면서도 통일체이기에 완전 무결하고, 저 스스로 充足하여 빈 데(空虛)가 없다. 그런데 그 유일자에서 분리되어 고립된 인간은 벌써 性的으로 남녀로 갈리면서 통일체의 각각 半身으로 운명지어지고 있다. 그러기에 홀로로서는 불완전하며, 채울 수 없는 〈절반〉으로서의 공허가 있고 고독이 있다. 저 스스로 충만한 유일자에게는 외톨이로서의 외로움이 있을 수 없건만, 그 창조로 빚어진 개체로서의 인간은(무수히 번식되었음에도 불구하고) 근원적으로 半身의 외로움을 지니고 태어났기에 남과의 合體로써 채우려는 근원적인 욕구·갈망이 따를 밖에 없다. 이 合體의 갈망은 3가지 方向으로 작용한다. 첫째 다시 원초적 통일체인 아버지·神과 합체하려는 욕구——기도를 통한 三昧境의 도취에서 이루어지는 그것이다.

사람은 재치가 없지 않을 수도 있어서, 항상 그에게 부족한 共謀者와 친구를 神에게서 찾을 수도 있다. 各自가 주인공인 이 悲劇에서 神은 영원한 비밀 고백 청취자이다.

——「內密日記」중 胸襟을 헤치고[9]

다음 군중 속에 휘말려 남들과 호흡이 일치될 때의 도취감——그가 1848年 혁명 때 바리케이드에서 맛본 그것이다.

大都市의 종교적 도취.——汎神論, 나, 그것은 곧 모든 사람이고, 모든 사람, 그것은 곧 나다. 회오리바람.

——同書, 火箭[10]

그러나 무엇보다도 예술=prostitution에의 풍부한 내용과 속성을 밝혀 주는 것은 異性間의 합체의 경우다.

藝術=prostitution  우리 말로는 〈대음〉이라는 말 자체에 〈판다〉는 뜻이 포함되어, 금전으로 性行爲를 팔고 사는 천한 직업이라는 관념이 따르고 있다. 여기서는 우선 이 직업성과 去來性이 깨끗이 배제되어 있다. 詩人은 그 말 prostitution에 〈너그러운 감정〉의 속성을 줌으로써, 去來를 떠나 아낌 없이 주는 행위이며, 예사로운 이성 간의 사랑보다도 높은 次元으로 올려놓는다. 지금부터는 차라리 〈매음〉이라는 용어는 버릴밖에 없다.

사랑은 너그러운 감정, 즉 〈프로스티튀숑〉의 취미에서 派生할 수도 있다. 그러나 그것은 곧 所有 취미로 하여 타락되고 만다.

——同 上[11]

〈소유 취미〉, 사랑에 으레 따르게 마련인 〈독점욕〉과 結合 후의 一男一女 또는 一夫一妻의 욕구와 관습까지를 배제함으로써, 開放性의 속성을 강조한다.

---

9) JI, mc, p. 1298.
10) JI, f, p. 1248.
11) ibid.

그 개방성을 거부할 때 〈타락된〉 예사로운 이성 간의 〈사랑〉으로 낙착된다는 것이다.

그것은 또한 위의 〈전락〉에서 전제되었듯이, 근원적이며 보편적인 인간조건에서 오는 〈고독〉에서의 탈출의 욕구에서 유래한다.

    "인간의 가슴 속에 어쩔 수 없는 프로스티튀숑의 취미, 거기서 고독에 대한 혐오가 생긴다. (…………) 인간이 고상하게 〈사랑하려는 욕구〉라고 부르는 것, 그것은 그 고독의 혐오, 外部의 육체 속에 그의 自我를 잊고 싶은 욕구를 말한다."

──同書 胸襟을 헤치고[12]

남의 육체를 맞아 合體함으로써 고독의 해소, 즉 自我의 망각을 성취하려는 것이다. 결국 사랑과 프로스티튀숑은 똑같은 동기와 욕구에서 유래하되, 독점·소유욕으로 타락된 것이 일반적인 사랑이다.

프로스티튀숑에 있어서 사랑의 非排他性, 共有性, 무제한 개방싱을 강조하기 위하여, 모든 사람들 저마다의 〈공모자〉이며 〈비밀 고백 청취자〉役을 맡고 있는 神을 그 최고의 대표자로 예시한다.

    가장 프로스티튀에된 存在, 최고도로 프로스티튀에된 것, 그것은 神이다. 그는 각 개인에게 최고의 친구이니까. 그는 사랑의 무진장하며 共同의 貯水池이니까.

──同 上[13]

상대를 가리지 않고, 누구건 맞아들이고 나누어 주는 사랑이다. 그런데 예술 =프로스티튀숑의 참뜻이 약동하는 것은, 이때껏 보아 온 바, 직업성과 去來性의 배제, 소유·독점의 배제, 만인에게 개방된 사랑의 授受(情事)共有性에 남과 無償의 황홀한 〈도취〉를 나눈다는 속성의 첨가에 있다.

    "그 이루 형용할 수 없는 大향연에 비하면, 그 영혼의 성스런 프로스티튀숑에 비하면, 사람들이 사랑이라고 부르는 것도 아주 矮小하고, 몹시 제한되어 있으며, 아주 초라하다. 자기 앞에 나타나는 뜻밖의 사람에게, 지나가는 낯모를 사람에게 詩와 慈愛를 저 자신을 송두리째 내주는 그 영혼의 성스런 프로스티튀숑 말이다."

──「파리의 陰鬱」 중 群衆들[14]

〈성스런 영혼의 프로스티튀숑〉, 여기선 이미 비유를 넘어 예술가와 남과의 예술적인 交感의 〈大향연〉을 말하고 있다. 물론 作品을 통한 황홀한 교감의 도취(예컨대 작곡가, 연주가와 청중 간의 그것)가 그 으뜸가는 것일 터이지만, 상상력이 풍부하고 예민한 예술가는 어떤 풍경이나 대상 앞에서 황홀한 교감의 경지에 이를 수 있고, 심지어 詩人은 거리를 지나가는 낯모를 사람 속에 영혼이 옮아가듯이 파고들어, 그 사람으로 轉身한 듯이 교감 속에 한 人物을 빚을 수도

---

12) JI, mc, p. 1294.
13) ibid. pp. 1286~7.
14) Spl, Les Foules.

있다.[15] 이것 역시 예술=프로스티튀숑의 한 작용이다.

詩人은 제 맘대로 저 자신이며 또 남이 될 수 있는 비길 데 없는 특권을 누린다. 한 肉體를 찾고 있는 방황하는 영혼들처럼, 그는 자기가 원할 때, 各自의 人物 속으로 들어가는 것이다.

——同 上[16]

詩人의 지적은 없지만, 우리가 생각할 수 있는, 예술=프로스티튀숑論을 뒷받침해 주는 중요한 근거가 되는 공통의 특질이 있다. 즉, 위에서 본 바, 프로스티튀숑의 개념에 神을 향한 기도를 통한 교감의 도취를 포함시킬 때, 인간의 모든 행위 중에 다른 목적을 위한 수단으로서의 행위가 아니고, 兩者(예술과 프로스티튀숑)가 모두 그 행위 자체가 목적인 아주 희귀한 〈自體目的的인 行爲〉에 속한다는 점이다. 그러기에 兩者가 모두 利害打算을 초월하여 心身의 〈浪費〉라는 개념이 개입될 수 없고, 항상 자발적인 행위로 비롯되어 〈끝까지〉 있는 힘을 다하는 沒入의 경지에 이르러 그 극치를 이루게 마련이다.

詩人이 감히 그 어색한 용어를 빈 이유를 수긍할 만하다.

## 2. 프로스티튀숑의 挫折과 自我集中

프로스티튀숑의 예술철학과는 반대로, 사랑의 타락과 좌절은 疏通不可能性의 강조로 치닫고, 프로스티튀숑과는 對極的인 방향으로 당디슴 *dandysme* 의 미학을 구축한다.

**소통 불가능성** *incommunicabilité* **과 誤解에 의한 一致** 예술=프로스티튀숑의 철학에서도 이미 〈소유취미〉로 인한 사랑의 타락을 인정했다. 예술의 세계에서 프로스티튀숑이 황홀의 극치 〈大향연〉을 성취하는 반면, 俗世의 현실 생활에서는 그 타락과 좌절만이 있고, 오히려 〈소통불가능성〉이 가로막을 뿐이다. 이 모순은 곧 이상의 세계와 현실의 세계의 대립에서 유래함을 유의하여야 할 일이다.

사랑은 자기 자신에서 벗어나기를 바라고 그 피해자 *victime* 와 혼합되기를 원한다, 마치 勝者가 敗者와 혼합되듯이. 그리고 정복자의 특권을 保有하려고 한다.

——「內密日記」중 火箭[17]

사랑하는 자와 그 대상의 관계가 〈승자〉와 〈패자〉의 관계로 바뀌는 것이다.

---

15) 작품을 통한 교감에 대하여 이 직접적인 교감을 〈一次的 프로스티튀숑〉이라 부를 수 있다.「惡의 꽃」중 Les petites vieilles, Le Vin des chiffonniers, Sur le Tasse en prison 과 「파리의 陰鬱」중 Les Veuves, Le Vieux saltimbanque, Les Yeux des pauvres 등이 그 현저한 예. 이 一次的 프로스티튀숑이 모두 한결같이 불행한 자, 가난한 자들임을 주목하자(그의 〈悲劇의 美學〉 想起).

16) ibid.

17) JI, f, p. 1248.

도취감을 나누어 한데 〈혼합〉되면서도, 〈정복자의 특권〉을 보유하는 主導者로서의 위치를 견지한다는 것이다.

그는 이 점의 확증이라도 보이듯이 情事를 고문에 견주고, 그 도취와 관능의 도가니 같은 현장을 마치 拷問者가 고문을 가하듯이, 상대방의 고통의 신음인지 쾌감의 표현인지 구분할 수 없는 發聲과 발작적인 몸짓을 생생히 묘사하고 있다.[18] 같은 글에서 外科 의사가 환자에게 수술을 執刀하는 장면에 비유하기도한다. 그토록 정복자(男)는 냉철하고 상대방(女)은 自我의 통제를 상실한 상태에 이른다는 것이다.

그러한 정상적인 프로스티튀숑의 좌절에서 사디슴이나 매저키즘 같은 변태적 욕구가 파생되는 것이리라. 그뿐더러 그는 拷問 그 자체도 〈관능의 쾌감에 굶주린 자의 마음의 더러운 부분에서 생긴 것〉이며, 〈극도의 뜨거움과 극도로 찬 것과 구별될 수 없는 것과 마찬가지로, 잔인성과 관능의 쾌감은 同一할 것〉[19]이라고 보고 있다.

이렇듯 한편에는 프로스티튀숑의 좌절과 사랑의 타락이 있고, 다른 한편으로 俗世의 인간들 사이의 〈넘어뛸 수 없는〉 소통불가능의 深淵이 가로놓여 있다.

거의 모든 人間事에서와 마찬가지로, 사랑에 있어서도 우호적인 合意는 誤解의 결과이다. 오해, 그것이 곧 기쁨이다. 사내가 외친다──"오! 내 天使!" 여자는 우짖는다──"엄마! 엄마!" 그리고는 이 두 바보들은 자기들이 똑같이 생각한다고 확신한다. 疏通不可能性을 만드는 넘어뛸 수 없는 심연은 여전히 넘어뛰어지지 않는 채로 남아 있는 것이다.

──同　書[20]

역설적으로 말하면, 그 오해 때문에 세상은 무사히 진행된다고 할 수 있다. 만약 서로 상대방의 속셈이나 비밀, 또는 자기가 없는 곳에서의 言行까지 샅샅이 다 안다면?

세상은 오직 오해에 의해서 진행되어 가는 것이다.
──모든 사람이 서로 합의하는 것은 전반적인 오해에 의해서다.
──왜냐하면, 만약 불행하게도 서로 상대를 알게 된다면, 결코 합의할 수 없을 터이니까.

──同　書[21]

**自我集中과 孤獨의 二元性**　위에서 이상(예술)의 세계에서의 황홀한 프로스티튀숑의 성취에 反하여, 俗世에서의 그 좌절과 〈소통불가능성〉 또는 〈오해〉에

18) ibid. pp. 1249~50.
19) Jl. mc, p. 1278.
20) ibid. pp. 1289~90.
21) ibid. p. 1297.

398

의한 合意의 쓰디쓴 확인을 보았다. 그것은 곧 詩人의 3分身의 갈등의 兩面임을 쉬이 이해할 수 있으리라. 즉 고독한 원초적 자아(m. pr)의 고독과 사회적 자아(m.s)의 프로스티튀숑에의 갈망과 욕구가 창조적 자아(m. cr)에 의하여 충족되는 〈희한한 순간〉(후에 이 용어의 참뜻이 밝혀짐)이 있는 반면, 사회적 자아(m. s)는, 〈거의 모든 人間事에서와 마찬가지로, 사랑에 있어서도〉 그 쓰디쓴 좌절, 또는 〈오해의 결과〉임을 확인하는 것이다. 여기서 m. s 를 極小化하고, m. cr 를 극대화하려는, 즉 m. cr 로 하여금 그의 삶을 主導케 하려는 일대 결의가 일어날 때, 自我集中의 〈영웅〉, 〈聖者〉를 지향하는 분발과 自己武裝의 자세를 취한다.

오직 集團的으로만 즐길 수 있는 사람들도 있다. 진정한 英雄은 전혀 홀로 즐긴다.
——同　書[22]

이 m. cr 의 영웅은 마침내 세속적인 프로스티튀숑을 否定하고 멸시까지 하기에 이른다.

시쳇말로 하자면 〈博愛的〉이라고 부를 수도 있을 움직임과 프로스티튀숑 속에서 행복을 구하는 그 미친 것들.
——「파리의 陰鬱」 중 고독[23]

여기서 〈博愛的〉이라는 형용사로 미루어 m.s 의 프로스티튀숑을 뜻함을 확인할 수 있다. 그가 「胸襟을 헤치고」의 첫줄로, 〈自我의 증발(擴散)과 集中. 문제의 핵심은 바로 거기에 있다〉[24]고 내걸 때, 그 〈문제〉는 두말할 것도 없이 창조적 자아가 대면하는 〈문제〉이며, 〈거기에 있다〉는 것은 그 m. cr 가 요구하는 〈自我의 集中〉을 택해야 한다는 결의의 촉구가 배후에 깔려 있다. 자아의 집중이 m. cr 의 욕구임은 다음에서도 확인할 수 있다.

사람이 더욱 집중하면 할수록 그는 더욱 풍부하고 깊게 꿈꾸기에 알맞다.
——人工樂園[25]

오직 m. cr 만이 〈홀로 즐길 수 있으며, 그것은 인간이 최대한으로 홀로 充足한 상태에서만 가능하다. 그것이 곧 〈영웅〉, 〈聖者〉의 수준에 이른 경지다. 우리가 알고 있는 그의 의지박약한 m. pr 도 지리멸렬한 m. s 도 결코 바랄 수 없는 경지이며, 오직 그의 자신만만한 m. cr 만이 도달할 수 있는 경지다.

무엇보다도 저 자신을 위한 偉人과 聖者가 될 것.
——「內密日記」 중 胸襟을 헤치고[26]

---


22) ibid. p. 1276.
23) Spl, La Solitude.
24) JI, mc, p. 1271.
25) PA, p. 161.
26) JI. mc, p. 1286.

〈저 자신을 위한〉이란 물론 그의 m. cr 를 위한 것이다. 여러 번 되풀이 표명되는 이 자아집중에의 염원이 〈기도〉를 올려, 〈내 과업을 날마다 즉각 수행하여 한 영웅과 한 성자가 될 힘을 주시옵소서〉[27] 할 정도로 간절하고도 초조한 심정에 이른다. 유명한 다음의 다짐은 바로 그러한 文脈 속에 놓고 볼 때, 그 참뜻과 그의 衷情(Sartre 의 분석과는 반대로)을 이해할 수 있다. 自我集中에의 간절한 염원이 渴求하는 고독이다.

> 내가 전면적인 不快感과 혐오를 불어넣을 때 나는 고독을 전취한 것이리라.
>
> ——同書 火箭[28]

무슨 짓을 해서라도 〈전취〉하고 싶은 고독의 渴求다. 우리는 앞에서 프로스티튀숑의 욕구가 〈고독에 대한 혐오〉로 비롯됨을 보았다. 여기서도 또 한번 고독에 대한 相反된 감정과 반응의 二元性이 노출된다. 바로 프로스티튀숑의 자가당착적인 二元性의 비밀이 그의 3分身의 갈등에서 밝혀지듯이, 이 고독의 二元性도 그것으로 밝혀질 것이다. 한편으로는 혐오하며 괴로와하고 한사코 벗어나려는 고독(외로움)이 있고, 그 반면 무슨 짓을 해서라도 전취하고 싶은 고독(조용한 혼자만의 시간)이 있다는 이 기묘한 자기모순은 母親에의 편지에서 그의 숨김 없고 솔직한 심정임을 알 수 있다.

그가 잔느 뒤발과 동거할 때마다 싸움과 저주로 헤어지고, 헤어졌다가는 다시 그녀와 동거생활을 시작하곤 한 것도 참을 수 없는 고독감 때문이다. 1856년 9월 그녀와 결정적으로 헤어진 것으로 생각했을 무렵, 헤어진 뒤의 애절한 그리움에 10일 동안을 잠을 이루지 못하고 항상 눈물만 흘리고 있었노라고 모친에게 고백한 편지에서, 〈앞으로 가족 없고, 친구 없으며, 애인도 없는 끝없는 세월, 줄곧 孤獨과 우연의 세월의 연속을 豫見했어요〉[29]라고 〈돌이킬 수 없는〉 이별의 孤絕感을 호소한다. 1861년 온갖 심정을 토로한 긴 편지, 〈自殺의 변두리에〉 있다고 고백하며, 어서 파리로 와서 만나게 해 달라고 모친에게 애걸하는 것으로 시작된 편지에서,

> "저는 오늘 모든 것을 말하겠어요. 저는 외톨이예요. 친구 없고, 애인 없이, 상대로 신세타령을 할 개나 고양이조차 없이 말입니다. 오직 줄곧 말없는 아버지의 초상을 가지고 있을 뿐이에요. "[30]

이렇게 5년 전의 豫見이 실현된 〈고독〉을 한탄하고 있다. 이것이 곧 그의 원초적 자아가 권태와 음울 *spleen* 에 사로잡혔을 때, 그의 m. s 가 느끼는 고독이다.

---

27) ibid. p. 1287.
28) Jl. f, p. 1258.
29) C. I, p. 357.
30) C. II, p. 152.

그런데 다음해에는 옹플뢰르의 모친 곁으로 가서 定住하려는 이유를(실현되진 않았지만) 단호히 선언한다.

"저는 절대로 고독 속에 다시 잠기고 싶어요. 저는 특히 一切의 사람 상대를 피하려고 파리를 피하는 거예요. 따라서 옹플뢰르에서 파리의 苦役을 다시 맞고 싶지 않아요. 그러니 누구와도, 市長이건, 司祭건, 에몽 Emon (義父와 모친의 친구)氏건, 그 밖의 내가 이름을 잊은 다른 누구와도 자신을 프로스티튀에하고 싶지 않아요."[31]

두말할 것 없이 창작의 겨를 없이 충격 속에 동분서주하는 그의 m. s 가 시달리고 지쳤을 때, m. cr 가 자아집중을 요구하는 부르짖음이다. 그만큼 사람 상대가 지긋지긋한 〈苦役〉인 것이다.

새벽 한시에 겨우 자기 방에 들어서면서, 〈드디어! 혼자다! (……) 드디어! 人間의 面相의 폭군은 사라졌다.〉 이렇게 해방과 안도의 快哉를 부르짖는 m. cr 가 갈망하는 〈고독〉이다. 이 프로스티튀송과 소통불가능성의 모순과 함께, 고독의 二元性 역시 한 작품 속에서는 도저히 조화·통일될 수 없고, 닫혀질 수 없는 永久分裂의 미학(밤과 시간의 二元性과 마찬가지로)에 속한다. 그리하여 自我集中의 욕구는 당디슴의 미학으로 달리게 된다.

## 3. 당디슴과 反自然

우리는 위에서 詩人의 원초적 자아의 고독에 대한 혐오와 사회적 자아의 프로스티튀송의 욕구를 보았고, 〈예술이란 무엇인가? ——프로스티튀송〉이라는 大前提가 밝혀 주듯이, 창조적 자아에게는 사람을 가리지 않는 무제한의 共同의 도취와 황홀경의 프로스티튀송이 성취되는 반면에, 그의 사회적 자아는 항상 그 좌절의 쓰라림을 맛보아야 하며, 남을 상대하는 것이 〈苦役〉이 되고, 사람의 面相이 〈폭군〉으로 여겨지는 자기모순(二元性)의 비밀을 3分身의 갈등으로 밝혀냈다. 이 二元性과 표리를 이루는 고독의 혐오와 고독의 갈망이라는 자가당착의 통일될 수 없는 二元性도 그와 同軌임을 밝혔다.

여기서 그 소통 불가능의 좌절 속에 〈폭군〉을 상대로 〈고역〉을 치러야 하는 그의 사회적 자아와, 〈고독〉을 갈구하며 그 속에서 자기 과업에 매진하는 〈영웅〉 〈성자〉이기를 염원하는 창조적 자아가 共同戰線을 펴서 모순의 止揚의 第一步를 내딛고, 이어 〈超自然主義〉의 〈詩的 健康狀態〉의 頂上에 이르러 전취되는 〈희한한 순간〉에서 그 〈綜合〉에 이르는 변증법적 전개를 볼 차례다.

**反俗物의 孤高한 미학 : 당디슴** 위에서 본 바 소통 불가능의 좌절뿐만 아니라, 자기를 학대하고 궁지에 몰아넣는 〈폭군〉에 대하여, 그의 사회적 자아가 〈복수적〉인 反擊의 자세를 가다듬는다는 것은 당연한 일이다. 한편 이해받지 못하는 〈저주받은 詩人〉으로서, 고독 속의 〈영웅〉이 되기를 渴求하는 그의 창

31) ibid. p. 246.

조적 자아 역시 그 실현을 위하여는 필연적으로 그 사회적 자아의 자세와 일치
될 수밖에 없다. 따라서 단순한 反부르조아의 反사회적 〈태도〉일 뿐만 아니라,
창조적 자아의 참여로써 反俗物의 〈철학〉으로의 체계까지 갖추게 되는 것이다.
   그가 당디슴의 속성·취미·특질 등을 가장 자세히 논술한 글[32] (「現代生活의
畵家」)에서 본시 당디슴이 英國에서 발생하게 된 역사적 사회적 계기를 밝힌 대
목에서 이미 反부르조아·反俗物의 귀족적 반항정신의 所産임을 명쾌히 지적
하고 있다. 즉 新興부르조아의 정치 이념인 〈민주주의가 아직 全能일 수 없고,
귀족정치가 단지 부분적으로만 흔들리고 타락된 과도기에〉 나타났으며, 민주주
의와 함께 번져가는 부르조아·俗物들의 〈野卑性과 싸우고 격파하려는 욕구〉
의 반항정신을 바탕으로 삼으며, 따라서 의식적으로 자기네를 그들과 截然히
갈라 놓으려는 孤高한 정신자세와 취미를 강렬히 드러내려는 미학으로 나타난
다. 그는 우선,

> 당디의 영원한 優越性.
> 당디란 무엇인가 ?[33]

이렇게 반문한다.
   위에서 언급한 글에서, 우선 〈부유·한가하고, 호사 속에 자란 사람〉, 〈우아
스러움〉의 추구 이외에 다른 〈직업이 없는 사람〉, 즉 몰락 前夜의 영국 귀족들
의 취향에서 비롯되었음을 말한다. 그러기에 詩人이 인정하는 사람다운 사람은
당디가 될 만한 3가지 부류뿐이다. 즉 〈司祭·戰士·詩人〉뿐이며 그 밖의 사람
들은 가축들처럼 〈직업이라고 부르는 것을 영위하기 위하여 만들어진〉[34] 것으
로 규정한다. 항상 〈우아스러움 élégance〉을 추구하되, 그의 정신은 〈무엇보다
도 出衆(뛰어남)에 사로잡혀 있으므로, 몸단장 옷차림의 완벽을 기한다. 그러
나 外觀의 멋을 추구한다고 俗物들이 생각하듯이 그저 사치스럽고 화려한 것과
는 전혀 다르다——〈몸단장의 완벽은 절대적 간소함 simplicité absolue 속에 있
으며, 그것은 과연 자기를 뛰어나게 하는 최선의 方法이다.〉[35]
   그 밖에도 〈자기를 뛰어나게 하는〉 취향은 〈독창성〉과 〈기발한 言行 fantaisies〉
으로 나타나며, 〈남을 놀라게 하는 기쁨과 결코 자기는 놀라지 않는 오만한 만
족감〉을 만끽하며, 〈어떤 면으로는 精神主義 및 禁慾主義와 인접하기도 하지만〉,
여하간 〈당디는 결코 俗된 인간일 수는 없다〉고 反俗物性을 거듭 강조한다.[36]
이 反부르조아·俗物의 반항과 〈뛰어남〉의 과시는 적극성을 띨 때 反大衆의 孤
高하고 오연한 자세와, 때로는 공격성까지 띤다. 그가 男性美의 하나로 〈복수

---

32) Le Peintre de la vie moderne, IX Le Dandy, pp. 1177~80.
33) Jl. mc, p. 1276.
34) ibid. p. 1279.
35) Le Peintre de la vie moderne, Le Dandy, p. 1178.
36) ibid. pp. 1178~9.

인 無感動〉[37]을 든 것도 大衆的 감동에 대한 멸시의 표시다.

惡趣味 중에 사람을 취하게 하는 것은 남의 비위에 거스르는 데 대한 귀족적 쾌감
이다.

——同書 火箭[38]

물론 속물의 비위를 거스르는 쾌감이다. 이 〈악취미〉가 좀더 심해지면 대중
을 우롱하는 데까지 이른다.

당신들은 당디가 민중에게, 우롱하는 경우를 제외하고, 말을 거는 것을 상상하는
가?

——同書 胸襟을 헤치고[39]

그의 反민주주의 사상도 실은 美의 敵으로서의 부르조아 속물성에 대한 당디
의 반항 정신의 일부이다.

어째서 民主主義者들은 고양이를 좋아하지 않는가, 그것을 알아맞히기는 쉬운 일이
다. 고양이는 아름답다——그는 호사와 정결과 쾌락의 관념을 드러내기 때문이다.

——同書 火箭[40]

外向的인 〈反부르조아·속물〉의 반항적 자세의 반면에 內向的인 〈自我崇拜〉
와 〈自己淨化〉를 위한 자기집중의 수련이 요구된다.

사랑에 있어서의 저 자신의 숭배, 건강과 위생과, 몸단장과, 정신적 高貴性과 웅
변의 관점에서, 自己淨化와 反人情.

——同 上[41]

끝으로 〈高尙〉하기 위한 끊임없는 자기감시의 苦行이 따른다.

당디는 끊임없이 고상하기를 갈망하여야 한다——그는 거울 앞에서 살고 잠자야
한다.

——同書 胸襟을 헤치고[42]

**反自然·反女性의 精神（理想）主義**　　그는 대체로 自然 자체에 관하여는 詩에
서도 교감을 노래했고, 또 이론상으로도 자연은 詩的 상상력에 의한 〈우주적
아날로지 *analogie universelle*〉와 〈萬物相應 *correspondance*〉의 場이며, 총체적으
로 볼 때 〈자연은 하나의 말씀 *verbe*이며, 하나의 寓意畵 *allégorie*, 하나의 鑄型
(……)〉[43]이라고 보는 것이다. 그러나 여기서도 二元性이 드러난다. 그의 미

<hr>

37) JI, f, p. 1255.
38) ibid. p. 1259.
39) JI, mc, p. 1278.
40) JI, f, p. 1259.
41) ibid. p. 1257.
42) JI, mc, p. 1273.
43) C. I, pp. 336~7.

학들 중에도 상당히 끈기 있게 강조된 反자연의 미학을 우리는 이미 알고 있다.

우선 시인의 交感의 場으로의 자연이 아닌, 제멋대로의 자연, 자연 발생 상태에 내맡겨진 자연, 본능적인 자연에 대하여는 시종일관 반발을 느끼고 있다. 自然에 관한 詩를 청탁받고 거절하며, 都市(……)의 저녁과 아침의 어스름을 노래한 두 편의 시를 동봉한 편지(1853년 말 또는 1854년 초에서)에서,

> 귀하도 아다시피, 小生은 植物들을 보고 감동할 수는 없어요. (……) 小生은 항상 무성하고 싱싱해진 자연에는 무엇인가 뻔뻔스러움과 마음 아프게 하는 것이 있다고 생각하기까지 했어요. [44]

이 점은 다분히 감정적인 반발이며, 건강하고 무성한 자연의 풍경 자체가 病弱하고 우울하며 고달프기만 한 저 자신에 대한 조소처럼 느껴지는 것이다(「너무나 明朗한 그녀에게」라는 시에 그러한 주제의 노래가 들어 있음). 그러나 시인의 교감의 場으로서의 자연을 말한 위의 편지에서도, 末尾에서는 장세니스트적인 〈原罪〉론을 강조하여, 〈해독을 끼치고 지겨운 짐승들은 인간의 나쁜 생각들의 生命化, 肉體化, 物質的 생명에의 具顯이 아니겠는가〉라고 덧붙이고 있다. 요컨대 인간의 뱀처럼 간사하고 독살스런 생각이 뱀으로 구체화되고, 송충이처럼 징글맞은 생각이 송충이로 肉體化되어 자연계의 일부를 이루고 있다는 생각이다. 여하간 자연의 속성을 통제 없는 본능과 自發性으로 보고, 그것을 인간계에 연장할 때, 그는 단호히 性惡說을 주장한다. 1862년에 발표한 글에서도,

> 自然은 범죄를 권할 수 있을 뿐이다(……) 아름답고 고상한 일체는 理性과 계산의 결과다. 인간적 동물이 어머니 뱃속에서부터 그 취미를 길어낸 범죄는 근원적으로 자연스런 것이다.

──現代生活의 畫家[45]

같은 시기에 쓴 모친에의 편지에서도 이런 생각을 부연하여 강조한다──소위 〈순수 감정〉이라는 것을 〈女人들과 아이들의 유일한 靈感〉이라고 〈본능〉과 같은 뜻으로 정의하고, 만약 순전히 감정만을 좇는다면, 〈아이는 잼 한 항아리를 위하여, 만약 그가 매우 힘이 세다면, 자기 아비를 죽이게 될 것〉이며, 〈여자는 보석을 사기 위하여, 또는 情夫 한 녀석을 끌어 두기 위하여 자기 남편을 죽일 것〉이라고. 요컨대 정신성, 理性, 美德 등은 자연의 소산이 아니며, 그 반대의 속성이 지배한다는 면에서 〈윤리적〉인 反自然論者이며, 체질과 기질적인 면에서 또한 〈미학적〉인 반자연론자임을 알 수 있다. 우리는 종국에 〈心魂의 詩的 건강상태〉에 이를 때, 이 자연의 二元性이 해소됨을 볼 것이다. 다음 아포리슴에서 우리는 그의 反女性論이 실은 反자연(本能)론의 일부이자 당더슴

---

44) ibid. p. 248.
45) Le Peintre de la vie moderne, p. 1183.

의 延長임을 알 수 있다.

　여성은 배고프면 먹으려 하고, 목마르면 마시려 한다.

　(…………)

　여성은 자연적이다, 즉 혐오할 만한 것이다. 그러므로 여성은 항상 俗되다. 즉 당디
의 반대다.

——「內密日記」 중 胸襟을 헤치고[46]

정신성의 결핍 내지 부족과 신비에 대한 취향의 결여, 뒤집어 말하면 현실
(물질)주의와 감정 爲主의 경향 또한 反女性論의 이유가 된다.

　나는 女人들을 성당에 들여보내는 것을 보고 항상 놀랐다. 그녀들이 대체 神과 어떤
대화를 할 수 있을까?

——同 上[47]

　女人은 영혼과 육체를 구별하지 못한다. 여인은 동물들처럼 간략주의자다——諷刺
家라면 그건 여인이 단지 육체만을 가지고 있기 때문이라고 말하리라.

——同 上[48]

「惡의 꽃」의 시인, 특히 수호천사(사바티에 夫人)와 가을의 애인(마리 도브렁)
을 그토록 흠모·찬양한 시인이 (적어도 이론적으로는) 이토록 여성에게 혹평을
가한다는 것은 좀 기이한 감이 든다. 역시 이것도 자기모순(二元性)의 하나일
지 모른다. 허나 그 자신도 같은 「內密日記」에서 그 점을 언급하고 있다. 바로
자기와 반대의 기질과 요소들 때문에 끌리고 사랑하게 된다는 것이다——프루
스트가 지적한 이성 간의 相反相補의 引力의 소치임을 이미 그가 알고 있었던
것이다.

　우리는 여인들이 더욱 우리와 다른 만큼 그녀들을 사랑한다. 知性的인 여인들을 사
랑하는 것은 男色家의 쾌락이다. 그러기에 獸性(動物界)은 男色(同性愛)을 배제한다.

——同書 火箭[49]

즉 兩性 간의 相反되는 성격과 요소로 인하여 사랑하는 것이 자연의 원리이
며, 그렇지 않다면 차라리 변태적이라는 뜻이다. 女流作家 조르쥬 상드에 대한
유명한 毒舌[50]은 바로 반대의 경우, 즉 총명한 여인으로 자처하는 여성에 대한
反感이 짙게 풍기며, 그 女性의 부르조아 속물 같은 사고방식에 대한 당디의
공격이다.

　우리의 의문에 대하여는 「現代生活의 畵家」에서 더 분명한 해명을 제공해 준
다. 즉 첫째, 〈철학적〉 관점으로는 좀 면구스런 일이긴 하지만, 〈아름다운 동

---

46) JI, mc, p. 1272.

47) ibid. p. 1287.

48) ibid. p. 1288.

49) JI, f, p. 1251.

50) JI, mc, pp. 1280~1.

藝術論의 辨證法　*405*

떼)인 女人은 실로 대부분의 남자에겐 〈가장 강렬하고 가장 지속적인 悅樂의 源泉〉이라는 점, 둘째로는 심미적인 매력을 들고 있다.[51] 철학적인 고찰과 감정(또는 美學)상의 引力을 구별하고 있는 셈이다. 덧붙여, 詩人은 위의 글을 언급한 모친에의 편지에서 〈그것은 어머니 女性 femme-mère 을 포함하지 않음〉[52]을 밝히고 있다. 즉 어디까지나 性愛의 대상으로서의 여성관임을 밝히고 있다. 이 점으로도 수호천사의 경우는 제외되며, 따라서 그녀와 동침한 후에 그녀에게 보낸 편지에서, 이때껏 수호천사로서 그녀를 흠모하던 시절을 아쉬워하며, 〈이제 그댄 女子이구려!〉라고 한 유명한 귀절을 토하게 된 그의 참뜻도 더욱 분명해진다——즉 그의 정신적 사랑과는 이미 兩立될 수 없는 性愛의 대상, 즉 女性-自然(本能)으로 전락된 점에 대한 한탄인 것이다.

## 4. 超自然主義——모순의 綜合 · 止揚

위에서 본 그의 反自然 · 反女性도, 우리가 그의 갖가지 미학들을 일관하여 변치 않는 性向으로 이미 지적한 바, 정신성 내지 신비성으로 기우는 그의 理想主義가 강조(혹은 과장)하는 否定的인 측면으로 볼 수 있겠다. 그리하여 프로스티튀숑의 좌절과 〈소통 불가능성〉에 부딪힌 사회적 자아는 창조적 자아와의 제휴로 공동 무장을 하고, 당디슴의 自我集中의 자세를 취함을 보았다.

**정신적 自我集中의 夢想** 우선 物質的 具象과 對極을 이루는 정신성과 이상주의는 다음과 같은 非具象의 미학으로 표현된다.

아라베스크 무늬는 그림들 중에서도 가장 정신주의적이다.

——「內密日記」 중 火箭[53]

이미 현대 미학의 선구적 발견으로 언급한 바 있지만, 여기서는 특히 물성에 대한 정신성의 강조로 깊은 뜻을 지닌다.

아라베스크 데쌍은 모든 것 중에 가장 이상(관념)적 idéal 이다.

——同 上

구체적인 사물의 묘사가 아니고 순전히 기하학적인 線만의 창안으로 표현된 美이기에, 관념의 산물이며, 따라서 우주 만상의 구체적 個體가 지니는 不完全性을 벗어나, 무한히 이상에 접근할 수 있다는 뜻이다.

이를 일상적인 인간의 행위로 옮겨 보면, 神(정신성의 이상)을 향한 無償의 기도로 집중함으로써 얻어지는 三昧境의 魔力을 체험할 수 있다.

기도에는 마술적인 作用이 있다. 기도는 知的 力動力 la dynamique 의 가장 큰 힘

---

51) Le Peintre de la vie moderne, X La Femme, pp. 1181~2.
52) C. Ⅱ, p. 336.
53) JI, f, p. 1250.

들 중의 하나다. 거기에는 電流의 回歸 같은 것이 있다.

——同書[54]

이는 그 삼매경의 황홀(法悅)을 말한 것이지만, 기도가 아니라도 정신 집중은 넋을 깊은 몽상으로 이끌어 간다. 앞에 引用한 〈인간이 더욱 집중하면 할수록, 더욱 풍부하게 더욱 깊이 몽상하기에 적합하다.〉[55]에서 〈몽상〉이라 함은 그저 멍청하게 잡된 생각에 잠기는 것이 아니고, 詩的인 상상력의 날개가 현실의 구속을 벗어나서 무제한의 上昇 élévation 을 실현함을 뜻한다. 그럴 때 홀연 自然은 그가 혐오하는 本能과 自然發生의 무질서한 번식의 場으로서가 아니고, 〈自然은 하나의 말씀이며, 하나의 아날로지이며〉, 〈相應 correspondance 이라고 부르는 신비로운 宗敎〉[56](이것이 곧 우리 詩人의 〈예술〔詩〕의 종교〉의 극치)가 실현되는 場으로서의 大自然으로 변모되는 기적이 일어난다.

**超自然의 〈희한한 시간〉: 詩的 健康狀態**　쉽게 超自然의 경지를 체험할 수도 있다. 즉 아편에 의한 〈人工樂園〉의 도취경을 맛보는 것이다.

에드가 포우는 어디서였는지 모르지만 이런 말을 하고 있다. 감각에 대한 아편의 결과는 自然을 송두리째 초차연적 관심으로 감싸는 것이다. 그 초자연적 관심이 대상 하나하나에게 더욱 깊고, 더욱 恣意的이며, 더욱 專制的인 뜻을 주는 것이다.

——「1855年 萬國博覽會」[57]

〈더욱 자의적이며, 더욱 전제적〉이라 함은 사물들이 被動的 존재 양태를 탈피하고, 적극적으로 육박해 오며 인간에게 작용하는 상태를 말한다. 〈人工樂園〉의 〈검은 마술 magie noire〉의 도움 없이 그런 상태가 지속될 때, 그것이 곧 〈희한한 시간 admirables heures〉이요, 〈뇌수의 진정한 향연〉이다.

누가 아편의 도움 없이 그 희한한 시간, 그 뇌수의 진정한 향연을 겪어 보지 못했던가? 그럴 때에는 더욱 주의 깊은 五覺들이 더욱 울려퍼지는 감각을 포착하며, 더욱 투명해진 창공이 더욱 무한한 深淵처럼 깊숙이 패고, 음향은 음악적으로 울리며, 色彩가 말을 하며, 향기들이 思念의 세계를 이야기하는 것이다.

그런데 들라크로아의 그림은 (……) 극도로 감수성이 예리한 신경으로 포착된 自然처럼 초자연주의를 계시한다.

——同 上

그 감각교류 synesthésie 의 경지에 이르는 〈초자연〉의 상태를 아편 아닌 어떤 〈순결한 마술 magie blanche〉로 얻을 수 있는가? 위에서 詩人이 언급한 기도도 그 중 하나이거니와, 또한 정신집중에 의한 自意的 夢想의 능력 획득의 길이 열린다.

---

54) p. 1257.
55) PA, p. 161.
56) 動物學者(A. Toussenel 에의 편지, 1856), C. I, pp. 335~7.
57) Exposition universelle de 1855; Ⅲ Eugene Delacroix, p. 974.

몽상하려고 하고 또 몽상할 줄을 알아야 한다. 靈感의 喚起 말이다. 마술적 예술. 당장 쓰기 시작할 것.

──「內密日記」 중 衛生[58]

즉 수동적 몽상이 아니고, 능동적이며 의식적인 몽상의 방법 체득으로, 詩的 상상력의 上昇에 의하여, 〈영감〉이 찾아드는 것이 아니고, 영감을 〈불러일으켜(喚起)〉야만 한다는 것이다. 그 희한한 실례를 〈파리 風景〉의 첫 詩 「風景 Paysage」에서 보여 준다. 겨울 눈 오는 날 창문을 닫고 밀폐된 방에서 〈어둠 속에 내 환상의 宮殿을〉 세우며, 나는 내 의지로 봄을 불러일으키는 그 쾌락 속에 잠겨 있을 터이니까〉라고 한다. 그리하여 그것은 시의 技法이나, 언어와 형태의 연마 정도가 아니고, 시인이 〈영혼의 거의 超自然的 어떤 상태〉에 도달해야만 한다.

영혼의 거의 초자연적 어떤 상태 속에서는, 눈 앞에 전개된 풍경이 아무리 평범한 것일지라도, 그 풍경 속에 生命의 깊이가 송두리째 드러난다. 그 풍경이 그 상징이 된다.

──同書 火箭[59]

이것이 아편 같은 〈검은 마술〉의 도움 없이 얻는 〈희한한 시간〉에 잠기는 〈영혼의 초자연적 상태〉다. 그가 文學論(詩人論)과 美術論에서 기회 있을 때마다 되풀이 역설한 〈초자연적 영혼의 상태〉에서 누리는 행복하고 아름다운 〈相應〉의 교감의 경지(그것이 곧 그의 상징주의 예술론의 핵심이지만)는 다음 글에 유감 없이 설명되어 있다.

그럴 때에 色彩가 깊고 진동하는 음성처럼 말을 한다. 그럴 때에 깊은 空間에 紀念物들이 일어서 우뚝 솟으며, 醜와 惡의 표상인 동물과 식물들도 분명한 그들의 표정을 發音한다. 그럴 때에 향기는 思惟와 이에 相應하는 추억을 도발한다.

──「現代作家論」 중 Th. 고티에[60]

결국 그의 초자연주의 미학은 첫째 〈희한한 시간〉(또는 행복스런 순간) 깊은 몽상으로 얻어지는 영혼의 上昇(昂揚) 상태, 둘째 그 때에 인간의 〈여러 능력 중에도 女王〉격인 상상력의 飛翔으로 이루어지는 萬物相應과 그 속의 예술가의 交感과 感覺交流 synesthésie 의 경지로 요약될 수 있다. 그리고 그것이 의지와 노력으로 그런 〈영혼의 상태〉에 도달할 수 있었던 선구자의 예로 에드가 포우를 든다. 그리고 그것이 〈詩的 건강상태〉라고 갈파한다.

……그는 행복스런 순간들의 재빨리 도망치는 마귀를 자기 의지에 복종시키기 위하여, 그 정묘한 감각들을, 그 정신적 욕구들을, 참으로 인간 밖에서 오는 은총이나 (성

---

58) JI, h, p. 1268.<br>
59) JI, F, p. 1257.<br>
60) RQC; Théophile Gautier, p. 690.

모의) 찾아옴처럼 여길 수도 있을 정도로 회귀한 그 詩的 건강 상태를 자기 뜻대로 다시 불러들이기 위하여 대단한 노력을 소비했다.

——에드가 포우新考[61]

〈色彩가 말하고〉〈동물과 식물도……  發音하며〉, 〈향기는 思惟와 이에 상응하는 추억을 도발〉하는 그 〈詩的 건강 상태〉에 있을 때 詩人은 〈꽃과 말 없는 사물들의 언어를 힘 안 들이고 이해〉하며, 그 〈희한한 시간〉〈행복스런 순간〉에는 일체가 〈상징〉이 된다. 포우와 마찬가지로 우리 시인 역시 그런 경지를 경험했기에 그토록 되풀이 역설하고, 그토록 자신만만한 긍지를 堅持할 수 있었던 것이다.

> 〈自然〉은 하나의 寺院, 거기서
> 산 기둥들 때로 혼돈한 말 새어보내니,
> 사람은 친밀한 눈으로 자길 지켜보는
> 상징의 숲을 가로질러 그리로 들어간다.
>
> (…………)
> 멀리서 서로 혼합되는 긴 메아리처럼,
> 香과 色과 음향이 서로 응답한다.

——「惡의 꽃」 중 相應[62]

이 때의 이 自然＝寺院이야말로 〈예술(詩)의 宗敎〉의 使徒만이 〈행복한 순간〉에 비로소 발을 들여놓을 수 있는 寺院이다. 여기서 이때껏 뒤밟아 본 몇 가지 모순과 二元性이 일거에 綜合的 止揚을 이룬다.

## 結語 : 孤獨과 프로스티튀숑의 綜合·止揚

이때껏 우리는 神의 전락(창조 행위)에 의한 인간의 원초적 고독→프로스티튀숑의 욕구→(특히 예술가의) 프로스티튀숑에 의한 황홀경의 성취와 (특히 사회적 자아의) 프로스티튀숑의 좌절 및 소통 불가능성(때로 오해에 의한 合致)의 二元性→고독 혐오(원초적 자아와 사회적 자아의)와 고독 갈망(창조적 자아의)의 二元性→소통 불가능성과 失格당한 사회적 자아와 고독을 갈망하는 창조적 자아의 共同 武裝으로서의 反부르조아·俗物의 미학 당디슴→反自然·反女性→超自然主義의 전개로 문맥을 잡아 보았다. 그리고 마침내 도달한 〈영혼의 초자연적 어떤 상태〉, 즉 상상력의 앙양에 의한 〈희한한 시간, 행복스런 순간〉을 의지로 조성하는 〈詩的 건강 상태〉에 이르러, 合體에서도 아직 주체와 객체의 개별성을 벗

61) Notes nouvelles sur Edgar Poe, in Nouvelles Histoires extraordinaires, p. XVIII.
62) FM, Correspondances.

藝術論의  辨證法  409

어나지 못하는 프로스티튀숑 정도가 아닌, 〈萬物相應〉의 절대경에 이름을 보
았다. 여기서 모든 三元性은 종합 해소된다──단, 오직 예술에 의하여,

인간은 〈둘〉이기를 바란다. 天才는 〈하나〉이기를, 따라서 고독하기를 바란다.

이 二元性의 딜레머에서 예술가의 〈영광〉이 이루어지는 것이다.

영광, 그것은 〈하나〉로 있으면서, 특수한 양식으로 프로스티튀에하는 것이다.
──「內密日記」 중 胸襟을 헤치고[63]

「惡의 꽃」의 第1部 〈陰鬱과 理想〉의 2번째 詩 「알바트로스」와 3번째 시
「上昇 Elévation」이 나란히 인접되어 있는 이 하나로 합쳐지지 않는 二元性──
세상에 〈붙들린〉 알바트로스의 우롱당하고 들볶이는 쓰라린 고독과 〈해방된〉
알바트로스의 무한 〈上昇〉──의 排列 의도와 그 깊은 뜻을 여기서 수긍할 수
있다.

詩人은 폭풍우를 드나들며 射手를 비웃는
구름의 王子와도 같아라.
야유의 함성 속에 地上에 유배되니,
巨人의 날개가 걷기조차 방해하는구나.
──알바트로스

한편 소통 불가능성을 넘어 온갖 핍박 속에, 날기는커녕 속인들과 같이 걸을
수조차 없는, 그 (詩人으로서의) 〈巨人의 날개〉가 오히려 남처럼 살아가는 것
조차 방해하는 그 사회적 자아의 저주스런 孤絕이 있다. 그러나 〈詩人〉이 다시
그 거대한 날개를 펴고 〈구름의 王子〉의 세계로 무한히 〈上昇〉할 때,

연못 위로, 계곡 위로,
산, 숲, 구름, 바다 위로,
太陽을 넘어, 氣層을 넘어,
星圈들의 경계를 넘고 넘어.

(…………)

이 病的 毒氣에서 멀리 날아가라,
上層 공기 속에 가서 너를 淨化하라.
(…………)

혼탁한 생활을 무겁게 짓누르는
괴로움과 광대한 슬픔을 뒤에 두고,
억센 날개로 밝고 淸明한 벌판으로
솟구쳐 오르는 者 행복할거나!

---

63) JI. mc, p. 1294.

그의 想念 종달새처럼 아침녘에
하늘 쪽으로 자유로이 날아오르는 者,
——생명 위를 감돌며 힘 안 들이고, 꽃과
말없는 사물들의 언어를 깨닫는 者 행복할거나!

——上 昇

붙들린 알바트로스는 군중 속에 홀로였다. 그 〈걷기조차 방해〉하던 〈거인의 날개〉, 그 〈억센 날개〉를 한 번 활짝 펴고, 그의 〈혼탁한 생활을 무겁게 짓누르는 괴로움과 광대한 슬픔을 뒤에 두고 ……솟구쳐 올라〉, 〈山 위로 ……구름 위로…… 太陽을 넘어…… 星圈들의 경계를 넘고 넘어……〉 끝없이 솟아오르는 자 또한 〈홀로〉일밖에 없다. 그러나 그는 외로운가? 괴로운가? 천만에!

내 정신이여, 너는 날쌔게 움직이는구나,
그래, 파도 속에 넋잃는 능숙한 水泳者처럼
너는 깊고 광막한 공간을 形言할 수 없는
웅장한 快감으로 즐거이 헤쳐나가도다.

——同上 제 2 련

그뿐인가. 〈특수한 양식으로 프로스티튀에하는〉이 〈영혼의 詩的 건강 상태〉에 있는 〈희한한 시간〉의 〈행복스런 순간〉(……者 행복할거나!)에는, 불완전한 사람과 사람 사이의 프로스티튀숑의 한계를 높이 넘어뛰어, 〈宇宙的 아날로지〉 〈萬物相應〉의 교감 속에 잠긴다. 여기서 그의 유명한 反自然의 미학마저 해소되고, 〈自然은 하나의 말씀〉(上揭 동물학자에의 편지)으로 止揚되는 것이다. 왜 나하면 그 〈詩的 건강 상태〉에서는 〈一切가 象形文字〉이며, 〈詩人은 그 번역자 暗號 해독자 *déchiffreur*〉[64]이니까. 〈꽃과 말없는 사물들의 언어를 깨닫는 者〉이 니까.

참으로 〈저주받은 시인〉의 구원이며 〈영광〉이고, 마침내 그는 그토록 염원하 던 〈聖者〉, 〈영웅〉의 경지를 전취한 것이다.

榮光은 홀로이면서, 특수한 양식으로……

---

64) RQC; Victor Hugo, p.705.

# 第 4 章 「惡의 꽃」의 構造와 〈파리 風景〉

## 序 言

「惡의 꽃」에 수록된 詩篇들 전체가 시인이 의도한 하나의 구조에 의하여 배열되어, 하나의 통일체인 구조물을 이루고 있다는 소위 〈「惡의 꽃」의 건축학(구조 *architecture*)〉論은, 몇몇 異論을 제외하고는, 거의 공인된 듯이 보인다. 여기서는 그 異論을 비판하고, 1861년의 再版에서 더욱 뚜렷해진 그 〈구조〉에의 의도 중의 하나로서, 詩集의 各部(초판 5部, 재판 6部)의 순서 변경과 〈파리 風景〉이라는 1部가 새로 첨가되어 第2部의 자리를 차지하는 바, 이 〈파리 風景〉을 새로 첨가할 착상의 근원 내지 契機을 밝혀 보려는 바이다. 특히 이 후자의 문제는 아직 프랑스의 斯學界에서도 분명한 고증이 제시된 바 없기에, 우리는 매우 큰 관심과 주의를 기울여 이를 추구하려는 것이다. [1]

## 1. 構造是非와 그 主題의 展開

**構造是非의 비판**   구조에 관한 긍정적인 대표적 논증은 보들레에르 연구의 본산 중에도 그 중심인물이었던 자크 크레페의 그것이다(Les Fleurs du Mal, édition critique établie par J. Crépet et G. Blin, 1942, José Corti 社, pp. 247~267).

각각 다른 詩想, 다른 감정, 다른 주제로 다른 정신상태에서 제작되어, 각각 따로따로 독립성을 가진 詩篇들이, 어느 특정한 의도로 하나의 구조물이 되도록 배열함으로써, 전체가 〈하나의 통일된 작품〉를 이루고 있다는 점, 바로 이 점이 「惡의 꽃」의 희한한 점이며, 그 의도의 성공이야말로 이 〈작품〉이 오늘날 세계적인 영광을 누리는 힘의 비밀이라 하겠다. 즉 각각 고립되고 완결된 서정시들이 전체로서 통일된 한 〈작품〉이 됨으로써 하나의 〈叙事詩〉를 이루는 文學史上 유일한 현상을 보여 준 것이다. 물론 詩人의 영혼의 세계와 그 편력을 노래한 서사시다.

그런데 우선 그 독립된 시편들의 〈배열〉에 관한 그의 집념은 「惡의 꽃」간행 2년 전에 이미 나타나고 있다(이 점은 크레페도 미처 주목하지 못한 듯 上揭書에 언급이 없다). 1855년 처음으로 당대의 큰 잡지(Revue des Deux Mondes)에 「惡의

---

1) 이 〈파리 風景〉 문제로 우리 學界에서 처음 의문을 제기한(私的으로) 분은 高大 康星旭敎授이다.

꽃」이라는 총제로 18편의 시를 발표할 때, 편집자에게 보낸 편지에서,

　　"貴下에게 다음과 같은 점을 말하고 싶습니다——귀하가 선택할 詩篇들이 어떤 것이
든간에, 그것들이 서로 연계를 이루도록, 〈귀하와 함께〉 배열하기를 강력히 집착한다
는 점을——첫 부분에 대해서 우리가 했듯이 말입니다."[2]

　이렇게 〈강력히 집착〉함을 강조하고, 이미 그런 방식으로 편집자와 의논하
여 〈첫 부분〉을 (어떤 것을 가리키는 것인지 밝혀지지 않음) 〈서로 연계를 이루도
록 배열〉한 바 있음을 알려 주고 있다.

　불과 18편을 잡지에 실리는데도 그토록 배열에 집착하는 그다.　과연 「惡의
꽃」 출판을 제의해 온, 出版主 풀레 말라시스에게 보내는 첫 편지에서부터, 우
선 그 점을 강조하고 있다.

　　"동시에 우리는 「惡의 꽃」의 目次 순서를 함께 배열할 수 있을 것이오.——〈함께〉
말이에요, 알겠소, 왜냐하면 문제가 중대하니까요."[3]

　배열 문제를 이토록 중대시하고 있는 것이다.

　처음으로 남이 이 시집의 구조를 지적한 것은 당대 탁월한 안목을 지닌 作家
바르베이 도르빌리 Barbey d'Aurevilly 가 쓴 매우 예리하고 심오한 옹호와 찬
양의 書評에서였다——〈여기에는 비밀의 건축학(구조 architecture secrète), 명상
적이며 意志的인 詩人에 의하여 계산된 構圖가 있다.〉[4] 그런데 이 書評이 「惡
의 꽃」의 起訴를 계기로, 그 옹호를 위하여 쓰여졌고, 또 그 소송의 변호인을
위한 詩人의 「備考記錄 Notes et Documents pour mon avocat」에서, 詩人이 다시
그 문제를 들어 〈책은 전체로서 심판되어야만 하며, 그럴 때 거기서 무서운 교
훈이 드러나는 것이다〉라고 강조하고 있다. 그래서 反論者들은 이 소송사건
을 계기로, 시를 한편 한편 개별적으로 문제삼는 것을 반격하는 수단으로, 〈전
체로서〉의 의의를 강조하기 위한 방편으로서 〈구조〉 문제를 강조한 것으로 풀
이한다.

　그러나 우리가 위에서 본 바와 같이, 그토록 불과 18편을 실릴 때부터 강력
히 배열 순서에 집착했고, 더우기 소송사건 이후부터 뚜렷한 총체로서의 구조
에 관한 집념이 굳어져, 再版에는 否定하기에는 너무나 역력히 構造에의 배려가
드러나 보이고 있다. 주지된 바이지만, ① 各部의 순서를 바꾸는 동시에 初版
第1部에 들어 있던 8편과 新作 10편을 합쳐 〈파리 風景〉을 첨가하고, ② 그
〈파리 風景〉에서, 都市의 총체적 풍경과 시인의 환상을 노래한 시편 〈風景〉을
첫머리에 놓고, 다음부터 아침 〈太陽〉으로 시작하여 한복판에 〈黃昏〉까지 낮
의 풍경들을 노래하고, 그 다음 맨 끝 〈아침의 어스름〉까지 밤의 풍경, 이렇게

---

2) C. I, p. 312.

3) ibid. p. 364.

4) FM, éd. crit. par Crépet, Blin, Pichois, p. 418.

「惡의 꽃」의 構造와 〈파리 風景〉　413

뚜렷한 구조를 보이고 있다. ③ 初版 이후에 완성된 시편(그 중 「알바트로스」는 1843년경에 이미 草稿가 되어 있었으나 1859년에야 완성하여 발표)과 새로 지은 시들을 각각 各部에 제 자리를 차지하도록 삽입되어 있다. 이 점에 관해서도 시인 자신이 그것도 그가 항상 일체 숨김과 거짓이 없이 고백하는 상대인 모친에게 再版 贈呈本을 언급하면서, 〈어머님께 목차에다가 新作詩는 모조리 표지해드리는 배려를 했어요. 그 新作들이 모두 틀(구조—역주)에 맞도록 되어 있음을 어머님이 확인하기는 아주 쉬운 일이었을 테지요.〉[5]——이렇게 자신 있게 말할 정도이다. 이상만으로도 구조에 관한 시인의 의도와 그 실현을 의심할 여지가 없다(특히 Vigny에 보낸 유명한 편지에서 재차 강조).

그 구조의 연계적인 의미나 소위 변증법적인 전개의 해석은 細部的으로는 異議도 있을 터이지만, 대체로 우리가 수긍할 만하고, 가장 소상한 대표적인 것으로, 上揭 J. 크레페, G. 블랭의 주석판에 실린 것을 들 수 있다.

이에 대한 반론 중 우리가 묵과할 수 없는 것이 있으니, 그것은 실로 가장 널리 보급된 가르니에 Garnier版의 註釋者 소르본느 敎授 안트완느 아당 Antoine Adam의 그것이다. 그는 註記 중 문제의 第2部 〈파리 風景〉에 이르러,

〈파리 風景〉이 엄밀한 욕구에 따라 〈陰鬱과 理想〉(第1部—역주)에 連繫를 이루게끔 되어 있으며, 「惡의 꽃」의 소위 변증법 안에 필연적인 한 단계를 劃하게끔 되어 있음을 논증하려 한다는 것은 확실히 헛된 일일 것이다.[6]

이렇게 자신 있게 否定하고 나서, 「惡의 꽃」의 中心祭壇을 이루는 제4부 〈惡의 꽃〉의 해설에 이르러, 다시 위와 같은 반론을 되풀이하면서, 그 더욱 〈본질적인 이유〉로서,

보들레에르는 「惡의 꽃」의 이 篇 속에 대부분이 舊作인 1842~1844년쯤에 제작된 작품들, 그리고 內面的 논리의 귀결을 표시하는 것이 아니고, 남의 빈축을 사는 어떤 로망티슴의 당돌함을 기꺼이 지나치게까지 밀고 나가는 예술가의 장난을 표시하는 작품들을 모아 놓았다.[7]

이렇게 各部의 연계적인 전개와 〈內面的 논리〉의 진전을 否定(그도 시인의 구조에 대한 집념과 의도 자체를 부정할 수 없었던 듯)하는 본질적 이유로서, 제작 年代가 훨씬 初期에 속함을 들고 있다. 이것은 참으로 文學 전공자답지 않은 아둔함이 아닐진대, 제작 年代의 고증적 사실에 대한 지나친 고집이라 하겠다. 왜냐하면, 첫째 그는 年代的으로 초기 작품이니까 초기의 심정이나 사상이 단계적으로 후기에 속하는 그것이 될 수 없다는 논법인데, 作品이 제작 年代와는 관계 없이 전체 구조 속에 끼일 때에는, 새로운 의미를 (구조 자체의 의도에

---

5) C. Ⅱ, p. 141.
6) FM-A, p. 375.
7) ibid. pp. 407~8.

414

따라서) 획득하거나 또는 첨가된다는 점을 착안치 못하고 있다. 둘째로, 그러기에 詩人 자신이 초판 이후의 新作들을 재판에서 일부러 舊作들 사이에 삽입한 의도를 무시하고 있다는 점이다. 그러니 아당의 위의 논거는 결국 詩人 자신의 구조에 대한 의도 자체를 否定하여야만 논리적으로 앞뒤가 맞게끔 되어있다. 그는 가르니에社 版本도 詩人의 의도와는 가장 거리가 멀게 여러 版別로 나누어 배열하고, 심지어 초판에서 삭제된 6편의 시까지 제 자리에 넣지 않고 따로 卷末에 일괄 수록할 정도로 시인의 의도와 구조를 무시하고 있다.

이 구조 문제에 있어서 가장 궁금하고 유감스러운 점이 한 가지 남는다. 즉 재판 이후 완성된 詩들은 과연 어떤 자리에 삽입할 의도였던가 하는 문제다. 어떤 연구가는 이 新作들까지, 대담하게 자기 판단대로 위치를 결정지어 삽입한 것도 있다(R. Chérix: Commentaire des Fleurs du Mal, 1949, Genève).

그런데 1945년에 처음 발표된 詩人의 편지(出版社主 Jules Hetzel에게, 1863년 10월附)에 의하면, 〈「惡의 꽃」은 완전히 준비되었으며, 未刊詩들도 제 자리에 나누어져 있다〉[8]고 밝혀 있다. 즉 그의 생전에 3版을 위하여 再版本에 新作들을 삽입한 決定版의 원본이 준비되었던 셈인데, 이때껏 그것이 발견되지 않은 것이다(死後 1868년에 간행된 第3版은 편집자 Banville의 독단으로 삽입되어 신빙성을 잃고 있다). 초판과 재판의 各部 排列을 대비해 본다.

    **初版**: (100편) I〈陰鬱과 理想〉, II〈惡의 꽃〉, III〈反抗〉, IV〈술〉, V〈죽음〉
    **再版**: (126편) I〈陰鬱과 理想〉, II〈파리 風景〉, III〈술〉, IV〈惡의 꽃〉, V〈反抗〉, IV〈죽음〉. (〈음울과 이상〉 중 Un Fantome가 4편으로 돼 있어 실질적으론 129편)

즉 新設〈파리 風景〉이 第II部에 위치하고, 〈죽음〉 앞 제IV부였던 〈술〉을 제III부로 앞세운 것이다.

**主題의 구조적 展開** 여기서는 前記 크레페·블랭本(FM-Crp. Bl로 표기)의 해석을 참고로 하되, 이미 앞의 논문들에서 부분적으로 原詩를 인용하며 살펴본 바, 우리들의 판단을 보태고 대폭 修正을 가하고 補完하여 제시하고자 한다.

  ▨ 卷頭 序詩〈독자에게〉

그의 原初的 自我(m. pr)의 갖가지 결함 *vices*(마귀들과 괴물로 상징)과 그 중 가장 그를 괴롭히는 竝發症인 음울 *spleen*의 주요 怪物〈권태〉. 아울러 「惡의 꽃」에의 안내로 各聯마다 이 시집의 주요 주제들을 미리 제시.

  ▨ 第I部〈陰鬱과 理想〉

크레페·블랭은 이 兩極에의 끊임없는 이동이 아니고, 前半에서 이상(예술과 사랑)을, 후반부터 〈음울(고뇌와 절망)〉을 노래한 것으로 풀이한다. 그러나 우리가 본 바와 같이, 첫시 「祝頌」 속에서도 兩極은 격렬한 대조를 이루며, 둘째 시 「알바트로스」와 「上昇」 역시 그렇다. 우리는 사랑의 詩에서조차 자주 짙게 混

---

8) C. II, p. 324.

入되었음을 보았다. 하여간 後半이 더욱 어둡고 끝에 이를수록 암담하다는 것
만은 사실이다. 그리고 前半이 예술과 사랑의 篇으로 크게 양분됨도 뚜렷하다
(번호는 삭제 처분을 받은 詩까지 초판 위치에 挿入한 E. Raynaud 에 의한 Garnier 版
1954 의 目次 순서를 쫓음).

　　前半 : 예술과 사랑(67, Sonnet d'automne 까지)

　　Ⅰ. 예술편 : (22, Hymne à la beauté 까지)

이를 다시 細分하면

1. 詩人의 영광과 비참 : (FM-Crp. Bl 에서는 〈선택된 시인의 위대성〉으로)──俗
　 世에서의 비참과 진정한 시인의 영광·詩學·예술가·순교자(1～6, Les
　 Phares 까지)

2. 보들레에르 자신의 詩人으로서의 결함과 악조건들(m. pr) : (同書에서는 〈詩
　 人의 비참〉으로)(7～11, Le Guignon 까지)

3. 詩人의 정신적 비극성(同書에서는 여기까지 〈詩人의 비참〉에 포함)(12～16,
　 Chatiment de l'orgueil 까지)

4. 美女를 빈 美의 갖가지 類型 : 古典的이며 파르나스派的인 美(12, Le Be-
　 auté), 그의 美學에서 살펴건 〈나의 美〉의 定義에 합치되는 갖가지 美
　 (13～22, Hyme à la beauté 까지)

　　Ⅱ. 사랑篇

　3명의 女人을 主役人物로 삼고 각각 다른 성격의 女人, 각각 다른 종류의
사랑을 통해, 각각 다른 유형의 사랑을 담은 시들이 중추를 이루고, 이에 시인
에게 가벼운 흔적을 남긴 이를테면 端役의 女人들이 등장하는 시들이 뒤따른
다. 3大 애인에게는 첫 詩는 頌歌, 끝 詩는 告別의 詩로 되어 있다.

　1. 잔느 뒤발篇 : (23, Parfum exotique ～41, Je te donne ces vers 까지)〈검은
비너스 venus noire〉를 대상으로 관능적 性愛를 맺은 유일한 애인에 대한 정
열적이며, 때로는 변태적 사랑의 갖가지 사연, 사랑·증오 심하면 저주, 대
체로 지옥에의 동반자 下門의 베아트리체 구실을 한 戀人. 애무와 관능을 통
한 현실도피와 忘却을 구한 테마도 이에 속함. 그 밖에 주제에 따른 구조
적 배열의 의도로 다른 부분에 삽입된 詩들(Les Bijoux, Chanson d'Après-midi,
Le Revenant, La Béatrice, 필경 Hymne à la beauté 까지도)의 히로인도 그녀로 추
측됨. 밤의 女人, 냉정한, 육체적으로 숱 많은 검은 머리에 갈색의 윤나는 피
부로 특징지워짐(Un Fantôme 속에 4편이 둘어 있으므로 총 22편).

　詩人을 무척 괴롭힌 妖婦이기는 하지만, 만약 「惡의 꽃」에서 잔느 뒤발篇이
빠진다면 어떠했을까를 생각한다면, 시인의 m. cr 의 완성을 위하여 숙명지어
진 〈검은 비너스〉라 할 만하다. 시인도 이 점을 알고 있었으니 그 明晳함이 놀
랍다.

　　　숨은 의도에 있어 위대한 自然이,

　　　오 女人이여, 오 罪惡의 女王이여, 天才를 빚기 위하여

　　　더러운 짐승, 너를 사용할 때(……). 9)


2. 사바티에夫人篇 :　(42, Semper eadem ～51, Le Flacon 까지)——〈검은 비너스〉와 아주 對極을 이루는 〈흰 비너스〉를 〈수호천사, 뮤즈, 마돈나〉로 떠받들고, 理想을 지향하는 철저하게 정신적이며 경건하고 순결한 사랑(단 삭제된 A celle qui est trop gaie 에서만은 愛憎이 뒤섞임). 美·건강·명랑·착함으로 특징지워짐 (10편 외에 재판에도 수록치 않은 Hymne 가 있음).

　3. 마리 도브렝篇 : (52, Le poison ～60, A une Madone. 9편) 위의 두 女人이 각각 지옥과 天上에로 동반자로서의 애인이라면, 이는 地上의 따스하고 평화로운 애정의 대상. 앳된 얼굴에 풍만한 육체, 소위 *femme-enfant* 型의 매력과 눈동자의 변화 많고 신비로운 매력으로 특징. 불과 7세 아래이지만 이미 人生의 晩秋에 이른 심정(Chant d'automne), 시인은 *amant-père* 를 자처한 듯.

　4. 副次的 女人들篇 : (61, Chanson d'après midi ～67, Sonnet d'automne) 그 중 〈植民地 태생의 夫人에게 A une Dame créole〉를 제외하고는 잘 알려지지 않은 女人들 : la Sisina, Francisca, Agathe, Marguerite 등.

　　Ⅲ. 陰鬱篇

1. 침울·서글픈 想念 : (68, Tristesse de la lune ～77, La Cloche fêlée) 사랑마저 끝나고 나면, 그 사랑 속에조차 섞여들던 어두운 深淵이 기다린다.

　2. 음울篇 : (78～81, Spleen) 深淵의 밑바닥을 이루며 後半 전체의 中樞가 되는 4편의 Spleen.

　3. 絕望과의 對面 : (82～88) 〈지옥에 처형된 자 *Un Damné descendant sans lampe*〉가 〈악마〉가 희한하게 완벽히 만들어 놓은 〈고칠 수 없는 팔자 *fortune irrémédiable*〉, 〈자기 거울이 된 마음의 어둡고 투명한 對面 *Tête à tête sombre et limpide*〉, 이 〈惡 속의 意識 *conscience dans le Mal*〉[10]은 드디어 마지막 宣告 〈뻗어라, 이 늙은 멍충이 ! 때는 이미 늦었다 ! 〉[11]로 끝난다.

　　第Ⅱ部 〈파리 風景〉(18편)

　위의 끝에서 본 바, 그 이상 下降할 수 없는 內面의 深淵에서 벽에 부딪히듯 절망과 對面한 시인은 최후선고를 받고, 눈을 잠시 밖으로 돌린다. 절망적인 自我集中에서 〈發散〉으로, 外界와의 갖가지 프로스티튀숑으로 옮아간다. 적어도 그가 의도적으로 새 구조로 이 部를 재판에서 새로이 창설함으로써, 보태지는 의미(各 詩篇들 하나하나를 쓸 때에는 전혀 介入치 않았던 의미)다. 初版에 〈陰

---

9) FM, Tu mettrais l'univers entier…….
10) FM, L'Irrémédiable.
11) FM, L'Horloge.

鬱과 理想〉 속에 수록되었던 8편(Le Soeil, Brumes et pluies, A une Mendiante russe, Le Jeu, *La Servante au grand coeur*…, *Je n'ai pas oublié*…, Le Crépuscule du soir, Le Crépuscule du matin)에 新作 10편을 보태고, 그 순서도 초판의 순서와는 전혀 다르게 배열하여 뚜렷이 兩分되어 있다.

1. 〈파리 風景〉 序詩 : (1, Paysage) 전반적으로 개괄한 거리 풍경과 夢想으로 환기된 幻像

2. 낮의 風景과 幻想(2, Le Soleil~10, Le crépuscule du soir)

3. 밤의 風景과 幻想(11, Le Jeu~18, Le crépuscule du matin)

그러나 번잡하고 환락과 유혹 많은 거리로 눈을 돌려 보았자 〈음울〉에서 해방될 수는 없다. 음울은 내면의 〈원수〉로 비롯되며, 거리 도처에 그것이 投射되어 그의 눈에 비치며 되돌아오기 때문이다.

▨ 第Ⅲ部 〈술〉 (5편)

거리에서 되돌아온 그는 본격적이며 초보적인 방법의 人工樂園으로 음울을 달래고 절망에서의 도피를 꾀한다. 詩人에게는 젊은 〈보엠〉 시절부터의 경험적인 사실이거니와, 술이 노동자의 피로를 풀어 주고, 가난한 사람들에게 위안을 주며, 불행한 사람들에게는 기운을 돋우어 주며, 고통을 잊게 해 주는 것으로 칭송하는 것이 하나의 풍조로 되어 있었다. 〈경건한 詩人의 목마른 가슴에〉는, 〈너 그에게 희망을, 젊음과 생명을 부어넣고, /그리고 自負心을, 의기양양 諸神과 같이 만드는/그 빈털터리의 보물을 부어넣는〉[11] 鼓舞劑인 것이다.

▨ 第Ⅳ部 〈惡의 꽃〉 (12편)

술의 일시적 도취 속에 위안과 鼓舞를 거쳐, 드디어 惡의 深淵으로 들어간다. 저승의 〈지옥〉이 아니고 地上의 〈生地獄〉의 陰濕한 밑바닥에서 피어나는 독버섯의 美다. 고독한 자를 엄습하는 〈파괴 *La Destruction*〉의 유혹으로 시작되어, 사디슴, 同性愛의 관능적 환락, 온갖 쾌락의 애무와 對極을 이루는 환락 속의 공포, 죄악감, 환멸의 뒷맛과 저주받은 荒廢(여기서도 二元性, 통일 속의 모순이 지배한다).

詩人 자신이 그 관능의 환락을 찬미하고 이에 가담하기는커녕, 그는 분명해 명석한 詩人의 〈惡 속의 意識 *conscience dans le mal*〉으로 단죄하고 있다. 그러기에 끝맺는 詩(L'Amour et Le crâne)에서는, 〈사랑의 女神〉을 〈人類의 頭蓋骨〉 위에 앉히고, 그 관능의 환락을 그 女神이 공중으로 불어올리는 水泡로 상징한다. 水泡는 하늘 높이 上昇할 듯(황홀한 도취감)하지만, 〈황금의 꿈처럼〉 허무하게 꺼지고 만다. 女神에 짓밟힌 두개골은 그런 〈잔인스런 장난〉을 그만두라고 애원하면서, 〈네 잔인스런 입이 불어 허공에 날리는 것, 殺人者 怪物아, 그건 내 뇌수, 내 피와 살!〉이라고 부르짖는다. 〈性愛의 쾌락 곧 죄``〉에

---

11) FM, Le Vin solitaire.

라는 詩人의 지나치게 장세니스트적인 생각은 뿌리 깊으며, 필경 잔느 뒤발과
의 그 지긋지긋한 관계 때문에 강박관념으로 굳어진 不幸한 선입견인 듯하
다. 「內密日記」에 문제의 정사 장면 묘사 뒤에 덧붙인 시인의 의견.

나는 말한다——사랑(情事)의 유일한 최고의 관능적 쾌감은 〈惡〉을 하는 확실성 속
에 들어 있다.——사내와 계집은 出生 때부터 온 관능적 쾌감이 惡 속에 있음을 알고
있다. [12]

둘째로, 그의 名言, 〈너는 내게 진흙탕을 주었고, 나는 그것으로 黃金을 빚
었다〉[13]는 詩人으로서의 자신과 특수한 美의 창조라는 어려운 작업에의 의욕과
그 실현이다.

〈惡〉에서 〈美〉를 끌어낸다는 것은 흥미롭게 여겨지며, 과업이 더욱 어려우니만큼
더욱 유쾌하게 느껴졌다. [14]

▨ 第Ⅴ部 〈反抗〉 (3편)

파리의 풍경도 술의 일시적인 위안과 도취도, 끝내 시인이 대면한 절망과 음
울의 심연에서 해방시키지 못했으며, 강렬한 애무와 정욕의 탐닉도 죄의식과
황폐한 허탈의 뒷맛을 가져올 뿐, 오히려 인간의 〈뇌수와 피와 살〉의 소모로
끝난다.

도피와 탐닉이 아니라 비참한 社會人으로서, 社會에 대하여, 세상의 不正과
人間苦에 침묵만을 지키는 神에 대하여 마지막 反抗의 자세를 취한다(전부 初
期의 作品임에도 불구하고, 구조적인 배열에서 새로이 획득되는 의미다). 낭만파의 과
격한 경향의 하나인 모독과 저주를 대담하게 토로하고, 〈귀머거리의 神〉을 등
지고, 사탕에게 〈오 사탕, 나의 오랜 비참을 가엾이 여기라!〉고 기도를 올리
며 예찬하는 것으로 끝난다(사탕의 連禱 Les Litanies de Satan).

▨ 第Ⅵ部 〈죽음〉 (6편)

우리가 評傳에서 이미 보았듯이, 죽음은 우리 시인에게 한결같이 〈절대적 해
放〉으로 여겨지고 있다. 심지어 여러 번 〈자살의 변두리〉에 있다고 고백하며,
몇 번은 〈固着觀念〉으로까지 되어, 자살을 〈가장 분별 있는 행위〉로 여긴다고까
지 고백함을 보았다. 그렇다고 죽음은 그에게 天國行을 의미하는 것도 아니고
지옥行도 아니다. 우선 그가 저주하는 〈지긋지긋한 삶〉, 속세의 〈생지옥〉에서
의 해방이며, 〈未知의 세계〉에의 出帆을 뜻한다. 끝 詩 죽음에의 〈航海〉의 末
尾에서, 〈새로운 것〉에의 기대까지 지니고, 오히려 이승의 끊임없는 〈음울〉과
는 반대로, 〈빛발로 가득 찬 가슴〉으로 죽음을 재촉하는 활기면 詩句들의 싱싱
함이 놀랍다. 죽음의 超克 정도가 아닌 환영과 예찬이다. 이것이 마지막 〈절대

---

12) JI. f, pp. 1249~50.
13) Projet d'Epilogue, p. 180.
14) Projet de Préface Ⅱ, p. 185.

적 해방〉의 길이다. 여기서도 그의 창조적 자아는 그가 念願한 대로 〈英雄, 聖者〉의 자리를 차지한다.

## 2. 〈파리 風景〉과 메리옹
—— 메리옹의 版畵集

再版에서 새로이 삽입된 第Ⅱ部 〈파리 風景〉의 구조적 전개상의 의의와 의도는 위에서 본 바와 같고, 거기서 변증법적 필연적 연계성마저 엿볼 수 있었다. 그러나 초판에 이미 8 편이나 해당 詩篇을 쓰고도 미처 생각하지 못한 素材에 의한 한 集結體로서의 〈파리 風景〉을 어떤 계기로 하여 한 部로 新設할 착상을 하게 된 것일까? 구조상의 필요성에 끌려서일까?

그렇다면 그토록 오랫동안의 琢磨를 거치던 그가 불과 2 년 동안에 (1859~60) 그것도 집중적으로 연속 長詩 9 편의 〈파리 風景〉의 新作 시편들(全 18 편, 초판 8 편과 新作 10 편을 합쳐 新設)을 연속 발표하게 된 그 샘솟는 詩想과 일사천리의 速作의 수수께끼의 열쇠는 무엇일까? 그 샘솟는 詩想이 과연 아무 근원도 없이 솟은 것일까? 이 두 가지 의문에 대하여 현재까지 보들레에르 硏究界는 분명한 해답은 고사하고, 의문조차 제기한 것을 우리는 아직껏 보지 못했다. 우리는 이 점을 追究하여 밝혀 보기로 한다.

**메리옹의 發見과 心醉** 上揭 크레페·블랑의 註釋版에는 고작 「現代生活의 畵家」(1860) 가이스 Guys 에 관하여 시인이 대도시의 특수한 매력을 언급한 점을 들고 있으며, A. 아당의 주석판에서는 〈이 주제에 자기 책의 一部를 바치려는 생각은 (……) 아주 자연스럽게 떠올랐다〉[15]고 묘한 단정을 내리면서, 메리옹과 콘스탄틴 가이스의 작품에 나타난 大都市의 묘사를 찬탄했음을 덧붙이고 있다.

그런데 「書簡集」 안에서 처음으로 메리옹 Meryon 을 언급한 것이 1859 년 2 월 20 일이다. 첫 언급에서부터 그 傾倒의 정도가 대단하다. 첫눈에 아주 심취된 모양이다. 친구 아슬리노에게 부탁이다.

　"小生을 위하여 에두아르 우세이 E. Houssaye(L'Artiste 誌 主幹)한테서 메리옹의 모든(原文 大文字——역주) 판화(파리 風景 Vues de Paris), 중국 종이에 박은 좋은 복사를 구슬려 뺏어 주오. 〈우리 방을 장식하기 위하여〉(原文 이탤릭) (……)"[16]

바로 그 직후부터 9 편의 〈파리 風景〉이 연속 발표된 점을 주목하자. 둘째로 그 版畵集을 〈파리 風景〉으로 부른 점도 과연 우연의 일치일까? (여기서 Vues 라는 말을 詩集에서는 tableaux 로 바꾸었을 뿐이다). 그리하여 청을 들은 우세이는 한 달쯤 후에야 印刷者에게 〈메리옹의 大禮讚者 보들레에르〉에게 복사 한 권을

15) FM-A (Garnier), p. 375.
16) C.I, p. 551.

보내라고 전한다. 이해 9월에는 〈파리 風景〉 중 「七老翁 Les sept vieillards」와
「작은 老婆들 Les petites vieilles」 두 편을 再版時 위고에게 바치겠노라고 본인
에게 알린다.

이어 12월 7일에는 다시 위고에게 〈파리 風景〉 중의 「白鳥 Le Cygne」 원고를
보내며, 메리옹에 관하여 「1859年의 美展評」에서 길게 논하며 위고를 언급한
부분을 옮겨 적어 보내고 있다. 우선 프랑스 畵壇에 〈아주 詩的 쟝르〉인 海洋
畵의 결핍을 말하고, 〈또한 내가 기꺼이 大都市의 풍경이라고 부를 쟝르, 즉
인간과 大建物들의 강렬한 密集에서 오는 갖가지 美와 위대함의 集合, 삶의 영
광과 고뇌 속에 세월을 보낸 늙은 首都의 심오하고도 복잡한 매력〉을 표현한
작품의 결핍을 개탄하며, 다음과 같이, 감동적인 웅변조의 메리옹의 소개와 ∷
송을 보낸다.

몇 해 전에 전하는 바로는 海軍 장교였던 억세고 기이한 사람이 파리의 가장 生動
하는 관점에서 一聯의 銅板腐蝕畵의 연구를 시작했다. 그의 뎃 상의 신랄함과 섬세하
고 정확함으로 하여, 메리옹은 탁월한 옛 부식판화가들을 想起시킨다. 나는 거대한 都
市의 자연스런 莊嚴한 멋을 그보다 더한 詩情을 풍기게 표현한 것을 거의 본 적이 없
다.

여기서부터 소위 남의 작품에 접함으로써 詩情이 誘發되는 〈詩的 自我의 出
生〉의 본보기라 할 만한, 메리옹의 〈파리 風景〉에서 유발된 그의 詩的 散文이
이어진다.

쌓아올린 石材들의 웅장한 모습들, 손가락질하듯이 天上을 가리키는 鐘塔들, 天空
firmament(詩語)을 향해 연합하여 연기를 吐射하는 産業의 尖塔들, 修理中의 大建物
들의 기이한 絞首臺들(修理用의 骨造物—역주), 건물의 튼튼한 체구에 덧붙은 아주
역설적인 美의 설핏한 그들의 구조물, 怒氣와 원한이 가득 찬 요란스런 하늘, 그 (大都
市—역주) 속에 간직된 온갖 비극들을 연상함으로써 더욱 증대된 透視展望의 깊이,
文明의 고통스럽고도 영광스러운 풍경을 구성하는 복잡하게 뒤얽힌 요소들 중 어느 한
가지도 잊혀져 있지 않았다. 만약 빅토르 위고가 그 뛰어난 版畵를 보았다면 그는 필경
만족했을 것이다.

그리고 위고의 詩의 일부를 인용하고 나서 다시 메리옹의 건강상태를 말하며,

그러나 잔인한 마귀가 메리옹의 뇌수를 건드렸다. 불가사의한 錯亂이 찬연한 만큼
튼튼하게 보이던 그의 재능을 흐려 놓았다. 바야흐로 싹트는 그의 영광과 그의 作業은
중단되었다. 그 때부터 우리는, 하루 아침에 힘찬 예술가가 된 이 海兵, 首都들 중에도
가장 불안스런 首都의 음흉한 威容을 묘사하기 위하여, 大洋의 장엄한 모험에 작별을
고한 그 海兵에 관한 吉報를 안타까이 기다리는 바이다. [17]

이렇게 간절한 기원을 덧붙인다. 위에서 본 바, 메리옹의 판화를 보고, 샘솟

---

17) idid. pp. 628~9.

듯이 유발된 묘사의 글──그것은 곧 散文詩다. 여기서 메리옹의 판화는 그의 散文詩 「파리의 陰鬱」과도 연결됨을, 적어도 시인에게 큰 자극과 의욕을 불어 넣었음을 미리 암시해 주고 있다. 1860년 1월 8일 풀레 말라시스에게 보낸 편지에는, 그가 판화 소유만으로 끝내지 않고, 그의 열성은 메리옹을 직접 만나 이야기를 나누었음을 알려 준다. 면담의 내용, 그 괴벽과 착란, 특히 이 착란의 예술가가 포우에 특별한 관심을 기울일뿐 아니라, 포우의 단편에서 저 자신의 운명을 그린 것으로 여기는 점을 시인 자신이 특별한 인연으로 느꼈던지, 대화 내용까지 자세히 옮기고 나서, 이 모돈 내용을 남들에게 이야기하여 웃음거리 로 만들지 말라고 당부하며, 〈세상에 무슨 일이 있더라도 나는 재능 있는 사람 에게 해를 끼치고 싶지 않소〉[18]라며 그에 대한 존경과 각별한 애착을 토로한다. 더욱 묘한 것은 그를 만나고 헤어진 뒤, 새삼스레 시인은 저 자신이야말로 발 광할 온갖 조건을 갖추었는데, 어째 미치지 않았을까 하고 自問했으며, 새삼 하늘에 감사드렸노라는 고백이 눈을 끈다. 하여간 대단한 열중이다. 그 동안에 〈파리 風景〉은 연속 제작된다.──「죽음의 춤 Danse macabre」·「七老翁 Les Sept Vieillards」·「작은 老婆들 Les petites Vieilles」·「白鳥 Le Cygne」(위고에게 원고를 보냄)· 「骸骨農夫 Le Squelette laboureur」(모친에게 原稿 언급, 12월 15일) 등.

〈파리 風景〉合作 版畵詩文集 간행 계획의 전말　60년 2월에 「惡의 꽃」의 出版主 풀레 말라시스에게 메리옹의 판화집에 자기 散文 텍스트(즉 파리 風景 을 주제로 한 散文詩)를 붙여 合作의 版畵詩文集 刊行에 관한 새로운 열성과 의 욕을 밝힌다.

　　"그리고 메리옹! 오! 건 참, 참을 수 없군! 들라트르 Delâtre(Meryon 판화집 印刷者)가 앨범(판화집─역주)을 위한 텍스트를 小生에게 부탁해요. 좋다! 자, 이제 멋진 판화에 관해서 10行, 20行, 30行의 想念 rêveries 을, 파리의 徘徊者 flâneur parisien 의 철학적 상념을 쓸 기회다(라고 생각했어요─역주). "[19]

그런데 정신착란의 메리옹은 詩人의 제안을 듣고 횡설수설하며, 자기 고집 을 부려, 아무 결론도 얻지 못했다는 사연이다. 여기서 우리는 위고에게 보낸 편지에서 보다 더욱 분명히 메리옹의 작품에서 촉발된 그의 詩情이 표현되고 있 음을 주목하자. 덧붙여 이 때부터 書簡集에서 〈파리의 배회자〉의 상념(몽상)을 자주 언급하는 점[20]도 주목된다. 세째로 여기서 처음으로 쓴 〈파리의 배회자〉 라는 말은 다음해 年末에 그가 산문시 〈파리의 陰鬱〉의 假題로 제시한 것과 부 합한다. 즉 여기서 版畵詩文集에 대한 강렬한 흥미와 착상이 곧 산문시의 原 型이며, 산문시 제작에 대한 詩想과 의욕의 원동력이 되었음을 알 수 있다. 그 리하여 61년 11월 4년만에 산문시 9편이 발표되고 있다. 여기서 메리옹 版

---

18) ibid. p. 656.
19) ibid. p. 670.
20) ibid. pp. 675, 676, 679~80. C. Ⅱ, p. 15 등.

畵의 〈파리 風景〉→「惡의 꽃」第Ⅱ部 〈파리 風景〉新設의 착상과 나머지 10편 중 9편의 연속 제작→산문시 「파리의 陰鬱」의 詩情과 의욕의 유발이라는 三角 관계의 실마리가 뚜렷해진다.

다시 60년 2월에는 모친에게도 선물로 판화집을 선사하면서, 모친이 〈파리 風景 Vues de Paris〉에 기쁨을 느끼리라고 예상했다면서, 〈아무 것도 (남에게) 주지 마세요. 좋은 복사를 얻기란 너무나 힘든 일이니까요. 제일 아름다운 서너 장을 額字에 넣어도 좋을 테죠.〉이렇게 극진한 애착을 표명하고 있다. 아울러 그토록 자기가 熱愛하는 것을 같이 나누어 가지고 싶어하는 그의 모친에 대한 애정의 깊이도 엿볼 수 있다.

여러 판화의 설명을 적어 보내며, 특히 노트르담寺院의 塔上 吸血鬼 조각을 중심으로 파리 시가를 공중에서 전망하는 그림에 언급하여,

"대체 그 사내가 어떻게 그 深淵 같은 허공 위에서 유유히 그릴 수 있었던지 통 알 수 없군요. "[20]

이렇게 탄복하고 있다. 포우의 경우처럼, 환상적인 재능에 있어, 자기와의 야릇한 일치와 共感을 느낀 모양이다. 그가 〈파리 風景〉의 첫 詩로 앞세운 「風景 Paysage」에서, 〈지붕 밑 다락방 꼭대기에서, 두 손으로／턱을 괴고, 나는 보리(……)〉 노래한 바로 그 자세가 메리옹의 문제의 판화에 그린 塔上 〈吸血鬼〉에서 再現되어 있기 때문이다. 그래서인지, 〈그의 판화에 관해서는(……) 여러 해 전부터(原文 이텔릭) 제가 그것들을 탐내며 구하던 것이라고 말하고 싶어요(즉 처음 보는 판화가 아닌 듯한 반가움. 바그너에게도 그런 착각을 고백—역주). 그것을 처음 보았을 때, 저는 그 사내가 天才를 지녔다고 판단했지요.〉 이렇게 메리옹의 재능에 전폭적인 찬양을 아끼지 않고 있다.

그는 곧 자기가 입수한 3部 중 다시 1部를 사바티에夫人에게 선사함으로써, 그가 生涯에 가장 사랑했던 두 女人과 나누어 가지게 된다. 역시 그 판화에 대한 깊은 애정을 증명하는 행위다. 다시 황급히 풀레 말라시스에게 문제의 판화 詩文集 출판 의향을 타진하면서, 메리옹의 處世上의 무능을 한탄한다. 이미 다음 출판사 두 군데에 교섭을 시작했음을 알리고 있다.

말라시스가 동의한 듯, 이틀 후에는 그에게 먼저 교섭한 出版者에게 거짓말을 하겠노라고(말라시스에게 먼저 교섭했다고) 하며, 메리옹은 판화에 소네트詩로 텍스트를 삼는 것도, 〈散文으로 된 詩的 명상〉을 揷入하는 것도 거절하여, 그저 案內記 형식으로 낙착되었음을 아쉬워한다. 다시 이틀 후(3월 13일) 말라시스에게 〈파리 風景〉중에 삽입될 新作詩 〈파리의 꿈 Le Rêve parisien〉을 보내며 우선 편지로 메리옹에게 교섭을 벌이라고 권한다. 먼저 교섭한 出版者(Crépet)의 介入으로 일이 뒤얽혀, 시인은 배후에서 메리옹 판화집 문제로 진력을 계속

---

21) C.Ⅱ, p. 4.

한다. 결국 그토록 열을 올리던 着想 版畫詩文集 〈파리 風景〉 刊行은 좌절되고 만다. 우리는 이 좌절된 정열과 집착의 전말에서 다음과 같은 점을 지적할 수 있다.

① 59년 2월 메리옹의 판화 발견(첫 발견인지, 아니면 版畫集 인쇄를 알게 된 것이 그 동기가 된 것인지 분명치 않음) 60년 3월 계획의 좌절에 이르기까지, 그의 心醉의 정도는 포우와 들라크로아를 제외하고는 例外的인 정열이었다. 書簡集에 나타나는 범위에서는 포우와 들라크로아에 대한 정열을 훨씬 능가할 정도다. ② 그 版畫集을 〈파리 風景〉(풍경 *tableaux* 대신 *Vues* 로 낱말이 바꿔었을 뿐)이라고 불렀다. ③ 그 판화집에 열중하는 2년간에 「惡의 꽃」의 第Ⅱ部 〈파리 風景〉에 보탠 新作 10편 중 9편을 연속 제작하였으며, 苦作의 경향이 심하던 그로서는 예외적인 速作이다. ④ 메리옹 판화에 〈파리의 徘徊者의 想念〉, 〈철학적인 想念〉의 詩文을 붙여 出版하고 싶은 의욕에 사로잡혔다가 挫折을 겪었다. ⑤ 60년 10월 인쇄 착수한 「惡의 꽃」의 재판이 61년 2월 초에 나올 때까지, 前例에 따르면 작품 총제에 크게 신경을 쓰며, 여러 번 제목을 변경하며, 出版主와 의논하던 그가, 제Ⅱ부 新設에 관하여 일체 언급이 없었다(의논의 필요조차 느끼지 않았으니까). ⑥ 57년作인 〈風景〉에 메리옹 판화의 〈吸血鬼〉像이 파리市를 내려다보는 자세와 똑같은 詩句가 들어 있으며, 그 詩를 〈파리風景〉의 첫머리에 놓았다.

이상으로 좌절된 版畫詩文集 〈파리 風景〉에 대한 집념으로 하여, 「惡의 꽃」 제Ⅱ부는 再版 刊行 직전(필경 1860년)에 着想되었을 것이라는 확실한 심증을 굳힐 수 있다. 그뿐 아니라, 「惡의 꽃」 刊行 전에 이미 계획을 세웠고, 58년 11월에 착수했다면 散文詩集의 총제를 몇 번 변경하다가 61년 말에는 〈파리의 徘徊者〉 또는 〈고독한 散策者〉로 바꾸어 제안하고, 처음으로 9편을 발표하게 된 경위로 미루어, 그간 心醉되었던 메리옹의 〈파리 風景〉에서 촉발된 詩情과 〈파리의 배회자의 몽상〉 혹은 〈철학적 想念〉(판화에 첨가하려던 詩文案)으로 크게 촉진되었고, 그것이 일종 散文詩의 原型 구실을 한 것으로 여길 만하다. 더구나 우리가 위에서 본 메리옹에 대한 評文에서, 이미 남의 작품에 접촉함으로써 유발되는 詩情, 즉 그가 말한 촉발되는 〈詩的 自我의 탄생〉이 유감 없이 발휘되었음을 본 이상, 적어도 〈파리 風景〉에 관한 우리의 결론에 異議를 제기할 만한 근거는 거의 없을 것으로 단정할 만하다. 일찌기 그가 〈최상의 비평은 흥미롭고 詩的인 것〉[22]이라고 단언한 바를 여기서 실증한 셈이다.

22) Salon de 1846, p. 877.

補　遺

# 보들레에르와 象徵主義

## 序　言

　象徵主義詩 및 시론은 이미 19세기 중엽 보들레에르에게서 그 일면이 완벽한 형태로 작품화되었고, 또 의식적으로 명확히 강조되어 있다. 그러나 그것이 하나의 문학 운동의 형태로, 프랑스 文學史上 한 시기의 지배적인 思潮로 형성된 것은 19세기 말엽 약 20년간의 일이다. 象徵主義는 근본적으로 詩的인 문학 운동으로 나타났으나, 그 밖의 모든 분야에도 영향을 미치고 있다. 소설이나 戱曲은 물론이고, 철학사상까지 상징주의적인 詩的 영감의 영향을 받고 있었으며, 그럼으로 해서 상징주의는 한 시대의 지배적인 文學思潮로 확인될 수 있다.

　이에 반하여 20세기로 들어서면서부터는 혼돈기를 이루고 있다. 상징주의의 淸算과 전통에로의 복귀, 또는 여러 가지 다른 요소와 방법에 의하여, 전통적인 것과 새로운 것의 융합을 꾀하는 경향들이 나타난다. 그러나 象徵主義의 영향 밑에, 그 서로 다른 면을 이어받아 大成한 폴 발레리 Paul Valéry, 프랑시스 잠 Francis Jammes, 폴 클로델 Paul Claudel의 출현으로 계승되어 문학사조로서의 상징주의의 문학사적인 중요성과 그 영향력을 엿볼 수 있게 한다.

## 1.　時代思潮 및 感覺의 전환

　역사적인 전개의 맥락으로 볼 때, 직접적으로는 自然主義 *naturalisme* 문학에 대한 반발 내지 염증이 상징주의의 思潮 형성과 문단 지배에 박차를 가했고, 한편 詩에 있어서는 파르나스 Parnasse派에 대한 염증과 불만이 이에 합세했다. 그런데 졸라를 대표로 하는 自然主義는 오귀스트 콩트 Auguste Comte가 唱導한 과학적 실증주의 *positivisme*의 한 문학적 표현으로 나타났던 것이다. 自然主義 세대의 영도자인 텐느 Hippolyte Taine는 實證主義를 〈현대 사상의 支柱〉라고까지 장담했다. 그런데 1880년경부터는 그 지주가 점점 심하게 흔들리기 시작했다. 부트루 Boutroux, 베르그송 Bergson, 앙리 포앵카레 Henri Poincaré 등 철학자 및 과학자들은 과학 및 실증주의 사상이 내포하는 결함 내지 오류——자연에 대한 기계적인 개념, 진리를 자부하는 제 학설이 지니는 관습적인 성격——와 인간의 온갖 인식의 상대성을 지적하고 나섰다. 한편 일반 대중은 과학 숭배의 풍조에 너무 큰 기대를 건 나머지 이에 환멸을 느끼게 되었다. 이러한 시대 사조의 역사적 전환을 간명하게 표현하는 것이 브륀티에르 Brunetière 의 「과학의 破産 La Faillite de la Sciences」(1895)이다.

이미 기대던 기둥이 흔들린 데다가, 영도자인 졸라는 과학이 이룩한 여러 성과보다도 그 학설(주로 遺傳說)에 의지하던 터라, 그 추종자들은 곧 상투적인 粗略함과 무의미한 현실 묘사로 일관하든가, 또는 현실 폭로를 명분으로 삼아, 인간 세계의 추악상과 야수성의 展示, 무감동의 잔학성 등으로 차차 이에 염증을 느낀 대중들의 반감을 사게 된다. 졸라의 제자들의 작품에서는 일체의 예술성과 詩情이 자취를 감추고 있다. 드디어 졸라의 「大地 La Terre」 (1887) 이후, 自然主義 진영 중의 가장 우수한 작가들이 스승의 곁을 떠나 버린다. 그리하여 이른바 「과학의 破産」은 곧 〈自然主義의 파탄〉을 가져온 셈이 되었다.

그리하여 베르그송의 철학(그의 첫 著書「意識의 直接 與件論 Essai sur les données immédiates de la conscience」, 1889)에서 민감한 시대의 지침을 얻은 시대 조류는 粗略한 과학적 決定論 déterminisme 에 대하여 신비와 不可知의 세계로 기울어지고, 논리에 대하여는 직관의 힘을 강조하고, 自然主義 문학의 무감동한 현실 폭로에 대하여는 심리적 갈등과 抒情과 꿈의 세계를 지향하며, 현실의 추악상보다는 그 뒤에 가려 있는 理想으로 향하는 새로운 기호와 욕구로 쏠리게 된다. 이러한 새로운 시대적 동향을 피에르 로티 Pierre Loti 는 아카데미 入會演說(1891)에서 이렇게 증언하고 있다.

理想은 영원하다(……). 이미 現世紀末에 즈음하여 확실히 理想은 자기 형제인 神秘主義와 함께 다시 나타나고 있다(……). 우리는 現實主義의 煙幕 뒤에 더욱 뚜렷이 그것을 보기 시작하고 있다(……).

이에 앞서 미술은 쿠르베가 대표하는 自然主義에서 印象主義 impressionnisme 로 옮아 갔으며, 클로드 모네 Claude Monet 는 이미 1874 년에 「해뜰 무렵의 印象 Impression au soleil levant」을 전시하여, 크게 앞질러 시대 감각의 변천의 한 劃期點을 보여 주고 있다.

이와 때를 같이하여 외국의 영향이 이에 박차를 가한다. 바그너의 音樂, 영국·독일의 철학, 그리고 더 직접적인 형향을 준 외국 작가들——조지 엘리어트·키플링·H. G. 웰즈·하아디·버어나드 쇼오(英), 톨스토이·도스토에프스키·고리키(러시아), 입센·뵈른손(스칸디나비아), 하우프트만·니이체(獨), 다눈치오(伊)…… 등. 이들의 성격과 사상은 각각 다르고 다양하며, 또 그들 나름의 自然主義的 경향조차 지니고 있다. 그러나 한 가지 점에서 일치하고 있으니, 즉 이미 解體期에 처한 프랑스의 자연주의에 치명적인 마지막 일격을 가한 점이다. 그들의 自然主義에는 미묘한 인간 심리 탐구와 詩가 있고, 인간에 대한 연민이 있으며, 인간 세계의 비참·고뇌·추악상을 통하여 福音的인 자비와 인간의 유대 의식을 일깨워 준다. 새로운 것은 아니다. 다만 프랑스 문학이 잃었던 것, 즉 빅토르 위고·조르쥬 상드 등이 보여 준 浪漫主義의 훌륭한 일면을 되찾게 만들어 준 것이다.

요컨대 實證主義 철학과 自然主義 문학의 몰락 속에, 외국 문학의 영향으로 되살아난 것은 영혼의 세계에 대한 깊은 관심이다. 그리하여 소위 과학적임을 자부하는 자연주의 문학이나 혹은 詩에 있어서, 造形的인 美의 효과만을 노리는 파르나스派 Parnassiens 에 염증을 느낀 젊은 세대는 전세대가 배격하던 모든 것——신비·꿈·象徵, 그리고 이 때까지 대중에게 이해되지 못하던 〈저주받은 시인들 Poètes maudits〉 (보들레에르·베를렌느 Verlaine·말라르메 Mallarmé·랭보 Rimbaud 등)을 사랑하기 시작한다. 그러나, 이 새로운 경향이 하나의 유파와 사조로 형성되었을 때에는, 大家들보다도 그 亞流 群小詩人의 소란과 난삽하고 기발한 언어의 놀음으로 대중의 세계와는 멀리 빗나가기 시작한다.

## 2. 美學과 詩論

**初期浪漫詩와 상징시와의 거리**　象徵主義를 간단히 정의할 수 없음은 모든 다른 思潮의 경우와 마찬가지지만, 더구나 상징주의의 경우는 詩와 시론 자체가 논리를 초월하고 이론적인 해명을 거부하며, 때로는 反合理的인 영역의 오묘·난삽한 세계이므로, 그것을 다시 평탄한 관념어의 설명으로 바꾼다면, 더욱 그 자체와는 거리가 멀어질 뿐이다. 둘째로 전항에서 언급한 바와 같이 19세기 말 약 20년이라는 한 시기의 문학 사조로서의 상징주의를 형성한 것은 당시 베를렌느와 말라르메를 스승으로 받들던 젊은 군소 新銳들이지만, 정작 역사적으로 남은 작품으로서 象徵詩人은 모든 佛文學史에서 그 〈선구자〉로 취급하고 있는 大詩人들이다. 그뿐 아니라 그들의 특질과 강조점은 각각 다르다. 그러므로 우리는 상징주의를 관념적으로 정의하거나 설명하려는 헛된 시도를 처음부터 버리고, 직접 그 象徵詩의 大家들의 시세계와 시론을 살펴봄으로써 좀더 구체적으로 이해하고 綜合 歸納的으로 파악하도록 힘써 보기로 한다.

랑송 Lanson 은 그의 佛文學史에서 한 마디로, 〈起源에 3명의 스승이 있고, 그 3명은 모두 보들레에르에서 파생되고 있다〉고 했다. 이 3명이란 象徵主義의 선구자로 취급함이 관례로 되어 있는 베를렌느·랭보·말라르메를 가리킨다. 그리고 그 3명의 스승이 다시 보들레에르에서 파생되었으므로, 우리는 먼저 그 현대시의 祖宗에서 나타난 상징시와 그 詩論부터 살펴보아야 한다. 그 전에 우선 19세기의 詩가 그 초엽과 밀엽 사이에 어느 정도로 달라지고 간격이 벌어졌는가를 한눈으로 개관해 보자.

*Ainsi, toujours poussés vers de nouveaux rivages,*
*Dans la nuit éternelle emportés sans retour,*
*Ne pourrons-nous jamais sur l'océan des âges*
*Jeter L'ancre un seul jour?*

——Le Lac, 1820

이렇듯, 항상 새 기슭 쪽으로 떠밀려,

영원한 어둠 속에 돌아올 길 없이 이끌려 가며,

우리는 결코 시대의 大洋 위에 단 하루도

닻을 던질 수 없을 것인가?

——湖水

일세의 심금을 울릴 초기 浪漫派 라마르틴느의 「瞑想 詩集 Méditations poéti-ques」 중에도 가장 많이 愛誦된 名詩 「湖水」의 첫 4行聯이다.

다음은 말라르메의 「祝杯」(人事)의 첫 4행련이다.

*Rien, cette écume, vierge vers*
*A ne désigner que la coupe;*
*Telle loin se noie une troupe*
*De sirènes mainte à l'envers.*

——Salut, 1893

無, 이 거품, 순결의 詩句

한갓 술잔을 가리킬 뿐,

이렇듯 멀리 수많은 人魚떼

거꾸로 잠기도다.

——祝杯

＊「湖水」는 前年에 愛人과 함께 왔던 곳. 그 愛人은 병들어(후에 사망) 시인이 홀로 이 호숫가에 찾아왔음. 「祝杯」는 詩宴에서 여러 상징파 少壯 시인 앞에서 司會者로서 인사의 축배를 들며 느끼는 감회를 노래한 것.

위의 詩를 參考 사항을 염두에 두고 읽을 때, 「湖水」의 4행련은 그 이상 설명도 연상도 필요치 않다. 세월의 항거할 수 없는 흐름과 이에 이끌려 가는 人生의 덧없음을 남김 없이, 따라서 여운도 없이 십분 말로 表現하고 있다. 그 뒤에 애인과 같이 왔을 때의 회고와 비통한 심정의 노래가 뒤따르리라는 것까지 앞질러 짐작할 수 있다. 이에 반하여 「祝杯」는 참고 사항에 비추어 보아도 이 4행련의 언어와 그 辭典에 나오는 뜻만으로는 그 속에 담긴 것을 解讀할 수가 없으며, 앞뒤의 맥락조차 아리송하다. 이것을 〈해독〉하려면, 4행련의 언어가 떠오르게 된 그 밑바탕, 즉 말라르메의 언어 이전의 시, 그 詩篇을 잉태한 정신 상태 *état d'âme*에 독자 자신이 깊숙이 참여하여, 말라르메의 心的 文

430

脈을 붙들어 다시 연결해 놓아야만 한다. 그러기 위해서는 詩篇 전체를 면밀히 살펴 군데군데 끼어 있는 열쇠-말 *mot-clé*을 손잡이로 하여, 차츰차츰 그 맥락을 끌어내며 이어 가는 작업이 필요하다. 두 편이 다 定型 韻律詩이며 4행이 한 문장으로 완결되어 있다.

그러나 「湖水」는 전달하려는 내용을 남김 없이 言語로 표출했을 뿐만 아니라, 脚韻을 맞추기 위하여 뒤바꿔 놓은 語順을 제 순서대로 환원시키면 하나의 완전한 散文이 되고 만다. 이에 반하여 「祝杯」는 語順을 아무리 고쳐 보아도 완전한 의미를 표현하는 하나의 문장으로 완결되지도 않으며, 산문으로 환원될 수도 없다. 이러한 19세기 詩의 엄청난 변화의 중간에 보들레에르가 위치한다. 그는 자연적인 進展의 한 과정이 아니고, 의식적이며 탐구적인 모색에 의해서 말라르메를 향하여 길을 열어 놓은 획기적인 전환점에 위치하고 있는 것이다.

**象徵詩의 始源 보들레에르** 보들레에르는 상징주의와의 관계에 있어 두 가지 핵심적이며 근간을 이루는 초석을 제공한다. 하나는 〈詩의 종교〉라 할 만한 시의 절대성의 신앙이요, 또 하나는 상징시의 詩學이다. 이 두 초석 위에서 象徵詩의 순교자 말라르메의 苦行의 殿堂이 세워진다.

① **詩의 宗敎**: 과연 19세기의 抒情詩는 데보르드 발모르 Desbordes-Valmore 나 라마르틴느처럼 경건한 신앙인의 哀歌로 비롯된다. 그러나 보들레에르에 이르러 一轉하여, 詩(예술)가 신앙의 대상이 되고, 시인은 神의 섭리에 의하여 이 세상에 보내지며, 도저히 도달할 수 없는 절대적 美의 영원한 求道者로 신앙화한다. 「惡의 꽃」의 제 I 부, 〈陰鬱과 理想 Spleen et Idéal〉의 첫 시 「祝頌」의 제 1 절은 이렇게 시작된다.

> 지고한 권세의 命에 의하여 시인이
> 이 지겨운 세상에 나타날 때,

——祝頌 Bénédiction

이렇게 神의 섭리로써 〈지겨운〉 〈이 地上에 流配된 *exilé sur le sol*〉(Albatros) 시인은 으례 고난의 〈十字架의 길 *Chemin de la croix*〉(Bénédiction)을 걷게 마련이다. 그러나 〈눈에 보이지 않는 천사의 後見 밑에 *sous la tutelle invisible d'un Ange*〉(ibid.) 놓여 있으며, 美를 탐구하는 〈그의 순례 중에 그를 뒤따르는 聖靈 *L'Esprit qui le suit dans son pèlerinage*〉(ibid.)이 있다. 그러기에 이승의 十字架의 길의 시련이 끝나면, 시인은 다시 神의 부름을 받아 천사들의 높은 대열 속에 한 자리를 차지할 것으로 그는 신앙한다.

> 당신(神)이 시인에게 聖群(天使들)의 至福의 대열 속에
> 한 자리를 마련해 두고 있음을 저는 알고 있나이다.

——同詩

보들레에르와 象徵主義 431

그런데 그가 찾아 헤매는 美의 女神의 〈乳房은 시인에게 영원한 말없는 사랑을 불어 넣도록 되어 있다 *Et mon sein…… est fait pour inspirer au poète un amour éternel et muet.*〉(La Beauté) 이룰 수 없기에 〈영원한〉 사랑이며, 붙들 수 없는 美이기에 표현할 수 없는 〈말없는 사랑〉이다. 결국 시인의 美의 女神에 대한 사랑은 처음부터 이룰 수 없도록 숙명지어진 사랑이라는 것이다. 그러기에 이 〈十字架의 길〉을 비춰 주는 燈臺들 *Les Phares*(즉 시인이 흠모하는 진정한 美의 殉敎者들)의 불빛을 따라 헤매지만, 겨우 그 絶對의 기슭에 당도하여 흐느낌과 함께 쓰러지고 만다. 여기서 예술을 宗敎化하여 예술가의 殉敎者的인 사명과 비극적인 인간조건을 아울러 노래하여 가장 높은 경지에 이른 절규가 터져 나온다.

*Car c'est vraiment, Seigneur, le meilleur témoignage*
*Que nous puissions donner de notre dignité*
*Que cet ardent sanglot qui roule d'âge en âge*
*Et vient mourir au bord de votre éternité!*

——Les Phares

왜냐하면 主여, 여러 시대를 흘러흘러
당신의 영원의 기슭에 와서 죽는 이 뜨거운 嗚咽,
그것이야말로 참으로 우리의 존엄성에 관하여
우리가 줄 수 있는 최상의 證言이기에!

——燈臺들

이 한 귀절은 인간과 죽음과 예술에 관한 現代人의 중심 문제——특히 프루스트와 말로의——를 멀리 앞질러 남김 없이 노래하고 있다.

② **交感의 象徵詩學**: 自然(또는 他人)과의 交感을 노래한 詩句는 도처에서 찾아볼 수 있으며, 직접 그것을 말하지 않은 경우라도 그러한 交感을 전제로 하고, 그 속에서만 느낄 수 있고 표현될 수 있는 詩가 대부분이다.

그는 바람과 더불어 노닐고 구름과 이야기한다.

——祝頌

船員들에게 붙들린 거대한 海鳥처럼, 世俗에서 멸시와 학대를 받는 〈저주받은 시인〉의 비참한 모습을 〈알바트로스〉로 상징한 바로 뒤에, 그 알바트로스가 거대한 날개를 펴고 마음껏 창공을 날아오르는(즉, 속세에서 저주받은 시인이 세속을 떠나서 마음껏 詩의 세계를 飛翔하는) 雄壯深奧한 구원의 경지가 이어진다.

幸福할거나……,
…………!

삶 위를 감돌며 힘 안 들이고
꽃이며 말없는 事物들의 말을 깨닫는 자는 !

——上昇

무엇보다도 詩의 기법의 문제가 아니고, 〈事物의 말을 깨닫는〉 詩人의 境地 *état d'âme*를 전제로 한다. 그럴 때 비로소,

〈自然〉은 하나의 寺院이며 거기서 산 기둥들이
때로 혼돈한 말들을 새어 내보네.
사람은 친근한 시선으로 자기를 지켜보는
象徵의 숲을 가로질러 그리로 들어간다.

——相應(交感)

여기서 벌써 말라르메의 聯想·類推 *analogie*의 連鎖技法이 詩句를 강한 밀도로 압축하고 있다.

自然→巨木의 숲(산 기둥들)→圓柱들→寺院

바람 소리, 새 노래(혼돈한 말들)→祈禱

사람=그 말을 〈힘 안 들이고 깨닫는 자〉=詩人→象徵의 숲

地上界(물질·감각·可視의 세계)와 天上界(정신·이데·不可視의 세계)와의 〈相應〉이 있고, 地上의 萬象을 보고 그 숨긴 뜻(혼돈한 말)을 해독하는(알아듣는)자가 곧 시인이며, 그럴 때에 그 事物(숲·꽃·구름…… 등)들은 곧 상징이며, 그렇지 못한 자에게는 한갓 감각적인 자연물일 뿐이다. 시인은 그 말을 알아듣기에 자연물들이 그를 〈친근한 시선으로 지켜보는〉 것이다. 여기서 3가지 〈相應(交感)〉이 있다. 天上界와 地上界, 사람(시인)과 地上界(자연), 자연의 상징을 통하여 사람(詩人)과 天上界(이데의 世界). 따라서 상징으로서의 사물은 시인을 天上界로 상승하게 하는 매개 구실을 한다. 여기서 寺院(또는 天上界)이라 함은 일반인의 종교적인 그것이 아니고, 이미 〈詩의 종교〉의 그것이다. 詩人 아닌 속세의 信仰者는 들어갈 수 없는 寺院이다. 따라서 시인이 〈상징의 숲을 가로질러 들어간다〉는 것은 美의 절대경으로 들어감을 뜻한다. 그럴 때 시인에게는 自然·天上界와의 교감뿐만 아니고 詩人 자신이 지닌 五覺의 구분·경계까지 무너져 이른바 感覺交流(共感覺; *synesthésie*) 현상까지 경험할 수 있다. 그것은 다음 第2 四行節에서 노래되고 있다.

香氣, 色彩와 音響들이 서로 응답한다.

그 중에도 보들레에르에게 가장 예민하고 강한 主感覺은 嗅覺이다(Correspondances의 第3, 4聯). 香氣는 다른 감각의 대상보다도 더욱 모호하고 미묘한

뉘앙스를 가짐으로써 상징시에 매우 효과적이다.

그의 交感의 詩學을 전제로 할 때 비로소 다음과 같은, 일견 奇矯한 듯한 예술론을 올바르게 해석할 수 있다.

> 예술이란 무엇인가──賣淫 *prostitution*
>
> ──「內密日記」 중 **火箭**

여기서 *prostitution*이란 賣買去來와 직업의 뜻을 배제하고 있으니, 〈情事〉라는 말에 가깝다. 그러기에 〈最高의 賣淫者 *l'être le plus prostitué*는 곧 神이다〉(「胸襟을 헤치고」)라는 표현이 나온다. 즉, 사람을 가리지 않고 자기를 내주고 一體가 되어 황홀감을 서로 나눈다는 뜻이다. 즉 만인에게 개방되고 共有하는 인간 사이의 無償의 交感의 향연이다. 다음 아포리슴에서 그 절묘한 참뜻이 드러난다.

> 詩人은 자기 맘대로 저 자신이며 그리고 남이 될 수 있는 그 비길 데 없는 특권을 누린다. 그는 마치 하나의 肉體를 찾는 방황하는 영혼들처럼. 그가 원할 때는 각자의 인물 속으로 들어간다.
>
> ──「散文詩集」 중 **群衆**

여기서는 시인이 쉽사리 남(對象)과 동화할 수 있는 交感 능력을 강조하고 있지만, 그것은 작품 창조의 첫 단계에 불과하며, 창조된 작품을 매개로 사람을 가리지 않고, 공중(남들)과 시인이 交感(작품의 도취──*ivresse*를 같이 나눔)한다는 점에서 *art＝prostitution*論은 깊은 뜻을 가진다.

이상으로 보들레에르는 무엇보다도 交感의 시인이며, 그에 있어서 시인이란 곧 事物의 언어를 解讀하는 사람을 뜻함을 알 수 있다. 그러기에 시인에게는,

> 일체는 象形文字다.

그러니까,

> 번역자, 暗號 解讀者가 아니라면 대체 시인이란 무엇인가?
>
> ──「現代作家論」 중 **빅토르 위고論**

宇宙萬象이 곧 象形文字(記號, 암호)이며, 그 뜻을 해독하는 사람(시인)에게는 그것이 곧 〈상징〉이라는 것이다. 그런데 그 해독력이란 지식의 영역이 아니고, 어디까지나 날카로운 감성을 바탕으로 합리적 사고를 초월한 어떤 정신 상태 *état d'âme*에 도달한 시인의 悟性에 속한다. 여기서 그의 超自然主義 *Surnaturalisme* 시론이 전개된다.

434

첫째, 물질적 客體로서의 일체의 對象을 배제한 純粹藝術의 제창이다.

아라베스크 무늬는 그림 중에도 가장 精神主義的이다.
——「內密日記」중 火箭 Fusées
아라베스크 무늬는 모든 것 중에서 가장 理想(관념)的이다.
——同書

非物質的이며, 따라서 감각적인 대상에서 출발하지 않는 예술이기에 그 창작과 享受(감상)는 다 같이 감각 아닌 정신의 영역에 속한다. 反自然 anti-naturel 美學이기도 하다. 非自然物의 창조이기에 가장 견고·확실하며 불멸성을 지닌다 (Sartre의 「Nausée」에서 인간을 포함한 自然物의 實存에 대립되는 것으로 樂曲이나 圓·點 등 幾何學的 개념의 대비를 想起). 이것은 또한 순수 예술의 우월성뿐만 아니라, 非具象畵의 선구적 선언이기도 하다. 그는 구름이나, 심지어는 비에 젖고 얼룩진 壁面을 보고도, 보는 사람의 〈상상력이 풍경을 만든다〉(1859 年의 美展評)라는 관점에서 훌륭한 예술품에 비긴다.

순수한 꿈, 분석되지 않은 인상에 비하면, 한정된 예술이나 명확한 예술은 하나의 모독이다.
——「파리의 陰鬱」중 二重의 房

이 反自然·非具象의 美學은 자연스럽게 超自然主義 미학과 연결된다. 그리고 그것은 기법의 문제가 아니고, 시인이 도달한 어떤 경지 état d'âme 에서 이루어지며, 사물이 〈상징〉이 될 수 있는 것은 일상적인 현상이 아니고 극히 희귀한 순간에만 이루어진다.

거의 超自然的인 어떤 영혼의 상태에서는, 아무리 예사로운 풍경일지라도, 우리가 눈앞에 있는 그 풍경 속에 삶의 깊이가 고스란히 드러난다. 그리하여 그 풍경은 삶의 象徵이 된다.
——火箭

그런 〈영혼의 상태〉는 阿片이나 마약 같은 불건전한 수단——〈검은 魔法 magie noire〉——으로 이루어질 수도 있으나, 심신에 전류가 통하는 듯한 祈禱 三昧境이나, 〈몽상할 줄 아는 savoir rêver〉詩人의 〈靈感의 환기 évocation de l'inspiration〉 등 〈순결한 魔法 magie blanche〉의 힘으로 이루어질 수 있다.

그럴 때에 色彩는 깊고 진동하는 音聲처럼 말을 하고, 동물과 식물까지도 뚜렷한 그들의 표현을 發音하며, 香氣는 생각과 이에 상응하는 추억을 불러일으키며, 정열은 영원히 같은 언어를 속삭이거나 부르짖는다.
——美學的 珍貴品

이러한 超自然의 *surnaturel* 〈詩的 건강 상태 *état de santé poétique*〉에 도달한 〈희한한 시간 *admirables heures*〉, 〈행복한 순간 *minutes heureuses*〉에 色·香 등 사물의 언어를 解讀할 수 있으며, 그 영혼으로 듣는 언어야말로 시인의 〈母語 *langue natale*〉라는 것이다.

> 거기서는 일체가 말하리
> 靈魂에게 은밀히
> 그 감미로운 母語를.

——旅行에의 초대

教祖 보들레에르의 詩의 종교는 랭보에 이르러 邪敎에 이를 정도로 과격해지며, 〈순결의 魔法〉 아닌 자학적인 苦行으로써 초자연의 見者 *voyant* 에 도달하려는 난폭한 탐험과 〈以心傳心의 *de l'âme pour l'âme*〉 〈보편적(宇宙的) 언어 *langage universel*〉의 탐구로 직결된다.

**랭보** 문학뿐만 아니라 인생과 유럽 문명과 세계를 流星처럼 횡단하고 사라진 랭보는 모든 것이 과격하고 철두철미 반항적이다. 그가 횡단하며 일으킨 파동은 완성이 아니라, 거대한 자극과 영구한 미해결의 문제를 던져 후세에 파급된다.

그는 19세에 붓을 꺾고 유럽을 방랑, 24세에는 완전히 유럽 문명권을 탈출하여 東北아프리카에 잠적해 버린다. 18세에 쓴 대표작 「술취한 배 Bateau ivre」는 과연 見者 *voyant* 가 〈본〉 희한한 비전들로 충만하며, 一氣呵成의 도도한 筆勢 중에도 섬세 미묘한 뉘앙스가 서리고, 鄕愁와 아이러니 그리고 자기 운명에 대한 예언까지 들어 있다. 「母音 Voyelles」은 보들레에르의 교감, 특히 感覺交流의 시학을 극단으로 밀고 나가 수수께끼 같은 詩로 유명하며, 많은 해설을 낳게 했다. 그러나 정말 선구자로서의 그의 풍모는 격렬한 산문 「地獄의 季節」(1873)과 散文詩集 「일뤼미나시옹 Illuminations」(1874)에서 드러난다.

그는 보들레에르가 말한 영혼의 상승으로 도달되는 超自然의 〈詩的 건강상태〉 정도가 아니고, 일종의 神秘敎 *occultisme* 의 자학적 방법으로 〈절대〉에 도달한 見者가 된다는 것이다.

> 시인은 모든 감각의 거대하고 이치를 따른 오랜 착란에 의하여 자기를 見者로 만든다.

——폴 드므니에의 편지 (1871. 5. 15)

그는 습작기의 詩 「太陽과 肉身」이라는 長詩에서 이미, 그리이스 神話의 황금 시대 이래로 인간은 종교와 윤리로써 타락하고, 지식으로써 超感覺的인 능력을 상실하여 감각의 장벽에 갇혀져 왜소해졌다고 개탄하고 있다. 그러기에 그리이스 이후는 浪漫派에 이르기까지 모든 시가 한갓 〈韻을 맞춘 散文 *prose rimée*〉에 불과하다고 규정한다(*前記* 라마르틴느의 *詩 想起*). 〈나라는 것은 또 다른 *者*이다 *Je est un autre.*〉라는 이 〈나〉는 사회적인 나도 아니며, 이성적으로 생각하는 나도 아니다. 절대에 도달한 *見者*의 *自我*라는 것이다. 견자가 되려면 〈*超人的*인 모든 힘으로〉 *狂氣*에 이를 만한 자기 고문의 고행을 거쳐야 한다. 〈그는 저 자신을 찾는다. 그는 자기 속의 모든 독소를 길어 내어 오직 *精髓 quintessence* 만을 간직하려는 것이다〉(*同書*). 그리하여 시인은 *前人未知*의 세계에 도달하고, 그 세계를 보고 노래한다는 것이다. 〈그는 *未知 l'inconnu*에 도달한다. 그리하여 설령 그가 발광하여 비전의 *知覺*을 잃더라도 그는 그것들을 이미 본 것이다!〉(*同書*). 그는 *神秘敎*의 고행을 통하여 인간에게 미지의 세계를 열어 주는 프로메테다.

그러므로 시인은 참말로 불의 도적이다.

——*同書*

이 미지의 세계, *超現實*의 세계를 표현하려면 새로운 언어를 발견해야 한다.

하나의 언어를 발견할 것. 뿐만 아니라 도시 말이란 이데이므로 보편적인 언어의 시대가 올 것이다.

——*同書*

태초에 말이 있었다지만, 〈빛 있어라〉는 말은 영어도 불어도 아니고, 창조주의 이데다. 그것을 *詩人*이 되찾자는 것이다. 그 언어는 다름 아닌 〈영혼에게 은밀히 말하는〉 보들레에르의 *母語 langue natale* 이다. *感覺交流*와 *思想*을 동시에 전하는 언어다.

그 언어는 *香氣*·음향·색채 등 일체를 요약하는 *言語, 思想*을 얽어매고 끌어당기는 *思想*의 언어일 것이다.

——*同書*

이러한 언어에 도달하는 시인의 경지는 개체로서의 나를 넘어 〈보편적 영혼 속에 눈뜨는 *s'éveillant dans l'âme universelle*〉 경지다. 이런 생각의 밑에는 그가 열중했다는 *神秘敎* 내지 *東方*의 사상이 깔려 있다. 개체로서의 나는 그 〈보편적 영혼〉에서 튀어 나온 한 방울의 물거품에 불과하다는 생각이다. *輪廻*의 사상과도 통한다. 서구 사상으로 보면 보들레에르의 *超自然的*인 〈영혼의 상태〉보다 훨씬 이단적이다. 〈*見者*〉가 되려는 프로메테의 광기에 이를 만큼 자학적인 고행의 실험과 이 새 언어의 *鍊金術*의 유례 없는 모험담이 「*地獄*의 *季節*」이다. *虛構*의 모험이 아니고 진심으로 그는 *見者*의 절대적 경지를 믿었고, 또 그 모험을 감행한 것이다. 후에 그는 자기 누이에게 고백하고 있다——〈나는 더 계속할 수가 없었어요. 필경 나는 미친 사람이 되었을 거예요〉라고.

**베를렌느** 그는 누구보다도 천성적인 서정시인이어서, 심오한 詩學이나 이론이 어울리지 않는다. 고전적 音律을 깨고 奇數 音步의 교묘하고 자유로운 구사에서 뜻밖의 새로운 音樂性을 창조한다. 詩語는 간결하고 약간 모호하여, 표현하기보다는 암시로써 한 편의 음악 속에 제자리를 차지하고 살아난다. 그의 寄與는 음악과 암시다.

> 무엇보다도 音樂을
> 그러기 위해서는 奇數 音步를 택하라.
> (…………)
> 우리는 또한 뉘앙스를 바라기 때문,
> 色彩가 아니고 오직 뉘앙스만을 !
> 오 ! 뉘앙스만이 꿈에 꿈을
> 角笛에 플루트를 配合시켜 준다 !
>
> ——詩學

그가 〈雄辯을 붙들어 목을 비틀라 ! *Prends l'éloquence et tords-lui son cou!*〉라는 名句를 토한 것도 우리가 위에서 라마르틴느의 詩句에서 본 바와 같이, 아무런 암시의 여지도 없이 본질적으로 〈韻을 맞춘 散文〉(랭보의 지적대로)에 대한 혐오에서다. 그러나 그는 자기 천성의 성격대로 순진하고 감동적인 내면의 고백으로 더욱 미묘하기는 하지만 浪漫派의 世界로 되돌아간다.

**象徵詩의 殉敎者 말라르메** 감히 순교자라는 용어를 쓴 것은 보들레에르 이래의 〈詩의 종교〉가 실천기에 이르렀고, 말라르메의 생애가 바로 鏤骨琢磨의 고심 참담한 勞作의 연속이었기 때문이다. 流星같이 횡단한 랭보의 격렬 무비한 이단적 모험과는 반대로, 금욕의 修道苦行者처럼, 몇 줄의 詩句를 위하여 며칠밤을 새우는 그다. 한 편의 詩가 5년, 10년은 예사고 20년에 걸쳐 가다듬어진 것도 있다. 흰 원고지와 그 위에 씌어질 詩句, 흉중에 잉태된 詩想과 실현된 詩篇 사이에 끼인 시인의 오뇌, 〈純白의 憂慮 *le blanc souci*〉는 전설적이다.

> 孤獨, 暗礁, 별
> 무엇이건 우리 돛의 純白의 憂慮를 치르게 한 것에.
>
> ——祝杯

∴ 出帆時의 흰 새 돛과 앞으로 겪을 風浪의 예상. 흰 원고지와 앞으로의 苦心鏤骨의 勞作. 이미 여기서 그의 類推技法의 오묘한 예를 볼 수 있다.

머칠 밤을 램프등 밑에 뜬눈으로 새워도, 원고지는 여전히 흰 채로 펜을 대지 못하는 수도 있다.

> 오 밤들 ! 純白이 가로막는 빈 종이 위에
> 내 램프燈의 화량한 불빛도 (…………)
>
> ——바다의 微風

이 杜門不出의 고행에서 빚어진 純粹詩의 寶石函을 여는 얼쇠가 있다. 〈나는 죽었고, 내 최후의 정신적 寶石函의 보석들의 열쇠를 가지고 다시 소생했소. 이제 그것을 여는 것은 내가 할 일이오……(그것을 열려면) 20년의 세월이 필요하오. 그 동안 내 친구들이 읽는 이외에는 일체의 廣告를 버리고, 나 자신 속에 갇혀 있을 작정이오〉(Lettre à Aubanel, 1866).

두 개의 열쇠가 필요하다. 하나는 기법이요, 하나는 그의 예술 철학이다.

① 類推 *Analogie* 의 詩學  이미 라마르틴느의 「湖水」와 그의 「祝杯」의 비교에서 본 바와 같이, 내용(대상)을 남김 없이 직접적으로 제시하는 詩(랭보가 말한 〈韻을 맞춘 散文〉)에 대하여, 그의 기법의 핵심은 암시 *suggérer* 와 喚起 *évoquer* 로서 독자를 詩의 창작에 참여시키는 점, 적어도 再創作케 하는 점에 있다. 〈한 대상을 명명하는 것 *nommer* 은 詩를 읽는 기쁨의 4분의 3을 말살하는 것입니다. 詩의 기쁨은 조금씩 알아내는 데 *deviner* 있읍니다——대상을 암시할 것, 여기에 꿈이 있어요. 그것은 象徵을 구성하는 그 秘義 *mystère* 의 완전한 驅使입니다——즉, 한 대상을 조금씩 환기하여 한 영혼의 상태를 드러내 보이는 것, 혹은 거꾸로 한 대상을 택하고 거기서 일련의 暗號解讀 *déchiffrements* 에 의하여 영혼의 상태를 끌어내는 것입니다〉(Jules Huret 의 앙케에트에 대한 대답, 1891). 技法은 암시와 환기지만, 주목적은 역시 시인의 〈영혼의 상태〉를 드러내 보이는 데 있으며, 方法은 〈암호 해독〉이라는 점, 역시 보들레에르의 詩學을 계승하고 있다. 그러나 보들레에르의 詩學을 더욱 철저하고 精巧하게 밀고나가, 언어에 있어서도 논리적인 關係詞나 連結詞를 빼 버리고, 때로는 名詞만을 並列하거나 뜻밖의 어휘를 연결해 놓기도 한다. 그 말은 사물을 묘사하는 것이 아니고, 사물이 우리 영혼 속에 일으키는 것을 〈암시해 주는〉 중개자로서 가장 정확·치밀하게 선택된 말들이다. 그 말에 촉발되어 〈환기되는〉 연상·類推의 그물이 조금씩 드러나며, 암시된 것이 독자의 영혼 속에 投影된다.

> 사물을 묘사하는 것이 아니고 그것이 일으키는 결과(효과)를 묘사하는 것이다.
> ——카잘리 Cazalis 에의 편지 (1864)

그 類推의 희한한 그물——〈희한한 레이스〉——은 〈이미 美의 품 속에 존재하며〉, 시인은 그것을 알아내어 그 매듭들에서 언어로 짜낸다는 것이다. 간단한 예로 먼저 인용한 「祝杯」 첫 절을 살펴보면, 이 詩學의 일단을 알 수 있다.

> *Rien, cette écume, vierge vers*
> *A ne désigner que la coupe;*
> *Telle loin se noie une troupe*
> *De sirènes mainte à l'envers*

　　　　無, 이 거품, 순결의 詩句
　　　　한갓 술잔을 가리킬 뿐,
　　　　이렇듯 멀리 수많은 人魚떼
　　　　거꾸로 잠기도다.

　첫 줄의 연결 없이 병렬된 세 名詞——〈無, 이 거품, 순결의 詩句〉. 우선 祝
杯를 위하여 따라 놓은 한 첩의 투명한 샴페인. 단지 보글보글 거품이 일 뿐.
이 〈無〉(그 깊은 뜻은 그의 철학에서 다시 살펴본다)에서 전편의 詩가 풀려 나간다.
그 여린 거품은 아직 원고지 위에 잉크로 더럽혀지기 이전의(씌어진 모든 詩篇은
시인의 흉중에 잉태된 詩의 불완전하고 흠 많은 재현이니까) 〈순결의 詩句〉(處女林이
라는 말과 같은 뜻으로 處女詩句라고 할 만하다)와도 같다. 〈물거품〉→바다→난무
하는 人魚떼…… 이렇게 類推의 그물이 엮어지며, 제 2 련으로 넘어가면, 航海→
人魚의 노래에 홀린 船員들(자기 앞에 모인 젊은 시인들)→船尾에 자리잡은 船長
(나)→겨울의 怒濤를 헤쳐 가는 배의 船首에 모인 선원들(젊은 詩人, 다시 言及).
이 풍부한 내용이 간결한 몇 마디로 연상·환기의 재료를 주는 것으로 암시해
놓을 뿐이다. 끝 절에 가서 航海→〈고독, 暗礁, 별〉→시인들의 탐구에 따르는(말
라르메 자신이 겪은) 온갖 고뇌와 시련→아직 풍랑을 겪지 않은 새 〈흰 돛〉→흰
원고지 앞에 앉은 시인의 오뇌. 이렇게 〈희한한 레이스〉는 짜여진다. 참으로
〈아날로지의 魔 Le Démon de l'Analogie〉라 할 만하다. 그러나 이 詩學은 단순히
技法으로 끝나지 않고 그의 絕對의 탐구인 예술 철학과 혼연 일체를 이룬다.
　② 藝術哲學　그는 친구에의 편지에서 〈그토록 詩를 파헤쳐 내려가다 보니 두
개의 심연에 부딪쳤다〉고 고백한다. 하나는 네앙 Néant 이고, 또 하나는 꿈이다.

　　　하나는 내가 佛敎를 알지도 못한 채 도달한 네앙 Néant 이다.
　　　　　　　　　　　　　　　　　　　　——카잘리에의 편지 (1866)

　이 네앙에서 보면, 이승의 우리들 개체는 〈質料(實體)의 허무한 形體들 vaines
formes de la matière〉(ibid.)에 불과하다. 마치 같은 粘土로 빚어 놓은 여러 가지
그릇들처럼. 이 質料의 세계 (Néant) 에 도달할 때, 詩人은 이미 개인성을 벗어
나 非個性的 impersonnel 이며, 超時·空의 경지에 이른다(보들레에르의 초자연의
경지, 몇 해 후에 랭보가 말한 〈보편적 영혼 âme universelle〉과 同軌이지만, 좀더 深化되
어 있다). 그러므로 개체로서의 말라르메는 〈죽고〉 보편적인 정신 Esprit 속에
흡수되며 우주와 合體한다.

　나는 완전히 죽었다. 내 〈정신〉이 헤치고 들어갈 수 있는 가장 불순한 地帶일지라
도, 그것은 〈영원〉의 세계다. 내 〈정신〉, 〈時間〉의 反影조차 흐리게 할 수 없는 저 자
신의 〈순수성〉에 습관지어진 이 고독자, 나는 非個人的이어서 그대가 알던 〈스테판
말라르메〉가 아니고, 정신적 宇宙가 나였던 것을 통하여 스스로를 보고 스스로를 전

개시키는 하나의 適性이다.

——카잘리에의 편지(1867)

이 〈明澄의 高度〉에 기어오른 〈더없이 맑은 미학의 氷山 *les plus purs glaciers de l'Esthétique*〉에서 結晶되는 詩란 무엇인가? 그 〈영원〉의 세계인 ,네앙에 도달하여 超時間·超個人의 우주와 합체한 내 정신이 萬象의 근원인 質料의 광경을 표현하려는 꿈 *rêve*. 그 꿈 속에 뛰어들어 포착한 〈영혼과 인류 최초의 시대부터 우리 속에 쌓인 유사한 인상들〉(왜냐하면 내 정신은 이미 영원 속에 있으니까)이다. 〈眞理인 無 앞에 *devant le rien qui est vérité*〉놓고 보면 한갓 꿈(虛構)이지만, 영광스런 꿈들 *glorieux mensonges*이다. 그러므로 그가 필생의 과업으로 삼은 하나의 〈작품〉, 누가 쓰건 〈따지고 보면 단 하나밖에 없는 *au fond il n'y a qu'un*〉 작품이란, 곧 우주가 나를 통하여 전개된 그 이미지를 再現해 놓는 일이다.

내 地上의 출현(〈質料의 허무한 形體·個體〉로서의—역주)이 그러하듯이, 연약한 나는 오직 〈우주〉가 이 個我 속에서 자기 동일성을 재발견하기 위하여 절대로 필요한 전개밖에는 입지 않았다. 그리하여 나는 방금 〈종합〉에 즈음하여, 그 展開의 이미지가 될 〈작품〉을 劃定했다.

——同書

이 詩學은 이미 地上의 그것이 아니다. 종교치고도 너무나 높고 맑은(美學의 氷山의) 절대의 경지이다. 티보데 Thibaudet의 名言의 정확하고 깊은 뜻을 알 수 있다.

19세기는 샤토브리앙과 더불어 종교의 詩로 출발했고, 말라르메와 그의 제자들과 더불어 詩의 종교로 막을 내린다.

——말라르메의 詩

이 〈詩의 종교〉는 이미 보들레에르에서 매우 高調되고 있음을 보았다. 그러나 〈막을 내린〉 것은 19세기뿐만이 아닌 듯하다. 그처럼 절대의 세계의 〈美學의 氷山〉에서는 언어도 얼어붙을 수밖에 없다. 절대에는 새로운 〈우주적 언어〉(랭보)라도 발견되지 않는 한, 地上의 언어가 통할 수 없기 때문이다. 그러기에 말라르메도 〈내 작품은 막다른 골목이다 *mon oeuvre est une impasse*〉라고 고백하지 않을 수 없었던 것이다.

## 3. 象徵主義의 盛衰

**流派形成과 말라르메**　自然主義 문학의 主장르가 소설이라면 象徵主義는 시가 主舞臺다. 소설에서 사실주의에 이어 자연주의가 지배하던 시기에, 시에서는 파르나스派의 대가인 고티에, 르콩트 드 릴르가 군림하고 있었다. 사실 상징주의가 詩의 주류를 이루고 난 뒤에도 파르나스派는 에레디아 Heredia, Hérédia를 통하여 殘光을 끌어, 많은 애호가들을 매혹하고 있었다. 본시 파르나스派는 낭만파의 개인적 感傷(라마르틴느), 절망의 몸부림(뮈쎄), 철학적·정치적인 주장(비니·위고) 등에 대한 반발의 소산이다. 언어의 畵家이건(고티에), 유럽 문명 편력의 공정·객관적인 史家 내지 철학자를 자처하건(르콩트 드 릴르), 言語의 金銀 細工師(에레디아)이건, 로망티슴에 대한 반발과 언어의 形態美의 추구라는 점에 있어서는 공통점을 가진다.

그런데 19세기 말엽의 젊은 세대는 로망티슴의 개인적 감상의 탐닉과 노출에 대한 멸시에 있어서는 파르나시앙과 同軌이면서도, 다시 이 後者의 딱딱하고 냉담한 造形美나 자연과 사회적 대상의 객관적 묘사에 대하여는 불만과 염증의 반발을 보이기 시작한다. 세계와 인생의 심오한 理法과 개인성의 內密한 본질을 표현한 詩의 思想性과 서정적 감동에 대한 기호가 되살아난다. 그리하여 새로운 여러 유파와 전투적인 雜誌들[1]이 전통적인 詩에 대한 투쟁을 선언한다. 이러한 詩的 혁명의 격동은 자주 詩에 대한 〈퇴폐적 *décadent*〉, 〈상징주의的 *symboliste*〉 등의 형용사로, 또는 自由詩 *vers libérés, vers libres*·多型詩 *vers polymorphes* 등의 용어로 대중에까지 알려진다. 철저히 불우하게 죽은 보들레에르, 20세에 일찍 종적을 감춘 鬼才 랭보, 그리고 베를렌느와 말라르메 등이 구름 위로 떠받들어진다. 그리하여 방랑과 스캔들의 시인 베를렌느가 이들 젊은 세대에 의하여 〈詩人의 王 *prince des poètes*〉으로 선출되는가 하면(1895), 이어 다음해에는 서재에 은거하는 道士이자 詩作의 고행자 말라르메가 그 자리를 차지한다. 사실 象徵派가 형성되고, 그것이 일세를 풍미하는 데 크게 기여한 것으로, 첫째 前記 투쟁적인 잡지, 둘째로 말라르메를 스승으로 젊은 시인들이 모여들던 그의 〈火曜會 mardis〉 살롱(1880~), 세째 주인공의 입을 통하여, 말라르메를 절찬하고 그와 그 제자들에게 이목이 쏠리게 만든 위스망스 Huysmans의 소설 「거꾸로 A Rebours」(1884)의 힘이 크다. 그리고 투쟁적 잡지의 하나인 「뤼크레스 Lucrèce」誌에 1883년부터 베를렌느의 「저주받은 시인들 Poètes maudits」이 연재되기 시작한 것도 잊을 수 없는 사건이다.

과연 1890년대에 들어서면서 말라르메는 이미 詩壇의 元老의 자리를 차지하고, 그 앞에 젊은 상징파 시인들이 운집한다. 1893년 상징파 시인들의 牙城 중의 하나인 「라 플림 La Plume」誌가 주최한 詩宴의 議長으로 司會한 자리에서 느낀 심정을 읊은 위에 인용한 「祝杯」의 다음 제2련은 이 때의 말라르메 자신의 지위와 젊은 상징파 詩人群의 기개를 엿보게 한다.

---

1) La Décadence, Le Décadent, La Vogue, Le Banquet, La Plume, La Revue Blanche, Le Mercure de France, 좀 늦게 창간된 La Phalange 등.

우리는 航海하노라, 오 내 여러 친구들이여,
나는 이미 船尾에서
그대들은 겨울의 怒濤를 헤치는
호화로운 船首에서.

　이 詩 자체가 절묘한 상징의 기법으로 다듬고 닦인 완벽한 소네트이지만, 여기서 〈항해〉는 새로운 未知의 詩世界를 찾아 出帆한 한 배에 올라탄 시인들의 탐구를 말함이요, 〈겨울의 怒濤〉와 같은 시련을 각오하고 오연히 〈헤치고〉 나가는 〈船首〉(詩壇의 제 1 선에 선 젊은 친구들——상징파의 同志들)를 뒷자리에서 격려하며 〈축배〉를 드는 말라르메의 감회를 노래하고 있다.

　그런데 여기서 〈내 여러 친구들〉이라 옮긴 〈mes divers amis〉의 〈divers〉는 〈잡다한, 다양한, 가지각색의〉라는 뜻이다. 바로 그 앞에 첫 4행련에서 노래한 (喚起 evoquer 된), 바다에서 난무하는 숱한 〈人魚떼〉의 이미지와 韻이 맞춰져 있으며, 거기서 암시된 人魚의 유혹에 홀린 선원들, 즉 새로운 詩神에 매혹된 시인들과 想이 연결된다. 즉, 난무하는 〈숱한 인어떼〉에 홀려 저마다 〈가지각색〉의 매력에 끌린 詩人群을 암시하고 있는 것이다.

　**先驅者와 群小 집단**　사실 한 말로 象徵派라 하지만 후세에까지 끝내 높이 솟아 오르는 象徵詩人은 문학사적인 思潮로서의 상징주의의 〈선구자들〉이며, 정작 19세기 말 20년간의 그 사조를 형성하고 있던 구성원들은 〈잡다〉한 군소 시인들이 대부분이다. 그들의 行蹟도 가지각색이어서 시종 일관된 것도 아니다. 그러니까 상징주의派와 상징詩人은 사실상 일치하지 않는다. 이 진영의 선구자 및 구성원들을 몇 가지로 구분하면 다음과 같다.

　① 創始期의 위대한 孤立者——파르나스派에 끼지 않고 처음부터 無名의 독자적 詩世界를 개척한 시인들이다. 하나는 1874년 20세에, 시는 물론이고 유럽 문명 자체를 버리고 永久 탈출을 감행한 상징시의 선구자 랭보, 또 하나는 「말도로르의 노래 Les Chants de Maldoror」(1869)의 시인 로트레아몽 Lautréamont 이다. 다 같이 인간의 감각과 능력의 한계를 넘어선 듯싶은 완전한 계시의 표현을 창조하고, 潛在意識의 세계를 시에 도입하여, 후에 超現實主義者들에게까지 선구자로서의 존경을 받는다. 그 밖에 샤를르 크로스 Charles Cros・트리스탕 코르비에르 Tristan Corbière 등이 있다.

　② 現代 파르나스 詩集의 위대한 異端者——「現代파르나스 詩選 Le Parnasse contemporain」의 同人으로 파르나스派 전성기의 牙城 속에 끼어 시인으로 자라면서도, 실은 그것을 유력한 발표 기관으로 이용하여 독자적인 象徵詩人으로 대성한 선구자들——베를렌느와 말라르메. 둘이 다 모두 「現代파르나스詩選」 제 3 집 (1876)에서 제외되었으나, 그 때까지 제 1, 2집에 수록되어 시인으로서의 지위를 굳혔다. 말라르메가 그 제 3집에 투고했다가 파르나스 진영을 들끓게 하고 거부당한 작품이 바로 「牧神의 午後」이다.

③ 데카당 *Décadent*[2] 시인들——1886년 창간된 「데카당」誌를 중심으로 한 一群의 시인들——라포르그 Jules Laforgue・아쟐베르 Ajalbert・쟈리 Jarry・타이아드 Taihade 등을 말한다. 이들은 몽마르트르와 라틴區의 카페에 진을 치고, 파르나스派를 비롯한 모든 전통적인 시에 대한 반항과 부정을 표명하며 새로운 詩世界와 표현을 모색했다. 상징주의 난숙기의 시인들이다.

④ 象徵派——데카당派를 쟝 모레아스 Jean Moréas가 文藝新聞 피가로에 선언문을 발표하여 象徵派 Symbolistes라 했으며, 이것이 그대로 상징주의라는 명칭의 기원이 되었다.

⑤ 후에 다시 르네 길 René Ghil派와 귀스타브 캉 Gustave Kahn・퐁테나스 André Fontainas・구르몽 Rémy de Gourmont・모클레르 Mauclair 등의 自由詩派; 로당박 Rodenbach・베라아랑 Verhaeren・메테를링크 Maeterlink 등의 벨기에派; 그 밖에 피에르 루이스 Pierre Louys・몽테스큐 Montesquiou・레니에 Régnier・사맹 Samain 등 定型詩派; 특이한 散文詩로 대성한 프랑시스 쟘, 폴 포오르 Paul Fort 등이 이에 가담하여 성황을 이루고 완전히 시단을 휩쓰는 듯했다.

**衰退와 그 原因** 20세기에 접어들면서부터는 해체기에 들어가 자기 나름의 개성에 따라 〈가지각색〉으로 흩어진다. 발레리・클로델 등 20세기의 대시인은 다 같이 象徵主義의 세례를 받고 성장했으나, 각자의 독보적인 개성과 기법으로 대성한 시인들이다. 이렇듯 한때 도도하게 일세의 문학을 풍미했지만, 상징주의는 다음과 같은 이유로 하여 후세에 거대한 영향을 남기고 서서히 쇠퇴한다.

너무 오묘 난삽한 詩想・技法・言語의 추구로써, 너무나 대중과 먼 거리로 독주하여 독자를 잃었다. 일체의 설명・묘사를 배제하고 聯想・類推 등의 미묘한 내면의 文脈에 의존하는 나머지, 몇 세기에 걸쳐 이루어진 프랑스語의 전통적인 명석한 語法과의 충돌을 극복할 수 없다는 숙명적인 한계점에 이르렀다. 둘째로 일반의 문학적인 취미에 있어서도 反象徵主義的인 경향이 끈질기게 존속하며 이에 저항하고 있었다. 즉, 파르나스派 에레디아의 金銀 細工品 같은 정교한 造形美를 자랑하는 시집 「戰利品 Trophées」(1893), 로스탕 Rostant의 호쾌무비하고 엄청나게 낭만적인 韻文劇 「시라노 드 베르쥬락 Cyrano de Bergerac」(1898)이 한창 도도한 상징파의 기세에도 불구하고, 열광적인 갈채를 받았다는 사실을 보아도 그간의 사정을 짐작할 수 있다. 끝으로 1890년경부터 1차 대전까지 유달리 격렬한 정치적・사회적 분쟁과 격동 속에, 그토록 순수한 미학적 추구와 실험과 苦作에만 몰두하는 문학 운동은 마침내 스스로 질식하거나, 그 외부적 소용돌이 속에 끌려들어 집어삼켜지고 말 운명에 놓인다.

---

2) *Décadent* : 一說에 의하면 G. Vicaire, H. Beauclair 共著로 象徵派를 비판한 책 「아도레 플루페트의 頹廢 Déliquescence d'Adoré Floupette」(1885)에서 유래된 말이며, 젊은 象徵派 詩人들은 오히려 그 말이 좋다고 이를 채용하여 Décadent이라는 잡지를 발간하여 기세를 올렸다.

우선 드레퓌스 사건 *l'affaire Dreyfus*(1884~1906), 불랑제將軍派의 쿠데타 사건(1889), 누차의 經濟恐慌(1891, 1900, 1907), 파나마 疑獄 사건(1892), 反動派의 쿠데타 사건(1899), 모로코 사건(1905)과 北阿를 둘러싼 佛·獨의 세력 각축, 제2 모로코 사건(1911), 社會主義 및 勞組員들의 점점 고조되는 혁명 운동과 총파업(1906~ ) 등. 그리하여 文人들만이 이 거센 격동의 와중에서 초연할 수 없어, 처음에는 드레퓌스 사건으로 兩分되고, 다음에는 左右 兩派로 갈려 대립하게 된다. 사회적·정치적 분열·대립·갈등은 그대로 문학계에 반영·재현된다. 졸라·바레스 Barrés·브륀티에르·르메에트르 Lemaitre·아나톨 프랑스 Anatole France 등 巨匠文豪들이 속속 서재에서 나와 정치·사회적 분쟁 속에 뛰어든다. 1900년 이후 이러한 상황 속에서 시류에 초연하여, 오묘한 미학적 탐구에 골몰하고 현실을 멀리 떠나 〈象徵의 숲〉 속을 배회할 수는 없는 노릇이다. 설사 몇몇이 끝내 이에 침잠한다 하더라도, 그것은 이미 한 시대의 圈外나 문학 조류의 여백으로 밀려나게 마련이다. 더우기 左右 대립과 빈발하는 勞動爭議가 전 프랑스(아니 전 유럽)를 휩쓸고, 따라서 지식인들을 사로잡는 문제로 등장하자, 문학에 있어서도 획기적인 전환이 오고, 새로운 경향이 나타나기 시작한다. 즉, 고전주의 文學을 비롯하여 浪漫主義건 사실주의·자연주의건, 그것은 국민의 제한된 일부 엘리트를 상대로 한 문학 운동이었던 것이다. 그런데 이번에는 처음으로 民衆詩·民衆劇, 요컨대 민중 문학의 문제가 진지하게 제기된다. 그 한 표현이 민중문학派 *populistes*[3]의 문학 운동이다. 이에 이르러서는 상징주의가 발붙일 자리조차 없게 된다.

---

3) *Populistes* 는 1929, 30년 2차에 걸쳐서 宣言書를 발표하였으나(Lemonier 와 André Thérive) 評論活動이 主였고, 創作에 있어서는 외젠느 다비 Eugène Dabit (1898~1936)의 名作 「北호텔 Hôtel du Nord」, 쟝 프레보 Jean Prévost (1901~1944)의 「부캥캉 兄弟 Frères Bouquin-quand」 (1930), 「상처에 소금 Sel sur la Plaie」(1935) 등이 있다.

# 보들레에르를 찾아서

1968年 6月 7日(金)

어제 마지막 게장을 담갔다. 무엇을 하건 무엇을 보건, 〈이것이 마지막이구나〉하는 생각이 앞선다. 생전에 다시는 못 올 곳. 同學 金敎授도 어제 떠났다——비행기가 아직 뜨지 않아 브뤼셀까지 기차로 가서 거기서 비행기를 탄다고. 우편 배달도 아직 없다. 한 달 만에 드디어 地下鐵 운행. 그것도 半파업이라 차표를 안 받는다. 참 편리한 파업이다.

두번째 타티의 〈플레이 타임〉을 보았다. 역시 天才의 作品이다. 이 영화를 보면 고다아르, 레스네, 로브 그리에 등속, 수많은 前衛니 뭐니 하는 따위가 생억지 詐欺 놀음이라는 걸 코 앞에 들이대듯이 뚜렷이 보여 준다.

6月 9日(日)

6時 起寢. 꼭 가 보고 싶고, 우리 나라를 떠나기 전부터 중요한 旅程의 하나로 작정하고 있었건만, 막상 出發 전에는, 더구나 혼자 떠나는 이른 아침의 출발에는 언제나 어수선하고 귀찮은 생각과 未知를 향하는 旅心이 한데 얽히곤 한다.

7時 38分, 생 라자아르驛 出發.

보들레에르의 마음의 故鄕 옹플뢰르를 찾아가는 길이다.

나직이 무겁게 덮인 하늘이
기나긴 시름에 사로잡힌 마음 위에
뚜껑처럼 짓누를 때,
八方으로 地平線의 테를 바싹 죄며
어둠보다도 더욱 음산하게
검은 낮을 우리에게 쏟아 부을 때,

온 천하가 하나의 축축한
토굴감방으로 변하여 그 속에
〈희망〉은 한 마리 박쥐인 양
겁에 질린 날개로 이리저리
벽에 부딪고 썩은 천정에
머리를 쩧으며 퍼덕일 때.

——「惡의 꽃」중 陰鬱 IV

그러한 기나긴 겨울 장마 속에 갇혀, 나는 「파리의 陰鬱」의 詩人이 헤매던 자취를 찾아, 그의 生家에서 무덤에 이르기까지 찾을 수 있는 것은 모두 찾아 보았다.

　　　나의 靑春 한갓 캄캄한 雷雨였으니
　　　여기저기 찬연한 햇살 구름을 뚫고

　　　　　　　　　　　　　　　　——怨讐

　그 雷雨의 연속 중에도 가장 찬연한 여우볕의 햇살을 즐긴 그의 어린 시절의 〈푸른 樂園〉처럼, 晩年에 은거 중의 老母 곁으로 돌아가고 싶어, 그가 꿈에도 잊지 못하던 옹플뢰르를 지금 내가 찾아가는 길이다. 기차가 파리 시가와 교외를 벗어나 田園風景이 펼쳐지자, 나는 곧 無重力狀態의 夢想 속으로 가라앉는다.

　누구나 다 그런지 모르겠다. 믿을 수 없을이만큼 환경이 急變되었을 때, 더구나 도저히 인정할 수 없는 현실 속에 내던져질 때, 나의 意識은 곧잘 내가 갇혀 있는 상황을 포기하고 時·空을 초월해 버린다. 그런 징조는 여러 가지로 나타난다. 언젠가 꼭 그런 안타까운 꿈을 꾼 적이 있다는 확신으로 바뀔 때도 있다. 當面한 현실과는 엉뚱하게 다른 과거의 어떤 감각적인 요소가 비슷한 한 순간으로 옮아가는 수도 있다.

　6·25動亂 때의 일이다. 한 달 남짓이 지금의 아내와 함께 (당시 7월 2일이 結婚豫定日. 아내는 6월 27일 저녁에 이불 보따리를 이고 찾아왔고, 28일 새벽 같이 피신, 낯선 마을에서 한 주일을 배기다 다시 서울로 돌아왔다) 이리저리 피해 다니다가 8월 4일 새벽에 붙들렸다. 러닝샤쓰 반즈봉에 운동화로 끌려나갔다 (그후 두 달 반 동안을 그 꼴로 헤매 다녔다). 아내는 내가 갇혀 있던 가시철망 너머로 사진 몇 장과 佛詩集 한 권, 佛語 콘사이스 한 권을 백 (日軍이 쓰던 잡낭) 속에 넣어 던져 주었다. 세 끼 소금과 주먹밥 한 개씩을 던져 주고는 밤낮없이 끌고 갔다.

　漣川·鐵原을 지나고 나서는 西北 쪽으로 접어든다. 江原·黃海·咸南 接境으로 기어드는 길이다. 이삭이 축축 늘어진 조밭도 끊긴 뒤, 이따금 나타나던 옥수수밭과 농가들도 끊겨, 첩첩 산간의 골짜기로 헤쳐 들어간다. 전쟁도, 피비린내 나는 殺戮과 울부짖음도 아랑곳없는 太古 이래의 寂莫江山이다. 벌써 바닥이 떨어져 철떡거리는 운동화와 운동화보다 더 누더기가 된 心身을 간신히 이끌고 터덜터덜 걸어간다 (그때 이미 위궤양이 심했었다). 이럴 때, 내 意識은 이 치사하고 잔인한 現實을 누더기처럼 팽개쳐 버리는 것이다.

　……내가 이런 꿈을 꾼 적이 있지…… 언제였더라? ……그러자 흥얼흥얼 콧노래가 나온다. 〈오늘도 걷는다마는 정처 없는 이 발길——지나온 자국마다……〉 그래, 내가

지금 出張을 가는 길이지. 여기가 江原道 伊川 길인가? 아니면 黃海道 閑達嶺을 넘어 가는 길인가? (高普 졸업 직후에 들어간 專賣局 出張所에서는 年中 절반 이상은 경작지를 찾아 山間을 헤매다녔고, 때로는 한 달 이상 계속되는 出張도 있었다.) 閑達——그 酒幕집 냉면은 얼마나 맛있었던가!

　　이山 저山 兩山間에
　　울고 넘는 谷山이라

　그래 이렇게 낯선 첩첩 산골에 들어올 때는 내 신세 서러워 울고, 떠날 때는 사무친 人情의 연줄 끊기 힘들어 울며 떠나는 谷山이라지…… 나는 지금 入試參考書를 가방 속에 넣어 가지고 煙草 收穫量 算出檢査를 하러 담배밭을 찾아가는 거다. 구름도 쉬어 넘는다는 저 閑達嶺을 넘어가면, 黃海·江原·咸南 接境 奧地의 絶景이 펼쳐질게다…… 쏴아 하고 귀가 솔도록 계곡마다 내리쏟아지는 石澗水……

　그런데 더 걸을 수가 없구나. 에라 쉬자. 털썩 몸을 내던지고, 두 다리 쭉 뻗고 벌떡…… 산봉우리로 둘러싸인 하늘이 몹시도 푸르다. 눈을 딱 감고…… 이대로 영 일어나지 않는다면 얼마나 편할까. 귓전에 잉—— 하고 똥파리 소리가 감돌며 떠나지 않는다.

　그래, 난 지금 出張으로 谷山郡 閑達에까지 온 거다. 모처럼 여기까지 찾아왔는데, 산 속에 묻혀 사는 사람이 오래간만에 사람 구경을 할 참인데, 煙草耕作 指導員은 어딜 가고 이렇게 집을 비워 두었나? 마루에 턱 걸터앉았다가 벌떡 누우니 파리떼가 웅……

　　松下間童子 言師採藥去
　　只在此山中 雲深不知處
　　　(소나무 아래 아이에게 물으니, 先生은 藥草를 캐러 갔다고.
　　　필경 이 山中에 있으련만, 구름이 깊어 있는 곳을 모르겠구나.)
　　只在此山中이려나 雲深不知處라! 寂莫江山이로구나……

　"이새끼! 일어나!" 푸른 하늘에 총대가 번쩍 들리며 산봉우리들이 선뜻 뒤로 물러난다. 雲深不知處가 아니라 이건…… 살기등등한 人民軍의…….

8시 55분 에브르驛 着.
　여기서 옹플뢰르行 支線으로 갈아탄다.
　9시 5분 發. 정말 장난감 같은 機動車다. 승객들도 거의 모두 이 地方 사람들인 듯 서로 다정스레 이야기를 나눈다. 本線처럼 여러 小室로 나뉜 客車가 아니고 우리 나라 기동차 모양으로 되어 있어, 모두 한 마을 사람들이 모여앉은 듯한 분위기다. 차는 갸우뚱거리며 밭과 숲 속을 가로질러 간다. 연변의 나뭇가지가 손에 잡힐 듯이 스쳐가곤 한다. 내가 지금 보들레에르의 마음의 故鄕 옹플뢰르를 찾아가는 길이다.

　——그래, 보들레에르를 만난 것도 그 때 江原道의 그 깊은 奧地였었지. 보

름 이상을 토하고 설사하며, 소태국을 마신 듯 입맛이 쓰기만 하여, 검게 누룽지가 탄 숭늉만을 마시고 延命을 하다 보니 (목숨이 그렇게도 질긴 것인지!) 手足은 새다리처럼 말라붙고, 검은 기미가 아박아박 낀 얼굴에 수염이 텁수룩하게 자라니, 사람들은 "영감, 저리 비키시우!"하는 판이다 (大學 卒業 直後였다). 잠자리는 흙을 바른 헛간 같은 곳에 (그들이 兵舍로 쓰던 곳), 內務班 마루에는 製材所에서 原木을 켜고 남은 조박과 부스러기들을 못질도 않고 그저 대충 깔아 놓았다. 판자가 아니라, 한쪽은 둥글고 한쪽은 製材所 톱으로 켠 斷面으로 되어 있고, 길이가 고르지 않은 조각들이어서, 밑은 넓고 두꺼우며 끝은 칼끝처럼 얇게 잘려 나간 것들이 대부분이다. 밑을 잘못 디뎠다가는 딱! 하고 끝머리가 이마를 치는 바람에 눈에 불이 번쩍 나며 아찔해지곤 한다. 물론 담요가 있을 리 없다. 하는 수 없이 풀을 뜯어 乾草를 만들어서 반은 깔고 반은 뒤집어쓰고 잔다.

며칠이 지나니 이가 꾀기 시작한다. 사람의 몸에 그렇게 많은 吸血蟲을 지니고 살 수 있다는 것은 좀 상상할 수 없는 일이다. 갈기갈기 찢긴 러닝샤쓰와 반즈봉의 안쪽은 과장 없이 깨엿에 붙은 깨알처럼, 아글아글하게 이와 서캐로 씌운 거나 다름이 없다. 그러니 모두들 밤낮없이 벅쩍벅쩍 긁는 것이 버릇이 되고, 낮이면 양지에 앉아 다섯 손가락 손톱으로 이를 벅벅 긁어내리는 것이다.

나는 그것으로도 부족하다는 듯이 구토·설사에 학질까지 걸리고 말았다. 「고도를 기다리며」의 두 거지도, 「놀이의 끝」의 쓰레기통에 갇힌 병신들의 몰골이나 처지도 그보다 더할 것은 없으리라. 낮이면 으르르 떨고 비틀거리며, 陽地를 찾아가서는 쓰러지곤 한다. 이상하게도 정신은 말똥말똥하다. "저 영감, 돌았는걸!" 하고 수군거리며 웃는 소리가 들린다. 똑같이 허무맹랑한 피해자들이건만, 그 판국에서도 자기보다 더 비참한 사람을 보면 위안을 얻을 수도 있는 모양이다. 사람이 어디까지 타락하고 추악해질 수 있는가는 아예 캐지 않기로 하는 게 좋다. 그것이 곧 〈適應〉이라는 거다. 아귀들의 무리를 간신히 빠져나와 솔포기 옆 따스한 양지에 이르면, 주위를 살펴본 후, 뱃속에서 그 귀중한 〈寶物〉을 꺼낸다. 노란 뚜껑에 〈Bouquet de Roses(장미 꽃다발)〉라고 박은 시집이다. 보들레에르 이후 現代詩人들의 名詩들만을 한 권에 모아 엮은 選集이다.


말라르메? 그의 詩語가 아무리 珠玉 같고 은유·상징이 아무리 절묘하다 치더라도, 뇌수를 간지럽혀 줄 뿐, 이와 서캐로 안을 받쳐 입은 누더기옷을 뚫고 가슴에 스며들기에는 너무 사치롭다.

발레리? 그 仙女의 숨결처럼, 요정의 발자국처럼, 사뿐 살며시 다가오는 속삭임은 아늑한 서재 안이라면 모르되, 이 修羅場의 不條理와 쓰레기통 같

은 현실 속의 이 두꺼운 孤絕의 벽을 뚫고 들어오기에는 너무 가냘프다. 그
모든 것을 뚫고 화살처럼 내 심장에 콱 박히는 것은 오직 보들레에르의 넋
이 갈기갈기 찢겨 새어나오는 呻吟 소리와 기도와 중얼거림뿐.
　——구름 위의 王者처럼 창공을 날다가 뭇사람에 붙들려 들볶이고 희롱당
하며, 거대한 자기 날개가 오히려 짐이 되어 비틀거리는 〈알바트로스〉의 呻
吟, 다시 무한한 〈上昇〉을 꿈꾸는 悲願의 기구, 영원을 향한 순교자들의 〈등
대〉를 좇다가 쓰러지는 울부짖음, 〈돌이킬 수 없는 것〉에 대한 〈회한〉을 물
어뜯는 중얼거림, 저주하는 〈吸血鬼〉를 끝내 떼어 버리지 못하는 自虐의 탄
식, 〈깨진 鐘〉의 비통한 自嘲, 항상 어디론가 떠나고 싶은 〈旅行에의 초대〉
와, 〈서글프고 정처 없이〉 아득하게 먼 실락원을 그리는 달랠 수 없는 향수
에 이르기까지…… 오직 그의 시편들만이 이 餓鬼畜生의 세계까지 꺼림없이
내려와서, 그의 화끈한 입김이 볼에 닿을 듯 다가서며, 쇠가죽을 뒤집어씌
운 듯 피가 통하지 않고 숨이 콱 막히는 현실의 껍데기를 뚫고 심장을 찌르
는 것이다. 이 魔力은 대체 어디서 오는 것일까?
　누가 권한 것도 아니고 해설을 들은 것도 아니며, 必讀의 고전이라고 의
무적으로 읽은 것도 아니다. 그야말로 〈운명적인 만남〉이랄 밖에 없다.
　언젠가, 만일 언젠가 살아서 人間의 세계로 돌아가는 날이 있다면, 동포들
도 서로 외면하고 말 한 마디 통하지 않는 이 非情의 생지옥까지 나를 찾아
준 訪問者의 희귀한 영혼의 세계를 내 발로, 내 눈으로 더듬어 들어가 보고
야 말리라……

내가 꿈을 꾸고 있는 것이 아닐까? 아니다. 어쨌든 나는 살아났고, 근 20년
이 지나 지금, 그가 그토록 가고 싶어하던 安息處 옹플뢰르를 찾아가는 길이다.

　　　　말해 주렴, 네 마음 때로 날아가지 않는가, 아가트여,
　　　　이 더러운 거리의 검은 바다를 멀리
　　　　찬연하게 빛나는 太古 그대로의 純潔처럼
　　　　푸르고 맑고 깊은 또 하나의 바다로,
　　　　말해 주렴, 네 마음 때로 날아가지 않는가, 아가트여,

　　　　아득히 멀고 멀어라, 향기로운 樂園이여,
　　　　맑은 창공 아래 일체가 사랑과 기쁨뿐인 곳,
　　　　사랑하는 일체가 사랑받을 만한 곳,
　　　　순결한 쾌락 속에 마음이 가라앉는 곳,
　　　　아득히 멀고 멀어라, 향기로운 樂園이여.

　　　　　　　　　　　　　　　　　　——슬프고 定處 없이

　11시 30분, 드디어 終點 옹플뢰르에 도착. 英佛海峽으로 흘러드는 센느江의

河口 沿岸에 자리잡은 아늑한 항도. 동쪽의 정거장에서 한참 西北으로 걸어가
니 좀 활기 띤 네거리에 나선다. 우선 카페에 들어가 앉아 커피와 샌드위치
(딱딱한 막대기빵 절반을 가르고 안에 햄을 끼운 것)로 요기를 하고, 적당한 호텔을
물어 본다. 묵을 만한 곳은 이 근처에도 여럿 있지만 이곳을 구경하려거든 〈비
으 밧생(舊池)〉 쪽으로 가 보라고 한다. 카페를 나와 어슬렁어슬렁 큰 거리를
쫓아가니, 과연 長方形의 커다란 푸울처럼 파놓은 선박들의 碇泊場이 나타난
다. 3면이 호텔, 카페 상점들로 둘러싸이고, 부두가 곧 이 항도의 번화가로
되어 있으니, 정박장이라기보다는 小都市 심장부를 이루는 광장 같은 느낌을
준다. 다만 이 광장에는 각종 자동차들 대신에 형형색색의 선박(주로 요트)들이
쉬고 있을 뿐. 북쪽만이 활짝 열려 開閉橋를 통하여 운하처럼 築港된 前港과
이 〈舊池〉보다 더 규모가 큰 정박장으로 연결된다.

이 색다른 선박의 광장 西面에 〈白馬〉란 옥호가 붙은 4층집 호텔 2층에 방
을 잡았다. 이 〈舊池〉를 중심으로 적은 그림엽서에서도 가장 또렷이 눈에 뛰어
드는 白灰칠을 한 이 호텔 정면에는 〈1460년 개업〉이라고 크게 씌어져 있다.
아래층은 鮮魚料理를 자랑하는 유서 깊고 이름난 레스토랑이어서, 관광객들이
외에도, 이 항도의 人士들이 外食을 즐기러 드나드는 곳이리라. 1859년에 이
곳에 은거중이던 老母를 찾아와서 몇 달 묵고 간 브들레에르도 이 레스토랑의
어느 자리에 앉은 적이 한두 번이 아니었을 게다. 한동안 맑고 깨끗하고 아름
다운 海陸의 風光을 찾아 이곳에 모여들던 印象派畫家들의 접대로 활기를 띤
시절도 있었으리라.

여섯 살 때 父親 死亡 후 1년간, 〈어머니와 단둘이〉 사랑과 행복을 滿喫한
이후로는 30년간의 고독·不安·빈곤의 시달림 끝에, 겨우 義父 오픽씨가 死
亡하자 모친이 이곳의 별장(그가 〈장난감 집〉이라고 부른)에서 살다가 세상을 떠
났다면, 브들레에르의 생애를 아는 분은 어째서 여기가 그토록 애틋이 돌아가
고 싶어하던 第2의 失樂園이 되었는가를 십분 이해할 수 있으리라.

2층 창가에 앉아 우두커니 〈비으 밧생〉을 내려다본다. 각국의 旗를 펄럭거
리는 요트들.

> 몬앙팡, 마 쇠외르 *Mon enfant, ma soeur,*
> 귀여운 그대, 생각해 보렴
> 거기 가서 같이 사는
> 그 감미로움을,
> 한가로이 사랑하고
> 사랑하다 죽고지고
> 너를 닮은 그 고장서!

——旅行에의 초대

먼 낯선 고장에 가서 단둘이 살며 죽도록 사랑하고 싶은 사람, 그리고 오래 오래 거기서 단둘이 살고 싶은 그 사람을 닮은 고장——누구도 地上에서는 영구히 실현할 수 없는 꿈이다. 가장 널리 애송되고, 그래서 현대에 이르기까지 6名의 이름난 作曲家들이 다투어 작곡한 이 名詩를 쓴 곳도 이 港都라고 전한다.

오후 3시쯤 거리를 어슬렁거리며, 생트 카트린느寺院과 종각을 둘러본다. 성당은 프랑스에서는 찾아보기 힘든 木造寺院으로 유명하다. 이어 명승지 〈은총의 언덕〉이라는 뒷동산에 올라갔다. 좁다랗게 깊이 파고 들어간 센느江 河口의 물굽이를 사이에 두고, 英佛海峽에 면한 가장 큰 항도 르 아브르市가 부르면 대답할 듯이 빤히 마주보인다. 西쪽으로는 〈꽃핀 海岸〉이라는 이름이 붙은 노르망디 해안의 絕景이 펼쳐져 있다.

소풍객들이 꽤 많이 올라와 있다. 이리저리 거닐다가 외딴 곳 따스한 양지 잔디풀 위에 벌떡 눕는다.

"이 동산에도 자주 올라왔을 테지. 대체 어느 집에 살았을까？……"

그가 〈장난감 집〉이라고 부르던 그 追憶의 보금자리가 어디였을까？…… 문득, 人民軍에게 끌려가다가 지쳐빠져, 산 길가에 벌떡 누운 나를 발견한다…… 귀에 가득 울려오는 똥파리 소리…… 20년의 시간 위를 나는 둥둥 떠서 표류한다……


두 시간쯤 꿈 속을 헤매다가 다시 내려온다. 어디를 가나, 무엇을 보나, 그의 그림자가 눈에 밟히듯 어른거려, 紀念品商店 主人에게 그의 옛집을 물어본다. 무슨 뚱딴지 같은 소리냐는 듯이 빤히 쳐다보며 어깨를 으쓱하더니 모르겠단다. 대답이 떨어지기 전에 벌써 나는 "쓸데 없는 짓을！" 하고 후회를 했다.

몽파르나스 묘지를 찾았을 때도 그곳 청소부조차 그의 무덤을 모르지 않았던가. 그르노블市에 갔을 때도, 그르노블 하면 외국의 佛文學徒들까지 대뜸 〈스탕달의 出生地〉로 알고 있건만, 그곳 일반 시민들은 스탕달의 生家가 어디 있는지를 아는 사람이 없었다. 프랑스 역시 옛 文豪·예술가가 활개를 치는 곳은 강의실이나 문예에 관한 책들 속에서이고, 그들의 影像은 학생가에나 서 있을 뿐이다. 몽파르나스의 그 어마어마하게 웅장 정교한 黑大理石 묘비들 틈에 낀 초라한 黃灰色의 조그마한 보들레에르 묘비가 그 간명한 상징이 아니던가. 無緣의 衆生들은 그의 생전이나 지금이나 東西 간에 다를 바 없다.

들어온 김에 기념품을 훑어보다가, 소라인지 조개인지 분간할 수 없는 中間 形態의 큼직한 貝類 껍질이 있어 들어 보니 듬직하게 무겁다. 불그레하게 패인 입 한쪽으로 닭의 발가락 같은 뿔이 9개가 활짝 뻗은 그 에로 그로를 한데 뭉친 해괴한 꼴이 맘에 들어, 그것을 보들레에르의 기념품으로 삼기로 했다. 2천 5백원 정도이니 客地에서는 꽤 아쉬운 금액이다.

거리에는 어느덧 黃昏이 내리덮인다. 〈비으 밧생〉앞 어느 카페 테라스에 앉아 同學 보들레리앙 康敎授에게 이곳 그림葉書를 띄운다.

아래층 레스토랑에서 저녁을 먹고, 다시 캄캄해진 거리로 나섰다. 개폐교를 지나 外港까지 운하처럼 직선으로 뚫린 水路를 따라 혼자 서성거린다. 이윽고 人家도 끊기고 가등도 없어, 캄캄한 바닷가에 인적마저 끊겨 적적하기 이를 데 없다. 숨결 소리조차 없이 고요히 잠든 外港 물굽이 저쪽 對岸에 르 아브르市 등불들이 星座처럼 반짝인다.

> *Aimer à loisir*
> *Aimer et mourir*
>    한가로이 사랑하고
>    사랑하다 죽고지고……

이 수로도, 둑길도, 저 대안의 星座도 전에 그가…… 정말 오래 전에 죽은 옛 愛人의 무덤을 찾아오기라도 한 듯, 아픔은 가시고 그저 심란하기만 하여, 쌓이고 쌓인 사연들이 올올이 풀리며 고개를 든다.

오늘 밤도 쉬이 잠들 것 같지 않다. 내일은 다시 프루스트의 추억을 더듬어, 〈꽃핀 海岸〉을 돌아 카부우르港(作品中의 海水浴場 발벡그)으로 향한다.

파리로 돌아가면 곧 짐을 꾸려야겠다.

# 年　譜

**1821.** 4월 9일 Charles-Pierre 出生. 父 François Baudelaire(62세), 母 Caroline Dufays(28세). 〔루이 18세 治下. Th. de Quincey 「아편 복용자의 告白」 J. de Maistre 「聖페테르부르그의 夜話」. × Napoléon, de Maistre, E. Hoffmann, Keats. ○Flaubert, Dostoïevsky, Amiel, Meryon.〕

**1822.** Sabatier 夫人 出生.

**1823.** Banville 出生.

**1827**(6세). 2월 父 死亡. Neuilly로 移住.
〔Hugo: 「크롬웰 Cromwell」(과 그 序文). × Beethoven, W. Blake.〕

**1828**(7세). 10월 제2회 가족회의, 모친과 Aupick 씨와의 결혼 승인, Aupick 씨를 Charles의 共同後見人으로 지명.
11월 모친 재혼, 12월 女兒 死産. 〔× Goya. ○ Ibsen, Taine, Tolstoï.〕

**1829**(8세). 異腹兄 Cl.-Alphonse(24세) 결혼. 〔Hugo 「東方詩集 Les Orientales」. 1830: 7月 革命, Louis-Philppe 國王 即位, 알제 정복, 파리―생 제르맹 간 첫 철도 개통. ○ J. de Goncourt.〕

**1831**(10세). 12월 義父 오픽中領, 리옹 주둔 전투사단 참모장에 轉任.
〔11월 리옹 방직 노동자 폭동.〕

**1832**(11세). 1월 母親과 함께 리옹行. Delorme 기숙사 사생으로 Collège Royal 제6학급생으로 入學.
〔6월 共和主義者 파리에서 소요 × Goethe, Shelley, Scott. ○ Manet.〕

**1836**(15세). 1월 義父 오픽大領, 제1전투(수도)사단 참모부로 전임. 3월 Louis-le-Grand 제3학급에 편입. 〔〈별의 광장〉 개선문 준공. Balzac 「谿谷의 百合」〕

**1837**(16세). 콩쿠르(競試大會)에서 라틴詩에 2등 수상.
〔베르사이으宮 重修 준공. × Pouchkine, ○ Swinburne.〕

**1838**(17세). 베르사이으 宮으로 단체 소풍(義父에게 첫 美術評의 편지). Sainte-Beuve 탐독(Volupté), 8월 말 피레네 여행, 첫 詩作 「**Incompatibilité**」.
〔Gautier 「죽음의 코메디」. ○Villiers de l'Isle-Adam.〕

**1839**(18세). 리쎄 Louis-le-Grand에서 퇴학 처분을 받음. Lasègue 宅에 기숙 개인지도를 받고, 大入資格 취득. 義父 准將 승진. 法科大學 등록. 11월 兄에게 梅毒을 고백.〔Stendhal 「파르므 僧院」〕

**1840**(19세). E. Prarond, Le Vavasseur, J. Buisson 등과 同人 〈Ecole normande〉를 만듦. 창녀 〈사팔뜨기〉 Sarah 와 만남. 방탕과 낭비.
〔Poe 「Tales of the Arabesque and Grotesque」. ○ Monet〕

**1841**(20 세).　異腹兄, 그의 방탕과 낭비의 전모를 알고 충고와 해결책 모색. 5
월 말 가족회의, 그의 航海를 결정.

6월 9일　보르도 出帆.　9월 1일　모리스섬 기착(폭풍으로 표류 끝에).

9월 18일　부르봉섬 도착.　10월 20일　詩 「A une Dame créole」을 보냄.

11월 4일　프랑스行 배를 타고 출발.

**1842**(21 세).　2월 15일　보르도 상륙. 4월 9일　成年, 父親 유산 상속. 방빌과
사귐. **Jeanne Duval** 만남.〔Banville 첫 詩集 「Les Cariatides」로 데뷔. A. Bertrand
遺作 散文詩 「밤의 가스파아르」. × Stendhal, ○ Mallarmé, Hérédia.〕

**1843**(22 세).　Pimodan 館에 자리잡고, 본격적인 〈당디 보엠〉생활. 같은 집에
사는 Arondel(미술·골동품 상인)에게 빚을 지기 시작.

〔〈노르망디派〉, 詩人이 빠진 채 3人 詩集 「Vers」刊行〕

**1844**(23 세).　**法定後見 宣告**(후견인 Ancelle).〔○ Verlaine, Nietsche〕.

**1845**(24 세).　「Salon de 1845」刊行.　처음 「惡의 꽃」(이하 FM)의 詩 「A une
Dame créole」발표. 자살미수 사건.　詩集 「레스보스의 女人들 Les Lesbien-
nes 근간 예고.　풍자奇談 「**Comment on paie ses dettes quand on a du
génie**」발표.〔Poe 단편 「黃金蟲」佛譯.〕

**1846**(25 세).　3월 에쎄이 **Choix de maximes consolantes sur l'amour** 발표
Banville 詩集 뒷표지에 詩集 「레스보스의 女人들」 예고. 에쎄이 「**Conseils
aux jeunes litterateurs**」발표.　5월 「**Salon de 1846**」(詩集 近刊 예고).
Société des gens de lettres 가입. FM 2편 발표.

〔Poe 의 「모르그街의 殺人」 번안, 盜作 사건으로 논쟁. Poe 「短篇集」書評(Revue des
Deux Mondes). ○ Lautréamont.〕

**1847**(26 세).　1월 단편 「**La Fanfarlo**」발표. 2월 佛譯된 Poe 의 「검은 고양이」
를 읽고 心醉. 4월 義父 사단장(少將)취임, 8월　理工科大學(陸軍士官學校) **學
長** 취임.

**1848**(27 세).　2月 革命에 총을 들고 뛰어든다. 신문 「Le Salut public」발간에
참여(2號로 폐간). 온건 사회주의 기관지 편집장(4월~5월초). 4월 義父 콘스
탄티노플 주재 전권대사 피임.　6月 叛亂에 가담. 7월 Poe 단편 첫 번역.
「**Révélation magnétique**」발표. 「**Le Vin de l'assasin**」(FM) 발표.〔2月 革
命으로 王 退位. 제 2 공화국 선포. Louis-Napoléon 大統領 취임. Marx·Engels 「共
産黨宣言書」× Chateaubriand, ○ Huysmans, Gauguin.〕

**1849**(28 세).　Gautier 와 친교를 맺다. 12월 초 Dijon 行(다음해 1월 중순까지).
이해 梅毒 재발.〔Dostoïevski 체포·재판·死刑 執行劇. × Poe〕

**1850**(29 세).　FM 出版主 Poulet-Malassis 와 사귀다. 6월 FM 3편 발표.
〔× Balzac, Wordsworth. ○ Maupassant.〕

**1851**(30 세).　2월 義父 駐英大使 被命·사퇴. 4월 「Les Limbes」라는 총제 밑

에 11편 발표. 6월 義父 마드리드 주재 大使(1853년 4월까지). 8월 친구 상송
作家「Pierre Dupont 論」발표. 9월 中旬 이후 詩集 淨寫本을 Asselineau
에게 보임. 10월 Poe 全集 주문.〔12월 Louis-Napoléan 의 쿠데타. Auguste Co-
mte「實證哲學原理」.〕

1852(31세). 2월, 평론「L'Ecole païenne」발표. 3월, 쟌느 뒤발과 영구 袂
別 결심. 3월, 4월 2회에 걸쳐「E. A. Poe, sa vie et ses ouvrages」발표.
Poe 단편 본격적인 번역 발표 시작. 12월 초 Sabatier 夫人에게 첫 匿名
편지와 獻詩.〔12月 국민투표에 의거 帝政 선포. Th. Gautier「Emaux et Camées」.
Leconte de Lisle「Poémes antiques」.〕

1853(32세). Poe 번역「Corbeau」외 4편 발표. 3월 義父 元老院 議員 피임.
Honfleur 에 피서용 별장 구입. 4월 에쎄이「Morale du joujou」발표. 5
월 초부터(약 한 달 반 동안), 베르사이으로 피신(젊은 친구 Ph. Boyer 와 함께).
숙박비로 娼家에 묶여 거기서 Sabatier 夫人에게 시 2편과 편지를 보냄.

1854(33세). 居處 이동이 잦은 중 Poe 번역에 전력 경주.(7월 25일부터 다음해
4월까지 총 29편 연재, Le Pays 紙). 7월 Marie Daubrun 에 대한 사랑 시작. 희
곡「L'Ivrogne」집필 계획 집착.〔○ Rimbaud.〕

1855(34세). 4월, 한 달 간에 6회 이사를 고백(LM). 6월 첫「惡의 꽃」의 총
제 밑에 18편 발표(Revue des Deux Mondes 誌.)「Exposition Universelle
de 1855」, 7월「De l'essence de rire」발표. 12월 쟌느 뒤발과 다시 동거.
老衰에 대한 초조감에 사로잡히기 시작(LM).〔× Nerval 絞首自殺〕.

1856(35세). 2월「E. Poe, sa vie et ses oeuvres」일부 발표. 3월 Poe 譯書
「Histoires extraordinaires」간행(M. Lévy 社). 7월 Hôtel Voltaire(58년 11
월 초까지)정착. 9월 다시 쟌느와의 永久 袂別 결심(LM). 12월 30일 P-Mala-
ssis 와「惡의 꽃」과 美術論 出版 계약.
〔Flaubert「보바리 夫人」× Heine. ○ Freud, Shaw, Wilde.〕

1857(36세). 2월초 FM 원고 출판사에 넘김. 3월 초「Nouvelle Histoires Ex-
traordinaire」간행.(권두에「Notes nouvelles sur E. Poe」). 4월 27일 義父 死
亡. 6월 25일「惡의 꽃」간행. 7월 7일 內務部 公安局의 FM 起訴. 8월
18일 Sabatier 夫人에게 소송사건에 관한 부탁 편지. 8월 20일 有罪判決. 散
文詩 6편 발표. 8월 27일 Sabatier 夫人과 동침. 그 후 사랑의 갈등. 10월
「Quelques caricaturistes」2편 발표.「보바리夫人」書評 발표. 12월 病苦
와 절망에 시달려 옹플뢰르行을 갈망하기 시작.
〔「보바리夫人」재판 사건(무죄), Taine「Essais de critique」. × Musset.〕

1958(37세). 3월 하순부터 4월 초까지 Poe 詩集 제 3권(Aventures d'Arthur
Gordon Pym) 인쇄 감시. 9월「Paradis artificiels」일부 발표. 10일 잠깐
옹플뢰르 여행. 11월 초 다시 쟌느와 동거

**1859**(38세). 「**Mon coeur mis à nu**」의 첫 메모 흔적(61년부터 본격적으로 구
상). 「알바트로스」外 11편의 시 발표. Poe 번역 5편 발표. 1월 하순 옹플
뢰르行, 행복스런 체류(6월 말까지, 중간에 4월초 쟌느 졸도, 반신불수로 약 25일간
파리에서 보냄). 거기서「고티에 論」, FM의 끝편 長詩「**Le Voyage**」, 「**1859年
의 美展評**」과 Poe 4편 번역 등, 풍성한 집필 성과를 보임. 2월 하순 첫재적
版畵家 Meryon에 열중하기 시작, 특히 그의 畵帖「파리 風景 Vues de Paris」
에 심취, 큰 영향을 받음. 55년에 지방으로 떠났던 Marie와 7월에 다시 만
났다가 年末에 결정적인 訣別. 7월 E. Crépet의 「現代作品論」 청탁, 先拂金
수령. 옹플뢰르를 定住의 꿈과 현실의 갈등. 〔정치적 追放者 특사령(위고 拒
否). 프랑스軍 사이공 탈취. 이탈리아戰. 다윈 「種의 起源」 × Desbordes-Valmore,
Th. Quincey. ○ Bergson.〕

**1860**(39세). 2월 Wagner 公演 관람, 열렬한 찬양의 편지. FM 新作 16편.
(그중 재판 新設 제2부 〈파리 風景〉 6편). 5월「**Paradis artificiels**」 간행. 10월
5일간 옹플뢰르 여행. 11월 「惡의 꽃」에 대한 文敎長官의 문예 지원금 200프
랑 지급. 12월 다시 쟌느와 동거.〔Savoie, Nice 倂合.〕

**1861**(40세). 1월 쟌느와 동거하는 무뢰한에 격분, 다시 訣別. 2월초 「**惡의
꽃**」 재판. 3월 〈自殺〉의 고착관념 고백. 4월「**Richard Wagner 論**」 발표.
5월 매독 재발. 5월 6일 모친에게 애정과 고뇌에 찬 감동적 長文의 편지.
Malassis에게 빚의 代價로 과거·미래의 全版權 양도 계약. 6월 ~ 8월
「**Réflexions sur quelques-uns de mes contemporains**」 9편 발표. 그밖에
FM 新作 5편, 散文詩 9편(新作 3편) 발표. 9월 「들라크로아論」, 10월 그의
숭배자 Cladel의 作品에 序文. 12월 아카데미 立候補.

**1862**(41세). 아카데미 立候補에 따른 工作(訪問·편지 등) 계속. 1월말 〈바보症
의 바람이 스쳐가는〉 듯한 〈이상한 告知〉 고백. 2월 아카데미 사퇴서. 4월
異腹兄 Alphonse 死亡. 위고 「레 미제라블」의 書評 발표. 9월 Swinburne의
FM에 관한 찬양 기사(The Spectator 誌). 이해 FM 新作 5편. 산문시 新作
14편 발표. 9월 E. Crépet 編 「프랑스 詩人集」에 作家論 7편과 FM 7편 수
록. 말라시스 負債로 기소되어 감금됨.
〔Hugo「Les Misérables」, Leconte de Lisle「Poémes babares」. ○ Barrés, Maeterlink.〕

**1863**(42세). 1월 FM과 散文詩 版權을 Hetzel에게 팔다(1,200 프랑). 8월 벨
기에 여행 의사 표시. 9월 「**L'Oeuvre et la vie d'Eugéne Delacroix**」(추도
기사) 발표, 11월 Poe 譯集 5권 판권 Micher Lévy에게 팔다. FM 3편, 산
문시 9편 발표.〔× Vigny, Delacroix.〕

**1864**(43세). 2월 처음으로 결정적 총제 「**파리의 陰鬱**」 밑에 신작 3편. 3월
FM 신작 3편. 4월 24일 브뤼셀 도착. 5월 2일 Delacroix에 관한 강연. 5
월 11일 Gautier에 관한 강연. 5월 12일, 23일, 6월 3일 홍분제에 관한 강

연. 6월 13일 부호 미술품 수집가의 저택에서 詩 朗讀會. 6월 말 브뤼셀에서의 作品出版 단념.

1865(44세). 2월 Mallarmé 「Symphonie littéraire」(제 2 부에서 보들레에르의 영광을 노래)발표. 2월 갖가지 질병 급격히 악화. 파리에서의 출판 교섭에 절망적인 노력 개시. 3월 Poe 譯集 第4卷(Histoires grotesques et serieuses)간행. 7월 4일~15일 Malassis, 詩人에 대한 債權 買渡 위협으로 급거 파리(옹플뢰르를 들러)여행. Malassis 에게 양도했던 판권 회복. 11월 16일부터 3회에 걸쳐 Verlaine, 열렬한 보들레에르 찬양 記事 발표.

1866(45세). 2월 말 Malassis, FM 의 삭제 처분된 6편을 포함한 詩集 「Epaves」간행. 3월 15일경 지방도시 Namur 체류중 성당 Saint-Loup 에서 쓰러짐. 3월 30일 모친에게 최후 대필 편지. 右側 半身不隨 증세 나타남. 「Le Parnasse contemporains」에 15편 수록. 4월 초 교회 소속 구호원에 수용됨. Ancelle 에 이어 母親 來着. 4월 말 다시 여관(Hôtel du Grand Miroir)으로 옮김. 7월 2일 모친 부축으로 파리行, Duval 博士의 요양원에 입원. Manet 夫人과 Meurice 夫人 문병. 바그너 연주.

1867(46세). 8월 31일 死亡. 9월 2일 장례식.

1868. Michel Lévy 社에서 「Oeuvres complètes」刊行 시작. (1870年 7卷完結)

1869. Asselineau, 「보들레에르의 生涯와 作品」간행

1887. E. Crépet 의 傳記(Oeuvres posthumes et correspondances inédites 에 수록)

1896. 追悼詩文集 「Le Tombeau de Ch. Baudelaire」 간행.

# 參 考 書 誌

**Baudelaire**

Oeuvres Complètes(Gallimard, Pléiade. 1861).

Les Fleurs du mal, annotées par E. Raynaud (Garnier, 1954).

Les Fleurs du mal, annotées par A. Adam (Garnier, 1961).

Les Fleur du mal, éd. crit. par J. Crépet et G. Blin (José Corti, 1942).

Commentaire des Fleurs du mal, par R.-B Chérix (P. Cailler, Genève, 1949).

Les Fleurs du mal, éd. crit. J. Crépet, G. Blin, Cl. Pichois (José Corti, 1968). T.I.

Petits poèmes en prose, annotés par H. Lemaitre(Garnier, 1958).

Journaux intimes, éd. crit. par J. Crépet, G. Blin(José Corti, 1949).

Lettes inédites aux siens, présentées par Ph.Auserve(Grasset, 1966).

Correspondance, I, II, établie et annotée par Cl. Pichois et J. Ziegler (Gallimard. Pléiade. 1973).

Oeuvres Complètes(Alph. Lemer, 1890) T.V.

Oeuvres Complètes(Conard, 1933) T. VI, VII.

Correspondance génerale, annotée par J. Crépet et Cl. Pichois(Conard, 1947〜53).


## 研 究 書

E. et J. Crépet: Charles Baudelaire(Messein, 1906).

Fr. Porché: Baudelaire, histoire d'une âme (Flammarion, 1944).

M.A. Ruff: L'Esprit du mal, l'esthétique baudelairienne(A. Colin, 1955).

—— : Baudelaire(Hatier, 1966).

Cl. Borgal: Baudelaire(Ed. univ. 1961).

R. Kopp et Cl. Pichois: Les années Bauelelaire, Etudes baudelairiennes I (La Baconnière, 1969).

—— : Etudes bandelairiennes III(La Baconnière, 1973).

—— : Lettre à Baudelaire, publiées par Cl. Pichois; Etudes baudelairiennes IV-V(La Baconnière, 1973).

W. Bandy et Cl. Pichois: Baudelaire devant ses Contemporains(Ed. du Rocher, 1957).

A. Tabarant: La Vie artistique au temps de Baudelaire(Mercure de France, 1963).

J. Bertaut: L'Epoque romantique (Tallandier, 1947),

R. Dumesnil: L'Epoque réalistes et naturaliste(Tallandier, 1945),

Collect. Génies et Réalités: Baudelaire(Hachette, 1961).

Cl. Pichois: Baudelaire à Paris(Hachette, 1967).

Ch. Mauron: Le dernier Baudelaire(José Corti, 1966).

P. Valéry: Variété II (Gallimard, 1930).

—— : Varieté V (Gallimard 1945).

A. Ferran: L'Esthétique de Baudelaire (Hachette. 1933).

B. Fondanne: Baudelaire et l'expérience du Gouffre (P. Seghers, 1947).

J. Austin: L'Univers poetique de Baudelaire (Mercure de France, 1956).

J. Prévost: Baudelaire (Mercure de France. 1953).

J.P. Sartre: Baudelaire (Gallimard, 1947).

M. Proust: A la recherche du temps perdu (Gallimard. Pléiade, 1954) T.I.

A. Maurois: Histoire de la France (D. Walper, 1947).

W. Benjamin: Zentralpark. 日譯 ベンヤミン作品集 6 (晶文社 1970).

G. Blin: Sadisme de Baudelaire (J. Corti. 1948).

<h1 style="text-align:center">引 用 詩 索 引</h1>

# 索　引

## 보들레에르

초판발행/1977년 3월 1일
17쇄발행/2003년 8월18일

지은이/김붕구
펴낸이/채호기
펴낸곳/ (주)문학과지성사
등록번호/제10-918호 (1993. 12. 16)

서울 마포구 서교동 363-12호 무원빌딩 (121-838)
편집 : 338-7224-5 · FAX 323-4180
영업 : 338-7222-3 · FAX 338-7221

© 김붕구, 1977